Gott aber warf Tag für Tag seine Feinde vor ihm zu Boden und vermehrte sein Reich, weil er rechten Herzens vor ihm wandelte und tat, was seinen Augen wohlgefällig war.

Bischof Gregor von Tours (538–594)

[illegible]

I

»Achtung, da kommt Halleluja!«

Der kleine Ursio stieß diesen Warnruf aus. Dreißig junge Männer stürzten gleichzeitig zur Mauer und blickten zwischen den Zinnen auf die Ebene vor der Festung hinab. Dort unten auf der alten Römerstraße näherte sich ein Reitertrupp, in dessen Mitte sie eine Carruca entdeckten, die von zwei Pferden gezogen wurde. Alle kannten das mit einer Lederplane überdachte Gefährt. Unter dem Verdeck, das an diesem heißen Julitag vor der Sonne schützte, mußte der kahlköpfige Oberpriester der Christianer sitzen. In letzter Zeit besuchte er Tournai wieder häufiger. An einem Altar vor der einfachen Hütte, die sie ihre Kirche nannten, hatte er manchmal einen Gottesdienst zelebriert, und dabei hatten die Franken von ihm immer wieder das seltsame, unverständliche Wort »Halleluja« gehört. So war der würdige Mann zu diesem Spottnamen gekommen. Tatsächlich hieß er Remigius und war Bischof von Reims.

Einerseits war die Unterbrechung der Langeweile willkommen. Fast täglich versammelten sich in der wärmeren Jahreszeit die jungen Männer, die den Kern der Gefolgschaft bildeten, auf der Plattform des halbrunden Turms, an der Ecke der Wallanlage. Man blickte von hier weit über das Land und nichts, was dort unten geschah, blieb unbemerkt. Allerdings war der stets gleiche Anblick des Flusses, der Hügel, Wälder, Wiesen und Hüttendächer auf die Dauer nicht sehr unterhaltsam, und nur von Zeit zu Zeit gab es etwas zu lachen, wenn etwa ein Fischerboot kenterte, ein Esel mit einem hochbeladenen Karren durchging oder ein Dieb auf dem Richtplatz vor dem Tor sich sträubte, aufgeknüpft zu werden. Auch der Himmel bot wenig Abwechslung, seit Tagen war er blau und wolkenlos. So vergnügten sich die jungen Männer mit Würfelspiel und Biertrinken, einer Beschäftigung, die sie gelegentlich durch eine Prügelei oder Messerstecherei unterbrachen. Aber sonst passierte nicht viel in der Burg der Franken. Und was in der Welt geschah, hinter dem Horizont, erfuhr man hier selten. Die Ankunft von Besuchern löste daher meist Freude und Neugier aus.

In diesem Fall aber war die Freude gedämpft, die Neugier nicht weniger. Alle kannten den Bischof, er war seit nahezu dreißig Jahren im Amt. Und fast jedesmal, wenn er erschien, gab es Ärger.

»Halleluja kommt sich mal wieder beschweren.«

»Weil unser ›gottloses Treiben‹ überhandnimmt.«

»Als ob unser Treiben ihn etwas anginge.«

Verschiedene Vermutungen wurden angestellt, worauf sich die zu erwartende Beschwerde beziehen könnte.

»Ich glaube, es geht ihm um den goldenen Leuchter«, meinte ein hübscher Schlingel mit blauen Augen und Adlernase namens Ansoald. »Und um die beiden Christianer, die wir umgelegt haben.«

»Dabei waren die selber schuld«, fand der krausköpfige Ursio. »Die sind uns ja direkt in die Lanzen gerannt.«

»Vielleicht will er auch Schadensersatz für das Dorf, das wir neulich eingeäschert haben.«

»Ich glaube, der will sich nur wieder bei uns durchfressen«, meinte Bobo, ein wohlgenährter Bursche von beträchtlicher Körpergröße. »Immer kommen sie zu uns. Warum gehen sie nicht öfter zu denen in Cambrai?«

»Dort kriegen sie Prügel zum Nachtisch«, witzelte Ursio. »Das schmeckt ihnen nicht.«

»Mir schmeckt nicht, daß Halleluja mich jedesmal zu seinen Christengöttern bekehren will. Immer dieses Gefasel vom Vater, vom Sohn und vom heiligen Geist.«

»Wenn er dich taufen will, mach's wie ich. Sag ihm, deine Flöhe vertragen kein Wasser.«

»Seht mal, er hat noch jemanden bei sich!«

Die helle Stimme gehörte dem einzigen Mädchen inmitten dieser Schar junger Männer. Die Schöne hieß Lanthild, war sechzehn Jahre alt, trug die Haare nach Männerart, Hosen mit Wadenbändern, einen groben Kittel, derbe Schuhe, und im Gürtel eine Wurfaxt, die Franziska. Die Burschen hatten ihre Kittel der Hitze wegen abgelegt. So viel Freiheit durfte sich Lanthild nicht nehmen.

Ihr Ausruf bezog sich auf einen kostbar gekleideten Reiter, der sich neben dem Wagen des Bischofs hielt.

»Vielleicht schleppt er einen neuen Freier für euch an«, spottete Ansoald. »So wie der aufgeputzt ist ...«

»Dann soll er sich um meine Schwestern bemühen«, erwiderte sie. »Ich bin noch nicht dran, ich kann warten. Der da gefällt mir auch nicht«, fügte sie mit einem Lächeln für den hübschen Burschen hinzu.

»Alle mal herhören!« Der scharfe Befehl kam von einem baumlangen jungen Kerl, der lässig an einer Zinne lehnte, den rechten Ellbogen oben aufgestützt, die linke Faust an der Hüfte. Auf den ersten Blick erkannte man in ihm den Anführer: blitzende helle Augen, kräftige Nase, breite Kinnbacken, starkes Gebiß. Dichtes braunes Haar wallte fast bis zum Gürtel herab, so lang, wie es nur einem Merowinger, einem Angehörigen der göttlichen Sippe, zu tragen erlaubt war. Der junge Mann war auch König, sein in der Sonne blinkender goldener Siegelring trug die Aufschrift »CLODOVICI REGIS«. In allem übrigen unterschied er sich kaum von den anderen: Stirnband, Ledergürtel mit Dolch und Franziska, Kittel und Hose aus Leinen. Chlodwig, Sohn des Childerich, zwanzig Jahre alt, regierte bereits seit vier

Jahren* das fränkische Kleinreich von Tournai – oder regierte es auch nicht. Im Augenblick war er jedenfalls nicht geneigt, sich den Nachmittag unter Freunden durch eine unerquickliche Begegnung mit dem langweiligen und fordernden Oberhaupt der Reimser Christianer zu verderben.

Deshalb sprach er die königlichen Worte: »Wir hauen ab, Männer! Heute empfangen wir nicht. Soll Halleluja sich bei meiner Mutter ausheulen. Wir haben noch etwas anderes vor. Nehmt eure Waffen, und macht die Pferde bereit!«

Ein Jubelschrei aus dreißig Kehlen antwortete ihm. Er wurde unten auf der Straße gehört, wo die Carruca gerade das Festungstor erreichte. Die Begleiter des Bischofs sahen hinauf. Remigius selber streckte den Kahlkopf unter der Plane hervor, blickte etwas verdutzt nach oben und winkte – in der Annahme, einen Freudenschrei zu seiner Begrüßung vernommen zu haben.

Doch König Chlodwig und seine Gefolgschaft rafften schon hastig die auf der Plattform verstreuten Kittel, Schuhe, Gürtel, Äxte, Messer und Würfelbecher zusammen. Zurück blieben leere oder zerbrochene Bierkrüge und abgenagte Knochen. Alles drängte und trampelte eine Wendeltreppe hinab, die zu einer niedrigen Tür und ins Freie führte. In der Nähe weideten die Pferde, kleine, stämmige Tiere aus eigener Zucht. In Windeseile wurden sie aufgezäumt und dann ein kurzes Stück an der Festungsmauer entlanggeführt. Hinter Buschwerk verborgen und über breite, moosbedeckte Stufen zugänglich, tat sich eine geheime, halb unterirdisch angelegte Pforte auf, die eine Flucht vor ungebetenen Gästen ermöglichte, auch weniger harmlosen als dem Bischof. Vor wenigen Monaten erst hatte sich Chlodwig mit den Seinen durch diese Pforte in Sicherheit bringen müssen, als seine Vettern aus Cambrai nach einem Familienzwist die Festung stürmten.

* Seit 482

Draußen begann gleich der Wald. Die Männer saßen nicht auf, sondern führten die Pferde am Zaum auf eine sehr schmale Schneise, die erst nach einer Meile, wo sich der Wald etwas lichtete, breiter und ein bequemer Reitweg wurde. Einer nach dem anderen passierte mit seinem Pferd die Geheimtür und verschwand dann unter dem dichten Laubdach. Chlodwig stand seitlich an der Mauer und achtete darauf, daß keiner seine Waffen vergaß.

Zuletzt erschien Lanthild mit ihrer Stute.

»Was fällt dir ein?« herrschte er sie an. »Du willst doch nicht etwa mit in die Waldburg?«

»Und was ist schon dabei?« begehrte sie auf.

»Du hast dort nichts zu suchen, das weißt du genau. Das ist nichts für Mädchen. Du bleibst hier.«

»Ich langweile mich zu Tode, wenn alle fort sind!«

»Besonders Ansoald. Habe ich recht?«

»Mit dem hab ich überhaupt nichts im Sinn!«

»Du gehst jetzt zu unserer Mutter und sagst ihr, daß ich drei, vier Tage lang unterwegs bin. Ich mache einen Umritt zur Sicherung und Überprüfung der Reichsgrenze.«

»Dazu brauchst du doch höchstens eine Stunde. Dann bist du 'rum um dein Reich!«

»Nun werd mal nicht frech, sonst landest du in der Spinnkammer!«

»Bitte, Bruder ...«

»Sag auch Bobos Vater Bescheid. Er soll Halleluja und seinen Leuten nichts Gebratenes vorsetzen, damit sie schnell wieder verschwinden. Und schieb den Riegel hinter mir vor!«

König Chlodwig zog den Kopf ein, zwängte sich und danach sein Pferd durch die Pforte und war im nächsten Augenblick hinter den Bäumen verschwunden.

2

Als Lanthild den Riegel vorschob, rumpelte der Wagen des Bischofs bereits in den Hof des königlichen Palastes. Dieser ähnelte allerdings mehr einem heruntergekommenen Gutshof. Es handelte sich um ein ehemaliges Römergut, eine *villa rustica*. Nur das zweigeschossige Herrenhaus war in achtbarem Zustand, und es gab auch noch gut erhaltene Reste eines Säulengangs. Alles andere – die Wirtschaftsgebäude und die Wohnungen der Hofleute und Bediensteten – war arg vernachlässigt. Balken waren verkohlt, Mauerwerk bröckelte, Türen waren herausgebrochen.

Der Bischof kletterte von seinem Wagen herab, wiegte den Kahlkopf hin und her und murmelte seufzend: »Diese Barbaren! So hausen sie nun. Wie der Kuckuck im fremden Nest!«

Remigius, ein kleiner, quirliger Herr um die Fünfzig, schien niemals zu ruhen und zu rasten. Er war schon als Heiliger auf die Welt gekommen und darin sah er eine Verpflichtung, der er sich keinen Augenblick seines Lebens entziehen durfte. Ein blinder Eremit, dem zuvor ein Engel erschienen war, hatte seiner betagten Mutter verkündet, sie würde den Retter Galliens gebären, den Erneuerer der Kirche, den Erlöser vom heidnischen und arianischen Teufelsspuk. Remigius wurde verheißungsgemäß geboren und tat unverzüglich sein erstes Wunder: Mit ein paar Tropfen Muttermilch, die er ihm auf die Augen strich, gab er dem Eremiten zum Dank für die Prophezeiung das Augenlicht wieder. Weitere Wunder folgten im reiferen Alter: Ein Mädchen, das von Dämonen umgebracht worden war, erweckte er wieder zum Leben und exorzierte es anschließend erfolgreich. Als man ihn einmal wegen Erbschleicherei verklagte, ließ er den Erblasser rasch dem Grabe entsteigen, damit er vor Gericht seine Unschuld bezeugen konnte. Sogar mit dem Gottessohn nahm es der Heilige auf. Ähnlich wie jener bei der Hochzeit zu Kanaa verhalf er einer durstigen Gesellschaft zu Wein, indem er über ein leeres Faß das Kreuz schlug. Und nur durch sein inbrünstiges Gebet besiegte er in seiner Stadt Reims ein verheerendes Feuer. All dies und die Gnadengabe, die Nachrichten von solchen Mirakeln glaubhaft unter die Leute zu bringen, hatten ihm einen glänzenden Ruf verschafft, und so galt er auch bei den heidnischen Franken als Wundermann. Gewöhnlich empfingen sie ihn ohne Feindseligkeit und behandelten ihn achtungsvoll.

Sie zum Bekenntnis des wahren Glaubens zu bringen, war ihm allerdings bisher nicht gelungen. Doch er gab nicht auf und versuchte es immer wieder, hartnäckig und ideenreich. Drei- oder viermal im Jahr bereiste er ihre Gebiete im nordöstlichen Gallien. Diese gehörten zwar längst nicht mehr zum Imperium, und der katholische Glaube war nicht mehr Staatsreligion, doch Remigius tat weiter so, als sei dies alles noch wie zur Kaiserzeit seine Kirchenprovinz, für die er als Metropolit verantwortlich war. Deshalb trug er auch diesmal wie stets zum Zeichen seiner Würde und Amtsgewalt die mit Perlen besetzte Mütze und die Seidenstola über dem Priestergewand.

»Warum empfängt uns denn hier niemand?« rief er und schüttelte seinen Hirtenstab. »Will uns keiner willkommen heißen? Heda, aufgemerkt, es sind Gäste da!«

Aus den Scheunen und Ställen lugten neugierig ein paar strohköpfige Knechte. Hunde kläfften, Schweine trollten vorüber.

»Bist du sicher, Ehrwürdiger, daß wir hier auf einer Königsburg sind?« fragte der vornehme Reiter, ein mondgesichtiger Jüngling, dessen Lockenkopf ein silberner Stirnreif zierte. »Mir scheint, das ist nur ein gewöhnlicher Bauernhof.«

»Oder eine gewöhnliche Räuberhöhle«, bemerkte ein dürrer Geistlicher, der hinter dem Bischof vom Wagen gestiegen war.

»Wo ist der Hausherr?« rief Remigius. »Kommt denn niemand?«

Endlich erschien unter den Säulen vor dem Herrenhaus ein beleibter, schnurrbärtiger Franke. Es war Bobolen, der Vater des jungen Bobo, der das leitende Hofamt eines Palastgrafen innehatte und somit als erster Mann nach dem König galt. Er kam ohne Eile herbei und neigte respektvoll, doch nicht zu ehrerbietig den Kopf vor dem Bischof.

»Salve! Freut mich, daß du dich wieder mal zu uns begibst«, sagte er in bemühtem Latein. »Wir fühlen uns durch euren Besuch geehrt. Man wird sich gleich um die Pferde kümmern.«

Er stieß einen Pfiff aus. Ein paar Knechte kamen herbei.

»Und wo ist dein König?« fragte der Bischof. »Bisher war es üblich, daß mich der Hausherr persönlich willkommen hieß. König Childerich hat das niemals versäumt. Warum eifert der Sohn nicht dem Vater nach? Ist das bei euch Franken nicht Brauch? Hat man uns denn nicht kommen sehen? Mir schien, daß unsere Ankunft auf dem Turm bemerkt wurde.«

»Gewiß«, sagte Bobolen ohne Verlegenheit. »Es wird jeder bemerkt, der kommt. Leider hast du heute kein Glück. Da kommst du nun von weit her, unternimmst bei der Hitze die weite Reise, und wie es der dumme Zufall will … der König ist fort.«

»Ist fort? Wie? Hat man ihn etwa schon wieder vertrieben?«

»Das nicht. Er hat sich zu seinen Vettern nach Cambrai begeben. Ein Versöhnungsbesuch. Sie wollen im heiligen Hain den Göttern opfern.«

»Ach, laß mich mit deinen Göttern in Ruhe! Chlodwig ist also nicht da. Man macht sich Sorgen, will raten und helfen ... kommt mit einem wichtigen Anliegen ... bringt auch einen Freier für eine seiner Schwestern ... und er? Ist wieder mal abwesend!«

»Du solltest erst einmal einen Schluck trinken«, sagte Bobolen beschwichtigend. »Wir haben gut gekühlten Wein.«

Remigius brummte noch ein bißchen, ließ sich aber überreden. Der Franke führte ihn ins Herrenhaus, dessen Erdgeschoß als Empfangs- und Trinkhalle diente. Wuchtige Pfeiler stützten die Decke, Tische waren zu zwei längs und einer quer laufenden Reihe zusammengeschoben. In einer Ecke saßen ein paar Männer um einen Krug Bier. In die Hände klatschend, verjagte Bobolen eine Hühnerschar, die auf den Tischen umherspazierte und sich an den Resten vom letzten Mahl gütlich tat. Unter den Tischen balgten sich Hunde, auch eine Ziege spazierte umher.

Der Bischof und seine Begleiter ließen sich auf den Bänken der Querreihe nieder, unter den Bälgen von Bären und Wölfen, die als Trophäen an die Wand genagelt waren. Die Männer des Schutztrupps hielten sich abseits, die Knechte wurden woanders versorgt.

»Etwas Geduld!« sagte Bobolen. »Leider ahnten wir nichts von eurem Kommen, sonst wären wir besser vorbereitet.«

»Melde mich bei Frau Basina an«, sagte Remigius »Oder ist sie etwa auch unterwegs?«

»Die edle Frau Mutter des Königs ist anwesend. Sie wird sich freuen, wenn sie hört, daß du da bist.«

Der schnurrbärtige Palastgraf gab den Mägden, die noch rasch den Hühnerdreck von den Tischplatten wischten, ein paar Befehle, die Versorgung der Gäste betreffend, und verschwand dann über eine Treppe zum Obergeschoß.

»Ein Jammer, daß Childerich so früh dahinging«, sagte der Bischof, wobei er sich umdrehte und stirnrunzelnd zu den Trophäen hinter sich aufblickte. »Lebte er noch, hinge dort jetzt das Kreuz statt dieser Scheußlichkeiten. Ich hatte ihn schon fast so weit. Noch zwei, drei Besuche, und er hätte sich taufen lassen.«

»Aber begraben ließ er sich wie ein übermütiger Heide!« wandte der dürre, hakennasige Diakon Chundo ein. »Die Hälfte seines Schatzes soll er mit ins Grab genommen haben. Ganze Säcke voller Goldsolidi!«

»Ist das wahr?« fragte der vornehme junge Mann. »Dann kann ja für die Mitgift seiner Töchter nicht mehr viel übrig sein.«

»Keine Sorge, Potitius, es ist genug da«, sagte der Bischof. »Mich selbst hat Childerich mal in seine Schatzkammer geführt. Ich war überwältigt! Goldbarren, Silberbestecke, edles Geschmeide, Perlen, Smaragde, Rubine!«

»Alles zusammengeraubt!« murmelte Chundo.

»Aber wenn ich mich hier so umsehe«, sagte Potitius seufzend, »kann ich kaum glauben, was du mir erzählt hast, Ehrwürdiger. Auf die Verwandtschaft mit diesem König könnte man kaum stolz sein. Und was die Bräute betrifft ... wahrscheinlich sind sie alle drei Bauerntrampel.«

»Sie haben die beste Erziehung genossen. Dein Vater weiß das. Hätte er dich sonst hergeschickt?«

»Mein Vater ist ein todkranker Greis, der seine Sinne nicht mehr beisammen hat«, sagte der mondgesichtige Jüngling vorwurfsvoll. »Das hast du ausgenutzt!«

»Ich hätte ausgenutzt, daß dein Vater ...«

»Du hast ihm gedroht, sonst werde es bei ihm nichts mit der ewigen Seligkeit. ›Wenn du nicht vorher noch eine gute christliche Tat vollbringst‹, hast du gesagt, ›fährst du gleich nach dem Tode zur Hölle.‹ Und als er fragte, was er noch tun könne, war deine Antwort: ›Verheirate deinen Sohn mit einer Merowingerin. Wir müssen die heidnische Königssippe christlich unterwandern!‹ Waren das nicht deine Worte? So stellst du dir das also vor. Mein Vater bekommt seine Seligkeit, und ich hab den Schaden.«

»Ein Christ muß jederzeit bereit sein, für seinen Glauben Opfer zu bringen«, bemerkte der Diakon Chundo.

»Ach was, Opfer!« sagte der Bischof ungehalten. »Andere würden sich darum reißen, eine Merowingerin zur Frau zu bekommen. Eine Verbindung mit der fränkischen Herrscherfamilie! Aber so ein Aristokratensproß wie du, Quintus Potitius, ist anscheinend blind und taub und glaubt wohl, er lebt noch immer im Römischen Reich, in der alten Herrlichkeit. Seit zehn Jahren gibt es in Rom keinen Kaiser mehr, den letzten hat ein Barbarenhäuptling davongejagt. Und hier in Gallien? Wo ist hier noch das Römische Reich? Es ist zusammengeschrumpft wie ein alter Arsch, und wenn der Patricius Syagrius, unser Statthalter, nicht aufpaßt, gehen die Reste seiner schönen Provinzen auch noch verloren. Goten, Burgunder, Alamannen … alle lauern schon auf die Gelegenheit und die Beute. Und wer kann uns helfen, uns retten? Die einzigen, auf die noch halbwegs Verlaß ist, sind diese … die Franken. Wir brauchen sie, wenn sie uns auch eine Menge Ärger bereiten. Sie sind eine Macht, und wir haben Glück, daß sie sich dessen noch nicht recht bewußt sind. Noch sind ihre Töchter zu haben, du Dummkopf. Aber bald könnte einer wie du ihnen nicht mehr fein genug sein!«

Potitius lachte verächtlich, verzichtete aber auf eine Erwiderung. Bobolen war mit den Mägden zurückgekehrt und bot nun den Willkommenstrunk und den Imbiß dar.

»Der Wein ist selbstgezogen«, sagte er stolz. »Seid nochmals begrüßt und laßt es euch munden!«

Potitius nippte nur an seinem Becher und verzog das Gesicht.

Der Bischof leerte den seinen in einem Zug und bat, man möge nachschenken.

»Ein köstlicher Wein«, befand er. »Und ohne Zweifel etwas für Kenner. Ich glaube, daß ihn nur kluge Leute zu würdigen wissen!«

3

Die Ankunft des Bischofs brachte Frau Basina in Verlegenheit. Als Bobolen mit der Nachricht kam, war sie gerade damit beschäftigt, ein Kleid aus feinem Brokatgewebe anzuprobieren, das eine ihrer Mägde gefertigt hatte. Es stand ihr gut, wie ihre beiden älteren Töchter Audofleda und Albofleda fanden. Einige Nähte mußten freilich noch einmal aufgetrennt und versetzt werden, weil die füllige Witwe Luftmangel verspürte. Aber das war rasch ausgeführt, und die Mutter des Königs hätte jetzt eigentlich nichts lieber getan, als in dieser neuen festlichen Robe einen Gast zu empfangen. Doch Audofleda fiel plötzlich auf, daß in den Brokat an mehreren Stellen Kreuze eingestickt waren. Eines prangte sogar auf dem enormen Busen der hohen Dame und konnte somit nicht übersehen werde. Das war fatal, denn die Kreuze verrieten die Herkunft des teuren Gewebes. Noch vor einem Monat lag es als Altartuch in der Kirche von Bavai. Chlodwig und seine Rotte hatten es bei einem ihrer letzten Beutezüge mitgehen lassen.

So mußte sich Frau Basina wohl oder übel aus dieser prächtigen Hülle schälen und sie vorerst in einer Truhe verschwinden lassen. Das verdroß sie, und absichtlich nahm sie sich viel Zeit beim Umziehen. Erst gegen Abend, als es bereits zu dämmern begann, empfing sie den Bischof.

Remigius betrat ihr Gemach nur in Begleitung des Diakons Chundo. Den mäkligen Freier hatte er in der Halle zurückgelassen, damit er ihn bei seinem Hauptanliegen nicht störte. Die beiden Geistlichen grüßten, und der Bischof wollte gerade mit einer wohlformulierten Anrede beginnen, als Basina ihn anfuhr.

»Was willst du schon wieder, Remigius? Du warst doch im Frühjahr erst hier! Dauernd kommst du mit einem Ansinnen! Was haben wir dir schon wieder getan? Wir leben hier mit unseren Sorgen und Mühen und tun niemandem etwas zuleide. Mein Sohn ist nicht da, er geht seinen Pflichten nach. Und was mich betrifft ... Ich komme kaum noch vom Stuhl hoch, weil meine Beine mich nicht mehr tragen. Was kann ich also verbrochen haben? Willst du mir wieder Vorwürfe wegen der alten Geschichten machen? Ich sage dir, was ich dir immer sage: Das geht dich nichts an – und deinen Gott auch nicht. Mit dem hab ich nichts zu schaffen!«

Frau Basina, jetzt fränkisch einfach gekleidet, als gute Hausfrau mit den Schlüsseln am Gürtel, saß massig in ihrem gepolsterten Armstuhl und redete unaufhörlich weiter. So blieb dem Bischof nichts anderes übrig als abzuwarten, bis ihr der Atem ausging. Er kannte solche Empfänge, war abgehärtet. Die Barbarendamen, besonders die vornehmen, waren selbstgefällig und rechthaberisch, und es war ihnen nur schwer beizukommen. Mit dieser hatte es noch eine besondere Bewandtnis.

Basina war eigentlich Thüringerin. Vor über zwanzig Jahren war sie mit König Bisin verheiratet, der noch immer irgendwo jenseits des Rheins seinen wilden Germanenstamm regierte. Als sie mit Siebzehn seine Frau wurde, lebte ein Flüchtling an seinem Hof – Childerich, der vertriebene Frankenkönig. Die fränkischen Großen hatten ihn abgesetzt und außer Landes gejagt, weil er sich immer wieder an ihren Frauen und Töchtern vergangen hatte. Bei König Bisin, einem entfernten Verwandten, hatte der Heimatlose Asyl gefunden und nun bedankte er sich – auf seine Weise. Er verführte Bisins junge Gemahlin. Wenig später erfuhr er, daß ihn die Franken zurückhaben wollten, und verschwand so plötzlich, wie er gekommen war.

Basina blieb bei ihrem Gatten zurück und verzehrte sich nach ihrem Liebhaber. Sie schlief nicht mehr, aß nicht mehr und tat schließlich etwas Unerhörtes. Bei Nacht und Nebel verließ sie die Königsburg und machte sich, von nur wenigen Vertrauten begleitet, auf den Hunderte Meilen langen Weg zu den Franken. Sie bestand unzählige Abenteuer, entkam immer wieder ihren Verfolgern und erreichte nach einem halben Jahr Tournai. Hier fiel sie Childerich in die Arme. Sie erklärte dem Überraschten, er sei nun einmal der Tüchtigste und einen anderen als ihn wolle sie nicht haben. Wenn es irgendwo einen noch Tüchtigeren gäbe, und sei es jenseits des Meeres, würde sie abermals nicht zögern und zu ihm eilen. Childerich war gerührt und fühlte sich geschmeichelt. Die Königin eines großen Reiches floh unter Gefahr für Leib und Leben zu ihm, dem Kleinkönig. Er feierte Hochzeit mit ihr, obwohl sie ja nach wie vor mit Bisin verheiratet war, und seine Tüchtigkeit wurde hinfort so von ihr in Anspruch genommen, daß er das Wildern in fremden Revieren vollständig aufgab. Er wurde ein braver Ehemann und zeugte mit ihr vier Kinder: Chlodwig, Audofleda, Albofleda und Lanthild.

Das waren die »alten Geschichten«. Der Bischof hatte sich immer wieder bemüht, sie seinen Zwecken nutzbar zu machen. Er hatte einen endlosen Kampf um die Seelen der beiden Ehebrecher geführt. Das Bewußtsein des Unrechts für ihre Sünde zu wecken und daraus die Sehnsucht nach einem Erlöser, den er in der Gestalt des Herrn Jesus Christus bereithielt, hatte er sich viel Zeit und Mühe kosten lassen. Doch das Ergebnis war leider unbefriedigend. Childerich, der am Ende seines Lebens zusehends verfiel, hatte keine Kraft mehr zur Bekehrung. Er fürchtete zwar den schändlichen »Strohtod«, der ihm bevorstand und ihm den Zugang nach Walhall versperrte, wo sich nur die im Kampf gefallenen Helden ewig vergnügten. Ganz gern hätte er deshalb ersatzweise das Paradies gewählt. Frau Basina duldete das jedoch nicht. Nachdem Remigius das Paradies – vielleicht etwas zu leidenschaftlich – als einen von Engeln bevölkerten Ort ewiger Lust beschrieben hatte, stellte sie sich darunter eine Art Bordell vor, wo sich ihr Gatte mit regenerierter Tüchtigkeit außerehelich vergnügen würde. Dies mißgönnte sie ihm aus Eifersucht, und da sie ihn in seinen letzten Jahren völlig beherrschte, fügte er sich. Nach heidnischer Sitte bekam er Schwert und Roß mit ins Grab, obwohl er sicher war, daß ihm das »drüben« nichts nützen würde. Frau Basina beweinte ihn angemessen. Nach der Trauerzeit sündigte sie sogar weiter (man munkelte: mit Bobolen) und ließ den Bischof weiterhin hartnäckig abblitzen. Aber ebenso hartnäckig setzte er seine Bekehrungsversuche fort.

Diesmal hatte er sich eine neue Taktik zurechtgelegt. Als sie endlich, nach Atem ringend, den Mund hielt, sprach er sanft, mit bedeutsamer Miene. »Ich habe eine gute Botschaft für dich, edle Frau. Trotz der Hitze bin ich hierher geeilt, damit du sie gleich erfährst.«

»Was kannst du mir schon Gutes bringen?«

»Hör zu. Im Traum erschien mir der heilige Martin von Tours. Er nahm mich bei der Hand, führte mich in ein Haus und sprach: ›Siehe, Remigius, diesen Palast‹ – denn es war ein Palast mit Säulen, Türmen, Balkons und einem herrlichen Garten – ›diesen Palast habe ich für König Childerich reserviert. Obwohl der Arme wie alle Heiden erst einmal zur Hölle gefahren ist. Ich gebe die Hoffnung nicht auf, daß er dort wieder herauskommen wird. Wenn die edle Frau Basina‹, fuhr er fort, ›den dreifaltigen Gott bekennt und unserer christlichen Kirche beitritt, wird er unverzüglich in den Himmel entlassen und darf hier einziehen. Denn dieser Palast ist für sie beide bestimmt, und wenn Frau Basina eines Tages das Ziel ihres irdischen Wandelns erreicht hat, werden sie hier gemeinsam leben … in Ewigkeit glücklich vereint. Und er wird so tüchtig und sie wird so schön sein wie damals, als sie auf Erden jung waren. Ich wollte, daß du es gleich erfährst. Ist das nicht eine wunderbare Verheißung?«

»So etwas träumst du also«, sagte die füllige Dame. »Das sind ja Sachen.«

Remigius merkte, daß er sie noch nicht überzeugt hatte, und fuhr rasch fort: »Ja, und es geschah noch etwas Wunderbares! In derselben Nacht, zur selben Stunde, erschien im Traum dem Diakon Chundo, den ich dir hier als Zeugen mitgebracht habe, derselbe Palast im Himmel und darin ein Bett mit einem Paar, das sich leidenschaftlich umschlang. Das warst du mit deinem Gatten! Was sagst du, edle Frau, zu so viel Übereinstimmung?«

»Es gehört sich nicht, so etwas zu träumen«, sagte sie und warf Chundo einen strengen Blick zu. »Ihr Kirchenmänner seid verdorben und schamlos. Das hat Childerich auch immer gesagt.«

»Aber ich habe ja gar nicht …« protestierte der Dürre.

»Du hast es gebeichtet!« zischte Remigius. »Zwischen Vigil und Frühmette träumst du immer von kopulierenden Paaren. Warum nicht von diesem?« Und laut, an Frau Basina gewandt, sagte er: »Er hat nichts Unziemliches geträumt. Er konnte auch gar nichts erkennen, weil das Paar plötzlich in gleißendes Licht getaucht war. Es war die Aureole des heiligen Martin, die den Diakon blendete. Und auch zu ihm sprach der Heilige. ›Die beiden dort in dem Palast‹, sagte er, ›das sind mein Sohn Childerich und meine Tochter Basina, das Königspaar, nachdem sich Basina zum dreifaltigen Gott bekannt hat.‹ Es versteht sich, daß der Heilige in die Zukunft blickt und sicher ist, daß du mit Childerich wieder vereint sein willst.«

»Aber das kann ja noch lange dauern«, sagte die Witwe. »Zum Sterben ist es für mich zu früh. Warum kannst du mir

Childerich nicht wieder lebendig machen? Dann würde ich glauben, was ihr Christianer erzählt. Du sollst ja schon mehrere Tote wieder zum Leben erweckt haben.«

»Das ist nicht so einfach, edle Frau, und in diesem Fall ganz unmöglich. Erstens muß der Tote ein Christ sein, und zweitens darf er noch nicht so lange tot sein, wie es König Childerich ist. Ja, hätte er sich noch taufen lassen und wäre ich gleich nach seinem Ende gerufen worden, dann hätte ich es mit Gottes Hilfe vielleicht noch geschafft. So muß ich dich leider auf die herrliche Zeit im Jenseits vertrösten, in dem himmlischen Palast.«

»Sind auch Engel darin?« fragte Frau Basina mißtrauisch.

»Es werden ab und zu einige nach dem Rechten sehen und sich als Boten Gottes nach euern Wünschen erkundigen«, erwiderte der Bischof vorsichtig. »Sonst verhalten sie sich aber sehr rücksichtsvoll und bleiben die meiste Zeit unsichtbar.«

»So sind wir dort ganz allein? Ohne Verwandte, ohne Gefolge, ohne Knechte und Mägde?«

»Der Palast wird voller seliger Geister sein ... zu eurer Bedienung und Unterhaltung.«

»Es werden also auch Frauen da sein.«

»Auch Frauen, natürlich.«

»Und du sagst, Childerich wird sofort in den Himmel entlassen, wenn ich mich zu euch bekenne?«

»Unverzüglich! Das hat mir der heilige Martin zugesichert. Und der muß es wissen. Er sitzt ja direkt an Gottes Thron.«

»Wenn es so ist, werde ich lieber noch warten.«

»Noch warten? Warum? Warum denn?«

»Ich kenne Childerich gut genug. Er würde es nicht aushalten, bis ich sterbe. Er würde sich an alle diese Frauen heranmachen.«

»Aber bedenke, wo er sich im Augenblick aufhält. Er schmachtet in der Hölle!«

»Es ist besser, er bleibt dort so lange. Um so größer ist dann die Freude, wenn er mich wiedersieht. Ich kann das auch nicht ohne meinen Sohn entscheiden. Er würde mir sehr übel nehmen, wenn ich plötzlich die alten Götter verließe.«

Der Bischof schwieg ratlos. Hatte er wieder den Weg umsonst gemacht? Plötzlich zupfte Chundo ihn am Ärmel und suchte ihn mit unauffälligen Kopfbewegungen auf etwas aufmerksam zu machen. Remigius wehrte ihn ärgerlich ab und bemühte sich, wenigstens noch einen halben Erfolg zu erringen.

»Aber rührt es denn nicht dein Herz«, wandte er sich wieder an Frau Basina, »daß dein Gemahl im Höllenfeuer schmort und von tausend Teufeln gepiesackt wird?«

»So schlimm wird es schon nicht sein«, meinte die edle Witwe, »sonst könnte er ja im Himmel nicht wieder zu Kräften kommen, wie du behauptest. Und was kann ich dagegen tun?«

»Du könntest dafür sorgen, daß er in eine Abteilung der Hölle kommt, wo es etwas weniger grausam zugeht.«

»Und wie?«

»Indem du den heiligen Martin als Fürsprech gewinnst. Betrübt sieht er von dort oben, daß Franken unter dem Befehl deines Sohnes immer wieder in das Gebiet des römischen Patricius eindringen. Daß sie dort aus unseren Kirchen alles, was Wert hat, entfernen. Du hast doch Einfluß auf deinen Sohn. Wenn du es schaffst, dem ein Ende zu setzen, wird sich der Heilige erkenntlich zeigen. Besonders wirst du ihn dir verpflichten, wenn zurückgegeben wird, was neulich in Bavai genommen wurde. Hier ist eine Liste.« Remigius nahm ein Pergament, das Chundo ihm reichte. »Da wäre zum Beispiel ein hoher goldener Leuchter, ein silberner Meßkelch, ein Altartuch aus feinem Brokat ...«

»Davon weiß ich nichts!« unterbrach ihn Basina schroff.

»Behauptest du, daß wir Franken Diebe sind? Vielleicht haben euch eure eigenen Leute bestohlen, diese Landstreicher, die sich Mönche nennen. Sie werden alles unter ihren Kutten versteckt und sich davongemacht haben. So viele streunen umher …«

»Sie lügt!« flüsterte der Diakon. Remigius folgte der Richtung seines Blickes und bemerkte die Truhe in der Ecke. Von einem Kleidungsstück, das hineingestopft war, hing noch ein Zipfel heraus. Und dieser Zipfel war mit einem Kreuz bestickt.

»Wir wollen nicht kleinlich sein«, sagte der Bischof, wobei er Chundo gegen das Schienbein trat. »Ich habe aber hier auf der Liste noch verschiedene andere Gegenstände. Leider ist es schon ziemlich dunkel …«

»Onufrius!« schrie Basina. »Licht! Lies nur vor«, sagte sie zu Remigius, »lies alles vor. Finden wird sich hier nichts davon!«

Ein Diener trat mit einem Kandelaber ein. Strahlende Helle ging von ihm aus. Zahlreiche Lämpchen hingen an zierlichen Ketten. Der Fuß, der Schaft und die Arme glänzten.

Chundo fuhr heftig zurück.

»Das ist er!« schrie er. »Das ist er! Der Leuchter aus Bavai!«

Im ersten Augenblick war auch Frau Basina erschrocken.

»Dummkopf!« fuhr sie den Diener an. »So viel Licht war nicht nötig!« Doch gleich faßte sie sich und gab sich entrüstet. »Was fällt euch ein? Was sagt er da? Was behauptet er?«

Remigius hob abwehrend die Hände. Doch Chundo war in seinem Drang nach Wahrheit nicht mehr aufzuhalten.

»Er ist es! Der Fuß in Form einer Löwenpranke! Kleine Schiffchen als Ölbehälter! Vom Kaufmann Sotimus der Kirche gestiftet. Damit Messen gelesen wurden, für seine glückliche Heimkehr aus dem Orient. Gib her! Gib ihn her!«

Er packte den Kandelaber und brachte ihn nach kurzem Gezerre mit dem Diener an sich. Aber die Heftigkeit der Bewegungen und das Gewicht des Gegenstands rissen den dürren Gottesmann fast von den Füßen. Er schwankte so sehr, daß das brennende Öl aus den Lämpchen herausspritzte. Der Polsterbezug eines Hockers fing Feuer. Auch aus dem Teppich schossen Flämmchen empor.

»Feuer!« kreischte Basina. »Feuer! Zu Hilfe! Diebe! Brandstifter!«

Im nächsten Augenblick stürzten mehrere Männer herein, Bobolen an der Spitze. Remigius wollte noch etwas erklären, wurde jedoch beiseite gestoßen. Einer der Männer warf den brennenden Hocker aus dem Fenster. Andere versuchten, die Flammen auf dem Fußboden auszutreten. Man schrie nach Wasser, und endlich schleppten Mägde einen Bottich herbei, der über dem Teppich ausgeleert wurde. Die Flammen erloschen, und es verbreitete sich stinkender Qualm.

Bobolen half Frau Basina, die heftig hustete, aus dem Armstuhl und führte sie hinaus. Der Bischof rief ihr nach, es tue ihm leid und es handele sich um einen Irrtum aus Übereifer. Aber da wurde er schon von zwei Knechten gepackt und die Treppe hinuntergezerrt. Auf Chundo, der ihm folgte, prasselten Fußtritte und Faustschläge ein.

Die Knechte brachten die beiden Geistlichen zu dem Turm an der Ecke der Wallanlage. Dort landeten der Bischof und sein Diakon im Festungsverlies.

4

König Chlodwig gähnte. Die langen Beine angezogen, die Arme um die Knie gespannt, hockte er an einem der Feuer, die auf dem Platz vor dem ehemaligen Prätorium brannten. Obwohl es schon auf Mitternacht ging, war die Unterhaltung ringsum lebhaft, es wurde getrunken und gesungen. An den Bratspießen schmorte noch Fleisch, und alle Augenblicke erhob sich einer und zückte seinen Dolch oder ein Messer.

Die Stimmung war prächtig, wie stets vor einem Beutezug. Die Männer erzählten sich ihre Abenteuer bei früheren Unternehmungen und schwelgten im Vorgefühl des üppigen Gewinns, den sie diesmal erhofften. Die Wahl war auf eines der größten Güter im Norden des galloromischen Restreiches gefallen, das lange verschont geblieben war. Die Franken wollten in aller Frühe aufbrechen und die gut vierzig Meilen in zwei Tagemärschen zurücklegen. In der darauffolgenden Nacht sollte es dann zum Überfall kommen.

Chlodwig starrte schweigend in die Flammen. Er beteiligte sich nicht mehr an den Gesprächen. Alles war gründlich besprochen worden. Diesmal hatte er die Waldburg ohne eine bestimmte Absicht aufgesucht. Er wollte lediglich der Langeweile in Tournai und Halleluja entkommen. Erst hier hatte sich herausgestellt, daß die Gelegenheit günstig war. In einem solchen Fall war es nicht seine Art zu zögern.

Der Zug war durch die Besatzung der Waldburg, eine Hundertschaft erfahrener Krieger, wie immer gut vorbereitet worden. Die Spione hatten die schwachen Punkte der Mauern und Zäune ermittelt und festgestellt, daß der Besitzer des Gutes, ein Senator aus Reims, die Wachmannschaft aus irgendeinem Grunde ausgetauscht hatte. So bekam man es jetzt mit unerfahrenen Leuten zu tun, die sich in ihrer neuen Umgebung noch kaum richtig auskennen würden. Ein Teil des Getreides war bereits ausgedroschen und in Vorratsfässern gelagert, und man hatte herausbekommen, in welche Speicher man einbrechen mußte. Auch die versteckten Trampelpfade, die zu den nächtlichen Weideplätzen der Herden führten, waren erkundet. Aus Dörfern in der Umgebung der Waldburg waren noch rasch über hundert Mann zur Verstärkung herbeigeholt worden, und so würde man mit zweihundertfünfzig Bewaffneten angreifen. Ein größeres Aufgebot war nach Meinung der Waldburgleute nicht notwendig. Man konnte sich auf ihr Urteilsvermögen verlassen.

Alle Aufgaben waren verteilt, die Kommandos vergeben, die Trupps zusammengestellt. Die Besten der jungen Gefolgschaft, die mit dem König aus Tournai gekommen waren, und eine zweite Abteilung der Jungmannschaft würden das Herrenhaus und die Gesindeunterkünfte stürmen. Sie würden die folgsamen, nützlichen Leute zusammentreiben, die unnützen und widersetzlichen niedermachen, die wertvollen Beutestücke sichern, schließlich die Brände legen. Alles sollte so ablaufen wie immer. Der dicke Bobo, der eines Tages seinen Vater als Palastgraf beerben wollte, würde mit der Peitsche in der Hand die Fuhrknechte antreiben. Der hübsche Ansoald würde die Gefangentrecks zusammenstellen und aufpassen, daß keine der jungen Mägde entschlüpfte. Und der kleine Ursio würde zum Spaß einige schwächliche Alte ins Feuer stoßen und ein paar plärrende Kinder hinterherwerfen. Im Morgengrauen würde alles getan sein. Siegreich, betrunken und grölend würden sie abmarschieren. So machten es germanische Horden seit Hunderten von Jahren. Daran war nichts Besonderes.

Chlodwig gähnte abermals und erhob sich. Es wurde Zeit, sich zur Ruhe zu legen. Vorher wollte er aber noch einen Rundgang machen und die Torwachen kontrollieren. Diese Gewohnheit hatte er von seinem Vater übernommen. Childerich hatte immer und überall Feinde gewittert.

Ein Herrscher sammelt sein Leben lang Feinde, diese Erfahrung hatte auch Chlodwig schon gemacht. Zwei Anschläge waren in den vier Jahren seiner Herrschaft bereits auf ihn verübt worden. Im ersten Fall hatte ein bei diesen Beutezügen geschädigter gallorömischer Aristokrat einen Mörder auf ihn angesetzt. Der hatte sich aber durch auffälliges Benehmen verraten, und sein abgeschlagener Kopf konnte dem Auftraggeber wohlverpackt zugeschickt werden. Im zweiten Fall deckte Chlodwig ein Komplott auf, an dem sogar Verwandte beteiligt waren. Er ließ alle hinrichten – mit der Folge, daß seine Vettern aus Cambrai, wahrscheinlich die Hintermänner des zweiten Anschlags, mit ihrer Streitmacht als Rächer heranzogen und ihn aus Tournai vertrieben. Hier in der Waldburg konnte er Kräfte sammeln, sich rüsten und schließlich den Gegenangriff riskieren. Es kam zur Versöhnung, aber man traute einander nicht mehr. Die Wachsamkeit durfte nicht vernachlässigt werden.

Chlodwig befahl Dagulf, den Kommandanten der Waldburg, zu sich und sie gingen den Hauptweg entlang auf das östliche Tor zu. Wie alle Paläste und Burgen, in denen sich seit zweihundert Jahren nach und nach die Franken niedergelassen hatten, war auch die Waldburg einst von Römern als Militärlager errichtet worden. Man erkannte noch die Grundform, das *castrum* mit seinen streng rechtwinklig angelegten Straßen, Wällen und Gräben. Die römischen Holzbaracken waren natürlich längst verschwunden. Jetzt standen hier strohgedeckte fränkische Bauernhütten, zwischen denen Unterholz wucherte. Aus der sorgsam gepflasterten *via principalis*, auf der sich Chlodwig und sein Begleiter befanden, war ein von Gras, Moos und Schotter bedeckter holpriger Weg geworden. Nur der hohe Palisadenzaun, dem sie sich näherten, wurde ständig ausgebessert und erneuert. Gleich hinter ihm erhob sich ein schwarzer Wald vor dem hellen, vom Mondlicht überstrahlten Himmel.

Dagulf, ein kleiner Graubart mit krummen Beinen, hatte Mühe, den raumgreifenden Schritten seines zwanzig Jahre jüngeren und zwei Köpfe größeren Königs zu folgen. Er geriet außer Atem und blieb schließlich zurück, ohne daß Chlodwig es bemerkte. Der junge Mann, in Gedanken versunken, nahm auch nicht wahr, daß Dagulf plötzlich vom Wege abkam und mit einem seltsamen Rückwärtssprung im Gebüsch verschwand.

Gleich darauf war ja der leichte Schritt auch schon wieder vernehmbar.

»Ich habe gehört«, sagte Chlodwig, »daß sich da draußen im Wald ein Mann herumtreibt. Er schleicht umher, taucht auf, verschwindet wieder. Die Wachen beobachten ihn, versuchen, ihn einzufangen. Was ist das für ein Kerl? Ich will …«

Da blitzte etwas vor ihm auf. Mit der Raschheit des immer Wachsamen warf er den Kopf zurück und griff zu. Er bekam ein Handgelenk zu fassen und preßte es mit aller Kraft, so daß die Klinge, deren Spitze schon seine Haut berührte, sich langsam, sehr langsam senkte … und plötzlich vernahm er ein Lachen. Die Hand erschlaffte und öffnete sich. Er drückte sie nieder, das Messer fiel zu Boden. Und als er heftig den Kopf zur Seite wandte, starrte er in ein totes Auge, weiß und leer zwischen dunklem Haargewirr.

Und der Kerl neben ihm lachte noch immer, und dann sagte er mit einer ruhigen, tiefen, kraftvollen Stimme: »Chlodwig! Sei ruhig. Keine Sorge, nichts wird dir geschehen. Aber so hätte man dich umbringen können.«

»Wer bist du, Mann?« stieß der König hervor. Er packte

den anderen, der kleiner und schmaler war, an der Schulter und schüttelte ihn.

»Baddo bin ich. Dein guter alter Freund Baddo. Der Kamerad deiner Kindheit. Dein Blutsbruder.«

»Du bist Baddo?«

»Sohn des Badegisel. Erinnerst du dich? Es ist ja noch gar nicht so lange her. Ich war mal der einzige, der dir nahestand.«

»Du wolltest mich umbringen!«

»Nein, Chlodwig, nein! Ich wollte dir zeigen, wie man es tun könnte. Um dich zu warnen.«

»Was treibst du hier? Wie kommst du hierher?«

»Ich wollte zu dir. Ich mußte zu dir. Es gibt außer dir niemand mehr, dem ich vertrauen kann. Aber man hätte mich nicht zu dir gelassen, sondern mich auf der Stelle getötet. So mußte ich einen Weg suchen, um mich dir bemerkbar zu machen.«

»Ein verdammt gefährlicher Weg!« Chlodwig ließ den anderen los und bückte sich, um das Messer aufzuheben. »Aber warum? Warum war das nötig?«

Der Mann, der sich Baddo nannte, strich eine Strähne des wirren Haars zurück, die sein gesundes Auge bedeckte.

»Es war nötig, weil ich auf der Flucht bin. Und ohne dich unrettbar verloren. Mir blieb keine Wahl, ich mußte dir auflauern, um dich allein zu sprechen. Es war gar nicht so schwer, und wenn ich sonst nichts mehr erreiche, dann wenigstens dies: Du weißt nun, was deine Wachen wert sind. Alles Weitere liegt bei dir. Ich habe mich dir ausgeliefert. Und ich habe mich, wie es aussieht, schuldig gemacht. Wenn du mich hinrichten läßt, ist es mir vorbestimmt. Dann ist es Götterwille.«

Chlodwig steckte das Messer in den Gürtel, beugte sich etwas vor und starrte dem anderen lange und aufmerksam ins Gesicht.

»Ich erkenne dich nicht wieder«, sagte er. »Aber das Auge … es ist das linke. Du könntest es sein. Du verlorst es durch mich.«

»Das ist vergessen. Es war ein Unfall. Als Kinder gerieten wir in Streit und warfen mit Steinen. Einer traf mich ins Auge.«

»Wir wollten uns gegenseitig ans Leder. Aber dann wurden wir Freunde.«

»Blutsbrüder. Wir zapften Blut in unsere Becher und tauschten sie dann. Das ist ein Bund für die Ewigkeit. Untrennbar.«

»Aber wie kommst du in diese Lage? Ich hörte, du warst Reiterhauptmann im Heer des Syagrius.«

»Das war ich noch vor einem Monat. Jetzt werde ich von ihm verfolgt. Als Opfer eines schändlichen Spiels. Ich werde dir alles berichten, wenn du dir Zeit nimmst, mir zuzuhören. Ich werde mich rechtfertigen und beweisen, daß ich dein Vertrauen verdiene. Mehr Vertrauen als der dort!«

In diesem Augenblick kroch hinter ihnen der kleine Dagulf aus dem Gebüsch. Er stellte sich mühsam auf seine krummen Beine und machte ein paar unsichere Schritte.

»Ich mußte deinen obersten Wächter ein bißchen würgen«, gestand Baddo. »Aber er kommt ja schon wieder zu sich.«

Der Anblick des torkelnden Kommandanten war so unwiderstehlich erheiternd, daß Chlodwig den Lachreiz nicht unterdrücken konnte.

»Ausgeschlafen?« rief er. »Hast du ein Nickerchen im Gebüsch gemacht, während man deinen König umbringen wollte?«

Ins Lager zurückgekehrt, trat Chlodwig zwischen die niederbrennenden Feuer. Seine Hand lag auf der Schulter des Einäugigen.

»Alle mal herhören!«

Der Befehl war nicht nötig. Die Männer waren bereits verstummt und blickten erstaunt auf den Ankömmling.

»Das ist doch der Kerl aus dem Wald!«, rief einer.

»Ja«, sagte Chlodwig, »das ist der Kerl aus dem Wald. Das ist mein alter Freund Baddo, mein Blutsbruder! Mancher wird sich an ihn erinnern, wir haben als Kinder zusammen gespielt. Er ist der Sohn des Badegisel, der sich mit meinem Vater überwarf, nach Soissons ging und in die Dienste des Patricius trat. Was blieb Baddo übrig, als mit seiner Familie zu gehen. Aber jetzt ist er zu mir zurückgekehrt. Und, Männer, gleich hat er mir einen Beweis seiner alten Freundschaft und Treue geliefert! Als Feind hätte er mich umbringen können, weil diese Burg von Blinden, Tauben und Säufern bewacht wird. Er zeigte mir, daß ich zuverlässige Männer brauche. Deshalb wird er uns auf unserm Zug begleiten und uns beweisen, was er wert ist. Gebt ihm eine Strohmatte und eine Decke. Und morgen früh Kleidung und Schuhe. Waffen bekommt er von mir.«

Den Worten des Königs folgte ein unruhiges Gemurmel.

Ansoald rief: »Bist du sicher, daß du den Mann nicht mit einem andern verwechselst? Wenn er so zuverlässig und treu ist ... warum schleicht er im Wald umher und steigt über Zäune?«

»Vielleicht ist er ein zuverlässiger Späher!« schrie Ursio.

Einige der Betrunkenen lachten.

Bobo zog einen brennenden Ast aus dem Feuer, erhob sich, trat näher und leuchtete in das abgezehrte, bleiche Gesicht des Einäugigen.

»Ein Späher ist er wohl nicht, aber vielleicht ...« Er streckte die Hand aus und griff in das wirre schwarze Haar. Gleich darauf hatte er das rechte Ohr freigelegt. »... nein, sicher ist er ein Sklave!«

Er riß den Kopf an dem Ohr so heftig herum, daß Chlodwig nun im Schein des brennenden Astes die tiefe

Kerbe bemerkte, die in die Muschel geschnitten war. Die Ränder waren noch verschorft, der Einschnitt schien frisch zu sein.

Eine solche Zeichnung am Ohr war für einen Sklaven – abgesehen vom Tode – die schlimmste Form der Bestrafung.

Chlodwig starrte auf die Kerbe, schwieg jedoch. Seine Hand ruhte noch immer auf der Schulter des Mannes, der mit festem Blick zu ihm aufsah.

»Ja, das haben sie aus mir gemacht. Einen Sklaven! Ich war schon mit einem Treck unterwegs, zu einem der Märkte in Spanien. Es gelang mir, zu fliehen und mich hierher durchzuschlagen. Urteile nicht auf Grund dieser Schändung, die sie mir zugefügt haben. Du wirst mich freisprechen, wenn du meine Geschichte gehört hast.«

»Es wird so gemacht, wie ich befohlen habe«, sagte Chlodwig zu Bobo. »Versorgt ihn! Und keiner soll wagen, ihn anzurühren. Gebt ihm morgen früh auch ein Pferd. Er gehört von jetzt an zur zweiten Abteilung.«

Es gab keinen weiteren Widerspruch.

»Was sitzt ihr hier überhaupt noch herum und sauft und lärmt?« rief der König. »Legt euch hin, es wird früh hell, und ihr werdet das bißchen Schlaf brauchen. Denkt daran: Wir sind zwei Tage unterwegs, haben eine Nacht lang zu tun und brauchen mindestens drei Tage für den Rückweg. Wer müde und schlapp ist, den erwischt es zuerst. Und es wäre dann nicht einmal schade um ihn!«

5

Es erwischte sechsundzwanzig Mann, aber das war nicht ungewöhnlich bei einer solchen Unternehmung. Sie hatten schon größere Verluste gehabt. Die meisten Toten gab es bei einem Kampf mit Viehdieben, die es zufällig in derselben Nacht auf dieselbe Herde abgesehen hatten. Die anderen hatten gesiegt, wenn auch ebenfalls unter hohen Verlusten und die Herde fortgetrieben. Die Zurückgekehrten hatten berichtet, daß die anderen wahrscheinlich Tongerer waren.

Chararichs Leute, dachte Chlodwig erbittert. Der Schuft kommt mir dauernd ins Gehege. Eine Plage sind solche Verwandten!

Er war mißgestimmt, denn unter den sechsundzwanzig Getöteten waren drei, um die es ihm leid tat, weil sie ihm fehlen würden. Es gab nicht viele Männer, die imstande waren, größere Haufen zu führen. Nur wenige besaßen den Verstand und das Geschick, nach einem vorgefaßten Plan zu handeln und sich dabei nicht durch die vielen kleinen unvorhersehbaren Zwischenfälle beirren zu lassen. Alle drei waren beim Sturm auf die Unterkünfte der Knechte erschlagen worden. Es hatte dort überraschend starken Widerstand gegeben, weil in den Häusern außer den Sklaven auch viele Kolonen untergebracht waren. Diese Halbfreien mußten während der Erntezeit für den Gutsherrn arbeiten. Sie hatten sich wütend verteidigt, wußten sie doch, was sie erwartete, wenn man sie fortschleppte. Sie verlören dann auch ihre halbe Freiheit und würden die Heimat und ihre Familien nie wiedersehen. Während die Sklaven sich nur schwach gewehrt und viele sich sogar widerstandslos ergeben hatten – es änderte sich ja kaum etwas an ihrem Schicksal –, waren die Kolonen auch auf dem Marsch noch aufsässig und unternahmen trotz strenger Bewachung Fluchtversuche. Immerhin hatten die Franken über dreihundert gesunde und unversehrte Männer, Frauen und Kinder aufgebracht. Bobo hatte Chlodwig schon vorgerechnet, daß diese Beute im Herbst, wenn die Händler kamen, mindestens 150 000 Solidi einbringen würde.

Dieser Gedanke heiterte den König ein wenig auf, während er dem Treck voranritt. Auch die übrige Ausbeute entsprach den Erwartungen. Hochbeladene Karren mit Getreide wurden mitgeführt. Fast achthundert Tiere waren von den Weiden getrieben, darunter gute Zugochsen und Milchkühe. Das Fleisch der Schweine würde den Winterbedarf der Festung sichern. So viele Pferde wurden eingefangen, daß die Tournaier ihre Fußtruppe endlich durch eine Reiterei verstärken konnten.

Diese Reiterei sollte unverzüglich aufgestellt werden, und Chlodwig wußte auch schon, wen er zu ihrem Befehlshaber machen würde: Baddo. Dies war ein weiterer Gewinn bei dem Unternehmen – ein fähiger Anführer, der den Verlust der drei Erschlagenen sogar in gewisser Weise ausglich. Der Überfall auf eine besonders scharf bewachte Pferdekoppel war eine taktische Meisterleistung des Einäugigen gewesen und hatte den letzten Zweifel daran zerstreut, daß es tatsächlich Baddo war, der einstige Reiterhauptmann des römischen Statthalters. Chlodwig beschloß, ihn künftig in den inneren Kreis der Gefolgschaft aufzunehmen. Obwohl er noch immer nicht seine Geschichte kannte, war ihm Baddo in diesen Tagen schon fast wieder so vertraut geworden, als hätte es die zehn Jahre der Trennung niemals gegeben.

Im Grunde konnte der zwanzigjährige König mit sich zufrieden sein. Er hatte getan, was getan werden mußte. Es war jetzt seine wichtigste Aufgabe, dafür zu sorgen, daß er mit seinem salfränkischen Stammesvolk über den nächsten Winter kam. Dieses Volk wuchs beängstigend an, vor allem durch ständigen Zuzug von jenseits des Rheins, aus den alten germanischen Gauen. Es wurde eng in Chlodwigs winzigem Reich. In der Festung Tournai und in den Weilern ringsum lebten doppelt und dreimal so viele Menschen, als man aus eigener Kraft ernähren konnte. Die meisten Männer hatten keine Beschäftigung. Die Flächen für den Getreideanbau, um den sich vor allem die Frauen kümmerten, waren schmal und ausgelaugt, die eigenen Viehbestände bescheiden. So blieb nichts anderes übrig, als sich in guter germanischer Tradition das Nötige zum Überleben von dorther zu holen, wo man es fand: bei reichen Nachbarn. Sechs bis acht Beutezüge im Jahr genügten Chlodwig, selbst wenn die meisten nicht halb so ertragreich wie dieser waren. Auch sein Vater Childerich hatte sich schließlich nur noch auf diese Methode verlassen. Als Föderaten des Imperiums mit der Pflicht zu militärischem Beistand hatten die Franken von Tournai zwar nach wie vor Anspruch auf Hilfsgelder, aber die flossen schon zu Childerichs Zeiten nur spärlich und unregelmäßig. Chlodwig wußte, daß man ihn und seine Vettern, die anderen kleinen Könige im Nordosten Galliens, am Hof des Patricius in Soissons nur verächtlich als Raubgesindel bezeichnete. Doch das durfte ihn nicht kümmern. Er hatte keine andere Wahl.

Trotzdem beherrschte ihn ein seltsames Unbehagen. Auch nachdem er den Ärger über die Verluste hinuntergekämpft und den Gewinn des Beutezugs dagegengehalten hatte, stellte sich keine Siegesstimmung ein. Als die Gebäude des großen Gutes in Brand gesetzt und die Gefangenen herausgetrieben waren, hatten ihn einige seiner betrunkenen Krieger in die Höhe stemmen und unter Gesang auf ihren Schultern umhertragen wollen. Er hatte sich heftig dagegen gesträubt, es war ihm zuwider gewesen, sich eines solchen Sieges wegen bejubeln zu lassen. Einen der Aufdringlichsten hatte er sogar mit der Faust niedergeschlagen. Nach der Rückkehr in die Waldburg wollte er diesmal eine Siegesfeier vermeiden, selbst auf die Gefahr hin, viele aus der Gefolgschaft gegen sich aufzubringen. Er nahm sich nicht einmal die besten Beutestücke. Manche nannten ihn schon den »traurigen Wolf« und witzelten über seine Anspruchslosigkeit. Doch er wußte, daß es eher das Gegenteil war, was ihm so sehr zu schaffen machte.

Der Rückmarsch des schwerfälligen Trecks dauerte länger als vorgesehen. Erst gegen Abend des vierten Tages wurde die Waldburg erreicht.

6

Keiner der Männer, die vor dem Tor auf ihn warteten, hatte den zwanzigjährigen König der Franken jemals gesehen.

Zwar gab es zwei Merkmale, die einen König vom einfachen Gefolgsmann unterschieden: das lange Haar und den goldenen Siegelring. Doch Chlodwig hatte die langen braunen Strähnen zusammengebunden und unter den Kittel gesteckt, damit sie beim Ritt durch den Wald nicht an den Zweigen hängenblieben. Und er hatte die Zügel des Pferdes so um die rechte Hand gewunden, daß der Ring im Augenblick unsichtbar war.

So unterschied er sich kaum von den anderen. Wie alle war er verdreckt, abgerissen, seit Tagen unrasiert und übermüdet.

Er ritt heran und fragte grob: »Was seid ihr für welche? Woher? Wohin?«

Potitius, der auf einem größeren Pferd saß, blickte hochmütig zu ihm herab und sagte: »Das werden wir euerm König verraten!«

Die fränkischen Reiter, die ihn umringten, brachen in ein Gelächter aus. Der dicke Bobo ritt an seine Seite und knuffte ihn.

»Werde nicht unverschämt, Kerl! Der mit dir spricht, ist der König selbst! Also rede! Was habt ihr hier zu suchen?«

Der mondgesichtige Freier erschrak. Er hatte sich die erste Begegnung mit dem König der Franken, seinem künftigen Schwager, ein wenig anders vorgestellt. Während seines Aufenthalts in Tournai war er trotz des enttäuschenden ersten Eindrucks zu der Überzeugung gelangt, daß eine Heirat nicht unvorteilhaft für ihn sein würde. Alle Erkundigungen, die er einzog, bestätigten den Reichtum der Merowinger. Man zeigte ihm auch eine der Schwestern des Königs, und da es die Schönste, Audofleda, war, fing er Feuer. So entschloß er sich, keine Zeit zu verlieren und Chlodwig nachzureisen. Die Gesellschaft des Bischofs mußte er dabei freilich entbehren. Die beiden Geistlichen kamen zwar schon nach einer Nacht im Verlies wieder frei, doch Remigius zog es vor, den Fehlschlag schnell vergessen zu machen und die Missionsreise in die anderen fränkischen Kleinreiche fortzusetzen. Gern verzichtete er dabei auf die Gesellschaft des unberechenbaren Polterers Chundo, dem er die Heimreise befahl. Der Diakon aber mietete einen Esel und schloß sich Potitius und seinen Knechten an. Noch immer hoffte er, sich dem Himmel verdient zu machen und das geraubte Kirchengut zurückzubekommen. Für ein Goldstück war ein Franke bereit, etwas Verbotenes zu tun. Er verriet den Reisenden den geheimen Aufenthaltsort des Königs und führte sie hin. Einlaß erhielten sie zwar nicht, aber sie waren noch nicht einmal dazu gekommen, einen Lagerplatz zu suchen und die Tiere zu tränken, als sich Lärm erhob und die Franken aus dem Walde hervorbrachen.

Inzwischen waren auch unberittene Krieger herangekommen. Das Wiesengelände vor der Burg füllte sich. Potitius, der nur in Gesichter mit drohenden Mienen blickte, entschloß sich nach dem ersten Schreck, die Barbarenmeute durch aristokratische Höflichkeit zu entwaffnen. Obwohl er kaum glauben konnte, daß der schmutzige Schlacks, der ihn zuerst angesprochen hatte, tatsächlich der König Chlodwig war, saß er ab und machte eine Verbeugung.

»Salve!« sagte er forsch. »Ich bin Quintus Potitius, Sohn des Senators Lucius Potitius, aus Reims. Ich nehme an, daß du schon von uns gehört hast. In aller Bescheidenheit: Der

Familienbesitz der Potitier dürfte Größe und Umfang deines Reiches, König, um ein Beträchtliches übertreffen.«

Chlodwig wickelte den Zügel von der Hand, hob den Hintern und stellte sich kurz auf die Zehen. Er gab seinem kleinen, stämmigen Pferd einen Schlag auf den Hals, und es trat brav unter ihm hervor, trottete beiseite und begann zu grasen. Der König machte ein paar steife Schritte auf Potitius zu, kratzte sich, spuckte aus, blieb vor ihm stehen und sah nun seinerseits auf ihn herab.

»Freut mich, dich kennenzulernen«, sagte er langsam, indem er ihn mit seinem Wolfsblick fraß. »Du stattest mir also einen Gegenbesuch ab.«

»Damit hat er sich aber beeilt!« rief einer der Reiter, der kleine Ursio. »Er weiß eben, was sich gehört!«

»Bist du wirklich Potitius?« fragte Chlodwig.

Der Lockenkopf mit dem silbernen Stirnreif hörte das höhnische Gelächter ringsum, verstand aber nicht, was gemeint war, und sagte so fest wie möglich: »Der bin ich, freut mich ebenfalls. Aber ich weiß nicht, worauf du anspielst. Daß mir die Ehre deines Besuchs entgangen sein soll, ist mir unangenehm.«

»Hört, Männer, es ist ihm unangenehm!« rief Ansoald. »Dafür haben wir Verständnis!«

Chlodwig hob die Hand, an der Potitius nun auch den goldenen Siegelring sah, und das Lachen verstummte.

»Bist du nicht der, der mit Halleluja gekommen ist?«

»Du meinst …?«

»Dem Häuptling der Christianer. Da sehe ich ja auch noch einen von denen. Was wollt ihr also? Heraus damit!«

Potitius war in Verlegenheit. Der Ort und die Situation waren für sein Anliegen kaum geeignet. Sollte er hier, auf der Wiese vor der Burg, umringt von wüsten, waffenstarrenden Rohlingen, seine Brautwerbung vorbringen? Aber der lange Kerl starrte ihn an und wartete auf eine Antwort.

So fiel ihm nichts Besseres ein, als sich erst einmal in Schmeicheleien zu flüchten.

»Es war dein Ruhm, König, der mich anzog! Es drängte mich, einen Herrscher kennenzulernen, der schon nach so kurzer Regierungszeit weithin von sich reden macht. Eine solche Bekanntschaft ist lehrreich und in jeder Beziehung gewinnbringend. So schloß ich mich dem Bischof Remigius an, der inzwischen, da er dich nicht antraf, seine Reise fortgesetzt hat. Ich dagegen wartete auf dich in Tournai, aber schließlich konnte ich meine Ungeduld nicht mehr bezähmen, und da ich hörte, du seiest zu einer deiner anderen Residenzen aufgebrochen, folgte ich dir nach einer ungefähren Beschreibung des Ortes, den wir heute zufällig fanden. Es ist mein aufrichtiges Bestreben, König, als Sproß einer alteingesessenen Aristokratenfamilie mit dem Heldengeschlecht der Merowinger ...«

»Hast du es etwa auf eine meiner Schwestern abgesehen?« fragte Chlodwig scharf.

»Nun, ich ... wenn du mir gleich diese Frage stellst, ich ... ich wäre durchaus nicht abgeneigt«, stammelte Potitius, wieder etwas aus der Fassung gebracht. »Nachdem ich das Glück hatte, Fräulein Audofleda zu sehen ...«

»Du hast dich an Audofleda herangemacht?«

»Wie? O nein! Nicht einmal mit ihr gesprochen. Man hat sie mir nur gezeigt ... von weitem. Und das ... das bestärkte mich in meiner Hoffnung ... in meiner Absicht ...«

Potitius stockte, er war plötzlich abgelenkt. Ein Strom von Menschen und Tieren quoll aus dem Walde hervor und riß nicht ab. Es wurden auch Karren mitgeführt, die einen beladen mit Truhen, Fässern, Teppichen, Kleidern und Hausrat, die anderen mit Verschlägen und Käfigen, in die Schweine, Hühner, Gänse und sogar Kraniche gepfercht waren. Pferde, Kühe, Ziegen und Schafe wurden herausgetrieben, und schließlich kamen, mit Stricken aneinander gefesselt, auch

Menschen. Viele waren fast oder gänzlich nackt, so wie man sie im Schlaf überfallen hatte, junge Männer und Weiber zumeist, auch größere Kinder, nur wenige in fortgeschrittenem Alter.

Unter diesen war ein kräftiger, untersetzter Mann, den auch der tage- und nächtelange Marsch noch nicht zermürbt zu haben schien. Während die meisten bei dem Gebrüll der Bewacher müde und gleichgültig dahinstolperten, hielt er sich straff und ließ seine Blicke umherschweifen. Auf einmal blieb er stehen, riß heftig an seinen Stricken und schrie: »Herr! Bist du es, Quintus Potitius? Erkennst du mich, Herr? Ich bin Creatus! Hier ist Creatus!«

Der Angerufene stand wohl an die hundert Schritte entfernt und bemerkte den Mann nicht gleich. Er hatte bis dahin nicht viel davon mitbekommen, was hinter den fränkischen Reitern, die ihn umringten, vor sich ging. Bei dem anschwellenden Lärm – dem Kommandogebrüll, dem Pferdegetrappel, dem Knarren der Räder, dem Geblök, Gegrunze und Geschnatter der Tiere – verlor sich die einzelne Stimme. Doch einer der Knechte des Potitius hörte die Rufe, mit heftigen Gesten machte er seinen Herrn darauf aufmerksam. Potitius riß die Augen auf und blickte über die Schulter des Königs Chlodwig hinweg zum Waldrand.

Da sah er den Mann, der noch immer schrie: »Herr! Ich bin Creatus! Hilf uns, Herr! Ich bin Creatus! Creatus!«

»Aber das ist ja …« murmelte Potitius. Er starrte den König ungläubig an. »Das ist der Verwalter meines Hauptgutes!«

»Ja«, sagte Chlodwig, »das wußte ich schon.«

»Was habt ihr mit ihm gemacht? Wie kommt er hierher? Wer sind die dort alle?«

»Erkennst du sie nicht?«

»Das ist nicht möglich!« stammelte Potitius. »Nein … nein, nicht möglich … das kann doch nicht sein …«

Er sprang zur Seite, um besser sehen zu können, und schrie: »Was ist passiert?«

»Raub und Mord!« schrie der Gutsverwalter zurück. »Alles abgebrannt, die Ernte gestohlen, das Vieh dort – dein Eigentum – von der Weide getrieben! Die Villa ausgeraubt, alles Wertvolle weggeschleppt! Fünfzig Leute tot – die übrigen hier!«

Ein Knüppelhieb traf den Mann. Er wankte und stürzte nach vorn auf die Knie. Gleich wurde er wieder hochgerissen und weitergeschleppt.

Potitius schrie auf. Tränen füllten seine Augen und liefen über sein fettes, rundes Gesicht.

Jetzt lachte Chlodwig, zum erstenmal seit mehreren Tagen. Er stemmte die Fäuste in die Seiten und lachte lauthals. Die Franken ringsum stimmten ein.

Chundo, der auf dem Esel hockte, schlug unentwegt Kreuze und murmelte: »Herr, beschütze uns vor ihm, er ist der Teufel!«

»Du bist mir ein schöner Freier, Potitius!« rief Chlodwig. »Was hast du zu bieten – als Brautgeschenk und als Morgengabe? Das meiste, was dir gehörte, hab ich doch schon! Kann ich denn einem armen Mann meine Schwester geben?«

So viel Spaß gab es selten. Die Franken brüllten vor Vergnügen. Von Mund zu Mund ging es: Kann er denn einem armen Mann seine Schwester geben? Die Mühen der letzten Tage und Nächte schienen vergessen. Potitius tat auch alles, um das Gelächter hochzupeitschen. Er geriet völlig außer sich, heulte, zeterte, drohte sogar. Verlangte sein Eigentum zurück und dazu Entschädigung für die Getöteten. Er prahlte mit seinem Einfluß auf den Patricius in Soissons, der nicht zögern werde, die ruchlosen Taten zu ahnden. Auch den Zorn des allmächtigen Gottes beschwor er – und dies war das Stichwort für den Diakon Chundo. Der Eifer des anderen für die Gerechtigkeit riß ihn mit. Er entrollte das Pergament, auf dem die Verluste der Kirche von Bavai aufgelistet waren. Die beiden Kläger fielen einander ins Wort, überschrieen sich.

Dem König wurde die Sache nun lästig. Neben ihm tauchte Baddo auf.

»Das reicht wohl. Soll ich die beiden Kerle erledigen?«

Er zog sein Schwert, einen nagelneuen, frisch erbeuteten Gladius. Potitius erkannte ihn und schrie auf.

»Baddo! Du Mörder! Elender Sklave! Bist du entkommen und unter die Räuber gegangen?«

Der Einäugige holte schon zum Schlag aus, doch Chlodwig legte ihm die Hand auf den Arm.

»Macht mit ihnen, was ihr wollt, aber laßt sie am Leben! Und nehmt ihre Knechte in Gewahrsam. Sie sehen gesund und kräftig aus.«

Er wandte sich ab und schritt rasch auf das Burgtor zu. Urplötzlich war seine üble Stimmung zurückgekehrt. Er hatte genug von dem schlechten Schauspiel und fand es auf einmal unwürdig, daran seinen Spaß zu haben.

Für seine Franken jedoch fing der Spaß erst an. Je verrückter, wilder und grausamer es zuging, desto besser. Irgend jemand verglich den schreienden, gestikulierenden, grellfarbig gewandeten Potitius mit einem Gockel, der sich plusterte und mit den Flügeln schlug. Da rief Ursio, der immer die besten Einfälle hatte: »Aber er hat seine Federn verloren! Gebt ihm doch neue!« Und schon holten sie einen Hahn von einem der Beutekarren, köpften und rupften ihn, und dem kreischenden Lockenkopf rissen sie die Hose herunter und steckten ihm die bunten Schwanzfedern in den Hintern. Und als er vor Schmerzen umherhüpfte, ahmte der barbarische Chor das Krähen des Hahns nach: »Ü-ü-ü-üüüüh!«

Auch der Diakon wurde nicht verschont. Es wurde dunkel, man entzündete Fackeln, und einer hielt die Flamme an

Chundos Gewand. Da hüpfte und sprang er ebenfalls, warf sich zur Erde und wälzte sich. Endlich erstickte er das Feuer, doch blieben große Löcher in dem Gewebe, die das angeröstete Fleisch des frommen Mannes freilegten. Nachdem auch dieser Ulk ausgiebig belacht war, zogen die Horden grölend nach der Waldburg ab.

Die beiden Geschundenen blieben zurück. Nicht einmal den Esel hatten die Unholde ihnen gelassen.

7

»Nun erzähl mir endlich deine Geschichte.«

Chlodwig saß, die Beine nach seiner Gewohnheit angezogen, zwischen zwei Zinnen auf dem halbrunden Turm, seinem Lieblingsplatz. Es war die Stunde des Sonnenuntergangs, die er gern allein verbrachte, um nachzudenken. Sogar im Winter saß er um diese Zeit hier oben, im Schnee, bei eisigem Wind. Er liebte diese Landschaft im Halblicht, die wie von Blut übergossen schien.

Er hatte Baddo erlaubt, mit heraufzukommen – eine deutliche Auszeichnung, die er nicht jedem gewährte. Es war ein lauer Sommerabend, die Steine strahlten noch Wärme ab, doch von Westen her zogen Wolken auf. Die beiden jungen Männer hatten eine Kanne Bier mit heraufgenommen, aus der sie abwechselnd tranken. Baddo saß auf dem Boden der Plattform, mit dem Rücken an der Mauer. Sie trugen nur ihre Hosen, und der König hatte seine Franziska im Gürtel, von der er sich niemals trennte. Baddo war unbewaffnet.

Zunächst redeten sie über dieses und jenes, was beim Überfall auf das Gut des Potitius passiert war. Dann kamen sie auf Abenteuer ihrer Kindheit zu sprechen. Zum Beispiel die Flucht vor dem Zorn ihrer Väter, als sie gemeinsam ein Pferd zuschanden geritten hatten. Da hatten sie sich von hier oben an einem Seil herabgelassen und sich mehrere Tage und Nächte im Wald bei einem Köhler versteckt.

Baddo verlor sich in verschiedene Einzelheiten, als Chlodwig ihn plötzlich unterbrach.

»Nun erzähl mir endlich deine Geschichte. Ich warte seit Tagen darauf.«

»Ja«, sagte Baddo. »Darauf hast du ein Recht. Aber wir hatten zuviel zu tun und sind bis jetzt nicht dazu gekommen.«

»Fang an. Erzähl!«

»Es ist eine traurige Geschichte. Sehr traurig.«

»Potitius nannte dich einen Mörder.«

»Er sagte die Wahrheit, denn ich bin einer. Es war eine Frau, die mich dazu brachte.«

»So etwas konnte dir passieren?«

»Es hätte jedem passieren können. Auch dir, wenn du nicht zufällig König und in meiner Lage gewesen wärst.«

»Eine Frau könnte mich niemals zu etwas verleiten, was ich nicht wollte«, sagte Chlodwig überzeugt.

Baddo nahm einen Schluck aus der Kanne und dann noch einen. Er hatte Mühe, den richtigen Anfang zu finden.

»Ihr Name ist Scylla«, begann er schließlich. »Sie ist Griechin, Tochter eines Schiffskapitäns. Seltsam, daß der sie ausgerechnet nach einem Ungeheuer benannte. Denn Scylla war bei den alten Griechen die Tochter eines Königs, die ihrer Bosheit und Verräterei wegen in ein Meerungetüm verwandelt wurde. So hat es mir die Scylla, von der ich rede, einmal erzählt. Das war, als ich mit ihr ... doch von Anfang an. Im Gefolge von Julius Nepos, dem vorletzten Kaiser, kam sie aus Dalmatien nach Rom. Ihr Mann, Ogulnius, war Tribun der kaiserlichen Leibwache. Irgendwann schickte ihn Nepos in einer Sondermission nach Gallien zu Syagrius. Aber während sein Botschafter noch unterwegs war, wurde der Kaiser aus Rom verjagt. Ogulnius, seinem Parteigänger, war nun der Boden in Italien zu heiß geworden, und so blieb er in Soissons. Syagrius machte ihn zum Oberaufseher der Ställe. Ich befehligte, wie du weißt, eine Reiterabteilung, und so hatte ich oft mit ihm zu tun. Und eines Tages lernte ich auch seine Frau kennen, diese Scylla. Eine Schönheit, im Gegensatz zu der anderen, der aus der Sage. Aber nicht weniger gefährlich, was ich natürlich nicht ahnen konnte. Sie brauchte nur wenige Tage, um mich vollkommen um den Verstand zu bringen. Sie ritt gern aus, und ich durfte sie dabei als Wache begleiten. Ihren Reden entnahm ich, daß sie sich mit ihrem alten Ehemann langweilte und daß sie nicht abgeneigt wäre ... du verstehst. Ja, so passierte es dann sehr schnell. Sie wurde meine Geliebte. Ich liebte sie wirklich, und in meiner Einfalt dachte ich, daß sie mich ebenfalls liebte. Ich schlug ihr vor, mit mir auf und davon zu gehen. Wohin? Vielleicht zu den Goten oder Burgundern, oder nach Italien, zu Odoaker. Tüchtige Leute braucht man überall. Aber das wollte sie nicht, auf keinen Fall. Sie beharrte darauf, in Soissons zu bleiben, obwohl uns Ogulnius dort im Wege stand. Noch ahnte ich nicht, warum sie so an dieser lausigen Residenz hing! Eines Tages, nur kurze Zeit nach unserer Bekanntschaft, kam sie zu mir und sagte aufgeregt: ›Sieh dich vor, mein Mann weiß alles von uns! Er ist so wütend, daß er dir nach dem Leben trachtet!‹ ›Aber was soll ich denn tun?‹ fragte ich. ›Wenn du meinem Rat folgen willst‹, sagte sie, ›dann komm ihm zuvor!‹ Und so geschah es. Ohne der Sache groß auf den Grund zu gehen, lauerte ich dem Ogulnius auf und spießte ihn an die Stallwand. Für diese Frau war ich zu allem fähig, so weit hatte sie mich schon nach wenigen Tagen gebracht!«

»Und weiter? Die Sache kam raus?«

»Ja. Und zwar durch sie selbst! Ich war sicher, daß niemand die Tat beobachtet hatte, und freute mich schon, nun meine Geliebte für mich allein zu haben. Ich sollte mich schrecklich täuschen! Noch am selben Tag wurde ich festgenommen und in den Kerker geworfen. Trotz Folter verweigerte ich ein Geständnis. Diese griechische Schlange behauptete aber, ich hätte ihr nachgestellt – und zwar erfolglos – und den Ogulnius offen mit dem Tode bedroht. Es fanden sich sogar mehrere Zeugen, die die Tat angeblich beobachtet hatten. Syagrius selber saß zu Gericht. Ohne mich auch nur anzuhören, verurteilte er mich zu fünfzig Peitschenhieben und zum Verkauf in die Sklaverei. Und der Henker machte mir diesen Schnitt ins Ohr.«

»Es ist besser, sich mit Weibern nicht einzulassen«, sagte Chlodwig. »Sie zehren dich aus und bringen Unglück. Wollte sie dich auf diese Art loswerden? Und ihren Alten gleich mit?«

»Es war von Anfang an ein großer Betrug!« sagte Baddo gepreßt. »Sie hatte niemals die Absicht, mit mir zusammenzubleiben. Und das hätte mir Dummkopf eigentlich klar sein müssen. Warum sollte sie, eine von aller Welt bewunderte Schönheit, auch einen Einäugigen lieben? Einen häßlichen Kerl, einen einfachen Reiterführer! Ein Leidensgenosse, mit dem ich zusammengekettet war, klärte mich auf. Der Mann war Aufseher im Palast gewesen und beschuldigt, goldenes Tischgeschirr gestohlen zu haben. Wahrscheinlich hatte er einfach zu viel gesehen. Er wußte auch dies: daß Scylla längst die Geliebte des Syagrius war! Als sie sich mit mir einließ, war sie schon seine Bettgefährtin. Die beiden wollten Ogulnius rasch in den Orkus befördern und brauchten einen Mörder. Die Wahl fiel auf mich. Sie umgarnte mich, und ich tat, was sie wollte. Die Gerichtsverhandlung mit den gedungenen Zeugen war nur eine Posse. Indem sie mich mit dem Sklaventreck nach Spanien schickten, sogar als besonders gefährlich gezeichnet, glaubten sie, mich für alle Zeit loszuwerden. Wer konnte auch annehmen, daß ich entkommen würde! Zwei Männer aus meiner Reiterabteilung, ein Grieche und ein Dalmatiner, furchtlose Burschen, folgten dem Treck. Als Reisende nahmen sie Quartier in der Herberge, wo wir in einer Scheune kampierten. Nachts legten sie Feuer und in der allgemeinen Panik entwischten wir, sieben Mann, aneinandergekettet. Ein Schmied, den wir noch in derselben Nacht überfielen, trennte uns. Dann ging jeder seines Weges.«

Baddo schwieg einen Augenblick und trank. Er wollte mit der Schilderung seiner Flucht fortfahren. Aber Chlodwig, der zum Schluß kaum noch zugehört hatte und seinen eigenen Gedanken nachhing, sagte unvermittelt schroff: »Syagrius war mir immer zuwider! Schon als mein Vater mich zum erstenmal mitnahm nach Soissons, konnte ich den Kerl nicht ausstehen. Ich erinnere mich noch an sein hohles Geschwätz und seine lächerlichen Ratschläge. Er spielt den Herrscher, die letzte Säule des Imperiums. Dabei ist er feige und unentschlossen. Es heißt, er hört auf alles, was seine Umgebung ihm einflüstert, besonders die Weiber. Glaubst du, auch diese hat Einfluß auf ihn?«

»Scylla? Ja, daran glaube ich fest«, sagte Baddo. »Nichts ist ihr so wichtig wie Macht. Ihr Gatte Ogulnius hatte zu wenig Ehrgeiz, er wollte nicht einmal Comes werden. Also fing sie sich den Patricius ein. Was sonst hätte sie an ihm reizen können, diesem verfetteten, alten Italier? Du hast recht, schon immer gab es bei ihm eine Weiberwirtschaft. Seine Frau, für die wir Franken mehr Tiere als Menschen sind, regiert ihn mit ihrem Geld und ihrer Verwandtschaft. Seine Mutter schleppte den Remigius an ...«

»Und womit beherrscht ihn diese Scylla?«

»Die braucht keine Hilfstruppen. Die ist eine Feuersbrunst, unwiderstehlich. Wie gesagt, ein gefährliches Weib.«

»Nun mußt du sie ja nicht mehr fürchten.«

»Nein, jetzt nicht mehr. Und nach so viel Elend kommen jetzt, denke ich, bessere Zeiten für mich. Und irgendwann wird es eine Gerechtigkeit geben. Was meinst du?«

Baddo hob den Kopf und sah zu Chlodwig auf. Der König wich dem Blick aus und deutete mit einer Kopfbewegung zum Himmel. Tief hingen Wolken über der Festung.

»Es wird gleich regnen«, sagte Chlodwig. »Gehen wir hinunter zu den anderen.«

8

Als der König und Baddo die Halle betraten, war wieder mal eine Schlägerei im Gange.

Nach den Waffenübungen hatte sich die Gefolgschaft zum Trinken und zur Unterhaltung versammelt. Es wurde Wein geschenkt, den es nun im Überfluß gab. Aus den Kellern der Potitius-Villa hatte man einige hundert Fässer geholt. Ein paar junge Franken hatten die Mägde mitgebracht, die ihnen nach der Teilung der Beute zugefallen waren, und ließen sich stolz von diesen bedienen. Darüber kam es zum ersten Streit.

Ein besonders reizvolles Geschöpf, eine dunkelhäutige Numidierin, wartete dem Ansoald auf, und der hübsche Schlingel hielt dabei seine Hände nicht still und machte so für alle sichtbar sein Herrenrecht geltend. Da forderte ihn Bobo in barschem Ton auf, seine dreckigen Klauen von dem Mädchen zu lassen, das auch so schwarz genug und außerdem sein – Bobos – Eigentum sei. Dies bestritt Ansoald. Er habe die Numidierin selber erobert, beim Sturm auf eines der Sklavenhäuser. Aber ihm sei sie, behauptete Bobo, bei der allgemeinen Beuteteilung durch das Los zugefallen. Ansoald gab wütend zurück, dem Bobo stehe überhaupt keine Beute zu. Er habe sich ja an den Kämpfen gar nicht beteiligt, sondern sich wie immer feige gedrückt. Und wenn er jetzt trotzdem die besten Beutestücke besitze – den goldenen Armschmuck, den schönen Gürtel mit Silberbeschlägen –, so nur, weil er sie zusammengeschachert, weil er den Ärmeren ihre Anteile abgekauft habe.

Damit war Bobo an seiner empfindlichsten Stelle getroffen. Er lief rot an und verbat sich, Feigling und Schacherer geschimpft zu werden. Wenn einer in der Gefolgschaft feige sei, dann doch Ansoald selbst. Habe er nicht erst neulich geprahlt, er werde bald Schwager des Königs sein? Und sei er in seiner Eitelkeit nicht noch weiter gegangen, indem er erklärte, es käme für einen wie ihn nur die Schönste der Schwestern – Audofleda – in Frage? Habe er nicht den Mut, um sie anzuhalten?

Lanthild, die wie gewohnt unter den Männern hockte, konnte bei diesen Reden ihre Eifersucht kaum verbergen.

»Er weiß ja«, rief sie, »daß er sie sowieso nicht bekommt! Ist er vielleicht ein König, daß er um eine von uns anhalten darf?«

»Aber natürlich ist er ein König!« schrie Ursio. »Er regiert ein gewaltiges Reich. Er besitzt einen Misthaufen und zwei Mansen drum herum!«

Das war zuviel. Das konnte der schöne, starke Ansoald von Ursio, dem häßlichen Zwerg, diesem Bastard von einem Rheinfranken, nicht hinnehmen. Er bekam einen Krug zu fassen und schleuderte ihn nach Ursio, traf aber einen der gefährlichsten Eisenfresser in der Gefolgschaft. Der bekam den Krug hart an den Kopf und schüttelte sich benommen, aber schon war er mit einem Satz auf dem Tisch und stürzte sich wie ein Habicht auf Ansoald. Sie fielen zu Boden, sprangen wieder auf, schlugen aufeinander ein. Sofort erhoben sich Parteigänger der beiden. Anfangs suchten sie sie zu trennen, aber schnell wurden sie selbst miteinander handgemein. Fäuste krachten auf Kinnbacken und Nasenbeine. Harte fränkische Schädel stießen gegeneinander. Füße traten gegen Schienbeine. Krüge und Becher flogen von einer Ecke der Halle zur anderen. Mittendrin Lanthild, nun wieder, kratzend und beißend, auf seiten Ansoalds.

Es konnte nicht ausbleiben, im Getümmel würde einer die Regeln verletzen. Die Regeln – das hieß bei Streitigkeiten in der Gefolgschaft: kein Blut, keine Waffen. Auf einmal aber blitzte ein Dolch auf. Ein roter Streifen zog sich durch ein behaartes Fell. Einer hielt sich den Bauch und wankte. In einem Schenkel steckte ein Messer. Ein Mann fiel um und wälzte sich stöhnend.

Das war der Augenblick, als Chlodwig und Baddo die Halle betraten.

»Verdammte Bande!« schrie Chlodwig. »Scheißkerle!«

Er besann sich nicht lange. Riß die Franziska aus dem Gürtel. Packte sie fest und schleuderte sie mitten hinein ins Gewühl.

Ein Schrei – und alles stob auseinander.

Einer war an die Wand geheftet. Steckte fest, kam nicht los. Die Axt hatte den Ärmel seines Kittels und ein Stück seines Oberarms durchschnitten. Fest saß sie im Holz. Blut rann die Wand herab.

»Drecksbande!« brüllte Chlodwig. »Bissige Hunde! Mir aus den Augen! Weg mit euch! Verschwindet! Raus! Kühlt euch ab!«

Mit einem Riesensatz sprang er über die Tische und riß das Beil aus der Wand und dem Arm des Mannes, der abermals aufschrie.

»Alle raus! Ich will keinen mehr sehen! Was steht ihr noch da? Verschwindet! Oder soll ich erst einem den Schädel spalten?«

Plötzlich waren sie alle ganz friedlich, wie unschuldige Kinder. Sie kannten diese Zornesausbrüche. Sie wußten, daß ihr zwanzigjähriger König keinen Spaß mehr vertrug, wenn er einmal in flammende Wut geriet. Sie waren sicher, daß er, widersetzte man sich, nicht zögern würde, die Drohung wahrzumachen. Einige grinsten verlegen, andere brachten sich in Ordnung. Alle bewegten sich gehorsam zum Hallenportal und hinaus in den Regen, der auf die Stufen klatschte. Die Verletzten nahmen sie mit. Einer jammerte erbärmlich, er sollte noch in derselben Nacht sterben.

Lanthild hatte Ansoald mit ihrem Stirnband eine Wunde am Bein verbunden. Er hinkte, und sie half, ihn zu stützen.

Als sie an Chlodwig vorüberkamen, zischte sie: »Du hättest mich töten können, Bruder!«

»Scher dich zur Mutter!«

Die Halle leerte sich. Nur Baddo blieb. Chlodwig setzte sich auf eine Bank und schob mit dem Arm einen Haufen Scherben vom Tisch.

»Die Gefolgschaft kommt immer mehr herunter«, sagte er nach einer Weile. »Fast täglich dasselbe. Streit, Prügeleien. Jetzt werden sie durch die Schenken ziehen und weitermachen. Und das alles, weil es so wenig zu tun gibt. Das ist keine Gefolgschaft mehr, das ist eine Schlägerbande.«

»So kleine Beutezüge sind eben auf Dauer nicht gut für sie«, sagte Baddo. Er setzte sich Chlodwig gegenüber und suchte nach einem heil gebliebenen Gefäß, in dem sich noch Wein befand. »Zucht und Ordnung gehen dabei verloren. Sie gewöhnen sich daran und sind zu nichts anderem mehr zu gebrauchen.«

»Das weiß ich selbst. Aber ich muß sie beschäftigen. Und ernähren muß ich sie auch. Sonst laufen sie mir davon oder schlagen mich tot.« Er schwieg und starrte vor sich hin. Plötzlich hob er den Kopf und sagte: »Etwas Großes müßte man machen!«

In einer hölzernen Kanne fand Baddo schließlich noch einen Rest Wein und trank ihn. Er beugte sich vor, kniff sein gesundes Auge zusammen.

»Etwas Großes? Du meinst ... einen Krieg?«

»Ja. Eine große Sache, bei der es um mehr geht als nur um Pferde und Kühe, ein paar Knechte, eine Truhe mit Geld. Bei der es um Land geht. Um Städte, um Völker.«

»Gut! Und hast du schon einen Feind ausgemacht?«

»Feinde gibt es genug. Man muß sie nicht suchen. Wenn der Patricius nur endlich anfangen wollte. Ich würde schon kommen!«

»Wie? Nur wenn dich Syagrius ...?«

»Als Föderat des Imperiums muß ich ihm beistehen.«

»Föderat war dein Vater.«

»Ich bin sein Erbe.«

Baddo verzog das Gesicht zu einem spöttischen Grinsen.

»Du bist mir vielleicht ein Erbe. Bestiehlst das Imperium – oder was man noch dafür hält – von vorn bis hinten. Wenn du wolltest, wären seine Tage gezählt. Und stehlen müßtest du auch nicht mehr. Weil dir alles gehören würde.«

Baddo sah Chlodwig an. Der Regen prasselte auf die Stufen vor dem offenen Hallenportal.

»Darüber habe ich schon nachgedacht«, sagte Chlodwig. »Um die Wahrheit zu sagen: Ich denke nur noch daran! Glaubst du, es macht mir Spaß, nur so herumzuwildern? Auf diesem winzigen Fleckchen Erde zu hocken, in dieser beschissenen, engen Festung? Und was bin ich schon für ein König! Wäre ich einer, hätte ich mehr zu tun! Aber ich kann es nicht wagen. Noch nicht. Oder vielleicht überhaupt nicht.«

»Wie viele würdest du denn unter Waffen bekommen?«

»Vierzig, fünfzig Hundertschaften vielleicht. Ja, höchstens fünftausend Mann. Das reicht nicht.«

»Wenn du deine Vettern gewinnen könntest ...«

»Du meinst, die aus Cambrai?«

»Die und andere.«

»Alles nur Pack. Auf die wäre wenig Verlaß. Wenn es ums Saufen, Huren und Beutefassen geht, sind sie dabei. Aber kämpfen ...«

»Trotzdem! Wenn ihr gemeinsame Sache macht, seid ihr Syagrius überlegen. Ich weiß Bescheid. Ich kenne ihn und die Verhältnisse dort. Als Feldherr taugt er nichts, und seine Legionen, wie er sie großspurig nennt, sind nur noch zusammengewürfelte Haufen. Schlecht ausgebildet, unlustig, unzuverlässig. Goten, Alamannen, Burgunder. Auch viele Franken.«

»Ja, von den Stämmen am Rhein. Aber es hat sich auch schon mancher von hier anwerben lassen, weil er sie gut bezahlt.«

»Nicht mehr lange. Seine Kasse ist fast leer. Manche Stadt, die früher brav gezahlt hat, ist ja verlorengegangen.«

»Und warum fängt er nicht endlich Krieg an?« fragte Chlodwig lebhaft. »Dazu wäre doch jetzt die beste Gelegenheit! Eurich, der ihm das alles genommen hat, ist seit zwei Jahren tot. Alarich, der neue Westgotenkönig, soll von der sanften Sorte sein. Warum greift er den nicht an? Warum holt er sich nicht zurück, was ihm die Goten geraubt haben?«

Baddo stieß ein trockenes Lachen aus.

»Soll einer aus dir schlau werden, Chlodwig. Du hältst auch nichts von Syagrius, aber ... gib es nur zu! Du würdest viel lieber mit ihm als gegen ihn Krieg führen.«

Chlodwig schwieg, knetete seine große, fleischige Nase und zog die Schultern hoch.

»Wir Merowinger waren immer Föderaten der Römer«, sagte er schließlich. »So weit die Alten zurückdenken können, fünfzig Jahre und mehr. Unter Aetius standen wir an ihrer Seite gegen die Hunnen. Mit Aegidius vertrieben wir die Burgunder aus Lyon. Mein Vater erledigte mit ihnen die Goten bei Orléans. Lange sicherten wir für die Römer die Loire-Linie. Sogar die Piraten aus Sachsen wurden dort von uns vertrieben. Später bei Troyes die Alamannen, die über den Rhein kamen. Manchmal haben wir die Römer ein bißchen geärgert. Es gab Aufstände, aber nicht viele. Jedesmal haben wir uns schnell wieder vertragen. Es war ja nicht alles schlecht, was die Alten getan haben.«

Baddo schwieg.

Chlodwig seufzte und stand schwerfällig auf.

»Ich gehe schlafen, es ist Zeit.«

Er griff nach der Franziska, die er neben sich auf die Bank gelegt hatte, und betrachtete sie mißmutig. An der Schneide war noch das Blut des Mannes, den er an die Wand geheftet hatte. Er ging zum Portal und hielt die Axt in den Regen. Dann steckte er sie zurück in den Gürtel.

9

Der Patricius Syagrius starrte angestrengt auf das Brettspiel und die roten und blauen Steine. Schweißtropfen standen ihm auf der hohen, gefurchten Stirn, seine Hängebacken waren gerötet. Er knetete seine feuchten Hände. Die kurzsichtigen blauen Augen wölbten sich kugelig über den dicken Tränensäcken. Er beugte sich tiefer über das Brett und sah doch dasselbe wie zuvor. Seine Stellung war schwierig. Sehr, sehr schwierig.

Die schöne Dame, die ihm gegenübersaß, verzehrte eine *dulcia*, ein gepfeffertes Milchbrötchen mit Honig, und beobachtete ihn mit verhaltenem Spott. Gleich würde er aufschreien und sie beschuldigen, wieder gemogelt zu haben. Und dann den Tisch mit dem Brett und den Steinen umwerfen. Vorsichtshalber stand sie schon einmal auf und trat an ein Fenster.

»Herrliches Wetter«, sagte sie in einem weichen, griechisch gefärbten Latein. »Ich würde gern eine Bootsfahrt auf der Aisne machen. Hoffentlich hast du nachher noch Lust dazu.«

»Weiter, weiter!« sagte der Patricius. »Die Lage im Kaiserreich!«

Die Aufforderung galt zwei älteren Herren, deren bewundernde Blicke der Dame zum Fenster gefolgt waren. Es bedurfte keiner allzu großen Phantasie, um sich ihren vollkommenen Körper unter dem dünnen Seidenstoff ihrer langen Tunika vorzustellen. Die Sonnenstrahlen, die zum Fenster hereinfielen, enthüllten alles höchst indiskret. Der *comes palatii* Leunardus, ein würdiger Weißbart, konnte sich von diesem Anblick kaum losreißen. Er räusperte sich, ordnete seine Wachstafeln und fuhr fort mit dem Vortrag des monatlichen Lageberichts.

Jüngsten Nachrichten zufolge hätten die Ostgoten im Dienste des Kaisers Zenon einen Aufstand der Byzantiner niedergeschlagen, durch den ein Gegenkaiser auf den Thron gebracht werden sollte. Ihrem jungen König Theoderich sei die Ehre eines Triumphs zuteil geworden. Sogar eine Reiterstatue, die man in Konstantinopel aufstellen wolle, sei in Auftrag gegeben.

»Ein Schlaukopf, dieser Zenon«, brummte Syagrius, ohne den starren Blick vom Spielbrett zu wenden. »Er beschäftigt seine Barbaren. So kommen sie nicht auf dumme Gedanken. Zum Beispiel nach Westen zu wandern und sich mit den Goten bei uns in Gallien zusammenzutun. Weiter. Italien!«

Leider sei dort die Lage unverändert, referierte der Comes. Sie tendiere sogar zur Verschlechterung. Der Barbarenkönig Odoaker festige zügig seine Stellung. Von einer Rückkehr des vor zehn Jahren vertriebenen Kaisers Romulus Augustulus könne nicht mehr die Rede sein. Odoaker baue seine neue Residenz in Ravenna. Im Augenblick sei keine Kraft erkennbar, die seine Herrschaft erschüttern könne. Es heiße aber, daß ihn der Ostkaiser Zenon nicht anerkenne.

Der Patricius brütete über dem Spielbrett.

»Ein Dummkopf, dieser Zenon!« fand er. »Wäre er schlau, würde er etwas unternehmen. Wenn er weiter so untätig zusieht, werden ihn die Blauen … ich meine, werden ihn die Barbaren …«

Er entschloß sich seinerseits, nicht mehr untätig zuzusehen, und griff nach einem der roten Spielsteine. Doch sofort zuckte die Hand zurück, als könnte sie sich verbrennen.

Die Dame am Fenster drehte sich um und schürzte ironisch die Lippen.

»Weiter, weiter! Die Lage hier in Gallien. Die Burgunder!«

Es gebe keine Veränderung, sagte der Comes Leunardus. Die beiden königlichen Brüder in Genf und Lyon regierten weiterhin als Rivalen. Gundobad in Lyon sei offensichtlich der Oberkönig, der jüngere Bruder Godegisel untergeordnet und aufsässig. Der Bischof Avitus von Vienne bemühe sich noch immer vergebens, die arianischen Herrscher zum römisch-katholischen Glauben zu bekehren. Doch werde die katholische Kirche nicht mehr verfolgt. Die Burgunder verhielten sich auch weiterhin friedfertig. Von der Grenze seien keine Zwischenfälle gemeldet worden, keine Vorstöße in das Gebiet des Patricius.

»Dafür sind die Blauen sehr tief in mein Gebiet eingedrungen«, klagte Syagrius. »Aber ich werde sie … werde sie … so!«

Endlich machte er einen Zug.

Die Dame leckte geziert mit der Zungenspitze die Reste der Süßspeise von den Fingern, kehrte ans Spielbrett zurück, überblickte im Stehen kurz die Stellung, nahm den roten Stein, den er geschoben hatte, vom Brett und setzte ohne Zögern einen ihrer blauen ins Zentrum der roten Bastion.

Der Patricius stieß einen Fluch aus.

Sie lächelte beifallheischend und erntete die anerkennenden Blicke der beiden Würdenträger.

»Die Goten!« befahl Syagrius grimmig.

Unter den Westgoten von Toulouse, fuhr der Weißbart fort, habe sich seit der Machtübernahme durch den zweiten Alarich für die katholische Kirche ebenfalls eine gewisse Entspannung ergeben. Die scharfen Verfolgungen unter dessen Vater Eurich würden nicht fortgesetzt. In mehreren

Diözesen seien die Bischofsstühle neu besetzt worden. Anders dagegen stelle sich die Lage in den Städten dar, die man zuletzt an die Goten verloren habe. Die Arianer seien dort auf dem Vormarsch.

»Dann muß man sie eben wieder zurücktreiben!« polterte der Patricius, wobei nicht ganz klar war, ob er die Arianer oder die blauen Steine meinte.

Der zweite der beiden Würdenträger, Structus, militärisch gewandet, eisgrau, kurzbeinig, straff, mit den Rangabzeichen eines Legaten, bezog die Bemerkung auf sich.

»Davon, Patricius«, sagte er, »kann keine Rede sein! Und wenn ich das als Tadel verstehen soll, weise ich ihn von mir. Zurücktreiben? Mit den Truppen, über die wir verfügen, können wir gerade noch unsere Hauptstadt Soissons und die nahe Umgebung schützen. Schon Paris ist auf sich allein gestellt. Wir sind nicht mehr in der Lage, in die Grenzstädte Garnisonen zu legen. Das ist unmöglich und wäre übrigens auch nicht ratsam. Unsere beiden Legionen bestehen hauptsächlich aus Goten und Franken. Je weiter sie sich von hier entfernen, desto unzuverlässiger werden sie. Bei dem letzten Scharmützel mit Eurichs Truppen lief eine ganze Kohorte über.«

»Es ist nicht nötig, mich daran zu erinnern!«

»Jemand erzählte mir«, sagte die Dame, die sich am Fenster niederließ und die Beine übereinanderschlug, »daß die verräterische Kohorte dich, den Patricius und Oberfeldherrn, schon gefangengenommen hatte und mitnehmen wollte. So wärst du beinahe dein eigener Verräter geworden.«

»Das konnte ja zum Glück noch verhindert werden«, bemerkte Structus mit einem selbstgefälligen Lächeln. »Meine Leute haben ihn im letzten Augenblick rausgehauen.«

»Ich hatte dich ein für allemal angewiesen, über diese Vorgänge zu schweigen!« fuhr ihn der Patricius an.

Die Griechin lachte auf und wippte anmutig mit dem Fuß, an dem eine zierliche Sandale steckte.

»Wahrhaftig – zum Glück! Sonst wären wir wohl damals schon gotisch geworden. Dann hätte ich jetzt ein gestreiftes Wollkleid an, knielang, das ich mit schweren Fibeln zustecken müßte. Dazu trüge ich Schnallenschuhe, lederne Strumpfbänder und einen Gürtel, an dem Schlüssel, Kämme und Messer klapperten. Wie ein Lastesel würde ich daran schleppen!«

»Keine Sorge, schöne Dame, wir werden nicht gotisch«, sagte Structus. »Durch die Kämpfe der letzten Jahre sind wir zwar sehr geschwächt. Dennoch besteht kein Grund zur Panik. Hier in Soissons sind wir auf jeden Fall in Sicherheit, diese Festung ist uneinnehmbar. Selbst wenn sich mal eine barbarische Horde bis zu uns vorkämpfte, würde sie doch an den Mauern scheitern. Denn vom Belagerungskrieg verstehen die Barbaren, wenn ich so sagen darf, so viel wie von der Zubereitung von Soßen.«

»Wie wahr!« stimmte der weißbärtige Leunardus bei. »Denen ist bis jetzt noch jede Soße, will sagen, jede Belagerung mißlungen!«

Greisenhaft meckernd belachte er seinen Scherz.

»Unsere Lage ist also noch nicht ganz hoffnungslos«, sagte die Griechin heiter. »Und wie steht es bei dir, großer Feldherr?«

»Vielleicht nimmt endlich mal jemand Rücksicht darauf, daß ich nachdenke!« beschwerte sich der Patricius.

»Laß es bleiben!« sagte sie. »Was deine Lage betrifft, so ist sie tatsächlich hoffnungslos. Gib lieber auf!«

Syagrius warf einen letzten wütenden Blick auf das Brett. Dann griff er mit beiden Händen zu und brachte die Steine durcheinander.

»Möchte wissen, Scylla, wie du das wieder geschafft hast! Ich hatte gleich anfangs mehrere Treffer, ich hätte gewinnen müssen! Gestehe, du hast mich betrogen, so wie du mich immer betrügst!«

»Warum sollte ich?« erwiderte Scylla gelassen. »Das war ja nicht nötig. Das ›Soldatenspiel‹ liegt dir nun einmal nicht. Als Stratege bist du zu unvorsichtig, du führst deine Phalanx glatt in die Niederlage. Deine Angriffe sind überhastet, du vernachlässigst deine Flügel, du läßt dich einkreisen. Und auf jede Kriegslist fällst du herein. Eine Armee, die du führst, ist zu bedauern!«

»Schweig!«

Im nächsten Augenblick flog das Brett vom Tisch und die Spielsteine rollten über den Fußboden. Ein Diener, der gerade mit Getränken gekommen war, sammelte rasch alles auf und brachte es in einem Wandschrank unter.

Syagrius stand schwerfällig auf, raffte das weite, bequeme Gewand mit dem doppelten Purpurstreifen der Nobilität und schritt, die Hände auf dem Rücken verschränkt, in dem kleinen Empfangssaal auf und ab. Beim Spielen geriet er stets so in Wallung, daß er sich auf diese Weise beruhigen mußte. Noch immer glühte seine Stirnglatze, schweißfeucht ringelten sich die grauen Löckchen in seinem Nacken. Er war ein fetter, früh gealterter Mann von einundfünfzig Jahren.

Scylla beobachtete ihren Geliebten. Es schien, als machte sie in diesem Augenblick, wohl nicht zum erstenmal, eine Rechnung auf, die zwei Posten enthielt: neben seinem Alter das ihrige, dreiundzwanzig Jahre. Was die äußere Erscheinung betraf, konnte ein Paar kaum ungleicher sein. Alles an ihr war schmal und schlank – ihr Gesicht, ihre Schultern, ihr Hals, ihre Hände. Anmutig, lebhaft, jugendlich waren ihre Haltung und ihre Gebärden. Sie trug eine schwarze Perücke im ägyptischen Stil, und auch mit dem dicken Lidstrich, der die großen dunklen Augen noch stärker hervorhob, ahmte sie die Damen vom Nil nach. Das war ihr gutes Recht, ihre Mutter stammte aus Alexandria.

Da Syagrius hartnäckig schwieg und keine Fragen mehr stellte, hatten die beiden alten Würdenträger den Eindruck, die Audienz sei beendet.

»Befiehlst du, Patricius, daß wir fortfahren?« fragte der Comes anstandshalber.

Syagrius wollte sie gerade mit einer Handbewegung entlassen, als plötzlich ein Geräusch an sein Ohr drang. Er blieb stehen, und aus seiner Miene, die sich schon etwas entspannt hatte, sprachen wieder Mißbehagen und Beunruhigung. Das sich nähernde Geräusch verursachte ein Krückstock, der energisch auf den steinernen Fußboden des Vestibüls gestoßen wurde.

Im nächsten Augenblick erschien denn auch Titia, seine Gemahlin. Sie war etwa sechzig Jahre alt und über und über mit Schmuck behangen, womit sie den Zustand vorgeschrittener Hinfälligkeit, in dem sie sich augenscheinlich befand, zu kaschieren suchte.

Neben ihr her trippelte der Bischof Remigius, in voller Amtstracht wie bei allen wichtigen Anlässen.

»Syagrius!« donnerte Frau Titia mit einer Stimme, um die sie der griechische Troja-Held Stentor beneidet hätte. »Dein Reich wankt und du vergnügst dich! Soeben berichtet mir der heilige Bischof, daß wieder die ungeheuerlichsten Verbrechen geschehen sind. Das Gut des Senators Potitius wurde ausgeraubt und verheert. Den jungen Potitius hat man entsetzlich gefoltert und beinahe umgebracht. Der Diakon Chundo wurde gleichfalls mißhandelt und gemeinsam mit ihm in den Wald gejagt. Und wer hat das verbrochen? Der scheußliche, zottelhaarige junge Unhold von Tournai mit seiner Bande! Wie lange soll das noch weitergehen? Was müssen wir noch alles ertragen? Den ehrenwerten Senator Lucius Potitius traf der Schlag und er starb auf der Stelle, als er von seinen Verlusten erfuhr. Wer kann auch angesichts solcher Abscheulichkeiten unbeschwert und gelassen weiterleben! Nur du, in deiner Dickfälligkeit und Vergnügungssucht! Ich verlange, daß du dich besinnst! Daß du deine Verantwortung wahrnimmst! Jage die Franken zum Teufel! Treibe sie in den Rhein! Schicke sie zurück auf die andere Seite, in ihre germanischen Urwälder – zu ihresgleichen, den Bären und Wölfen!«

Jede dieser ehernen Forderungen bekräftigte Frau Titia, indem sie den Stock heftig auf den Fußoden stieß. Die erzürnte Gemahlin des Patricius versäumte auch nicht, bei der mehrfachen Erwähnung seiner Vergnügungssucht giftige Seitenblicke auf seine Geliebte zu werfen. Die schöne Scylla nahm es unbeeindruckt. Beunruhigt über die von Frau Titia genannten Tatsachen zeigten sich allerdings Leunardus und Structus, die gleich nach Einzelheiten fragten. Damit ging das Wort an Remigius über.

Der Bischof hatte aus gutem Grund den dramatischen Auftritt der Gemahlin des Patricius überlassen. Er hatte sie gleich aufgesucht, nachdem er in Soissons eingetroffen war. Hier wie auch zu Hause in Reims und anderswo besaß er unter den älteren Damen der gallorömischen Aristokratie die eifrigsten Anhänger. Die längst verstorbene Mutter des Syagrius hatte ihn schon als jungen Bischof gefördert und den Ruf seiner Heiligkeit verbreitet. Frau Titia stand ihrer Schwiegermutter in dieser Hinsicht kaum nach, und so ging er gewöhnlich zuerst zu ihr, vor allem, wenn er ein wichtiges Anliegen hatte. Dann benutzte er, wie er schon mal im vertrauten Gespräch unter Amtsbrüdern zugab, die »alte Vettel mit ihrem Krückstock und ihrer Posaunenstimme als Rammbock«, um den hartleibigen Syagrius, der ihm nicht immer wohlgesinnt war, seinen Wünschen zu öffnen.

Nachdem Frau Titia den nötigen Schrecken ausgelöst und ihm damit Aufmerksamkeit gesichert hatte, schlug Remigius moderatere Töne an. Er habe, erklärte er, zwar Verständnis für den Wunsch der hohen Dame, das Barbarenproblem radikal zu behandeln, doch müsse er einer christlichen Lösung den Vorzug geben. Dies gelte besonders für die Franken. Da inzwischen vier Fünftel Galliens von Barbaren besetzt und beherrscht seien, komme es gerade jetzt darauf an, den Tatendrang möglichst vieler dieser Völker und Stämme in eine nützliche, gottgefällige Richtung zu lenken. Dazu eine Empfehlung zu geben, sei er gekommen.

Es entspreche leider der Wahrheit, fuhr er fort, daß die Übergriffe der Franken auf das »Imperium« – so nannte er das Rumpfgebilde von früheren römischen Provinzen aus Höflichkeit gegen den Patricius – in letzter Zeit zunähmen. Die benannten Greuel seien vorgefallen. Der junge Potitius, der sich in halbtotem Zustand nach Reims gerettet habe, sei vor ihm als beredter Ankläger aufgetreten. Der Diakon Chundo leide noch immer unter Verbrennungen. Und es sei leider auch wahr, daß einer die Verantwortung für alles trage: Chlodwig, der junge König der Franken von Tournai.

»Dennoch gebe ich die Hoffnung nicht auf«, fuhr der Bischof fort, »ihn für uns zu gewinnen, das heißt für das Imperium und die Kirche. Es muß uns gelingen, das einstige nützliche Föderatenverhältnis wiederherzustellen. Zweifellos ist er zu früh zur Herrschaft gekommen – mit sechzehn Jahren, bedenkt das bitte! Er weiß noch immer nicht mit ihr umzugehen. Man muß ihm deshalb den rechten Weg weisen. Ich habe, Patricius, lange und gründlich darüber nachgedacht. Deshalb mein Rat: Du solltest ihm eine Aufgabe stellen! Eine Aufgabe, meine ich, die ihn fordert, die seiner jugendlichen Kraft und seinem überschäumenden Temperament gemäß ist. Worauf es ankommt ist doch, den Tatendrang dieses Raufbolds und seiner Horden zu nutzen und auf ein uns genehmes Ziel auszurichten. Damit es ein Ende hat mit den schändlichen Übergriffen! Ich rate dir deshalb: Schick ihn in einen Feldzug für die Sache Gottes und des Imperiums! Schicke ihn und seine übermütige Bande dorthin, wo sie sich gottgefällig austoben können, wo sie nicht das Imperium und seine besten und edelsten Männer schädigen, sondern ihresgleichen – Barbaren und Ungläubige. Und wenn du mich fragst, welche Barbaren und Ungläubigen ich meine, dann sage ich: die aus Britannien! Täglich landen noch immer Scharen dieser Wilden an unseren Küsten, auf der Flucht vor anderen Barbaren, den Sachsen und Angeln. Über die Meerenge kommen sie zu uns herüber, siedeln sich ohne zu fragen an, besetzen einen Platz nach dem anderen. Wenn wir nicht aufpassen, droht uns von dort die nächste Gefahr. Haltet sie auf, bevor es zu spät ist! Hütet euch vor den unbekannten Barbaren, stützt euch lieber auf die bekannten! Gebt Chlodwig und seinen Leuten etwas zu tun, und ihr werdet erfahren, daß ihnen die alte Frankentugend, Freundschaft zu uns Römern zu halten, noch nicht abhanden gekommen ist!«

Der Vorschlag zündete. Unversehens war aus einer langweiligen Lagebesprechung ein Kriegsrat geworden. Ein frischer Geist belebte die älteren Herren. Ohne Bedenken stimmten Leunardus und Structus zu. Die häufigen Hiobsbotschaften aus den nördlichen Grenzgebieten hatten sie längst befürchten lassen, daß man irgendwann Taten von ihnen verlangte, was für Würdenträger, die sich im Amt halten wollen, ja immer riskant ist. Nun bot sich ein eleganter Ausweg. Man würde Barbaren gegen Barbaren hetzen. Wenn sie sich ringsum bekämpften und umbrachten, würde man in der Mitte um so sicherer sein.

Auch dem Patricius kam der Vorschlag des Bischofs gelegen. Seine schlechte Laune verflog. Die Kugelaugen traten noch stärker hervor und begannen zu leuchten. Was Remigius vorschlage, rief er, entspreche haargenau seinen strategischen Absichten, er habe diese Idee schon selber gehabt.

»Der Tag wird kommen«, verkündete er, »an dem wieder ein römischer Kaiser ganz Gallien regieren wird! Irgendwann müssen wir damit anfangen, ein Gebiet nach dem anderen zurückzuerobern. Je früher, desto besser. Dies wäre ein erster Schritt. Und am Ende wird der Triumph stehen!«

Nachdem Frau Titia sich zurückgezogen hatte, wurden sogleich die notwendigen Maßnahmen beschlossen. Ein Militärtribun sollte schon in den nächsten Tagen nach Tournai, Cambrai und den anderen kleinen fränkischen Residenzen aufbrechen und den Königen den Marschbefehl überbringen. Zur Erinnerung würde er ihnen Kopien der alten Föderatenverträge vorlegen, die Leunardus in seiner Kanzlei herstellen wollte. Derselbe Tribun sollte dann an einem Treffpunkt die fränkischen Heerhaufen sammeln. Von dort aus würde der Abmarsch in die bretonischen Gebiete erfolgen.

Leunardus und Structus, die vor Tatendurst sprühten, meldeten sich ab und gingen hinaus. Auch Remigius stand schon an der Tür. Doch da fiel ihm noch etwas ein, und er kehrte zurück.

10

»Da wäre noch etwas, Patricius«, sagte der Bischof, »was die Herren, die uns gerade verlassen haben, vielleicht noch nicht wissen sollten. Wir können keine Unruhe brauchen.«

»Und was ist es?« fragte Syagrius ungeduldig. Er hatte sich neben Scylla auf der Polsterbank niedergelassen und nahm seufzend die Hand von ihrem Knie. »Nun rede schon! Ich habe noch zu tun!«

»Es handelt sich um eine interessante Nachricht im Zusammenhang mit Chlodwigs letztem Beutezug. Chundo und der junge Potitius sahen unter den Franken einen Mann, in dem sie deinen früherer Reiterhauptmann Baddo erkannten.«

Syagrius lachte auf.

»Wie? Was? Unmöglich! Das ist völlig ausgeschlossen!«

»Ein Irrtum ist schon deswegen unwahrscheinlich«, entgegnete Remigius, höflich lächelnd, »weil dieser Baddo einige Zeit bei uns in Reims stationiert war und als Einäugiger ziemlich auffällig ist. Der Mann hatte außerdem am Ohr die Markierung eines besonders gefährlichen Sklaven. Man hatte mir berichtet, daß er von dir verurteilt wurde und mit einem Treck nach Spanien unterwegs war. Aber dort ist er anscheinend nicht angekommen.«

»Ja, ja, er ging mit einem Sklaventreck ab. Er wurde tatsächlich bei denen von Tournai gesehen? Wenn das wahr ist, dann ... dann ist er also geflohen!«

»Das muß man voraussetzen.«

»Ein Mörder! Ein gefährliches Element! Warum hat man ihn nicht ausreichend bewacht?«

Mit dieser Frage wandte er sich an Scylla.

»Warum fragst du mich das?« sagte sie. »Ich bin selber empört. Es waren ja wohl deine Leute, die ihn so nachlässig bewachten.«

»Es waren die Leute des Sklavenhändlers. Veteranen, ausgediente Athleten, Lumpenpack.«

»Jedenfalls ist dieser Baddo nun wieder in Freiheit«, stellte Remigius noch einmal fest.

»Das hat man davon, wenn man milde mit den Barbaren verfährt!« ereiferte sich der Patricius, von dessen Stirn plötzlich wieder Schweißtropfen perlten. »Ich hätte ihn zum Tode verurteilen sollen! Jetzt sinnt er natürlich auf Vergeltung. Steht er bei Chlodwig in Gunst?«

»Sehr wahrscheinlich. Er tauchte in seiner unmittelbaren Umgebung auf. Wollte sogar Potitius und Chundo vor aller Augen ermorden. Was Chlodwig aber verhinderte.«

»Trotzdem. Da gesellt sich ein Schurke zum anderen. Wer weiß, was die beiden gemeinsam aushecken werden! Vielleicht stiftet Baddo Chlodwig an, auch meine Güter zu überfallen. Einige liegen ja in Grenznähe. Hätte ich den Kerl nur gleich hinrichten lassen! Er wird behaupten, daß ihm Unrecht getan wurde. Er wird eine haarsträubende Geschichte erzählen!«

»Zweifellos war dein Urteil gerecht«, sagte Remigius geschmeidig, »und Gott der Allmächtige schützt den Gerechten. Doch um ganz sicher zu gehen, Patricius, solltest du Chlodwig nicht allzuviel Zeit lassen, sich solche Geschichten ...« Der Bischof sah Scylla an, die seinen Blick ohne Scheu, ja sogar mit einer gewissen Herausforderung erwiderte. »... solche Geschichten, meine ich, anzuhören und sich dem Einfluß des Baddo auszusetzen. Verfahre so, wie ich dir riet und wie du selbst beschlossen hattest. Setze ihn unverzüglich in Marsch!«

»Das werde ich tun. Der Tribun geht morgen schon ab.«

»Dann bin ich unbesorgt. Gott mit euch!«

Remigius neigte den Kopf, deutete das Kreuzzeichen an und ging hinaus.

»Ich muß mich wundern, daß du so ruhig bleibst!« sagte Syagrius vorwurfsvoll, als er mit Scylla allein war.

»Soll ich mich so gebärden wie du?« erwiderte sie spöttisch. »Beunruhigt? Ängstlich? Und damit zeigen, daß ich Grund dazu habe? Wozu? Remigius ahnt ohnehin, was passiert ist.«

»Und wenn er es ahnt! Das soll jetzt nicht unsere Sorge sein. Unschuldslämmer sind diese Bischöfe auch nicht, und sie vergeben gern eine Sünde, wenn der Sünder ihren Interessen dient. Und Angst vor Chlodwig haben sie genauso wie ...«

»Wie du!« rief Scylla.

»Wie die bedauernswerten Gutsbesitzer im Grenzbereich, wollte ich sagen.«

»Zu denen du selber ja auch gehörst.«

»Nun ja, so ist es. Und es ist wahrhaftig kein angenehmer Gedanke, diesen verwegenen Teufel Baddo, der zu jeder Untat bereit ist, jetzt bei Chlodwig zu wissen. Zumal sich die beiden von früher kennen und fast gleichaltrig sind. Das kann und das wird nichts Gutes bedeuten! Baddo wird alles daransetzen, mich zu schädigen. Ich muß die Wachen in meinen Landvillen verstärken. Am besten mit ein paar Hundertschaften zusätzlich. Ich werde gleich ...«

Er stand auf und ging hinüber zu dem Wandschrank. Dort lagen in einem der offenen Fächer mehrere kleine Lärminstrumente – eine Klapper, eine Handtrommel, Rasseln, Becken –, mit denen der Patricius verschiedenen Untergebenen anzeigte, daß sie vor ihm erscheinen sollten. Er griff nach der Trommel, um den diensthabenden Kommandanten seiner Leibwache zu rufen.

»Warte doch!« sagte Scylla. »Du solltest mir erst einmal

zuhören, ehe du Lärm schlägst. Dann wirst du verstehen, wie alles zusammenhängt. Und daß es eventuell doch etwas Gutes bedeutet.«

»Wie?« rief Syagrius überrascht. »Du weißt etwas davon?«

»Jedenfalls mehr als der Bischof.«

»Du wußtest, daß Baddo entkommen ist?«

»Ja.«

»Und daß er zu Chlodwig geflohen ist?«

»Das wußte ich zwar nicht genau, doch ich war ziemlich sicher, daß er es tun würde. Jetzt haben wir die Gewißheit.«

»Du scheinst dich darüber zu freuen!«

»Ich hoffte darauf.«

»Du hofftest darauf? Aber wieso? Was hattest du noch mit ihm zu schaffen?« fragte der Patricius scharf.

Die Griechin warf den Kopf zurück und lachte.

»Das klingt ja wie Eifersucht. Eigentlich wollte ich dich nicht einweihen. Aber nun muß ich es wohl, sonst verdirbst du noch alles. Ich selbst habe ihm zur Flucht verholfen.«

»Du selbst …? Du selbst hast ihm …? Dann hast du ihn also doch …?«

»Nein, nicht geliebt. Wie könnte ich! Einen einäugigen Barbaren! Aber ich wollte, daß er freikam.«

»Das war gegen unsere Abmachung!«

»Aber in deinem Interesse.«

»Das erkläre mir!«

Der Patricius hatte noch immer die kleine Trommel in der Hand. Scylla nahm sie ihm ab und legte sie in den Schrank zurück. Sie schmiegte sich einen Augenblick an ihn und schnurrte: »Wenn ich es dir erkläre, wirst du dann auch mit mir die Bootsfahrt machen?«

Sie erließ ihm die Antwort, führte ihn zu dem Tisch, an dem sie zuvor gespielt hatten, und setzte sich ihm gegenüber. Der Diener, der von Zeit zu Zeit mit Getränke kam, brachte gerade zwei Glasbecher mit eisgekühltem Honigwein. Scylla nahm einen, nippte daran und wartete, bis der Diener gegangen war.

»Du weißt nicht viel von Baddo«, sagte sie. »Er interessierte dich ja auch nicht. Und auch ich war nicht sehr an ihm interessiert und hörte nur mit halbem Ohr zu, wenn er bei unseren Ausritten dies und das aus seinem Leben erzählte. Doch einiges blieb mir im Gedächtnis, und das bekam auf einmal Bedeutung.«

»Da bin ich nun wirklich gespannt«, sagte der Patricius und knetete seine beringten Finger.

»Willst du nicht das Mulsum probieren? Es ist köstlich.«

»Überfordere nicht meine Geduld!«

»Nun ... Sein Vater – ich glaube, er hieß Badegisel – war ein Gefolgsmann des alten Childerich, eures geschätzten Föderaten, des Vaters von Chlodwig. Du kanntest Childerich gut und weißt sicher manches über ihn. Er war ein Scheusal! Er stellte den Frauen und Töchtern seiner Gefolgsleute nach – je jünger sie waren, desto besser. Und einige brachte er sogar um, damit sie nicht darüber reden konnten. Manche verschwanden spurlos, von anderen fand man die Leichen. Richtig nachweisen konnte man ihm nichts, die Mädchen schwiegen aus Angst, und er war sehr vorsichtig. Doch irgendwann taten sich ein paar argwöhnische Väter zusammen, schlichen ihm nach und ertappten ihn. Und nur weil er ein Langhaariger und König war und diese abergläubischen Franken Unheil für alle befürchteten, wenn sie einen Merowinger totschlugen, behielt er sein Leben. Sie jagten ihn aber davon, und er floh über den Rhein zu den Thüringern. Und die Franken kamen zu deinem Vater ...«

»Ja, ja, das ist mir alles bekannt«, sagte Syagrius ungeduldig. »Ich war zu der Zeit Mitte Zwanzig. Mein Vater war *magister militum* für Gallien, regierte aber schon damals ganz unabhängig von Rom. Die Franken von Tournai machten ihn zu ihrem König, aber nur vorübergehend. Bis er ihnen zu streng wurde und römisches Recht einführen wollte. Da riefen sie lieber den Childerich, ihren Mädchenschänder, zurück. Aber was hat das alles mit Baddo zu tun?«

»Zwei seiner Schwestern waren Childerichs Opfer. Er hatte beide geschändet und vermutlich auch ermordet. Man fand ihre Leichen im Wald.«

»Ah! Das wußte ich allerdings nicht.«

»Badegisel, der Vater der Mädchen, hatte Childerichs Tod gefordert. Immerhin konnte er als Hauptankläger seine Vertreibung erreichen. Aber – du sagtest es gerade – dann gab es einige Mächtige unter den Franken, die ihn zurückhaben wollten. Die setzten sich durch, und abermals wurde Childerich König. Und Badegisel beugte sich, verzichtete auf seine Rache und mußte sogar einen Eid leisten, nie wieder von einem Mord an seinen Töchtern zu reden. Er blieb noch zehn Jahre in Tournai, doch dann wurde auf ihn ein Anschlag verübt – auf Anstiften des Königs, wie sich herausstellte. Da ließ er alles im Stich, kam mit seiner Familie hierher und trat in deine Dienste.«

»Ja, ich erinnere mich an den Mann, er muß lange tot sein. Und weiter? Weiter?«

»Sein Sohn Baddo wußte von der Geschichte. Er verachtete seinen Vater, weil der sich unterworfen hatte. Er schwor sich im stillen, die Blutrache doch noch auszuführen. Mindestens ein Merowinger sollte für seine Schwestern sterben! Als Knabe war er Chlodwigs Spielgefährte. Einmal bewarfen sie sich wütend mit Steinen, und Baddo glaubte schon, im nächsten Augenblick sein Ziel zu erreichen. Doch es kam anders. Er selbst wurde von einem Stein getroffen, den Chlodwig geschleudert hatte, verlor ein Auge und beinahe das Leben. So wurde die Rache aufgeschoben.«

»Aufgeschoben? Du willst damit sagen, daß Baddo Chlodwig noch immer nach dem Leben trachtet?« fragte der Patricius, dessen Interesse am Gegenstand des Gesprächs plötzlich erwachte.

»Er wird nicht ruhen, ehe es vollbracht ist!« erwiderte Scylla. »Er hat es auch in meiner Gegenwart noch einmal geschworen. Er erwog, nach Tournai zu gehen, vielleicht als Bauer oder Händler verkleidet, um Chlodwig aufzulauern. Oder sogar in seine Gefolgschaft einzutreten und irgendwann, wenn die Gelegenheit günstig wäre, zuzuschlagen. Nun wurde er aber für eine andere Unternehmung gebraucht, die dringender war – von uns. Als du ihn dann verurteilt hattest und er mit dem Sklaventreck fortging, auf Nimmerwiedersehen, um irgendwo in einem Bergwerk oder einer Arena zu enden, dachte ich, daß es schade sei um die schöne Blutrache, die er nun nicht mehr ausführen könnte und die für uns doch so nützlich wäre. Und so beschloß ich, etwas zu tun.«

»Das ist gut, das ist sehr gut!« rief der Patricius. »Was bist du doch für eine kluge Frau! Und was hast du unternommen? Wie hast du es fertiggebracht, daß er freikam?«

»Das war nicht schwer. Ich kenne zwei Männer aus der Reiterabteilung, die er befehligte, Georgios und Domitios. Die hatten uns mehrmals beim Ausritt begleitet. Ich hatte sie dazu selbst ausgewählt, der eine ist Grieche, der andere Dalmatiner, ich kann mich mit ihnen auf Griechisch verständigen. Mit Geld konnte ich sie dazu bringen, dem Treck zu folgen und Baddo irgendwie zu befreien. Ich wußte ja, wohin es ihn ziehen würde, sobald er frei war.«

»Aber er könnte ja auch seine Freiheit nutzen, um sich nicht an den Merowingern, sondern an uns zu rächen.«

»Er wird sich hüten, noch einmal hierherzukommen, wo er als Sklave gezeichnet wurde. Jeder würde ihn erkennen und ausliefern. Vor Chlodwig dagegen wird er sich als verfolgte Unschuld ausgeben, als der Betrogene, der Mißbrauchte, und sich so in sein Vertrauen schleichen. Und ganz bestimmt wird er nicht zögern, sobald sich eine Gelegenheit bietet! Eines Tages, vielleicht schon morgen, erreicht uns die Nachricht …«

»Gott im Himmel!« rief Syagrius. »Das wäre wahrhaftig eine Glücksbotschaft! Da wären wir eine Plage los. So würde sich alles von selbst regeln!«

»Sie hätten dann keinen König mehr. Der einzige Merowinger in Tournai wäre Chlodwigs Sohn, ein Zweijähriger. Wie lange könnte das gutgehen? Da würden viele herrschen wollen, und sie würden sich in die Haare geraten.«

»Und ich müßte dann nur die Hand ausstrecken und zugreifen, so wie damals mein Vater!«

»Vielleicht ist der Krieg gegen die aus Britannien gar nicht mehr nötig.«

»Wahrhaftig, das hieße ein großes Ziel mit dem geringsten Aufwand verwirklichen!« rief Syagrius begeistert. Er streckte die Arme aus, nahm Scyllas beide Hände und drückte sie. »Was bist du für eine Frau! Erstaunlich, wie weit du vorausblickst!«

»Ich sehe dich schon in Tournai einziehen. Die anderen kleinen Frankenkönige werden sich natürlich gleich unterwerfen.«

»Vorbei ist es dann mit dieser angemaßten Unabhängigkeit, mit dieser Gesetzlosigkeit! Ein erster großer Schritt zur Rückeroberung Galliens! Und das hätte ich dir zu verdanken.«

»Ich hoffe, du knauserst dann nicht mit dem Lohn.«

»Du wirst meine Kaiserin sein.«

»Noch bist du verheiratet.«

»Die Natur und der Himmel werden ein Einsehen haben.«

»Wenn aber nicht?«

Sie tauchte ihren Blick lange und tief in den seinen. Er hielt stand und wagte nicht auszuweichen.

II

Im königlichen Schlafgemach von Tournai bettete sich die Familie auf altgermanische Art. Man ruhte gemeinsam, doch nach Generationen und Rängen getrennt, auf drei langen Pritschen längs der Wände. An der linken Seitenwand lagen die Alten, das heißt die über Vierzigjährigen, zwei Tanten des Königs, Schwestern seines Vaters mit ihren Ehemännern, sowie drei weitere, die Witwen beziehungsweise im späten Jungfernstand waren. Die Kinder der Tanten – wiederum sämtlich weiblichen Geschlechts – nahmen mit ihren Gatten, Söhnen und Töchtern die Längsseite gegenüber der Eingangstür ein. Der königlichen Familie im engeren Sinne war die rechte Seite vorbehalten. Hier schliefen Frau Basina, die viel Platz beanspruchte, ihre drei Töchter Audofleda, Albofleda und Lanthild und schließlich Sunna, Chlodwigs Frau, mit Theuderich, ihrem Söhnchen. Und manchmal lag hier auch der König, gleich neben der mit einem Sackvorhang bedeckten Türöffnung. Diese führte auf eine Galerie, wo zwei Wächter, die zweimal abgelöst wurden, von Sonnenuntergang bis Sonnenaufgang den Schlaf der vornehmsten aller Franken von Tournai bewachten.

Chlodwig war allerdings nur selten zugegen. Er verbrachte die Nächte meist im Gefolgschaftsquartier, auf Stroh, in einer der baufälligen Scheunen des Wirtschaftshofs. In der wärmeren Jahreszeit schlief er am liebsten im Freien, auf der Pferdekoppel hinter der Festungsmauer oder auf dem Turm, gleich unterm Himmel, nur in Gesellschaft seiner Hunde. Die nächtliche Schlafgemeinschaft mit etwa dreißig Verwandten war ihm zuwider. Er verabscheute das Ächzen und Hüsteln der Alten, das Greinen der Kinder, das Schnarchen, Schniefen und Furzen ringsum, die Ausdünstungen der nackten Leiber in dem fast fensterlosen, nur mit winzigen Luken versehenen Gemach.

Wenn er mit Sunna allein sein wollte, ritt er mit ihr in den Wald. Dort lagen sie dann an einem Weiher, wo sie mit ihrem Liebesspiel nur die Frösche unterhielten und wo sie sich hinterher abkühlen konnten. In der Nähe war eine Jagdhütte, in der sie die Nacht über blieben, wenn es zu spät zur Heimkehr geworden war. Auch im Winter suchten sie manchmal die Hütte auf, wohnten hier sogar tagelang, wuschen sich mit Schnee, brieten Vögel, die Chlodwig mit Pfeil und Bogen erjagte.

Von Zeit zu Zeit lag er gern bei Sunna. Sie war nicht besonders hübsch, aber er mochte den rundlichen Körper der kleinen blonden Kusine aus Tongeren und seinen herben Duft, in dem sich Wald und Wiese, Küche und Stall mischten. Er kannte Sunna, seit er auf der Welt war, es gab sie schon in seinen frühesten Erinnerungen. Sie war eine Nichte des Chararich, Waise, am Hof seines Vaters aufgewachsen, neun Jahre älter als er. Als er dreizehn und damit volljährig war, hatte man sie ihm beigelegt, damit sie ihn in das Liebeswerk einführte und er recht bald einen Sohn mit ihr zeugte. Denn ein Merowinger mußte früh anfangen, weil man nie wissen konnte, wie hoch die Verluste waren, und der Königsstamm mußte erhalten bleiben. Er war ein launischer und oft unlustiger Liebesschüler, kränkte seine Lehrerin manchmal und mißhandelte sie sogar. Doch als er mit sechzehn Jahren König wurde, machte er sie zu seiner Ehefrau, ganz legal nach germanischem Recht, indem er ihren Verwandten den Brautpreis zahlte und sie nach der Hochzeitsnacht mit einer Morgengabe bedachte. Zwei Jahre später brachte sie – nach einer Tochter, die aber nur wenige Tage lebte – endlich auch den ersehnten Sohn zur Welt. Chlodwig kümmerte sich nicht viel um Sunna. Sie lebte unter den vielen anderen Frauen, half als Hebamme bei Geburten, arbeitete im Webhaus mit, war auch eine geschickte Schneiderin. Wichtig war dem König nur, sie in seiner Nähe zu wissen und jederzeit finden zu können. Er behandelte sie wie einen nützlichen und vertrauten Gegenstand, von dem er sich selten und ungern trennte, höchstens mal für kürzere Zeit, während eines Jagdausflugs oder Beutezugs. Und für die Liebe, sobald er ihrer bedürftig war, blieb sie weiterhin allein zuständig. Noch nie hatte er eine andere begehrt.

An diesem Abend – es war Ende August – hatte Chlodwig sehr spät noch, als schon fast alle schliefen, den Sackvorhang aufgehoben und sich neben Sunna ausgestreckt. Nur flüchtig berührte er sie und sagte, sie solle weiterschlafen. Er zog sich nicht aus, behielt die Hose und sogar die Schuhe an. Immer wieder erwachte sie aus ihrem leichten Schlummer und horchte auf seine Atemzüge. Manchmal regte sich der kleine Theuderich, und sie beruhigte ihn. Endlich, gegen Morgen, richtete sie sich auf und versuchte, in der Dunkelheit Chlodwigs Gesicht zu erkennen. Er lag, die Hände unter dem Kopf verschränkt, auf dem Rücken. Die Augen hielt er weit offen.

»Was hast du?« flüsterte sie. »Hast du denn gar nicht geschlafen?«

»Laß mich. Ich denke nach.«

»Aber du mußt dich doch ausruhen.«

»Das tue ich ja.«

»Woran denkst du?«

Er antwortete nicht. Durch die winzigen Luken unter dem Dach sickerte das erste graue Morgenlicht.

»Chlodwig ...«

»Nun schlaf doch.«

»Laß mich mitgehen. Ich hätte sonst Angst.«

»Was soll dir denn hier passieren?«

»Nicht um mich hab ich Angst, sondern um den Kleinen.«

»Es werden Wachen bei euch bleiben.«

»Wenn dir etwas zustößt, wird man auch ihn nicht am Leben lassen.«

»Mir wird nichts passieren.«

»Aber warum hast du so viele Männer zusammengeholt? So viele waren es noch nie.«

»Es werden noch mehr. Wenn Ragnachar und dein Onkel mit ihren Leuten dazustoßen.«

»Kommen die alle hierher?«

»Nein. Sie marschieren gleich zum Treffpunkt. Nach Bavai.«

»Aber warum müssen es denn so viele sein? Ist wirklich kein Krieg?«

»Nein. Es ist, wie ich sagte. Es geht gegen die aus Britannien. Dieses Keltengesindel, das von dort herüberkommt. Wir werden einige Hundert von ihnen einfangen und gute Beute machen.«

»Aber warum marschiert ihr dann nicht nach Norden, zur Küste? Sondern nach Süden, auf Soissons zu?«

Chlodwig seufzte.

»Schlaf weiter. Wenigstens bis die Sonne aufgeht.«

»Sag es mir doch.«

»Das ist der Befehl. Der Tribun hat ihn so übermittelt. Vielleicht will der Patricius uns entgegenkommen und die Führung übernehmen. Vielleicht bringt er noch mehr Truppen mit. Wenn dann das Heer beisammen ist, geht es zur Küste.«

»Sagst du die Wahrheit?«

»Warum sollte ich dich anlügen?«

»Laß mich mitziehen, Chlodwig. Ich könnte beim Kochen und Holzsammeln helfen. Und Verwundete versorgen.«

»Das fehlte noch. Du als Königin.«

»Ach, ich bin keine Königin. Ich bin nur deine Frau. Ich will bei dir sein.« Sie legte den Kopf auf seine Brust. »Laß mich mitziehen. Mich und das Kind.«

»Es wird hell«, sagte er und schob sie weg. Er stand auf, schnallte den Gürtel um und steckte die Franziska hinein, die die Nacht über griffbereit neben ihm gelegen hatte. Nochmals bückte er sich und strich dem schlafenden Theuderich über das seidige hellblonde Haar, das schon nach Merowingerart lang war.

Er hob den Sackvorhang auf und trat auf die Galerie hinaus. Links und rechts von der Tür saßen die beiden Wächter auf Hockern, stützten sich auf ihre Lanzen und dösten.

Chlodwig gab einem der Hocker einen Tritt. Der Wächter stürzte mit Gepolter zu Boden.

»Wachen!« murmelte der König. »Besoffen, verweichlicht. Sunna hat recht. Es ist besser, ich nehme sie mit.«

12

Anfang September lud der Patricius zu einem Fest ein.

Es waren wieder Emigranten gekommen. Inzwischen gab es kaum noch ein Haus in Soissons, das nicht aristokratische Familien aufnehmen mußte, die vor der Zwangsherrschaft der Germanen geflohen waren. Hierher, in die letzte römische Zufluchtsstätte westlich des Balkans, kamen sie aus allen Richtungen: Munizipalbeamte, die von den Vandalen aus Mauretanien verjagt worden waren; Prokuratoren, die seit der Ankunft der Sueben in Spanien nichts mehr zu tun hatten; Offiziere, deren Truppen in Italien zum Usurpator Odoaker übergelaufen waren; geistliche Hirten, die in Süd- und Westgallien ihre Schafe an die Gefolgschaft des Häretikers Arius verloren hatten. Bei Syagrius in Soissons sammelten sie sich mit ihren vielköpfigen Familien und hastig zusammengerafften Reichtümern, hier pflegten sie ihr Selbstmitleid und ihren Haß und brüteten immer neue nutzlose Pläne aus. Jedesmal, wenn ein neuer Schub Emigranten eintraf, gab der Patricius ein Begrüßungsfest. Und dabei ließ er sich dann als den letzten Garanten des Römertums feiern.

Diesmal kamen die meisten aus Pavia. Frau Titia umarmte eine Schwägerin und einen Neffen, der sich im letzten heldenmütigen Gefecht gegen den germanischen Unhold ausgezeichnet hatte. Es war auch eine Dame dabei, die direkt vom Kaiser Alexander Severus und seiner Gemahlin Gnaea Seia Herennia Sallustia Orba Barbia Orbiana abstammte und selbst einen ebenso unaussprechlichen, überaus vornehmen Namen trug. Einige der Ankömmlinge waren seit Jahren unterwegs und hatten eine wahre Odyssee hinter sich. Über Regium, Lilybaeum, Neu-Karthago, vorüber an den Säulen des Herakles, entlang der Küsten Lusitaniens und Aquitaniens waren sie per Schiff bis zur Loire-Mündung und schließlich auf einer letzten abenteuerlichen Landetappe nach Soissons gelangt. Zwei Schiffe mit ihrer Habe waren verlorengegangen, eines im Sturm, das andere von Seeräubern gekapert. Die meisten waren nun auf die Wohltätigkeit des Patricius und anderer glücklicherer Standesgenossen angewiesen. Einen Hoffnungsschimmer gab es indes: Die Neuen brachten das Gerücht mit, der oströmische Kaiser Zenon plane die Rückeroberung Italiens. Es hieß aber auch, er wolle damit seinen Günstling Theoderich beauftragen. Ausgerechnet einen Goten! Wer dachte nicht mit Entsetzen daran, wie die Goten vor knapp achtzig Jahren in Rom gewütet hatten! Als einer der Festgäste auf diese Schrecken zu sprechen kam und nur den Namen des ersten Alarich erwähnte, fielen zwei Damen auf der Stelle in Ohnmacht.

Doch dies war zunächst der einzige unangenehme Zwischenfall. Vormittags gab es einen Dankgottesdienst für die Rettung der Flüchtlinge. Anschließend zog die Gesellschaft in die große Arena von Soissons zu einer Tierhetze, der auch die übrige Bevölkerung kostenlos zusehen durfte. Nach einer Ruhepause begann das Gelage. In der großen Halle des Palastes tafelten fünfhundert Gäste. Das Mahl bestand aus über zwanzig Gängen, und die Köche des Patricius gaben ihr Bestes, indem sie durch raffinierte Zubereitung einheimischer Gerichte die beliebten exotischen Delikatessen ersetzten, die nicht mehr zu beschaffen waren. Die Gäste langten gierig zu und stopften sich ungehemmt die Taschen voll. Viele, wenn nicht die meisten, lebten trotz ihrer klangvollen Namen und hohen Verdienste am Rande des Elends.

Die Dankbarkeit gegenüber dem Gastgeber kannte daher keine Grenzen. Ein Dichter unter den Emigranten trug eine Ode vor, in der Syagrius als »Schirm und Schutz des Romulusvolkes« und »gütiger Fürst, dessen Antlitz dem Menschen mild wie der Lenz erstrahlt« besungen wurde. Niemandem fiel auf, daß die meisten der Verse beim vor über fünfhundert Jahren verstorbenen Oberschmeichler Horaz gestohlen und ursprünglich für den Kaiser Augustus bestimmt waren. Unter allgemeinem Jubel wurde Syagrius zum »Retter des Vaterlands« ausgerufen und mit einem goldenen Lorbeerkranz geschmückt, den er freilich selbst in Auftrag gegeben und bezahlt hatte.

Es versteht sich, daß er auch seine Weinvorräte nicht schonte, und so herrschte unter den Konviven bald eine ausgelassene Stimmung. Sie vergaßen ihre traurige Lage und gaben sich ganz dem Augenblick hin. In der Halle traten Musikanten, Sänger und Akrobaten auf. Viele Gäste zog es allerdings nach dem schweren Mahl an die frische Luft. Sie flanierten auf den Terrassen und in den Gärten des Palastes und erklommen sogar die hohen Leitern zum Wehrgang der Festungsmauer. Es gab Spaß, wenn sich angeheiterte Damen in ihren Seidengewändern Sprosse für Sprosse dort hinaufquälten, und dann, auf ihre nicht weniger berauschten Begleiter gestützt und jeden Augenblick aufkreischend, über die tückischen Bohlen bewegten. Der Lohn der Mühe war die Aussicht auf die Ebene vor der Stadt, auf den Festplatz mit seinen bunten Zelten und Buden und auf das Volk, das sich dort unten belustigte. Die Damen lehnten sich an die Mauer, und einige Jüngere waren so übermütig, sich hinaufheben zu lassen und in schwindelnder Höhe auf einer Zinne Platz zu nehmen. Ihre Blicke folgten dem Bogen der Aisne, den Booten der Fischer und Händler oder einer Prozession, die einem Hügel mit einer Kapelle zustrebte. Oder auch der Straße nach Norden, auf der ein paar Reiter und Eselsgespanne unterwegs waren.

Ein Mädchen streckte plötzlich den Arm aus.

»Seht doch mal dort!« schrie sie.

Aus der Ferne, vom Waldrand rückte etwas heran, das aussah wie eine bewaffnete Horde Männer. In einer langen Kolonne kamen sie näher. Es waren so viele, daß einzelne Gruppen sich vom Haupttrupp absonderten und links und rechts von der gepflasterten Straße über Wiesen und Äcker marschierten. Man konnte auch Reiter erkennen, die zwischen den Marschierenden hin- und hersprengten. Wie viele waren es? Zweihundert? Dreihundert? Fünfhundert? Der Menschenstrom, der dort hinten zwischen den Bäumen hervorquoll, riß nicht ab.

»Barbaren! O Jesus hilf uns! Es sind Barbaren!« schrie eine Dame.

Ein schrilles Echo aus weiblichen Kehlen antwortete ihr von verschiedenen Punkten der Festungsmauer aus. Da erst wurden die Wachen aufmerksam. Statt das Gelände zu beobachten, hatten sie mit den Mädchen geschäkert. Vom nächsten Wachturm ertönten Kommandos. Alle eilten an ihre Plätze.

»Das ist ja ein ganzes Heer!« rief ein Offizier.

Tatsächlich fluteten die Scharen in immer breiter werdender Front heran. Die Straße reichte längst nicht mehr aus. Dort wurden nun auch Gespanne mit Planverdeck herangeführt. Ganze Reitertrupps schwärmten über die Uferwiesen des Flusses. Die Vorderen schritten rasch aus. Hunderte glänzende Punkte – Helme, Lanzenspitzen, Schwertgriffe, Axtschneiden – reflektierten das Licht der Nachmittagssonne.

Die vornehmen Besucher auf dem Wehrgang der Festungsmauer waren plötzlich sehr nüchtern, die heitere Stimmung war ihnen vergangen. Was sie sahen, erschreckte sie bis ins Mark – die Erinnerung an anstürmende Barbarenmassen war bei vielen noch allzu lebendig. Während die einen wie gelähmt auf das Schauspiel in der Ebene starrten, breitete sich unter den anderen Panik aus. Man drängte zu den Leitern, man schob und stieß. Eine grauhaarige Dame glitt aus und stürzte vom Wehrgang in die Tiefe. Sie war sofort tot. Eine andere verlor das Bewußtsein und mußte an einem Seil hinabgelassen werden. Die munter gewordenen Wachen räumten den Wehrgang, Offiziere schnauzten Befehle. Skorpione, leicht bewegliche Wurfmaschinen, wurden in Stellung gebracht.

Inzwischen war auch auf dem Festplatz der Anmarsch der Barbaren bemerkt worden. Alles floh und drängte durch das Tor hinter die Mauer. Buden und Zelte wurden eilig abgerissen, Karren und Lasttiere beladen. Kinder irrten schreiend umher und suchten Väter und Mütter, die sie im Trubel verloren hatten.

Eine Zenturio der Palastwache stürzte in den kleinen Empfangssaal. Hierher hatte sich der Patricius mit seiner Familie, den Leuten seiner Umgebung und besonders vornehmen Gästen zurückgezogen. Er saß schon wieder am Spieltisch, aufgeregt, mit geröteten Wangen. In der Vorfreude eines Sieges knetete er die feuchten Hände. Sein Gegner, ein sabbernder, schnaufender Alter, der ihm als *vir clarissimus* vorgestellt worden war, obwohl sich sein Ruhm längst verflüchtigt hatte, wollte das Spiel gerade aufgeben, als der Zenturio sich zwischen den Zuschauern vordrängte und atemlos meldete: »Patricius! Von Nordosten zieht ein Barbarenheer heran! Es müssen Franken sein! Mindestens fünftausend, sechstausend … vielleicht mehr. Was befiehlst du? Sollen die Tore geschlossen werden?«

»Ach, du Esel!« rief Syagrius. »Mußt du mir jetzt das Spiel verderben? Ich stehe unmittelbar vor dem Triumph!«

In der Erwartung, daß man seine Empörung teilte, sah er auf. Doch da blickte er in betroffene, verstörte Gesichter – und erst jetzt begriff er die Meldung.

»Barbaren? Franken? Sechstausend, sagst du? Was wollen die hier? Ich habe niemanden gerufen.«

»Sie sind höchstens noch eine Meile entfernt. Deine Befehle! Was sollen wir tun?«

»Eine Meile? Das muß ein Irrtum sein! Nein, ich hab sie nicht hergerufen. Ich brauche im Augenblick keine Hilfstruppen. Sie sollen umkehren! Ich befehle, daß sie umkehren und verschwinden!«

»Und wenn sie sich nicht dazu bewegen lassen? Sie sehen nicht aus, als ob sie in friedlicher Absicht kämen.«

»Nicht in friedlicher Absicht? Die Franken? Nein, nein, ausgeschlossen! Die räubern zwar mal im Grenzgebiet, aber niemals würden sie ... Sechstausend, sagst du? Ihr übertreibt doch. Wahrscheinlich sind es nur ein paar Hundert. Vielleicht hat sich das jemand ausgedacht, um meine Gäste zu unterhalten. Ein Spiel mit der Angst! Aber wer war das? Das wäre doch ein geschmackloser Scherz! Außerdem hätte man mich unterrichten müssen. Leunardus! Structus! Wo ist Structus? Man soll diesen Unfug sofort unterbinden, damit wir ungestört unser Fest feiern können!«

Syagrius glaubte zunächst tatsächlich, seine Festordner hätten ihn und die Feiernden auf diese Art überraschen wollen. Aber schnell wurde klar, daß das da draußen kein Spiel sein konnte. Leunardus und Structus reagierten bestürzt und lösten Alarm aus, nachdem sie den Aufmarsch der Franken von einem Wachturm aus beobachtet hatten. Die Tore der Festung wurden geschlossen, die Wachen verstärkt. Alle Söldner der beiden in Soissons stationierten Legionen wurden in die Unterkünfte beordert. Unterdessen gewann man etwas mehr Klarheit. Man erkannte die Anführer der anrückenden Haufen. Es waren die Könige der Franken von Cambrai, Tongeren und Tournai – Ragnachar, Chararich, Chlodwig.

Daraus ergab sich eine Erklärung, die weniger auf eine

Gefahr als auf einen Irrtum hindeutete. Structus hatte die erleichternde Erkenntnis: Die Streitmacht der föderierten Franken, die sich in Bavai zum Marsch gegen die eindringenden Inselbarbaren gesammelt hatte, war durch einen Fehler bei der Befehlsübermittlung in die falsche Richtung gelenkt worden. Dergleichen kam vor und konnte verschiedene Ursachen haben. Die naheliegendste war, daß der zu den Franken gesandte Tribun sich nicht pünktlich am Treffpunkt eingefunden hatte, um die Führung zu übernehmen. Vermutlich hatte er sich noch zu entfernter siedelnden Stämmen begeben. Die drei Könige hatten mit ihren Haufen in Bavai gewartet und sich dann ungeduldig in Bewegung gesetzt. Und da ihnen noch der genaue Marschbefehl für ihren Kampfeinsatz fehlte, waren sie hergekommen, um ihn sich von dem Mann zu holen, dem sie zu Treue und Waffenhilfe verpflichtet waren: dem Patricius Syagrius.

So kam es jetzt nur darauf an, die fränkischen Heerhaufen schnell wieder loszuwerden. Sie nahmen schon die ganze Ebene vor der Stadt ein, und ihre Stärke wurde mittlerweile auf mehr als zehntausend geschätzt. Der Patricius griff den Vorschlag auf, sofort eine Abordnung unter Führung von Leunardus und Structus zu ihnen hinauszuschicken. Er selbst begab sich derweil in die große Halle, um seine Gäste zu beruhigen.

Hier herrschte inzwischen das blanke Entsetzen. Ausflügler von der Festungsmauer waren plötzlich hereingeplatzt – mitten hinein in Musik, Tanz und Weinseligkeit. Die Nachricht, die sie brachten, wurde mißverstanden, wirkte schockartig. Man glaubte, schon in der Falle zu sitzen, von Barbaren umstellt, die jeden Augenblick schwertschwingend hereinstürmen konnten. Ein allgemeines Klagegeheul erhob sich. Betrunkene drängten zu den Türen und trampelten andere Gäste rücksichtslos nieder. Viele gönnten sich einen letzten Genuß, indem sie den Wein gleich aus Krügen und Fässern in sich hineinschütteten. Hysterische Damen zerrissen ihre Gewänder, ergriffen Obstmesser und machten Anstalten, sich die Adern zu öffnen. Andere klaubten hastig Juwelen aus ihren Ringen und Halsbändern und verschluckten sie. Einige unverfrorene junge Männer nutzten die lähmende Angst junger Damen aus.

Der Patricius hatte Mühe, sich Gehör zu verschaffen. Seine Leibwächter wuchteten ihn auf einen Tisch.

»Freunde!« rief er mit beschwörenden Gesten. »Ich bitte euch, nehmt Vernunft an, beruhigt euch! Habt keine Angst! Sie sind gutherzige Barbaren! Brave Barbaren! Die besten Barbaren, die es gibt! Sie sind alte Verbündete, gute Nachbarn, und sie werden niemandem etwas zuleide tun! Es sind die Franken, meine treuen, zuverlässigen Föderaten! Sie folgen meinem Befehl und wollen uns von der Plage des Ungeziefers befreien, das von Britannien herüberkommt und unsere Küste verseucht. Irrtümlich haben sie einen Umweg gemacht. Leunardus und Structus sind bereits unterwegs und übermitteln ihnen meine Befehle. Sie werden in dieser Nacht vor den Toren lagern, auf freiem Feld. Kein einziger wird die Stadt betreten! Und schon morgen werden sie wieder abziehen und sich für uns in den Kampf stürzen. Beruhigt euch, Freunde, habt Vertrauen zu mir, ich bitte euch! Laßt euch die Stimmung nicht verderben! Amüsiert euch, das Fest geht weiter! Musik! Wo sind die Tänzerinnen, die Akrobaten? Man soll meine Gäste unterhalten!«

Aber daraus wurde nichts mehr. In die kurze Stille, die dieser Ansprache folgte, stieß von irgendwoher der Schreckensruf: »Sie sind ja schon da! Sie sind in der Stadt!«

13

Es waren wohl an die hundert Männer, die unter den Halbsäulen des Portals erschienen und schweigend, gemächlichen Schrittes in die Halle einzogen. Einige Tische, die ihnen im Wege standen, warfen sie um. Die Gäste wichen zurück, drängten sich seitlich an die Wände. Auch sie waren stumm, der Schreck verschlug allen die Sprache.

Drei Männer mit langen Haaren gingen an der Spitze des Trupps. Der rotgesichtige Dickwanst in der Mitte war Ragnachar, König der Franken von Cambrai. Unter dem Helm mit Federbusch quollen die grauen, gewellten Haare hervor und verteilten sich auf seinem Mantel. Sein prunkvolles Schwert, dessen Länge im Mißverhältnis zu der seiner Beine stand, schrammte beim Gehen über den Boden.

Weniger königlich, dafür um so martialischer erschien Chararich, König der Franken von Tongeren, ein dürrer Kerl mit gelbem Vogelgesicht. Ihm wuchs nur noch wenig Haar im Nacken, das er als Zopf bis fast zu den Knien hängen ließ. Vom Stirnband bis zu den Wadenbinden war alles fränkisch an ihm. Schwer trug er an seinen Waffen – Schwert, Schild, Wurfaxt, Lanze –, nicht weniger schwer an seinem eisernen Kettenhemd, den breiten Armringen und den Fibeln, die den Mantel hielten.

Dem Dritten in der Reihe, Chlodwig, war der König der Franken von Tournai kaum anzusehen. Lässig schlenderte er auf seinen langen Beinen heran, in einem einfachen leinenen Kittel, die Franziska als einzige Waffe im Gürtel. Wären da nicht das lange Haar und der goldene Siegelring gewesen, hätte man in ihm nur einen Gefolgsmann der beiden anderen vermuten können. Er verhielt auch ein wenig den Schritt, um seinen älteren Vettern den Vortritt zu lassen.

Unter den hundert Männern, die den dreien folgten, war alles vertreten, was die Königreiche der Franken an ausgezeichneten Männern aufbieten konnten: rosige Kraftkerle, knorrige Schlagetots, finstere Narbengesichter, bärtige Waldschrate. Die Kostümierung folgte keiner Regel, sie war wie die Bewaffnung halb fränkisch, halb römisch. Mäntel, Tuniken und Hosen waren nach dem langen Marsch verdreckt und beschädigt, was den furchterregenden Eindruck verstärkte. Zu den Abgesandten von Tournai gehörten Bobolen, Bobo, Ansoald, Ursio.

Der Eintritt der Franken geschah so unverhofft, daß er den Patricius noch auf dem Tisch stehend überraschte. Man half dem Erschrockenen herab und schob ihm rasch einen Armstuhl zu, in dem er sich schwitzend und schnaufend niederließ. Leunardus beugte sich über ihn und unterrichtete ihn von dem fehlgeschlagenen Versuch, sich seines Auftrags zu entledigen. Die fränkische Abordnung unter den Königen sei ihnen schon am Tor entgegengekommen und habe Einlaß begehrt. Unmöglich habe man sie zurückweisen können. Die Franken hätten auch darauf bestanden, ihr Anliegen dem Patricius selbst vorzutragen.

»Ein Anliegen?« fragte Syagrius. »Ich verstehe, sie wollen ihre Befehle von mir persönlich in Empfang nehmen. Ich will sehen, daß ich sie schnell loswerde. Der Schaden, den sie schon angerichtet haben, ist kaum wiedergutzumachen.«

»Structus wird auf alle Fälle ein Manipel der ersten Legion in Kampfbereitschaft versetzen.«

»Gut, aber nichts überstürzen! Ich mache das schon. Ich weiß, wie man mit ihnen umgehen muß. Ich kenne meine Barbaren. Kenne sie besser als jeder andere!«

Die Franken waren inzwischen an ihn herangetreten. Die

Könige waren sich aber offenbar uneinig, wer von ihnen das Wort ergreifen sollte. Sie schienen sich gegenseitig zu ermuntern. Der Patricius kam ihnen zuvor.

»Ich grüße euch, Freunde und Föderaten!« sagte er volltönend, wobei er sich in seinem Armstuhl zurücklehnte und die Pose eines Herrschers einnahm. »Wie schön, daß ihr mich besucht, ich hatte schon lange das Bedürfnis, euch wiederzusehen. Ja, wahrhaftig, ich freue mich herzlich, daß meine lieben, geschätzten, braven Franken wie immer einsatzfreudig und kampfentschlossen für unsere gemeinsame Sache ins Feld ziehen. Ich danke euch dafür, daß ihr meinem Ruf gefolgt seid. Ich danke für eure Bereitschaft, euch mit aller Kraft den Eindringlingen von der Insel Britannien, unseren gemeinsamen Feinden, entgegenzuwerfen. Das ist wohlgetan, Freunde und Föderaten! Seid versichert, ich bin zufrieden mit euch! Mögt ihr das Unternehmen ohne große Verluste, doch mit hohem Gewinn zu Ende bringen! Der allmächtige Gott der Christen und natürlich eure eigenen Götter werden euch dabei leiten und lenken!«

Die Franken schwiegen und rührten sich nicht. Sie starrten den Patricius an, als warteten sie auf etwas, als sei noch nicht alles gesagt.

»Offen gestanden, ich wunderte mich zunächst ein wenig«, fuhr Syagrius fort, wobei er sich von seinem Stuhl erhob, vor die Könige hintrat und sie mit einem gewinnenden Lächeln beschenkte, »daß ihr auf euerm Marsch zum Einsatzgebiet einen so großen Umweg gemacht habt. Nun, wer so kräftig und gut zu Fuß ist wie ihr, kann sich das leisten! Doch ernsthaft gesprochen, ich glaube, daß ich verstanden habe. Ihr wollt ein Wort hören, das euern Heldenmut stärkt, ein Wort eures obersten Kriegsherrn, seinen persönlichen Befehl ...«

»Dazu sind wir nicht hergekommen!« tönte es plötzlich irgendwo aus den Reihen der Franken.

Das Lächeln gefror in dem feisten Gesicht des Patricius.

»Wie? Nicht wegen des Befehls? Gewiß, ja, natürlich, den habt ihr ja schon, ihr kennt euern Auftrag. Aber ihr wollt euch vielleicht vergewissern, daß die Gefahr tatsächlich so groß ist ... wollt mein persönliches Zeugnis ...«

»Wir wollen dir Forderungen stellen!«

Diesmal war Chlodwig der Sprecher. Syagrius stand direkt vor ihm und sah zu ihm auf.

»Was willst du ... was hast du ...?«

»Forderungen!«

»Du hast Forderungen?«

»Nicht nur ich – wir alle! Ich und die anderen hier. Wir haben auch einen Beschluß gefaßt. Den sollst du jetzt hören!«

Syagrius bewegte die Lippen, wußte aber nichts zu erwidern. Ratsuchend sah er sich nach Leunardus um, der aber nur mit einer hilflosen Geste antworten konnte. Auch von Structus kam kein deutbares Zeichen. Er stand nur da und beobachtete mit strenger Miene den fränkischen Haufen. Die Gesichter der Gäste zeigten alle Empfindungen zwischen Schrecken und Hoffnung.

»Liebe Freunde und Föderaten«, sagte Syagrius schließlich mit mühsam unterdrückter Erregung. »Ich empfange euch hier, obwohl ich damit gegen meine Pflichten als Gastgeber eines Festes verstoße. Meine Gäste, darunter die edelsten Frauen und bedeutendsten Männer, fühlen sich schon von mir vernachlässigt. Deshalb bitte ich euch um Verständnis dafür, daß ich diesen Empfang jetzt beenden muß. Ich lade die Könige ein, mit uns zu feiern und unser Fest zu verschönern. Alle anderen wird man draußen im Lager reichlich mit Speisen und Wein versorgen, man wird auch Futter für die Pferde ...«

»Du hast nicht verstanden!« sagte Chlodwig. »Du mußt den Beschluß hören, den wir gefaßt haben. Es ist notwendig. Jetzt!«

Der Patricius hielt den Wolfsblick, der ihn traf, nicht aus. Er wandte sich ab und, als wollte er Zeit gewinnen, ließ er sich umständlich wieder in seinen Armstuhl sinken.

Unter denen, die ihn umdrängten, war seine Gemahlin Titia. Sie neigte sich zu ihm und raunte: »Laß sie umbringen, wenn du ein Mann bist! Alle! Was für eine Gelegenheit!«

Auch Scylla stand in seiner Nähe. Er hätte sich einen Blick gewünscht, der ihn stärken, der ihm seine Unsicherheit nehmen würde. Aber sie sah nur Chlodwig an. Ihre Augen saugten sich geradezu fest an dem langhaarigen jungen Kerl.

»Also gut denn, so sei es, ich höre!« sagte Syagrius gepreßt. »Aber es soll derjenige von euch dreien reden, der der Älteste und Würdigste ist! Nicht der Jüngste, der noch wenig geleistet und kaum Erfahrungen hat, abgesehen von solchen, die er besser nicht gemacht hätte. Sprich, Ragnachar! Was wollt ihr? Los, rede!«

Der Dicke tauschte Blicke mit seinen Vettern und trat dann zögernd einen Schritt vor. Er nahm den Helm ab, klemmte ihn unter den Arm, machte eine knappe, ungelenke Verbeugung und begann zu reden. Im Kontrast zu seinem gewaltigen Körperumfang war seine Stimme hoch und schwach. Er stotterte auch, und da seine Kenntnisse des Lateinischen lückenhaft waren, mußte er immer wieder nach Worten suchen.

Was er vorbrachte, war im wesentlichen das Folgende: Die Franken hätten sich in Bavai beraten. Der Tribun, der sie führen sollte, sei nicht gekommen, und so hätten sie viel Zeit gehabt. Sie seien ja immer mit den Römern gut Freund gewesen und wollten es auch in Zukunft bleiben. Die Väter und Großväter hätten Land zur Bebauung von den Römern empfangen und dafür Waffenhilfe geleistet, und so wollten es auch die Söhne und Enkel halten. Nur hätten diese in letzter Zeit große Sorgen. Immer mehr Stammesbrüder kämen über den Rhein, zum Teil aus entfernten Gegenden, von der Lippe, der Ems, der Weser her. Die müßten bei den schon Angesiedelten unterkriechen, und so lebten nun viele Franken zusammengepfercht in den kleinen Städten und Weilern, weil es nicht genug Platz für alle gebe.

»Das geht nicht so weiter, P-patricius«, schloß König Ragnachar. »Es gibt schon Mord und T-totschlag unter den Franken, weil es zu eng ist. Alle sind u-u-u-unzufrieden. Unsere Bitte ist deshalb: G-gib uns mehr Land. Wir brauchen Ackerland und Wiesen, auch Wald. Und dann brauchen wir ... brauchen wir auch mehr G-g-geld ...«

»Auch noch mehr Geld?«

Der Patricius stellte die Frage so scharf und in so höhnischem Ton, daß der König von Cambrai erschrocken verstummte. Die Wirkung seiner Ansprache war eher eine entspannende gewesen und hatte dem Auftritt der Franken viel von dem Schrecken genommen, den er anfänglich ausgelöst hatte. Einige Damen, die sich gerade noch die Pulsadern öffnen wollten, begannen zu kichern. Betrunkene Herren ahmten den dicken Barbarenkönig und sein Gestotter nach. In der Umgebung des Patricius gab es ein allgemeines Aufatmen. Das hatte auch darin seinen Grund, daß sich vor dem offenen Portal eine Abteilung der von Structus in Kampfbereitschaft versetzten Truppen postierte.

Syagrius ärgerte sich, vorübergehend kleinmütig geworden zu sein. Er fürchtete um seine Autorität und sah dringenden Bedarf, sie zu stärken. Am meisten verdroß ihn, daß Scylla noch immer kein Auge von Chlodwig ließ. Er hielt es deshalb für notwendig, diese unvernünftigen Franken zu tadeln und dabei maßvollen Zorn zu zeigen.

»Also Ackerland, Wiesen und Wald. Und höhere Hilfsgelder. Vielleicht auch noch eine Stadt dazu – mit fünfhundert steuerzahlenden Bürgern? Das habt ihr beschlossen, deshalb seid ihr gekommen, und nun erwartet ihr, daß ich freudig zustimme. Ihr bringt es tatsächlich so weit, daß ich wütend werde und daß ich mich frage, ob ihr meine Güte und meine Langmut verdient habt. Was habt ihr getan, um eine solche Sprache zu führen? Was habt ihr geleistet, um eine Belohnung von mir zu verlangen? Geschenke wollt ihr von mir? Wofür? Dafür, daß ihr mir Schaden zufügt, wo ihr nur könnt? Dafür, daß ihr die Grenzen nicht achtet und in mein Reich als Räuber und Mordbrenner einfallt? Seltsam! Ihr müßt mich für wahnsinnig halten, wenn ihr glaubt, ich würde euch dafür mit Wohltaten überhäufen! Ich denke, ihr habt erst einmal einiges wiedergutzumachen. Wie erfüllt ihr denn eure Föderatenverträge? Es ist eure eigene Schuld, daß ganze Sippen eurer Stammesgenossen von jenseits des Rheins hierher nach Gallien kommen, um bei euch zu schmarotzen! Ihr hattet euch in den Verträgen verpflichtet, die Grenzen zu schützen, besonders die Rheingrenze. Und was habt ihr getan? Ihr habt noch Boten über den Fluß geschickt, um eure Verwandten herüberzurufen. Und anstatt sie, da sie nun schon mal hier waren, zu nützlicher Tätigkeit anzuregen … zu pflügen, zu roden, Bäche zur Bewässerung umzulenken … habt ihr euch aufs Rauben und Plündern verlegt. Und nun wollt ihr auch noch mehr Land, um dort wieder nur müßig zu lungern und Ausschau zu halten, was es beim Nachbarn zu stehlen gibt. Und dieses Treiben soll ich fördern? Wahrhaftig, ihr müßt mich für verrückt halten!«

Syagrius hatte sich rhetorisch in Schwung gebracht. Er war wieder aufgestanden und hatte dröhnend und gestikulierend einmal die Runde um den Haufen der hundert Franken gemacht. Mit Genugtuung stellte er fest, daß sein Auftritt Wirkung zeigte. Sie sahen ihn an wie gescholtene Kinder, blöde und finster, die Stirnen gesenkt, die Mäuler offen.

Seine Gäste hatten sich mittlerweile erholt und unterstützten ihn mit anfeuernden Zwischenrufen.

Frau Titia fand, daß noch ein letztes großes Wort fehlte, stieß heftig den Stock auf den Boden und rief: »Der künftige Kaiser hat gesprochen! Er, der das Imperium in ganz Gallien wieder aufrichten wird! Ihr könnt froh sein, daß er euch noch duldet! Beugt lieber eure Knie vor ihm!«

»Beugt eure Knie!« kreischten mehrere Damen.

»Beugt eure Knie, und ihr bekommt so viel Land, wie ihr wollt!« krähte ein Alter mit schwarzer Lockenperücke. »Um darauf zu arbeiten – als Sklaven!«

Ragnachar schwieg. Er wußte nichts zu erwidern. Schweiß lief ihm die fetten Wangen herab. Verlegen sah er sich zu seinen Stammesbrüdern um. Chararich, der waffenstarrende König der Tongerer, war unauffällig etwas zurückgetreten. Einige gaben den Königen Zeichen, daß es besser sei, sich zurückzuziehen.

Chlodwig achtete nicht auf sie. Er streckte den Arm aus und zog Ragnachar an seinem Mantel. Bereitwillig trat der Dicke zurück. Hochragend baute sich Chlodwig vor Syagrius auf.

»Bist du derselben Meinung wie der alte Schuft dort?«

»Was meinst du?«

»Daß wir die Knie beugen sollen und als Sklaven für euch arbeiten?«

Syagrius kam diese Frage ungelegen, und er wich aus. »Was redest du da? Nehmt nicht alles gleich wörtlich. Und bitte etwas mehr Respekt! Mein Gast war früher Konsul des Römischen Reiches. Ich kann nicht dulden, daß ihn ein junger Mann beleidigt, der seit wenigen Jahren erst volljährig und außerdem sehr übel beleumdet ist.«

Chlodwig sah auf ihn herab. Er hatte wieder den Wolfsblick. Seine Augen verengten sich zu Schlitzen, hinter denen ein kaltes weißes Feuer zu glimmen schien.

»Du hast nicht alles verstanden.«

»Was? Was nicht verstanden?«

»Was mein Vetter dir sagen wollte.«

»Darauf habe ich schon geantwortet!«

»Du hast uns etwas erzählt, was uns nicht gefallen hat.«

»Das glaube ich gern.«

»Es hat uns überhaupt nicht gefallen.«

»Ich habe euch eure Lage geschildert.«

»Mir scheint, du brauchst noch etwas Belehrung.«

»Belehrung? Von dir?«

»Über die Lage bei uns. Ich kann sie dir geben.«

»Ich habe dir schon gesagt, daß ich von einem unerfahrenen Jüngling ...«

»Hör zu! Und paß auf, daß du alles mitbekommst. Stell die Ohren auf, wie es die Pferde tun!«

»Das ist eine Unverschämtheit! Ich verbitte mir ...«

»Die Lage ist die«, sagte Chlodwig, wobei er den empörten Syagrius, der wieder in seinen Armstuhl sank, fest im Blick behielt, »bei uns sind Tausende auf Landsuche. Natürlich hätten wir sie auch alle totschlagen können, als sie, arm wie sie waren, über den Rhein nach Gallien kamen. Bei euch Römern, wo es nach Rang und Geld geht, wäre das eine normale Sache. Aber wir sagten uns: Es sind Blutsverwandte, also müssen wir etwas für sie tun, wir müssen sie irgendwie unterbringen. Ja, und da sind sie nun, ganze Hundertschaften mit ihren Familien ... Männer, die mit Schwert und Lanze vertraut sind, die sich notfalls nehmen, was man ihnen verweigert. Und wir können sie kaum daran hindern. Sie sind verdammt wütend, weil es bei uns so eng ist und weil es gleich nebenan bei dir Land, Wiesen, Wald in Fülle gibt und nur wenige Menschen dort sind und noch weniger Leute davon Nutzen haben ... reiche Gutsbesitzer, die hier, in Paris, in Reims und woanders leben. Also verlangen sie, daß das geändert wird! Mein Vetter hat nicht alles berichtet. Er hat dir nicht gesagt, was beschlossen wurde. Also sage ich dir jetzt, was wir wollen. Es ist ganz einfach: Du mußt weg von hier! Du mußt dich zurückziehen bis hinter die Seine! In dem Gebiet zwischen Seine und Loire kannst du bleiben. Aber alles Land zwischen Somme und Seine muß ab sofort uns Franken gehören. Ist das klar?«

Einen Augenblick lang herrschte Totenstille. Die Forderung war so ungeheuerlich, daß es auf seiten der Römer niemanden gab, dem nicht die Worte fehlten. Ein gerade zwanzigjähriger Barbarenhäuptling mit langen Haaren und einer Axt im Gürtel sprach dem Patricius Syagrius die Hälfte seines Reichsgebiets ab!

Gleich darauf brach ein Sturm der Entrüstung los. Syagrius lachte ein polterndes, ungläubiges, gekünsteltes Lachen. Seine Würdenträger und Hofbeamten gaben das Echo dazu. Die vornehmen Gäste stießen Schmähungen aus.

Auch unter den Franken kam Unruhe auf. Ragnachars und Chararichs Leute drängten sich unbehaglich zusammen. Hinter Chlodwig dagegen sammelten sich die Entschlossenen – Ansoald, Ursio und andere aus dem Kern der Gefolgschaft von Tournai.

»Ist das klar?« wiederholte Chlodwig.

»Das ist Übermut, eine Dreistigkeit!«« schrie Syagrius. »Das ist kalter Verrat! Haltet ihr so die Verträge ein?«

»Die Verträge haben die Väter gemacht«, sagte Chlodwig. »Die gehen uns nichts an.«

»Eure Ahnen haben sie gemacht. Es sind ewige Verträge!«

»Übertreibe nicht! Damals haben die Alten mit euch Verträge geschlossen, weil sie nicht stark genug waren. Sie waren zwar tapfer, aber nicht viele. Was blieb ihnen übrig? Sie mußten nehmen, was sie bekamen, und dafür im Krieg für euch die Drecksarbeit machen. Das hat sich nun geändert. Steig auf die Mauer, blicke hinunter! Da stehen hundert Hundertschaften – und die nehmen sich, was sie brauchen, wenn du es ihnen nicht freiwillig gibst. Viele haben schon ihre Familien mitgebracht. Auch meine Frau und mein Sohn sind da draußen. Ich hab mir gedacht, ich bleibe gleich hier, wenn du ausziehst. Dein Palast gefällt mir zwar nicht, aber das liegt vielleicht an den Leuten, die jetzt hier sind. Wenn ihr fort seid, gefällt er mir vielleicht doch!«

Nun erhob sich bei den Franken Gelächter. Diese Sprache war nach ihrem Geschmack. Die Unsicheren und Abwartenden drängten jetzt ebenfalls zu Chlodwig, von seinem verwegenen Vorstoß mitgerissen.

Frau Titia überschrie das Geheul der Gäste.

»Niemand vertreibt uns von hier! Wir bleiben und weichen nicht!«

»Dagegen haben wir nichts«, sagte Chlodwig. »Wenn ihr wollt, könnt ihr bleiben. Als Sklaven auf unseren Gütern!«

Die Franken brüllten vor Vergnügen. Syagrius raffte sich noch einmal auf und verschaffte sich heftig fuchtelnd Gehör.

»Freunde, Römer!« rief er. »Ich vermute, daß uns der junge Frankenkönig einen unterhaltsamen Beitrag zu unserm Fest liefern will. Denn eine so unerhörte Anmaßung kann man wohl nur als Scherz verstehen! Sollte sie allerdings ernst gemeint sein, weise ich sie mit tiefster Entrüstung zurück. Keinen Fußbreit werde ich weichen und das Römische Reich, das in meiner Person hier in Gallien immer noch lebenskräftig und mächtig ist, bis zum letzten Blutstropfen verteidigen!«

Hysterischer Jubel antwortete dem Patricius.

Chlodwig wartete, bis er abklang.

»Du willst also kämpfen. Das gefällt uns! In dem Fall geht es nämlich um mehr – nicht nur um dein halbes, sondern um dein ganzes Reich! Wie sollte ich denn meinen Leuten erklären, daß sie nach einem Sieg nur die Hälfte bekämen?«

»Nichts werdet ihr bekommen! Nichts! Nichts!«

»Abgemacht. Und du behältst nichts! Nach dem Sieg gehört uns alles – von der Somme bis zur Loire! Du kannst es dir noch einmal überlegen. Verlieren wirst du in jedem Fall. Kampflos – die Hälfte. Sieglos – das Ganze!«

Syagrius geriet völlig außer sich. Man mußte ihn festhalten, um zu verhindern, daß er sich zu etwas hinreißen ließ, was ihm nur selbst schaden konnte. Es reiche nun, schrie er, er werde sich das nicht länger anhören. Die Franken sollten machen, daß sie fortkämen, ihm aus den Augen, heute noch, sonst werde es ihnen schlimm ergehen. Wenn sie bei Sonnenaufgang nicht verschwunden seien, werde er seine Legionen ausrücken und den Platz vor der Festung räumen lassen. Und dabei würden keine Gefangenen gemacht. Für das Blutbad seien die drei Häuptlinge, die sich für Könige hielten, dann selbst verantwortlich, und es sei ihnen zu wünschen, daß sie gleich darin umkämen. Denn ihre Leute würden sie hinterher streng zur Rechenschaft ziehen und in Zukunft Anführer wählen, die sie nicht zur Rebellion anstifteten und ihm, dem Patricius, gäben, was sie schuldig seien. Jetzt aber wünsche er, daß sie ihn von ihrem Anblick befreiten. Er feiere ein Fest und wolle dabei nicht länger gestört werden.

»Also, bis morgen früh!« sagte Chlodwig. »Bei Sonnenaufgang auf dem Feld vor der Festung! Wir werden bereit sein und euch erwarten. Wir sind höfliche Barbaren! Es ist nicht unsere Art, unsere Feinde zu überfallen. Wir laden sie freundlich ein, mit uns zu einer bestimmten Zeit, an einem bestimmten Ort die Kräfte zu messen. Und jetzt gehen wir schlafen, damit wir euch morgen gebührend empfangen können. Ihr wollt weiterfeiern? Genießt euer Fest. Es wird ja für viele von euch das letzte sein!«

Er grüßte breit lächelnd nach allen Seiten, machte kehrt, ging hinaus. Der hundertköpfige Haufen folgte ihm. Die Legionare links und rechts des Portals wichen zurück und ließen ihn durch.

»Laß sie festnehmen! Laß alle umbringen!« fauchte Frau Titia.

»Structus!« rief der Patricius.

»Ausgeschlossen«, sagte der Legat. »So viele Männer, wie dazu nötig sind, haben wir nicht in Bereitschaft.«

»Aber es sind doch nicht mehr als hundert!«

»Es sind ihre Besten. Stell dir vor, sie gewinnen die Oberhand. Dann ist gleich alles verloren!«

»Warum sind wir auf diesen Fall nicht vorbereitet?«

»Damit konnte nun wirklich niemand rechnen.«

»Morgen früh sind die zwei Legionen bereit!«

»Verzeih, aber es war etwas leichtfertig, dich gleich auf morgen festzulegen. Das wollten sie ja, uns überrumpeln, es so schnell wie möglich zur Schlacht kommen lassen. Unsere Truppen benötigen ein paar Tage. Wir werden nicht gleich in voller Stärke antreten können.«

»Nicht in voller Stärke? Das lasse ich nicht zu!«

»Ein Aufschub wäre besser. Deshalb mein Vorschlag: die Tore schließen und sie zwingen, uns zu belagern. Wie lange halten wir durch, Leunardus? Wie lange reichen unsere Vorräte?«

»Mindestens einen Monat. Vielleicht sogar zwei.«

»Das dürfte genügen. Bis dahin geben sie auf. Sie sind ja nicht imstande, zu stürmen oder die Mauern zu brechen.«

»Nein! Nein!« schrie der Patricius. »Ich bin dagegen! Meine Ehre steht auf dem Spiel! Mich verkriechen, verstecken, belagern lassen? Nein! Wir bieten dem Feinde die Brust. Wir werden dieses Rudel toller Hunde zusammenhauen und davonjagen, was von ihnen übrigbleibt. Schlagt gleich Alarm und holt die Legionen aus den Unterkünften. Bis Mitternacht Kampfbereitschaft in voller Stärke! Das ist ein Befehl! Das ist mein Wille! Verstanden?«

Structus murmelte etwas und eilte davon.

»Auf diese Stunde habe ich lange gewartet!« sagte Frau

Titia strahlend. »Ich war nicht immer stolz auf dich, doch heute hast du dich gut gehalten, mein Lieber! Wir werden einen herrlichen Sieg erringen! Die Überlebenden solltest du in den Rhein treiben, damit sie ersaufen. Das wird für die drüben eine Lehre sein!«

Sie ordnete an, das Fest fortzusetzen. Die Musikanten und Gaukler machten weiter, und leichtgeschürzte Sklavinnen gingen umher und boten kühle Getränke an.

Aber nur wenige Unermüdliche blieben in der Halle. Fast allen war die Lust am Feiern vergangen. Die Verantwortlichen der Hofhaltung und der Verteidigung rannten hinaus, um dringenden Pflichten nachzugehen. Manche Gäste standen noch kurze Zeit in erregten Gesprächen beisammen. Einige stiegen nochmals auf die Mauer, um einen Blick auf das nächtliche Lager der Franken zu werfen. Die Betrunkenen schliefen unter den Tischen. Die meisten verschwanden irgendwo in der Stadt, um eine unruhige Nacht zu verbringen.

Scylla trat zu Syagrius, um den sich plötzlich niemand mehr kümmerte. Erschöpft und fahl im Gesicht war er in seinem Armstuhl zusammengesunken.

»Nun, großer Feldherr? Bereitest du dich auf die Schlacht deines Lebens vor, die dir einen Platz in den Annalen der Geschichtsschreiber sichert?«

»Wer konnte das ahnen«, sagte Syagrius düster. »Dieser Grünling, zwanzig Jahre alt! Wer hätte das von ihm erwartet. Fordert mich frech zur Schlacht heraus. Und ist im übrigen quicklebendig.«

»Ja, das ist er. Und wie kraftvoll und heldenmütig!«

»Ich sähe ihn lieber tot!« fuhr der Patricius sie an. »Wo bleibt dein Rächer, dein Mörder? Warum handelt er nicht?«

»Er wartet wohl noch. Es käme ihm ja nichts mehr zupaß, als daß Chlodwig vorher noch uns erledigt. Damit hätte er eine doppelte Rache.«

»Das werde ich zu verhindern wissen!«

»Darauf hoffen wir alle. Aber sei vorsichtig. Führe deine Phalanx mit Umsicht. Achte auf deine Flügel. Laß dich nicht einkreisen. Und falle nicht auf jede Kriegslist herein. Soll ich das Brett und die Spielsteine holen? Wollen wir noch ein bißchen üben?«

»In diesem Augenblick ist wahrhaftig für Scherz und Spott keine Zeit.«

»Dann gute Nacht.«

»Wo willst du jetzt hin?«

»Ich bereite schon mal das Fluchtgepäck vor.«

14

Der Patricius verbrachte die Nacht in der Halle, die sich innerhalb kürzester Zeit von einem Ort der Lustbarkeit und des Leichtsinns in das Quartier der Heeresführung verwandelte, erfüllt von Waffengeklirr und Kommandogebrüll. Man beachtete ihn kaum, wenngleich er unentwegt Befehle erteilte und Boten an die Befehlshaber der in der Stadt verteilten Manipel und Kohorten aussandte. Längst war es Gewohnheit unter den Offizieren, die widersprüchlichen, wirren Anordnungen ihres höchsten Vorgesetzten möglichst zu ignorieren. Seine Diener zwängten ihn in ein Panzerhemd, zogen ihm Stiefel an und stülpten ihm einen Helm mit feuerrotem Roßschweif auf. Mit allen goldenen Lanzen und Fähnchen, die er sich selbst verliehen hatte, ließ er sich die Brust schmücken. So stolzierte er umher, mit dem Ausdruck unerschütterlicher Siegesgewißheit.

Weniger zuversichtlich waren diejenigen, die die Verantwortung für den Aufmarsch der Truppen und ihre taktische Einstellung trugen. Es stellte sich bald heraus, daß man in erheblicher Unterzahl gegen die Franken antreten mußte. Einige Hundertschaften lagen zehn Meilen entfernt in Berny, einer ländlichen Festung, wo sie einen Teil des Staatsschatzes bewachten. Auch andere Truppenteile waren, um ihren Unterhalt zu erleichtern, aufs Land geschickt worden. Unmöglich war es, sie rechtzeitig herbeizuholen. Man konnte sich also nur auf die Mannschaften stützen, die in den verschiedenen Quartieren der Stadt lagen und denen sonst die Bewachung der Festung oblag. Da der Patricius jahrelang kriegerischen Verwicklungen ausgewichen war, hatte man sie für eine Feldschlacht nur ungenügend gerüstet und ausgebildet. Alle wurden zum Sammeln in das Amphitheater beordert, von wo bei Sonnenaufgang der Ausmarsch in die Ebene vor der Stadt erfolgen sollte.

Structus, der eigentliche Oberbefehlshaber, unternahm, unterstützt von Leunardus und anderen Würdenträgern, im Laufe der Nacht zwei weitere Versuche, den Patricius umzustimmen und doch noch zu erreichen, daß er einer Belagerung durch die Barbaren den Vorzug gab. Er wurde jedesmal starrsinnig abgewiesen. Als es hell wurde, begab sich Syagrius in das Amphitheater. Bis vor den Eingang ließ er sich in einer geschlossenen Sänfte tragen. Angeblich fürchtete er, daß einige aus der fränkischen Abordnung in der Stadt geblieben waren und einen Anschlag auf sein Leben vorhatten. Tatsächlich aber saß er schlecht zu Pferde. Man mußte ihn stützen, als er auf der sanftesten Stute, die zu finden war, in die Arena einritt. Kein Zuruf, kein Jubel begrüßte ihn. Schweigend hörten die angetretenen Mannschaften, vorwiegend Alamannen und Rheinfranken, seine schwunglose Ansprache. Er war übermüdet, zerstreut und gereizt, suchte immer wieder nach Worten. Zur Verwunderung aller schloß er mit einer Huldigung des Kaisers.

Der Ausmarsch erfolgte durch das Südtor, das dem feindlichen Lager abgewandt war. So wollte man vermeiden, daß die Franken über die beiden Legionen in verminderter Mannschaftsstärke herfielen, bevor die Schlachtordnung eingenommen werden konnte. Der Patricius stieg auf die Mauer, um die Schlacht von dort aus zu beobachten. Er hielt es für verantwortungslos, sich als unersetzbarer Leiter und Lenker auf dem Schlachtfeld den Geschossen des Feindes auszusetzen. Vielmehr fand er, daß es wichtig war, aus dieser hohen, unverletzlichen Position den Legionen den Rücken zu stärken. Sein weithin leuchtender feuerroter

Helmbusch würde jeden, der sich etwa zur Flucht wenden sollte, unverzüglich daran gemahnen, daß ihn das strenge Auge seines obersten Feldherrn sah. Er schloß natürlich nicht aus, im Falle einer kritischen Wendung selbst das Schwert zu ergreifen und voranzumarschieren. Daß aber ein solcher Fall eintreten würde, hielt er für unwahrscheinlich.

Zunächst schien er damit Recht zu behalten. Die Franken, die sich in dichten Reihen formiert hatten, zögerten mit dem Angriff und wichen sogar zurück, als die Legionen unter dem Geschmetter der Tuben und Hörner vorrückten. Ein Pfeilregen prasselte auf sie nieder, und der Patricius sah erfreut, daß die Geschosse ihr Ziel fanden. Bald machte er zwanzig, dreißig, fünfzig am Boden liegende Barbaren aus, und eilig – ja, geradezu hastig, als gelte es, die lästige Sache rasch hinter sich zu bringen, marschierten die Legionare in breiter Front vorwärts. Die Sonne stieg auf, und Syagrius ließ einen Schirm gegen die blendenden Strahlen bringen. Er nahm sich auch vor, den Helm, der ihn an den Schläfen drückte, bald abzusetzen und gegen einen weichen griechischen Hut zu tauschen.

»Bedauerlich«, scherzte er, an ein paar Würdenträger gewandt, die mit ihm auf der Mauer standen, »daß dieses unterhaltsame Schauspiel nur von kurzer Dauer sein wird. Doch ich verspreche euch, es zu verlängern. Das gibt ein paar schöne Prozesse gegen die Rädelsführer, die ihre Föderatenverträge gebrochen haben. Hoffentlich überleben sie – für die Todesurteile. Ich werde euch nicht enttäuschen, Freunde!«

Die Herren lachten – aber nicht lange. Unversehens änderte sich das Bild. Wie eine Schwertspitze stieß ein fränkischer Trupp in den vorderen, bisher fast unversehrten römischen Heeresblock. Die Spitze verlängerte sich zu einer monströsen Klinge, die zweischneidig rechts und links alles wegmähte. Als gewaltiger Keil drangen die tollkühnen Kerle schräg in die Streitmacht der letzten gallischen Römer ein und teilten sie in zwei ungleiche Hälften. Die kleinere war so gut wie verloren. Die größere sammelte sich und formierte sich neu. Schon erreichte die Spitze des Keils die Nachhut der Römer. Unter den ersten war ein langer Kerl mit wehenden Haaren, dessen Schwert, die Spatha, den breitesten Raum in der Gasse schlug. Der Patricius erkannte ihn.

»Chlodwig«, murmelte er. »Verfluchter Hund! Wer hätte gedacht, daß dieses dreckige Großmaul auch kämpfen kann!«

Die Spitze der Franken war schon in Schußweite, und so befahl er den Bogenschützen, auf Chlodwig anzulegen. Zwei Männer fielen an der Seite des Frankenkönigs. Chlodwig blickte herauf und schrie dem Patricius etwas zu, was aber im Kampflärm nicht verstanden wurde. Dann lachte er auf, packte sein blutiges Schwert mit beiden Händen, hielt es sich vor das Gemächt und stieß es mehrmals in obszöner Weise von unten nach oben.

Syagrius wandte sich schaudernd ab.

»Warum erledigt denn keiner den Hurensohn? Hundert Goldsolidi für seinen Leichnam! Legt an! Schießt ihn ab!«

Doch die Pfeile erreichten Chlodwig nicht mehr. Man sah ihn zurückstürmen, um hinten auszuhelfen, wo seine Franken in Bedrängnis gerieten. Bei dem blitzartigen Vorstoß war die Verbindung zu den Nachrückenden abgerissen. Die fränkische Nachhut hing weit zurück und schob sich nur schrittweise vor, so daß die wieder formierten Manipel im Zentrum die Oberhand gewannen. Sogar die durch den Keilangriff abgedrängten, versprengten und schon verloren geglaubten Legionare griffen jetzt wieder ein. Wie gelähmt hatten sie darauf gewartet, daß die Reserve der Franken, die seitlich am Flußufer aufgestellt war, über sie herfiel. Aber der gewaltige Haufen, weit über tausend schwer bewaffnete Kämpfer, rührte sich nicht.

»Seht!« frohlockte Syagrius. »Die aus Tongeren machen nicht mit! Auch die Cambraier halten sich zurück! Wußte ich doch, daß auf meine braven Franken Verlaß ist. Ich werde Ragnachar und Chararich die goldene Lanze verleihen. Sieg! Sieg! ...«

Das dritte »Sieg!« blieb ihm im Halse stecken. Hinter einem der flachen Hügel, die das Schlachtfeld umgaben, wirbelte plötzlich eine Staubwolke auf. Gleich darauf preschten Reiter hervor – hundert zweihundert, dreihundert. Im Galopp, ihre Lanzen schleudernd, die Schwerter schwingend, fuhren sie mitten hinein in die dichteste Masse der Söldner. Unmöglich war es, sie aufzuhalten. Ein schwacher römischer Reitertrupp, der dem Fußvolk Flankenschutz bot, machte kehrt, stob davon, die Standarte zurücklassend. Im Zentrum wankte der Adlerträger. Der entfesselte fränkische Reiterschwarm kreiste die Legionare ein und machte sie reihenweise nieder. Wer einem Schwerthieb oder Lanzenstich entging, geriet unter die Hufe oder stürzende Pferdeleiber. Viele warfen alles von sich und flohen.

»Auch für dich wird es Zeit, großer Feldherr. Fliehe! Mach dich davon, ehe es zu spät ist!«

Syagrius fuhr herum und sah Scylla, die anstelle der unbemerkt verschwundenen Würdenträger neben ihn an die Brustwehr getreten war. Sie trug einen weiten Reisemantel.

»Ich weiche nicht!« sagte er und versuchte, seiner Stimme Festigkeit zu geben.

»Es war schon immer dein Fehler, nicht zu erkennen, wann alles verloren ist.«

»Ganze Manipel stehen noch.«

»Einer ergibt sich dort gerade. Siehst du es? Der Adler ist schon gefallen. Sie werfen die Waffen weg.«

»Verräter!«

»Und dort – deine dalmatinischen Reiter, auf die du so stolz warst! Sie ergeben sich ihrem früheren Hauptmann.«

»Ist es Baddo?«

»Erkennst du ihn nicht?«

»So unterliegen wir Schuften und Sklaven. Das Ende der Weltordnung naht!«

»Wenn du es hier erwarten willst, müssen wir uns jetzt voneinander verabschieden.«

»Ich weiche nicht!« wiederholte er.

»Dann leb wohl! Das Westtor ist noch passierbar. In einer Stunde wird man nicht mehr hinauskommen. Oh, ich bewundere dich! Ich hielt dich immer für einen schlechten Verlierer. Aber du zeigst Größe im Untergang. Als Held wirst du sterben!«

Sie küßte ihn, drückte seine Hand und sah ihn mit einem langen, schmerzerfüllten Blick an. Seine Lippen bebten, aber er reckte das Kinn und drückte den Helm, den er der Bequemlichkeit halber in den Nacken geschoben hatte, fest in die Stirn. Er war sich bewußt, daß er diesen erhabenen Augenblick nicht verderben durfte.

»Ich bin entschlossen!« sagte er dumpf. »Ich weiß, was ein römischer Feldherr in meiner Lage zu tun hat. Varus hat uns bereits vor fünfhundert Jahren ein Beispiel gegeben, nach einer Niederlage gegen germanische Horden. Er stürzte sich in sein Schwert!«

Die Griechin hatte sich schon abgewandt. Leichtfüßig eilte sie den Wehrgang entlang zur nächsten Leiter.

Syagrius sah sie hinuntersteigen, und erst jetzt wurde ihm bewußt, daß er auf der Mauer allein war. Die Bogenschützen und die Bedienungsmannschaften der Wurfgeschütze hatten das Weite gesucht. Auch die Wachtürme links und rechts waren nicht mehr besetzt. Unten auf dem Feld vor der Stadt hielt das Gemetzel noch an, aber nur an einzelnen Punkten. Seltsamerweise hatten sich nunmehr, da alles entschieden war, die Nachhut und die Reserve der Franken noch in Bewegung gesetzt, um auf kleine, versprengte, ungefährliche Grüppchen der Legionare Jagd zu machen. In der Mitte hatten die fränkischen Reiter schon einen Kreis gebildet, in dem Hunderte Gefangene zusammengetrieben waren. Und an die Tausend lagen verwundet oder tot im Grase der Flußwiesen.

Da packte Kleinmut den eben noch so heroisch Entschlossenen. Er war einer Ohnmacht nahe. Es drängte ihn fort, seine Füße trotzten seinem ehernen Willen und trugen ihn davon. Keuchend und schwitzend gelangte er an die Leiter. Eine schadhafte Sprosse brach unter seinem Gewicht. Mit einem kläglichen Schrei glitt er die restlichen sechs, sieben Fuß hinab und fiel hin. Er verspürte einen Schmerz in der Schulter, raffte sich aber auf und sah sich um. Die Männer seiner Leibwache, die ihn herbegleitet hatten, waren verschwunden, ebenso wie die Diener mit seiner Sänfte. Das Gefühl, von allen verlassen und verraten zu sein, übermannte ihn. Tränen traten ihm in die Augen. In seiner Verwirrung schlug er den falschen Weg ein, wankte an der Mauer entlang in Richtung des Nordtors. Ein paar Frauen kamen ihm entgegen, schrien ihm etwas zu, liefen vorüber. Ein hoch beladener Wagen, von vier Pferden gezogen, raste heran und streifte ihn. Vom Verdeck fiel eine Kiste herab, traf ihn wie ein Geschoß, warf ihn zu Boden. Und nur der Umstand, daß er noch immer den Helm mit dem roten Busch trug, rettete den letzten römischen Statthalter in Gallien vor einem zufälligen und schmählichen Ende.

Er lag noch im Staub, als ihn Hände ergriffen und hochzerrten. Er wehrte sich heftig, schrie, schlug um sich – das mußten ja schon die Franken sein. Doch plötzlich erkannte er eine Stimme, und als er aufblickte, sah er Leunardus.

»Patricius!« rief der Weißbart. »Komm zu dir! Was tust du hier? Es ist höchste Zeit! Sie werden gleich hier sein. Aber wir kommen noch durch das Südtor hinaus!«

»Wo sind meine Leute?«

»Kümmere dich nicht um sie. Die meisten sind schon übergelaufen, alle Wachen haben sich ergeben. Die Schlacht ist verloren, aber du kannst dich noch retten. Du hast noch andere Städte und Festungen. Und ein paar hundert Mann sind dir treu geblieben. Wir konnten noch einen Teil des Schatzes hinausschaffen. Auch deine Gemahlin ist schon fort.«

»Wie? Sie ist fort? Titia ist ohne mich aufgebrochen?«

»Verzweifelt. Aber sie rettete noch ihre Juwelen.«

Diese Mitteilung hatte eine ernüchternde Wirkung auf den Patricius. Plötzlich empfand er Selbstmitleid, Zorn und Empörung. Er hatte sich in sein Schwert stürzen, mit seinem Blut die Ehre Roms retten wollen. Fast wäre er, von allen verlassen, verwundet, allein als letzter Verteidiger zurückgeblieben und seinen Feinden in die Hände gefallen. Alle anderen aber dachten nur an ihre Juwelen und wie man mit heiler Haut davonkam! Er erkannte, daß dieses heruntergekommene Restimperium seiner Aufopferung nicht würdig war. Deshalb entschied er, sich den Flüchtenden anzuschließen.

Man hob ihn in den mit Verwandten und Fluchtgepäck vollgestopften Reisewagen des Leunardus. Ohne Aufenthalt ging es quer durch die Stadt nach dem Südtor.

Als sie in die Gasse einbogen, an deren Ende sich das Tor öffnete, gerieten sie in ein Gedränge. Beförderungsmittel aller Art stauten sich, vom eleganten Reisewagen bis hin zum schäbigsten Bauernkarren. Die Kutscher fluchten und peitschten die Pferde und Ochsen, die Insassen beschimpften einander. Höherrangige beanspruchten Durchlaß, wurden jedoch grob zurückgewiesen. Ein Senator, der seinem Kutscher befahl, ein armseliges Gefährt, das den Weg versperrte, beiseitezuräumen, wurde von seiner Carruca gerissen und verprügelt. Die Wütenden warfen den Wagen um, schlugen auch die Frau, die Kinder und Diener des Mannes und bemächtigten sich seines Gepäcks. Mit der Niederlage des Militärs löste sich jede Ordnung auf. Neben vornehmen Emigranten, die in ihrer panischen Furcht vor den Barbaren umherirrten und Höchstpreise boten, um befördert zu werden, drängte sich zwischen den Wagen allerlei zweifelhaftes Volk – zurückgelassene Sklaven zumeist –, das nicht fliehen, sondern nur zugreifen wollte, bevor die Franken kamen und nichts übrigließen. Man riß Perlenketten von Hälsen, schnitt Geldbeutel von Gürteln, schleppte Kleider und sogar Möbel fort.

Während es ruckweise vorwärtsging, verbargen sich Syagrius und Leunardus anfangs hinter dem halb geschlossenen Vorhang des Wagens. Aber dann wurden sie doch erkannt, und ein Zornesgewitter entlud sich von allen Seiten über ihren Häuptern. Sie wurden bezichtigt, die Katastrophe leichtfertig verursacht, das Gemeinwesen sehenden Auges ins Verderben geführt zu haben. Dieselben Damen und Herren, die den Patricius am Abend zuvor als Schirm und Schutz seines Volkes und als Retter des Vaterlands gepriesen hatten, begeiferten ihn jetzt als Versager, Prasser und Möchtegern-Kaiser.

Ein fetter Kahlkopf mit Ringen an allen zehn Fingern trat an den Wagen und brüllte: »Ruiniert hast du mich, du Schuft! Sicherheit hast du versprochen, immer mehr Abgaben hast du gefordert, um bessere Truppen zu werben. Da hast du dein unbesiegbares Heer! Was bleibt mir jetzt noch? Was ich am Leibe trage! Mein Geld habe ich für dein Wohlleben ausgegeben. Meine Häuser, mein Gut … alles verloren! Was habe ich vor mir? Ein Leben als Flüchtling, als Bittsteller bei Verwandten! Das verdanke ich dir, Verfluchter, und diesem alten Affen, deinem obersten Ratgeber. Ihr verdient nicht, daß euch die Sonne bescheint. Ich werde euch … werde euch …«

Schon packten Fäuste den Patricius, und nur der Umstand, daß die Pferde im selben Augenblick anzogen, bewahrte ihn vor der Wut des Mannes, der zurücksprang, ausglitt und unter ein nachfolgendes Gespann geriet. Plötzlich waren zwei Kerle über ihm, die ihre Äxte aus dem Gürtel rissen. Sie hackten dem Schreienden rasch und geschickt die zehn Finger ab und warfen sie weg, nachdem sie sie von den Ringen befreit hatten.

Auf der Straße ging es nun zügig voran. Eine endlose Wagenkolonne passierte das Tor und rollte in Richtung Reims. Der Umweg war nötig, weil eine direkte und kürzere Verbindung zwischen Soissons und Paris noch nicht existierte. Syagrius wurde draußen nicht mehr belästigt. Alles war nur noch darauf bedacht, so schnell wie möglich davonzukommen. Zwei Meilen hinter der Stadt konnte er sogar unbehelligt in einen seiner eigenen Wagen umsteigen, die Frau Titia rechtzeitig mit der kostbarsten Habe vorausgeschickt hatte.

Die Franken verfolgten die Fliehenden nicht. Doch hatte keiner von denen, die am Abend zuvor in der Festhalle waren, Chlodwigs Worte vergessen: »Kampflos – die Hälfte. Sieglos – das Ganze!«

15

Es war in jener Zeit selbstverständlich, daß eine eroberte Stadt den siegreichen Truppen zur Plünderung überlassen wurde. Kein Feldherr konnte wagen, seinen Soldaten das Beutemachen zu verbieten. Oftmals war dies auch der einzige Zweck eines Überfalls oder einer Belagerung. Die Germanen, denen städtisches Leben fremd war und die nicht die Absicht hatten, sich in der eroberten Ortschaft niederzulassen, wüteten gewöhnlich mit hemmungsloser Raubgier. Widerstand, auch der geringste, wurde grausam bestraft, und manche blühende Stadt war nach dem Durchzug solcher Horden ein von Leichen übersätes, rauchendes Trümmerfeld. Jahre, manchmal Jahrzehnte vergingen, bis ein derart heimgesuchtes Gemeinwesen sich erholt hatte. Und nicht selten war das Leben sogar für alle Zeiten erstorben.

So war es jedenfalls in der Anfangszeit der großen germanischen Wanderung. Eine gewisse Mäßigung trat ein, als die Eroberer sich in den unterworfenen Gebieten niederließen und ihre Anführer das angenehme Leben in städtischen Residenzen zu schätzen begannen. Die Könige und Herzöge untersagten nun die schlimmsten Exzesse. Man zerstörte ja nicht das Haus, in dem man wohnen wollte. Auch die Rachsucht der Beraubten und Geschundenen, mit denen man künftig innerhalb der Stadtmauern zusammenleben wollte, durfte nicht unterschätzt werden. Alles in allem war es sogar von Interesse für die Eroberer, die Sympathie eines möglichst großen Teils der Bevölkerung zu gewinnen, ganz besonders des begüterten und einflußreichen.

Es war wichtig zu beweisen, daß man imstande war, das Leben in der eroberten Stadt zu gewährleisten und nicht schlechter zu regieren als der frühere Machthaber. Diese Kunst, die die Römer in hohem Maße beherrschten, erlernten allmählich auch die germanischen Fürsten.

Chlodwig wußte das alles von seinem Vater, der stets mit Bewunderung von den Leistungen der Städter und von ihrer Lebensweise gesprochen hatte. Childerich hatte sich in seiner ländlichen Festung wohl gefühlt, doch manchen langen Tag damit zugebracht, seinen Kindern vom Leben in den Städten zu erzählen. Auf seinen Kriegszügen als Föderat des Aegidius und später des Syagrius hatte er halb Gallien kennengelernt. Bis nach Orléans, Angers und Tours war er gekommen. Immer wieder hatte er die Fähigkeit der Städter gerühmt, Wohlstand und viele Annehmlichkeiten zu schaffen. Und er wußte, daß es in jeder Stadt Männer gab, die über das Wissen dazu verfügten und diese Kunst des Regierens beherrschten, die blühende Gemeinwesen schuf. Der alte Childerich sah in Städten Quellen des Reichtums, die man, wenn man sich ihrer bemächtigte, hegen und pflegen sollte, damit sie nicht versiegten.

Der Knabe Chlodwig, dem früh bewußtgemacht wurde, daß er zum Herrschen berufen war, nahm solche Lehren mit wachem Verstand auf. Als jugendlicher König konnte er sie zunächst nicht anwenden, zu viel fehlte ihm noch zum Städteeroberer. Auch als sich nun die unverhoffte Gelegenheit bot, machte er sich noch kaum Gedanken darüber, was nach einem Sieg geschehen sollte. Zunächst kam es darauf an, die Stadt in die Hand zu bekommen. Der Kampf beanspruchte alle Sinne. Und selbst als er vorüber war, sah sich der junge König nicht gleich imstande, irgendeine der jetzt nötigen Maßnahmen zu treffen. Zu überwältigend, zu betäubend war das Gefühl, die erste große Schlacht seines Lebens geschlagen und gleich gewonnen zu haben. Jetzt wußte er, daß ihm sein Erbe sicher war – das Heil seiner merowingischen Ahnen, das Glück und die Tüchtigkeit des Herrschers. Wie durch ein Wunder war er fast unverletzt geblieben, obwohl er sich immer wieder ins dichteste Kampfgetümmel geworfen hatte. Ein paar unbedeutende Wunden an den Armen und am Oberschenkel mußten nicht einmal verbunden werden. Er kämpfte noch unter den Letzten. Erst als nichts mehr zu tun war, spuckte er aus, warf Schwert und Axt auf den Boden und ließ sich daneben ins Gras fallen. Die Arme unter dem Kopf verschränkt, die Beine weit von sich gestreckt, lag er da und blinzelte in die Sonne. Ein paar Wolken zogen heran, und er dachte, daß auf ihnen vielleicht Wodans Walküren herbeiritten, die die Gefallenen auflesen und nach Walhall bringen würden. Vielleicht kamen sie aber auch nicht und es gab sie gar nicht. Wer konnte das wissen?

Baddos kraftvolle, tiefe Stimme riß ihn aus seinem Halbdämmer.

»Was wird nun? Leisten wir hier den Toten Gesellschaft oder rücken wir in die Stadt ein?«

Der König war augenblicklich auf den Beinen und nahm seine Waffen auf.

Ringsum waren die Franken schon eifrig dabei, den gefallenen und verwundeten Söldnern Rüstungen, Kleidungsstücke, Schuhe und Waffen abzunehmen. Nackt ließ man sie liegen und gab den noch Lebenden den Rest, wenn sie sich wehrten oder um Gnade baten. Berittene trieben noch immer Gefangene zusammen, die ebenfalls völlig entkleidet wurden. Wer zu entkommen suchte, wurde ohne Umstände niedergemacht. Knechte und Mägde schoben Karren über das Schlachtfeld und lasen die eigenen Toten und Verwundeten auf, sofern sie nicht schon – versehentlich oder nicht – das Schicksal der Feinde erlitten hatten. Dazwischen lagen getötete und verendende Pferde. Ein kleiner rotbrauner Hengst hatte seinen Reiter verloren und irrte umher. Chlodwig schwang sich auf seinen Rücken.

»Vorwärts!« rief er. »Damit wir als erste in der Stadt sind!«

»Zu spät!« sagte Baddo.

Zwischen dem Schlachtfeld und der Festung marschierten schon mehrere große Haufen auf das weit geöffnete Tor zu. Sie hatten gut eine halbe Meile Vorsprung.

»Deine tapferen Vettern aus Cambrai und Tongeren«, sagte Baddo verächtlich. »Unsere Reserve und unsere Nachhut. Beim Beutemachen die Vorhut!«

»Die werden sich kaum an die Abmachung halten«, rief Droc, ein alter Gefolgsmann, der mit gezogenem Schwert darauf achtete, daß alle vom Feind erbeuteten Waffen auf einen Haufen geworfen wurden. »Vom ehrlichen Teilen halten die nichts!«

Geschrei erhob sich.

»Ihnen nach! Beeilen wir uns! Sie fressen sonst alles kahl!«

»Das sollten sie wagen!« sagte Chlodwig. »Mir gehört jetzt die Stadt!«

Der Einzug des Königs von Tournai und seines Gefolges in die eroberte Hauptstadt des römischen Restreichs in Gallien war alles andere als feierlich. Gleich aus der ersten Gasse hinter dem Tor quoll schwarzer Rauch. Die Pferde scheuten. Chlodwig saß ab und drang zu Fuß vor. Am Ende der Gasse stand ein brennendes Haus, dessen oberstes, ganz aus Holz errichtetes Stockwerk schon fast zerstört war. Gerade löste sich der Balkon und stürzte herab. Ein Mann, der ein Kind an sich preßte, sprang unten in der Toreinfahrt aus den Flammen und wurde getroffen. Vergebens suchten sich Mann und Kind unter den brennenden Trümmern hervorzuarbeiten. Das Haus stand an einem kleinen Platz, der voller Männer war. Doch keine Hand rührte sich zur Rettung der beiden. Johlendes Gelächter war die einzige Belohnung ihrer verzweifelten letzten Anstrengungen.

Die Männer waren Franken aus Cambrai. Breitbeinig saß König Ragnachar auf einem Weinfaß. Sein jüngerer Bruder Richar fuchtelte mit dem Schwert und kommandierte mit bellender Stimme die Leute, die bereits in das nächste Haus eindrangen. In der Mitte des Platzes war Beutegut aufgehäuft: Teppiche, Kleidungsstücke und Schuhe, Spiegel, Leuchter, Werkzeuge, Haushaltsgeräte. Überall lagen Fässer und Krüge herum, zum Teil schon geleert und zerbrochen, eines der geplünderten Häuser war eine Schenke. Ein verschüchtertes Häuflein fast aller Kleider beraubter Stadtbewohner drängte sich um einen Brunnen und versuchte, eine Frau herauszuziehen, die betrunkene Franken dort hineingestoßen hatten. Ein starker Wind kam auf. Dichte Rauchschwaden waberten über den Platz.

Chlodwig war unbemerkt aus der Gasse getreten. Schweigend sah er sich um, eine Faust geballt, die andere am Gürtel, wo die Axt steckte.

Langsam ging er auf Ragnachar zu. Der dicke, langhaarige König amüsierte sich über die beiden Hilflosen unter den brennenden Balkontrümmern. Erst als Chlodwig fast vor ihm stand, wurde er auf ihn aufmerksam.

Der Anblick des jungen Königs von Tournai war furchterregend. Spitz ragte die Nase aus dem mit Dreck und Schweiß bedeckten Gesicht. Starr blickten die hellen Augen aus blauschwarzen Höhlen. Blut verklebte die Haarsträhnen, die über die breiten, knochigen Schultern auf den zerfetzten Kittel fielen.

»Vetter Chlodwig!«, stammelte Ragnachar. »Was für ein großer K-kampf! Was für ein g-g-glorreicher Sieg! Du mußt erschöpft sein. Trinke etwas, der Wein ist vorzüglich. F-f-farro, schenke ihm ein!«

Sein Vertrauter, ein ältlicher Gallorömer mit künstlich

gekräuseltem Haar, dessen Tunika nicht die geringsten Kampfspuren aufwies, brachte eine Amphora herbei und sagte mit geziertem Lächeln: »Das wird auch für einen Helden reichen!«

Chlodwig trank gleich aus dem Krug. Dann stieß er mit dem Fuß an eine Truhe, die neben dem Cambraier Vetter stand.

»Was ist da drin?«

»Weiß nicht, die Männer b-brachten sie her ...«

»Es sind nur Kleider, altes Zeug«, sagte Farro und setzte sich rasch auf die Truhe. »Ganz wertlos!«

Chlodwig packte ihn am Arm und schleuderte ihn in den Staub. Farro kreischte empört. Chlodwig hob den Deckel der Truhe. Sie enthielt Goldstücke und Juwelen.

»Nun?« fragte er. »Was ist das, Vetter? Ist das der Lohn für eure Tapferkeit?«

»Ich schwöre dir, ich w-w-wußte gar nicht ...« sagte Ragnachar feige und verstummte.

»Wer hat befohlen, Feuer zu legen? Wer hat befohlen, schon jetzt zu plündern?«

»Das war ich!«

Richar war aufmerksam geworden und seinem Bruder, dem König, zu Hilfe geeilt. Er trug eine Rüstung aus Goldplatten, die auf ein Lederhemd genäht waren. Darüber hatte er einen gerade erbeuteten Brokatmantel geworfen. Wie die meisten Cambraier war er schon ziemlich betrunken.

»Du warst das also«, sagte Chlodwig und maß den älteren Vetter mit seinem Wolfsblick.

»Was dagegen?« fragte Richar, der nicht viel kleiner war, hochmütig und herausfordernd.

»Der Feldherr bin ich!«

»Der Kampf ist vorüber.«

»Er ist vorüber, wenn alles getan ist. Das war erst der Anfang.«

»Was redest du da?« sagte Richar auflachend. »Wir haben gesiegt. Oder etwa nicht? Die Schlacht ist geschlagen, der Feind erledigt. Was soll jetzt noch kommen? Wir haben dich zum Feldherrn gewählt, und du hast deine Sache ganz gut gemacht. Wenn du auch etwas leichtsinnig warst und beinahe alles verdorben hättest. Wären wir nicht rechtzeitig nachgerückt und hätten euch rausgehauen … Nun gut, verziehen! Aber spiel dich nicht mehr auf. Wir haben hier, wie du siehst, eine Menge zu tun!«

Inzwischen hatte sich auch Chlodwigs Gefolge durch die mit Rauch erfüllte Gasse gekämpft. Bobo, Ursio, Ansoald, Droc und andere Tournaier näherten sich den drei Merowingern.

Chlodwig erwiderte nichts auf das dreiste Gerede des Vetters. Er bemerkte Droc und deutete auf die Truhe.

»Bring sie in den Palast. Auch alles andere, was hier rausgeschleppt wurde. Und paß auf, daß nichts verlorengeht.«

»Wird gemacht, König!« sagte Droc.

»Was soll das heißen?« rief Richar. »Was fällt euch ein?«

»Die gemeinsame Beute wird später verteilt«, sagte Bobo mit einer Miene, als langweile es ihn, dies erklären zu müssen. »Jeder bekommt dann, was ihm zusteht.«

»Und was uns zusteht – das bestimmt ihr?«

»Du scheinst ein schlechtes Gedächtnis zu haben, Vetter«, sagte Chlodwig. »Erst werden die Toten gezählt. Dann wird die Beute verteilt. So ist es ausgemacht.«

»Daran erinnere ich mich nicht!«

»Dann merk es dir jetzt.«

»Ich sagte, du hast hier nichts mehr zu befehlen!«

»Ich bin Herr dieser Stadt.«

»Du? Mit welchem Recht?«

»Dem Recht des Siegers.«

»Wir waren auch dabei!«

»Als Zuschauer.«

»Zuschauer?« schrie Richar. »Ich habe zehn Feinde mit dieser Klinge erledigt!«

»Seltsam. Die sieht so frisch geputzt aus. Es klebt nicht mal Blut daran.«

»Es wird gleich welches daran kleben – deines!«

Richar hob drohend sein Schwert, aber noch schneller hatte Chlodwig die Axt in der Faust. Mit der stumpfen Seite traf er die Klinge und schlug sie dem Cambraier aus der Hand. Die Wucht des Schlages riß Richar mit. Er taumelte ein paar Schritte rückwärts, strauchelte, stürzte in den Sand.

Gleich war er wieder auf den Beinen und bückte sich nach der Waffe. Doch nun erhob sich der dicke König.

»Genug! Wir w-wollen uns doch nicht streiten! Du bist … bist sehr u-u-ungerecht, Vetter Chlodwig. Aber lassen wir das, reden wir später darüber. Jetzt gibt es B-besseres zu tun!«

»Du hast recht, Vetter Ragnachar«, sagte Chlodwig und steckte die Axt zurück in den Gürtel. »Es gibt Besseres zu tun. Für Ordnung sorgen. Die Brände löschen. Den Leuten dort ihre Kleider zurückgeben. Die Kämpfer verpflegen. Die Tore sichern. Die Mauer besetzen.«

Er wandte sich ab, um den Tournaiern, von denen inzwischen einige Hundert auf dem Platz eingetroffen waren, Befehle zu erteilen.

Vom Brunnen zu den brennenden Gebäuden ließ er eine Löschkette bilden. Kannen und Bottiche wurden vom Beutehaufen genommen. Die Städter waren eifrig dabei, nachdem er ihnen erlaubt hatte, sich von dem Kleiderberg zu bedienen. Drohungen bewirkten, daß sich die Franken von Cambrai ebenfalls einreihten. Sie hatten Achtung vor dem König der Tournaier, der kurz zuvor wie ein entfesselter Kriegsgott unter den Feinden gewütet hatte.

Der starke Wind war Vorbote eines Sommergewitters. Ein kurzer Regenschauer löschte die letzten Flammen. Die

Franken begrüßten das Zucken der Blitze und das Grollen des Donners mit Freudengeschrei. Da oben schwang Donar seinen Hammer zu einem Siegesfeuerwerk und schickte ihnen polternde Grüße.

Baddo war Chlodwig nicht gleich gefolgt. An der Spitze eines Trupp seiner Reiter war er zum Palast gestürmt. Mit gezogenem Schwert eilte der Einäugige durch die verwüsteten, fluchtartig verlassenen Räume – in der Hoffnung, Syagrius noch vorzufinden. Von allen, die er befragte, bekam er jedoch dieselbe Antwort: der Patricius sei geflohen.

Vergebens suchte Baddo auch Scylla. Er ließ sich von einer verschreckten Kammerfrau die Räume zeigen, die die Griechin bewohnt hatte. Alles zeugte von hastigem Aufbruch. Er bestieg einen Turm und entdeckte am Horizont im Licht der sinkenden Sonne die letzten Wagen der Fliehenden. Eine Verfolgung war sinnlos.

Man brachte ihm einen Mann, der als Schreiber eine wichtige Auskunft geben konnte. Er berichtete, daß Structus, der eigentliche Verlierer der Schlacht, vor seiner Flucht noch Briefe diktiert hatte – mit der Weisung an die Befehlshaber auswärts stationierter Truppen, sich sofort nach Paris in Marsch zu setzen.

»Das bedeutet, Syagrius gibt nicht auf«, sagte Chlodwig, als Baddo ihm dies meldete. »Er wird weiterkämpfen.«

»Ja, er wird alles an sich ziehen, was ihm geblieben ist. Mindestens drei Manipel. Und er wird neue Truppen anwerben. Wir dürfen ihm dazu keine Zeit lassen! Je schneller wir ihn verfolgen und wieder zum Kampf stellen, desto besser.«

»Eine Schlacht wird er nicht mehr wagen. Aber die Festung Paris ist so gut wie uneinnehmbar. Das jedenfalls hat mein Vater immer gesagt.«

»Du wirst sie doch nicht etwa davonkommen lassen! Diesen Schurken und seine Hure …«

»Werde ich nicht. Aber das braucht Zeit. Du siehst ja, daß wir alles allein machen müssen. Meine Vettern zählen nicht mehr.«

»Wenn du Syagrius nicht fängst und tötest ...«

»Wir kriegen ihn, verlaß dich darauf. Im Fall seiner Niederlage das Ganze! Vielleicht auch noch mehr«, fuhr er lachend fort, mit einem stolzen Blick auf das Getümmel ringsum. »Heute ist ein Anfang gemacht. Das wird etwas Großes! Ich werde ein König sein, der diesen Namen verdient. Bis jetzt hat sich keiner um mich gekümmert ... kein Burgunder, kein Gote, kein Alamanne. Chlodwig? Wer soll das sein? Und nun? Der Herrscher zwischen Somme und Seine ... und bald auch zwischen Seine und Loire! Sie werden Gesandte schicken, mit Geschenken, mit Angeboten. Die Mächtigsten werden sich um meine Schwestern bewerben – wie gut, daß ich sie dafür aufgespart habe! Sie würden zwar am liebsten einen Ansoald oder Rikulf nehmen, doch daraus wird nichts. Als Bruder muß man für seine Schwestern das Beste wollen. Meinst du nicht auch?«

»Mag sein«, sagte Baddo mit starrer Miene. »Ich hab leider keine Schwestern mehr, die ich verheiraten könnte.«

In diesem Augenblick führte ein Knecht das Pferd des Königs heran, den kleinen Fuchs, an den er sich schon gewöhnt hatte und den er Rufus nannte. Chlodwig saß auf und ritt davon.

Baddos Antwort hatte er nicht mehr gehört.

16

Als Chlodwig mit seinem Gefolge zum Palast kam, fand er ihn schon besetzt. Chararich war mit seinen Tongerern eingefallen.

Viele lagerten auf der Freitreppe, die vom Hof in die Halle führte. Auch hier waren schon die meisten betrunken, wie gewöhnlich hatten sie zuerst nach den Weinvorräten gesucht. Grölend luden sie die Stammesbrüder aus Tournai, die an ihnen vorbeizogen und die Treppe hinaufstiegen, zu einem Trunk auf den gemeinsamen Sieg ein. Andere trieben Ochsen, Schafe und Schweine heran und bereiteten schon das große Siegesmahl vor.

Auch drinnen, in der Halle, auf den Treppen und Gängen wimmelte es von zottelköpfigen, barbrüstigen Tongerern. In alle Räume drangen sie ein und verwüsteten sie auf der Suche nach Brauchbarem. Nichts entging ihrer Beutegier. Ein Diener lag in seinem Blut, er hatte den Schlüssel zu einer Truhe nicht schnell genug finden können. Einen anderen hatten sie, die Arme gebreitet wie bei einem Gekreuzigten, wütend an eine Tür genagelt, die sich nicht öffnen ließ. Einige waren auf die Ausstattung der Komödiantentruppe des Patricius gestoßen, und torkelten nun mit den Masken der Tragöden und Komiker umher.

Einer rempelte den ihm entgegeneilenden Chlodwig an. Der verstand keinen Spaß und stieß ihn heftig zurück.

»Wo steckt euer König? Antworte, Kerl!«

Der Tongerer mit der grellbunten Komikermaske hob den Finger und deutete nach oben.

»Er rammelt die Kaiserin!« sagte er.

Andere Maskierte lachten wiehernd. Chlodwig eilte, mehrere Stufen auf einmal nehmend, die Treppe hinauf und betrat den Raum, der bis vor wenigen Stunden die kleine Empfangshalle des Patricius gewesen war.

Was für ein Anblick! Um die Polsterbank am Fenster ballte sich ein Knäuel von Tongerern. Ein zweites belagerte den Tisch, an dem der Patricius zu spielen pflegte. Auf jedes Möbel war eine nackte Frau geworfen, eine ältere auf den Tisch, eine jüngere auf die Bank, und jeweils einer der fränkischen Hengste war über ihnen. Dahinter standen die Nächsten und öffneten schon ihre Gürtelschnallen. Die Jüngere stieß noch ab und zu schwache Schreie aus. Die Ältere war nicht mehr bei Bewußtsein. Ihr Kopf mit den grauen Strähnen fiel über die Tischkante herab, ihre mit Schnitten und Schrammen übersäten Glieder gehorchten keinem Willen mehr. Die Tongerer röhrten, johlten und feuerten einander an. Einige hatten den Wandschrank mit den Lärminstrumenten entdeckt und begleiteten das grausige Heldenstück mit Rasseln, Klappern und Trommeln.

Chlodwig erblickte seinen Vetter Chararich unter denen, die die Ältere marterten. Er packte ihn und zog ihn beiseite.

»Was treibt ihr hier?«

»Was wir hier treiben?« rief der betrunkene König der Tongerer, wobei er sich entrüstet losmachte. »Siehst du das nicht? Hast du keine Augen im Kopf? Wir versetzen dem Römischen Reich den Todesstoß!«

»Was sind das für Frauen?«

»Vornehme. Sehr vornehme, Vetter! Die Alte ist Kaiserin ... oder war es. Die Junge ist ihre Tochter. Was sagst du dazu? Tun so, als gebe es noch ein Römisches Reich. Höchste Zeit, daß wir Franken bei ihnen einmarschieren!«

»Franken? Wohl eher Bestien und Ungeheuer. Wie habt ihr sie zugerichtet!«

»Ihre eigene Schuld. Das passierte nur, weil sie sich nicht gleich ergaben. Aber du siehst ja, nach kurzer Belagerung machten sie ihre Tore weit auf.«

»Umbringen werdet ihr sie!«

»Das wollen wir ja! Das ist unsere edle Absicht, Vetter. Wer einer den letzten und tödlichen Stoß versetzt, bekommt von mir einen byzantinischen Goldsolidus. Das ist der Preis. Vielleicht schafft es Bladast mit seiner Riesenkeule. Sieh mal, der nimmt sich gerade die Junge vor. Das Tor ist zu eng für ihn, da muß er noch ein Stück Mauer wegreißen. Ein blutiges Unterfangen, aber er schafft es. Vorwärts, Bladast! Hinein in die feindliche Festung! Nieder mit Rom!«

»König!« schrie einer. »Die Alte ist fertig. Gib ihr den Rest!«

»Was? Schon fertig? Aber es ist doch kaum eine halbe Hundertschaft durch.«

»Sie ist gleich hin. Es ist dein Vorrecht. Gib ihr den Rest!«

»Diese Burschen sind schlau«, sagte Chararich grinsend zu Chlodwig. »Von wegen Vorrecht. Die haben keine Lust mehr auf die alte Kloake. Nicht mal ein byzantinischer Goldsolidus kann sie noch reizen. Gut, dann behalte ich ihn, ist mir recht. Aber ich hab auch keine Lust mehr. Ich stoße ihr einfach das Schwert hinein, und der Sieg ist unser. Weg da, macht Platz!«

Er zog das Kurzschwert, den Sax, aus der Scheide, die ihm am Gürtel hing, zielte auf die blutige Mitte zwischen den weit gespreizten Schenkeln und wollte das Opfer durchbohren.

Chlodwig packte seinen dünnen Zopf und riß ihn zurück.

»Mir wäre lieber gewesen, Vetter, du hättest heute dein Schwert woanders gebraucht! Mit Hilfe der Götter konnten wir aber die Schlacht allein gewinnen. Es war nicht mehr wichtig, daß unsere Reserve kein Frankenheer, sondern eine Viehherde ist!«

Einige Tongerer heulten auf, und Chararich riß sich abermals los. Eine Haarsträhne blieb in Chlodwigs Hand zurück.

»Was hast du gesagt? Eine Viehherde?«

»Nein. Vieh ist geschmeichelt. Eine Hundemeute! Feige Hunde, die bewaffnete Männer fürchten, aber über wehrlose Frauen herfallen!«

»Das wirst du büßen!«

Diesmal konnte Chlodwig die Axt im Gürtel lassen. Baddo und Ansoald, die gleich nach ihm eingetreten waren, packten Chararich links und rechts und zerrten ihn unerbittlich zum Ausgang. Der König der Tongerer wehrte sich heftig und stieß Drohungen aus. Doch keiner seiner Leute kam ihm zu Hilfe. Die Tongerer sahen sich plötzlich in der Minderzahl, umstellt von den Männern, die Chlodwigs Gefolge bildeten. Die finster starrenden Stammesgenossen herauszufordern wagten sie nicht, und so trollten sie sich unter Protestgemurmel.

Die beiden Opfer starben noch in derselben Nacht. Die Ältere war jene vornehme römische Emigrantin gewesen, die ihre Herkunft auf Alexander Severus und seine Gemahlin, die Kaiserin mit dem langen, pompösen Namen, zurückführte. Mit einer verzweifelten Lüge hatte sie ihre Tochter retten wollen. Eine alte Dienerin erzählte es Sunna, die bereits kurz nach Chlodwig im Palast eintraf und mit anderen Frauen in der großen Halle ein behelfsmäßiges Hospital einrichtete. Dorthin brachte man auch die beiden schwer verletzten, geschändeten Frauen. Die Jüngere, fast noch ein Kind, konnte noch stockend reden und sagte, vergebens habe ihre Mutter versucht, einen Wagen zur Flucht zu bekommen. Ihre Mittel hätten nicht mehr gereicht, um den geforderten hohen Preis zu bezahlen. Auch Frau Titia, die Gemahlin des Patricius, sei nicht bereit gewesen, die beiden in ihrer Wagenkolonne mitzunehmen, weil sie nicht genug bezahlen konnten.

»Da riegelten sie sich in ihrem Zimmer ein«, berichtete Sunna später, als Chlodwig sich nach der vermeintlichen Kaiserin und ihrer Tochter erkundigte. »Sie zitterten vor Angst und erwarteten die Franken. Die Leute meines Onkels – die Götter mögen ihn strafen – schlugen die Tür ein. Gleich stürzten sie sich auf das Gepäck, das noch zur Abreise bereit stand. Sie durchwühlten alles … die Kisten, die Säcke. Dabei fiel einem das junge Mädchen auf. Er machte sich an sie heran, doch die Mutter trat dazwischen. In ihrer Not hielt sie ihm eine heftige Rede. Sie sagte, er dürfe das Mädchen nicht anrühren, sie sei Abkömmling eines römischen Kaiserpaars und zur Heirat mit einem germanischen Fürsten bestimmt. Und sie zeigte ihm einen Anhänger mit dem Bild ihrer Ahnfrau und wiederholte immer wieder, diese sei eine Kaiserin gewesen. Die Männer konnten kein Latein, nur das Wort Kaiserin – *imperatrix* – verstanden sie. Sie meldeten alles dem Chararich und führten die Dame mit ihrer Tochter zu ihm. Er fragte sie, ob sie tatsächlich eine Kaiserin sei, wie es ihm seine Leute gemeldet hätten. Da dachte sie, das ist die Rettung, und sagte, ja, ja, sie sei eine Kaiserin. Die Witwe von Julius Nepos, dem vorletzten Kaiser in Rom. Doch auf einmal …«

»Auf einmal packte ihn die Lust, es mal einer Kaiserin zu besorgen«, sagte Chlodwig und lachte verächtlich auf. »Und jetzt hält er sich und seine Bande für Römerbezwinger. Draußen sitzt er am Feuer und rühmt sich. Dabei weiß er noch nicht, was dieser Tag ihm wirklich gebracht hat.«

»Was meinst du damit?«

»Der teuerste Tag seines Lebens war das.«

17

Am Morgen nach der Einnahme von Soissons erschien im Palast eine Abordnung der Kurialen, des städtischen Senats, und bat, von den Königen der Franken empfangen zu werden. Die fünf würdigen Herren in Amtstracht waren zwar auf manches gefaßt, doch kaum auf einen Empfang im Pferdestall. Sie rafften ihre kostbaren Gewänder, übersprangen Jauchepfützen und Haufen von Pferdemist und wurden schließlich an einen langen Kerl im schmutzigen Kittel verwiesen. Dessen Gesicht war kaum zu erkennen. Er hatte einem Pferd das Maul auseinandergezerrt und seinen Kopf fast hineingesteckt, um die Zähne zu zählen.

Seit dem Morgengrauen war Chlodwig auf den Beinen und inspizierte sein neues Besitztum. Bei den Ställen angekommen, begutachtete er die Tiere, die der Patricius zurückgelassen hatte. Er war unzufrieden. Fast alle waren alt und krank. Seine Laune besserte sich nicht, als der Sprecher der Kurialen, ein vornehmer Greis, ihm mit seinem Stock an die Wade klopfte, damit er aufmerksam wurde, und ihn fragte, wo man hier die drei *reges Francorum* finde. Denn offenbar hielt er ihn für einen Pferdeknecht. Chlodwig fuhr heftig herum, starrte ihn an, als ob er ihn fressen wollte, und brüllte, er stehe vor seinem König, und zwar vor dem einzigen. Einen anderen gebe es nicht, und nur von ihm werde er Befehle empfangen. Der zu Tode erschrockene Würdenträger mußte gestützt werden und brachte mit schwacher Stimme eine Entschuldigung vor.

Aber Chlodwig war nicht beleidigt. Er hatte die Abordnung ja erwartet. Nichts war ihm jetzt wichtiger, als mit seinen neuen Untertanen ins Einvernehmen zu kommen. Nach dem harschen Empfang gab er sich umgänglich. Er stapfte voraus und führte die verschüchterten Herren in die kleine Empfangshalle, wo inzwischen die Spuren der Schändlichkeiten vom Vortag beseitigt waren. Er ließ sogar Wein bringen. Die Beine in den verdreckten Stiefeln von sich gestreckt, räkelte er sich in dem Armstuhl des Patricius. Die Herren durften sich im Halbkreis vor ihm aufstellen und einen Becher auf den Sieg der fränkischen Waffen leeren.

Schließlich begannen sie, in gesetzten Worten ihr Anliegen vorzutragen. Sie baten um Schonung der Stadtbevölkerung, deren unbedingte Loyalität sie versicherten. Schmeichlerisch beteuerten sie ihre Erleichterung darüber, daß sie das drückende Regime des Tyrannen Syagrius los waren. Ihre Hoffnung auf den Erlaß einer Kontribution erfüllte sich allerdings nicht. Chlodwig bedauerte zwar, daß »einige Franken« gegen seinen Befehl gleich geplündert hatten, fügte jedoch hinzu, siegreiches Kriegsvolk habe nun einmal ein Recht auf Belohnung. Und da der Geflohene ihm eine vollkommen leere Schatzkammer hinterlassen habe, log er, müsse die Stadt für alles aufkommen. Nichts half der jammervolle Hinweis der Kurialen auf die bereits an den Patricius entrichtete *capitatio* und *iugatio*, die jährliche Grund- und Kopfsteuer, zuzüglich aller möglichen Sonderabgaben. Chlodwig ließ Bobo kommen, ernannte ihn vor den Magistraten zum *maior domus*, dem Vorsteher der königlichen Haushaltung, und wies die Besucher an, ihm die Steuerlisten zu übergeben. Außerdem befahl er anstelle von Plünderungen Hausbesuche in geordneter Weise, um den Bürgern Gelegenheit zu geben, »den Befreiern ihre Dankbarkeit zu beweisen«. Zum Kommissar für dieses Unternehmen ernannte er Droc. Gegen pünktliche Erfüllung aller Auflagen versprach er der gallorömischen Stadtbevölkerung Ordnung und Sicherheit sowie keine Einmischung in den Ablauf ihres täglichen Lebens, den Dienst an ihrem Gott oder ihren Göttern, den Gang der Geschäfte, das Walten der Justiz. Und wenn jemandem durch einen Franken Unrecht widerfahre, so erklärte er, dürfe der sich bei ihm persönlich beschweren.

Letzteres sollte er bald bereuen. Hausbesuche »in geordneter Weise« waren auch bei seinen Franken von Tournai vollkommen unüblich. Wer seinen »Befreiern« nicht schnell genug die Tür öffnete, fand sie im nächsten Augenblick in Trümmern. Wer nicht freigebig genug seinen »Dank« abstattete, wurde zusammengeschlagen. Zwar mühte sich der grundehrliche, seiner Strenge und Tüchtigkeit wegen geachtete und gefürchtete Droc, die schlimmsten Gewalttaten zu verhindern. Doch er konnte nicht überall sein. Bald drängten sich ganze Familien von Beschwerdeführern und Bittstellern auf den Treppen und in den Gängen des Palastes.

Besonders ärgerte Chlodwig, daß auch die Anführer der Gefolgschaft seine Ermahnungen und Befehle mißachteten.

Der kleine Ursio konnte sich nicht beherrschen und gab seiner Lust an grausamen Späßen nach. Lautstark protestierte die rundliche Wirtin einer *popina*, als er mit seinen Leuten in ihr Lokal kam und anordnete, ihre schönen, blank gescheuerten, längs der Wände aufgehängten Tiegel, Pfannen und Kasserollen herunterzunehmen und in einem Sack zu verstauen. Anfangs kümmerte er sich nicht um ihr Gezeter. Aus einem Trog mit Eiern nahm er sich eines, schlug es auf, trank es aus. Auf dem Herd kochten Würste in einem Kessel, und er spießte eine auf seinen Dolch und aß sie. Die drei anderen folgten seinem Beispiel. Schließlich schulterte einer den Sack. Aber die Wirtin griff nach einem Messer, schlitzte ihn auf und sein Inhalt polterte zu Boden.

Da hatte Ursio einen seiner gefürchteten Einfälle. Auf sein Zeichen hoben die drei der Frau die Röcke hoch und banden sie über ihrem Kopf zusammen. Dann stießen sie die Beleibte mit dem nackten Hintern erst in den Eiertrog und danach in den Kessel mit der kochenden Wurstbrühe. Johlend sammelten sie ihre Beute auf und verschwanden. Und ließen die Schreiende auf dem Feuer sitzen, bis ihr Leute von der Straße zu Hilfe eilten.

Der Wirt, ihr Ehemann, kam kurz darauf von einem Marktgang nach Hause. Er eilte sogleich in den Palast, drang zum König vor und führte zungenfertig Beschwerde. Verlangte Entschädigung nicht nur für die hundert zerdrückten Eier, sondern auch für den verbrannten Hintern seiner Frau. Außerdem seien, weil seine Frau in ihrer Not einer Darmschwäche nachgegeben habe, fünfundzwanzig fette Kochwürste ungenießbar geworden. Chlodwig ließ die Beschwerde gelten. Er entschädigte den Mann mit einer Handvoll von den Silbermünzen, die er vorsorglich neben sich aufgehäuft hatte. Auch das Kochgerät gab er zurück.

Später nahm er sich Ursio vor. Er schüttelte ihn, nannte ihn einen »bösartigen, gemeinen Zwerg« und den »Bastard eines verdammten Rheinfranken«. Im ersten Zorn wollte er ihn sogar zu seinen Verwandten, »diesen Grasfressern, diesem Diebsgesindel« zurückschicken. Aber noch rechtzeitig erinnerte er sich daran, daß er den Freund seiner Kindheit nicht entbehren konnte. Gerade jetzt wollte er auf keinen verzichten, dessen Treue und Anhänglichkeit so viele Jahre erprobt war. So entschied er sich anders und beschloß, ihm ein Amt zu geben, ein richtiges Hofamt mit ernsten Pflichten. Das würde seinen Übermut zügeln.

Er ernannte Ursio zum *senescalcus*, zum Seneschalk, dem »ältesten Dienstmann«. Ab sofort war der kleine Gefolgsmann für die königliche Küche und ganz allgemein die Versorgung des Hofes mit Nahrungsmitteln zuständig.

»Und wehe dir, wenn mal nichts auf den Tisch kommt!« drohte Chlodwig. »Dann laß ich dich hängen! So wirst du lernen, sparsam mit Eiern umzugehen und keine Würste mehr zu verderben! Und daß man den Arsch einer guten Köchin in Ehren hält!«

Mit diesen Worten knuffte er Ursio, der knuffte zurück, und sie lachten schallend.

Auch Ansoald lieferte einen Grund zur Beschwerde, und auch er kam infolgedessen zu einem Amt.

Aufgeregt erschien ein Kaufmann vor Chlodwig, schwenkte ein blutbeflecktes Laken und klagte, dies sei das Jungfernblut seiner Tochter. Ein Franke habe das Mädchen geschändet, ein hübscher Kerl, aber dreist und gewissenlos. Die Beschreibung paßte auf Ansoald. Der habe, sagte der Kaufmann, mit ein paar anderen vor seiner Haustür gestanden und unter Androhung von Keulenschlägen Einlaß begehrt. Es sei ihm gleich aufgetan worden, und er, der Hausherr, habe die Sieger höflich empfangen und sogar mit Wein bewirtet. Dann sei er mit ihnen in sein Warenlager im Keller hinuntergestiegen, wo sie sich gleich die teuersten orientalischen Stoffe ausgesucht hätten. Ihr Anführer aber, der Bezeichnete, sei plötzlich verschwunden. Und man habe ihn dann in *flagranti crimine* bei der Tochter aufgespürt, dafür gebe es mehrere Zeugen. So sei doppelter Schaden entstanden. Der eine nicht wiedergutzumachen, wie das blutige Laken beweise. Der andere – Verlust der Ware und Ruin des Geschäfts – durch einen gnädigen Spruch des Königs immerhin abwendbar.

Der Kaufmann warf sich zu Boden und barmte, er werde sich nicht eher wieder erheben, bis ihm für die ihm angetane Schmach eine Abfindung zuerkannt werde.

»Du wirst schon aufstehen!« sagte Chlodwig und zog ihn so heftig am Bart, daß er schnell wieder auf die Beine sprang. Dann ließ er ihn von zwei Männern seines Gefolges hinauswerfen.

»An seiner Lügengeschichte stimmt jedenfalls eines«,

meinte er später, als Ansoald vor ihm erschien. »Du hast dich mit seiner Tochter vergnügt. Erfüllst du so meinen Auftrag?«

»Warum bist du auf einmal so kleinlich?« erwiderte Ansoald grinsend. »So etwas hat dich doch früher nicht aufgeregt. Es ist ja auch nichts weiter passiert, die Weiber kommen bei mir auf ihre Kosten. Wer weiß, was für Blut an dem Laken klebte, jedenfalls war es nicht ihres. Die hatte Erfahrung.«

»Das ist mir klar. Aber beantworte meine Frage.«

»Ich verstehe nicht, Chlodwig, was soll das alles ...«

»Und rede mich jetzt mit ›König‹ an!« fiel ihm Chlodwig scharf ins Wort. »Ich will wissen, warum du dich mit Weibern abgibst, anstatt meinen Auftrag zu erfüllen!«

»Nun, die Sache war so. Es stimmt, daß der Kaufmann Wein anbot. Es war ein besonders süßer Wein, der einem feurig in die Glieder fuhr. Ich trank mehrere Becher. Dann wollten wir alle in den Keller hinunter. Um seine Geschenke für unsere Befreier auszusuchen, wie er selbst sagte ... dieser Heuchler, dieser Gauner, dieser Zuhälter seiner eigenen Tochter. Jedenfalls wischte die plötzlich an mir vorbei, keine Ahnung, wo sie auf einmal herkam. Eine Duftwolke, daß ich beinahe umsank. Ein Schleiergewand, das nichts versteckte. Und Äpfel hingen bei der am Baum, zum Anbeißen! Ich konnte nicht anderes, es war Nötigung, aber von ihrer Seite. Wir wechselten ein paar Worte, und schon zog sie mich in ihre Kammer. Und wie wir gerade zugange sind, stürzt auf einmal der Alte herein, macht einen Wirbel, hat auch gleich Nachbarn als Zeugen dabei... Da wußte ich: Jetzt beschwert er sich. Weil du ja voreilig versprochen hattest ...«

»Voreilig?« unterbrach ihn der König. »Darüber steht dir kein Urteil zu. Voreilig wäre ich aber fast in einer anderen Angelegenheit gewesen. Ich wollte dich zum Marschalk befördern. Außerdem wollte ich dich nach Tournai schicken, um meine Mutter und meine Schwestern zu holen. Einer, der sich besäuft und in jede Falle tappt, ist dazu freilich ungeeignet.«

»Ich habe dir immer treu gedient«, sagte Ansoald heftig. Einen Fehler könntest du wohl verzeihen!«

»Das tue ich ja. Ich gebe dir einen anderen Posten. Du wirst *scancio*.«

»Was ist das?«

»Mundschenk.«

»Du willst mir zumuten ...?«

»Das ist eine hohe Stellung, ein Ehrenamt! Bei den Goten gehört der Schenk zu den Räten des Königs. Das erzählte mir mal ein Sänger, der uns besuchte. Nun haben wir endlich ein richtiges Königreich. Also brauchen wir auch einen Schenken.«

»Aber warum soll gerade ich ...?«

»Bist du dir etwa zu schade, deinem König bei Tisch den Becher zu reichen?«

»Und weiter habe ich nichts zu tun?«

»Wenn ich mit dir zufrieden bin, bekommst du ab und zu Sonderaufgaben. Dann schicke ich dich als Gesandten los.«

»Und wer soll nun deine Schwestern aus Tournai holen?«

»Einer, auf den Verlaß ist. Bobo vielleicht. Dabei kann er sich gleich ein bißchen im Land umsehen und die Steuerlisten überprüfen.«

»Dem traust du. Dabei bestiehlt er dich!«

»Bobo bestiehlt mich?«

»Als ob du nicht wüßtest, wie er sich heimlich bereichert! Aber seinen neuesten Trick kennst du noch nicht. Als wir von Haus zu Haus zogen, um die Geschenke einzusammeln, ließ man uns nicht überall ein. Auf manche Haustüren ist ein B gemalt und das bedeutet: Hier war schon Herr Bobo, der Hausherr steht unter seinem Schutz! Er ließ auch überall Wachen zurück. Nun, was sagst du dazu? Es sind die Häuser der Reichsten, der Vornehmsten! Bei denen kassiert er persönlich!«

»Ich weiß«, sagte Chlodwig rasch und bemüht, seinen Unmut zu verbergen. »Wir haben das gemeinsam besprochen. Ich vertraue ihm. Das muß dir genügen.«

»Dann darf ich wohl gehen.«

»Ja. Aber vorher walte noch deines Amtes. Bring mir eine Kanne mit Bier!«

Ansoald seufzte vernehmlich, gehorchte aber und verließ den Raum. Er kehrte mit einer hölzernen Kanne zurück und knallte sie auf den Tisch.

»Ist das Bier gut?« fragte Chlodwig. »Ist es nicht sauer?«

»Ich habe es nicht gekostet.«

»Dann tu es!«

Ansoald seufzte abermals, nahm die Kanne, nippte, verzog das Gesicht, als habe er Essig getrunken, und sagte: »Es ist ganz gewöhnliches Gerstenbier. Was sonst?«

»Du siehst aus, als hättest du Gift geschluckt.«

»Gift? Wieso Gift?«

»Es könnte hier Leute geben, die es auf mich abgesehen haben. Mir scheint, du bist etwas blaß geworden. Ich werde noch einen Augenblick warten und erst etwas essen. Wenn du dann immer noch aufrecht neben mir stehst, ist nichts zu befürchten.«

Ansoald biß sich auf die Lippen. Chlodwig holte aus einer Tasche seines Kittels eine Zwiebel hervor, zog den Dolch aus dem Gürtel, schälte die Knolle, zerschnitt sie und aß sie gemächlich. Dem frisch ernannten Schenk brach der Schweiß aus. Er trat von einem Fuß auf den anderen.

»Nun?« fragte Chlodwig, als er fertig war.

»Was?«

»Es wirkt doch nicht etwa?«

»Was wirkt?«

»Das Gift.«

»Mir geht es glänzend.«
»Tatsächlich?
»Tatsächlich!«
»Dann trinke ich auf deine Gesundheit«, sagte der König und nahm einen Schluck aus der Kanne. »Nun also kennst du deine Pflichten. Du siehst, dein neues Amt ist nicht ungefährlich. Nichts für Leichtsinnige und Unvorsichtige. Du trägst jetzt eine große Verantwortung, auch für dich selbst. Ich habe Vertrauen zu dir, enttäusche mich nicht.«
Er trank einen weiteren Schluck und fügte lachend hinzu: »Du wirst doch nicht vor meinen Augen abkratzen wollen. Es täte mir wirklich leid um einen so guten, treuen Freund!«

18

Später stieg Chlodwig mit Bobo hinab in die Schatzkammer.

Auch der Palast von Soissons war in der frühen Römerzeit ein *castrum* gewesen, eines der größten Militärlager im Norden Galliens. Die Kellergewölbe unter dem Prätorium, dem Sitz des Legaten, dienten damals vor allem als Kerker, und ganze Generationen aufsässiger Gallier und Germanen waren hier umgekommen. Später war nach und nach anstelle des alten Prätoriums die prachtvolle Palastanlage entstanden. Die unterirdischen Räume blieben dabei so gut wie unverändert, doch nutzte man sie nicht mehr als Gefängnis, Folter- und Hinrichtungsstätte. In den niedrigen Kammern, hinter den eisenbeschlagenen Türen wurden nun Schätze aufbewahrt, die die Provinzstatthalter der Bevölkerung abpreßten. Die Anzahl der Truhen mit den schweren Vorhängeschlössern war besonders angestiegen, seit vor fünfundzwanzig Jahren der gallische Heermeister Aegidius mit Rom gebrochen hatte und dem dortigen Fiskus nichts mehr schuldete. Sein Sohn, der verschwenderische Syagrius, hatte das meiste zwar wieder verbraucht. Doch nach seiner überstürzten Flucht waren immerhin noch zwölf Truhen vorhanden, die meisten gefüllt mit gemünztem Edelmetall.

Gleich nach seiner Ankunft hatte sich Chlodwig dieses Schatzes versichert. Während die Franken ihr Siegesgelage feierten, stieg er in die Gewölbe hinab. Er schickte nach Schmieden und wich die halbe Nacht nicht von ihrer Seite, während sie Schlösser und Ketten sprengten. Was er vorfand, war nicht ganz so viel wie erwartet, dennoch befriedigte es ihn. Noch vor Sonnenaufgang ließ er an Türen und Truhen neue Schlösser anbringen. Die Schlüssel verwahrte er selber. Als seine Vettern am nächsten Tag, nachdem sie ihren Rausch ausgeschlafen hatten, Zugang zu den Kammern forderten, hielt er sie hin und verwies auf die allgemeine Beuteteilung. Wenn alles zusammengetragen sei, würden auch sie von dem Schatz des Syagrius ihren Anteil erhalten. Sie waren damit nicht zufrieden und protestierten. Da klopfte er nur auf seine Axt am Gürtel und ließ sie stehen.

Bobo war der erste, den er mit hinunternahm. Er schloß eine der Kammern auf und öffnete auch eine Truhe. Im Licht der Fackel, die Bobo hielt, schimmerte Gold.

»Wie ich höre, bestiehlst du mich«, sagte Chlodwig. »Aber das ist mir nicht neu. Ich weiß ja, wie scharf du auf Gold und Besitz bist. So will ich dir Gelegenheit geben, dich anständig zu bereichern. Gib mir die Fackel und greif da hinein. Nimm dir, soviel du willst. Und wenn du es forttragen kannst, gehört es dir.«

Der Dicke erschrak und stotterte: »Aber Chlodwig, wie käme ich dazu, dich zu bestehlen. Ich ...«

»Nenne mich König! Lüg nicht und tu, was ich sage. Ich werde dir außerdem ein paar Güter schenken. Die alten Besitzer sind geflohen, ihre Rückkehr ist nicht zu befürchten. Du kannst dir aussuchen, welche du haben willst.«

»Ich weiß nicht, wie ich dir danken soll ... König. Aber es ist Verleumdung, daß ich ...«

»Worauf wartest du noch? Greif zu!«

Bobo nestelte seinen ledernen Beutel vom Gürtel. Er zögerte, blieb mißtrauisch. Weil Chlodwig ihn aber unentwegt drängte, wurde er mutiger. Die Gier siegte, obwohl er sich unbehaglich fühlte. Dabei bediente er sich nicht wahllos. Mit flinken, geübten Fingern suchte er nach älteren Münzen aus der Zeit der Kaiser Theodosius und Honorius, von denen er wußte, daß ihr Gehalt an edlem Metall der höchste war. Klirrend verschwanden sie in seinem Beutel. Als der nichts mehr faßte, forderte der König Bobo auf, sich auch die Taschen zu füllen. Mit unbewegter Miene beobachtete er, wie sein beleibter Gefolgsmann dabei immer unförmiger wurde. Bevor die Taschen an Bobos Mantel und Kittel platzten, verschloß er die Truhe.

»Zufrieden?«

»Es war dein Befehl«, stammelte der Dicke. »Ich wollte das Geld nicht. Dein Wunsch war es, nicht meiner.«

»Willst du damit sagen, du hättest das Geld nicht nötig?«

»Ich wäre niemals auf den Gedanken gekommen ...«

»Du hattest schon bessere Ideen, um dir zuverlässige Einnahmen zu sichern. Habe ich recht?«

»Was meinst du?«

»Das B an gewissen Häusern. Eine Abgabe für besonderen Schutz. Nicht übel.«

»Ich versichere dir, Chlodwig ...«

»Nenne mich König!«

»Ich versichere dir, König«, sagte Bobo, dem trotz der unterirdischen Kühle der Schweiß ausbrach, »daß ich dabei nur an dich dachte. Ja, nur an dich! Ich suchte nach einem Mittel, um deine Herrschaft hier in der Stadt zu sichern.«

»Das erkläre mir«, sagte Chlodwig. Er steckte die Fackel in eine Halterung neben der Tür und ließ sich, die Beine angezogen, auf der Truhe nieder. »Los, rede. Ich möchte erfahren, wie du es anstellst, aus einem Betrug eine Wohltat zu machen.«

»Es ist kein Betrug!« beteuerte Bobo. »Es gibt Leute, die mir ständig was anhängen wollen, aus Neid. Ich hielt sie für Freunde. Zum Beispiel Ansoald ...«

»Weiche nicht aus. Ich weiß selber, was ich von dir zu halten habe. Du bist ein verfressener Feigling, aber so verdammt schlau, daß du immer die meiste Beute machst. Du hältst die Lanze wie ein Schwert und das Schwert wie eine

Axt. Aber am Ende bist du der Sieger. Du gewinnst immer mehr als der tapferste Mann. Ruhm und Ehre sind dir nichts, Geld und Besitz alles. Dafür bist du zu jeder Schandtat bereit. Dafür betrügst du sogar mich, deinen König und Freund. Was hat es nun auf sich mit diesem B an den Häusern?«

»Das ist doch sehr einfach, eine nützliche Maßnahme!« erklärte Bobo hastig, mit zitternder Stimme. »Was gewinnst du, wenn du die Reichen und Vornehmen behandelst wie jeden beliebigen Schankwirt und Tuchhändler? Wenn du ihnen Droc und Ansoald schickst, die sich beim Anblick der Kostbarkeiten in ihren Häusern nicht beherrschen können ... trotz deiner Ermahnungen und Befehle? Du ruinierst sie und ziehst ihren Haß auf dich. Und was hast du davon? Vier Fünftel der Beute werden unter den Männern verteilt. So bestimmt es das Salische Gesetz. Und mit dem Fünftel, das du als König bekommst, mußt du noch ihre Dienste bezahlen. Viel vernünftiger ist es dagegen, von den Reichen und Vornehmen gar nichts zu nehmen.«

»Gar nichts?«

»Nur eine kleine Gebühr. Dafür bietest du ihnen deinen Schutz an. Schutz vor deinen eigenen Leuten. Natürlich auch vor anderen Räubern, herrenlosen Sklaven, verwahrlostem Kriegsvolk. So gewinnst du ihr Vertrauen. Sie fühlen sich bei dir geborgen, sehen sich anerkannt und vor allen anderen ausgezeichnet. Und du erhältst dir eine Herde von stattlichen, satten Kühen, die du beliebig melken kannst. Denn das Schutzgeld wird regelmäßig erhoben und jedesmal ein bißchen erhöht. Bald wird es ein Vielfaches von dem sein, was sie jetzt an Geschenken herausrücken müßten. Mit den anderen Abgaben, die sie zu leisten haben, kommt da allmählich ein hübsches Sümmchen zusammen. Und du kassierst das alles allein!«

»Du wolltest kassieren!«

»Verzeih, ich kam noch nicht dazu, dich einzuweihen. Ich mußte rasch handeln, die Drocs und Ansoalds waren ja schon unterwegs. Alles geschah natürlich in deinem Namen.«

»Und warum hast du dann nicht C an die Häuser geschrieben?«

»Ich dachte, das B wäre weniger auffällig. Es steht für Basileus, das heißt ja König auf Griechisch. Es bedeutet also, die Häuser stehen unter dem Schutz des Königs.«

»Ah, wie gebildet und schlau du bist«, sagte Chlodwig anerkennend. »Und wieviel hast du beim ersten Mal eingenommen?«

»Noch habe ich nicht alles beisammen. Aber ich werde dir Rechenschaft geben bis auf den letzten Solidus.«

»Das hoffe ich.« Chlodwig sprang auf die Beine und klopfte lächelnd auf Bobos prallen Geldbeutel. »Du hast es nun ja auch nicht mehr nötig, dir heimlich die Taschen zu füllen. Es liegt mir am Herzen, daß es dir gutgeht. Wenn du reich und zufrieden bist, brauchst du mir nichts mehr zu stehlen. Habe ich recht?«

»Aber, Chlodwig ... Verzeih, König, ich ...«

»Und du kannst deine schönen Talente nun ganz und gar in meinen Dienst stellen. Ohne ständig von der lästigen Sorge geplagt zu sein, du könntest dabei ein armer Mann bleiben.«

»Nie käme mir ein solcher Gedanke!«

»Trotzdem solltest du noch gründlicher darüber nachdenken, was du ohne mich bist und was du mir schuldest.«

Chlodwig nahm die Fackel und wandte sich der offenen Tür zu. Bobo wollte ihm folgen. Aber der König gab ihm einen Stoß vor die Brust.

»Das kannst du gleich hier tun!« schrie er.

»Warum denn? Warum denn hier?« rief Bobo fassungslos »Was machst du mit mir? Du sperrst mich ein? Ich hab nichts getan! Es ist alles Verleumdung! Du wolltest mich prüfen? Ich will das Geld nicht! Da … nimm es zurück!«

Er nestelte so hastig den Beutel vom Gürtel, daß er sich öffnete. Die goldenen und silbernen Münzen fielen auf den Boden der Kammer und funkelten im Fackelschein auf den steinernen Platten.

Chlodwig warf Bobo noch einen spöttischen Blick zu.

»Ich sagte, das Geld gehört dir. Wenn du es forttragen kannst!« Und damit ging er hinaus, warf die Tür zu, stieß den langen, eisernen Hakenschlüssel in die Riegelöffnung und ließ den Sicherungsbolzen zuschnappen.

19

Die ersten Nächte nach der Eroberung der Stadt Soissons verbrachte Chlodwig fast ohne Schlaf. Er ruhte sich dort aus, wo es sich gerade ergab und wo ihn die Müdigkeit überfiel. Das konnte eine Sitzbank auf einem der Wachtürme sein oder ein Haufen Stroh im Pferdestall. Manchmal schlief er am hellichten Tag ein, mitten in einer Beratung oder bei einer Verhandlung der zahlreichen Beschwerden und Streitfälle, die ihm jetzt vorgetragen wurden. Es gab einfach zu viel zu tun, um schon zu einem normalen Leben zurückzukehren.

Als er sich aber mal wieder in der großen Halle aufhielt, wo die Verwundeten lagen, sah er Sunna zu, wie sie Verbände wechselte und Essen verteilte, und da hatte er auf einmal das starke Bedürfnis, mit ihr allein zu sein. Bis dahin hatte er sich wenig um sie gekümmert. Sie und Theuderich waren mit anderen Frauen und Kindern aus Tournai im früheren Gästehaus des Palastes untergebracht, wo es eng war, weil hier auch noch die in Soissons zurückgebliebenen Emigranten hausten. Chlodwigs Sohn kroch mit kleinen Italiern auf dem Fußboden umher, und sie spielten gemeinsam mit Tonfigürchen und Bällen aus Wolle. Meistens nahm ihn Sunna jedoch mit in die Halle, weil sie die Sorge nie loswurde, Feinde Chlodwigs könnten an ihm ihre Rache kühlen. »Therri« war der Liebling der verwundeten Kämpfer. Er erheiterte sie, wenn er unbeholfen zwischen ihnen umherstapfte und drollige Sprechversuche machte.

Therri spielte auch in der Halle, als es dem König plötzlich einfiel, sich mit Sunna zurückzuziehen. Obwohl sie gerade eine Wunde mit Salbe bestrich, packte er sie wortlos am Handgelenk und zog sie mit sich. Als ginge es um Leben oder Tod, rannte er mit ihr Flure entlang und Treppen hinauf und hinab. Wer im Wege war, wurde beiseite gestoßen. Er wußte noch, daß ihm bei seinem ersten Rundgang auch das pompöse Schlafgemach des Patricius gezeigt wurde. Dorthin zog er jetzt Sunna.

Er stieß die Tür auf und stand starr vor Entrüstung. Zwei nackte Männer hüpften um das mit seidenen Laken bedeckte Bett und warfen sich bunte Kissen zu. Es waren Farro, Ragnachars Liebling, und ein junger Palastsklave. Sie erschraken und bedeckten sich. Im nächsten Augenblick trieb Chlodwig sie mit Fußtritten hinaus. Farro schrie, er habe ein Recht, im Schlafgemach Ragnachars, seines Königs, zu sein. Mit Glück wich er einer Vase aus, die Chlodwig ihm nachwarf. Die seidenen Laken und Kissen flogen aus dem Fenster.

»Verfluchtes Pack!« sagte Chlodwig. »Sie fangen an, sich hier einnisten. Ich muß mir meine Vettern vom Halse schaffen.«

Das Bett flößte ihm nun Ekel ein. Er riß einen Teppich, der zwischen zwei Pfeilern hing, herunter und ließ sich mit Sunna darauf nieder. Eine Weile lagen sie stumm nebeneinander. Sie suchte ihn zu beruhigen, zog ihr Hemd aus und streichelte ihn mit ihren Brüsten, wie er es gern hatte. Anfangs hatte sie keinen Erfolg, seine Wut wollte nicht verrauchen. Er ballte die Fäuste, starrte zur Decke, murmelte Flüche. Wenn vom Hof Geschrei und Gesänge herauftönten, griff er jedesmal nach der Axt, die neben ihm auf dem Teppich lag. Erst allmählich gelang es Sunna, ihn abzulenken. Sie legte sich bäuchlings auf ihn, bedeckte mit ihrem weichen Fleisch seinen harten, hageren Körper und hängte ihr langes Haar wie einen Schirm um sein Gesicht. So schaffte sie es, wie schon oft, seinen überwachen, stets angespannten Geist ein wenig zu betäuben. Unter ihren Küssen nahm er bald kaum noch wahr, was draußen vorging. Der warme Dunst, den sie ausströmte, machte ihn ruhiger. Ihre trägen Liebkosungen erregten ihn wieder. Und er erinnerte sich, warum er mit ihr allein sein wollte.

Später, als es schon Nacht war, stand Sunna auf, um Therri zu holen. Sie fand ihn schlafend zwischen fiebernden Verwundeten auf einem Strohlager, inmitten von Gestank und Gestöhn. Erschrocken nahm sie ihn und wickelte ihn in ein sauberes Tuch. Sie machte sich Vorwürfe wegen ihres Leichtsinns. Das Stroh war schmutzig vom Ausfluß der Wunden und anderem Unrat. Und Kinder starben sehr früh und schnell. Dabei hatte sie Therri schützen wollen, indem sie ihn hierher mitnahm. Sie schwor sich, ihren Sohn nicht mehr aus den Augen zu lassen und zur Sicherheit Birkenzweige um sein Bett zu streuen.

Nachdem Sunna ihn verlassen hatte, lag Chlodwig noch lange auf dem Teppich im früheren Schlafgemach des Patricius. Seine Glieder waren schwer, er fühlte sich nach der gewaltigen Anspannung der letzten Tage und Nächte ruhebedürftig. Aber die Augen wollten ihm nicht zufallen.

Die Feuer im Palasthof warfen ihr flackerndes Licht durch die schmalen, hohen Fenster und erleuchteten die Wand gegenüber, die mit Gemälden bedeckt war. Auf dem mittleren, dem größten, schritt ein vornehmes, kostbar gekleidetes Paar eine Treppe herab. Links sah man dasselbe Paar an einem reich gedeckten Tisch, rechts nahm es, von Getreuen umgeben, voneinander Abschied. Der Mann trug einen breiten goldenen Stirnreif, die Frau ein Perlendiadem. Ohne Zweifel handelte es sich um ein Herrscherpaar. Beide waren hochgewachsen und schlank, ihre Züge waren edel und regelmäßig. Chlodwig gefiel besonders die Frau mit ihren großen dunklen Augen und ihrem über die Schultern wallenden schwarzen Lockenhaar. Er stellte sich vor, er selbst sei der Mann an ihrer Seite und schreite mit ihr die Treppe herab. Wenn er sich einen Bart wachsen ließe und sich prächtig kostümierte, würde er jenem Herrscher ähnlich sein. So erhaben müßten die Maler ihn darstellen und sein Bildnis der Nachwelt überliefern.

Und die Inschrift dazu würde lauten: CHLODOVICUS REX FRANCORUM DOMINUS GALLIAE.

20

Am sechsten Tag nach der Eroberung von Soissons stand Chlodwig auf einem der Wachtürme des östlichen Mauerabschnitts und beobachtete den Ausmarsch der Cambraier und Tongerer zum täglichen Raubzug. Neben ihm lehnte Baddo mit mürrischer Miene an der Brüstung. Er trug eine Binde über dem blinden Auge, die er so geschickt um den Kopf geschlungen hatte, daß auch das eingekerbte Ohr verdeckt war. Sie schwiegen lange und folgten mit ihren Blicken den abziehenden Kolonnen.

»Heute nehmen sie sich also den Osten vor«, sagte Chlodwig schließlich.

»Wie lange willst du das noch dulden?« fragte Baddo rasch und so heftig, als habe er nur darauf gewartet, daß ihm der König das Stichwort gab. »Wie lange sollen die uns noch aufhalten? Brauchbar sind sie nicht. Du selbst hast gesagt, daß wir in Zukunft nicht auf sie zählen können. Sie schaden uns nur. Wir sitzen hier ihretwegen fest, damit sie nicht auch noch die Stadt verwüsten. Inzwischen hat Syagrius Zeit, neue Kräfte zu sammeln.«

»Das werden wir kaum verhindern können.«

»Ich rate noch einmal: Verfolge ihn! Mach ihn fertig! Laß ihn nicht erst zu Atem kommen!«

»Ich verstehe dich. Aber nicht so hastig. Dazu müßtest du mir erst frischen Schwertfraß besorgen.«

»Wieso? Es ist genug da.«

»Genug? Wir haben zweitausend Mann verloren, die Verwundeten mitgerechnet.«

»Zweitausend verloren. Viertausend gewonnen.«

Chlodwig sah Baddo verständnislos an.

»Du willst alle Gefangenen verkaufen?« fragte der Einäugige.

»Natürlich, das bringt hübsches Geld. Es haben sich schon mehrere Händler gefunden, die das übernehmen wollen. In dieser Stadt scheint es von Sklavenhändlern zu wimmeln. Die Reiter aus deiner früheren Abteilung kannst du behalten. Aber du bist mir für sie verantwortlich. Wenn es Verräterei gibt ...«

»Warum behältst du nicht auch die anderen?«

»Du meinst, was übrig ist von den beiden Legionen?«

»Das meine ich. Von dem Geld, das du einnimmst, müßtest du Neue anwerben. Mit unseren Bauernkriegern allein kannst du dein Reich nicht verteidigen. Du brauchst Söldner. Also werden es wieder Alamannen, Goten, Bretonen sein. Wozu der Aufwand? Wozu der Umweg? Die neuen Leute mußt du erst suchen und trimmen. Die alten sind erfahrene Kämpfer. Und du findest sie zweihundert Schritte von hier im Gefangenenlager. Die warten nur auf einen neuen Kriegsherrn. Wenn du ihnen die Sklaverei ersparst, bist du ihr Gott.«

Ein Bussard kreiste hoch über ihnen. Chlodwig ließ sich von einem der Wachmänner einen Bogen geben, zielte sorgfältig, schoß den Pfeil ab. Er verfehlte den Vogel, fluchte, lehnte sich auf die Brüstung, schwieg.

»Wenn es auch Goten und Alamannen sind«, sagte er schließlich, »waren es immerhin römische Legionare. Sie könnten bei der erstbesten Gelegenheit überlaufen.«

»Bezahle sie gut, dann sind sie zuverlässig.«

»Lange standgehalten haben sie auch nicht. Du selbst hast mir gesagt, daß ihre Ausbildung nicht viel taugt.«

»Nimm sie in strenge Zucht. Drohe ihnen an, wer seinen Arsch nicht bewegt, wird doch noch verkauft.«

»Wenn ich sie bewaffne, sind sie genauso stark wie wir.«

»Du mußt sie ja noch nicht gleich scharf bewaffnen. Gib ihnen erst mal Übungsschwerter aus Holz. Davon ist in den Magazinen ausreichend Vorrat.«

»Und wer soll die Haufen befehligen? Haben wir Männer, die das können? Wer von den Unsrigen hat das Zeug, sich bei denen Respekt zu verschaffen?«

»Es genügt, wenn das einer hat ... du, der König! Ernenne noch zwei Legaten aus deinem Gefolge und überlaß alles andere ihren Tribunen und Zenturionen. Und sage nicht ›Haufen‹. Laß sie wieder sein, was sie waren: Kohorten, Manipel. Gib ihnen ihre Helme und Panzerhemden und roten Halstücher zurück und am besten auch gleich den anderen Krempel: die Adler, die Fahnen, die Standarten. Damit machst du sie stolz und glücklich, sie werden sich für dich in Stücke hauen lassen. War nicht dein Vater als Föderat auch mal römischer Heermeister? Militärkommandant der Provinz Belgica zwei? Halte ihnen eine schöne Rede und sag ihnen, du hättest den Titel geerbt und das Amt übernommen. Und den Syagrius hättest du fortgejagt, weil er seine Provinzen so schlecht regiert hat. Glaub mir, sie werden begeistert sein und ihrem neuen König und Heermeister feierlich Treue schwören.«

Der Bussard kreiste noch immer über ihren Köpfen. Chlodwig riß dem Mann hinter sich den Bogen aus der Hand, legte an und schoß im selben Augenblick. Diesmal traf er. Der Vogel flatterte, torkelte, fiel steil zur Erde herab.

Chlodwig sah Baddo scharf und durchdringend an.

»Das ist gut. Es ist wirklich gut, was du sagst. Es gefällt mir sogar ganz ausgezeichnet. Aber steckt vielleicht etwas dahinter?«

Baddo hielt dem Blick stand. Er riß sein einziges Auge weit auf und zwinkerte nicht.

»Ich bin dein Blutsbruder«, sagte er ruhig.

Chlodwig war immer zu raschen Entschlüssen bereit, und er ließ ihnen ebenso rasche, kraftvolle Maßnahmen folgen. Noch ehe die Sonne im Zenit stand, hatte er das Gefangenenlager, ein kleines *castrum* an der südlichen Festungsmauer, gründlich inspiziert. Er suchte zweihundert Leute aus. Sie sollten den ersten Manipel der neu zu formierenden Legion bilden. Die Männer, die in den sechs Tagen ihrer Gefangenschaft unter Hitze, Schmutz, Wassermangel und Hunger gelitten hatten, durften ein Bad in der Aisne nehmen, erhielten Wein und eine kräftige Mahlzeit. Dann führte man sie in eines der Vorratshäuser, in denen die Kriegsbeute bis zur allgemeinen Teilung und Verlosung aufbewahrt war. Hier lagerten auch die den toten, verwundeten und gefangenen Legionaren abgenommenen Uniformstücke. Die zweihundert Männer wurden eingekleidet und zunächst nur mit Schilden und Übungsschwertern ausgestattet.

Chlodwig hielt sich an alles, was Baddo ihm geraten hatte. Er legte selbst, wenn auch nach anfänglichem Widerstreben, ein Panzerhemd an und schmückte sich mit Orden und Ehrenkränzen. Er warf einen Feldherrnmantel um seine Schultern und stülpte einen Helm mit leuchtendem Federbusch über die Merowingermähne. So konnte man ihn tatsächlich für einen römischen Heermeister halten.

Er ließ die zweihundert Männer zum Appell antreten. Ein grauhaariger Tribun erhielt den Befehl über den Manipel, zwei Zenturios wurden Unterführer. Alle drei waren Galloromer. Ihnen vorgesetzt wurde Baddo, den Chlodwig zum Legaten der Ersten Legion ernannte. Der Einäugige hatte nun den höchsten militärischen Rang nach dem König.

Chlodwigs Rede an die Truppen war kurz. Die ungewohnte römische Tracht behinderte ihn. Während er abgerissene Sätze hervorstieß, zuckte er mit Schultern und Armen. Er schlenkerte mit den langen Beinen und hatte Mühe, sein dadurch unruhig gewordenes Pferd, den kleinen Fuchshengst Rufus, zu bändigen. Er sagte etwa das, was Baddo empfohlen hatte. Was er hinzufügte, waren Drohungen, die Strafen für den Fall des Mißbrauchs seiner Großmut betreffend: Hängen, Köpfen und Vierteilen. Einen Eid erließ er den Männern. Fast alle waren Christianer, und bei deren Göttern schwören zu lassen, hielt er für sinnlos. Er ließ sie noch den *clamor bellicus* üben, den Kriegsruf ihrer Legion. Dann befahl er den Abmarsch. Der Manipel sollte in sein altes Quartier neben dem Haupttor des Palastes einrücken.

Um dieses Ziel zu erreichen, mußten die beiden Hundertschaften den Palasthof überqueren. Hier hatten sich – es war später Nachmittag – schon wieder Franken aus Cambrai und Tongeren um ein Feuer versammelt, Männer, die an diesem Tag nicht am Beutezug ihrer Stammesbrüder teilnahmen. Einige waren tags zuvor bei Auseinandersetzungen mit Bauern verletzt worden. Andere hatten Chlodwigs Vettern als Wächter für die Beutestücke zurückgelassen, die sie nicht mit denen von Tournai teilen wollten. Diese Männer hockten nun alle schon wieder faul beim Becher, brieten fürs erste einen Hammel und warteten auf die Rückkehr der Ihrigen. Kaum erholt vom letzten Gelage, saßen einige mit glasigen Augen da, kratzen sich, gähnten. Andere knurrten sich an oder warfen mit Steinen nach Hunden und Hühnern.

Plötzlich fuhr einer auf und schrie: »Römer!«

Alle rissen die Köpfe herum. Sie wollten ihren Augen nicht trauen. Da näherte sich wahrhaftig eine römische Truppe: voran die Standarte, dahinter Helme und Schilde. Und viel rotes Tuch, Reihe um Reihe.

Schrecken und Panik ergriff die Männer am Feuer.

»Römer! Ein Überfall! Wir sind verloren! Verrat!«

Alles schrie durcheinander, sprang auf und stürzte davon. Die meisten flüchteten durch das Haupttor. Verletzte hinkten hinterher. Einige krochen auf allen vieren.

»Das ist ja die Lösung!« rief Chlodwig Baddo zu und lachte. Sie folgten den beiden Hundertschaften zu Pferde. »Sieh nur, wie sie rennen! So werden wir diese Plage los!«

Er mußte Baddo nicht viel erklären. Gleich wurden die Söldner zur Ostmauer in Bewegung gesetzt. Auch die Wachen dort, alle Tournaier, waren im ersten Augenblick erschrocken. Sie wurden rasch aufgeklärt. Bereitwillig räumten sie ihre Posten und überließen den neuen Kameraden die Plätze zwischen den Zinnen. Bald leuchtete das Rot des römischen Militärs auf breiter Front von der Festungsmauer herab. Auch auf den Wachtürmen wurden »Römer« postiert.

Chlodwig rannte auf dem Wehrgang umher und ließ noch Skorpione in Stellung bringen. Er befahl den Schützen aber, ihre Brandpfeile nur in die Luft zu schießen. Die Sonne stand bereits tief. Die Bäume am Ufer der Aisne warfen lange Schatten.

Endlich bewegte sich etwas am Horizont. Sie kamen!

Aus einem Hohlweg quoll die lange, träge Kolonne hervor. Männer, Pferde, hochbeladene Karren, Ochsen, Ziegen, Schafe. Ganz vorn als glänzender Fleck ein Reiter in golden schimmernder Rüstung: Richar. Dahinter die von gefangenen Bauern getragene Sänfte, in der sich Ragnachar und sein Farro von den Anstrengungen des Tages ausruhten. Bald war auch Chararich auszumachen, dürr und krumm auf dem Pferderücken. An einem Strick schleppte er ein Bauernmädchen hinter sich her.

Plötzlich stockte der Zug. Einige der Männer, die den Palasthof in Panik verlassen hatten, waren den ahnungslos Heimkehrenden entgegengeeilt. Die Anführer ließen Halt machen, alles umdrängte sie aufgeregt. Dann löste sich ein kleiner berittener Trupp mit dem goldschimmernden Richar an der Spitze. Er kam langsam näher, bis auf hundertfünfzig Schritte, wohl um zu erkunden, ob kein Irrtum vorlag.

Nun befahl Chlodwig, alle Skorpione auf einmal abzufeuern. Zwanzig, dreißig Brandpfeile sausten wie Blitze durch die Luft. Die Pferde erschraken. Einige gingen hoch, andere drehten sich wild im Kreis, buckelten oder schlugen aus. Die Mehrzahl der Reiter wurde abgeworfen. Richar hielt sich noch im Sattel.

Chlodwig befahl eine zweite Salve. Nun landeten auch die übrigen Reiter im Gras. Im Licht der Abendsonne flog Richar wie ein goldener Ball durch die Luft, überschlug sich und landete in einer Erdmulde. Die Pferde stoben davon. Die Männer rappelten sich auf, warfen entsetzte Blicke zur Mauer empor und folgten ihnen. Als Letzter erhob sich Richar, kroch aus der Mulde und war so benommen, daß er gleich wieder hinfiel. Von seinem Panzer war der größte Teil der Goldplatten abgefallen. Eilig humpelte er davon, wobei er sich immer wieder umsah.

Auf der Mauer wurde all dies mit größtem Vergnügen verfolgt. Chlodwig schickte noch eine dritte Salve in den Himmel. Inzwischen hatte die Masse der Cambraier und Tongerer kehrtgemacht. Alles drängte zurück in den Hohlweg. Die Furcht vor den Römern, das Erschrecken über die vermeintliche Wendung des Kriegsglücks fuhr den Beutemachern in die Beine. Sie ließen alles zurück, was sie jetzt aufhalten konnte.

Anstelle von Ragnachar, Richar und Chararich trotteten schließlich nur noch Ochsen, Ziegen und Schafe langsam und unentschlossen auf der Straße heran und begehrten Einlaß.

21

Nachdem Chlodwigs Vettern mit ihren beutegierigen Horden vertrieben waren, begann sich das Leben in der Stadt Soissons zu normalisieren. Die Bewohner wagten sich wieder auf die Straße, weil sie nicht mehr befürchten mußten, ständig belästigt oder während ihrer Abwesenheit ausgeraubt zu werden. Dazu trug auch der Umstand bei, daß sie jetzt wieder die altvertrauten Uniformen in den Straßen und an der Festungsmauer sahen. Chlodwigs Entscheidung, die gefangenen Legionare nach und nach in seine Streitmacht aufzunehmen, erwies sich somit auch in bezug auf den inneren Frieden als vorteilhaft. Zwar wußte jeder, daß ein neuer Herrscher in den Palast eingezogen war, doch wirkte es beruhigend, wieder römisches Militär patrouillieren zu sehen. Chlodwig ließ auch, wie Baddo geraten hatte, verbreiten, er habe die Stadt und das Umland in seiner Eigenschaft als *magister militum* eingenommen, um die bedrohte Provinz Belgica II vor den Feinden zu retten, die sie von allen Seiten umlauerten. Bei Zusammenkünften mit den Kurialen, die er regelmäßig in den Palast befahl, versäumte er niemals, auf die traditionelle Freundschaft zwischen Römern und Franken hinzuweisen und die Verdienste seiner Vorfahren – ganz besonders die seines Vaters Childerich – um die Verteidigung des römischen Besitzstands in Gallien zu rühmen. Wenn er ausritt, dann mit allen äußeren Zeichen eines römischen Feldherrn, an die er sich allmählich gewöhnte: Lederpanzer, Helm mit leuchtendem Federbusch und viel Gold und Flitter. Und auch den Anführern seiner Gefolgschaft, den neuen Würdenträgern befahl er, sich wenigstens teilweise römisch auszustatten. Sogar das einfache fränkische Kriegsvolk wurde angewiesen, sich aus den Magazinen der Legionslager zu versehen. Jeder Mann sollte irgend etwas am Leibe haben, das ihn als Föderaten und Kämpfer einer Auxiliareinheit auswies. Chlodwig wollte so schnell wie möglich vergessen machen, wie er hier eingezogen war – als Häuptling wüster Haufen von Räubern und Schlagetots.

Wenn nach Sonnenaufgang die Tore geöffnet wurden, kamen auch wieder Bauern der Umgebung herein, die ihre Karren auf den Markt vor dem Palast schoben. Viele litten allerdings schwer unter den Folgen der fränkischen Raubzüge, und ihre Angebote waren nur kümmerlich. Ein Säckchen mit Dinkel oder Hafer, ein Korb mit Kohl und Runkelrüben, eine Kiste mit Äpfeln, ein paar Fläschchen mit Öl, das aus Raps oder Bucheckern gepreßt war – mehr hatten die meisten nicht auf ihrem Karren. Manche trieben auch Tiere herein, die die Plünderer verschmäht hatten, eine magere Ziege oder ein kränkliches Schaf. Wer ein Huhn oder Schwein zu verkaufen hatte, konnte das Drei- bis Fünffache des Preises verlangen, den er in normalen Zeiten erzielt hätte. Die Schlachter kamen zum Markt und führten Hunde und Esel weg, um ihr Fleisch dann den hungernden Stadtbewohnern als Hase und Rind zu verkaufen. Am lebhaftesten ging es bei den Fischern zu, die wie immer ihren frischen Fang aus der Aisne hereinbrachten. Jäger machten sogar mit Krähen und Bibern Geschäfte. In ihrer Not boten Bauern und Städter alles feil, was sich irgendwie zu Geld machen oder tauschen ließ. Darunter war manch wertvoller Gegenstand, den man rechtzeitig vergraben oder vor den Plünderern versteckt hatte. Allerdings war man vorsichtig mit den Leuten, die man als mögliche Käufer ansprach. So mied man die Franken, wenn sie schwerbewaffnet über den

Markt schlenderten, ungeniert in die Körbe griffen und sich hier eine Birne, dort ein Stück Käse nahmen, natürlich ohne zu bezahlen. Obwohl die einheimischen Markaufseher immer wieder versicherten, der Frankenkönig habe Beutemachen und Diebstahl bei seinen Männern jetzt unter Strafe gestellt, konnte man vor deren Frechheit und Habgier nicht sicher sein. Nur wenn ein Bürger der Stadt vorüberging, den man kannte, wurde verstohlen ein Ärmel hochgeschoben und ein goldenes Armband gezeigt. Oder ein Mantel wurde mal kurz zurückgeschlagen, und es kamen silberne Löffel oder ein Pelz darunter zum Vorschein.

In einer Ecke des Marktes, an der Palastmauer, standen zwei junge Leute, die so viel Vorsicht anscheinend nicht für nötig hielten. Sie boten schöne Fuchspelze feil, die sie für jedermann sichtbar über den Rücken einer kleinen Stute gelegt hatten. Es waren ein Bursche und ein Mädchen, beide höchstens zwanzig Jahre alt. Ihre Gesichter waren schmutzig und stellenweise von Ruß geschwärzt, als kämen sie aus einer Köhlerei im Wald. Der junge Mann hatte seine Kappe tief in die Stirn gezogen, die Haare des Mädchens fielen in langen Zotteln über Nase und Wangen. Gekleidet waren die beiden bäurisch, eher ärmlich, sie trugen grobe Kittel und ausgetretene Schuhe. Auffallend war, daß sie keine Anstalten machten, ihre Ware zu verkaufen. Sie beachteten kaum die Leute, die sich näherten, die Pelze befingerten, nach dem Preis fragten. Vielmehr betrachteten sie alles ringsum voller Neugier und tauschten unentwegt ihre Eindrücke aus. Auch der Kontrast zwischen der dürftigen, abgerissenen, unsauberen Erscheinung der beiden und ihrer wertvollen Ware war befremdlich. Es befanden sich zwar nicht wenige auf dem Markt, die Diebesgut losschlugen, doch tat es niemand mit so dreister Offenheit. Ein Sekretär der städtischen Verwaltung, der als Marktaufseher umherstrich, hatte daher schon bald ein Auge auf die beiden, die er überdies nie in der Stadt gesehen hatte. Unauffällig stellte er sich in ihre Nähe und versuchte, etwas von ihrem Gespräch aufzuschnappen.

Er staunte nicht wenig und schob sich näher heran. Die beiden unterhielten sich in gutem Latein. Es gab in der Stadt und ihrer Umgebung kaum Leute aus den niederen Ständen, die die Sprache der Römer – wenn überhaupt – nicht mit starker gallischer Dialektfärbung sprachen. Latein schien zwar auch nicht die Muttersprache des eigenartigen Pärchens zu sein, doch ohne Zweifel waren es Fremde.

Noch mehr überraschte den Lauscher der Inhalt der Unterhaltung.

»Sieh doch mal den da drüben«, sagte das Mädchen. »Mir ist so, als hätte ich den schon einmal gesehen.«

»Du mußt dich irren«, erwiderte der junge Mann, der eine helle, klare Stimme hatte. »Ich sehe nur Feinde. Überall Feinde. Da kommt schon wieder ein Trupp anmarschiert.«

»Alles stimmt, was man uns erzählt hat.«

»Aber vielleicht ist doch nicht alles verloren.«

»Es ist so, als wäre hier gar nichts passiert«, sagte das Mädchen weinerlich. »Als ob es gar keinen Krieg gegeben hätte. Und doch ist es schrecklich. Ich glaube ...«

Der Sekretär verstand nicht, was weiter zwischen den beiden geredet wurde, weil in der Nähe ein heftiges Gefeilsche um einen Laib Brot begann. Im ersten Augenblick wollte er die Störer wegscheuchen. Aber dann hielt er es für besser, sich nicht bemerkbar zu machen. Er rührte sich nicht und wartete ab.

Nach einer Weile hörte er den jungen Mann sagen: »Egal, wir müssen hinein. Wir müssen wissen, ob sie da drinnen sind!«

»Ach, sie sind sicher alle tot«, schluchzte das Mädchen.

»Heul doch nicht. Vielleicht sind sie davongekommen. Wir können vielleicht etwas für sie tun.«

»Was denn? Was können wir denn noch machen?«

»Das werden wir sehen, wenn wir auf der anderen Seite des Tors sind. Wir müssen nur irgendwie an der Wache vorbei.«

»Das schaffen wir nicht.«

»Versuchen müssen wir es.«

»Ich hab Angst! Oh, ich hasse ihn, ich könnte ihm einen Dolch ins Herz stoßen, diesem ...«

»Nicht so laut! Willst du vielleicht erkannt und in einen Kerker geworfen werden, ehe es uns gelungen ist ...«

»Laß uns gehen. Es hat keinen Sinn. Nein, nein! Ich habe nicht den Mut dazu.«

»Aber wir wissen nichts Genaues. Wir müssen erkunden ...«

»Was gibt es denn da noch zu erkunden? Es ist alles verloren, alles vorbei! Da, schon wieder welche von denen.«

»Die sollen sich nur nicht so sicher fühlen!« sagte der Jüngling gepreßt. »Die Unseren haben sich überrumpeln lassen. Aber das kann wieder anders kommen. Ich habe schon eine Idee, wie wir's machen ... wie wir hineinkommen! Wir tun zuerst so, als ob wir ...«

Wieder verstand der Lauscher nichts mehr. Zwei Männer stritten sich um ein verzweifelt gackerndes Hühnchen, das der eine an den Krallen, der andere an den Flügeln gepackt hatte. Offenbar wollte der Käufer den ausgehandelten Preis nicht mehr bezahlen. Als Aufseher hätte der Sekretär eingreifen müssen. Doch er war viel zu sehr mit dem gerade Gehörten beschäftigt. Er murmelte einen Fluch, weil er das Wichtigste nun verpaßte, und überlegte einen Augenblick, was zu tun sei. Ein Senator hatte versprochen, ihm einen Posten in der fränkischen Palastverwaltung verschaffen, und so lag ihm daran, sich den neuen Herren gefällig zu zeigen. Er warf noch einen Blick auf das verdächtige Pärchen, das offenbar immer noch uneins war. Dann schlich er davon.

Kurze Zeit später traten plötzlich von links und rechts Bewaffnete an die jungen Leute heran, bogen heftig ihre Arme nach hinten und banden ihnen die Hände. Die beiden schrien vor Schmerz, doch bevor sie protestieren konnten, hatten sie schon Knebel im Mund. Einer der Männer schlitzte den Rock des Mädchens mit seinem Dolch auf, riß ihn ihr vom Leibe und in Streifen und verband den beiden die Augen.

So wurden sie über den Markt geschleppt. Durch das Tor, das sie gern auf eigene Faust durchquert hätten, wurden sie in den Palasthof gestoßen. Der Sekretär wich nicht von ihrer Seite. Er überzeugte den wachhabenden Zenturio, die beiden feindlichen Elemente gleich dem König und Heermeister selbst vorzuführen.

22

Chlodwig befand sich zu diesem Zeitpunkt in einer der großen Lagerhallen, die um den Wirtschaftshof des Palastes gruppiert waren.

Dort war nun endlich mit der Verteilung der Kriegsbeute begonnen worden, auf die das Heer der Tournaier Franken mit Ungeduld wartete. Mehrere Tage lang hatte Droc, der dazu ernannte Kommissar, mit seinen Helfern die Beutestücke geordnet. Fein säuberlich war alles bereitgelegt, aufgehäuft und gestapelt: Waffen, Kleidungsstücke für Männer, Frauen und Kinder, Gürtel, Armreife, Halsketten, Ohrringe, Schuhe, Handwerkszeug, Acker- und Haushaltsgeräte, Krüge, Becher, Schalen, Kessel, Stühle, Bänke, Truhen, Betten, Spinnrocken, Porträtskulpturen, Spielbretter, Pferdegeschirr, Musikinstrumente, allerlei Behältnisse, vom Reliquienkästchen bis zum Wassereimer. Und Geld natürlich, viel Geld, Körbe voller Gold- und Silbermünzen. Zu den Beutestücken der Tournaier, die mit mehr oder weniger Nachdruck als »Geschenke für die Befreier« eingetrieben worden waren, kam das von den Villen und Dörfern des Umlands herangeschleppte Raubgut der Cambraier und Tongerer. Es bestand vor allem aus Vieh und Geflügel, das seine neuen Besitzer auf einer an die Lagerhalle grenzenden Wiese erwartete. Zur Verlosung unter den etwa sechstausend Männern und Familien der in der Schlacht Gebliebenen mußten die Beutestücke noch auf ihren Wert geschätzt und zu Loseinheiten zusammengestellt werden, damit niemand benachteiligt wurde.

Zunächst aber galt es, den Anteil des Königs zu sichern. Nach altem Brauch und Gesetz der Franken stand ihm ein Fünftel der beweglichen Kriegsbeute zu. Dazu wurde freilich nicht gezählt, was im Palast vorgefunden wurde, der von dem Augenblick an merowingisches Eigentum war, da ihn der König betreten hatte. Ihm gehörte alles, was vorher Fiskalbesitz war, natürlich auch der Inhalt der Schatzkammern. Er konnte frei darüber verfügen. Als er hinabstieg, um selbst seinen neu ernannten *maior domus* aus der Gefangenschaft zu befreien, befahl er ihm, die noch immer auf dem Boden der Kammer verstreuten Münzen zu sammeln und mitzunehmen. Nach zwei in Kälte und Dunkelheit verbrachten Tagen und Nächten hatte Bobo seine Lektion gelernt. Nun konnte Chlodwig ihm blind vertrauen.

Bobo war es denn auch, der in Chlodwigs Namen die Auswahl des königlichen Fünftels am Beutegut traf. Gewichtig schritt er durch die Halle, immer gefolgt vom mißtrauischen Droc, der ihn scharf beobachtete und darauf achtete, daß er sich streng an das Gesetz hielt. Freilich konnte Droc nicht verhindern, daß Bobo von fünf zur Auswahl stehenden Schwertern für die Waffenkammer des Königs das beste nahm. Oder daß er von hundert Behältnissen aus den berühmten Glashütten zwischen Somme und Maas die zwanzig schönsten, höchsten und am reichsten mit Fadendekor, Kerbbändern und Rüsseln verzierten Glockenbecher für die königliche Tafel auswählte. Aber er erhob sofort Einspruch, wenn Bobo versuchte, eher minderwertiges Gut wie Tonware oder Lederzeug gegen Wertvolleres etwa aus Bein oder Bronze zu tauschen und aufzurechnen. Auch der König bekam nur den Rindsledergürtel ohne Beschläge, die einfache Tonschüssel oder den plumpen Hocker aus Tannenholz.

Zwei Tage dauerte die Bestimmung des königlichen Beuteanteils. Immer mal wieder sahen die Anführer der Gefolgschaft herein, die sich jetzt bereits vornehm *trustis dominica* oder auch *antrustiones* nannten. Nur ihnen war der Zutritt zum Beutelager erlaubt. Argwöhnisch verglichen sie Entferntes und Übriggebliebenes, beklagten sich, stritten und waren ängstlich besorgt, daß ihr eigener Anteil nicht geschmälert wurde.

Einige Male kam Chlodwig selbst, ohne sich jedoch an der Auswahl der Beutestücke zu beteiligen. Er ging nur umher, betrachtete dieses und jenes, und manchmal erkundigte er sich, wenn er einen besonders wertvollen Gegenstand in die Hand nahm, nach dem vormaligen Besitzer. Anfangs gab Droc, der ein ausgezeichnetes Gedächtnis hatte, den Namen an. Dann kam es vor, daß der König entschied, einen silbernen Kandelaber, eine Marmorskulptur oder eine Elfenbeinschnitzerei zurückzugeben. Gewöhnlich geschah dies, wenn es einer der Kurialen, der Senatoren oder der neuen, unentbehrlichen Ratgeber des Königs war, aus dessen Besitz der Gegenstand stammte. Gleich mußte ein Legionar, der sich in der Stadt auskannte, das »versehentlich beschlagnahmte« Stück zurückbringen, manchmal sogar noch mit einem Geschenk. Dies verdroß den Verwalter des Beuteguts, und bald konnte er sich an die Namen der früheren Besitzer nicht mehr erinnern. Als noch ärgerlicher empfand er, wenn der König einem Bittsteller die Rückgabe eines bestimmten Beutestücks bewilligte, das dann erst lange gesucht werden mußte. So verlangte Chlodwig an diesem Morgen eine Kamee, die den Stammvater eines örtlichen gallorömischen Aristokratengeschlechts darstellte, ein wertvolles Andenken der Familie. Er gab nur eine vage Beschreibung, so wie er sie im Gedächtnis behalten hatte, denn er gestattete nicht, daß die Bittsteller selber das Beutelager betraten. Droc wühlte brummend in einem Korb mit Schmuckstücken.

In diesem Augenblick trat der wachhabende Zenturio ein und meldete die Festnahme zweier Verdächtiger.

»Was sind das für Leute?« fragte Chlodwig. »Und woran habt ihr sie erkannt?«

»Ein junger Kerl und ein Mädchen«, sagte der Zenturio. »Sprechen Latein, schnüffeln herum, führen seltsame Reden.«

»Also gut, bringt sie her!«

Die beiden jungen Leute, denen die Augen verbunden, die Münder geknebelt und die Hände gefesselt waren, wurden hereingestoßen. Sie mußten an der Tür stehenbleiben. Hinter ihnen stahl sich der Marktaufseher herein.

Chlodwig warf von weitem einen kurzen Blick auf das schmutzige Mädchen ohne Rock, nur im kurzen Hemd und den nicht weniger verwahrlosten Burschen.

»Die habt ihr wohl irgendwo hinterm Strauch aufgelesen«, sagte er und wandte sich wieder an Droc. »Nun? Immer noch nichts? Hier ist wohl schon einiges abhanden gekommen.«

»Du beleidigst mich, König!« erwiderte Droc. »Hier kommt nichts weg, da passe ich auf.«

»Schon gut. Dann such weiter.«

»Wenn du erlaubst, Herr!« meldete sich der Sekretär, wobei er sich dem König mit krummem Rücken näherte, »ich habe gehört, was die beiden sprachen. Die haben was vor! Sie wollten versuchen, heimlich in den Palast zu gelangen. Auch von einem Dolch war die Rede, den sie jemandem ins Herz stoßen wollen. Ich argwöhnte gleich, wer gemeint sein könnte: du, Herr, unser Befreier und Wohltäter! Da sagte ich mir: Ruf schnell die Wache, ehe sie dir noch entwischen und ihre schändliche Absicht verwirklichen können. Dazu fühlte ich mich verpflichtet, denn ich wünsche mir, in deine Dienste zu treten und mich nützlich zu machen …«

»Ja, ja«, sagte Chlodwig, »wir werden sehen. Nehmt ihnen die Fesseln ab und auch das andere.«

Der junge Mann war zuerst von Knebel und Augenbinde befreit. Er würgte, spie aus und kniff die Augen zusammen. Dann riß er sie auf und sah sich um. Er erblickte den König und stieß einen gellenden Schrei aus. Es war ein Freudenschrei.

»Chlodwig! Chlodwig! Bruder! Mein Bruder!« Er breitete die Arme und rief: »Erkennst du mich nicht? Ich bin es, Lanthild!«

Chlodwig starrte auf die schmale Gestalt, in das mit Ruß verschmierte Gesicht. »Was? Du bist …?«

»Ja! Ich bin's, Lanthild!«

»Schwesterchen!«

»Und das ist Audo. Oh, daß du lebst! Und wir dachten, ihr seid alle umgekommen!«

Sie flog dem König in die Arme.

Auch Audofleda war im nächsten Augenblick frei, strich die Zotteln aus ihrem schmutzstarrenden Gesicht und lachte mit strahlenden Augen und blitzenden Zähnen.

»Chlodwig! Und ich fürchtete schon, daß man uns zur Hinrichtung führte!«

Glücklich drängte auch sie sich an den wiedergefundenen Bruder. Die drei umarmten sich unter Freudenrufen. Der zwanzigjährige Chlodwig vergaß vollkommen seine königliche Würde und tanzte ausgelassen mit seinen Schwestern umher.

Der Zenturio und seine Männer sahen betroffen zu. Die Züge des wachsamen Sekretärs verzogen sich in nacktem Entsetzen.

Plötzlich besann sich Chlodwig, hielt inne und schob die beiden Mädchen von sich.

»Aber was ist das für eine verdammte Geschichte?« fragte er streng. »Was fällt euch ein, hier herumzustreunen? Wie seht ihr aus, und wie seid ihr hierhergekommen? Was treibt ihr hier?«

»Was wir treiben? Wir bieten Fuchspelze feil!«, sagte Lanthild übermütig.

»Ja, und die werden nun wohl gestohlen sein«, fügte Audofleda mit einem übertriebenen Seufzer hinzu. »Mitsamt unserm Pferd. Und meinen Rock haben diese Männer zerrissen!«

»Aber sie dachten ja, König, daß ... daß sie Späher fangen«, stammelte der Zenturio. Und dann schrie er: »Der Kerl hier, der war es! Der hat es behauptet!«

»Wer bist du denn eigentlich?« fragte Chlodwig den Übereifrigen.

»Sekretär, Herr, beim Senat angestellt, dein ergebener Diener, zur Zeit als Marktaufseher beschäftigt ...« Die Stimme erstarb ihm.

»Marktaufseher? Dann bist du also verantwortlich, wenn etwas gestohlen wird. Wehe dir, wenn das Pferd und die Pelze fort sind. Dann hängst du. Verstanden? Und nun verschwindet!«

Beim Hinausgehen fiel der Bedrohte in Ohnmacht. Der Zenturio und seine Leute mußten ihn forttragen.

»Wollt ihr mir nun endlich erzählen ...«

Darauf hatten die Schwestern nur gewartet. Lachend und einander immer wieder ins Wort fallend, berichteten sie, was geschehen war und welche abenteuerlichen Umstände sie auf den Markt von Soissons geführt hatten.

Nach der Einnahme der Stadt hatte Chlodwig zunächst nur einen Boten nach Tournai geschickt, der allen dort Verbliebenen die Siegesnachricht überbrachte. Die Freude war groß, und Frau Basina und ihre Töchter hofften, der Sohn und Bruder würde sie nun gleich nachkommen lassen. Doch ein Tag nach dem anderen verging, und nichts geschah. Der angekündigte Trupp, der sie abholen sollte, blieb aus. Da beschloß die Mutter des Königs, die Reise nach Soissons auf eigene Faust zu unternehmen. Was konnte schon passieren? Das Land, das sie durchqueren mußten, war ja nun fränkisch.

Ohne Zwischenfall kam man bis Reims. Bei einem Bekannten der Familie, einem Pelzhändler, wurde Station gemacht. Die Reisenden wollten einen Tag ruhen, um dann das letzte, kürzere Stück in Angriff zu nehmen. Daraus wurde jedoch nichts. Als man am nächsten Morgen den Wagen besteigen wollte, erhob sich vom westlichen Stadttor her Lärm. Fränkische Heerhaufen zogen im Eilmarsch durch die Stadt. Die Einwohner kamen aus den Häusern und schrien sich die Neuigkeit zu: Soissons sei von den Römern zurückerobert, Chlodwig geschlagen, die Franken von Cambrai und Tongeren auf der Flucht! Frau Basina und ihre Töchter stürzten ebenfalls auf die Straße. Sie drängten sich zu ihren Verwandten, den Königen Ragnachar und Chararich, vor. Die fanden aber kaum Zeit für ein paar dürftige Auskünfte. Sie schimpften nur, alles sei verloren und Chlodwig wahrscheinlich tot, nachdem er den Sieg, den sie heldenmütig erfochten hatten, verschenkt und durch mangelnde Wachsamkeit alles verdorben habe. Nun gelte es nur noch, die eigene Burg zu erreichen und sich vor der Rache der Römer in Sicherheit zu bringen. Sie waren die ganze Nacht marschiert. Schon bald waren sie im Norden hinter den Wäldern verschwunden.

»Und da sitzen sie nun in ihren Burgen, schlottern vor Angst und warten auf den römischen Angriff!« rief Chlodwig lachend. »Ich hätte Lust, mit meinen ›Römern‹ dorthin zu marschieren und diesen Helden noch einen zweiten Schreck einzujagen! Na, vielleicht später. Wie ging es nun aber weiter, Mädchen? Ich weiß noch immer nicht, wie ihr hierhergekommen seid.«

»Wir waren natürlich furchtbar aufgeregt«, sagte Audofleda, die sich inzwischen ein Kleid aus dem Beutegut übergeworfen hatte. »Wir mußten ja glauben, was wir gehört hatten. Wie konnten wir ahnen, daß gar nichts passiert war! Plötzlich wurden wir von allen gemieden. Nur der Bischof Remigius kam uns besuchen und tröstete uns. Was also tun? Mutter war völlig verzagt und wollte zurück nach Tournai. Sie glaubte, nun würden wir alle umgebracht, und da wollte sie lieber beim Grab unseres Vaters sterben und in seiner Nähe begraben werden. Auch Albo dachte, daß es zu Ende ginge. Aus Verzweiflung stopfte sie sich mit Gebäck voll, und nun fühlte sie sich sterbenselend. Allein Hildchen und ich, wir behielten den Kopf oben.«

»Wir wollten uns einfach nicht damit abfinden«, sagte Lanthild. »Es durfte nicht sein! Zuerst waren wir auch ganz niedergeschlagen und weinten. Der Gedanke, daß ihr tot sein konntet, du und … und … und …«

Sie schluckte und wagte den Namen nicht auszusprechen.

»Und alle anderen, die ganze Gefolgschaft«, ergänzte Audofleda rasch, als sie sah, daß sich Chlodwigs Miene verdunkelte. »Das war uns ganz unerträglich. Und deshalb …«

»Deshalb sagten wir uns, es muß Hoffnung geben!«, fuhr Lanthild fort, nachdem sie der älteren Schwester einen dankbaren Blick zugeworfen hatte. »Die Cambraier und die Tongerer konnten ja auch nichts Sicheres über euch mitteilen. Wir sagten uns: Vielleicht leben sie noch. Vielleicht haben sie sich nur aus der Festung zurückgezogen. Vielleicht wurden sie aber auch eingeschlossen und alle gefangengenommen.«

»Wir redeten so lange hin und her, bis wir es nicht mehr aushielten. Es gab ja auch keine neuen Nachrichten. Niemand wußte, was wirklich los war. So beschlossen wir, selbst nach der Wahrheit zu suchen.«

»Aber wie? Da hatte Audo die Idee mit dem Bauernmarkt. Wir beschafften uns diese alten Sachen …«

»… holten uns Pferde von der Weide …«

»… und dann stibitzten wir noch die Fuchspelze aus dem Keller des Pelzhändlers, der auf einmal ganz eklig zu uns war. Wenn sie verschwunden sind, geschieht es ihm recht.«

»Oh, diese Nacht im Wald, wie fürchterlich war das!« sagte Audofleda. »Ohne Hildchen wäre ich gestorben vor Angst. Aber sie hat Mut wie ein Mann. Auch vorhin, als wir endlich hier in der Stadt waren und glaubten, tatsächlich unter Römern zu sein und als ich schon ganz verzagt war … Wahrhaftig, die Männerkleider stehen ihr zu!« schloß sie lachend.

Und lachend, Arm in Arm verließen Bruder und Schwestern die Lagerhalle. Zuvor hatten die Mädchen vom Fünftel des Königs noch eine Ausstattung erhalten, mit der sie sich blicken lassen konnten. Dann gingen sie erst einmal ins Badehaus. Chlodwig schickte derweil nach seinem Seneschalk und dem Schenken. Er hatte beschlossen, zu Ehren seiner mutigen Schwestern ein Fest zu geben.

»Belohnt sie noch, die streunenden Hündinnen«, knurrte Droc, der den dreien nachsah. »Wer weiß, was die unterwegs alles angestellt haben. Aber die alten Sitten gelten nicht mehr. Hier geht es nun römisch zu, nicht mehr fränkisch. Na, wenigstens das da hat er vergessen.«

Er warf die Kamee, die er endlich gefunden hatte, zurück in den Korb.

23

Daß fränkische Sitte vernachlässigt wurde, konnte am Abend beim Festgelage niemand behaupten.

Aus dem großen Empfangssaal des Palastes waren die Matratzen und Strohlager mittlerweile entfernt worden. Man hatte die Verwundeten in einem Seitengebäude untergebracht, wo ihr Anblick nicht mehr an eine Schlacht erinnerte, deren Gegner jetzt Waffengefährten waren. Von der früheren Ausstattung der Empfangshalle, altmodischen Speisesofas und allerlei zierlichem, kunstvoll gearbeitetem Mobiliar, womit der Patricius Tradition und römische Gesinnung betonen wollte, war nur noch wenig zu sehen. Es war allerdings auch kaum etwas übriggeblieben, das meiste hatte während der nächtelangen Siegesfeiern die Feuer auf dem Palasthof genährt. Jetzt standen lange, schwere Tische aus Eichenholz an beiden Längsseiten des Saals, hinter ihnen ebenso einfache Bänke. Ein etwas kürzerer Tisch war nach altem germanischem Brauch quer und sogar noch auf ein Podest gestellt, um den Rang der daran Sitzenden zu betonen. Alles war schnell in der Tischlerei des Palastes aus rohen Brettern zusammengehämmert worden.

Gemischt war die Gästeschar an den langen Tischen. Ursio, der Seneschalk, hatte zwischen den Franken der Tournaier Gefolgschaft auch Burgunder und Alamannen plaziert, die in den übernommenen Truppenteilen niedere Ränge bekleideten. Zwei Tribunen, gallorömische Aristokraten, saßen sogar vorn am Tisch des Königs. Diesen Gästen war jedoch untersagt, in der Festhalle mit Waffen zu erscheinen, nur kleine Messer zum Zerteilen der Speisen waren erlaubt. Die Franken dagegen kamen im vollen Waffenschmuck, legten ihre Schwerter und Äxte neben sich auf die Bänke und stellten die Speere und Lanzen zu Pyramiden zusammen.

Ein markschütterndes Gebrüll begrüßte den König, seine Frau und seine Schwestern, als sie die Halle betraten. Fäuste trommelten auf die Tischplatten, Schwerter wurden klirrend gegeneinander geschlagen. Mit sicherem Gespür für seine neue, der früheren nicht mehr vergleichbaren Stellung hatte Chlodwig begriffen, daß er nicht mehr nur einfach dasein durfte, sondern daß er auftreten mußte. Die Zeit der fröhlichen Kumpanei mit den Altersgenossen seiner Gefolgschaft war rasch und plötzlich zu Ende gegangen. Neben ihm gab es jetzt niemanden mehr, alles stand hinter und unter ihm. Von den Hofschneidern des Syagrius hatte er sich einen lang fließenden Mantel von Purpurgewebe machen lassen. Er sollte dem des Herrschers auf dem Wandbild im Schlafgemach ähneln, und so hatte er die Schneider sogar dorthin geführt, damit sie ihr Vorbild studierten. Das Werk gelang ihnen vortrefflich, der hohe Wuchs des Königs ließ das Kleidungsstück zu schöner Wirkung kommen. Freilich wurde der Faltenwurf durch den breiten Ledergürtel verdorben, in dem die unverzichtbare Franziska steckte. Dem jungen Herrscher fehlte auch noch die vornehme Haltung für ein solches Gewand wie überhaupt die Ruhe für einen würdigen Auftritt. Leichtfüßig statt gemessen durchschritt er die Halle, mit einem Sprung war er auf dem Podium. Und als er seinen Platz erreicht hatte und der Begrüßungslärm immer noch anhielt, riß er in tollem Übermut plötzlich die Axt aus dem Gürtel, schleuderte sie und traf, zwanzig Schritte entfernt, einen hölzernen Pfeiler, in dem sie steckenblieb – hart über dem Kopf eines Dieners in kurzer römischer Tunika, der ein Tablett mit gläsernen Bechern trug. Der Mann sprang erschrocken zur Seite, rutschte aus und fiel hin. Es gab Scherben und Gelächter.

Neben Chlodwig nahm Sunna Platz, still und unauffällig wie immer, den kleinen Therri auf dem Schoß. An ihrem Hals und ihren Armen blitzte und funkelte es, das hatte er angeordnet. Doch war die Wirkung nur mäßig. So erhöht und herausgeputzt vor aller Augen sitzend, fühlte sich die kleine, rundliche Frau unbehaglich. Sie lächelte schüchtern und mit geschlossenem Munde, weil sie Zahnlücken hatte. Meist beschäftigte sie sich mit ihrem Sohn.

Ganz anders wußten Audofleda und Lanthild ihr königliches Geschmeide zur Geltung zu bringen. Vor allem die ältere der Schwestern erregte allgemeine Bewunderung. Erhobenen Hauptes trug die Neuzehnjährige das golddurchwirkte Stirnband mit Rubinen und Smaragden, das ihr Chlodwig geschenkt hatte. Ihr blondes, gewelltes Haar, aus dem die Dienerinnen nicht ohne Mühe Staub und Asche herausgewaschen hatten, glänzte noch feucht und fiel über den Rücken bis zum Gürtel herab. Stolz lachte sie in die Runde und genoß das Aufsehen und den Beifall. Die beiden Tribunen, die in ihrer Nähe am Tisch saßen, überschütteten sie mit Schmeicheleien. Chlodwig bemerkte mit Genugtuung, daß der Wert ihrer Schönheit mächtig gestiegen war. Besonders auf diese Schwester, die so viele bewunderten und begehrten, mußte er ein wachsames Auge haben.

Auch Lanthild, die gerade Siebzehnjährige, trug ein kostbares, mit Steinen besetztes Band über dem kurzgeschnittenen dunklen Haar. Obwohl sie sich in Hosen viel wohler fühlte, hatte auch sie sich, wie es der Bruder verlangte, in ein seidenes Kleid mit Stickereien, Schleifen und durchbrochenen Ärmeln gezwängt. Sie bewegte sich darin noch ungelenk, machte nach ihrer Gewohnheit große Schritte und lümmelte sich auf den Tisch wie ein Junge. Aber auch sie würde bald ein gewichtiger Posten in seiner Rechnung sein, dessen war Chlodwig sicher. Lanthild war in der Gefolgschaft besonders beliebt, das Begrüßungsgeschrei galt ihr nicht weniger als dem König. Die Geschichte vom Ausflug der Merowingerinnen hatte sich schon herumgesprochen, und noch viele Male mußten die beiden sie im Laufe des Abends erzählen.

Doch zunächst erwartete sie eine Überraschung. Trotz des glimpflichen Ausgangs ihres Abenteuers hatten sie den ganzen Tag in unruhiger Erwartung verbracht. Immer wieder hatten sie miteinander geflüstert: Wo war er? Wie ging es ihm? Er war doch nicht etwa verwundet oder gar tot? Vor Chlodwig hatten sie nicht einmal gewagt, seinen Namen zu nennen, geschweige denn, sich nach ihm zu erkundigen. Sie wußten, daß sie den Bruder damit erzürnen würden und daß er – nicht ganz zu Unrecht – argwöhnen würde, sie seien nicht vorzugsweise seinetwegen gekommen. Im Bad und später beim Ankleiden und Frisieren hatten sie auch nichts erfahren. Sie waren nur mit Frauen zusammengewesen, die ihnen zu Diensten sein mußten, deren Sprache sie kaum verstanden und die die neuen Herren noch wenig kannten. Während sie in die Halle einzogen, winkten und lächelten, suchten sie mit den Augen die Reihen ab und tauschten verstohlene Blicke, die fragten: Ist er da? Hast du ihn entdeckt? Jedesmal war die Antwort: Nein!

Nun aber, nachdem sie sich an der Seite des Bruders am Königstisch niedergelassen hatten, geschah etwas Unerwartetes.

Durch das weit geöffnete Eingangsportal zog eine kleine Prozession herein – elf Männer, alle mit Krügen und Kannen bewehrt. Der an der Spitze trug eine prachtvolle Amphora und führte seine Schar feierlich durch die Halle. Den Schwestern stockte der Atem. Er war es: Ansoald!

»Mein Mundschenk«, sagte Chlodwig und grinste.

Ansoald hatte beschlossen, sein Amt, in dem er an diesem Tag zum erstenmal vor der ganzen Gefolgschaft auftrat, mit Würde, aber auch ironischem Abstand auszuüben. Er befahl den Dienern, die ihm folgten, zu warten, trat an den Tisch des Königs, verbeugte sich knapp und goß mit ernster Miene aus der Amphora Wein in Chlodwigs Becher. Aber während er sich dabei nach vorn neigte, verzog er sein hübsches Gesicht und blinzelte mit seinen blauen Verführeraugen erst Audofleda, dann Lanthild zu, die nebeneinander links vom König saßen. Chlodwig bemerkte es nicht. Auf sein Zeichen trat Ansoald ein paar Schritte zurück und gab den Dienern seine Anweisungen. Daraufhin schwärmten sie aus. Zuerst wurden die Gäste am Königstisch, dann alle anderen bedient. Der Mundschenk stand lächelnd und mit verschränkten Armen in der Mitte des freien Raums, den die Tische bildeten, pfiff leise vor sich hin und tat so, als lenke und beobachte er alles. Schließlich befahl er dem ältesten Diener, die Krüge noch einmal füllen zu lassen, und nahm ganz außen am Königstisch Platz.

»Meint ihr nicht auch, daß er seine Sache gut macht?« fragte Chlodwig seine Schwestern.

»Aber was hat er denn bei den Dienern zu tun?« fragte Audofleda scheinbar gleichmütig.

»Er hat jetzt ein hohes Amt. Wir sitzen schließlich nicht mehr in Tournai auf dem Turm und zählen die Wolken. Er gehört zu meinen Ratgebern, hilft beim Regieren.«

»Indem er Wein einschenkt?« fragte Lanthild zweifelnd.

»Ihm untersteht nun die ganze Weinwirtschaft! Handel, eigener Anbau ... na, eben alles. Auch die Bierbrauerei. Eine wichtige Sache. Die Gefolgschaft würde aufsässig werden, wenn ich ihr nichts zu trinken gäbe. Ich schenke ihm auch ein paar Güter, dort kann er Gerste und Wein pflanzen. Die Besitzer sind mit Syagrius geflohen, einer hat in der Hast sogar seine Frau vergessen. Dabei ist die nicht übel. Zwar ziemlich fett und nicht mehr ganz jung, trägt auch einen Schnurrbart, obwohl sie nicht Fränkin, sondern Gallierin ist ... Aber alles in allem eine stattliche Frau. Sie tauchte neulich hier unter den Bittstellern auf. Flehte mich an, ihr einen neuen Mann zu verschaffen, der auch etwas vom Weinbau versteht. Das würde doch passen! Noch versteht er zwar nichts davon, er versteht überhaupt nur eine einzige Sache, aber die wird ihm schon alles andere beibringen!«

Chlodwig lachte auf und amüsierte sich über die Mienen der Mädchen, die auf seine Geschichte hereinfielen und ihre Betroffenheit nun nicht mehr verbergen konnten.

»Bestimmt hat er etwas angestellt!« flüsterte Audofleda später ihrer Schwester ins Ohr. »Wieder etwas mit Weibern. Und nun bestraft ihn Chlodwig mit dieser Schnurrbärtigen.«

»Sieh nur, wie traurig er aussieht«, sagte Lanthild »Wir müssen unbedingt etwas tun, um ihn aufzuheitern!«

Das Fest nahm seinen Lauf, und die von Anfang an frohe Stimmung wurde bald ausgelassen. Die Franken hielten nichts von den verfeinerten Sitten der Römer. Es wurden zwar auch Krüge mit Wasser auf die Tische gestellt, und wer den Wein lieber mischte, konnte es tun. Doch taten dies nur einige Einheimische aus dem Senatorenstand, die ihre Kultur betonen wollten. Alle anderen tranken den Wein lieber pur, und sie fanden auch nicht, daß sein Genuß den Geschmack für die Speisen abstumpfte. Eine Trennung von Mahlzeit und Trinkgelage, die römische Feinschmecker für notwendig hielten, gab es hier nicht. Gleich nach Ansoald erschien Ursio, der für die Speisen zuständige Seneschalk, und ließ an Spießen gebratene Ochsen und Schweine hereintragen, die auf der Stelle von den Köchen zerteilt wurden. Vielen Franken dauerte das jedoch zu lange, sie drängten heran und schnitten sich selbst mit ihren Messern die Stücke vom Braten. Chlodwig, dem solche Unordnung mißfiel, ließ es diesmal geschehen, doch nahm er sich vor, künftig anzuordnen, daß jeder beim Mahl an seinem Platz zu bleiben und auf die Bedienung zu warten hatte. Es wurden auch feinere Gerichte gebracht, mit denen die Köche des Palastes sich der neuen Herrschaft empfehlen wollten. Doch waren es wieder nur die aristokratischen Herren, die vom geschmorten Hasen und vom Wildschweinragout aßen. Chlodwig kostete, um seine Kennerschaft zu beweisen, die gepfefferten Fischröllchen und den Hühnersalat und nötigte auch Bobo, der in seiner Nähe saß und schon Unmengen Fleisch vertilgt hatte, seinem Beispiel zu folgen. Der Dicke würgte alles in sich hinein und dachte dabei an den Arrest in der Schatzkammer.

Schon zum Mahl spielten Musikanten auf. Nachdem die Spieße mit den Skeletten und die geleerten Schüsseln abgetragen waren, traten Tänzer, Sänger und Schauspieler auf. Ursio fühlte sich auch für diesen Teil des Gelages zuständig. Mit Akrobaten und Komödianten hatte er eine Pantomime einstudiert, die die »Vertreibung und Flucht der feigen Cambraier und Tongerer« darstellte. Da sah man sie nun vom Portal her anrücken: den stotternden Ragnachar in der Sänfte, seinem Farro den Hintern leckend; den »goldenen« Richar auf seinem tänzelnden, von zwei Komödianten gemimten Pferd; den geilen Chararich mit vorgebundenem ledernem Riesenphallus, ein nacktes Mädchen hinter sich herzerrend. Plötzlich ertönten Trommelschläge. Fackelträger schwirrten herein, sie stellten die Brandpfeile dar. Die »feigen Cambraier und Tongerer« schrien auf und gerieten in Panik, und eine wilde Flucht kreuz und quer, über Tische und Bänke, begann. Die Zuschauer brüllten vor Vergnügen, auch der König amüsierte sich. Die Sänfte kippte, und die Insassen rollten über den Boden. Dem Chararich riß die Nackte den Phallus ab und prügelte ihn damit, bis er hinsank. Und Richar wurde von seinem buckelnden Pferd immer wieder in die Höhe geschleudert, wobei der famose Akrobat jedesmal einen Salto vollführte. Mit einem doppelten Salto landete er schließlich auf dem Boden und kroch, gefolgt von den anderen Helden, hinaus. An der Tür gerieten sie noch unter Wassergüsse, mit denen Diener die Brandpfeile löschten.

Nach dieser Darbietung geriet das Fest aus den Fugen, wie es sich für ein fränkisches Gelage gehörte. Bald hielt es kaum noch jemanden an seinem Platz. Alles schrie durcheinander. Gehör verschafften sich nur die Lautesten. Man gab Heldenstücke und Liebesabenteuer zum besten. In den Ecken rollten die Würfel, und noch nicht verteilte Kriegsbeute wurde verspielt. Zum Flötengekreisch führten junge Franken heimische Tänze auf.

Der kleine Therri fühlte sich von dem Lärm gestört und plärrte. Sunna war froh, daß Chlodwig ihr erlaubte, sich mit ihm zu entfernen. Der König vertiefte sich in ein Gespräch mit Baddo und den beiden Tribunen. Syagrius war nach Paris geflohen, man würde die Stadt belagern müssen. Die beiden Legionsoffiziere kannten die Festung auf der Seine-Insel und machten dazu bereitwillig Angaben. Die Unterhaltung wurde so lebhaft, daß Chlodwig seinen Dolch aus dem Gürtel zog und die Männer aufforderte, den Umriß der Festung in die Tischplatte zu ritzen. Mit Bechern, Münzen und Brotstücken wurden die wichtigen Punkte markiert. Ein Kreis interessierter Zuhörer bildete sich um den Armstuhl des Königs.

Auch Ansoald stand dabei. Seine Aufmerksamkeit war jedoch abgelenkt. Er beobachtete die beiden Schwestern, die es auch nicht mehr auf ihren Stühlen gehalten hatte. Sie gingen in der Halle umher, begrüßten diesen und jenen, erzählten und ließen sich erzählen. Dabei fiel Ansoald auf, daß beide immer wieder zu ihm herüberblickten und dann die Köpfe zusammensteckten und miteinander flüsterten.

Plötzlich gab ihm Lanthild ein Zeichen. Er möge zum

Eingang der Halle kommen. Noch einmal spähte er über die Schultern der vor ihm Stehenden. Da sah er den König, wie er eifrig Katapultgeschosse aus Brotkugeln mittels Daumen und Mittelfinger gegen einen Festungsturm, seinen hohen gläsernen Trinkbecher, schnippte. Ansoald fand, er könne es wagen.

Eilig schlängelte er sich durch die Menge. Dicht gedrängt standen die Männer in der Mitte der Halle beisammen, leerten ihre Becher, schwatzten und grölten. Beinahe rannte er einen Diener um, einen seiner Helfer, der volle Krüge herbeischleppte. Einen Betrunkenen stieß er von sich, als der ihn umarmen und ihm etwas mitteilen wollte. Ein nach Fleischresten suchender Hund jaulte auf und schnappte nach ihm.

An der Eingangstür konnte er die Schwestern nicht finden. Auch im Vestibül standen überall Männer beisammen. Im Gang zur Treppe war ein Streit zwischen Würflern entbrannt, und schon flogen die Fäuste. Ansoald hätte eingreifen müssen. Aber er drückte sich vorbei. Wo waren die beiden?

Da hörte er seinen Namen rufen. Lanthilds Stimme! Der Ruf kam von der Treppe her, die zu den oberen Stockwerken führte. Aber dort war niemand. Fackeln an den Pfeilern zu beiden Seiten verbreiteten unruhiges Licht. Am Fuß der Treppe standen und lagen links und rechts, wahllos zusammengetragen, Statuen und Porträtbüsten. Sie stellten römische Götter dar, auch Kaiser, Feldherren und Dichter. Die meisten waren beschädigt. Köpfe, Gesichter, Arme, Hände fehlten.

»Ansoald!«

Das war Audofleda. Auch ihre Stimme kam von der Treppe her. Ansoald blickte sich um und versicherte sich, daß ihn niemand beobachtete. Er ging auf die Treppe zu, vorbei an den Invaliden aus Bronze und Stein.

Da tönte mitten aus diesem stummen Haufen ein girrendes Lachen. Ansoald fuhr herum und sah einen muskelstrotzenden steinernen Herkules mit einem hübschen dunkelhaarigen Mädchenkopf.

»Hildchen!«

Ein Lachen kam auch von der anderen Seite. Was für ein Anblick! Eine nackte Juno mit dem juwelengeschmückten Kopf einer lebenden Schönheit. Blondes Haar wallte über die marmornen Schultern.

»Audo!«

Doch Ansoald hatte sich kaum gefaßt, als die beiden bereits ihren kopflosen Leibern den Rücken kehrten. Die Röcke raffend, stürmten sie die Treppe hinauf. Schon waren sie oben auf dem Absatz und riefen: »Komm doch! Wo bleibst du denn?«

Er riß eine Fackel aus der Halterung und nahm gleich drei Stufen auf einmal. Der Palast war ein Labyrinth aus Treppen, Fluren, Gängen, Nischen. Stufen führten plötzlich ins Freie auf einen Wehrgang. Andere endeten in runden Türmen, wo man nur über eine Leiter ins nächste Stockwerk kam. Übermutig eilten die beiden Mädchen voran, gefolgt von Ansoald, der sie immer wieder aus den Augen verlor. Mal hörte er ihr Lachen hinter einem wuchtigen Pfeiler, mal in einer Fensternische. Doch kaum war er hingeeilt, sah er sie in einer stockfinsteren Halle verschwinden. Dann wieder waren die leichten Schritte hinter ihm. Und er sah nur noch zwei helle Gestalten eine Wendeltreppe hinabgleiten.

»Warum kriechst du wie eine Schnecke?« riefen sie. »Hast du Angst? Bist du schon müde?«

Für das Fest war der Mittelbau des Palastes mit Fackeln und Kandelabern beleuchtet. In dem Flügel, der als Quartier der Palastwache und der Gefolgschaft diente, mußte das Mondlicht genügen, das durch Fenster und Luken hereinfiel. Betrunkene torkelten durch die finsteren Gänge. Andere vergnügten sich in schummrigen Ecken mit Mägden und Dirnen. Ansoald sah, wie die Mädchen plötzlich zwei Kerlen in die Arme liefen, die sie packten und wegzerren wollten. Er zog seinen Dolch. Doch ehe er hinzuspringen konnte, waren die beiden von anderen erkannt worden und die erschrockenen Angreifer niedergeschlagen.

Jetzt hatten Audo und Lanthild genug von dem Spiel. Sie eilten wieder eine Treppe hinauf. Ein Gang führte in den Trakt des Gebäudes, wo das ihnen zugewiesene Gemach lag. Sie fanden sich schon gut im Palast zurecht, und obwohl es um mehrere Ecken ging, verirrten sie sich nicht. Ansoald dagegen nahm eine Ecke zu viel und verlor sie wieder.

Nur ein Vorhang trennte den Raum vom Gang. Die Schwestern schlüpften hindurch und verharrten atemlos. Das Gemach war vollkommen dunkel, nur durch die hoch gelegenen winzigen Fenster fiel etwas Mondlicht herein.

»Hier sind wir sicher«, flüsterte Audo. Sie lugte noch einmal hinaus auf den Gang. »Hier findet er uns bestimmt nicht.«

»Aber es wäre unrecht«, sagte Lanthild, »wenn wir ihn jetzt draußen herumirren ließen. Er wird uns die halbe Nacht lang suchen!«

»Aber was können wir tun? Es war ein Spaß ...«

»Wir hätten nicht damit anfangen sollen.«

»Dein Einfall war es.«

»Es tut mir schon leid. Ich wollte ihn aufheitern, er sah unglücklich aus.« Lanthild lehnte sich an die Wand und seufzte. Plötzlich brach sie in Tränen aus. »Wir waren doch so froh, daß er lebt!«

Audofleda umarmte ihre jüngere Schwester. Auch sie kämpfte jetzt mit den Tränen.

»Und wenn wir ihn nun ...«, begann sie zaghaft.

»Was denn?«

»Erinnerst du dich ... gestern nacht ... in der verlassenen Köhlerhütte ...«

»Du meinst ...«

»Ich meine, was wir uns da gestanden haben.«

»Ja ... ja, gewiß ... wie sollte ich nicht? Daß wir beide in ihn verliebt sind.«

»Und das schon lange. Obwohl wir es ihm nie zeigen durften. Und Chlodwig ihn keiner von uns geben wird. Und dann ... weißt du noch ...«

»Ich weiß es, ich weiß es!« flüsterte Lanthild aufgeregt. »Wir haben uns fest versprochen, daß ...«

»Wenn er am Leben geblieben ist, dann ...«

»Dann werde ich nicht mehr auf dich eifersüchtig sein.«

»Und ich werde nicht auf dich böse sein, weil du ihn auch liebst ... und wenn es denn eben so sein soll, daß wir ihn beide ...«

»Daß wir ihn beide lieben ... so ...«

»So soll er es wissen! Ja, das soll er!« sagte Audo plötzlich entschlossen. »Und wenn auch er uns beide liebt ...«

» ... so werden wir froh darüber sein!«

»Und ehe wir alt sein werden, in ein paar Jahren ... häßliche Vetteln ...«

»Und ehe wir alle drei tot sind und kalt und vermodert ...«

» ... werden wir eben beide seine Geliebten!«

»Auch wenn unser Bruder dagegen ist!«

»Er darf es nur nicht erfahren!«

»Nein, niemals! Niemals!«

»Es muß ein tiefes Geheimnis bleiben!«

»Nur zwischen uns und ... Hörst du? Hörst du?«

»Er kommt!«

Rasche Schritte näherten sich draußen im Gang. Ansoald wollte vorübereilen. Da flog neben ihm der Vorhang zur

Seite. Eine Hand packte ihn am Gürtel. Er stolperte in das dunkle Gemach. Auf beiden Wangen spürte er Küsse. Vier Arme umschlangen seinen Hals, seine Brust. Ungeduldige Hände nahmen ihm seine Waffen ab, öffneten seine Gürtelschnalle, befreiten ihn von Hosen und Stiefeln.

Er machte einen schwachen Versuch, zu entfliehen.

»Mädchen, was tut ihr? Was soll daraus werden? Wenn das herauskommt, bringt er mich um!«

Aber sie zogen ihn unwiderstehlich zur Bettstatt.

»Gut«, seufzte er. »So mag er mich töten! Aber wenn es schon sein muß, dann soll er auch Grund dazu haben.«

24

»König, da kommt Halleluja!«

Mit dieser Meldung trat Ursio in den ehemaligen kleinen Empfangssaal des Patricius, den auch Chlodwig zu Beratungen nutzte. Der König hatte ein paar Männer um sich versammelt, mit denen er über den früheren Fiskalbesitz und die von ihren Herren verlassenen Güter sprach. Es waren Bobo und mehrere Gutsverwalter, die nicht mit Syagrius geflohen waren. Der König wünschte überall Franken mit ihren Familien anzusiedeln, teils als Besitzer, teils als Pächter, und dies möglichst schnell, weil der Winter nahte und weil die Versorgung in der Stadt allmählich schwierig wurde. Bobo hatte die Listen der Männer zusammengestellt, die vordringlich berücksichtigt werden mußten, und Chlodwig entschied über jeden einzelnen: nach seinem Rang in der Gefolgschaft, seiner Sippenzugehörigkeit, seinem Verhalten im Kampf, der Bedürftigkeit seiner Familie. Die Angelegenheit war so wichtig und dringend, daß ihn die Störung ärgerte.

»Wer kommt?« fragte er zerstreut.

»Na, Halleluja, der aus Reims«, sagte Ursio. »Der Häuptling der Christianer.«

»Du meinst den Bischof Remigius«, berichtigte Chlodwig, weil ihn die abschätzige Bezeichnung vor den Einheimischen unpassend schien. »Ich habe jetzt keine Zeit. Schick ihn weg!«

»Habe ich schon versucht, König, aber der ist hartnäckig. Besser wird sein, wir hauen selber ab, so wie früher.« Ursio belachte als einziger seinen Scherz und fügte hinzu: »Schon gut, ich versuche es noch einmal.«

»Warte!« sagte Chlodwig seufzend.

Er wußte bereits, daß der Bischof in Soissons war. Ein paar Stunden zuvor waren seine Mutter Basina und seine Schwester Albofleda eingetroffen und hatten berichtet, daß sie die Reise mit ihm gemeinsam gemacht hatten. Frau Basina, die Remigius früher nicht leiden konnte, war plötzlich des Lobes voll für ihn. Er habe, sagte sie, ehrliche Freude über den Sieg der Franken gezeigt und sei ganz niedergeschlagen gewesen, als die Cambraier die falsche Nachricht von der Rückeroberung Soissons brachten. Und er habe auch die Leute in Reims, die sich auf einmal feindselig zeigten, zur Besonnenheit gemahnt. Dafür und weil er dort großen Einfluß habe, dürfe ihn Chlodwig nicht mehr so schlecht wie früher behandeln. Das sei er schon seiner Mutter schuldig.

»Wenn es denn sein muß«, sagte der König, »herein mit ihm.«

Remigius trat geschäftig, mit heiterer Miene ein.

»Hochedler König, lieber Freund!« rief er. »Was für ein Wiedersehen unter so erfreulichen Umständen! Erlaube, daß ich dir meinen Glückwunsch darbringe. Wann jemals wurde ein solcher Sieg errungen! Der Gott der Christenheit und unsere lieben Heiligen haben mir untrügliche Zeichen gegeben, daß sie beglückt sind und sich diesen Sieg gewünscht haben. Sie sind voll froher Hoffnung, daß unsere Kirche damit auch einen neuen Protektor gewonnen hat. Möge deine glorreiche Herrschaft, edler König, viele Jahre zum Segen des Landes währen!«

Ursio konnte ein Kichern nicht unterdrücken.

Chlodwig warf ihm einen tadelnden Blick zu und sagte zu Remigius: »Ich danke dir, Bischof. Hast du ein Anliegen? Dann leg los. Aber mach es kurz, ich habe zu tun.«

Er lehnte sich in seinem Armstuhl zurück und streckte die langen Beine aus. Remigius sah sich nach einer Sitzgelegenheit um, aber es gab sonst keine. Auch Bobo, Ursio und die Gutsverwalter standen. Der Bischof hätte vorgezogen, mit dem König allein zu sein, und wollte schon bitten, sie fortzuschicken. Aber das wagte er dann doch nicht. Er rückte an seiner perlenbestickten Mütze, scharrte mit seinem Hirtenstab und räusperte sich.

»Erinnerst du dich an den Brief, König, den ich dir vor vier Jahren schrieb, als der Tod deinen edlen Vater abberief? Auch damals empfingst du schon meinen Glückwunsch, den ich mit großen Erwartungen verband. Ich ahnte, daß du noch Erstaunliches leisten würdest.«

»Trotzdem bliebst du der beste Freund des Patricius.«

»Was sollte ich machen? Die Kirche Gottes ist auf den Schutz durch die weltlichen Mächte angewiesen. Und der größte Teil meiner Kirchenprovinz lag nun einmal auf seinem Gebiet. Außerdem war ich als Oberhirte verpflichtet, mich um ihn zu kümmern. Er bekannte sich ja zum katholischen Glauben.«

»Was ihm nichts nützte. Euer Christengott hat ihn im Stich gelassen.«

»Vermutlich, weil sein Glaube nicht aufrichtig war. Er liebte die weltlichen Vergnügungen, er betete kaum, er hielt geistlichen Rat für überflüssig. Als Protektor der Kirche war er schwach und unzuverlässig, deshalb tut uns der Verlust auch nicht weh. Unsere ganze Hoffnung ruht nun auf dir und deinen Franken, zu denen wir ja schon seit langem gute Beziehungen pflegen. Auch wenn du unseren Glauben nicht teilst oder, wie ich mit frommer Zuversicht sage, noch nicht teilst, rechne ich fest mit deiner Gunst. Und auch darauf, daß du unseren Rat nicht verschmähst. Die Geistlichen meiner Kirchenprovinz und natürlich ich selbst als ihr Metropolit stehen dir jederzeit zur Verfügung!«

Remigius beugte sich lächelnd vor, in Erwartung einer gnädigen Antwort. Chlodwig ließ ihn eine Weile so stehen, knetete scine große Nase, strich eine lange Haarsträhne aus dem Gesicht, drehte den Siegelring an seinem Finger.

Schließlich sagte er grob: »Und was soll ich anfangen mit euerm Rat? Womit könnt ihr mir nützlich sein? Was habt ihr zu bieten? Was maßt ihr euch eigentlich an! Wollt ihr mir in meine Angelegenheiten hineinpfuschen?«

Einen Augenblick verschlug es dem zungenfertigen Bischof die Sprache. Er sah sich nach den Zuhörern um, blickte aber nur in teils spöttische, teils mitleidige Mienen.

»Wir wollen dir helfen«, erwiderte er vorsichtig, »die neue, schwere Bürde zu tragen. Du bist nun ein mächtiger Herrscher, du gebietest über große Städte, weite Landstriche. Aber das alles will ja nicht nur erobert, sondern erhalten und klug verwaltet sein. Wir haben Kenntnisse, Fertigkeiten und viel Erfahrung, wir …«

Chlodwig sprang plötzlich auf. Der Bischof fuhr erschrocken zurück und verstummte. Hochragend stand der König vor ihm und blickte zornig auf ihn herab.

»Was werden das schon für Erfahrungen sein! Was für Kenntnisse könnt ihr haben! Ihr glaubt nicht einmal an die richtigen Götter! Es ist sogar einer darunter, den die Römer ans Kreuz geschlagen haben. Was für ein erbärmlicher Gott, der so etwas mit sich machen läßt! Nun gut, das ist eure Sache. Glaubt nur an solche Schwächlinge, betet zu ihnen, ich mache euch keine Vorschriften. Verschont mich aber mit euerm Rat! Ich selbst stamme von Göttern ab, gewaltigen Heldengöttern, die oben im Norden in ihren Burgen sitzen und wachen und die Geschicke der Menschen lenken. Unter denen sind auch meine Ahnen, ihnen verdanke ich mein Heil und meine Erfolge. Die würden sich wundern, wenn ich mich plötzlich auf Helfer wie euch verließe. Heimzahlen würden sie es mir!«

Chlodwig ballte die Faust und hielt sie dem Bischof unter die Nase. Der heilige Mann wich abermals einen Schritt zurück. Der Zorn des Königs war allerdings nur teilweise echt, zum größeren Teil gespielt. Chlodwig wußte genau, daß ihm dieser Remigius und seine Christianer sehr nützlich sein konnten. Ihr Einfluß unter der einheimischen Aristokratie war beträchtlich, die Bischöfe und viele Priester stammten ja aus der entmachteten, für ihn jedoch unentbehrlichen Führungsschicht. Ihre Kenntnisse und Erfahrungen wurden gebraucht. Aber dies einzugestehen, hielt er für unklug. Er glaubte Remigius gut genug zu kennen, um sicher zu sein, daß er sich eine Plage auf den Hals laden würde, wenn er ihn zu seinem ständigen Ratgeber machte. Bald würde es an seinem Hofe von Kreuzen und Kutten wimmeln – mit Folgen, die ihm zuwider sein würden. Nein, der Bischof mußte lernen zu warten. Wenn der König die Zeit für gekommen hielt, würde er sich seiner schon zu bedienen wissen.

Remigius war zwar ein bißchen enttäuscht, doch keineswegs ärgerlich oder gar beleidigt. Es hätte schlimmer kommen können, und immerhin war ein Ergebnis erzielt worden. Vor Zeugen hatte sich Chlodwig festgelegt.

»Ich verstehe, König, daß du dich deinen Ahnen verpflichtet fühlst«, sagte er einlenkend. »Das gereicht dir zur Ehre. Ich habe auch nicht die Absicht, ihre Bedeutung und ihre Macht in Frage zu stellen. Für mich sind sie schon deshalb achtbar, weil du, ihr Abkomme, für unseren Christenglauben so viel Verständnis zeigst. Gewiß wirst du mir irgendwann einmal Gelegenheit geben, dich etwas gründlicher über ihn aufzuklären. Was du ›unsere Götter‹ nennst, ist die heilige Dreifaltigkeit, und ich versichere dir, daß unser Herr Jesus Christus keineswegs ein Schwächling ist, wie es vielleicht den Anschein hat, sondern der Erlöser der Menschheit. Nein, nein!« fuhr er rasch fort, als Chlodwig eine ungeduldige Bewegung machte. »Sei unbesorgt, ich werde jetzt deine Zeit nicht länger in Anspruch nehmen. Es genügt mir, aus deinem Munde und in Gegenwart dieser Männer vernommen zu haben, was mir besonders am Herzen liegt. Du forderst uns auf, mit unserem Gottesdienst fortzufahren und versicherst, daß du uns keine Vorschriften machen wirst. Dafür danke ich dir, König, im Namen aller Bischöfe, Priester, Diakone, Subdiakone und Lektoren, die nun mit froher Zuversicht weiter ihres Amtes walten werden. Und natürlich im Namen aller gläubigen Christen.«

»Gut«, sagte Chlodwig und bemühte sich um eine versöhnliche Miene. »Aber laßt mir meine Franken in Ruhe. Macht sie nicht wirr in den Köpfen!«

»Das käme uns niemals in den Sinn. Wir nötigen niemanden, sich uns anzuschließen. Wer es freiwillig tut, ist natürlich willkommen.«

»Nun, macht, was ihr wollt. Aber seht euch vor. Noch etwas?«

»Wenn ich noch eine Bitte äußern dürfte.«

»Und ich hoffte, du wärst endlich fertig. Mach es kurz!«

»Nachdem ich nun deinen freundlichen Sinn erkannt habe, wage ich es, um eine Gunst zu bitten. Um unseren Gottesdienst vorschriftsmäßig auszuführen, benötigen wir verschiedene Kirchengeräte: Leuchter, Rauchgefäße, Monstranzen, Kelche. Diese Geräte sind meist aus edlem Metall, denn um unserm Herrn zu dienen, ist uns das Beste gut genug. Nun haben deine siegreichen Scharen in diesen Tagen auch unsere Kirchen besucht, was wir natürlich begrüßen. Doch gefielen ihnen die heiligen Gegenstände so gut, daß sie viele – oder meist alle – mitnahmen. Könntest du diesen Irrtum nicht rückgängig machen?«

Wieder wartete Remigius lächelnd. Chlodwig tauschte einen Blick mit Bobo, der seufzte und ihm hinter dem Rücken des Bischofs Zeichen gab. Sie besagten, daß viele der erwähnten Gegenstände bereits im Keller des Palastes, in den königlichen Schatzkammern verschwunden waren. Jedenfalls soweit sie zum Fünftel des Königs gehört hatten.

»Irrtum?« erwiderte Chlodwig. »Du sprichst tatsächlich von einem Irrtum, Bischof? Hast du mir nicht gerade gedankt, weil ich euch von den Römern befreit habe? Hast du nicht um unseren Schutz gebeten? Glaubst du, ihr bekommt das alles umsonst? Weißt du nicht, was so ein Krieg kostet? Jeder leistet dazu seinen Betrag, und ausgerechnet ihr, die Christianer, wollt euch drücken? Wo doch allgemein bekannt ist, daß ihr zu den Reichsten im Lande gehört?«

»Es handelt sich ja um Güter, die uns nicht gehören, weil sie eine höhere Bestimmung haben.« Der Bischof merkte, daß er nicht überzeugte, und fügte entsagungsvoll hinzu: »Meine Bitte war wohl zu kühn. Verzeih mir. Es ist christliche Tugend, sich in Demut zu üben und der Obrigkeit untertan zu sein. Jede Last, die du uns auferlegst, König, werden wir ohne Murren tragen. Wenn ich mich nun zurückziehen dürfte …«

Chlodwig hob lässig die Hand zum Abschiedsgruß und wandte sich den anderen zu. Im selben Augenblick schien es ihm, daß er wohl zu schroff gewesen war. Schließlich wollte er den Bischof weder verschrecken noch demütigen, sondern nur in respektvollem Abstand halten.

Er rief Remigius, der schon an der Tür war, zurück.

»Ich will dir beweisen, daß ich dir wohlgesinnt bin. Obwohl ich es nicht nötig hätte. Ich mache nur für dich eine Ausnahme. Wenn unter den Sachen, von denen du sprachst, ein besonders wertvolles Stück ist, sollst du es wiederhaben. Du hast die Wahl. Aber wähle schnell!«

»Ich danke dir für dein Entgegenkommen«, sagte der Bischof. »Es ist freilich nicht leicht, eine solche Wahl zu treffen. Viele meiner Brüder in Christo haben mich gebeten, mich für die Rückgabe ihres Kirchengutes einzusetzen.« Er dachte einen Augenblick nach. »Nun«, sagte er dann, »auf dem Wege hierher übernachtete ich bei einem freundlichen Priester. Seine Kirche ist arm, und jetzt haben deine Leute sie noch ärmer gemacht. Sie fanden nur ein einziges wertvolles Stück, einen Krug von wunderbarer Schönheit, den ein Gutsherr aus der Nachbarschaft der Kirche vererbt hatte … dafür, daß Messen für sein Seelenheil gelesen wurden. Wenn du mir diesen Krug zurückgibst, könnte ich dem guten Priester eine Freude machen und ihm meine Dankbarkeit zeigen.«

Der König sah Bobo fragend an. Der Dicke zog eine Grimasse und gab verschiedene Zeichen, die Chlodwig nicht deuten konnte.

»Also wo ist der Krug?« fragte er ungeduldig. »Rede, du mußt es doch wissen!«

»In der Lagerhalle wird er noch sein«, sagte Bobo. »Wo die Anteile jetzt verlost werden. Sie sind gerade dabei.«

»Dann gehen wir hin!« entschied Chlodwig. »Ich wollte vorhin schon mal nachsehen. Es hieß, daß es Streit gab.«

Beim Hinausgehen überlegte er noch, ob er den Bischof mitnehmen und damit ausnahmsweise einem Fremden den Zutritt zu der Halle mit Beutegut gestatten sollte. Er wollte aber die Sache schnell hinter sich bringen. So ließ er zu, daß Remigius an seiner Seite blieb. Keuchend und hastig trippelnd, hielt der Bischof Schritt mit dem König.

Auf dem Wirtschaftshof des Palastes hatten sich einige hundert Franken versammelt. Ein Teil der Beutestücke war schon verlost, und die meisten, die etwas empfangen hatten, machten sich nun daran, durch Verkauf und Tausch möglichst noch ihren Gewinn zu mehren. Viele hatten ihre Schätze auf dem Boden ausgebreitet, und andere schoben sich vorüber, um alles zu begutachten und ihre Angebote zu machen. Hier wurde eine Öllampe gegen eine Hundekette getauscht, dort eine Feinwaage gegen eine versilberte

Kugel aus Bergkristall. Wer seiner Liebsten einen Obsidianspiegel schenken wollte, trennte sich von einer Wasseruhr, die ihm nichts nützte. Zum Anteil eines jeden gehörte auch Geld, und nicht wenige eilten gleich hinaus auf den Markt, um dort auch alles andere in gemünztes Metall zu verwandeln. Danach ging es dann gleich in die nächste Schenke.

In der Halle waren Droc und seine Helfer mit der Verlosung beschäftigt. Die zweihundert Männer, die man zuletzt eingelassen hatte, hockten im Halbkreis und warteten ungeduldig darauf, daß man sie in den Helm mit den Losstäben greifen ließ. Immer zehn traten der Reihe nach vor, fischten mit abgewandtem Gesicht die Stäbchen unterschiedlicher Farbe und Länge heraus und empfingen ihren dem Los entsprechenden Anteil. Zu den Helfern gehörten auch marktkundige Einheimische, die die Beutestücke vorher geschätzt und so zusammengestellt hatten, daß die Anteile wenigstens annähernd gleichwertig waren. Da es unter den Franken, den »Freien«, zu dieser Zeit noch keine Standesunterschiede gab, durften auch die Anführer keine besonderen Ansprüche stellen. Alle, die mitgekämpft hatten, wurden gleich behandelt.

Beim Eintritt des Königs stockte die Verlosung. Mißtrauische Blicke empfingen den Bischof. Chlodwig forderte ihn auf, sich umzusehen. Remigius und Bobo, der als Sachkundiger mitgekommen war, gingen suchend umher.

Droc beobachtete sie argwöhnisch.

»Was bedeutet das, König?« fragte er.

»Nichts Besonderes. Es gibt da ein silbernes Gefäß, das an die früheren Besitzer zurückgeht. Hoffentlich ist es noch hier.«

»Von dem, was du hier siehst, geht nichts mehr zurück. Dazu ist es zu spät.«

»Zu spät? Was heißt das?«

»Daß du so etwas nicht mehr anordnen kannst. Bevor du deinen Anteil bekamst, war das noch möglich. Was du zurückgabst, ging auf dein Fünftel. Jetzt geht das nicht mehr. Das hier ist Eigentum der Gefolgschaft. Du hast kein Recht, den Leuten etwas zu stehlen.«

»Zu stehlen? Paß auf, was du sagst!«

»Ich sage nur, was Recht und Gesetz ist.«

»Es wird eben eine Ausnahme gemacht.«

Der Graubart schob die Daumen in den Gürtel und sah den König von unten herauf scharf an.

»Keine Ausnahme! Sag denen, sie sollen nicht weiter suchen. Sie bekommen hier nichts!«

In diesem Augenblick klatschte Remigius freudig in die Hände, und Bobo hob einen über zwei Fuß hohen Krug vom Boden auf und trug ihn herbei.

»Sieh dir den an«, sagte er halblaut zu Chlodwig. »Ein Prachtstück! Ich verstehe nicht, wieso er noch hier ist und nicht in deiner Schatzkammer. Droc muß ihn vor mir versteckt haben.«

Chlodwig beugte sich über den Krug und betrachtete ihn. Er war aus Bronze gearbeitet, mit Silber überzogen, mit Gravuren verziert. Ein Meisterwerk der Feinschmiedekunst.

»Könntest du mir«, bat der Bischof, »vielleicht eine Wache mitgeben, König? Ich möchte den Krug zunächst in das Haus meines Bruders Principius, des hiesigen Bischofs, bringen. Vielleicht sollte man ihn auch verhüllen und ...«

»Der Krug bleibt hier!« sagte Droc. »Er gehört der Gefolgschaft!«

Remigius schwieg und sah den König verwundert an. Dessen empörter, finsterer Blick traf den alten Gefolgsmann, doch der hielt stand. Chlodwig zögerte kurz. Dann trat er auf die Männer zu, die ringsum auf dem Boden saßen.

»Alle mal herhören, Leute«, sagte er laut, wenn auch sichtlich widerstrebend. »Euer König wendet sich mit einer

Bitte an euch. Ja, einer Bitte! Ich weiß, der Krug da gehört nicht zu meinem Anteil. Ich habe kein Recht, ihn zu besitzen oder ihn zu verschenken. Trotzdem muß ich ihn haben, damit ich nicht wortbrüchig werde. Ihr könnt ja auch nicht wollen, daß euer König wortbrüchig wird. Dann stündet ihr selber schlecht da, und das Volk in dieser Stadt würde auf euch herabsehen. Deshalb bitte ich euch: Macht eine Ausnahme. Überlaßt mir den Krug!«

Die Stimme des Zwanzigjährigen zitterte leicht, und er begleitete seine Worte mit fahrigen Gesten. Er empfand es als peinlich und entwürdigend, daß er unter den Augen des Bischofs vor seinen eigenen Leuten als Bittsteller auftrat. Das mußte Zweifel an seiner Machtstellung aufkommen lassen. Und wütend war er auf den Urheber dieser Demütigung.

Am schlimmsten jedoch traf ihn das Schweigen der Männer. Keine Stimme erhob sich. Es gab weder Zustimmung noch Protest. Sie sahen ihn an und warteten darauf, was er jetzt tun würde. War es ihm ernst mit seiner Bitte? Würde er sich das kostbare Beutestück ohne ihre Zustimmung aneignen? Oder würde er es nicht wagen und sich beschämt zurückziehen?

Zu seinem Glück erfaßte Bobo die Lage.

»Männer!«, rief er. »Wie könnt ihr zulassen, daß der König euch bittet! Wären wir ohne ihn hier? Verdanken wir die Reichtümer, die wir hier alle empfangen, nicht ihm? Er hat das Heil, und er hat die Macht, ihm gehört alles! Wenn er sich trotzdem an die alten Gesetze hält, müssen wir ihm auch dafür danken. Er könnte befehlen und alles an sich reißen. Aber das tut er nicht, er begehrt nur ein einziges Stück von Hunderten, Tausenden! Wer wäre so anmaßend, das zu verweigern? Du? Oder du? Sagt uns, wie ihr darüber denkt! Sagt eure Meinung, sagt sie laut! Wir wollen sie hören!«

Nun gab es beifälliges Gemurmel. Nach und nach erhoben sich Stimmen.

»Recht hat er!«

»Der König braucht nicht zu bitten!«

» Hat er das nötig?«

»Er hat die Macht. Er kann nehmen, was ihm gefällt!«

Auf einmal wollte keiner zurückstehen und sich durch Schweigen die Gunst des jungen Herrschers verscherzen.

»Nimm alles, König!« rief einer mit heiserer Stimme. »Nimm auch meinen Anteil, ich brauche ihn nicht!«

»Wollt ihr dem Sohn der Götter vielleicht etwas abschlagen?« schrie ein anderer mit gespieltem Zorn. »Das würde euch schlecht bekommen, verlaßt euch drauf!«

Plötzlich redeten alle durcheinander. Alle forderten Chlodwig auf, zu nehmen, was ihm gefiel und zu tun, was ihm beliebte. Er verzieh ihnen trotzdem nicht ihr anfängliches verstocktes Schweigen. Die lauten Bekundungen ließen ihn kalt, und es fiel ihm nicht ein, sich zu bedanken. Er ärgerte sich nur über seine eigene Unsicherheit. Jetzt wollte er allen zeigen, daß seine Bitte nur eine Formsache war. Was er nehmen wollte, das nahm er, und wem er geben wollte, dem gab er. So bückte er sich, um den Krug aufzuheben und ihn dem Bischof zu überreichen.

Da geschah etwas Unerhörtes.

Seine Hände hatten den Krug noch nicht berührt, als eine Axt neben ihm aufblitzte. Ein wuchtig geführter Hieb schlug eine tiefe Kerbe in die dünne Wand des Gefäßes. Chlodwigs Hände zuckten zurück. Der König richtete sich auf und blickte in ein wütend verzerrtes Gesicht, in zwei herausfordernd starrende Augen. Mit einem Ruck wurde die Axt zurückgerissen. Der Krug fiel um und rollte ein Stück beiseite.

»Nun kannst du ihn haben!« sagte Droc und steckte die Axt in den Gürtel.

25

Syagrius rieb seine klammen Hände und gab einem Diener ein Zeichen, er solle das Kohlebecken wieder näher rücken. Der Rauch war lästig, er biß in die Augen, das Atmen wurde zur Qual. Aber der Patricius wollte sich noch einmal die Hände wärmen, bevor er den entscheidenden Zug machte. Nur nicht mit den steifen Fingern danebengreifen und in dem Schummerlicht den falschen Stein fassen, dachte er, oder gar die ganze Stellung durcheinanderbringen! Er hielt die Hände einen Augenblick über die Glut. Dann nahm er den roten Stein und zog ihn weit nach rechts in die Flanke der Blauen.

»Nun? Deine Antwort? Ich warte!«

Die Aufforderung, auf den Zug zu antworten, galt Scylla, die auf und ab ging, um sich warm zu halten. Obwohl auf jeder Seite der Halle mehrere Kohlebecken standen, litt sie unter der Kälte und trug zwei Pelze übereinander. Sie kam heran und beugte sich über das Brett. In dem schwachen Licht der einzigen Kerze waren die Steine kaum zu erkennen.

Sie seufzte tief, als sei sie verzweifelt. Der Patricius kicherte zufrieden.

»Was sagst du dazu? Gleich habe ich dich! Flankenangriff der Reiterei aus dem Hinterhalt. Versuch mal, etwas dagegen zu machen!«

»Versuchen könnte ich es«, sagte sie. »Aber ich glaube, es ist unmöglich. Nein, ich bin dir wohl nicht gewachsen.«

»Das glaube ich auch. Kommt her!« rief er hustend. »Seht euch das an!«

Drei Männer, die ebenfalls in dem halbdunklen Raum hin und her gingen, unterbrachen ihr Gespräch und traten näher.

»Vorzüglich, Patricius«, sagte Leunardus, der einstige *comes palatii.* »Ein Triumph der Strategie!«

»Genauso haben Chlodwig und Baddo uns fertiggemacht«, bemerkte Structus, der Legat. »Flankenangriff der Reiterei aus dem Hinterhalt. Jetzt bist du, Herrin, in derselben Lage wie wir vor ein paar Monaten. Was wirst du tun?«

»Ich werde euch nacheifern«, sagte Scylla. »Ich gebe auf und ziehe mich schleunigst zurück. In mein Bett. Aber vorher will ich noch ein *calidum*.«

Die Herren lachten und bestellten ebenfalls noch einen Glühwein. Nur Syagrius ärgerte sich, weil Structus so taktlos war, im Augenblick seines Siegs auf dem Spielbrett diese unangenehme Erinnerung wachzurufen. Seine gehobene Stimmung war dahin.

»Nun, wie steht es«, wandte er sich an den jüngsten der drei, Gaius Larcius, den Pariser Präfekten, einen Neffen seiner Frau Titia. »Noch immer nichts? Es wäre besser, nicht hier die Zeit zu vertun, sondern noch einmal zum Hafen hinunterzugehen. Vielleicht hat sich doch noch etwas ereignet.«

»Was soll sich jetzt noch ereignen?«, erwiderte Larcius verdrießlich. »Schiffe sind nicht mehr zu erwarten. Und falls die Seine heute nacht zufriert, kann ich das nicht verhindern.«

»Nein«, sagte der Patricius grob. »Du hättest es nur voraussehen müssen!«

»Fängst du schon wieder mit diesen Vorwürfen an? Was denn voraussehen? Daß ein Fluß zufriert? So etwas passiert! Es hätte uns nicht sehr gestört, wenn die Zeiten normal wären. Ich konnte nicht ahnen, daß du mit deinem ganzen Hofstaat und tausend Mann hier einfallen würdest und daß die bis Weihnachten alles kahlfressen würden!«

»Ich verbitte mir diesen Ton!«, sagte Syagrius. Schnaufend erhob er sich von seinem Sessel und schlug den Mantel noch fester um sich. Wie immer nach einem Spiel mußte er ein paar Schritte machen. Er senkte den Kopf tief zwischen die Schultern, verschränkte die Hände auf dem Rücken und ging schwerfällig auf und ab.

»Als Kommandant einer Festung sollte man sich stets auf den schlimmsten Fall einstellen«, sagte Structus tadelnd zu Gaius Larcius. »Einer Belagerung muß man ja immer gewärtig sein.«

»Ohne euch hätten wir zwei Jahre lang durchgehalten!« gab der Präfekt heftig zurück. »Die Speicher waren ja voll. Auch Holz und Kohle hatten wir ausreichend. Was ist davon übrig, jetzt – im Februar? Die Pariser verhungern und erfrieren!«

»Wir dürfen eben die Hoffnung nicht aufgeben«, sagte Leunardus. »Vielleicht sind die Getreideschiffe diesmal durchgekommen. Vielleicht nützt es etwas, daß eure Heilige, die Genovefa, dabei ist. Sie hat ja Paris schon einmal gerettet, als sie mit ihren Gebeten die Hunnen fernhielt.« Weil keiner ihm zustimmte, schloß er matt: »Bald haben wir ja auch März, dann wird uns der Frost nicht mehr plagen.«

»Der Frost vielleicht nicht«, sagte Larcius. »Die Franken dafür um so mehr.«

»Ja«, fand auch Structus, »das ist zu befürchten. Diese Hunde, die da am Ufer lauern, unsere Schiffe mit Skorpionen beschießen und in Brand setzen … Und das ist nur ihre Vorausabteilung! Sobald der Schnee weg ist, sind sie hier. Wenn bis dahin kein Wunder geschieht, ist es sinnlos, sich auf eine Belagerung einzulassen. Nach zwei Monaten ist hier der Letzte verröchelt.«

»So weit darf es nicht kommen!« sagte Larcius mit gepreßter Stimme. »Euretwegen! Ehe die Festung unser Grab wird, übergebe ich sie!«

»Nun hört euch das an!« rief Scylla. »Man erschrickt ja vor so viel Heldenmut!«

»Du wirst nichts übergeben, Bürschlein!« fuhr Syagrius den Präfekten an, indem er stehenblieb und ihn mit seinen noch immer tränenden, kugelig hervorstehenden Augen anstierte. »Bevor du das tun kannst, entziehe ich dir das Kommando und jage dich sonstwohin!«

»Um so besser!« entgegnete Larcius dreist. »Übernimm das Kommando nur selber. Du hast ja Erfahrung, Onkel, wie man Festungen und Kriege verliert. Wenn ich frei bin, kann ich mir das Schauspiel ersparen.«

»Welches Schauspiel?«

»Das eures glorreichen Untergangs.«

»Vorsicht!« sagte Scylla zu Syagrius. »Hörst du das? Er will gern frei sein, er hat etwas vor. Er und Baddo waren mal Freunde. Chlodwig nimmt jeden in sein Heer auf, besonders gern ehemalige römische Offiziere. Und einen, der sich so gut in einer Festung auskennt, die er belagern will, wird er besonders gern nehmen.«

»Ah, sieh einmal an«, sagte der Patricius. »Man sinnt auf Verrat?«

»Das ist unerhört!« rief Larcius. »Verleumdung! Warum hörst du auf dieses Weib, Onkel? Verrat? Ja, ich verrate dir etwas! Sie wollte mich überreden, dich auszuliefern! Immer wieder versuchte sie es. ›Liefere ihn aus, dann hast du Ruhe! Damit werden sich die Franken zufriedengeben! Dann bist du selber der Herrscher zwischen Seine und Loire!‹ Natürlich wollte sie mitherrschen. Dafür machte sie auch gern mal die Beine breit!«

Die Griechin lachte schrill auf und nahm einen Becher mit Glühwein, den ein Diener ihr darbot. Mit einer raschen Bewegung schleuderte sie den Inhalt des Bechers dem Larcius ins Gesicht. Der Präfekt schrie auf und bedeckte es mit den Händen. Zu seinem Glück war der Wein nicht mehr heiß genug, um Verbrennungen zu verursachen.

»Du glaubst doch nicht«, wandte sich Scylla an den Patricius, der sie düster und nachdenklich ansah, »daß ich mich jemals mit dem da einlassen könnte. Überlege doch! Selbst wenn ich dich haßte und dir etwas antun wollte, würde ich mir einen wie den zum Verbündeten wählen? Einen Zauderer, eine Memme, einen Schwächling? Wie sollte der es denn fertigbringen, dich auszuliefern? Deine Truppe ist dir unerschütterlich treu, und sie ist zehnmal so stark wie die Festungsbesatzung. Und auch die ist dir treu. Wie könnte ich«, fuhr sie hastig fort, indem sie seine Hand ergriff, »einen wie dich gegen so einen tauschen? Gewiß, es gab manchmal Streit zwischen uns …«

»Du Hure!« stieß Larcius hervor, »du willst dich herausreden! Aber er kennt dich – er kennt dich gut! Du würdest es mit dem Teufel treiben, wenn du nur mit ihm in der Hölle die Macht teilen dürftest! Die Franken sind hinter dir her, auch die kennen dich. Nun hast du Angst, aber warte nur, warte! Sie kriegen dich!«

»Schweig!« rief Syagrius.

Larcius warf ihm und Scylla noch einen haßerfüllten Blick zu und eilte mit großen Schritten hinaus.

»Man soll ihm folgen und ihn beobachten!« sagte Syagrius.

»Ist schon veranlaßt«, erwiderte Structus.

»Wir haben schon lange einen Verdacht«, fügte Leunardus hinzu. »Wollten dich nur nicht damit behelligen, weil er ja dein Verwandter ist.«

»Verwandter!« wiederholte Syagrius verächtlich. »Solche Verwandten sind die Schlimmsten. Hätte mich Titia nicht so gedrängt, wäre der niemals Präfekt geworden.«

»Dieser boshafte Kerl! Mir so etwas nachzusagen … daß Gott ihn strafe!« sagte Scylla in weinerlichem Ton. »Er hat es bei mir versucht, dieser Schuft, immer wieder! Ich habe ihn abgewiesen, und jetzt will er sich rächen. Fluch über ihn!«

»Schon gut«, sagte der Patricius und schob sie von sich. »Geh jetzt schlafen, es ist spät. Du mußt müde sein.«

Erst nach einer Weile beruhigte sie sich. Structus mußte ihr noch einmal bestätigen, daß man Larcius nicht aus den Augen lassen werde. Nach einem langen, umflorten Blick auf den Patricius ließ sie die drei Männer in dem kalten, mit Rauch erfüllten, halbdunklen Raum allein.

»Sie lügt«, sagte Syagrius nach einer Weile. »Und er sagt auch nur die halbe Wahrheit. Bevor der Winter kam, waren sie sich noch einig. Sie wollten mich Chlodwig und Baddo zum Fraß hinwerfen und hofften, dann würde der Appetit der Franken gestillt sein. Ich vermutete eine Zeitlang sogar, daß Scylla mit denen gemeinsame Sache machte. Aber das war ein Irrtum. Sie hat eine panische Angst vor ihnen! Solange sie in Paris sicher sein konnte und überzeugt war, daß das so bleiben würde, war Larcius ihr lieb und wert. Doch inzwischen hat sie ihren Beschützer kennengelernt! Ein nettes Gesichtchen, ein nettes Schwänzchen vielleicht, aber sonst nichts. Kein Mut, keine Tatkraft, keine Ausdauer – gar nichts! Er schafft es nicht einmal, ein paar Getreideschiffe aus Troyes heranzuholen. Daß er beabsichtigt überzulaufen, glaube ich nicht. Das behauptet sie in ihrer Bosheit, doch selbst dazu ist er zu feige. Wenn aber die Franken im Frühjahr Ernst machen, worauf man gefaßt sein muß, ist er der Erste, der ihnen mit einem grünen Zweiglein entgegenmarschiert. Und damit ist Scyllas Schicksal besiegelt, denn Baddo wird keine Gnade kennen.«

»Der ist der Gefährlichste«, sagte Structus. »Mehr zu fürchten als Chlodwig selbst. »Der steckt bestimmt auch hinter den Anschlägen auf unsere Schiffe.«

»Nein, er wird mit ihr keine Umstände machen«, sagte Syagrius, der nicht zuhörte und nur seinen eigenen Gedanken nachhing. Schnaufend nahm er wieder am Tisch Platz. »Rettung kann sie jetzt nur noch von mir erhoffen. Von mir allein! Und das erklärt auch, warum sie auf einmal so sanft und zahm ist. Sie läßt mich sogar im Spiel gewinnen!« schrie er plötzlich und fegte mit einer Handbewegung die Steine vom Brett.

Leunardus und Structus sahen sich an, seufzten und gaben sich gegenseitig ermunternde Zeichen.

»Patricius«, sagte der alte Würdenträger. »Wir wissen nicht, was uns bevorsteht. Aber du selbst hast gerade sehr richtig bemerkt, man müsse immer auf alles gefaßt sein. Natürlich würde es nur eine weitere schmerzhafte Wunde sein, wenn uns Paris verlorenginge. Du hast noch andere Städte zwischen Seine und Loire, die zu dir stehen und wo wir uns eine Weile halten können. Alles aufzugeben kommt für dich selbstverständlich nur in der schwersten Bedrängnis in Frage. Aber wir sollten darüber nachdenken, wohin wir im äußersten Falle fliehen könnten ...«

»Fliehen? Niemals würde ich fliehen, niemals!«, fuhr der Patricius ihn an. »Ich werde höchstens zeitweilig einen Herrscher, der mir gleichrangig ist, um Asyl ersuchen. Natürlich nur, um neue Kräfte zu sammeln.«

»Nun ja, um Kräfte zu sammeln ... aber wo? In Italien herrscht Odoaker. Sich ihm auszuliefern, wäre riskant.«

»Dann ist es schon besser, gleich nach Konstantinopel zu gehen«, meinte Structus.

»Den Kaiser Zenon um Asyl bitten?« empörte sich der Patricius. »Diesen isaurischen Emporkömmling, der eigentlich Tarasikodissa heißt oder so ähnlich? Wie hat er mich behandelt, als ich ihn vor ein paar Jahren aufsuchte und um Hilfe gegen die Westgoten bat. Auf den Knien mußte ich vor ihm rutschen ... ich, ein römischer Aristokrat, dessen Vorfahren noch die Gracchen kannten. Was würde der mir jetzt erst zumuten! Und Hilfe würde ich diesmal erst recht nicht erhalten.«

»Der Meinung bin ich auch«, sagte Leunardus. »Konstantinopel sollten wir gar nicht erst in Erwägung ziehen. Gallien interessiert dort kaum, es gehört nicht zum byzantinischen Einflußgebiet. Wir müssen uns dorthin wenden, wo wir ein Interesse voraussetzen dürfen.«

»Du meinst, ein Interesse, den Braten selbst zu verspeisen!« Syagrius lachte bitter auf.

»Ja«, sagte Structus. »Aber nur so kann man tätige Hilfe erwarten. Später muß man den Helfer natürlich loswerden.«

»Und an wen denkt ihr dabei? Wer käme in Frage? Die Burgunder etwa? König Gundobad in Lyon?«

»Das wäre immerhin eine Möglichkeit.«

»Nein, nein. Nicht zu Gundobad! Den kenne ich auch, hab mich ja einmal mit ihm getroffen, wegen der Grenzzwischenfälle. In dem schlummert Ehrgeiz! Sein Reich ist ihm zu klein, und er muß es noch mit seinem Bruder teilen. Der bleibt nur ruhig und hält sich zurück, weil ihm die Mittel fehlen. Den würden wir nicht wieder los, wenn wir mit seiner Hilfe die Franken schlügen. Nochmals nein. Nicht zu den Burgundern!«

»Dann bleiben nur noch die Westgoten«, sagte Leunardus. »König Alarich in Toulouse.«

»Der Sohn des Mannes, der mir Tours und Bourges nahm und mich bis an die Loire zurückdrängte. Würde sein Vater Eurich noch leben, wäre jetzt alles verloren. Der würde nicht zögern und unser Mißgeschick gnadenlos ausnutzen. Zum Glück ist er tot, der alte Nimmersatt!«

»Der junge Alarich soll wenig Ähnlichkeit mit ihm haben. Es heißt, er sei eher schwach und zögerlich. Aber von freundlicher Gemütsart. Und die Regierung leitet sein alter Gefolgsmann Leo, ein vernünftiger Mann.«

»Es wäre eine Demütigung«, sagte Syagrius. »Erst überfallen und berauben sie mich, und dann gehe ich zu den Räubern und bitte um Obdach und ein Stück Brot …«

Darauf hatten die beiden anderen keine Antwort. Es folgte ein langes Schweigen. Jeder der drei dachte an Flucht und Asyl und wie man es dabei am besten treffen könnte. Die einzige Kerze brannte herunter. In den Kohlebecken erkaltete die Glut.

Plötzlich erhob sich draußen Lärm. Aus dem Gang vor der Halle waren rasche Schritte vernehmbar. Freudige Rufe wurden laut. Ein Offizier der Wachmannschaft erschien in der Tür.

»Patricius! Die Schiffe sind da! Alle fünf, kein einziges fehlt!«

»Und haben sie Ladung?« rief Structus.

»Die Stadt ist versorgt! Getreide in Hülle und Fülle! Die Heilige hat schon mit der Verteilung begonnen!«

Der Offizier machte kehrt und verschwand.

»Dem Himmel sei Dank!« sagte Leunardus. »Das war Rettung in höchster Not. Ich hatte doch gleich die Hoffnung, daß es die Heilige schaffen würde. Ihre Gebete haben genützt, die Franken mußten die Schiffe passieren lassen.«

»Die haben wohl eher damit gerechnet, daß ihnen der Frost die Arbeit erspart«, vermutete Structus, »und sich in ihre warmen Unterstände zurückgezogen.«

»Den Frost, der die Franken vertrieb, schickt uns Gott der Herr«, beharrte der fromme alte Würdenträger. »Weil er Genovefas Gebete erhört hat!«

»Nun, meinetwegen. Jedenfalls halten wir die nächste Zeit durch. Aber man muß vermeiden, daß es bei der Verteilung des Getreides zu Unruhen kommt. Wir sollten uns darum kümmern.«

»Laß nur, das wird nicht nötig sein. Da die Heilige selbst die Verteilung beaufsichtigt, wird alles gerecht und geordnet zugehen. Niemand genießt hier so viel Autorität. Die Leute vertrauen und gehorchen ihr. Wie auch nicht? Was sagst du dazu, Patricius? Zum zweiten Mal hat sie Paris gerettet!«

Syagrius stimmte nachdenklich zu.

»Nicht alle Weiber sind Ungeheuer«, murmelte er.

26

Chlodwig verbrachte den größten Teil des Herbstes und des Winters in Soissons. Nur in der zweiten Oktoberhälfte, als die Wetterverhältnisse es noch zuließen, brach er mit einem kleinen Heer, das kaum Legionsstärke hatte, nach Norden auf, um einige größere Ortschaften wie Rouen, Amiens und Arras in Besitz zu nehmen. Das gelang ohne Widerstand, und er verfuhr überall nach der gleichen Methode wie in der Hauptstadt: Er zog Kontributionen ein, versicherte sich der Steuerlisten und ließ im übrigen alles beim alten. In einigen Städten stationierte er auch kleine Garnisonen unter dem Kommando bewährter Gefolgsleute, die aber kaum in der Lage gewesen wären, entschlossenen Widerstand von innen oder einen Angriff von außen abzuwehren. Sie sollten nur immer daran erinnern, daß der neue Herrscher, der *rex Francorum*, nicht weit war und jederzeit mit überlegener Heeresmacht eingreifen konnte. Auch die angestammte Festung Tournai, wo der alte Bobolen jetzt allein kommandierte, suchte Chlodwig bei dieser Gelegenheit noch einmal auf. Um Cambrai und Tongeren machte er einen Bogen, doch rührte sich dort auch nichts. Die Vettern saßen in ihren Burgen und grollten. Sie wußten zwar längst, daß eine List sie vertrieben hatte, doch wagten sie nicht, Vergeltung zu üben und gegen die gewachsene Streitmacht des jungen Verwandten noch irgendwelche Ansprüche durchzusetzen. Unbehelligt kehrte Chlodwig über Bavai und Reims in seine neue Residenzstadt Soissons zurück.

Alle weiteren militärischen Unternehmungen wurden auf das Frühjahr verschoben. Chlodwig blieb unerbittlich, mochte Baddo noch so sehr drängen, dem Syagrius keine Zeit und keine Ruhe zu lassen. Er gab lediglich seine Zustimmung zur Entsendung des etwa hundertköpfigen beweglichen Störtrupps, der auf dem rechten Seine-Ufer zwischen Paris und Troyes Versorgungsschiffe angreifen, aufbringen oder vernichten sollte.

Von gelegentlichen Jagdausflügen abgesehen, blieb Chlodwig den ganzen Winter über in dem Palast von Soissons, wo er fast täglich Boten, Gesandte und Besucher empfing. Alle Nachbarn legten Wert darauf, dem neuen Herrn der einstigen Provinz Belgica II ihre freundschaftlichen Empfindungen und friedlichen Absichten zu versichern. Man konnte nicht wissen, was er vorhatte, nachdem er den letzten römischen Statthalter in Gallien so überraschend und anscheinend mühelos aus einem großen Teil seines Reiches vertrieben hatte. Der König der Rheinfranken, Sigibert von Köln, kam selber mit großem Gefolge und brachte Geschenke. Gundobad von Lyon und sein in Genf als Unterkönig residierender Bruder Godegisel ließen durch hochrangige Burgunder ihren »Bruder Chlodwig« beschenken und beglückwünschen. Auch einige alamannische Häuptlinge erschienen im ganzen Prunk ihrer Würde und überreichten kostbare Waffen, Bärenfelle und Krüge mit Honig. Alle wurden reich bewirtet und gleichfalls beschenkt und mit der Versicherung entlassen, daß ihnen von König Chlodwig kein Ungemach drohe.

Nach Einbruch des Winters, als nur noch Besucher, Bittsteller und Kläger aus der Stadt und der näheren Umgebung erschienen, widmete sich der junge Herrscher vor allem der Rechtsprechung. Bei der Landnahme durch die fränkischen Siedler kam es zu manchem blutigen Zwischenfall. In den Straßen und Schenken von Soissons gab es ständig Reibereien zwischen den Einwohnern und den vielen vorwiegend jungen Franken, die als Kernmannschaft, Palastgarde und Gefolge des Königs in der Festung geblieben waren. Auch zwischen den Franken und den einstigen »Römern« im Heer pflegten Zusammenstöße mit Schwertern, Dolchen und Äxten die trüben Wintertage zu kürzen. Chlodwig entschied alles selbst, ließ sich aber von Kennern des salischen Stammesrechts beraten. Waren Einheimische in die Sache verwickelt, zog er auch Senatoren hinzu, die den Fall nach römischem Recht beurteilten. Oft bereitete es ihm Vergnügen, wenn seine Berater in Streit darüber gerieten, welches Recht anzuwenden sei. Und dann mußte seine Entscheidung, die er nach Gutdünken traf, schon mal ein Handgemenge verhindern.

In Rechtsangelegenheiten der gallorömischen Bevölkerung mischte er nicht ein. Diese Fälle wurden nach wie vor in der Kurie entschieden, dem Versammlungsort des städtischen Senats. Er ging aber manchmal hin, um einem solchen Prozeß beizuwohnen. Dann saß er im Hintergrund unter den Zuhörern, folgte geduldig den endlosen Plädoyers von Anklage und Verteidigung und bewunderte und beneidete im stillen die Männer, die ihre Kodizes schwenkten und Gesetze vortrugen, die es seit Hunderten Jahren gab und mit denen die seltsamsten Vergehen geahndet wurden: eine *lex Cornelia de falsis* gegen Fälschungen und Unterschlagung von Dokumenten, eine *lex Julia de via privata* gegen Gewalttätigkeit in der Familie, eine *lex Julia de ambitu* gegen Amtserschleichung. Und er dachte, wie kümmerlich dagegen das Rechtsbewußtsein seines Frankenvolkes entwickelt war, sein eigenes eingeschlossen, und wie erhebend es wäre, eines Tages zu Gericht zu sitzen und fränkisches Recht aus solchen Büchern zu lesen.

Das gemeinsame Nachtlager nach altgermanischem Brauch teilten jetzt nur noch die minder wichtigen Mitglieder der Merowingerfamilie. Chlodwig richtete sich mit

Sunna und Therri in dem ehemaligen Schlafgemach des Patricius ein, in dem allerdings die seidenen Laken und Kissen durch Wolldecken und Felle ersetzt wurden. Vor dem dreiteiligen Wandgemälde, das ihm schon in der ersten Nacht so gefallen hatte, ließ er ein Lampadarium mit vielen Öllämpchen aufstellen, damit er es jederzeit betrachten konnte. Es beeindruckte ihn jetzt um so mehr, nachdem er von einem früheren Kammerherrn des Syagrius erfahren hatte, es stelle den Makedonierkönig Alexander, den Welteroberer, und seine Gattin Roxane dar. Manchmal erwachte er nachts aus unruhigem Schlaf, weil ihn irgendein lästiger Gedanke plagte. Dann ließ er Feuer bringen und einige Lämpchen anzünden. Und während er zu dem Mann mit dem goldenen Stirnreif aufblickte, dachte er, daß auch der als Zwanzigjähriger aufgebrochen war, um ein großes Reich zu erobern, und daß ihn dabei nichts aufhalten konnte. Rasch verflüchtigte sich dann alles Unwichtige.

Eine Zeitlang konnte allerdings kein noch so erhabener Gedanke eine Sorge vertreiben. Therri erkrankte an einem Fieber, und viele Tage und Nächte bangten Chlodwig und Sunna um sein Leben. Weder die Mittel der Ärzte noch die Sprüche zauberkundiger Frauen schienen den kleinen Merowinger retten zu können, nicht einmal Opfer für Frija, Wodans Gattin, die Beschützerin des Lebens der Kinder. In der Nacht, als alle glaubten, daß es mit Therri zu Ende ginge, bekam Chlodwig plötzlich einen seiner gefürchteten Wutanfälle. Er hielt Sunna vor, sie tauge nichts, weil er nun schon seit sieben Jahren gemeinsam mit ihr lebe und nur diesen einzigen Sohn habe. Wer solle mal erben, schrie er, was er mit so viel Mühe und Fleiß zusammenbringe, wenn dieser eine ihm nun wegstürbe. Die arme Frau brach in Tränen aus und wagte einzuwenden, das läge wohl auch an ihm, weil er selber nicht genug dafür tue. Da schlug er auf sie ein, und nur der Umstand, daß seine Mutter Basina anwesend war und energisch dazwischentrat, brachte ihn zur Besinnung. Das Kind genas, und Chlodwig bat Sunna um Verzeihung. Er nahm sich den Vorwurf sogar zu Herzen. Von nun an ging er, wenigstens eine Zeitlang, täglich ans Werk, um einen weiteren Erben zu machen. Er tat es vor allem aus Pflichtgefühl, und auch Sunna empfand nicht viel Lust dabei.

Der Umzug in den Palast von Soissons änderte manches im Leben der Königsfamilie. Die heimelige Nähe der alten *villa rustica* von Tournai, wo man eng beieinander lebte und sich hundertmal am Tage begegnete, konnte hier nicht wiederhergestellt werden. Frau Basina fühlte sich am wenigsten wohl in den großen hohen Räumen. Auf den Treppen bekam sie Atemnot, nur schwerfällig schleppte sie sich die Flure und Gänge entlang. Die Zugluft machte ihr sehr zu schaffen, sie war den ganzen Winter über erkältet und litt unter Gliederreißen.

Bischof Remigius suchte nach seinem nur mäßigen Erfolg bei Chlodwig nach einem neuen Weg der Annäherung und fand, dieser führe über die Mutter des Königs. Sein bewährtes Rezept, sich alter, einflußreicher Damen als Vorhut zu bedienen, mußte auch in diesem Fall anwendbar sein. Immerhin hatte er durch sein geschicktes Verhalten nach dem falschen Alarm durch die Cambraier und Tongerer das Wohlwollen der Frau Basina gewonnen, die ihn früher stets lieber gehen als kommen sah. Damit war eine Bresche geschlagen, und der Bischof sah die Mauer des Widerstands gegen eine Bekehrung zum wahren Glauben wanken. Um nun an ihrem Einsturz zügig weiterarbeiten zu können, war regelmäßiger Umgang nötig, und so kam er jetzt oft nach Soissons, wohnte bei seinem Bruder, dem Stadtbischof, und besuchte die Mutter und die Schwestern des Königs.

Von diesen war freilich meistens nur eine anwesend, Albofleda, Chlodwigs dritte Schwester, die dem Alter nach mittlere. Das dicke Mädchen war die einzige Tochter, die Tag für

Tag bei der Mutter hockte und nicht müde wurde, sich mal Geschichten aus deren bewegter Jugendzeit, dann wieder Genörgel und Gejammer anzuhören. Dabei flocht und löste sie ihre Zöpfe, bestickte eine Borte, kratzte sich, knabberte Honiggebäck und hing, da sie ja alles schon unzählige Male gehört hatte, ihren eigenen törichten Gedanken nach. Die Besuche des Bischofs empfand sie als willkommene Abwechslung. Ihm hörte sie gern und aufmerksam zu, wenn er erzählte, meist erbauliche Geschichten von Jesus, Maria, den Aposteln oder den Heiligen. Manchmal stellte sie ihm Fragen und bat ihn, eine Geschichte vom letzten Besuch zu wiederholen. Dann mußte er aufpassen, denn sie hatte sich alles gemerkt und berichtigte ihn, wenn er in Einzelheiten abwich. Natürlich freute ihn das auch. Während Frau Basina oft mitten in der Unterhaltung einnickte und nichts dagegen hatte, daß er verschwand, ermunterte ihn Albofleda zum Bleiben und Wiederkommen und bot ihm manchmal sogar etwas aus ihrem Korb mit Backwerk an.

Eine solche Auszeichnung wurde einem anderen Besucher nicht zuteil. Bobo, der nun ein reicher und würdiger Mann war, machte sich trotz Chlodwigs oft wiederholter Entschlossenheit, seine Schwestern nur Königen oder Thronfolgern geben zu wollen, heimlich Hoffnungen auf Albofleda. Wenn nach einigen Jahren, sagte er sich, noch immer kein königlicher Freier erschienen sein sollte, würde ja nichts anderes übrigbleiben, als auf die Großen des eigenen Reiches zurückzugreifen. Obwohl sich Bobo bewußt war, daß er auf junge Damen nur wenig Eindruck machte, glaubte er, die phlegmatische Albo, die ja auch äußerlich zu ihm passen würde, durch sein glänzendes Auftreten gewinnen zu können. Seit sie in Soissons war, pflegte er sich herauszuputzen, trug Stirn- und Wadenbänder mit Goldstickereien und Gürtel mit silbernen Schnallen und Beschlägen. Er nahm jede Gelegenheit wahr, Frau Basina und Albo aufzusuchen, Geschenke zu bringen und eine Weile bei ihnen zu sitzen. Wenn er die beiden allein fand, war er nicht maulfaul. Wenn aber Remigius, wie so häufig in letzter Zeit, anwesend war, schwieg er verschüchtert und verstockt, weil die Begehrte ihm zu verstehen gab, daß sein Geplauder im Vergleich zu dem des wortgewandten Gottesmannes recht armselig war. Er warf dann dem Bischof finstere Blicke zu und zog sich gewöhnlich bald zurück.

Das Verhältnis zwischen Albo und ihren Schwestern war niemals innig gewesen, und nach dem Umzug in die Stadt Soissons war es seitens der beiden anderen sogar gespannt. Erster Unmut war aufgekommen, als sie mit Albo das Schlafgemach teilen mußten, jene Kammer in einem abgelegenen Teil des Palastes, in der sie hinter dem Vorhang einen so kühnen Entschluß gefaßt und mit Hilfe eines Dritten gleich in die Tat umgesetzt hatten. Die entfesselte Triade hatte die Nacht in vollen Zügen genossen, war erst am hellen Morgen aus einem Erschöpfungsschlaf erwacht, doch wie durch ein Wunder unentdeckt geblieben. Die drei hatten dies als Zeichen höherer Gunst gewertet und, einmal auf den Geschmack gekommen, bald neue Gelegenheit gesucht. Diese fand sich, doch nun waren sie nicht mehr so leichtsinnig. Unter dem einleuchtenden Vorwand, in dem von frauenlosen Männern wimmelnden Palast Angst vor nächtlichen Überfällen zu haben, verlangten die Schwestern eine Tür mit Riegel. Das Glück hinter dieser Tür währte freilich nur wenige Nächte, weil Albo nun mit der Mutter nachkam und ihren Platz auf dem breiten Lager beanspruchte. Frau Basina, der das Treppensteigen schwerfiel, bettete sich im ersten Stock bei den Verwandten. Das dicke Mädchen aber bestand darauf, wie früher an der Seite ihrer Schwestern zu nächtigen. Daß sie den beiden lästig fallen könnte, kam ihr nicht in den Sinn. In ihrem harmlosen Gemüt war kein Platz für Audos und Lanthilds Geheimnis. Sie bemerkte zwar, daß die beiden auf einmal recht garstig zu ihr waren, doch war sie zu träge, um es übelzunehmen und der Ursache nachzugehen. Vielmehr versuchte sie, die Schwestern zu unterhalten und aufzuheitern, indem sie ihnen, so gut es ging, wiedergab, was ihr der Bischof erzählt hatte. Doch Audo und Lanthild stand abends im Bett nicht der Sinn nach »Hallelujas Lügengebräu«. Albos Geplapper reizte sie nur noch mehr, sie spotteten über die fromme Einfalt und begannen, der Schwester Streiche zu spielen. Auf diese Weise, hofften sie, würden sie sie vielleicht eines Tages vertreiben.

Vorerst aber brauchten die drei Liebenden ein neues Refugium. Ein kleines, rundes, schon lange nicht mehr genutztes Turmzimmer wurde auskundschaftet, das nur über eine Leiter zu erreichen war. Die Schwestern entwickelten aufregende Geschäftigkeit, um Matten, Decken und Kissen dorthinauf zu schaffen. Solange ruhiges Wetter herrschte, war das ein gemütliches Nest, in dem man es stunden- und manchmal tagelang aushalten konnte. Doch bald pfiff der Sturm durch die Ritzen, und Regen und Schnee fielen durch das schadhafte Dach. Das Vergnügen zu dritt war kaum noch möglich, weil andere Verstecke zu unsicher waren. Eine der Schwestern mußte immer auf Wacht sein. Mal fühlte sich nun aber die eine, mal die andere benachteiligt, und trotz aller guten Vorsätze waren Streit und Eifersucht die Folge.

So blieb denn nichts anderes übrig, als Albo schnell und gewaltsam auszuquartieren. Eines Nachts erschreckte sie ein Ungeheuer mit glühenden Augen so sehr, daß sie aufkreischend zu ihrer Mutter floh und sich weigerte, in das Schlafgemach der Schwestern zurückzukehren. Mit einem Holzeimer, einem zerbeulten Helm und einer Kerze hatten Audo und Lanthild ihr Ziel erreicht. Noch in derselben Nacht empfingen sie ihren Liebhaber. Hinter der verriegelten Tür machten die drei ein Fest aus ihrer wiedergewonnenen Sicherheit. Dabei wurden sie unvorsichtig. Man klopfte, weil man draußen Schreie gehört hatte, und die Schwestern drinnen mußten beteuern, daß ihnen wohl sei und daß sie nur Träume gehabt und im Schlaf geschrien hätten.

Nicht ganz so wohl war es Ansoald. Jedesmal, wenn er zu oder von einem dieser gefährlichen Abenteuer durch den Palast schlich, sah er sich schon in der Hand des Henkers. Zwar wurde er durch seine Gespielinnen reichlich entschädigt, und seiner Eitelkeit tat es gut, gleich zwei Merowingerinnen als Geliebte zu haben. Doch wurde er selbst in den schönsten Augenblicken den Gedanken nicht los, wie die Sache wohl ausgehen würde. Trat er dem König entgegen, um seines Amtes als Schenk zu walten, forschte er in dessen Miene nach Anzeichen dafür, daß das Geheimnis verraten sei. Saß er mit den anderen im Rat oder in geselliger Runde, zuckte er innerlich zusammen, richtete Chlodwig nur das Wort an ihn. Immer wieder gab es auf Treppen, in Fluren und Gängen riskante Begegnungen, wenn er zu den Schwestern eilte oder sich von ihnen fortstahl. Er wußte, daß der nachtragende Bobo und der boshafte Ursio, die beide kein Glück bei Mädchen hatten, ihn mit Genuß beim König verklagen würden, fänden sie nur den geringsten Beweis. So war er manchmal sogar erleichtert, wenn wegen irgendeiner Schwierigkeit die Verabredung mit Audo und Lanthild nicht zustande kam. Es geschah auch, daß er wie zufällig einen Bogen machte und auswich, sobald sich ihm eine der Schwestern näherte, um ihm im Vorbeigehen den Ort und die Zeit des nächsten Treffens zuzuraunen. Als er nach Albos Vertreibung wieder jede Nacht von den beiden erwartet wurde, stellte er auch bald fest, daß zwei junge Weiber selbst einem, der seinen Mann stand, auf Dauer nicht nur Vergnügen bereiteten. Tagsüber schlief er nun manchmal sogar bei der Waffenpflege ein, und die Männer im Gefolgschaftsquartier machten ihre Späße und fragten sich, in welchem geheimnisvollen Hurenhaus man ihn regelmäßig so auslaugte. Sie schlichen ihm auch nach, und dann mußte er endlos Umwege machen, um die Verfolger loszuwerden. Ließ er aber mal eine Nacht aus, um zu ruhen, bekam er in der nächsten den Unmut der Schwestern zu spüren. Zur Entschädigung verschafften sie sich dann doppelte Lust, indem sie ihn bluten und leiden ließen. Sie bissen und kratzten ihn und stachen ihn sogar mit ihren Nähnadeln.

Schließlich sehnte Ansoald schon deshalb den Frühling herbei, weil dann dieses anstrengende Leben im Palast erst einmal zu Ende sein würde. Dann würde er wieder ein Kommando übernehmen und es würde hinausgehen in den Kampf der Männer. Das schien ihm geradezu eine Erholung zu sein.

Auf den Frühling und den Aufbruch zum Krieg warteten auch andere, und jeder hatte seinen besonderen Grund. Ursio wartete auf dem Krankenlager, wo er die Schmerzen, die ihn quälten, mit dem Gedanken an große Abenteuer und unterhaltsame Schandtaten zu betäuben suchte. Gründlich satt hatte der kleine Rheinfranke das Leben in der Residenz und am Königshof. Anfangs hatte er die neue Würde genossen und als Seneschalk seine Aufgaben pünktlich und zuverlässig erfüllt. Am Tisch des Königs und der Gefolgschaft herrschte noch im tiefsten Winter kein Mangel. Daß er freilich nicht immer die feinsten Methoden anwandte, war schon bald allgemein bekannt. Die Beschwerden über ihn häuften sich, und Chlodwig mußte ihn mehrmals verwarnen. Doch Ursio konnte es nun einmal nicht hinnehmen, wenn ihm zum Beispiel die Bauern auf dem Markt ihr Vieh nicht zu den niedrigen Preisen verkaufen wollten, die er anbot. Dann lauerte er ihnen schon mal auf, wenn sie heimzogen, ließ sie fesseln und hielt ihnen selbst die Fackel zwischen die Beine, was er *ova torrere* nannte, oder er fragte sie heuchlerisch, ob sie statt dessen lieber ein paar Löffelchen eines köstlichen Breis probieren wollten, *fimus bubulus dulcissimus* bezeichnet, und wenn sie dies ängstlich und ahnungslos bejahten, gab er ihnen so lange frischen Kuhmist zu schlucken, bis sie ohnmächtig wurden. Damit und mit seiner Amtstätigkeit als königlicher Speisemeister hatte es erst einmal ein Ende, als ihn im Januar eine unvermutete Rache ereilte.

Da er sich vollkommen sicher fühlte, pflegte er abends mit seiner Kumpanei in einer Schenke der Stadt zu zechen, derselben, in der er einmal der Wirtin so grausam mitgespielt hatte. Er tat sogar schön mit der Frau, lobte ihren Wein und ihre Würste und pries sie glücklich, weil sie durch die Bekanntschaft mit ihm so viele gute Stammgäste gewonnen habe. Die Wirtin ließ sich nichts anmerken, füllte aber an jenem Abend die Becher besonders großzügig. Schwer bezecht wankte Ursio mit den Seinen hinaus und in Richtung ihres Quartiers im Palast. Da brach plötzlich aus einer Seitengasse ein dreifach stärkerer Haufen Vermummter hervor, und ein Hagel von Knüppelhieben ging auf sie nieder. Ursios Gefährten wurden dabei nur lahm geprügelt, allein ihn selber nahmen sich die unbekannten Rächer besonders vor. Das Leben rettete ihm der Zufall – eine Wache zog zur nächtlichen Ablösung auf.

Fast einen Monat lang schwebte Ursio zwischen Leben und Tod. Sein Körper war über und über mit blutigen Beulen bedeckt, er hatte mehrere Knochenbrüche, fast alle Zähne waren ausgeschlagen. Chlodwig besuchte ihn mehrmals am Krankenlager und versprach, die Schuldigen vor sein Gericht zu bringen. Die waren allerdings entkommen, und niemand wollte etwas gesehen haben. Auch den Wirtsleuten war nichts nachzuweisen. Bald ordnete Chlodwig an, die Verhöre einzustellen. Beflissenen Denunzianten gab er nur unbestimmte Antworten und schickte sie fort. Die Namen, die sie ihm nannten, waren die geachteter Handwerker und Pächter und sogar einiger Senatorensöhne, gegen die er nicht vorgehen wollte.

Was geschehen war, war geschehen, und Chlodwig erwog, was klüger wäre: ein harter, abschreckender Richterspruch gegen die Schuldigen oder die stille Botschaft, der König habe Verständnis dafür, daß auch mal ein fränkischer Großer vom Volk für sinnlose Willkür zur Verantwortung gezogen wurde.

Weitere Nachforschungen ließ er im Sande verlaufen.

27

Die Hauptbeschäftigung der Franken während der Wintermonate war die Waffenpflege. Schwerter und Dolche mußten geschliffen, Schildbuckel und Axtgriffe befestigt, neue Lanzen und Pfeile hergestellt werden. Auch in den Waffenschmieden herrschte Hochbetrieb. Auf dem Schlachtfeld gesammelte Eisenteile wurden eingeschmolzen und wieder verarbeitet, Beutestücke umgeschmiedet und fränkischer Kampfweise angepaßt. Chlodwig selbst stand oft in der Schmiede des Palastes am Amboß und trat den Blasebalg aus Ziegenfell. Sein Vater Childerich hatte ihn bereits als Zehnjährigen anleiten lassen, damit er einen Sax, das kurze einschneidige Schwert, oder die Spitze mit Widerhaken und den dazugehörigen eisernen Schaft für den Ango, die fränkische Lanze, herstellen konnte. Da der Zustand der Waffe im Kampf über Leben und Tod entscheiden konnte, machte Chlodwig an seinem Kriegsgerät (bis auf das zeitaufwendige Damaszieren der Spatha und einige Verzierungsarbeiten) alles mit eigener Hand. Manchmal war Mitternacht vorüber, wenn er als Letzter die Schmiede verließ.

Was die Übungen mit den Waffen betraf, so überließ er die Leitung meistens Baddo. Der Einäugige mit der Erfahrung eines römischen Offiziers war auf diesem Gebiet dem König überlegen. Die schwierigste Aufgabe bestand darin, aus den Franken und den wieder formierten Legionen ein zum einheitlichen Handeln befähigtes Heer zu machen. Wie das geschehen sollte, darüber allerdings gab es zwischen den beiden oft unterschiedliche Ansichten.

Baddo sah jetzt die wichtigste Aufgabe in der Vorbereitung des Heers auf die Belagerung von Städten. Da Syagrius nicht mehr stark genug war, sich einer Feldschlacht zu stellen, mußte er sich in die ihm gebliebenen Festungen zurückziehen. Es war also unbedingt nötig, die fränkische Streitmacht auf den neuesten Stand der römischen Belagerungstechnik zu bringen. Auch die übernommenen Legionen hatten kaum Übung im Belagerungskrieg. Der in der römischen Armee vorgeschriebene Bestand von fünfundfünfzig Karrenballisten (Skorpionen) und zehn der noch größeren, als Onager bezeichneten Wurfgeschütze pro Legion war hier nicht einmal zu einem Drittel erreicht. Zu schweigen von riesigen Katapulten, wie man sie vor Paris brauchen würde, um die Mauer vom Flußufer aus zu beschießen. Baddo schlug vor, Werkstätten einzurichten und den wenigen gallorömischen Geschützbauern einige hundert fränkische Gehilfen zu stellen, die auch die Geschütze an Ort und Stelle zusammenbauen und bedienen sollten. Alle Kämpfer wollte er in der Erstürmung von Mauern mit Leitern, Belagerungstürmen und Sturmböcken ausbilden.

Chlodwig widersprach dem Plan, das eigene salfränkische Aufgebot allein im Belagerungskrieg einzusetzen. Er brauchte diese zuverlässige, bewegliche Kerntruppe auch für Feldschlachten, auf die man immer gefaßt sein mußte. Konnten Goten, Burgunder oder Alamannen die Lage nicht ausnutzen, wenn die Franken ihre Kräfte in langen Städtebelagerungen zermürbten?

Der Streit über diese Frage wurde oft heftig, und manchmal waren sie nahe daran, die Beherrschung zu verlieren. Chlodwig warf Baddo vor, nur seine Rache im Sinn zu haben, das große Ganze aber, die *Francia*, das neue Königreich der Franken, die Gewinnung und Behauptung gewaltigen Landbesitzes dabei aus dem Auge zu verlieren. Baddo höhnte dann, Chlodwig sei nur ein Anmaßer, solange Syagrius lebe und hinter festen Mauern sitze, und seine zuverlässige Truppe sei nur ein wüster Haufen ohne Zucht und Ordnung, jedem entschlossen geführten Heer unterlegen. Bei solchen Reden gerieten sie in Hitze und starrten sich haßerfüllt an, die Hand am Gürtel, in der Nähe der Waffe. Dann erinnerten sie sich der Kämpfe, die sie, zehn Jahre erst war es her, als Knaben austrugen, mal mit Fäusten, mal mit Holzschwertern, mal mit Steinen. Baddo war davon gezeichnet, er war dabei fast ums Leben gekommen. Und auch Chlodwig hatte sie nicht als harmlose Kinderspiele im Gedächtnis. »Vor dem sieh dich vor!« hatte ihm mal sein Vater Childerich gesagt. »Der glaubt, daß wir Merowinger ihm etwas schuldig seien.« Chlodwig kannte die Gerüchte um den Tod von Baddos Schwestern, hatte sie aber niemals ganz ernst genommen. Und Baddo und er waren sogar Blutsbrüder geworden. Doch manchmal blitzte auch noch eine andere Erinnerung auf: an jenen Abend der Wiederbegegnung, letzten Sommer in der Waldburg bei Tournai, als Baddo ihn plötzlich in der Dunkelheit anfiel und ihm die Messerspitze unter das Kinn stieß.

Die Streitereien endeten stets wie damals: Sie nahmen die Hände vom Gürtel, sie lachten, sie ließen die Becher füllen. Immer war es Baddo, der nachgab und den Streit durch ein Zugeständnis entschärfte. Er erreichte trotzdem sehr viel, wenn auch bei weitem nicht alles. Als Befehlshaber war er unverzichtbar. Chlodwig vergaß ihm auch nicht den entscheidenden Anteil an seiner neuen Machtstellung. Niemals kam ihm in den Sinn, mit ihm umzuspringen wie mit Bobo, Ursio oder Ansoald. Deren Treue stand freilich außer Zweifel. Was die Vertrauenswürdigkeit Baddos betraf, dem er sich trotz seines merowingischen Heils oft heimlich unterlegen fühlte, regte sich immer mal wieder – und zunehmend – Unbehagen

Daß es mit Zucht und Ordnung in seiner Gefolgschaft nicht zum besten stand, mußte Chlodwig leider einräumen.

Fast täglich saß er ja zu Gericht, um Vergehen der Leute zu ahnden. Noch immer hatten viele nicht begriffen, daß sie jetzt nicht mehr einer freien, fröhlichen, übermütigen Kriegerschar, sondern einem Reichsheer angehörten, in dem es vor allem auf eines ankam: Gehorsam und Unterordnung. Da gab es noch immer Ältere in der Gefolgschaft, denen der König wie in früheren Zeiten nur als Heerkönig galt, dessen Macht und Befehlsgewalt endete, sobald der Krieg aus war. Solche alten Recken waren lästig mit ihrem protzigen Heldengehabe, ihrer Nachlässigkeit im täglichen Dienst, ihrer Lust am Widerspruch, ihrem lautstarken Schwadronieren. Vor allem einer fiel damit auf, und dem hatte Chlodwig selbst zu einem Triumph verholfen. Droc hatte ihm vor aller Augen gezeigt, daß die alten Gesetze nicht außer Kraft und daß die Rechte eines germanischen Königs begrenzt waren.

Nur mit größter Selbstbeherrschung war es Chlodwig gelungen, den alten Droc, der zu den besten Leuten seines Vaters gehört hatte, nicht auf der Stelle seinen Zorn spüren zu lassen. Als König mußte er sich bezähmen, nicht zuletzt wegen der Anwesenheit des Kirchenmannes. Den Krug hatte er später von einem Feinschmied kunstvoll reparieren lassen, und Remigius war außerdem noch aus seinem eigenen Beuteanteil entschädigt worden. Wer aber entschädigte ihn selbst für jenen schrecklichen Augenblick der Schwäche und Machtlosigkeit?

Seitdem argwöhnte Chlodwig hinter allem Ungehorsam und allen Widersetzlichkeiten den Einfluß Drocs. Er hatte auch Beweise dafür. Wenn er ins Gefolgschaftsquartier kam, sah er den Graubart nie bei der Waffenpflege, sondern fast immer nur beim Würfeln. Es wurden ihm Reden des Droc zugetragen, daß verdiente Gefolgsleute nicht zu Ansehen und einem Truppenkommando kämen, während ein Sklave, dessen Sklave der König sei, den Oberbefehl erhalte. Die Aufforderung, einen Mansus Land, einen kleinen Bauernhof, zu übernehmen, wies Droc zurück – er sei kein Maulwurf und nicht geboren, um in der Erde zu wühlen. Für seinen heldenmütigen Hieb auf den Krug ließ er sich in den Schenken feiern. Er zerschlug zur Veranschaulichung noch mehrere Krüge aus Ton und ritt dann auf den Schultern seiner Zechkumpane zurück ins Quartier. Kaum ein Tag im Laufe des Winters verging, an dem er nicht irgendwie von sich reden machte.

Der März begann stürmisch und regnerisch, doch nach wenigen Tagen kam die Sonne heraus, und mildes Frühlingswetter setzte sich durch. Das Schlachtfeld vom Vorjahr verwandelte sich in ein Marsfeld, auf dem die erste Heerschau stattfand. Im verharschten Schnee lagen noch Totenschädel und Knochen, und man fand noch manches, was brauchbar war. Die Legionen marschierten wieder mit ihren Adlern auf, die Manipel in der vorgeschriebenen Kampfstärke von zweihundert Mann formierten sich zu langen Reihen. Das Metall der Helme, Schilde und Lanzen glänzte im Sonnenlicht. Wie Chlodwig es wünschte, war seine fränkische Gefolgschaft zusammengeblieben. Doch Baddo hatte durchgesetzt, daß sie nicht mehr in Haufen beliebiger Stärke antrat, die aus Männern derselben Sippe gebildet waren, sondern ebenfalls nach römischem Vorbild zu taktischen Kampfeinheiten geordnet. Daran konnte sich mancher noch nicht gewöhnen und stellte sich trotzdem wieder zu seinen Verwandten. Die berittenen Anführer sprengten suchend umher und hatten einige Mühe, die eigensinnigen Stammeskrieger in ihre neuen Abteilungen zurückzutreiben.

Der König schritt langsam die Reihen ab und ließ sich die Waffen zeigen. Zu prüfen, daß die Männer den Winter genutzt und ihr Kriegsgerät gründlich gewartet hatten, war seine Pflicht. Chlodwig erfüllte sie mit Sorgfalt und Strenge und beschränkte sich nicht nur auf Stichproben. Er nahm sich viel Zeit, die Musterung dauerte mehrere Tage. Bei der

Ersten Legion begann er, alle anderen mußten zwar antreten, aber warten, bis er sich ihnen zuwandte. Er duldete keinen Rostfleck auf einem Schwert, er maß die Länge und Dicke der Wurfspieße, er prüfte die metallenen Spitzen und die Schärfe der Schneiden. Er ließ sich sogar die Bleigeschosse der Wurfschleudern zeigen, und ein Zenturio, der hinter ihm ging, mußte mit einer Waage feststellen, ob das Gewicht stimmte. Stellte er kleinere Mängel fest, befahl er dem Mann, den Schaden sofort zu beheben und sich dann wieder zu melden. Überall ringsum wurde gehämmert, gebohrt, geschliffen, geputzt. Waren die Mängel zu arg, tadelte Chlodwig den Offizier und übergab ihm den Schuldigen zur Bestrafung. Gewöhnlich setzte es dann Prügel. Jede Abteilung, deren Waffen in Ordnung waren, durfte abmarschieren und zurück ins Quartier gehen.

Zu seinen Franken kam der König zuletzt. Er ließ sie warten, um ihre Geduld zu prüfen. Während er bei den anderen stand, beobachtete er sie aus der Entfernung. Was er sah, bereitete ihm grimmige Genugtuung. Da bildeten sich schon wieder Gruppen um die alten, großmäuligen Schlagetots. Da wurde genörgelt, gehöhnt und gehetzt. Vertraute berichteten ihm von Beschwerden, die teilweise Drohungen glichen. Wenn sich der König so liebevoll und ausdauernd um seine neuen Krieger, die Römer, kümmere, brauche er wohl die alten Getreuen nicht mehr, die ihm die Herrschaft erstritten hatten. Einige rieten sogar, einfach abzumarschieren und nach Tournai zurückzukehren. Das sah schon fast nach Aufruhr aus. Und nicht schwer war es, den Lautesten unter den Wortführern auszumachen.

Als Chlodwig endlich zu den Franken kam, richtete er es ein, daß Droc gleich unter den Ersten war, die ihm die Waffen vorweisen mußten. Die wenigen, die vor dem graubärtigen Unruhestifter standen, fertigte er rasch ab, ohne Beanstandung. Als er zu Droc trat, wurde es ringsum still. Hunderte

Augen starrten die beiden an. Man hoffte, daß wieder etwas passieren, daß Droc, der Furchtlose, etwas tun oder sagen würde. Man war sicher, er werde dem König nicht durchgehen lassen, daß er sie, seine Besten und Tapfersten, hintansetzte und endlos warten ließ.

»Den Ango«, sagte Chlodwig und streckte die Hand aus.

Droc, der einen Kopf kleiner war als der König, blickte gleichmütig zu ihm auf und gab ihm die Lanze.

Chlodwig besah die Spitze und stellte fest, daß einer der Widerhaken fehlte. Er legte die Hand fest um den eisernen Schaft und drehte ihn mit einem Ruck. Ein Nagel sprang heraus. Er gab nach.

»Das nennst du einen Ango?« sagte der König laut. »Damit kannst du nicht mal einen Karpfen aufspießen!«

Er warf die Lanze mit einer verächtlichen Geste ihrem Besitzer hin. Droc fing sie und lächelte mit herabgezogenen Lippen.

»Das Schwert!«

In der Nähe stand eine junge Birke. Chlodwig ergriff das Kurzschwert des Droc, den Sax, und versetzte dem dünnen Stamm einen Hieb. Das Bäumchen zitterte ein wenig, fiel aber nicht.

»Versuch mal, damit deine Großmutter umzubringen!«

Lächelnd nahm Droc das Schwert und steckte es ruhig in die Scheide.

»Die Franziska!«

Droc zog die Axt aus dem Gürtel. Chlodwig hielt sie mit beiden Händen und betrachtete sie eine Weile. Dann sah er den alten Gefolgsmann an, der noch immer lächelte, jetzt aber mit einem Anflug von Spott. Als wollte er sagen: Ja, das ist sie. Mit der habe ich es getan. Tut es noch weh?

Chlodwig packte mit der Rechten die Schneide und versuchte, mit der Linken, den Stiel herauszudrehen. Beim ersten Versuch gelang es nicht. Aber beim zweiten war die

Schneide schon locker. Beim dritten hielt er sie in der Hand. Er warf die Schneide und den Stiel auf den Boden, Droc vor die Füße.

»So schlechte Waffen wie du hat keiner!« sagte er so laut, daß es weithin alle hören konnten. »Sie sind unbrauchbar! Sie sind völlig nutzlos!«

Droc lächelte immer noch, als wollte er sagen: Ich weiß doch, warum du mich demütigst, König. Tu es nur, es kümmert mich nicht.

Langsam bückte er sich und streckte die Hände aus, um den Stiel und die Schneide aufzuheben. Mit seinem Wolfsblick starrte Chlodwig auf den Kahlschädel vor sich, von dem etwas graues Haar herabhing wie totes Gras. Er riß die eigene Axt aus dem Gürtel und mit einem raschen Hieb ließ er das Eisen in den Schädel hineinfahren.

»So handele ich nach dem Gesetz!« rief er. »So mache ich es wie du mit dem Krug!«

Droc gab keinen Laut mehr von sich. Er hing einen Augenblick lang gebückt an der Axt, die in seinem Kopf saß, das spöttische Lächeln zur Grimasse erstarrt, die Arme ausgestreckt, um die Teile der Waffe am Boden zu fassen. Die Arme fielen zuerst herab, dann löste sein Körpergewicht den Mann von der Axt. Er fiel erst nach vorn, dann auf die Seite und blieb gekrümmt liegen. Blut sprudelte aus dem gespaltenen Schädel.

Chlodwig stand erhobenen Hauptes neben dem Toten. Mit der freien Hand knotete er sein Halstuch auf und wischte damit das Blut von der Schneide. Schließlich steckte er die Axt wieder in den Gürtel, stieg über den Leichnam hinweg und trat zum Nächsten.

»Deine Waffen!«

Der Angesprochene, ein noch junger Gefolgsmann, rührte sich nicht und starrte nur auf seinen Nebenmann, der reglos und blutend am Boden lag.

»Bist du taub? Deine Waffen!«

Der junge Mann fuhr zusammen und sah den König erschrocken und fassungslos an. Mit zitternder Hand gab er ihm seine Lanze.

Chlodwig fuhr mit dem Finger über die Spitze und prüfte, ob der eiserne Schaft gut befestigt war. Er nickte befriedigt und verlangte das Schwert. Es schien ihm nicht aufzufallen, daß plötzlich ringsum auf dem Marsfeld vollkommene Stille herrschte. Keine Kommandos, kein Hämmern, kein Schleifen, kein Schwertergeklirr. Wie gelähmt blickte die Gefolgschaft auf den zusammengekrümmten Leichnam, aus dessen Schädel das Blut floß, den Leichnam des guten Kameraden Droctulf, des ehrlichen, mutigen alten Kämpfers. Die Stille war so von Spannung erfüllt, daß gleich ein Tumult wie ein Donnerschlag folgen mußte. Und diesem ein Sturm der Entrüstung und des Protestes.

Der König war auch mit dem Schwert des jungen Gefolgsmanns zufrieden und gab es zurück. Die Stille währte noch immer, und nun schien auch er sie wahrzunehmen.

Da hob er den Kopf und sah sich verwundert um.

Kein Donnerschlag. Kein Entrüstungssturm.

Die Blicke wichen ihm aus. Die Köpfe senkten sich. Die Arme und Beine bewegten sich wieder zu den anbefohlenen militärischen Übungen oder beim Putzen, Hämmern und Schleifen. Es nahten auch schon, von Baddo herbeigewinkt, zwei Männer mit einem Tragbett, auf das sie den Leichnam warfen und eilig forttrugen.

Der König trat zum nächsten Gefolgsmann.

»Deine Waffen!«

Am Abend im Quartier war die Stimmung zunächst gedrückt. Als man aber beim Bier um die Tische saß, lösten sich langsam die Zungen. Anfangs sprachen die Männer gedämpft und äußerten ihre Meinung nur vorsichtig. Aber nach und nach wurden die Stimmen lauter, die Ansichten fester.

»Chlodwig hat sich hinreißen lassen … Er gerät nun mal rasch in Wut, ist immer gleich mit der Axt bei der Hand … Nachtragend ist er, der junge König, konnte die Sache mit dem Krug nicht verwinden … Vielleicht bereut er's schon … Droc war ein guter, tapferer Kerl, der wird fehlen … der alte Childerich schätzte ihn, wenn er das wüßte … Aber Chlodwig hatte im Grunde auch recht, das muß man zugeben … Gesetz ist Gesetz … schlechte Waffen, schlechter Mann, so ist es nun mal … ein einziger mit schlechten Waffen kann eine ganze Schlacht verlieren … Als Kämpfer war Droc auch nicht mehr viel wert … Außerdem war er ein Querulant, ein Großmaul … Prahlte zu viel mit seinen Heldentaten … Soff nur noch, wußte nicht mehr, was er tat … Seine eigene Schuld, nun hat er die Rechnung … Warum legt er sich mit dem König an …«

Noch einmal zogen sie hinaus auf das Marsfeld. Es war der letzte Tag der großen Truppenschau. Er verlief ohne Zwischenfall. Das fränkische Aufgebot war stolz darauf, daß seine Waffen in ausgezeichnetem Zustand waren und daß es kaum Beanstandungen gab. Der König belohnte jeden Mann mit einem Geldgeschenk.

Und am nächsten Morgen marschierten sie.

Die Erde bebte unter ihren stampfenden Schritten. Es winkten Ruhm und reiche Beute. Der Frühlingswind wehte aus Nordost und trieb sie ihren Zielen zu, den großen Städten im Westen und Süden: Paris, Troyes, Sens, Evreux, Orléans, Angers, Le Mans. Die meisten ergaben sich nicht kampflos. Der Weg von der Seine zur Loire war hart und steinig. Mehrere Jahre brauchten die Franken, um ihn zurückzulegen.

28

Das Boot legte an. Chlodwig raffte den Mantel und sprang ans Ufer. Mit raschen Schritten stieg er hinauf zu dem kleinen Tempel, dem Treffpunkt. Der andere kam von der gegenüberliegenden Seite. Fast gleichzeitig war seine Prunkgaleere dort vor Anker gegangen.

Der andere war Alarich, König der Westgoten.

Auch er hatte schnell die steile Böschung erklommen und war ein bißchen außer Atem. Er lachte fröhlich, breitete die Arme und rief: »Mein Bruder!«

Schon hatte ihn Chlodwig an der Brust. Die rotblonde Lockenmähne des untersetzten Goten kitzelte sein Kinn. Ein fremdartiger, süßlicher Duft stieg aus ihr auf. Die rauhen, harten Hände des Franken lagen auf einem mit Seide bedeckten fleischigen Rücken.

»Du also bist es – du bist Chlodwig!« rief der Gote und trat zwei Schritte zurück. »Man hat mir dich zwar beschrieben, aber ich konnte mir keine rechte Vorstellung machen. Wie habe ich diese Begegnung herbeigewünscht!«

»Freut mich ebenfalls, daß wir uns endlich treffen«, sagte Chlodwig. Auch er hatte sich Alarich beschreiben lassen, trotzdem überraschte ihn dessen Erscheinung. Er wußte zwar, daß der Gote erst achtundzwanzig Jahre alt war, nur drei Jahre älter war als er selbst, dennoch hatte er sich vorgestellt, einem gesetzten, ernsten Mann zu begegnen, aus dessen Zügen der Geist seiner großen Vorgänger leuchtete: des gewaltigen ersten Alarich, des ehrgeizigen Athaulf, des kühnen Wallia, des furchtbaren Eurich. Statt dessen stand vor ihm ein heiterer, hübscher, harmlos wirkender junger Herr mit mädchenhaftem Gesicht, in reich besticktem, gefälteltem Mäntelchen, das Haar sorgsam geordnet, dicke Goldreife an den Armen. Einer, der zweifellos wenig gekämpft hatte, wozu er auch nicht genötigt war, und der die königliche Stellung genoß, die er seit sieben Jahren innehatte. Er war dicklich und ein wenig aufgedunsen, das Wohlleben hatte unübersehbare Spuren hinterlassen.

»Was für ein herrlicher Tag!« rief Alarich, nachdem auch er sein Gegenüber einen Augenblick lang kritisch gemustert hatte. »Was hält mein Herr Bruder von einem Spaziergang, bevor wir uns unseren kleinen Sorgen zuwenden?«

Chlodwig stimmte zu. Der Gote legte ihm vertraulich seine fünffach beringte Hand auf den Arm und führte ihn auf einen breiten Sandweg, der hinter dem Tempel ein Laubwäldchen gerade durchschnitt. Freundlich winkte Alarich den hundert Franken zu, die sich auf den Stufen des halb verfallenen Bauwerks zur Begrüßung der Könige aufgestellt hatten. Seine hundert Goten standen ein Stück entfernt am Rande des Wäldchens. Die beiden bewaffneten Hundertschaften waren, wie vorher vereinbart, zum Schutz ihrer unbewaffneten Könige vor deren Eintreffen herübergerudert worden. Sonst befand sich fast niemand auf der kleinen Flußinsel der Loire bei Amboise, die zwar zum Gotenreich gehörte, doch für die Zeit des Treffens der Könige für neutral erklärt worden war. Nur am östlichen Ende des Inselchens duckten sich ein paar schilfgedeckte Hütten, in denen Fischerfamilien hausten.

Alarich, der ein vollendetes, wenn auch ein wenig geziertes Latein sprach, eröffnete das Gespräch mit Komplimenten für seinen neuen Nachbarn. Chlodwig habe sich in den letzten fünf Jahren in der Welt ein hohes Ansehen erworben, und sein Wirken verdiene Anerkennung. Indem er auch das Land zwischen Seine und Loire unter seine Kontrolle gebracht habe, sei einer langen Periode der Unsicherheit und des Chaos ein Ende bereitet.

»Ich versichere dir, mein Bruder, daß ich dafür dankbar bin«, sagte Alarich, während sie langsam den Weg entlanggingen, an dessen Ende das Wasser des Flusses schimmerte. »Wir westlichen Goten sind friedfertig und wünschen nichts mehr als sichere Verhältnisse. Nichts ist ärgerlicher als ständige Unruhe an den Grenzen. Immer wieder belästigen uns die Habenichtse aus dem Norden, aus Britannien oder sonst woher. Tag und Nacht kommen sie über den Fluß, auf Booten, auf Flößen, viele schwimmen sogar. Die meisten plündern nur, manche versuchen aber auch, Fuß zu fassen. Das hat nun hoffentlich ein Ende, wir haben mit euch Franken tüchtige Grenzwächter bekommen.«

»Eure Grenzwächter sind wir nicht«, erwiderte Chlodwig, den der herablassende Ton des Goten ärgerte. »Ich habe mit denen aus Britannien ein Abkommen. Sie erkennen die Oberhoheit der Franken an, sind aber sonst sich selbst überlassen. Sie dürfen nur nichts unternehmen, was mich stört.«

»Aber du willst damit nicht sagen, daß es dir recht ist, wenn sie uns weiter belästigen«, sagte Alarich in einem Ton, als scherze er. »Wenn du die Oberhoheit über sie hast, müssen wir ja künftig dich für alles verantwortlich machen.«

»Falls ihr einen Grund zum Krieg suchen solltet ...«

»Ich bitte dich, glaube mir, nichts liegt uns ferner!« Der König der Westgoten hob beschwörend beide Arme, so daß die goldenen Reife klapperten. »Wir wünschen keinen neuen Krieg, wir sind ja hier, um eine friedliche Übereinkunft zu treffen. Ich bin überzeugt, daß wir die wenigen strittigen Punkte in der Grenzfrage schnell abhandeln werden. Das ist im Grunde alles ganz unerheblich, wir können es unseren Räten überlassen. Unterdessen verbringen wir Könige den Tag etwas angenehmer. Ich hoffe, daß du noch heute mein Gast sein wirst!«

»Erledigen wir erst unsere Angelegenheiten«, erwiderte Chlodwig. »Dann sehen wir, ob Zeit zum Vergnügen bleibt.«

»So hat man mir euch Franken geschildert!« sagte Alarich lachend. »Beharrlich, zupackend, zielbewußt, ungeduldig. Und damit habt ihr Erfolg, das sei zugestanden. Erstaunlich, wo man doch bis vor kurzem nur gerade euren Namen kannte. Meine Lehrer, die mich über die Völker und Stämme der Welt unterrichteten, wußten wenig von euch zu erzählen. Jedenfalls ist mir nicht viel in Erinnerung geblieben.«

»Dann hattest du schlechte Lehrer. Wir Franken standen schon mit dem Heermeister Aetius gegen die Hunnen. Das war, bevor du auf die Welt kamst!«

»Aber auch bevor du auf die Welt kamst, mein königlicher Bruder! So hat man dich sicher gelehrt, daß es vor allem wir Westgoten waren, die gemeinsam mit Aetius die Hunnen vertrieben. Unser König, mein Großvater, blieb auf dem Schlachtfeld. Und du weißt natürlich auch, daß es Goten seit Hunderten von Jahren gibt und daß sie in aller Welt gefürchtet sind. Zweimal haben die Goten Rom erobert!«

»Beim nächsten Mal erobern die Franken Rom«, warf Chlodwig mißgestimmt ein.

Alarich lachte nachsichtig.

»Ein Scherz. Da müßtet ihr ja unseren ostgotischen Vetter Theoderich vertreiben, den überragenden Helden unserer Tage. Zur Zeit belagert er Ravenna. Es ist höchstens noch eine Frage von Monaten, bis er mit diesem hergelaufenen Skiren, dem Odoaker, ein Ende macht. Bald wird er Italien beherrschen, und ich kann stolz darauf sein, daß ich ihm bei seinen Kämpfen zur Seite stand.«

»Du hast in Italien gekämpft?« fragte Chlodwig ungläubig.

»Ich habe Theoderich auf seine Bitte ein Entsatzheer geschickt und es bis an die Grenze geführt. Er war in Pavia eingeschlossen, im letzten August. Nach dem Entsatz kam es zur Schlacht an der Adda. Auch dort bewährte mein Heer sich glänzend. Es entstand eine Waffenbrüderschaft für alle Zeiten. Auf Theoderichs Hilfe kann ich rechnen, wenn ich sie brauche. Ja, das kann ich«, bekräftigte Alarich, »ich habe keinen treueren Freund.«

Chlodwig schwieg. Darauf hatte er gewartet. Er war sicher, daß sich der König der Westgoten auf seine Freundschaft zu Theoderich berufen würde. Dieser verweichlichte, ruhmredige Alarich hatte nicht einmal zweihundert Schritte zurückgelegt und drohte bereits ganz unverhohlen mit seinem großen ostgotischen Verbündeten. Chlodwig wußte schon alles, was er erzählt hatte. Was in Italien passierte, wurde ja gleich in alle Welt hinausposaunt. Wer berichtete von den Taten der Franken in Gallien, von seinen eigenen Verdiensten? Aber daß der große Theoderich in Italien ein Heldenstück nach dem andern vollbrachte, hörte er mindestens zweimal im Monat von Gesandten, Sängern, Reisenden, Flüchtlingen. Dabei bestellte Theoderich nicht mal sein eigenes Feld, sondern tat alles nur für den Kaiser Zenon. Ein Auftragsheld war er, der den trägen Byzantinern das verlorengegangene Westreich zurückeroberte. Ein achtbarer Mann, gewiß, aber keiner, vor dem ein Chlodwig, der als sein eigener Herr ganz Nordgallien besaß, erblassen müßte.

Alarich deutete das Schweigen des Frankenkönigs anders. Er glaubte, ihn beeindruckt zu haben, und setzte diesem raschen Erfolg seines diplomatischen und rhetorischen Geschicks noch eine Pointe auf.

»Übrigens haben Theoderich und ich auch beschlossen, verwandtschaftliche Beziehungen aufzunehmen. Nichts festigt ja ein Bündnis unter Königen dauerhafter als eine Heirat. Gleich nach dem Sieg an der Adda schickte er mir eine Gesandtschaft und bot mir seine Tochter Thiudigotho an. Ein Juwel von achtzehn Jahren! Die Hochzeit wird noch in diesem Jahr sein.«

»Ich beglückwünsche dich dazu.«

Sie hatten das Ende des kleinen Hains erreicht, wo es steil hinab zum Wasser ging. Chlodwig setzte sich auf einen flachen Felsen und blickte hinüber zum Nordufer des Flusses. Dort sah man sein Lager, nur ein paar Zelte, zwischen denen Pferde grasten. Dahinter erhob sich ein Wald im ersten Frühlingsgrün. Niemand konnte hier ahnen, daß nur eine Viertelmeile entfernt ein zehntausend Mann starkes Heer in Bereitschaft lag.

Auch der König der Westgoten ließ, die Arme in die Seiten gestemmt, seinen Blick über den Fluß und die Landschaft gleiten. Ein zufriedenes Lächeln zog sein glattes, rosiges Gesicht in die Breite. Da der Franke wieder lange schwieg, glaubte Alarich, die Nachricht von seiner Heirat mit Theoderichs Tochter habe ihn endgültig eingeschüchtert. In so gehobener Stimmung, stand ihm der Sinn nach Poesie, und da er gebildet war, fielen ihm gleich die zur Aussicht passenden Verse ein, die er gefühlvoll deklamierte.

»Rings ist geschmolzen der Schnee,
neu sprießt das Gras auf in den Fluren
und das Laub in den Wäldern.
Erde verändert ihr Antlitz,
die Ströme sinken und fließen
friedlich am Ufer dahin …«

»Ob du es mir glaubst oder nicht«, wandte er sich wieder an Chlodwig, »manchmal bedauere ich, daß ich zum König geboren wurde. Und ich beneide die Männer, die Talent haben und sich nur mit Poesie befassen. Ich selbst bin nicht ganz untalentiert, habe auch schon Verse gemacht. Aber man braucht dazu Sammlung und Zeit, und daran mangelt es uns Königen leider. Du bist schweigsam geworden, mein Bruder. Woran denkst du?«

»Oh«, sagte Chlodwig und strich mit dem Handrücken

über den dicken Schnurrbart, den er jetzt trug. »Ich denke daran, daß mein künftiger Schwager dein Schwiegervater wird. Und ich frage mich, ob auch wir beide dadurch miteinander verwandt werden.«

Aus der Miene des Alarich wich der poetische Hauch.

»Wie sagtest du eben?« fragte er, unsicher lächelnd. »Du sprachst von deinem künftigen Schwager? Und meintest damit …?«

»Theoderich. Seine Gesandten erreichten mich gerade noch in meiner Hauptstadt, bevor ich hierherkam.«

»Er schickte dir eine Gesandtschaft, um …?«

»Um sich nach einer meiner Schwestern zu erkundigen, Audofleda. Man hat sie wohl sehr vor ihm gerühmt. Ihre Schönheit, ihre Talente …«

»Und er bewirbt sich um sie?«

»So ist es. Du bemerktest ja gerade, daß er mit Odoaker nun bald ein Ende machen wird. Er wird als König über Italien herrschen. Dazu benötigt er eine Königin.«

»Und er hat sich für deine Schwester entschieden?«

Dem König der Westgoten fehlte die Selbstbeherrschung, seine Betroffenheit zu verbergen. Er konnte sich gerade noch verkneifen, verächtlich hinzuzufügen: »Eine Fränkin?«

»Er ließ ihr durch seine Gesandten einen Antrag machen«, sagte Chlodwig. »Seine Geschenke zeigten uns, daß es ihm wichtig ist. Natürlich bin ich es, der entscheidet. Aber meine Schwester muß einverstanden sein.«

»Ja, ist sie es etwa nicht?« fragte Alarich ungläubig und hoffnungsvoll zugleich.

»Sie ist es«, erwiderte Chlodwig nicht ganz der Wahrheit gemäß, denn Audofleda leistete heftigen Widerstand. »Selbstverständlich ist sie einverstanden, weil ich es bin. Es versteht sich, daß ich gründlich nachgedacht habe. Er und ich haben zwar keine gemeinsame Grenze, aber das kann sich ja ändern. Deshalb ist sein Angebot nicht von der

Hand zu weisen. Er bietet mir wohlwollende Neutralität bei meinen Unternehmungen. So etwas kann man nicht ablehnen. Meinst du nicht auch?«

Jetzt war es Alarich, der mißgestimmt schwieg. Chlodwig stand auf. Sie gingen langsam zurück durch das Wäldchen.

Plötzlich blieb der Gote stehen, sah Chlodwig gerade ins Gesicht und fragte: »Was meinst du mit Unternehmungen? Was soll das heißen? Hast du etwas vor? Was willst du tun?«

»Was ich vorhabe, weiß ich«, sagte Chlodwig. »Was ich tun werde, weiß ich noch nicht.«

»Wenn es dir wichtig ist, daß Theoderich dabei Neutralität wahrt ...«

»Im Augenblick ist das noch weniger wichtig. Selbst wenn er eingreifen wollte, dürfte er dazu kaum noch Zeit haben. Der Fall wird jetzt und auf der Stelle entschieden.«

»Welcher Fall?«

»Einer, der dich und mich angeht. Nur uns beide.«

»Ich wüßte keinen!«

»Du weißt, was ich meine.«

»Ich? Ja, was denn? Was soll ich wissen? Nein, ich verstehe nicht! Überhaupt nicht! Wenn du von den paar läppischen Dörfern sprichst, die noch strittig sind ...«

»Verstell dich nicht!«

Alarich griff sich an den Hals, als wollte er seine Kehle schützen. Er erschrak plötzlich vor dem Blick, der ihn traf, dem Wolfsblick. Er starrte in das grobe, wettergegerbte Gesicht mit dem martialischen Schnurrbart, das jetzt über ihm war, auf die frische Narbe von einem Schwerthieb, die sich wie eine helle Furche von der Stirn zum Kinn zog, auf die langen, früh ergrauenden Haarsträhnen.

»Du weißt sehr gut, was ich meine!« wiederholte Chlodwig.

Alarich trat so hastig zurück, daß er stolperte und beinahe fiel. Er warf den Kopf herum und suchte seine gotische Hundertschaft, sah aber nur ein paar Franken auf den Stufen des kleinen Tempels.

Einen Augenblick lang schien es, als wollte er fortlaufen. Doch rechtzeitig ermannte er sich, drückte die Brust heraus, schüttelte seine Locken und die Reife an seinen Armen und sagte: »Das klingt ja wie eine Drohung! Hast du mich deshalb hierhergelockt? Was willst du? Die Städte, die mein Vater erobert hat? Er hat sie nicht dir genommen, also hast du auch keinen Anspruch darauf. Ich werde nichts hergeben – nichts! So, wie ich das Reich übernommen habe, werde ich es meinen Nachkommen vererben! Das schwöre ich! Ist dir ein Drittel Galliens noch nicht genug?«

»Nicht, solange mein Feind am Leben ist«, sagte Chlodwig. »Und solange er einen Herbergsvater hat, der versuchen könnte, ihm wieder aufzuhelfen.«

Alarich, der anscheinend jetzt erst begriff, machte eine heftige Abwehrbewegung. Doch er beruhigte sich ein wenig. Es war ihm unangenehm, sich aus Furcht so ereifert zu haben. Er fühlte sich nun auch sicherer. Die Goten hatten seine laute Stimme gehört und Gefahr gewittert. Einige seiner Lanzenträger traten auf den Weg und blickten herüber.

»Du sprichst von Syagrius?« fragte er kühl.

»Seit Jahren suche ich ihn, und ich will ich ihn haben. Festungen, Städte, Dörfer ... wohin ich kam – er war schon fort. Und nun erfahre ich, daß er bei dir steckt.«

»Er ist mein Gast. Ja, ich gewähre ihm Asyl. Wer einen Heimatlosen aufnimmt, tut ein christliches Werk. Das kannst du als Heide nicht verstehen. Ich habe es jedenfalls nicht nötig, mich dafür vor dir zu rechtfertigen.«

»Ob du das nötig hast oder nicht, ist deine Sache. Ich weiß, daß er hier bei dir im Lager ist. Meine Spürnasen haben ihn schon gerochen. Ich gebe dir drei Tage Zeit. Hast du ihn dann nicht über den Fluß geschafft, kommen wir zu euch und holen ihn uns.«

»Das ist Erpressung!« rief Alarich.

»Nein«, sagte Chlodwig, »das ist ein Angebot, um dir zu helfen. Um dir Ungelegenheiten zu ersparen. Du hast einen aufgenommen, dessen Zeit um ist. Doch solange er lebt, gibt es noch manchen, der glaubt, daß er zurückkommen wird. Das bereitet mir viel Ärger. Der allgemeine Widerstand ist zwar gebrochen, aber noch immer werden aus dem Dunkel heraus Angst und Schrecken verbreitet. Banden überfallen fränkische Abteilungen. In unseren Quartieren wird Feuer gelegt. Freunde der Franken werden ermordet. Eine Festung mußte ich zweimal erobern. Das alles kommt von jenseits des Flusses, von euch.«

»Davon weiß ich nichts!« sagte Alarich. »Ich versichere dir, daß ich nichts damit zu tun habe!«

»Das glaube ich dir sogar«, sagte Chlodwig. »Woher solltest du da unten in deiner Hauptstadt Toulouse auch wissen, was deine Gäste hier treiben? Hier oben, an der Loire, in aller Heimlichkeit? Aber versetze dich in meine Lage. Für mich ist es schwer zu unterscheiden, ob eine Bande von euch, den Goten, geschickt wird oder von diesem abgehalfterten römischen Statthalter. Es tut mir leid, daß du in falschen Verdacht gerätst. Aber das hättest du voraussehen müssen, als du ihn aufnahmst. Das war ein Fehler, und ich helfe dir jetzt, ihn wiedergutzumachen.«

Sie waren weitergegangen und am Ausgangspunkt ihres Spaziergangs angekommen. Auf ein Zeichen ihres Königs bildeten die hundert schwerbewaffneten Goten eine Gasse zur Anlegestelle seiner Galeere. Das war eine Maßnahme zu seiner Sicherheit, die er jetzt wohl für nötig hielt. Mit dieser Truppe im Rücken fühlte sich er stark genug, dem Franken eine stolze Antwort zu geben.

»Ich danke dir, aber auf solche Hilfe kann ich verzichten! Und ich bitte dich, eines nicht zu vergessen: Die Erben der Römer im Westen sind wir, die Goten. Wir beherrschen den größten Teil Galliens, wir stehen in Spanien und haben jetzt auch wieder Italien. Mit euch, den kleineren Völkern, wünschen wir uns zu verständigen und in Frieden zu leben. Aber wir erlauben euch nicht, euch in unsere Verhältnisse zu mischen. Was diesen Fall betrifft … Gegenüber Geschlagenen sind wir großmütig, Rachegefühle kennen wir nicht. Und die Römer sind für uns längst keine Feinde mehr. Daran ändern auch Drohungen und Erpressungen nichts.«

»Ist das deine Antwort?«

»Ja. Es hat mich gefreut, dich getroffen zu haben. Unsere Begegnung war sehr aufschlußreich. Ich denke aber, wir sollten sie nicht weiter ausdehnen. Alles andere werden unsere Räte besprechen. Die Verhandlungen können gleich heute beginnen. Je schneller wir dieses Treffen beenden, desto besser. Ich werde veranlassen, daß die gotische Abordnung noch vor der sechsten Stunde hier eintrifft.«

»Unnötig!« sagte Chlodwig. »Es wird nichts verhandelt, bevor nicht die Bedingung erfüllt ist.«

»Die Bedingung?«

»Syagrius.«

»Abgelehnt!«

»Drei Tage! Sonst komme ich zu euch und hole ihn. Und wenn ich Lust habe, bleibe ich!«

Der König der Franken wartete auf eine Antwort. Er erhielt aber keine mehr. Alarich wußte der neuen Drohung nichts zu entgegnen. Er drehte sich um und eilte ohne Abschiedsgruß hinab zu seiner Galeere.

29

Syagrius lag schweißgebadet auf dem Ruhebett in seinem Zelt und blickte auf seine linke Hand, die wieder zu zittern begonnen hatte. So sehr er sich mühte, sie seinem Willen zu unterwerfen und ruhig zu halten – es wollte nicht gelingen. Dabei hatte er in den letzten Tagen, während der Reise von Toulouse hierher in das königliche Hoflager an der Loire, schon gehofft, das ärgerliche Übel losgeworden zu sein. Und nun kehrte es in der ungünstigsten Situation zurück. Jeden Augenblick konnte ein Abgesandter des Ministers Leo erscheinen und ihm mitteilen, daß er erwartet wurde, vielleicht sogar vom König selbst. Er würde dann wieder, wie schon öfter, genötigt sein, einen Zipfel seines Mantels über die Hand zu werfen, damit sie verdeckt war. Wenn aber das Zittern stärker wurde, war es damit nicht zu verbergen.

Wie lange wartete er nun schon? Er hatte unter den Männern gestanden, die König Alarich am Vormittag bei seiner Rückkehr von der Flußinsel empfangen hatten. Das Treffen mit dem fränkischen Unhold war überraschend kurz gewesen und offensichtlich nicht nach den Vorstellungen des Königs verlaufen. Er war mit verdrießlicher Miene die Bootsbrücke heruntergekommen, hatte nur wenige leise Worte mit Leo gewechselt und war gleich in die Sänfte gestiegen und ins Lager zurückgekehrt. Dann hieß es, die Verhandlungen mit den Franken würden ausgesetzt. Von der Eskorte, die mit auf der Insel war, drang dieses und jenes durch: Es habe zwischen den beiden Königen Streit gegeben, angeschrien hätten sie sich, beinahe tätlich seien sie geworden. Die Abordnung unter Leos Leitung, die mit den Franken die Grenzverhandlungen führen sollte, blieb jedenfalls im Lager.

Der alarmierte Syagrius versuchte in der Zeit, als der König beim Mahl saß, mit dem betagten Minister zu sprechen. Doch Leo war zu beschäftigt und konnte oder wollte ihn nicht empfangen. Durch einen Sekretär ließ er ausrichten, der Patricius möge in seinem Zelt warten, der Minister werde ihn später rufen lassen. Die gleiche Auskunft bekam Syagrius von einer Kammerfrau, als er in die Unterkunft der königlichen Konkubine eindringen wollte. Die hohe Dame saß gerade im Bad und ließ um Geduld bitten. Seitdem waren Stunden vergangen. Es dämmerte. Niemand war gekommen, um ihn zu holen.

Dann aber geschah etwas, das die schlimmen Ahnungen des Patricius zu bestätigen schien. Vor seinem Zelt zog eine Wache auf. Zwei Bewaffnete standen plötzlich am Eingang, blickten herein, vergewisserten sich, daß er da war. Dann standen sie draußen und fingen eine endlose Unterhaltung an, wobei sie nach jedem dritten Atemzug in ein Gelächter ausbrachen. Syagrius wollte zunächst nicht glauben, daß er eingesperrt war. Als er aber probeweise versuchte hinauszugehen, wurden sogleich die Lanzen vor ihm gekreuzt. Einer der Wächter sagte etwas zu ihm in seiner rauhen gotischen Sprache. Er verstand die Worte nicht, doch die Gesten waren eindeutig. Erschrocken zog er sich zurück und legte sich schließlich auf das Ruhebett. Und da bemerkte er, daß seine linke Hand wieder zitterte.

Nicht zum erstenmal wurde ihm schmerzlich bewußt, wie einsam es um ihn geworden war. Seine Frau Titia war bereits in Paris gestorben. Auf der Flucht zu den Westgoten, nachdem die letzte treu gebliebene Festung, Angers, gefallen war, hatte es auch den alten Leunardus hinweggerafft. Der Legat

Structus war vorher schon bei einem überstürzten Ausfall gegen die fränkischen Belagerer vor Orléans gefallen. Mit seinem einzigen entfernten Verwandten, dem Pariser Präfekten Gaius Larcius, hatte sich Syagrius hoffnungslos überworfen, und er konnte von Glück sagen, daß Larcius ihn noch bei Nacht und Nebel entkommen ließ, bevor er die brot- und wasserlose, nicht mehr verteidigungsfähige Festung übergab. Von seinem einst so glänzenden Hofstaat waren nur untergeordnete und abhängige gallorömische Aristokraten, ein paar hilflose Emigranten, ein Häuflein nutzloser Militärs und eine kleine Dienerschar übrig. Sie alle waren in Toulouse geblieben, der westgotischen Hauptstadt. Er hätte sie auf der Reise im Troß des Königs aus eigenen Mitteln versorgen müssen, doch daran mangelte es erheblich.

Plötzlich merkte Syagrius auf. Draußen am Zelteingang gab es einen Wortwechsel. Jemand sprach mit den Wächtern.

Sie war es! Es war ihre Stimme!

Er wollte aufstehen, doch da hatte sie die Männer schon zurechtgewiesen und trat rasch ins Zelt. Ohne Umstände zog sie einen Hocker an das Ruhebett und nahm seufzend darauf Platz.

»Oh, ich danke dir, Scylla, daß du gekommen bist und ...«

»Spar dir den Dank!«

Sie schlug den Mantel auseinander, unter dem sie ein peplosartiges Festgewand trug. Ihre dunklen Augen und schwarzen Brauen kontrastierten seltsam mit der hellblonden Perücke. In den dicken, um den Kopf gewundenen Flechten steckte ein silberner Haarpfeil.

»Schade um das herrliche Fest, das mir der König versprochen hatte!« fuhr sie in dem launisch-gereizten Ton fort, den Syagrius kannte und der nichts Gutes verhieß. »Ich wollte ihm eine Freude machen und von Kopf bis Fuß germanisch erscheinen. Noch bis zuletzt hatte ich gehofft, es würde trotz allem gefeiert. Wie gefällt dir das Kleid? Es würde zu Hera oder Athene passen, meinst du nicht auch? Aber meine gotische Schneiderin versichert hartnäckig, so seien früher auch die Germaninnen gegangen. Die Haare mußte eine sächsische Sklavin opfern. Zehn Tage haben die Mädchen an der Perücke geknüpft. Sie ist hübsch, nicht? Aber nun war alles umsonst. Kein Frieden, kein Fest. Dabei war ich so gespannt darauf, ob der schreckliche Chlodwig es wagen würde, uns seinen Oberfeldherrn zu präsentieren – Baddo, den gebrandmarkten Sklaven!«

Sie lachte unlustig auf.

»Was bringst du mir, Scylla?« fragte Syagrius, der kaum zugehört hatte. »Du weißt sicher etwas. Ich hörte, es wurde ein Rat einberufen. Wurde schon etwas beschlossen? Vielleicht über mich? Ich bitte dich, rede!«

»Kannst du dieses häßliche Zittern noch immer nicht beherrschen? Ein sehr unangenehmer Anblick! Überhaupt wirkst du greisenhaft. Viele sagen, du seiest schon so alt und so krank, daß man mit dir nicht mehr rechnen könne.«

Syagrius warf rasch ein Tuch über die zitternde Hand.

»Greisenhaft? Alt und krank? Soll das der Grund sein, daß man mich loswerden will? Was sollen die Wachen da draußen? Nun? Nun? Was wird mit mir? Will man mich opfern?«

»Nicht opfern.«

»Heißt das: nicht ausliefern?«

»Nicht ausliefern und nicht opfern.«

»So hat die Mehrheit im Rat …?«

»O nein! Im Gegenteil. Glaub nur nicht, du hättest hier Freunde unter den Großen. Ich war gerade beim König, um mich ihm zu zeigen, so wie du mich hier siehst, wie er mich gern auf dem Fest an seiner Seite gehabt hätte. Ach, er liebt mich, er bewundert mich! Er ist so gierig auf meinen Körper, daß er gleich beide Gürtel löste, um sie höher zu schieben und dabei meine Brüste und meine Hüften zu liebkosen. Wären wir ein wenig länger allein geblieben ...«

»Was geschah? Was geschah?«

»Da kam Leo mit einigen anderen, um zu berichten. Wir erschraken, wir waren entsetzt. Einstimmig wurde dem König empfohlen, dich auszuliefern.«

»Ah, diese gotischen Schurken! Wie gern sie früher meine Geschenke nahmen! Aber der König ...«

»Er ließ sich natürlich die Gründe vortragen. Chlodwig hat ihm heute morgen gedroht, er werde dich holen, wenn man dich nicht ausliefere. Der König hat die Anmaßung zwar mit Verachtung zurückgewiesen. Das aber bedeutet Krieg, auf den wir nicht vorbereitet sind. Ein Großteil des Heeres mit unseren besten Feldherrn steht noch in Italien. Vor Ablauf mehrerer Monate stünde es nicht zur Verfügung. Mit dem restlichen Heer einen solchen Kampf zu riskieren ... unmöglich!«

»Die übrigen Gründe?«

»Theoderich heiratet Chlodwigs Schwester und fällt damit als Verbündeter aus. Wir stünden allein da, ohne Bundesgenossen. Wir müßten mit Niederlagen rechnen. Städte und Landschaften könnten verlorengehen. Kann man das wünschen? Darf man das wollen? Ich meine, man muß Leo verstehen, wenn er den Frieden erhalten will.«

»Um den Preis meines Kopfes, willst du sagen. Aber der König ... der König ...?«

»Er steht natürlich zu seinem Wort. Er hat dir Asyl gewährt, er wird dich nicht fallenlassen. Obwohl du ihm seine Großherzigkeit schlecht gelohnt hast und er dazu berechtigt wäre. Du hattest jeder Betätigung abgeschworen, die gegen die Goten oder die Franken gerichtet war. Aber du hast von hier aus Anschläge gegen die Franken ins Werk gesetzt, hast geheime Gespräche geführt mit unzufriedenen katholischen Bischöfen ...«

»Von alldem hat niemand gewußt – außer dir!« warf Syagrius heftig ein.

»Und ich habe es ja auch niemandem verraten. Aber glaubst du denn, daß so etwas unentdeckt bleibt? Jedenfalls meine ich, hättest du Grund, deinen großherzigen Gastgeber jetzt nicht noch zusätzlich in Verlegenheit zu bringen.« Scylla beugte sich vor, legte die Hand auf die Schulter des ehemaligen Patricius und senkte den Blick ihrer dunklen Augen tief in den seinen. »Vielmehr könntest du ihm danken. Durch eine große und edle Handlung!«

»Was willst du mir damit andeuten?« fragte Syagrius argwöhnisch. »Was heißt das – eine große und edle Handlung? Was erwartet der König? Was wollt ihr von mir?«

»Du könntest dich freiwillig deiner Verantwortung stellen.«

»Wie? Was? Freiwillig?«

»Ja. Du stellst dich erhobenen Hauptes deinem Bezwinger. Und rettest damit den Frieden in Gallien.«

»Ich rette den Frieden? Und was wird mein Lohn sein?«

»Man wird dich rühmen für so viel Edelmut. Man wird dir Heldenlieder singen.«

Syagrius schrie auf. Es war mehr ein kraftloses, verzweifeltes Aufheulen. Die Kugelaugen traten so stark hervor, daß es schien, sie würden im nächsten Augenblick herausfallen. Der Mund, dem mittlerweile fast alle Zähne fehlten, schnappte nach Luft und nach Worten. Die zitternde linke Hand warf das Tuch ab.

Scylla ertrug den Anblick nicht mehr und sah mit gelangweilter Miene zur Zeltdecke.

»Ich bitte dich, entehre dich jetzt nicht schon wieder durch Feigheit! So wie damals in Soissons, wo du angeblich Varus nacheifern wolltest. Ich habe dem König immer wieder beschrieben, mit welcher Festigkeit und Tapferkeit du dein Schicksal hinnahmst ... die verheerende erste Niederlage, die

Flucht nach Paris, dann von Stadt zu Stadt, von Festung zu Festung, die langen, entbehrungsreichen Jahre, in denen wir niemals wußten, was uns der nächste Tag bringen würde. Ich habe übertrieben, aber es hat Eindruck gemacht. Da dir nun einmal bestimmt ist, als Verlierer in die Annalen einzugehen, sei wenigstens groß im Leiden und Dulden. Im übrigen besteht Hoffnung, daß dir die Franken nichts antun. Sie wollen dich nur in ihre Gewalt bringen, vielleicht in ehrenvoller Gefangenschaft halten, auf einem unserer früheren Güter. Der König ist gern bereit, an Chlodwig zu schreiben und sich für dich einzusetzen. Man wird dich dann immer noch so behandeln, als ob du unter gotischem Schutz stündest.«

»Nein«, rief Syagrius, »nein, daraus wird nichts! Freiwillig zu den Franken? Niemals! Ich verlange vom König der Westgoten, daß er zu seinem Wort steht. Er würde sich mit Schande bedecken, wenn er zuließe, daß man mich ausliefert. Er würde von nun an vor aller Welt als Feigling und Schwächling gelten. Niemand würde ihm mehr vertrauen. Niemand würde ihn fürchten. Er hätte seine Ehre verloren. Ich werde zu ihm gehen, ich muß ihn sprechen. Ich werde ihn aufrufen, seiner würdigen Ahnen zu gedenken: seines Großvaters, des Siegers auf den katalaunischen Feldern, seines Vaters ...«

»Bewahre mich doch vor diesem pathetischen Unsinn!« fiel ihm Scylla ins Wort. »Ehre und Schande, würdige Ahnen ...«

»Ah, das willst du nicht hören! Es ist dir unangenehm, denn du fühlst dich durchschaut! Man hat dich hergeschickt, um mich gefügig zu machen, damit ich blindlings in mein Verderben renne und dafür noch selber verantwortlich bin. Und der König der Westgoten kann nichts dafür, er tut sogar alles, um mein selbstverschuldetes Schicksal zu mildern!« Der fette Mann sprang plötzlich auf die Beine, riß mit seiner gesunden Hand den silbernen Haarpfeil aus der Perücke der Griechin und setzte die Spitze an ihren Hals. »Gestehe, daß du mich wieder betrogen hast, so wie immer! Diese Idee hast du selber geboren! Gefällig sein willst du, indem du mich ihnen billig vom Halse schaffst. Du hast Angst, hab ich recht? Du brauchst ein Opfer auf dem Altar deiner eigenen Schande. Bald kommt seine Braut, die Tochter Theoderichs. Dann sind deine Liebesdienste nicht mehr gefragt. Dann könnte die rechtmäßige Gemahlin Ekel empfinden, weil die Tochter eines kretischen Schiffskapitäns vor ihr im Bett des Königs lag. Und sie könnte versuchen, den häßlichen Fleck zu entfernen! Da ist es dann gut, wenn man eine Stellung hat. Wenn man Verdienste hat, wenn man Dankbarkeit fordern kann. Wenn man dem Reich der Goten den Frieden erhalten und dem König die Ehre gerettet hat. Was wiegt dagegen ein kleiner Verrat! Was kümmert die Hündin ihr früherer Herr, wenn ihr jetziger sie nur gut füttert und streichelt. Ist es so? Antworte!«

Scylla hatte den hilflosen Angriff ihres früheren Liebhabers mit verächtlicher Ruhe über sich ergehen lassen. Noch immer zielte die Spitze des Silberpfeils auf ihren Hals, doch sie fürchtete keinen Augenblick, daß sie eindringen würde. Die Nähe des Syagrius, der einen scharfen Geruch von Vernachlässigung und Verfall ausströmte, wurde ihr jedoch lästig, und als er speichelsprühend sein »Antworte!« zweimal wiederholt hatte, gab sie ihm einen Stoß vor die Brust. Es war nur ein mäßiger Stoß, doch der warf ihn gleich um. Im Fallen einen Tisch mit Metallgeschirr umstoßend, polterte er zu Boden, auf den Teppich, der das Gras der Uferwiese bedeckte.

Die Wächter am Zelteingang wurden aufmerksam und stürzten herein. Der Pfeil, den die rechte Hand des am Boden Liegenden umkrampfte, war ihnen Beweis genug. Syagrius wurde gepackt und hochgerissen. Ein paar Worte in gotischer Sprache, die die Griechin schon gut beherrschte, verhinderten immerhin, daß der ehemalige römische Herrscher in Gallien geschlagen und gefesselt wurde. Schließlich gelang es Scylla, die Goten hinauszudrängen. Doch nun steckten sie alle Augenblicke die Köpfe herein, und kurz darauf wurden die Wachen verstärkt. Mindestens zehn, zwölf Mann bezogen Stellung rings um das Zelt.

»Alter, hirnloser Narr!« sagte Scylla, während sie den Silberpfeil wieder im Haar der sächsischen Sklavin befestigte. »Du wirfst mir Verrat vor? Ohne mich wärst du längst nicht mehr am Leben. Nichts ist unerwünschter und lästiger als ein entthronter Machthaber auf Asylsuche. Dein Glück war es, daß der König mich bei unserer Ankunft noch vor dir ansah und daß er augenblicklich von meiner Schönheit bezaubert war. Aber ich dachte vor allem an dich! Bevor ich sein Werben erhörte, stellte ich die Bedingung, daß deine Zukunft gesichert sein müsse. Du wurdest ehrerbietig behandelt, erhieltest ein prachtvolles Haus und zähltest zuletzt sogar zum Kreis der königlichen Ratgeber, als Kenner des römischen Rechts. Das alles verdankst du nur mir. Auch heute habe ich mich für dich eingesetzt, habe beim König für dich gekämpft, habe verhindert, daß man dich gleich in Ketten schlug und in ein Boot warf, wie viele es wünschten ...«

»Scylla! Ich bitte dich, höre mich an!« Der ehemalige Patricius, der vernichtet in einem Armsessel gehangen hatte, richtete sich auf, und eine törichte Hoffnung blies ihm noch einmal Leben ein. »Du hast so viel Einfluß auf den König – benutze ihn! Bring ihn dazu, daß er zu seinem Wort steht! Wenn wir nur Zeit gewinnen, meine Göttliche«, fuhr er hastig und schmeichlerisch fort, »ist alles gewonnen! Wir fliehen! Sobald wir mit dem Hof nach Toulouse zurückgekehrt sind, machen wir uns davon! Nach Narbonne sind es nur zweihundert Meilen, ich habe noch Geld, wir mieten ein Schiff. Nach Karthago! Ja, nach Karthago! Ich kenne dort Wechsler, die mir Kredit geben werden. Was hält dich in diesem verfluchten Gallien? Von Karthago hast du doch immer geträumt! Wir werden sorglos und glücklich sein. Ich werde dir jede Freiheit lassen, nur rette mein Leben und laß mich in deiner Nähe bleiben ...«

»Was für ein Unsinn! Verschone mich damit!« Angewidert wandte Scylla dem kahlköpfigen, sabbernden, zitternden Fettkloß den Rücken zu. »Schon wieder fliehen? Und zu den Vandalen nach Karthago? Vor fünf Jahren hättest du das vorschlagen sollen, ich wäre vielleicht darauf eingegangen ...«

»Aber es ist noch nicht zu spät! Oh, du bist ungehalten ... Verzeih mir, verzeih mir! Ich war einen Augenblick außer mir. Ich wußte nicht mehr, was ich tat, was ich sagte. Ja, ich schwöre dir, ich war nicht recht bei Bewußtsein. Ein Schwächeanfall! Ein Dämon ergriff Besitz von mir und sprach aus mir und beschimpfte dich ...«

»Genug davon, alter Mann, genug jetzt!« sagte sie kalt. »Laß uns vernünftig reden, oder ich gehe. Dann magst du das Schicksal erleiden, das du verdienst!«

»Nein, nein! Bitte geh nicht, höre mir zu! Wenn du mich rettest, rettest du dich ja auch selbst! Du siehst die Gefahr noch nicht, die dich selber bedroht. Auch wenn du dich jetzt um den König verdient machst, es wird dir nichts nützen! Wenn die Ostgotin kommt, ist es aus mit dir. Sie wird entscheiden, was mit dir geschehen soll, und er wird schwach genug sein, allem zuzustimmen. Wird er sich deinetwegen dem Zorn des Theoderich aussetzen, wenn seine Gattin sich bei ihrem Vater beschwert? Gewiß nicht! So, wie er gegen mich handeln will, wortbrüchig und furchtsam, so wird er auch gegen dich handeln! Vertraue nicht auf seine Dankbarkeit! Herrschern ist Dankbarkeit immer lästig, ich weiß das aus eigener Erfahrung. Solche Gläubiger schafft man sich gern vom Halse. Vielleicht ist die Zeit nicht mehr fern, vielleicht bleiben dir nur noch Tage. Wenn man die Forderungen der Franken, dieser Verbrecher, erfüllt, werden sie neue stellen. Der Häuptling der Bande will mich. Könnte es sein, daß auch der, der gleich nach ihm kommt in der Rangordnung, der Mordbube Baddo, einen Herzenswunsch hat? Und daß er damit dem heimlichen Herzenswunsch unseres Gastgebers, nämlich dich loszuwerden bis zur Ankunft der Braut, sehr entgegenkommt?«

Die schöne Griechin hatte unwillig, aber doch aufmerksam zugehört. Im stillen mußte sie einräumen, daß der einstige römische Machthaber mit vielem recht hatte, was er hinsichtlich ihrer Beziehung zu Alarich vorbrachte. Aber sie mochte es nicht wahrhaben. Noch war sie sich ihrer Stellung sicher, und sie fühlte sich stark genug zu kämpfen. Doch die Zeit hierfür war noch nicht gekommen. Im Augenblick wollte sie nichts davon hören.

»Wenn du dich wenigstens verstellen und deine läppischen Warnungen glaubhaft vorbringen könntest«, sagte sie mit bemühtem Spott. »Du willst mich in dein leckgeschlagenes Boot ziehen, wo dir das Wasser bis zum Halse steht. Es tut mir leid, daraus wird nichts. Der König liebt mich, und was auch geschieht – er wird zu mir halten. Aber darum geht es jetzt nicht, das laß nicht mehr deine Sorge sein. Du bestimmst jetzt nur über dein eigenes Schicksal, und für die Entscheidung hast du zwei Möglichkeiten: Entweder ergibst du dich denen, die dich besiegt haben, freiwillig, aufrecht und ehrenhaft – mit der Hoffnung, dein Leben zu retten, oder …«

»Oder?« schrie er.

Sie schlug ihren Mantel zu und trat an den Ausgang des Zeltes, wo gerade wieder zwei blonde gotische Köpfe erschienen.

»Der König wird morgen in aller Frühe zur Jagd aufbrechen«, sagte sie, indem sie sich noch einmal zu Syagrius umdrehte. »Ich werde in seinem Gefolge sein. Leo bleibt hier im Lager, und er wird alle Vollmacht haben, die Verhandlungen mit den Franken, die unbedingt nötig sind, in Gang zu bringen. Auch welche Mittel er dazu anwendet, wird in seinem Ermessen liegen.«

»So bin ich verloren!« stöhnte Syagrius.

Scylla ging wortlos hinaus. Er machte ein paar schwankende Schritte, um ihr zu folgen. Aber das Unterfangen war aussichtslos. Er stand wieder vor gekreuzten Lanzen.

»Hure!« schrie er ihr nach. »Verräterin! Mörderin! Zur Hölle mit dir und deinem König! Ich werde seine Schande bekanntmachen! Die Welt soll wissen, daß der König der Goten feige und wortbrüchig ist! Die Franken sollen es wissen, es wird sie freuen! Dann werden sie nicht mehr zögern, dann kommen sie – und dann gnade euch Gott!«

Er schrie und tobte noch eine Weile. Dann traten Wächter ein und fesselten ihn. Sie banden ihm mit einem einzigen langen, schmerzhaft in die Haut schneidenden Ledergurt Arme und Hände so fest an den Leib, daß seine Linke nun nicht mehr die Freiheit hatte zu zittern. Syagrius heulte und protestierte und wurde schließlich mit einem Knebel beruhigt. So warfen sie ihn auf das Bett.

Im Morgengrauen kamen sie mit einem Eselskarren. Sie setzten ihn hinein und fuhren ihn hinunter zum Flußufer. Hier entfernten sie Fessel und Knebel und stießen ihn in ein kleines Boot, das seine Besitzer, zwei junge Fischer von der Insel, an das andere Ufer der Loire rudern mußten. Eine gotische Galeere folgte in kurzer Entfernung, kehrte aber schon auf der Flußmitte um, nachdem die Insassen sich überzeugt hatten, daß das Boot von den fränkischen Lagerwachen bemerkt worden war. Es sollte zumindest der Anschein gewahrt bleiben, daß dies keine Auslieferung war.

Syagrius hatte keine Kraft mehr zu protestieren. Stumm und teilnahmslos ließ er alles mit sich geschehen. Die Sonne ging auf, es wurde ein strahlender Frühlingstag. Der einstige Patricius befand sich kaum eine Stunde am Ufer. Chlodwig wußte von seiner Spielleidenschaft. Er lud ihn zu einem letzten Spiel ein und ließ ihn um seine Todesart würfeln.

Es hätte schlimmer kommen können: Die Franken setzten ihn in ein anderes Boot und ruderten ihn eine halbe Meile flußabwärts. Hier banden sie ihm einen Stein um den Hals und stießen ihn ins Wasser.

Im Morgenlicht konnten sie bis auf den Grund sehen. Baddo, mit der Hinrichtung beauftragt, stand am Heck des Bootes und beobachtete noch eine Weile den plumpen, leblosen Körper seines Feindes, der dort unten, sanft von der Strömung bewegt, an dem Stein hing.

Dann ließ er sich ins Lager zurückrudern.

30

Zwei Jahre später – es war wieder Frühling – besuchte der heilige Avitus, Bischof von Vienne und Metropolit der katholischen Kirche im Burgunderreich, seinen Amtsbruder Remigius in Reims. Einziges Thema der Unterhandlungen war die trübe Zukunft der Kirche in Gallien.

Der heilige Avitus war eine der bemerkenswertesten Persönlichkeiten jener Zeit. Er war von Adel und sogar mit dem römischen Kaiser gleichen Namens verwandt, der nach kurzer Regierung ein ruhmloses und gewaltsames Ende gefunden hatte. Der bischöfliche Familienzweig war zählebiger. Schon der Vater des Heiligen, Isichius, saß auf dem Stuhl des Metropoliten von Vienne, und sein Bruder Apollinaris war in Valence ebenfalls Bischof. Avitus hatte sich große Verdienste um die Verteidigung des Glaubens erworben. Er hatte in feurigen Predigten und wortgewaltigen Briefen die Trinitätslehre gegen den Irrglauben der Arianer, Monarchianer, Adoptianer und anderer Häretiker verteidigt und sechs Bücher in Versen über den Weltanfang und andere bedeutende Gegenstände geschrieben. Auch die Wunder, die er vollbracht hatte, konnten sich sehen lassen. Einmal war in der Nacht vor dem Osterfest, während er mit den Gläubigen die Heilige Messe feierte, der königliche Palast von Vienne in Brand geraten. Panik brach aus, alle glaubten, die ganze Stadt werde abbrennen, die Kirchgänger stürzten hinaus auf die Straße, um noch etwas von ihrer Habe zu retten. Avitus blieb allein in der Kirche zurück. Er warf sich vor dem Altar nieder und flehte unter Seufzern und Tränen Gottes Barmherzigkeit an. Und da geschah das Wunderbare: Die Bitte wurde höheren Ortes vernommen, und plötzlich schwoll der bischöfliche Tränenstrom derartig an, daß er hinausdrängte aus der Kirche, den Königspalast unter Wasser setzte und den Brand löschte. Die Nachricht von dieser eindrucksvollen Löschaktion wurde sogleich von Klerikern, Mönchen und Pilgern überall in Gallien verbreitet und verlieh dem nunmehrigen Heiligen die höchste Autorität. Sein stattlicher Wuchs, sein gewaltiger, von aschblonden, himmelwärts gesträubten Haaren umwallter Schädel, seine dröhnende Stimme, seine theaterreife, überaus lebhafte Mimik und Gestik verschafften Avitus außerdem, wo er erschien, die größte Aufmerksamkeit. Bei der Begrüßung vor dem Bischofspalast in Reims versank der kleine, zarte Remigius in seiner brüderlichen Umarmung und hatte Mühe, sich daraus wieder hervorzuarbeiten.

Avitus galt als Feinschmecker und Liebhaber der römischen Küche, und so hatte sein sonst eher maßvoll lebender Gastgeber ein Spanferkel mit Sojasoße, einstmals das Lieblingsgericht des Kaisers Vitellius, anrichten lassen. Avitus lobte es sehr und verspeiste es fast allein. Dazu tranken sie einige Becher von dem Wein, den der burgundische Gast als Geschenk mitgebracht hatte. Beim Nachtisch, gepfefferten Omeletten, kamen die beiden Heiligen dann allmählich auf ihr Problem zu sprechen.

Übereinstimmend beklagten sie die Lage. Die Römer hatten in Gallien nun endgültig abgewirtschaftet. Überall saßen die Germanen: im Westen die Goten, im Süden die Burgunder und neuerdings im Norden und in der Mitte die Franken. Seit dem Verschwinden ihres Protektors, des Kaisers, war die Kirche in großen Schwierigkeiten. Die Greuel und Metzeleien, die Vertreibungen, die Hungersnöte, die Unordnung – das alles hatte den Glauben der Menschen erschüttert. Unzählige Gotteshäuser waren niedergebrannt, fast alle waren geplündert, die Gemeinden und die Klöster lösten sich auf.

»Was kann man tun?« fragte Avitus mit tragisch gefurchter Stirn, wobei er dem aufwartenden Diener ein Zeichen gab, seinen Becher noch einmal zu füllen. »Sind wir am Ende des irdischen Jammers? Ist Rettung überhaupt noch möglich? Oder ist das wirklich der Anfang des Weltgerichts? Bedient sich Gott der Barbaren, um die Menschen für ihren Hochmut, ihre Gier nach Reichtum und für den Verfall der Sitten zu strafen?«

»Vertrauen und Hoffnung darf man nicht aufgeben«, meinte Remigius. »Und ich glaube, es gibt sogar erste Anzeichen für eine Besserung der Verhältnisse.«

»Wie? Eine Besserung? Das sagst gerade du, der du nun ebenfalls einen Barbaren als Herrscher vor der Nase hast? Und sogar noch den Schlimmsten, den Verruchtesten?«

»Wir sollten Chlodwig nicht unrecht tun. Gewiß, er ist fast noch ein Wilder: und seine barbarische Herkunft schlägt immer noch durch. Aber er ist ein Mann der Tat, und so einen brauchen wir als Protektor. Wenn es gelänge, ihn zu zähmen, könnte sich die Kirche seine Tatkraft zunutze machen.«

»Und du traust dir zu, diesen Kerl zu zähmen?«

»Ich denke, ein Anfang ist gemacht.«

»Wie denn?«

»Fast überall, wo die Franken herrschen, sind Geistliche jetzt ihre bevorzugten Ratgeber. Das wollte er zwar zunächst auf keinen Fall dulden, aber wir haben es trotzdem durchgesetzt. In einigen Städten, wo sie nur kleine Garnisonen unterhalten und nicht einmal einen Comes stellen, regieren die Bischöfe. Und wo ein Comes eingesetzt wird, ist der Bischof dennoch unentbehrlich. Ohne die einheimische Aristokratie ist Herrschaft nun einmal nicht möglich, und wir gehören ja alle dazu. Chlodwig hat das begriffen. Er benutzt uns, ohne dabei zu bemerken, daß auch wir ihn benutzen. So haben wir Anteil an seiner Macht.«

»Anteil an seiner Macht! Das sagt sich so leicht. Was ist das schon? Wenn es ihm morgen gefällt, hängt er euch auf oder schlägt euch die Köpfe ab oder wirft euch in den Fluß wie Syagrius – ohne daß es ihm die geringsten Gewissensqualen bereitet. Und warum? Weil er keinen Glauben hat. Weil er sich nicht vor der göttlichen Rache fürchtet. Weil ihn der Gedanke an das Jüngste Gericht nicht beunruhigt. Weil er nicht um seine ewige Seligkeit bangt. Ihm fehlt die Angst, die große Mutter des Glaubens! Um seine Seele sorgt er sich nicht, denn er braucht keine. Solange es nicht gelingt, ihm eine Seele zu verschaffen und damit die Angst um sie in der Ewigkeit, ist alles andere nutzlos! Bist du in dieser, der wichtigsten Sache vorangekommen?«

Die im dröhnenden Baß gestellte Frage seines Mitheiligen aus Vienne brachte Remigius in Verlegenheit. Er mußte sie kleinlaut verneinen.

»Mit seiner Seele ist es schwierig«, bekannte er. »Und ihm Angst vor dem Jenseits einzureden, ist völlig unmöglich. Er glaubt an die alten Heidengötter, an Wodan, Tiwaz, Donar. Er ist überzeugt, daß sie ihm zu seinen Erfolgen verhelfen. Ein Jenseits gibt es bei denen auch, es nennt sich Walhall und ist eine Art Trinkhalle für die größten Raufbolde, wo geprahlt und gesoffen und zwischendurch immer mal wieder gerauft wird. Natürlich sieht er sich dort schon als Ehrengast. Er glaubt auch, von einem dieser Götzen abzustammen, einem Meerungeheuer, halb Stier, halb Mensch. Wie soll man ihn packen? Ich weiß es nicht. Solange er Schlachten gewinnt und eine Stadt nach der andern erobert, ist nichts zu machen. Ihm seine Sieghelfer auszureden ist zwecklos. Vielleicht könnte ihn eine Niederlage an ihnen zweifeln lassen? Daran habe ich schon gedacht – doch wann kommt sie? Er siegt und siegt ...«

»Für die Kirche ist jedenfalls nichts gewonnen, solange er nicht bekehrt ist«, befand Avitus. »Er kann sich schon morgen aus einem stillen Gönner in einen Nero oder Diocletian verwandeln.«

»Dessen bin ich mir bewußt«, mußte Remigius zugeben. »Aber was hilft das? Es ist sehr schwierig, an ihn heranzukommen. Wenn er mich rufen läßt, will er gewöhnlich nur über profane Dinge reden ... Rechtsfragen, Steuern, Verwaltungskram. Ein Gespräch über Religion ist mit ihm so gut wie unmöglich. Wie soll man bekehren, wenn man dazu keine Gelegenheit bekommt! Aber man darf natürlich nicht aufgeben. Man muß Geduld haben.«

»Geduld, Geduld! Diese Geduld kann uns eines Tages teuer zu stehen kommen. Wie viele Jahre kämpfe ich nun schon geduldig um unseren König Gundobad! Er empfängt mich, sooft ich mich bei ihm anmelden lasse, und wir reden auch über Religion. Erreicht habe ich trotzdem nichts. Er ist zäh, ein eingefleischter Arianer. Jedesmal, wenn ich zu ihm nach Lyon komme und mit der Lehre von der Dreieinigkeit anfange, sagt er: ›Was soll das? Was erzählst du mir da? Ich bin Christ. Predigst du mir schon wieder mehrere Götter? Für mich gibt es einen, den Allmächtigen, und dieser Jesus ist nur sein Prophet. Und unter einem heiligen Geist kann ich mir überhaupt nichts vorstellen.‹ Da kannst du mit Engelszungen reden, er versteht einfach nicht!«

»Immerhin läßt er euch gewähren. Keine Verbote, keine Verfolgungen.«

»Das ist wahr, das gebe ich zu«, sagte Avitus, der inzwischen einen weiteren Becher geleert hatte und nun selber die Kanne nahm, um sich und Remigius nachzuschenken. »Er läßt uns in Ruhe, er stört uns nicht. Sogar in seiner eigenen Familie gibt es ja echte Christen, nicht nur Häretiker. Seine Schwägerin Caratene zum Beispiel, die Witwe seines Bruders Chilperich, ist eine vorbildliche Katholikin. Auch ihre beiden Töchter gehören zu uns.«

»Sieh an«, sagte Remigius, bei dem der Wein zu wirken

begann. »Das wußte ich gar nicht. Sehr gut, sehr erfreulich! Die Nichten dieses eingefleischten Arianers haben also den wahren Glauben.«

»Ich selbst habe sie unterrichtet«, erwiderte Avitus stolz. »Wann immer ich am Hofe von Genf zu tun habe, suche ich sie auf und vertiefe ihr Wissen. Sie sind sehr gelehrige Schülerinnen.«

»Wie? Sie leben am Hof von Genf?«

»Du weißt doch, daß Chilperich bei uns in Vienne residierte. Ich kannte ihn gut, er schätzte mich, wir standen auf sehr vertrautem Fuße. Als er plötzlich starb, rückte Gundobad gleich mit Militär ein und nahm die Stadt in Besitz, damit seine beiden anderen Brüder nicht zugriffen. Caratene, der Witwe, paßte das nicht, weil schon ihr Gatte seinen ältesten Bruder und Oberkönig verabscheut hatte, und so zog sie weg und nach Genf zu Godegisel. Der ist jetzt der einzige Unterkönig bei uns in Burgund, weil auch der vierte Bruder inzwischen verstorben ist. Zwischen ihm und Gundobad gibt es unentwegt Reibereien, und manchmal läßt man mich sogar holen, um zu vermitteln. Natürlich versuche ich, beiden gerecht zu werden, leicht ist es nicht. Godegisel steht unserer Sache näher, aber leider ist er nur Unterkönig. Solange Gundobad nicht bekehrt ist, werden die arianischen Bischöfe, dieses Rattengezücht, uns katholische zwicken und beißen und sich unter den Erbschaften die fettesten Speckstücke aussuchen. So ist es, mein guter Bruder. Deshalb ist die Lage so traurig, deshalb wird unser Elend fortdauern.«

Avitus schenkte sich nach. Remigius hatte die letzten Ausführungen seines Amtsbruders nur mit halbem Ohr verfolgt.

»Interessant, mein lieber Avo, sehr interessant! So also steht es bei euch … so traurig, so schlecht. Aber ein bißchen Hoffnung gibt es ja. Wenn schon in der Königsfamilie …

Nun, was ich sagen wollte ... Um noch einmal auf diese Mädchen zurückzukommen ... die Kinder ...«

»Kinder? Welche Kinder?«

»Die Nichten eures Königs, die Töchter der Witwe.«

»Kinder kann man die nicht mehr nennen.«

»Sie sind also schon erwachsen, sieh an! Wie alt sind sie denn?«

»Ganz genau weiß ich es nicht. Die ältere mag etwa zwanzig Jahre alt sein, die jüngere achtzehn, neunzehn.«

»Sie sind also heiratsfähig!«

»Gewiß. Schon lange.«

»Und ... ihr Äußeres ... ihre Gestalt, ihr Gesicht ... Ich meine, gefällt es? Ist es ansprechend?«

»Warum fragst du das, Remi?«

»Nun, weil ... Könnten sie einem Mann gefallen? Auch einem König?«

»Einem König? Warum nicht? Sogar dir würden sie gefallen. Besonders die Jüngere, Chlotilde. Sie ist wahrhaftig eine Schönheit, schwarzhaarig, glutäugig, sowohl vorn als auch hinten gut ausgestattet. Wäre ich nicht schon so alt, würde ich selbst um sie werben!«

»Na, na, was höre ich da? Was sind das für Gedanken! Du sehnst dich nach Fleischeslust, die dich von Gott entfernt?«

»Ach, gib nichts auf Paulus, den alten Mucker, der kannte sie nicht!« dröhnte Avitus. Und indem er die Stimme dämpfte: »Mal ganz unter uns: Nie fühlte ich mich dem Himmel näher, als in den seltenen Augenblicken der Fleischeslust!«

Die beiden Heiligen, denen der Wein die frommen Skrupel genommen hatte, steckten die Köpfe zusammen und kicherten.

»Sprechen wir nun aber ernsthaft!« sagte Remigius. »Ist sie wirklich so schön, diese Chlotilde?«

»Eine Schönere findest du nicht!« versicherte Avitus. »Ich war überrascht, als ich sie kürzlich wiedersah. Und dabei ist sie ein Muster an Sittsamkeit. Ein wahrer Engel!«

»Dann muß sie sich ja vor Bewerbern nicht retten können.«

»Sollte man meinen. Und einige gab es wohl auch. Aber sie weigerte sich jedesmal. Und weder ihre Mutter noch ihr Onkel, der König Godegisel, wollten sie zwingen.«

»Warum weigerte sie sich denn?«

»Nun, einerseits waren es Männer, deren Familien nicht ihrem Stand entsprachen. Immerhin war ihr Vater ein König.«

»Und andererseits?«

»Es waren Arianer! Sie hielt es für unmoralisch, jemanden zu heiraten, der nicht den richtigen Glauben hat. So viel Strenge und Eifer findet man selten bei einer so jungen Person. Dazu die erstaunlichen Kenntnisse der christlichen Lehre …«

»Warte mal, Avo, warte mal!«, unterbrach ihn Remigius aufgeregt. »Mir ist da ein famoser Gedanke gekommen. Ein grandioser Gedanke! Ein himmelstürmender Gedanke! Was meinst du … Würde die Schönheit auch einen nehmen, der nur eine der beiden Bedingung erfüllt?«

»Du willst damit sagen …«

»Einen, der entweder König oder rechtgläubiger Christ ist?«

»Ich kann dir nicht folgen, Remi, es liegt wohl am Wein …«

»Den König haben wir nämlich schon!«

»Wie? Einen König für …«

»Für Chlotilde! Einen König, der einen Missionar braucht!«

»Einen Missionar?«

»Sagtest du nicht, Avo, sie sei streng und eifrig, verfüge über erstaunliche Kenntnisse der christlichen Lehre?«

»Ah, Remi, es dämmert … »

»Noch hat er nicht den richtigen Glauben, aber auch nicht den falschen! Demnach wäre es nicht unmoralisch … ich meine, ihn zu heiraten und …«

»Jetzt geht mir ein Licht auf …«

»Und es liegt dann an ihr, sie wird es in der Hand haben, daß er auch die zweite Bedingung erfüllt. Sie macht es auf ihre Art, sie verführt ihn dazu!«

»Sie holt ihn ins irdische Paradies und lockt ihn von dort gewissermaßen ins himmlische!«

»Ein kleiner Umweg zur Seligkeit!«

»Ein Umweg durch das Ehegemach!«

Die beiden heiligen Bischöfe verstummten einen Augenblick. Sie blickten sich starr in die Augen. Der eigene grandiose Gedanke erschreckte sie. Dann klatschten sie gleichzeitig in die Hände und brachen in ein tolles Gelächter aus. Sie sprangen auf, sie umarmten und küßten sich. Sie faßten sich bei den Händen und tanzten übermütig umher. Die Diener lugten durch die Löcher im Türvorhang und erschraken, als sie die beiden würdigen Oberhirten, den großen Dicken mit der gesträubten Mähne und den kleinen, dünnen Glatzkopf, so außer sich sahen.

Bis in den letzten Winkel des Bischofspalastes von Reims dröhnte der Baß des Avitus, schmetterte der Tenor des Remigius:

»Ein kleiner Umweg zur Seligkeit, ach,
führt manchmal durch das Ehegemach!«

31

Das Königsgut Berny war neuerdings Chlodwigs Lieblingssitz. Nachdem die größten Städte und Festungen nördlich der Loire erobert waren, hatte er sich nicht mehr selbst um die Einnahme der kleineren Orte gekümmert, sondern diese mitunter noch langwierigen Unternehmungen Baddo und seinen Unterfeldherren überlassen. Zunächst war er in den Palast von Soissons zurückgekehrt, um hier seine Verwundungen auszukurieren. Bei Ausritten in der Stadt und ihrer Umgebung war er dann aber durch Angriffe aus Hinterhalten noch zweimal leicht verletzt worden, so daß er es vorgezogen hatte, sich für den Rest des Genesungsprozesses aufs Land zurückzuziehen. Daraus war schließlich eine Gewohnheit geworden. Wie die Waldburg bei Tournai war Berny ein sicheres, bequemes Refugium. In den anmutig auf einem flachen Hügel zwischen Eichen, Buchen und Fichten verstreuten Gebäuden der alten Villa wohnte es sich angenehmer als in dem weitläufigen, zugigen Stadtpalast. Es gab hier sichere Kellerräume, zum Teil in den Felsen gehauen, und wie schon Syagrius ließ auch Chlodwig einen großen Teil seines (durch die Eroberungen der letzten Jahre immens angewachsenen) Schatzes hierherbringen. Gräben, Mauern und zahlreiche Wachtürme umgaben das Königsgut und machten es leicht, es zu verteidigen. Für die Gefolgschaft eines Königs, die sich langweilte, boten sich zahlreiche Möglichkeiten der Unterhaltung. Auf den Wiesen vor der Festung war viel Raum für Waffenspiele und andere sportliche Wettbewerbe. Für Ausritte waren breite

Wege angelegt. Die Wälder der Umgebung waren wildreich und luden zur Jagd ein.

Chlodwig fühlte sich hier entschieden wohler als in seiner Hauptstadt. Die Kämpfe der letzten Jahre hatten ihn reichlich Kraft gekostet, und obwohl er erst sechsundzwanzig Jahre alt war, hatte seine Gesundheit schon schwer gelitten. Es war üblich, daß die Könige selber in vorderster Reihe in das Kampfgeschehen eingriffen, und er hatte sich selten geschont. Oft war er sogar unter den ersten gewesen, die eine hartnäckig verteidigte Festungsmauer über eine Sturmleiter erstiegen oder auf gefährlichen Schleichwegen in eine feindliche Stadt eindrangen. Tapferkeit hatte er niemals vermissen lassen, aber der Preis war hoch. Sein Körper war mit Narben übersät, auch mit noch schlecht verheilten Wunden, in denen Holz und Metall von Pfeilen und Lanzen steckte. Irgendein Körperteil plagte ihn immer, in den Nächten fand er oft keinen Schlaf, und nur seiner zähen Natur verdankte er es, daß auch die schlimmsten Krisen vorübergingen. Aber die fünf Kriegsjahre hatten ihn verändert. Er schätzte es nicht mehr, Tag und Nacht auf den Beinen zu sein, er kümmerte sich nicht mehr um jede Kleinigkeit. Er zog sich auch aus der Stadt zurück, um dem Andrang der Kläger und Bittsteller zu entgehen. Es langweilte ihn mittlerweile, immer die gleichen Klagen zu hören, die gleichen Urteile fällen zu müssen. Er empfing nun auch nicht mehr alle Gesandten, nur die wichtigsten erhielten die Erlaubnis, zu ihm nach Berny zu kommen. Er hatte vorerst genug von den Festgelagen, den feierlichen Umritten, den Huldigungen der Magistrate, den Eidesleistungen neuer Untertanen. Er benötigte Zeit zur Erholung und zum Nachdenken. Er wußte, daß nichts blieb, wie es war, und daß die schwerste Arbeit noch vor ihm lag: das so reichlich Gewonnene zu erhalten. Dazu brauchte er wieder eine feste Gesundheit, frische Kraft und einen klaren Kopf.

Viel Zeit widmete der König in Berny seinem einzigen Sohn, dem nunmehr achtjährigen Theuderich. Ganze Vormittage lang unterwies er ihn im Waffengebrauch und im Reiten. »Therri« hatte eigentlich noch nicht das passende Alter, für den Eintritt in die Jungmannschaft war er noch zu klein. Aber Chlodwig hatte die größte Eile, ihn zum Manne zu machen. Immer wieder plagte ihn der Gedanke, was wohl geschehen wäre, wenn ihn ein Schwerthieb oder ein Pfeilschuß getötet hätte. Auch eine seiner vielen Verwundungen konnte ihn noch umbringen. Zwei- oder dreimal im letzten Winter war es fast soweit gewesen. Nur Sunnas aufopfernder Pflege verdankte er, daß er jedesmal durchkam. Die Ärzte, die mit ihren Messern in seinen Wunden gewühlt und die tückischen Fremdkörper nicht gefunden hatten, waren ausgepeitscht und davongejagt worden. Einen hatte er, fast irrsinnig vor Schmerzen, beinahe erwürgt. Jetzt ließ er sich nur noch von Sunna behandeln, obwohl ihm klar war, daß sie mit ihren Kräutern, Salben und Zaubersprüchen gegen die meisten der Übel, die ihn plagten, nichts ausrichten konnte. Sie war noch rundlicher geworden, und ihr Haar war nicht mehr blond, sondern grau. Sie war fünfunddreißig Jahre alt.

In Berny verbrachte Chlodwig die meiste Zeit in der Gesellschaft eines ausgewählten Kreises seiner Gefolgsleute. An den langen Winterabenden saß man in der Halle, in der freundlichen Jahreszeit an seinem Lieblingsplatz, unter einer Buche in der Nähe der Pferdeställe. Fast immer dabei waren die drei Unentbehrlichen, die Getreuesten seiner Getreuen: Bobo, Ursio und Ansoald. Alle drei führten nun den von den Römern übernommenen Titel *comes* und waren am fränkischen Hof die ranghöchsten Würdenträger.

Bobo war oberster Verwaltungsbeamter und Schatzmeister und nannte sich jetzt *comes palatii*. Er war der Einnehmer aller Steuern, Zölle und Sonderabgaben und zog die Gewinne aus den Königsgütern, die nach den Eroberungen der letzten Jahre gewaltige Ausmaße angenommen hatten. Nach Chlodwig war er der reichste Mann im Lande. Sein Leibesumfang entsprach seiner Würde, er erfreute sich hoher Achtung in der Gefolgschaft, die seinem Talent viel verdankte. Ein einziger Kummer nagte an ihm: Nach wie vor wollte es ihm nicht gelingen, die heißbegehrte dicke Schwester des Königs zu seiner Gemahlin zu machen. Albofleda war mittlerweile so sehr unter den Einfluß der Christianer geraten, daß sie sich längst hätte taufen lassen, wenn Chlodwig es erlaubt hätte. Ganz offen äußerte sie die Hoffnung, eines Tages Nonne und erste Äbtissin im Frankenreich zu werden. Nur ein Machtwort des Bruders konnte sie noch in ein Ehebett zwingen, aber er sprach es nicht. Bobo wagte ein paar schüchterne Anläufe zu einer Brautwerbung, wurde jedoch kalt zurückgewiesen. So mußte er sich mit Konkubinen begnügen. Sein höchstes Streben, durch die Heirat mit einer Merowingerin auch noch Schwager des Königs zu werden, blieb unerfüllt.

Der kleine Ursio hatte das Amt des Seneschalks abgegeben und war nun *comes spathariorum*, oberster Leibwächter des Königs und Kommandant der Palastwache. Seit jenem Überfall durch Unbekannte war der knapp Dreißigjährige ein Krüppel. Er ging gebückt und wacklig, die linke Hand war eine steife Kralle, und den Kopf mit dem alternden Kindergesicht und dem zahnlosen Mund hielt er schief, als sei ununterbrochen auf der Lauer. Und das war er tatsächlich, denn ausgerechnet ihm hatte Chlodwig besondere Vollmachten für die Bekämpfung des Verbrechens in dem rasch gewachsenen, noch ungefestigten neuen Frankenreich übertragen. Angesichts überhandnehmender Mordanschläge gegen die fränkischen Herren, lokaler Unruhen und Wegelagerei war dem König schließlich nichts anderes übriggeblieben. Trotz der Gefahr, die Franken bei der Bevölkerung noch verhaßter zu machen, als sie es ohnehin waren, hatte er diesem Skrupellosesten seiner Getreuen das Amt des Bluthunds gegeben. Ursio verfügte über eine mehrhundertköpfige Sondertruppe, überall hatte er seine Spitzel und Schergen. Wer ihm in die Hände fiel, gelangte in die Hölle auf Erden und mußte die raffiniertesten Foltern erdulden, ehe der Galgen oder das Schwert ihn erlösten. Sein tiefer Haß auf die Gallorömer ließ ihn vor Unschuldigen nicht Halt machen, und oft mußte Chlodwig mäßigend eingreifen. Aber er wußte, was er an Ursio hatte, und entzog ihm nie seine Gunst.

Auch Ansoald hatte ein neues Amt, er war jetzt *comes Suessioni*, Stadtgraf von Soissons. Und er hatte erreicht, was Bobo, der ihn heftig beneidete, versagt blieb: Er war Schwager des Königs geworden.

Dabei hatte alles mit einem gewaltigen Schrecken begonnen. Das Vergnügen zu dritt war nicht ohne Folgen geblieben, eine der Schwestern wurde schwanger. Es war Lanthild, die Jüngere. Die drei zitterten, als sie es feststellten, und erst recht, als es kaum noch zu verheimlichen war. Die Schwestern sahen sich schon vom Hofe verbannt und ihren Liebsten im Grabe liegen. Wie schnell fuhr Chlodwigs Hand zum Gürtel, in dem die Axt steckte!

In der Hoffnung auf einen hilfreichen Ausweg vertraute sich Lanthild ihrer Mutter an. Sie wurde nicht enttäuscht, Frau Basina zeigte sich aufgrund ihrer eigenen abenteuerlichen Vergangenheit nicht allzu betroffen. Sie war sogar stolz auf ihre jüngste Tochter, die es wie sie gemacht und sich den Tüchtigsten ausgesucht hatte. Und schließlich hatte sie auch den rettenden Einfall. Als Chlodwig, der gerade Paris belagerte, vorübergehend nach Soissons kam, erklärte sie ihm, sie müsse von ihm Abschied nehmen. Es sei notwendig, daß sie zurück in ihre Heimat, zu den Thüringern gehe, denn sie leide unter solchen Gewissensqualen, daß sie es nicht mehr aushalte. Auch der gute Bischof Remigius sei der

Meinung, sie habe ein großes Unrecht begangen, indem sie den König Bisin, ihren Ehemann, seinerzeit Childerichs wegen im Stich ließ. Mit Chlodwigs Vater sei sie nämlich gar nicht richtig verheiratet gewesen, was ihr sehr leid tue, denn ihre Kinder seien damit zwar Merowinger, doch nicht legitim. Sie habe, bevor sie sterbe, das dringende Bedürfnis, sich ihrem wirklichen Ehemann, falls er noch lebe, zu Füßen zu werfen und ihn um Verzeihung zu bitten.

Frau Basina kannte ihren Sohn und wußte, wie sehr sie ihn damit treffen würde. Chlodwig hatte immer geglaubt, sein Vater habe die Mutter, eine jungfräuliche Königstochter, aus seinem Exil am Hofe des Thüringers mitgebracht. Er ahnte nicht, daß sie die Frau des Bisin war und ihn verlassen hatte, um Childerich nachzureisen. Alle, die davon wußten, hatten es sorgsam vor ihm verheimlicht. So traf ihn diese Eröffnung tatsächlich wie eine Keule. Er – nicht legitim? Er – von einer Mutter geboren, die eigentlich mit einem anderen als seinem Vater verehelicht war? Er brauchte Tage, um damit fertig zu werden. Schließlich verbot er Frau Basina die Reise. Er verbot ihr auch, diese Geschichte weiterzuerzählen. Und dem Bischof sollte sie weismachen, sie habe sie in einer vorübergehenden Geistesverwirrung erfunden.

Frau Basina gab schließlich nach, doch unter einer Bedingung. Wenn Chlodwig als legitim gelten wolle, dann dürfe er auch seinen Schwestern nicht zumuten, nicht legitimen Nachwuchs zur Welt zu bringen. Lanthild erwarte ein Kind, und das müsse einen Vater bekommen. Zwar empörte den König auch diese Eröffnung, doch sie klang nach der ersten eher harmlos. Er bezahlte den Preis und grollte nur mäßig. Er begnügte sich mit ein paar Ohrfeigen, die er Ansoald verpaßte, während er ihn zum Comes seiner Residenzstadt ernannte. Denn sein Schwager mußte im Frankenreich zu den ganz Großen gehören. Ohne Pomp und viel Aufsehen wurde die Hochzeit in Berny gefeiert.

Die fröhliche Liebschaft zu dritt blieb für Mutter und Bruder geheim. Sie ging nun auch rasch zu Ende. Audofleda, die Schöne, fürchtete weitere Verwicklungen und tröstete sich mit anderen Männern. Heiter, lebenshungrig und flatterhaft, dabei aber vorsichtig, wechselte sie ein paar Jahre lang in immer kürzeren Abständen ihre Liebhaber. Zuletzt allerdings war sie unglücklich, weil das Ende der sorglosen Zeit bevorstand. Die Gesandtschaft des Königs der Ostgoten, die sie abholen sollte, wurde erwartet.

Für Lanthild, die mit männlicher Tatkraft Begabte, war die Ehe kein vorgezogener Abschied vom Leben. Nur zu gebären und zu altern, genügte ihr nicht. Sie beherrschte Ansoald, ihren Gatten, vollkommen und übernahm sogar nach und nach dessen Amtsgeschäfte, für die sie sich mehr interessierte als für die Erziehung ihres Töchterchens. Ansoald war es zufrieden. In den Jahren des Krieges hatte er tapfer gekämpft und sich ausgezeichnet. Gern führte er nun ein behagliches Leben an der Seite seines königlichen Gefolgsherrn. Während Bobo und Ursio immerhin zeitweise, wenn ihr Dienst es erforderte, in Soissons und anderswo weilten, hielt er sich fast ständig in Berny auf, jagte, spielte und ging gelegentlich seiner alten Leidenschaft nach, indem er eine der Mägde oder auch mal die Tochter eines benachbarten Gutsbesitzers mit seiner Aufmerksamkeit überraschte. Er fühlte sich wohl und setzte schon Fett an.

32

Remigius verlor keine Zeit und fuhr nach Berny. Es war ein Abend im Mai, er fand den König an seinem bevorzugten Platz, unter der Buche beim Pferdestall. Chlodwig gegenüber auf der Bank, die Ellbogen auf den roh gezimmerten Tisch gestützt, hockten die Männer, die der Bischof im stillen nur seine drei Spießgesellen nannte: Bobo, Ansoald, Ursio. Ein Vierter, in dem er überrascht den jungen Potitius aus Reims erkannte, saß aufrecht und steif an der Tischkante.

Alle hatten Becher und Bierkannen vor sich und sahen Therri zu, der ein Kinderbeil nach einer rund geschnittenen Rinderhaut schleuderte, die als Zielscheibe an den Baum geheftet war. Chlodwig selber leitete ihn an. Er wurde allmählich ungeduldig, erklärte aber nach jedem Fehlwurf, was Therri falsch gemacht hatte. Der Junge war schon den Tränen nahe.

»Du mußt die Entfernung richtig schätzen, das ist das Wichtigste. Ist das so schwer? Der Baum ist ein Riese, er ist dein Feind, er kommt auf dich zu. Wenn du den Augenblick verpaßt, ihn zu töten, tötet er dich. Also los ... Anlauf – stehen – zielen – und ... Nein, nein! Viel zu spät! Du darfst nicht zögern. Nun ist er schon bei dir und hat dich erschlagen. Noch einmal!«

Der Junge hob das Wurfbeil auf. Den blonden Strubbelkopf schamhaft gesenkt, ging er zurück. Erneut lief er an. Ein paarmal drehte sich das Beil, traf aber nur einen Wurzelstrang knapp über dem Boden und rutschte ab. Die drei Comites nickten beifällig, Potitius klatschte sogar in die Hände.

Aber der König sagte: »Wieder nichts! Lernst du es nie?«

»Immerhin hat er den Feind an der großen Zehe getroffen«, witzelte Ursio. »Der muß jetzt auf einem Bein weiterhüpfen.«

Aber Therri konnte darüber nicht lachen. Die Tränen brachen sich nun Bahn und rollten ihm über die Wangen.

»Marsch hinter den Stall, und übe weiter!« befahl sein Vater. »Und laß dich erst wieder blicken, wenn du es kannst!«

Der Junge hob das Beil auf und trollte sich. In diesem Augenblick kam Remigius hinter der Stallwand hervor, wo er kurz gewartet und die unter der Buche versammelte Gesellschaft beobachtet hatte. Er setzte seine freundlichste Miene auf, strich im Vorbeigehen dem schluchzenden Knaben tröstend über den Blondschopf und trat vor den König.

»Salve, *rex Francorum*!«

»Salve, *episcopus*.«

»Halleluja!« sagte Ursio.

»Halt's Maul!« sagte Chlodwig.

Bobo und Ansoald feixten. Potitius stand von der Bank auf und verbeugte sich vor dem Bischof.

»Du solltest ihm dieses Wort nicht verbieten«, sagte Remigius lächelnd. »Der Herr im Himmel hört es gern, wenn man zu seinem Lobe aufruft.«

»Meinetwegen«, erwiderte Chlodwig. »Doch so war es wohl nicht gemeint. Na, setz dich zu uns. Aber fang nicht an, uns etwas zu predigen. Wir stecken in einer ernsten Beratung.«

Remigius setzte sich an der Seite des Königs auf die Bank. Erst jetzt nahm auch Potitius wieder Platz.

»Wie ich sehe, hast du einen Gast aus Reims hinzugeladen«, sagte Remigius neugierig, »so daß ich annehmen darf, die Angelegenheit betrifft unsere Stadt. Vielleicht kann ich helfen oder wenigstens raten.«

»Warum nicht?« sagte Chlodwig. »Du bist doch ein Wundermann. Schaff mir meine Vettern vom Halse, dieses verdammte Räuberpack. Tu ein Wunder, schick sie zur Hölle!«

»Ein Wunder mit Hilfe unseres Herrn sollte nicht Tod und Vernichtung bewirken, sondern immer nur Gutes«, erwiderte der Bischof sanft.

»Aber das wäre sogar etwas sehr Gutes. Etwas Besseres gäbe es gar nicht.«

»Haben sich deine Verwandten denn schuldig gemacht? Haben sie so sehr deinen Zorn erregt?«

»Sie sind wieder frech geworden«, sagte Bobo, der den Bischof seines Einflusses auf Albofleda wegen nicht ausstehen konnte. »Wer weiß, wer sie dazu anstiftet! Es sollen sich Schwarzröcke bei ihnen herumtreiben.«

»Für unsere Brüder, die Mönche, verbürge ich mich. Sie sind friedfertig. Aber was ist denn geschehen?«

»Die Cambraier haben wieder ein Gut überfallen«, sagte Ansoald. »Da sitzt der Geschädigte!«

Alle blickten zu Potitius hin.

»Dabei hat es mich so viel Mühe und Geld gekostet, das Gut wieder hochzubringen«, sagte der mondgesichtige Lockenkopf. »Schon einmal ist es ja von Banditen ausgeraubt worden und ...«

Er unterbrach sich erschrocken, wagte nicht weiterzusprechen und starrte den König mit offenem Munde an.

Die drei Gefolgsmänner tauschten Blicke.

»Ja«, sagte Chlodwig, der keine Miene verzog. »Das hatte sich damals gelohnt. Ich erinnere mich gern an unsern Besuch bei dir. Du erinnerst dich wohl weniger gern ...«

»Oh, es war ... es war eine Ehre für mich«, stotterte der gallorömische Aristokrat, wirr vor Angst, seiner unbedachten Bemerkung wegen. »Ich hatte nur nichts davon geahnt ...«

Jetzt konnten die drei nicht mehr an sich halten und brachen in ein Gelächter aus.

»Schade, daß er es nicht geahnt hat!« rief Bobo.

»Vielleicht hätte er uns sonst eingeladen!« sagte Ursio.

»Und die vielen guten Jungen, die dabei draufgingen, wären am Leben geblieben«, meinte Ansoald.

»Ja, wir haben klein angefangen, und es hat viele Opfer gekostet, bis wir erreicht haben, was wir wollten«, bemerkte Chlodwig sinnend, als die drei sich beruhigt hatten. »Auch andere, die nicht zu uns gehörten, mußten Opfer dafür bringen. Ich hoffe, Potitius, du trägst uns nichts nach!«

»O nein, im Gegenteil, ich bin stolz darauf, daß ich ein Opfer bringen durfte!« stieß Potitius hastig hervor.

»Nun lebst du in einer starken Francia, wo es dir besser geht als vorher.«

»Ja, so ist es. Es geht mir besser!«

»Um dein Recht brauchst du dich jetzt nicht mehr zu sorgen. Wenn dir Unrecht geschieht, gehst du einfach zum König, und er empfängt dich wie einen Freund. Gab es das vorher?«

»Nein, das gab es nicht. Es geht mir jetzt wirklich viel besser!«

»Auch seinem Arschloch geht es jetzt besser«, bemerkte Ursio und stieß einen Hahnenschrei aus.

Das erzeugte wieder Heiterkeit. Bobo hielt sich den gewaltigen Bauch, den der silberbeschlagene Gürtel gerade noch umspannte. Ansoald rückte an die Seite des Verspotteten, schlug ihm auf den Rücken und forderte ihn zum Mitlachen auf. Potitius schielte zum König hin, sah die Mundwinkel unter dessen Schnurrbart zucken und stimmte nun auch ein. Er schrie sogar mit, als die anderen ausgelassen »Ü – ü – ü – üüü!« machten.

Chlodwig tauschte einen Blick mit Remigius, und seine Handbewegung schien zu sagen: Was soll man tun? Sie brauchen nun mal ihren Spaß.

Ein alter Knecht lief aus dem Stall herbei und rief: »König, gleich ist es soweit! Es kommt! Es kommt!«

Chlodwig sprang auf und stapfte zum Stall. Die drei fränkischen Herren folgten ihm. Potitius zögerte einen Augenblick, sprang dann aber auf, verbeugte sich abermals gegen den Bischof und rannte ihnen nach.

Remigius fand, er habe schon oft genug Pferde zur Welt kommen sehen. Angenehmer war es, die milde Abendluft zu genießen. Man hatte ihm einen Becher hingestellt, er goß sich Bier ein und trank einen Schluck von dem bitteren Gerstengetränk. Es schmeckte ihm nicht, und er ärgerte sich. Vermutlich war er umsonst gekommen. An diesem Abend würde kaum noch Gelegenheit sein, mit Chlodwig unter vier Augen zu reden. Und in der Frühe, das hatte er von der Wache am Tor erfahren, würde der König zur Jagd aufbrechen. Das konnte dauern, wenigstens acht bis zehn Tage.

Die Sonne ging hinter den Hügeln unter, die Bäume warfen lange Schatten. Chlodwig war noch immer im Pferdestall, wo sich die Geburt des Fohlens anscheinend verzögerte. Remigius erhob sich, um sich vor dem Abendgebet und der Nachtruhe noch ein wenig Bewegung zu verschaffen. In der Nähe floß ein Bächlein, an dessen Ufer ein Weg entlangführte. Dorthin wandte er sich. Doch hatte er kaum ein paar Schritte gemacht, als er hinter sich ein Geschrei hörte. Und dann sah er den kleinen Therri hinter dem Stallgebäude hervorkommen, humpelnd, über und über mit Blut besudelt.

Der Bischof eilte hin, kniete neben dem schreienden Knaben nieder, besah den Schaden. Eine Schramme, aus der Blut quoll, zog sich längs des rechten Schienbeins bis zum Knöchel. Remigius entnahm einem Futteral an seinem Gürtel das kleine Messer, das er unterwegs immer bei sich trug, trennte den leinenen Ärmel seines Untergewands ab und wickelte ihn um das Bein des Jungen.

Da lief auch schon Frau Sunna aus der Villa herbei, von mehreren Mägden gefolgt. Alle umringten den Verletzten, und die Mutter stellte ihm aufgeregt Fragen. Therri antwortete stockend, schluchzend. Es ergab sich, daß ihm beim Üben mit dem Beil ein glücklicher Wurf gelungen war, es war in dem Baumstamm, auf den er gezielt hatte, stecken geblieben. Aber das leichte Kinderbeil hatte wohl nur gerade die Rinde durchschlagen. Denn als der Junge freudig hingelaufen war, um es herauszuziehen, war es plötzlich herabgefallen und hatte ihm das Bein aufgeschlitzt.

»Ach, wie konnte das nur passieren!« jammerte die Mutter. »Warum hat sein Vater ihn ohne Aufsicht gelassen! Er ist doch noch viel zu klein dazu! Er hat doch Spielzeug ... was braucht er Waffen! Wozu muß man ihm schon ein Beil geben? Sein Vater wird ihn noch damit umbringen ... Seinen einzigen Sohn!«

Sie verstummte, denn Chlodwig stand plötzlich neben ihr. Jemand mußte ihm den Vorfall gleich gemeldet haben. Sein strenger, vorwurfsvoller Blick strafte Sunna für ihre letzten Worte, dann beugte er sich zu dem Jungen hinab, löste den blutdurchtränkten Bischofsärmel und besah aufmerksam die Wunde. Therri schluckte krampfhaft und versuchte tapfer zu sein. Mit beiden Händen wischte er die Tränen ab, schmierte noch mehr Blut ins Gesicht, sah nun wie ein geschminktes Komödiantenkind aus.

»Ist noch mal gut gegangen«, sagte Chlodwig. »Kein Knochen gesplittert, das heilt bald. Und deshalb heulst du wie ein Mädchen? Wer einmal König sein will, muß das aushalten. Warum bist du so ungeschickt! Nun hast du die Strafe dafür.«

»Bringen wir ihn ins Haus!« sagte Sunna. Sie ging voraus, eine große, stämmige Magd nahm den Jungen auf beide Arme und folgte ihr mit den anderen.

Chlodwig und Remigius blickten ihnen nach.

»Hoffentlich wird die Wunde nicht brandig«, sagte der Bischof.

»Keine Sorge, sie paßt schon auf«, erwiderte der König und fügte mit einem unguten Lächeln hinzu: »Davon versteht sie wenigstens etwas.«

Aus dem Stall war freudiges Geschrei zu hören. Ansoald steckte den Kopf aus einer der kleinen Öffnungen unter dem Strohdach.

»Es ist da, König! Freu dich! Das wird mal ein feuriger Hengst!«

Chlodwig knurrte zufrieden, doch seine Miene blieb verdüstert.

»Auf die Stute ist Verlaß«, sagte er. »Kaum hat sie abgefohlt, ist sie schon wieder rossig. Rufus wird sie dann gleich wieder decken. Und immer werden es Hengste.«

»Ein braves Tier«, bemerkte der Bischof.

»Ja, die Stute tut ihre Pflicht«, brummte der König.

33

Zunächst schien es, als wollte Chlodwig in den Stall zurückkehren. Aber dann trat er an den Tisch, füllte sich einen Becher mit Bier und trank.

»Wozu bist du gekommen?« fragte er zerstreut. »Was willst du? Hast du ein Anliegen?«

»Nichts Besonderes«, erwiderte Remigius, der unversehens die Möglichkeit sah, ohne Schnörkel und Umwege auf sein Thema zu kommen. »Ich wollte mich nur mal nach deinem Befinden erkundigen, wir sahen uns ja eine Weile nicht. Ich habe den Eindruck, daß dich etwas bedrückt. Hast du Sorgen?«

»Das geht dich nichts an. Ich habe dir immer wieder gesagt, du sollst dich nicht in meine Angelegenheiten mischen.«

»Die Absicht habe ich auch nicht«, sagte der Bischof geschmeidig. »Doch wenn du fragst, was mich herführt, dann sind es vor allem Nachrichten von den Burgundern. Sie dürften dein Interesse verdienen. Ich habe sie aus einer zuverlässigen Quelle, von meinem Amtsbruder Avitus, der mich vor ein paar Tagen in Reims besuchte. Du weißt, er ist Metropolit in Vienne.«

»Und was gibt es bei denen?« fragte Chlodwig. Er wischte sich mit dem Handrücken das Bier aus dem Schnurrbart, verschränkte die Hände auf dem Rücken und schritt über die Wiese zum Bach hinunter.

»Ich wollte hier auch gerade meinen Abendspaziergang machen«, sagte der Bischof, während er ihm trippelnd folgte. »Was für eine herrliche, milde Luft! Das Neueste von den Burgundern? Es gibt dort zwei Jungfrauen im heiratsfähigen Alter, Töchter ihres verstorbenen Königs Chilperich. Ich dachte, das sollte ich dich wissen lassen.«

»Und wozu?«

»Du fragst, wozu? Weiß man's? Es werden sich Fürsten finden, die ihre Brautwerber schicken. Durch eine Heirat erwirbt man Ansprüche, wenn auch vielleicht erst in der Zukunft. Chilperich regierte, wie du wohl weißt, in Vienne, er wollte die Oberherrschaft seines Bruders Gundobad von Lyon aus nie anerkennen. Leider hinterließ er keine Söhne, und so hatte Gundobad keine Mühe, das Teilreich von Vienne an sich zu bringen. Aber er ist nicht mehr der Jüngste, und vielleicht kann er es nicht auf Dauer behaupten. Sein Bruder Godegisel – der in Genf – ist mit ihm zerfallen und würde ihn lieber heute als morgen vom Thron stoßen. Ja, so sieht es dort aus ... Und bei Godegisel leben die beiden, von denen ich sprach, mit ihrer Mutter. Wenn sie heiraten, wird sich dort wohl so manches ändern. Dann wirst du es vielleicht bald mit neuen Herren zu tun bekommen.«

»Davor habe ich keine Angst«, sagte Chlodwig gleichmütig, obwohl er aufmerksam zugehört hatte. »Die müssen aufpassen, daß sie mit mir zurechtkommen, nicht umgekehrt. Gibt es denn Bewerber für diese Burgunderinnen?«

»Es gibt welche, aber ich kenne ihre Namen nicht. Avitus konnte mir auch nichts Näheres sagen. Es sollen sehr schöne Jungfrauen sein, besonders die Jüngere. Sie ist kaum neunzehn Jahre alt, voll erblüht und gesund. Die wird mal kräftigen Nachwuchs zur Welt bringen. Mein Amtsbruder fragte mich, ob nicht vielleicht der König der Franken ... Er meint, eine solche Verbindung wäre wünschenswert ... aus verschiedenen Gründen ... zum Beispiel, um den Frieden zu sichern.«

»Wie? Der König der Franken? Was soll das? Ich habe doch eine Frau. Weiß er das nicht? Hast du ihm das nicht gesagt?«

»Gewiß, das habe ich. Allerdings …«

»Nun?«

»Das wäre nicht unbedingt ein Hinderungsgrund. Die Nichte deines Verwandten, mit der du das Bett teilst, ist dir ja eigentlich nicht ebenbürtig. Du könntest dich jederzeit von ihr trennen und eine andere nehmen. Niemand könnte dich daran hindern.«

Sie hatten das Bächlein erreicht. Chlodwig bückte sich, hob Steine auf und warf sie in das plätschernde Wasser.

»Sieh mal an«, sagte er halb belustigt, halb ärgerlich. »Die heiligen Männer! Machen sich Gedanken darüber, mit wem ich das Bett teile. Wollen mir eine andere hineinlegen.«

»Versteh mich nur recht!« sagte Remigius beflissen. »Betrachte es so, wie es gemeint ist. Wir rechtgläubigen Christen sehen in dir den neuen leuchtenden Stern, der an unserem Himmel erschienen ist. Du bist jetzt ein mächtiger Herrscher, der von der Somme bis zur Loire gebietet. Du gehörst zu den Großen dieser Welt. Wie sollten wir dir und uns nicht wünschen, an deiner Seite eine Gemahlin zu sehen, die diesen Platz in jeder Beziehung ausfüllen kann. Eine Königin, die deiner würdig ist.«

»Und da kommt ihr ausgerechnet auf eine Burgunderin?«

»Sie stammt aus einem sehr alten Königsgeschlecht. Ihr Urgroßvater …«

»Ich weiß, ich weiß. Die Burgunder sind sogar halbe Römer. Jedenfalls behaupten sie das. Ihre Ahnen wurden von denen gezeugt, die sich germanische Weiber in ihre *burgi* holten, ihre Grenzkastelle. Ein feines Volk, ein besseres Volk! Wenn ich denen eine Gesandtschaft schicke, werde ich vielleicht abgewiesen.«

Chlodwig grinste spöttisch und amüsierte sich über Remigius, der immer mehr in Eifer geriet.

»Wie? Du glaubst, sie würden dich abweisen? Dich? Ja, säßest du noch in Tournai, doch jetzt? Mit Freuden zustimmen würden sie! Nichts wäre ihnen willkommener, als zu dir in verwandtschaftliche Beziehungen zu treten. Ich rate dir, König, zögere nicht! Verliere keine Zeit! Schicke deine Gesandten los, bevor die Jungfrau an einen andern vergeben wird! Nun, was sagst du? Wie denkst du darüber?«

Remigius war so ins Schwitzen geraten, daß sich dicke Tropfen auf seiner Glatze bildeten. Chlodwig warf noch immer Steine ins Wasser. Als aber der letzte im Bach verschwunden war, beugte er sich plötzlich vor, packte den kleinen Bischof an seiner mit Kreuzen bestickten Stola und sah ihm scharf in die Augen.

»Was ich dazu sage? Nur so viel: Der König der Franken weiß selber, ob er noch einmal heiraten will oder nicht. Dazu braucht er nicht euren Pfaffenrat! Vielleicht verliebe ich mich in die Kuh da hinten und heirate sie. Das ist auch eine Schönheit! Sie hat schöne, große Augen und ein noch schöneres großes Euter. Willst du etwa behaupten, das wäre keine würdige Königin?«

Er ließ den erschrockenen Bischof los, der rasch ein paar Schritte zurücktrat.

»Verzeih«, sagte er, um Haltung bemüht. »Ich wollte dich nicht erzürnen. Es war ja nur eine Mitteilung, von der ich annahm, daß sie dich interessieren könnte.«

»Und nur dazu bist du aus Reims hierhergekommen?«

»Es war ein Fehler, den ich bedaure. Verzeih mir!«

»Schon gut, schon gut.« Chlodwig hatte den Zorn mehr gespielt als empfunden. Er brach von einem Weidenstrauch einen Zweig ab und begann, während er weiterging, die jungen, zartgrünen Blättchen abzureißen. Er tat es mit heftigen Bewegungen, die verrieten, daß er beunruhigt war.

Der Bischof folgte ihm im sicheren Abstand von mehreren Schritten.

»Nun, erzähle mir doch etwas mehr von dem Mädchen«, sagte der König, nachdem sie eine Weile schweigend dem Lauf des Baches gefolgt waren. »Ihre Vorzüge kenne ich nun. Und was hat sie für Fehler? Keine? Nein, das glaube ich nicht. Sie muß welche haben, wenn einer wie du sie empfiehlt ... einer, der soviel von Frauen versteht wie der Esel vom Rechnen. Also was ist es? Hinkt sie? Stottert sie? Ist sie schwachsinnig?«

»Sie hat einen Fehler«, sagte der Bischof.

»Ach, wirklich? Du gibst es zu?«

»Für mich ist er aber die größte Tugend.«

»Dann muß es etwas Schlimmes sein.«

»Sie ist Christin. Sie betet den dreifaltigen Gott an.«

»Meinetwegen kann sie den Mond anbeten. Wenn sie nur ...«

Chlodwig sprach den Satz nicht zu Ende. Mißgestimmt schwieg er wieder. Er schlug die Weidenrute gegen die mit Bändern umwickelten Beine und machte immer größere Schritte. Nach Atem ringend, hastete der Bischof ihm nach. Schließlich blieb Chlodwig stehen, drehte sich um und setzte ihm die Spitze der Rute auf die Brust.

»Ihr Gottesmänner redet viel Unsinn zusammen«, sagte er. »Aber manchmal trefft ihr sogar das Richtige. Es darf nicht alles umsonst gewesen sein!«

Remigius erwiderte nichts. Er hielt es für klüger, jetzt zu schweigen. Schwitzend und keuchend bemühte er sich um eine würdige Haltung.

Chlodwig wandte sich von ihm ab und ließ unverhofft ein Gepolter los, das aus abgerissenen, kaum zusammenhängenden Sätzen bestand.

»Diese Schurken von Cambrai, meine Vettern ... Sie schneiden mir jetzt schon das Fleisch von den Rippen! Ich sehe mir das nicht mehr länger an. Nein, nein, es reicht jetzt! Was soll werden, wenn ich plötzlich verrecke? Wenn die verdammten Ärzte mich umbringen. Was soll dann werden? Die Stute tut ihre Pflicht. Aber bei Sunna passiert nichts mehr, seit acht Jahren ... Ragnachar und seine Bande werden Therri ermorden. Aber nein, aber nein! Vorher mache ich mit ihnen ein Ende! Ich hatte lange genug Geduld. Wenn ich nur erst wieder ein starkes Heer habe. Verbündete ... ja, Verbündete fehlen! Und warum nicht die feinen Burgunder? Ehe sie sich mit Alarich paaren, diesem Feigling, diesem Mehlsack aus Seide ... Wer weiß, was er vorhat. Der vergißt die Schmach mit Syagrius nicht. Aber den mache ich auch noch fertig. Seine Zeit kommt! Den treibe ich über die Berge oder ins Meer ...«

Er senkte immer mehr die Stimme und murmelte bald nur noch Flüche. Die Sonne war inzwischen untergegangen. Die Hofknechte hatten die Wachhunde losgelassen, ihr freudiges Gebell tönte herüber. Hinter den Fenstern der Villa flammten Lichter auf.

Nach einer Weile schwieg der König. Nun erst schien er sich wieder an seinen Begleiter zu erinnern. Er legte dem Bischof die schwere Hand auf die Schulter.

»Na, und wie heißt sie?«

»Du meinst die Burgunderin?«

»Wen sonst?«

»Chlotilde. Sie heißt Chlotilde.«

34

An einem Augustnachmittag desselben Jahres ging Chlodwig mit der *falx*, der Sichel, in der Hand über ein Gerstenfeld und schnitt Ähren. Das Feld befand sich gleich vor der Hütte eines armen Pächters, an einem sanft abfallenden Hang. Unten dehnte sich, seitlich von Wald und Gebüsch begrenzt, eine Grünfläche über fast eine halbe Meile bis an das Tor der Burg von Cambrai.

Die Wiese war voller Menschen. Ein flüchtiger Blick von oben ergab ein geradezu fröhliches, buntes Bild. Die meisten lagen im Grase, fast unbekleidet, als hätten sie es sich bequem gemacht und ruhten bei der sengenden Hitze. Zwischen ihnen bewegten sich andere, eilten rasch von einem zum Nächsten, beugten sich scheinbar dienstfertig hinab. Die Ruhenden waren ausschließlich Männer, unter den Geschäftigen befanden sich auch Frauen.

Bei genauerem Hinsehen mußte dem Betrachter allerdings trotz der Hitze das Blut gefrieren. Die Liegenden, einige Hundert, waren fast alle tot – besiegt und gefallen in einem mörderischen Kampf unter Stammesbrüdern. Die anderen, die Siegreichen und ihre Weiber, beeilten sich, sie ihrer Kleider, Schuhe und Waffen zu berauben. Bis zur neunten Stunde mußten sie damit fertig sein, dann sollten die Angehörigen, die hinter den Burgmauern saßen, das Recht haben, ihre Toten zu bergen.

Chlodwig hatte die Tunika abgelegt und arbeitete barbrüstig. Ein breiter Gürtel, in dem wie immer die Franziska steckte, hielt seine Leinenhose. Er führte die Sichel geschickt, wie er es schon als Kind gelernt hatte, schnitt die Halme knapp über dem Boden, damit viel Stroh gewonnen wurde. Hinter ihm gingen Frauen vom Pächterhof, die die Garben banden. Der König schien so von seiner ungewohnten Arbeit in Anspruch genommen, daß er keinen Blick und keinen Gedanken auf die Vorgänge in der Ebene verschwendete.

Am Rande des Feldes, im Schatten des überhängenden Dachs der Pächterhütte, standen die Männer, die die Vorgänge auf dem Schlachtfeld um so aufmerksamer beobachteten. Baddo richtete den scharfen Blick seines einzigen Auges unentwegt auf das geschlossene Tor der Burg. Bobo, Ursio und andere Antrustionen, auch sie nur mit dem Nötigsten bekleidet, aber bewaffnet mit Schwertern und Äxten, verfolgten alles mit wachsender Unruhe. Sie konnten sich nicht entschließen, der Einladung des Königs nachzukommen und sich die Wartezeit wie er unbekümmert mit Arbeit zu vertreiben. Die Schlacht war geschlagen, aber der Gegner noch nicht besiegt.

Vor drei Tagen waren sie angerückt und hatten sich in der Umgebung gelagert. Die Cambraier waren völlig überrascht, als Ursio bei ihnen erschien und sie in Chlodwigs Namen herausforderte. Der gefürchtete Krüppel gab sich nicht einmal Mühe, höflich zu sein. Er kannte ja den König Ragnachar und wußte, was er von ihm zu halten hatte. Der dicke, stotternde Merowinger wurde noch immer von seinem Liebling beherrscht, und landauf, landab erzählte man schlüpfrige Geschichten von den beiden. »Ich und mein Farro« war Ragnachars häufigster Ausspruch, und wenn ihm etwas gefiel oder genügte, pflegte er zu sagen, es reiche für ihn und seinen Farro. Als Ursio ihn aufforderte, sich mit seiner Gefolgschaft zum Kampf zu stellen, fragte er erschrocken, welche Stärke denn Chlodwigs Streitmacht habe. Da antwortete ihm der boshafte Rheinfranke: »Für dich und deinen Farro reicht es!«

Das Treffen, das in aller Frühe begonnen hatte, war entschieden, ehe die Sonne im Zenit stand. Die Streitmacht der Cambraier war vernichtet, mit kaum hundert Männern konnte sich Richar gerade noch hinter die Burgmauern retten. Der kampfuntüchtige Ragnachar hatte sich gar nicht erst herausgewagt. Von der Höhe der Mauer sah er dem Gemetzel zu, wobei er seinem Farro die Hand drückte und mit ihm Küsse tauschte, wenn unten einer der feindlichen Stammesbrüder ins Gras sank. Ein dritter Bruder, der junge Rignomer, tat das einzig Vernünftige: Er verschaffte sich den Schlüssel zur Schatzkammer, versah sich mit ausreichend Reisegeld und entkam durch eine geheime Pforte.

Immerhin konnten die Geschlagenen noch ihre Tore verriegeln. Trotz ihres Sieges mußten die Angreifer vor der Burg Halt machen und sich sogar noch kübelweise heißes Wasser und Unrat auf die Köpfe kippen lassen. Baddo wollte sofort Katapulte und einen Sturmbock in Stellung bringen. Doch Chlodwig entschied, das sei nicht mehr nötig. Der Kampf sei beendet, in Kürze, wahrscheinlich schon in wenigen Stunden, würden die Eingeschlossen sich ergeben. Wozu sollte er also Türme, Mauern und Tore beschädigen, die ihm ja schon gehörten. Baddo teilte diese Zuversicht nicht, wußte er doch aus Erfahrung, daß eine Stadt, deren Streitmacht geschlagen war, einer Belagerung manchmal noch Monate standhalten konnte. Bobo und Ursio schlossen sich dagegen der Überzeugung des Königs an. Es wurde nichts weiter unternommen, und widerwillig mußte der Einäugige seine Mannschaften von der Mauer zurückziehen.

Die eigenen Toten wurden geborgen, die des geschlagenen Gegners liegengelassen und ausgeplündert. Im Troß der Sieger befanden sich, wie gewöhnlich, ganze Familien, die Chlodwig gleich ansiedeln wollte, um in seinem neuen Machtbereich eine zuverlässige Gefolgschaft zu haben. Wie hungrige Hündinnen stürzten sich die Frauen auf die Toten, warfen sie hin und her, zerrten an ihnen, zogen sie aus, nahmen ihnen alles. Die lediglich verwundeten Feinde mußten diesmal geschont und versorgt werden – es waren Franken. Mit den Genesenen wollte der König sein Heer auffüllen. Und die Gefallenen sollten nicht auf dem Schlachtfeld modern. Deshalb war den Cambraiern zugerufen worden, daß die Angehörigen, aber nur weibliche, in der neunten Stunde herauskommen und ihre Toten bergen dürften.

Als der Schattenstab einer in den Sand vor der Pächterhütte gezeichneten Sonnenuhr diese Zeit anzeigte, erschienen denn auch viele Frauen und Mädchen mit Karren und Tragbetten, luden hastig die nackten Leichname auf und verschwanden mit ihnen in der Burg. Dann wurde das Tor abermals geschlossen. Sonst rührte sich nichts. Eine weitere Stunde verging. Baddo begann zu fluchen und erklärte denen, die in seiner Nähe ausharrten, er hätte die Burg und die Stadt längst eingenommen, wenn ihm der König nur freie Hand gelassen hätte. Die Mehrzahl der Antrustionen lagerte am Hang, ließ Zelte aufstellen und sich versorgen, richtete sich schon für die Nacht ein.

Chlodwig schien das alles nicht zu kümmern. Eine Weile hatte er sich am Feldrand ausgeruht, doch jetzt schwang er noch einmal die Sichel. Er hatte am Morgen nicht mitgekämpft, weil es nicht notwendig war, die Überlegenheit war zu eindeutig. So wurde gescherzt, er sei wohl unbefriedigt und köpfe ein Heer von Gerstenhalmen anstelle von Feinden. Nachdem er in letzter Zeit oft über Müdigkeit und Schmerzen geklagt hatte, wirkte er erstaunlich kraftgeladen und ausdauernd. Es schien, als wollte er noch an diesem späten Nachmittag das ganze Feld allein abernten.

Vier Fünftel waren geschafft, als plötzlich Unruhe aufkam. Rufe wurden laut. Die Männer sprangen auf und starrten zum Waldrand hin. Sie machten sich gegenseitig auf etwas aufmerksam.

Eine Gruppe Bewaffneter war aus dem Unterholz hervorgetreten. Die Männer bildeten ein Knäuel um zwei Unbewaffnete, die in der Mitte gingen und von ihnen geführt wurden. Die beiden wurden mit Fausthieben und Schlägen vorwärtsgestoßen, auf den Hügel mit der Pächterhütte zu. Als sie in Hörweite waren, winkten einige der Männer und stimmten ein Geschrei an.

Chlodwig richtete sich auf und dehnte den Rücken. Die Sichel hin- und herschwenkend, erwiderte er den Gruß. Auch Bobo und Ursio grüßten, indem sie beide Arme hochwarfen.

Die Näherkommenden waren Franken aus Cambrai. In ihrer Mitte – gefesselt, geknebelt, stolpernd, wankend, geschlagen, gestoßen – gingen ihr König und sein Bruder, Ragnachar und Richar.

Am Feldrand warf Chlodwig die Sichel ins Gras. Er zog den Gürtel, in dem die Axt steckte, noch einmal fest und ging den Männern entgegen. Baddo, Bobo und Ursio schlossen sich an. Ringsum erhoben sich die Antrustionen, die am Hang im Gras gelagert hatten, und folgten dem König und den Anführern. Als sie die Ankömmlinge erreicht hatten, bildeten sie schweigend einen Kreis.

Die beiden gefangenen Merowinger wurden vor Chlodwig geführt. Sie waren übel zugerichtet. Ein Auge des dicken Ragnachar war zugeschwollen, sein langes, graues, bis zum Gürtel hängendes Haar blutig verfilzt. Eine schmutzige Tunika hing um seinen unförmigen Körper. Noch schlimmer sah Richar aus, der sich seiner Gefangennahme anscheinend heftig widersetzt hatte. Durch seine zerfetzte Kleidung waren die Wunden zu sehen, die man ihm mit Schlägen und Stichen zugefügt hatte. Aber noch immer war er voll wütender Energie. Er zerrte an den Fesseln und versuchte, sich von den Händen, die ihn gepackt hielten, loszureißen.

»Nehmt ihnen die Knebel aus den Mäulern!« befahl Chlodwig.

Als das geschehen war, brüllte Richar auf und gebärdete sich wie rasend.

»Vetter!« schrie er. »Was hast du getan? Ist das die Ehre des Siegers? Diese Schufte, diese Verräter, dieses Gesindel! Du hast sie gekauft! Du hast die elende Bande mit Gold bestochen, damit sie ihren König verriet! Bewahrst du so die Würde unseres Geschlechts? Wie konntest du dich so erniedrigen! Wir waren geschlagen, doch nicht am Ende! Wir wollten weiterkämpfen ...«

»Lüge!« schrie einer der Cambraier, ein bärtiger Rotschopf. »Sie wollten sich heimlich verdrücken!«

»Du Schurke, du dreckiger Hund!« brüllte Richar. »Mit Gewalt habt ihr uns hinausgeschleppt!«

»Lüge! Ihr wart ja schon draußen!«

»Sie wollten sich unbemerkt davonmachen!« erklärte ein rüstiger Alter. »Weil es aus war, weil keiner mehr kämpfen wollte. Alle wollten sich dir ergeben. Zu dritt versuchten sie zu entkommen. Wir behielten sie aber im Auge und konnten sie gerade noch erwischen.«

»Sie haben meinen F-f-farro ermordet!« schrie Ragnachar. »Mein F-f-farro ist tot! Sie haben ihn umgebracht!« Tränen liefen ihm über die feisten Wangen. Er zitterte vor Empörung und Schmerz.

»Der hatte aber noch mal seinen Spaß, bevor er verreckte!« rief ein Cambraier und schwenkte seine blutbesudelte Lanze. »Die hier hat er im Arsch gehabt!«

Rohes Gelächter antwortete ihm.

»Ihr Hunde! Ihr Mörder!« kreischte Ragnachar.

»Gibst du zu, Vetter, daß du die Bande gekauft hast?« rief Richar. »Vorher waren die meisten von ihnen Habenichtse! Auf einmal besitzen sie goldene Armreife, Schwerter mit Goldgriff ...«

»Ihr habt ja beim Beutefassen immer alles nur selber genommen!« schrie einer. »Alles, was wertvoll war, habt ihr behalten. Gold haben wir niemals gesehen!«

»Wozu Verbrechergesindel belohnen?«

»Sie haben meinen F-f-farro ermordet!« greinte der dicke König der Cambraier.

»Stolz kannst du sein, Vetter Chlodwig«, höhnte Richar. »Stolz kannst du sein auf diese Heldentat! Ehrlicher Kampf bis zum Ende war dir zu mühsam. So hast du diese Verräter gedungen. War dir die Bande wirklich dein Gold wert? Oder hast du auch sie nur betrogen, wie du alle betrügst? So wie uns, deine nächsten Verwandten! Wir haben dir damals Waffenhilfe gegen die Römer geleistet, aber bis heute verweigerst du uns unseren Anteil! Handelt so ein Merowinger? Statt dessen greifst du uns an und läßt unsere besten Männer zusammenhauen. Ich sage dir, Chlodwig, du bist eine Schande für unser Geschlecht!«

»Ja, eine Schande, das b-bist du!« echote Ragnachar. »So handelt kein M-m-merowinger!«

»Und wie handelt ein Merowinger?«

Chlodwig hatte bisher geschwiegen. Etwas vorgebeugt stand er mitten im Kreis, den Kopf gesenkt, die Schultern hängend. Seine rechte Hand tastete unruhig den Gürtel ab. Am Griff der Franziska blieb sie liegen.

»Und wie handelt ein Merowinger?« wiederholte er laut, wobei er den Kopf hochriß und den dicken Vetter mit seinem Wolfsblick maß. »Macht sich ein Merowinger heimlich davon? Läßt ein Merowinger seine Burg und seine Leute im Stich? Erlaubt ein Merowinger, daß ihn die eigenen Männer in Fesseln schlagen? Duldet ein König, daß man ihn wie einen Sklaven abführt?«

Ragnachar hielt dem Blick nicht stand, stammelte mit zitternden Lippen etwas Unverständliches. Chlodwig trat einen Schritt auf ihn zu.

»Wer also lädt Schande auf unser Geschlecht? Wer hat Würde und Ehre verloren? Warum hast du dich nicht wie ein Mann verteidigt? Warum hast du dir nicht den Tod gegeben? Warum hast du ihn nicht in der Schlacht gesucht? Das wäre besser für dich gewesen. Was bist du jetzt noch? Nur ein Dreckhaufen, der auch mich in Verruf bringt, weil er behauptet, mein Verwandter zu sein. Wie kann ich deinen Anblick noch aushalten! Wie kann ich ihn den tapferen Männern hier zumuten! Eine so elende Kreatur soll die Erde nicht tragen, das darf ich nicht zulassen. Nein, das dulde ich nicht!«

Ohne Hast nahm Chlodwig die Axt aus dem Gürtel und spaltete mit einem kurzen, kraftvollen Hieb dem Ragnachar die Stirn bis zur Nasenwurzel. Dann stieß er ihn mit der linken Faust vor die Brust. Der König der Franken von Cambrai fiel mit einem Schrei, der eher ein Seufzer war, auf den Rücken. Blutend und zuckend lag er im Grase.

»Und du?« wandte sich Chlodwig, die Axt in der Hand, an Richar. Dem erstarrte vor Entsetzen die Zunge. Er machte keinen Versuch mehr, sich zu befreien.

»Auch du willst mein Verwandter sein? Einer, der zuläßt, daß sein Bruder, der König, in Fesseln geschlagen wird? Ein Merowinger mit Ehre und Würde ließe sich eher in Stücke hauen! Aber auch du läßt dich ja lieber wie ein Sklave verprügeln und fesseln und fortschleppen. Es ekelt mich, wenn ich dich immer noch so lebendig sehe. Da hast du, was du verdienst!«

Endlich öffnete Richar den Mund, um zu schreien, zu protestieren. Aber Chlodwig schlug zu, ehe ein Laut über seine Lippen kam. Mit beiden Fäusten faßte er diesmal den Stiel der Axt und legte seinen ganzen Zorn in den Hieb, der dem Vetter den Hals durchtrennte, so daß der Kopf zur Seite flog und nur noch an einem Hautfaden hängen blieb. Die Männer, die Richar gehalten hatten, sprangen zurück, als ein dicker Blutstrom hervorschoß. Der zweite Cambraier Merowinger war sofort tot und fiel auf seinen Bruder, der immer noch zuckte. In einer grotesken Umarmung lagen sie ihrem Henker zu Füßen.

Chlodwig warf das Beil ins Gras, und ein Knecht sprang hinzu, um es aufzuheben und zu säubern. Der König blickte hinüber zur Burg, wo in diesem Augenblick das Tor geöffnet wurde. Die Antrustionen standen reglos im Kreis und warteten auf Befehle. Keiner wagte eine Äußerung zu dem, was gerade geschehen war. Das war eine Angelegenheit unter Verwandten, eine alte Rechnung, die beglichen werden mußte. Der König konnte sich leisten, es so brutal und vor aller Augen zu tun. In der Schlacht bei Soissons hatten die Cambraier durch ihr böswilliges Zögern den Sieg gefährdet, dafür mußten sie früher oder später bestraft werden.

Betroffen zeigten sich nur die Männer von der Burg, die Ragnachar und Richar verfolgt, überwältigt und ausgeliefert hatten. Auf dieses rasche, blutige Ende waren sie nicht gefaßt gewesen. Sie hatten auch einen wärmeren Empfang erwartet, schließlich ersparten sie ja dem König eine langwierige Belagerung und einen verlustreichen Sturm. Statt ihnen zu danken und sie zu bewillkommnen, wandte er ihnen den Rücken und ließ sie mit den Toten zurück. Sie hatten die beiden verabscheut, aber Freude darüber, daß sie auf diese Weise von ihnen befreit wurden, konnte keiner so recht empfinden. Sie standen noch unschlüssig und verlegen herum, als einer von ihnen, der Jüngste, plötzlich aufschrie.

»Männer!« rief er. »Seht doch mal hier! Richar hatte recht! Es ist gar kein Gold! Wir sind betrogen!«

Er streckte den Arm vor, an dem ein breiter, golden schimmernder Reif steckte. Da sahen sie, daß an der Oberfläche ein Stück abgeplatzt war, etwa so groß wie ein Fingernagel. Darunter war stumpfes, graues Eisen zum Vorschein gekommen.

Augenblicklich begannen alle, das empfangene Gold auf seine Echtheit zu prüfen. Noch immer lag Ragnachar zuckend vor ihnen im Grase. Aber sie kümmerten sich nicht mehr um ihn, sondern zogen hastig Messer und Dolche hervor, um an Schwertgriffen, Gürtelbeschlägen und Münzen herumzukratzen. Sie alle hatten ihre Schätze am Leibe geborgen, besorgt, es könnte im Durcheinander auf der Burg etwas verlorengehen. Doch nun schrie einer nach dem anderen auf. Kein einziger hatte tatsächlich massives Gold erhalten. Ein dünner, oberflächlicher Goldüberzug ließ sich leicht abkratzen, darunter kamen minderwertige Metalle zum Vorschein.

Zur Enttäuschung kam jetzt Erbitterung. Immer lauter wurde der Ruf: »Wir sind betrogen!«

Sie hatten das Geschäft bei einem heimlichen Treffen mit Ursio gemacht, einen Tag, bevor Chlodwigs Emissär ihren König zum Kampf herausforderte. Der Krüppel, der überall seine Späher und Lauscher beschäftigte, hatte die unzufriedenen, rebellischen Elemente in der Burg von Cambrai bald herausgefunden. Die verschwenderische Hofhaltung Ragnachars und seines Lieblings, der Kleider- und Waffenprunk Richars standen in dem winzigen Herrschaftsgebiet der Cambraier längst in keinem Verhältnis mehr zu den Einkünften aus Abgaben und Beutezügen. Bei den »Großen« wuchs die Empörung. Sie beneideten ihre Stammesbrüder in der benachbarten Francia. Es war leicht, sie zum Abfall zu bewegen, zumal auch ihr künftiger Gefolgsherr ein Merowinger sein würde. Bei dem Treffen hatten sie mit Chlodwigs Vertreter Schwüre getauscht und die Geschenke empfangen. Dafür sollten sie sicherstellen, daß Teile der Cambraier Streitmacht sich im Kampf zurückhielten oder zu Chlodwig übergingen und daß nach der Niederlage die königlichen Brüder nicht entflohen.

In der Aufregung vor der Schlacht und dem Umsturz kam

niemand auf den Gedanken, das so reichlich verteilte Gold könnte nicht echt sein. Tatsächlich aber waren sämtliche Stücke von einem geschickten Feinschmied in Soissons, der nur für den König und Bobo arbeitete, verfälscht worden. Im Verfahren der Feuervergoldung, bei dem eine Mischung von Quecksilber und etwas Feingold erhitzt, verflüssigt und als dünner Brei auf Eisen und Bronze geschichtet wurde (wobei nach Verdampfen des bindenden Quecksilbers nur das Gold übrigblieb) erzielte der Künstler die täuschende Wirkung. Die Idee kam von Bobo, der als Verwalter des Schatzes die Goldgier der Cambraier Rebellen befriedigen mußte.

Kurze Zeit waren die Männer unschlüssig. Dann rief einer: »Zum König!« Andere stimmten zu: »Ja, zu Chlodwig! Der hat keine Ahnung von dem Betrug! Von dem bekommen wir, was uns zusteht!«

Ragnachar gab nun kein Lebenszeichen mehr von sich. Seine einstigen Gefolgsleute ließen die beiden blutübergossenen Leichname, den kopflosen und den mit gespaltenem Schädel, in ihrer bizarren Umarmung liegen und setzten sich in Bewegung.

Inzwischen hatte Chlodwig sich seine Staatskleider und seine Waffen bringen lassen. Da er es nun nicht mehr nötig hatte, als römischer Heermeister aufzutreten, bevorzugte er wieder fränkische Kleidung und Ausrüstung: den Topfhelm mit Wangenklappen, den mit Borden und Stickereien versehenen, von Fibeln gehaltenen Mantel, den Gürtel mit Beschlag und Gehänge, den Bundschuh, die Franziska, die Spatha. Dies alles legte er an, trotz der drückenden Augusthitze, weil er es für wichtig hielt, in die nun seinem Reich zugehörige Festung Cambrai nicht als fremder Eroberer, sondern als fränkischer Stammesfürst einzuziehen. Er bestieg Rufus, der noch immer sein Lieblingspferd war. Hinter ihm formierte sich, teils beritten, teils zu Fuß sein mehrhundertköpfiges Gefolge.

Gerade wollte der Zug sich über die Wiese, die eben noch Schlachtfeld gewesen war, nach der Burg in Bewegung setzen, als plötzlich die Männer aus Cambrai herbeiliefen.

»König!« rief der bärtige Rotschopf. »Sieh dir das an, man hat uns betrogen! Deine Leute haben uns reingelegt! Das Gold, das uns zusteht, haben sie selber behalten. Uns gaben sie das hier!«

Er streckte Chlodwig die geöffnete Hand entgegen, auf der eine große bronzene Brakteatenfibel lag, von der er den Goldüberzug zum Teil entfernt hatte. Auch die anderen drängten heran, schrien, fuchtelten und zeigten, was sie erhalten hatten.

Chlodwig lächelte kalt und befahl Ruhe.

»Wenn meine Geschenke euch nicht gefallen«, sagte er, »steht es euch frei, sie zurückzugeben. Ich zwinge keinen, sie zu behalten.«

»Uns wurde Gold versprochen«, rief einer, »nicht dieser Dreck!«

»Wir verlangen nur, was ausgemacht war!« schrien andere. »Was wir ehrlich verdient haben!«

»Der da war es, der uns betrogen hat!« Einer deutete auf Ursio. »Er ist der Schuldige! Nimm ihm das Gold wieder ab!«

Ursio, der krumm und boshaft grinsend zu Pferde saß, spuckte verächtlich aus und tauschte einen Blick mit Bobo.

Der König gebot nochmals Ruhe.

»Recht habt ihr, Männer aus Cambrai!« rief er. »Ja, ihr habt recht, wenn ihr nicht zufrieden seid. Nicht zufrieden mit dem, was ihr da bekommen habt. Ihr fühlt euch nicht nach Verdienst behandelt? Ja, ich verstehe! Und ich verspreche euch, daß euch Gerechtigkeit widerfahren soll!«

Die Cambraier jubelten und rissen die Arme hoch.

»Es ist wahr, man hat euch nicht nach Verdienst behandelt!« fuhr Chlodwig mit schneidender Stimme fort. »Wie

Ehrvergessene, die sich kaufen lassen! Wie Leute, die ihren König verraten, fesseln und knebeln und in den Untergang schleppen! Die ihren toten König im Staub liegenlassen, um ihren Verräterlohn einzufordern! Nein, ihr bittet mich nicht umsonst. Ihr sollt bekommen, was ihr verdient!«

Die Cambraier waren erschrocken verstummt. Jetzt sahen sie, daß sich das königliche Gefolge, Hunderte schwerbewaffnete Männer, an sie heranschob. Die Vorderen lockerten schon die Schwertgriffe.

»Wir wollen es aber noch einmal genauer wissen!« rief Chlodwig. »Von jedem einzelnen wollen wir es wissen. Wer ist nicht zufrieden? Wer verzichtet auf sein Geschenk und will es zurückgeben? Wer ist nicht dankbar dafür, am Leben zu bleiben, statt seine Untat unter Folter und am Galgen zu büßen? Du?«

Er starrte auf den Rotschopf herab, der zwei Schritte vor ihm stand. Sein Wolfsblick lähmte den Mann, der ihm noch immer die offene Hand mit der Fibel entgegengestreckte. Auf einmal begann die Hand heftig zu zittern. Die Fibel fiel in den Sand.

»Antworte! Hat man dir wirklich Unrecht getan?«

»Mir … Unrecht? Nein … nein, nein! Verzeih mir, verzeih mir!« Der Rotschopf wurde wieder lebendig. Er sank auf die Knie, küßte den Fuß des Königs, hob hastig das Schmuckstück auf und stammelte: »Ich bin zufrieden … sehr zufrieden! Wollte nur … wollte nur danken, König! Wir alle wollten dir danken! Wir fanden nicht gleich die richtigen Worte … Nimm uns gnädig auf, und verzeih uns!«

»Verzeih uns, und nimm uns in deine Gefolgschaft auf!« rief nun auch der rüstige Alte und warf sich ebenfalls nieder. Alle Cambraier folgten dem Beispiel, bedankten sich laut und baten um Gnade.

Im Gefolge des Königs erhob sich Gelächter. Die eben noch so zornigen Herren aus Cambrai, die nun, den Hintern in die Höhe gereckt, im Sand lagen, erregten mehr Heiterkeit als Mitleid.

»Ihr dürft eure Opfer begraben!« sagte Chlodwig »Später werden wir weitersehen!«

Er gab Rufus die Schenkel. Der Zug setzte sich in Bewegung.

35

Mitternacht war schon vorüber, als Chlodwig und Baddo aus dem Keller heraufstiegen. Der Treppenschacht war so schmal, daß sie sich an einigen Stellen fast hindurchzwängen mußten. Der König ließ seinem Feldherrn den Vortritt und hielt Abstand zu ihm, während sie die mehr als fußhohen, schadhaften Stufen eine nach der anderen erklommen. Unter ihnen lag das düstere, feuchte Gewölbe, aus dem das Gebrüll der Gefolterten immer entfernter heraufönte.

»Es ist zwecklos«, sagte Chlodwig, während er keuchend stehenblieb, um zu verschnaufen. »Rignomer ist entkommen. Die Schufte haben ihn laufen lassen, obwohl sie den Auftrag hatten, alle drei einzufangen. Ich bezweifle, daß die da unten etwas wissen. Ursio wird nichts aus ihnen herausprügeln.«

»Es hat wohl keiner auf ihn geachtet«, sagte Baddo, indem er ebenfalls verharrte und sich umwandte. »Weil er zu unwichtig ist.«

»Nicht für mich!« sagte Chlodwig.

Oben in der Halle, wo die Cambraier Merowinger am Abend zuvor noch fröhlich und zuversichtlich getafelt hatten, saßen jetzt nur wenige Antrustionen des Königs und warteten auf seine Anordnungen für den nächsten Tag. Obwohl Wein in Fülle vorhanden war, hatte Chlodwig ein Siegesgelage in der Stadt untersagt. Nur draußen im Lager, wohin der größte Teil der Gefolgschaft zurückgekehrt war, durfte gefeiert werden. Nach der Hinrichtung seiner Verwandten erschien es Chlodwig nicht angemessen, zu unverhohlen Freude zu zeigen. Er wollte die geschlagenen Stammesbrüder nicht zusätzlich demütigen. Sein Einzug in Cambrai sollte vielmehr etwas ganz Selbstverständliches sein, ein längst notwendiger, überfälliger Machtwechsel, der nichts von einem Triumph hatte. Die Franken von Cambrai wurden heimgeholt – in die neue, große, mächtige Francia.

Wenn alles ruhig blieb, war außerdem die Wachsamkeit eher gewährleistet. Die getöteten Brüder mochten noch viele heimliche Anhänger haben. Einige ihrer treuesten Tischgenossen hatte man schon festgenommen und befragte sie gerade im Keller. Leider waren sie bisher die wichtigste Auskunft schuldig geblieben.

»Wo mag er stecken?« fragte sich Chlodwig zum wiederholten Mal laut, als er die Wartenden verabschiedet hatte und mit Baddo in der Halle des einstigen römischen Statthalterpalastes allein geblieben war. »Jeder Winkel der Stadt wurde durchsucht. Wahrscheinlich hat er sich abgesetzt, als die Schlacht noch im Gange war, und ist längst über alle Berge.«

»Ursio wird ihn schon irgendwann einfangen.«

»Darauf kann ich nicht warten, es muß nun schnell gehen.« Chlodwig gab einer Weinkanne, die auf dem Boden lag, einen Fußtritt. Scheppernd rollte sie über die abgetretenen Mosaiken und stieß an andere Kannen, Schüsseln und Becher, die nicht mehr fortgeräumten Überbleibsel von Ragnachars letztem Gelage.

»Die haben es sich hier wohl sein lassen«, sagte Baddo, während sie zwischen den gedrungenen Säulen, an denen Kienfackeln steckten, auf und ab gingen. »Sogar in der Nacht vor dem Kampf. Kein Wunder, daß es für sie so ausging.«

»Halunken! Es wurde Zeit, mit ihnen ein Ende zu machen und das Geschlecht der Merowinger von solchem Mißwuchs zu befreien.«

Baddo antwortete darauf nichts. Nach kurzem Schweigen sagte er: »Das Kriegshandwerk stand hier nicht hoch im Ansehen. Die Männer waren schlecht ausgebildet. Und die Besten sind auch noch gefallen. Was übriggeblieben ist, taugt nicht viel. Trotzdem ... ein paar hundert könnte ich brauchen, um Löcher zu stopfen. Ich hatte zuletzt Verluste. Ohne Verstärkung komme ich nicht voran. Nantes könnte sogar wieder verlorengehen, auch ...«

»Da unten brauche ich dich nicht mehr«, sagte Chlodwig. »Was dort noch zu erledigen ist, können andere besorgen. Du bist ab heute Comes von Cambrai.«

Baddo blieb überrascht stehen.

»Wie? Ich soll nicht zurückkehren? Ich dachte, du hast mich nur herkommen lassen, um diese Festung zu stürmen.«

»Das hätte ich wohl auch allein geschafft. Aber es gibt hier noch mehr zu tun. Auch für dich.«

»Als Comes von Cambrai?« sagte Baddo verächtlich. »Was gäbe es da schon zu tun?«

»Sehr viel. Und ich bin sicher, du wirst dabei große Befriedigung finden.«

Diesmal war es der König, der den Gang durch die Halle unterbrach. Im unruhigen Licht einer Fackel standen sich die beiden Blutsbrüder gegenüber.

Chlodwig neigte ein wenig den Kopf und wiederholte mit einem düsteren Lächeln: »Große Befriedigung!«

Baddo blinzelte mißtrauisch mit seinem einen Auge und verzog das Gesicht.

»Worin sollte ich hier schon Befriedigung finden? Indem ich aus einer verdorbenen Bande wieder brauchbares Kriegsvolk mache?«

»Das meine ich nicht.«

»Soll ich Bären und Wildschweine jagen?«

»Jagen? Schon besser. Es gibt hier aber noch anderes Wild. Ein solches Wild ist mir gerade entkommen.«

»Wovon sprichst du?«

»Von Merowingern.«

Chlodwig wartete einen Augenblick und genoß die Betroffenheit des anderen, bevor er leise hinzufügte: »Würdest du nicht gern Merowinger jagen?«

Der Einäugige schwieg und rührte sich nicht. Auch Chlodwig stand reglos vor ihm, mit lauerndem Blick. Plötzlich sah Baddo an der Wand gegenüber den vergrößerten Schatten des Königs, der eine Bewegung machte, als zöge er die Axt aus dem Gürtel. Rasch trat er zwei Schritte zurück und griff nach seinem Dolch.

Da lachte Chlodwig auf, wie schon des öfteren, wenn sie sich gegenseitig bis zur höchsten Spannung gereizt hatten.

»Ich gebe zu«, sagte er, »diese Frage klingt wie ein übler Scherz. Und natürlich erwarte ich nicht von dir, daß du ja sagst. Trotzdem meine ich, was ich sagte. Das Wild, das du jagen sollst, sind Merowinger.«

Er warf Blicke in die vier Ecken der Halle, vergewisserte sich, daß niemand lauschte und ließ sich dann an einem der langen Tische nieder. Den Ellbogen aufgestützt und das Kinn in der Hand, versank er eine Weile in Nachdenken.

Noch immer wachsam, blieb Baddo stehen, den Rücken an den kühlen Stein einer Säule gelehnt.

Aus der Ferne drang der Lärm des Lagers herüber. Die Nacht war schwül. Aus den Quartieren der Gefolgschaft hörte man streitende Männerstimmen und das schrille Gelächter von Frauen.

»Mein Urahn Merovech«, sagte Chlodwig schließlich, »hat viele Söhne gezeugt. Vielleicht vierzig oder fünfzig. Die meisten starben gleich nach der Geburt oder kamen als Kinder irgendwie um. Aber nicht wenige blieben am Leben, wuchsen auf und zeugten wieder Söhne. Mein Großvater war einer von ihnen, und auch der hatte mehrere Söhne. Einer saß hier in Cambrai, ein anderer – mein Vater – in

Tournai und die übrigen ließen sich ebenfalls irgendwo in dieser Gegend nieder, auf früheren römischen Herrensitzen. Und sie alle zeugten auch wieder Söhne ... wie viele, weiß ich nicht. Ich habe sie nicht gezählt, und die meisten habe ich niemals kennengelernt. Alles, was männlich ist in unserer Sippe, taugt zur Herrschaft. Wenn nur der Vater ein Nachkomme Merovechs ist, kommt es nicht darauf an, ob die Mutter Königin oder Köchin war. Alle, so wird behauptet, haben das Heil, und deshalb verlangen die Franken, von ihnen regiert zu werden. Das Volk ist töricht und abergläubisch. Es kann den Unterschied zwischen Wahrheit und Lüge nicht erkennen. Es glaubt, was ihm oft genug wiederholt wird. Warum ihm seinen Wahn nicht lassen? Er ist nützlich, denn er schafft Ordnung. Er verhindert, daß andere Sippen nach Macht streben. Wollte sich einer aus einer anderen Sippe zum König aufwerfen, blieben ihm keine drei Tage zu leben. Gut so! Aber auch schlecht. Warum? Es gibt zu viele Merowinger. Ein Strauch, der nicht beschnitten wird, wuchert. Verrottende Wurzeln, trockene Zweige, kränkliche Triebe – das alles behindert sein Wachstum. Die Sippe der Merowinger ist so ein wuchernder Strauch, und wenn ich ihn nicht beschneide, wird er bald eingehen. Wenn alle herrschen wollen, wird am Ende keiner mehr herrschen. Nur der edelste Trieb darf erhalten bleiben, alles andere muß weggeschnitten werden. Heute habe ich damit angefangen. Ich habe mit meiner Axt zwei faule Wurzeläste entfernt. Der dritte ist mir entgangen, aber auch der muß noch weg. Hast du mich verstanden? Du bist ab heute der Gärtner. Spüre sie auf, wo du sie vermutest! Entferne sie, wo du sie findest! Rotte sie aus! Nimm keine Rücksicht auf das Alter, auch das zarteste Knäblein wird mal ein Reißzahn. Sie sitzen hier überall, sogar noch hinter der Somme, bis zum Rhein hin. In Palästen, auf Burgen, auf großen Gütern, auf kleinen Gütern, in Städten, in Weilern. Sie heißen Childerich, Childebert, Chlodomer, Chloderich, Chlodovald, Charibert – und einer heißt Chararich … vergiß den nicht, diesen verdorbenen Schurken, der uns bei Soissons im Stich ließ! Mach dich auf Widerstand gefaßt, den du gnadenlos brechen mußt. Jeder von ihnen hat seine Gefolgschaft, der eine hat fünfhundert Mann, der andere nur fünf. Sieh zu, daß du so viel Schwertfraß wie möglich für unser Heer gewinnst! Das ist der Auftrag, nur dazu mache ich dich zum Comes von Cambrai. Nun? Was gefällt dir daran nicht?«

Baddo lehnte noch immer an der Säule. Er schien auch sein sehendes Auge geschlossen zu halten. Doch aus dem Schlitz, den die Lider bildeten, beobachtete er den König scharf.

»Du willst also, daß ich dir helfe, deine Familie zu vernichten«, sagte er nach einer Weile. »Um mich hinterher anzuklagen und mich selbst zu vernichten.«

»Ich schwöre dir als dein Blutsbruder, daß ich dir dafür niemals eine Schuld anlasten werde.«

»Wie könnte ich mich darauf verlassen?«

Der König wollte heftig erwidern. Doch Baddo fuhr mit seiner ruhigen, tiefen Stimme, im Tonfall vollkommenen Gleichmuts fort: »Aber ich werde tun, was du befiehlst. Du bist mein Gefolgsherr, ich bin dir zu Treue verpflichtet. Gib mir ein Jahr, und im Umkreis von hundert Meilen atmet keiner mehr von deiner Sippe.«

»Zugestanden – ein Jahr. Und arbeite gründlich.«

Wieder folgte ein längeres Schweigen. Sie belauerten sich nicht mehr, sondern blickten aneinander vorbei.

Schließlich erhob sich der König schwerfällig.

»Damit wäre alles besprochen. Von Zeit zu Zeit gibst du mir Rechenschaft. Bobo und Ursio bleiben noch einen Monat hier, um dir beizustehen. Um die Steuerlisten zu prüfen und die gefährlichsten Elemente unschädlich zu machen. Ich muß in aller Frühe schon fort, zurück nach Soissons …

Da ist noch etwas. Ich habe Sunna mit hergebracht. Sie weiß noch nicht, daß sie hierbleiben wird. Es muß aber sein.«

»Du heiratest tatsächlich noch einmal?«

»Hat man es dir schon erzählt?«

»Ja, Ursio sagte mir, du hättest Ansoald nach Genf geschickt, um die Braut zu holen.«

»Ich hoffe, Sunna hat davon nichts bemerkt.«

»Willst du es ihr denn nicht sagen?«

»Nein. Du bist mir dafür verantwortlich, daß man sie weiter als meine Gemahlin behandelt. Aber bewache sie so, als wäre sie deine Gefangene.«

Sie trennten sich im Vestibül der Halle. Baddo stieg noch einmal in den Keller hinab.

Chlodwig überquerte den Hof. Er betrat ein hohes, schmales Nebengebäude, das im ersten Stock durch einen Gang mit einem der Wachtürme verbunden war. Er tastete sich eine Treppe hinauf und zur Tür der Kammer, die er Sunna zugewiesen hatte, damit sie dort auf ihn wartete. Zu seinem Ärger fand er fünf Frauen vor. Im Licht der hellen Sommernacht, das durch das breite römische Fenster hereinfiel, lagen sie nackt und unbedeckt nebeneinander auf der Matratze. Chlodwig stieß einen leisen Fluch aus, worauf eine der Frauen erwachte und sich benommen aufrichtete. Im ersten Augenblick hielt er sie für Sunna, packte sie am Arm und zwang sie aufzustehen. Sie stieß einen Schrei aus, und er bemerkte den Irrtum. Es war seine Tante Berthegunde, die jüngste Schwester seines Vaters. Ungeduldig stieß er sie von sich, bückte sich und ergriff die Nächste am Fuß. Aber das war Tetradia, eine Aristokratin aus Soissons, die Witwe eines früheren Hofbeamten, die kreischend auffuhr. Nun erwachten auch die drei anderen, glaubten sich überfallen und sprangen von der Matratze auf. Eine brachte sogar ein Messer zum Vorschein.

Doch gleich erkannten sie den König, der seinerseits nun die Gesuchte herausfand. Ohne ein Wort der Erklärung zog er sie mit sich und hastete mit der Nackten, deren graue, zerzauste Haare zu Berge standen, durch einen Verbindungsgang in ein Turmgemach. Hier scheuchte er zwei Wächter durch eine Luke die Leiter hinab, schloß die Luke und entkleidete sich in Windeseile. Sunna, die keineswegs damit gerechnet hatte, daß er sie in der Nacht noch aufsuchen würde, wollte ihn um Verzeihung bitten und erklären, sie habe die anderen Frauen aus Angst in die Kammer geholt. Doch er verschloß ihr den Mund mit heftigen Küssen. Die Wadenbänder zu lösen, dauerte ihm zu lange. So ließ er die Hose um die Beine schlottern und während er flüsternd beteuerte, Sunna zu lieben, warf er sie auf eine Pritsche zwischen Stroh und die stinkenden Decken der Turmwächter.

Sie konnte sich nicht erinnern, daß er sie jemals so leidenschaftlich umarmt hatte. Nie hatte er zu ihr von Liebe gesprochen, jetzt wiederholte er sein Geständnis unablässig wie ein Verzweifelter: Er liebe sie, was auch geschehen werde, geschehen müsse. Und alles möge sie ihm verzeihen – alles, was war und was kommen werde. Ja, was noch kommen werde, das ganz besonders!

Sonst hatte er sich meist schon bald von ihr abgewandt und war eingeschlafen. In dieser Nacht schien er einen in vielen Jahren aufgestauten, überreichen Vorrat an Liebesverlangen auf einmal zu verschwenden. Das arme Weib gab sich arglos und glücklich hin, ganz außerstande, nach einer Erklärung zu suchen oder gar eine zu finden. Und als er sich endlich beim ersten Sonnenstahl von der Pritsche erhob, blieb sie liegen – erschöpft, mit dem Ausdruck vollkommener Seligkeit, der ihre harten, gealterten Züge mit einem mädchenhaften Schmelz überzog.

Ein letztes Mal beugte sich Chlodwig über sie. Er strich ihr über das graue Haar und drückte seine Stirn gegen die ihrige. Dann lud er die Schlafende auf seine Arme und trug sie über den Gang zurück in die Kammer.

Baddo erwartete ihn am Tor mit den Männern der Eskorte.

»Du hast verstanden«, sagte Chlodwig. »Sie bleibt hier und darf nicht mehr hinaus. Alles ist ihr erlaubt, nur eines nicht – diesen Ort zu verlassen!«

»Es wird geschehen, wie du befiehlst, König.«

Chlodwig kehrte nicht mehr ins Lager zurück und schlug mit der Hundertschaft den Weg nach Soissons ein.

36

Als der König am Abend, kurz vor Sonnenuntergang, in seiner Hauptstadt eintraf, wurde er am Tor von Ansoald erwartet.

»Du bist schon zurück?« fragte Chlodwig erstaunt.

»Seit heute mittag.«

»Hoffentlich nicht allein.«

»Was denkst du von mir! Beinahe hätte ich sogar zwei Bräute mitgebracht.«

»Wie?«

»Die beiden Schwestern dachten, daß ich selbst der königliche Bräutigam sei und mich nur als Gesandter verkleidet hätte. Da stritten sie und schlugen sich sogar. Keine wollte verzichten.«

»Spaßvogel.«

Chlodwig saß ab, und sie gingen, von wenigen Leibwächtern begleitet, das kurze Stück zum Palast zu Fuß. Der König hatte – bis auf eine kurze Unterbrechung zur Mittagsrast – den ganzen Tag zu Pferde gesessen. Er schwankte vor Müdigkeit und stützte sich auf Ansoalds Schulter. Aus seinem tief gebräunten, mit einer Staubschicht bedeckten Gesicht leuchtete die Hiebnarbe wie eine dünne Mondsichel. Seine Kleidung war in erbärmlichem Zustand.

»Zu dumm«, sagte er. »Ich hatte euch frühestens morgen erwartet. Wollte rechtzeitig zurück sein und sie selbst in Empfang nehmen. Nun also, rede! Wie ist sie?«

»Was verlangst du von mir?« erwiderte Ansoald. »Soll ich dir eine Göttin beschreiben? Dafür ist mein Latein zu schlecht. Und unsere Frankensprache reicht dazu nicht aus.«

»Halleluja hat also nicht übertrieben.«

»Im Gegenteil.«

»Und wo steckt sie jetzt?«

»Bei ihren Christianern.«

»Bleibt Zeit, mir den Dreck von der Schwarte zu schrubben. Wie war es bei Gundobad in Lyon? Machte er Schwierigkeiten, der Oberkönig?«

»Das nicht, dafür nahm er sich nicht die Zeit. Er empfing uns nur kurz nach dem Frühmahl. Sah aus, als hätte er eine Ratte verspeist und dazu Essig getrunken. Über die Heirat sprachen wir kaum. Vor allem wollte er wissen, wie es mit dir und Alarich steht. Er hat wohl Angst, ihr könntet euch gemeinsam ein bißchen gütlich tun – auf seine Kosten.«

»Du hast ihn hoffentlich nicht beruhigt.«

»Versteht sich. Ich habe nur sehr allgemein von Frieden und guter Nachbarschaft geredet.«

»Er hatte also nichts einzuwenden?«

»Ich fragte ihn zum Schluß, als seine Türsteher uns schon fast hinausgedrängt hatten, ob er nun deiner Heirat mit seiner Nichte zustimme. Da machte er noch mal sein Essiggesicht und eine wegwerfende Bewegung. Der scheint uns noch immer für eine Räuberbande zu halten, der er ein Opfer bringen muß, um nicht weiter belästigt zu werden.«

»Und der andere? Der in Genf?«

»Godegisel? Ganz das Gegenteil. Rühmt dich als einen Mann, wie ihn Gallien seit Cäsar nicht mehr gesehen habe. Der sucht deine Freundschaft, und zwar sehr heftig. Seinen Bruder haßt und beneidet er, am liebsten würde er ihn wohl mit deiner Hilfe beiseiteräumen. So etwas deutete er an. Immer wieder betonte er, daß er so gut wie unabhängig sei und selber Bündnisse schließen könne. Und größten Wert legt er darauf, daß du die Braut von ihm, und nicht von Essiggesicht erhältst. Er behauptete sogar, er sei ihr Muntwalt ... aber das stimmt nicht, das ist der andere. Das weiß ich sicher von Avitus, dem Oberchristianer. Godegisel stellt aber einen Teil der Mitgift, der Rest stammt aus ihrem Erbe. Die Verhältnisse dort sind ein bißchen verworren.«

»Hast du wirklich den Eindruck, der Genfer will gegen den von Lyon etwas unternehmen?« fragte Chlodwig, dessen Müdigkeit diese Mitteilungen vertrieben hatten.

»Das würde er wohl lieber heute als morgen, aber dazu ist er noch zu fußlahm. Auch die Christianer des Avitus sähen das gern. Sie denken, Godegisel ist ihr Mann und eher für ihre Richtung einzuspannen. Und wenn er dann König des Gesamtreichs würde und sie hätten ihm dabei geholfen ... Na, jedenfalls glauben die, jetzt, mit der Heirat, schon einen großen Schritt weiter zu sein. Dieser Avitus ist ganz aus dem Häuschen. Er hat deiner Braut gleich zwei Hundertschaften von seinen Schwarzröcken mitgegeben. Einen wahren Krähenschwarm ... da drüben siehst du sie!«

Sie hatten den Palasthof erreicht. Hier herrschte ein heilloses Durcheinander. Wagen und Karren der unterschiedlichsten Bauart, die zu dem burgundischen Brautzug gehörten, stauten sich auf engstem Raum. Einige wurden noch entladen. Knechte schleppten Kisten, Stoffballen, Teppiche, Möbel. Zugtiere wurden ausgespannt und zur Tränke geführt. In einer Ecke des Hofes waren die von Ansoald bezeichneten Christianer versammelt, darunter viele Mönche. Sie knieten vor einem mehr als mannshohen Holzkreuz und hielten, unbeeindruckt vom Trubel ringsum, ihre Abendandacht.

Vorausreitende Gefolgsleute hatten die Ankunft des Königs bereits gemeldet. Schnell war er von Würdenträgern und Palastbeamten umringt, die ihn zu seinem herrlichen Sieg über die Cambraier Franken beglückwünschten. Chlodwig wehrte sie ungeduldig ab. Er wechselte nur ein paar Worte mit seinem Referendar, der den Palastgrafen Bobo in dessen Abwesenheit vertrat. Der ehrgeizige junge Mann, Sohn eines Senators, berichtete nicht ohne Eigenlob, daß er die offizielle Hochzeitsgesandtschaft aus Burgund schon zur Zufriedenheit aller Gäste – und unter Rücksichtnahme auf deren komplizierte Rangordnung – untergebracht habe. Zu seinem Ärger eilte allerdings im selben Augenblick ein kleiner, geckenhaft gekleideter Burgunder herbei, der sich zungenfertig beschwerte, weil man ihn, den edel geborenen Hofdichter, Musiklehrer und Vorleser, nicht in der Nähe seiner Fürstin Chlotilde logieren lasse, sondern in einem Nebengebäude des Palastes – »bei den Fuhrknechten, Mönchen und anderem Abschaum«. Da er Chlodwig nicht kannte, empörte ihn dessen breites Grinsen. Er nannte den König einen fränkischen Rüpel und konnte gar nicht begreifen, warum das eine Lachsalve auslöste.

Unter denen, die herandrängten, war auch Remigius. Der kleine, glatzköpfige Bischof streckte Chlodwig begeistert die Hände entgegen.

»Sieg!« rief er, »Sieg! Gerade habe ich es erfahren. Was für ein herrlicher Waffengang! Ich habe mit Inbrunst für dich gebetet! Da ist ja auch unser Freund Ansoald, er hat sich vortrefflich bewährt. Wie gut, daß ich ihn empfohlen hatte. Er hat deine schöne Braut sicher hergeleitet!«

»Wo ist sie jetzt?« fragte Chlodwig.

»Sie ist auf der Festungsmauer, König. Wir konnten sie nicht davon zurückhalten. Sie wollte von dort oben den Anblick ihres künftigen Königreichs genießen.«

»Auf der Festungsmauer also!«

»Ja! Sie ist ganz allein hinaufgestiegen, wollte niemanden dabeihaben. Sie will wohl dort auch eine stille Einkehr halten. Und ich glaube, sie wird nach dir ausschauen, sie macht sich Sorgen um dich. Noch weiß sie ja nicht, daß du zurück bist.«

Chlodwig tauschte einen Blick mit Ansoald und forderte ihn mit einer Kopfbewegung auf, ihm zu folgen.

Rücksichtslos nach rechts und links Stöße und Knüffe austeilend, bahnte er sich den Weg aus dem Gewühl der Menschen, Tiere und Wagen. Fast laufend erreichte er die Mauer hinter den letzten Wirtschaftsgebäuden und stieg die nächste Leiter hinauf. Ansoald konnte kaum Schritt halten. Als Chlodwig aber die ersten Sprossen erklommen hatte, machte er plötzlich Halt und stieg langsam wieder hinunter. Am Fuß der Leiter blieb er stehen, seufzte, spuckte aus, seufzte nochmals.

»Was ist?« fragte Ansoald. »Was hast du? Keinen Mut?«

»Daran fehlt es nicht. Aber wie sehe ich aus!«

»Wie ein hungriger Wolf nach einem Gewitter.«

»Verflucht! Hast du wenigstens einen Kamm? Ich habe keinen. Verliere die Dinger immer.«

Ansoald holte den langen elfenbeinernen Kamm hervor, mit dem er sorgsam sein zwar dünnes, doch anmutig gewelltes, über die Ohren fallendes Haar zu behandeln pflegte. Er mußte Kraft aufwenden, um die Zähne durch die seit Tagen nicht gekämmte, zerzauste, verfilzte Merowingermähne zu ziehen. Chlodwig zuckte und fluchte.

»So geht es«, sagte Ansoald schließlich. »Jetzt müssen wir nur noch die Maske aus Staub entfernen.«

Da kein Tuch zur Hand war, nahm er seine Stirnbinde ab und reinigte mit ihr das Gesicht des Königs notdürftig.

»Zieh mal die Luft ein«, sagte Chlodwig. »Stinke ich?«

»Nicht mehr als gewöhnlich.«

Dafür bekam er einen Tritt gegen das Schienbein.

»Das ist wohl der Dank dafür, daß ich deine Braut vor dem Tod durch Erschrecken bewahre«, sagte Ansoald. »Und wenn ich dir noch einen Rat geben darf: Beherrsche dich. Fall nicht gleich über sie her, sie ist sehr empfindsam.«

»Woher weißt du das? Wenn einer sich nicht beherrschen

kann, dann bist es doch du. Hast du es etwa bei ihr versucht?«

»Lieber nicht«, sagte Ansoald feixend. »Vielleicht ist sie wirklich noch Jungfrau. Das soll ja vorkommen.«

»Ich hau dir gleich eine rein. Also los.«

»Ich folge dir.«

»Nein, du steigst voran.«

»Wenn ich doch noch vorkosten soll, mußt du es aber ausdrücklich befehlen. Ich bin ja nicht mehr dein Mundschenk.«

»Vorwärts!«

Ansoald stieg die Leiter hinauf, Chlodwig ihm nach. Oben angekommen, gab der Gefolgsmann seinem König ein Zeichen, daß er die Gesuchte entdeckt habe. Chlodwig blieb auf der Leiter stehen, den Kopf in Höhe der Bohlen des Wehrgangs. Er reckte den Hals. Am Ende des Mauerabschnitts bemerkte nun auch er die Gesuchte – eine schmale Gestalt mit dunklem Haar, in einem gelben Kleid, mit einem leuchtenden, blauen Umhang darüber. Sie lehnte reglos, die Ellbogen aufgestützt, an der Mauer zwischen zwei Zinnen und blickte hinunter auf die Flußlandschaft. Die Wächter kannten sie wohl bereits, sie hielten sich in respektvollem Abstand.

»Sie scheint in Gedanken zu sein«, sagte Chlodwig, der immer noch zögerte, auf den Wehrgang hinaufzusteigen. »Vielleicht ist es nicht gut, daß ich plötzlich neben ihr auftauche und sie anspreche.«

»Ich kann sie ja warnen«, sagte Ansoald halb ernsthaft, halb spöttisch.

»Ja, tu das … Oder nein! Nein, laß es! Ich werde mich ihr vorsichtig nähern und mich dann beizeiten bemerkbar machen.«

Chlodwig nahm nun die letzten Sprossen der Leiter, befahl Ansoald, auf ihn zu warten und ging langsam, Schritt für

Schritt, über den Wehrgang auf sein Ziel zu. Ein Wächter, an dem er vorbeikam, riß den Mund auf, um eine Meldung zu machen, doch er bedeutete ihm heftig zu schweigen. Er suchte sogar das Knarren der Bohlen zu vermeiden, indem er um Stellen herumging, an denen sie sich etwas gelockert hatten. Als er nur noch drei Zinnen passieren mußte, blieb er unschlüssig stehen.

Es war die Stunde des Sonnenuntergangs. Die Strahlen des sinkenden Gestirns ließen eine Unzahl von Quellwölkchen in hundert Farben schimmern, vom zarten Rosa bis zum dunkelsten Violett. Ein sanfter Wind bewegte die Wipfel der Buchen und Eichen unten am Ufer der Aisne. Silbrig glitzerte der Bogen des Flusses.

Chlodwig lehnte sich auf eine Zinne und betrachtete die reglose Gestalt. Da sie vorgebeugt stand, war ihr Gesicht noch von der übernächsten Zinne verdeckt. Sehr schlank war sie, fast zierlich. Unter der langen Tunika sahen hübsche kleine Füße mit schmalen Fesseln hervor, die in Sandalen steckten. Ein dünner Goldreif am rechten Unterarm schien der einzige Schmuck der jungen Dame zu sein. Straff war das lange schwarze Haar nach hinten gekämmt und zu einem Knoten gebunden.

Chlodwig konnte nun kaum noch erwarten, das Gesicht seiner Braut zu sehen, von der er in diesem Augenblick nur noch acht Schritte entfernt stand. Er räusperte sich, scharrte mit den Füßen, klopfte auf seine Gürtelschnalle. Doch er erregte damit keine Aufmerksamkeit. Er sah sich wie hilfesuchend nach Ansoald um, der ihm Zeichen gab, nicht länger zu zaudern und näherzutreten. Er suchte noch nach einer passenden Anrede, als das Mädchen sich plötzlich aufrichtete. Sie hob den Kopf und streckte die Arme mit den geöffneten Händen himmelwärts. Dazu schloß sie die Augen und bewegte murmelnd die Lippen. Zweifellos betete sie. Chlodwig hatte die Christianer schon öfter in dieser Haltung zu ihrem Gott sprechen sehen und wollte sie dabei nicht stören. Er hatte auch allen Grund, sich erst einmal zu fassen.

Nein, er konnte sich nicht täuschen: Das war wohl das reizendste Mädchen, das ihm jemals begegnet war. Jedenfalls erinnerte er sich nicht, daß ihm ein weibliches Wesen schon einmal gleich auf den ersten Blick so gefallen hatte. Gab es etwas Schöneres als dieses ovale Gesicht mit der hohen Stirn, in die ein paar winzige, unbotmäßige Löckchen fielen? Diesen zarten Hals, dieses runde und doch kraftvolle Kinn, diese vollen roten Lippen, diese schmalen, wohlgebildeten Schultern, diese schlanken Arme, diese festen, die Tunika spannenden Brüste?

Wahrhaftig, dachte Chlodwig, Halleluja ist ein vertrauenswürdiger Mann und ehrlicher Heiratsvermittler. Er hat mich nicht hereingelegt.

Nur ihre Augen hatte er noch nicht gesehen, sie hielt sie ja beim Beten geschlossen. Eine Ewigkeit schien es zu dauern, bis sie sie endlich aufschlug. Sie wandte den Kopf, sah ihn an. Es waren große, schwarze, glänzende Augen. Unter den dichten Wimpern und hochgeschwungenen Brauen hatte der Blick etwas feierlich Strenges. Doch der Mund verzog sich zu einem sanften Lächeln, als die Schöne jetzt langsam nähertrat, vor Chlodwig stehenblieb, zu ihm aufsah und ihn ansprach.

»Ist es nicht wunderbar«, sagte sie mit einer dunkel getönten Stimme, im reinsten Latein, »daß alles, was wir sehen, durch Gottes Wort aus dem Nichts geschaffen wurde? Muß man nicht den verehren, der Himmel und Erde gemacht hat? Der die Sonne auf- und untergehen läßt, der den Himmel mit Sternen schmückt, der die Erde mit Tieren, die Luft mit Vögeln und das Wasser mit Fischen bevölkert hat? Und der nach seinem Bilde den Menschen schuf, damit ihm alle Kreatur untertan sei und ihm willig diene? Muß man an diesen Gott nicht glauben?«

Chlodwig schwieg und starrte das Mädchen unverwandt an. Er war zu verblüfft, als daß ihm auf diese seltsame Anrede irgendeine Antwort eingefallen wäre. Es wurde auch keine erwartet.

Überraschend wechselte die Miene der jungen Dame von feierlicher Entrücktheit zu kühler Freundlichkeit, und ihre Stimme wurde heller und fester, als sie ganz unbefangen sagte: »Du bist Chlodwig, habe ich recht? Das erriet ich gleich, als du mit Ansoald dort heraufkamst. Ganz so schrecklich, wie dich alle beschreiben, siehst du zum Glück nicht aus. Du kommst wohl direkt vom Schlachtfeld? Hast du wieder gesiegt? Natürlich, das ist ja für dich nichts Besonderes. Ich war heute mittag ein bißchen enttäuscht, weil du nicht da warst, um mich zu begrüßen. Dein Palast gefällt mir recht gut, ich habe mich schon ein bißchen umgesehen. Wenn wir verheiratet sind, werde ich aber manches verändern müssen. Oh, es wird kühl hier oben! Wir sollten hinuntersteigen.«

Sie zog die Palla, das blaue Umschlagtuch, fest um die Schultern und ging voran. Chlodwig, der sich von seinem Erstaunen noch immer nicht ganz erholt hatte, folgte ihr.

Sein königliches Wort an sie zu richten, war ihm bisher nicht gelungen.

37

Am liebsten hätte Chlodwig die Hochzeit schon an einem der nächsten Tage gefeiert. Doch es bedurfte einiger Zurüstungen, die ihre Zeit brauchten. So mußte man auf Gäste aus den entfernteren Teilen der Francia Rücksicht nehmen, die einen langen Weg hatten. Chlodwig hätte zwar auf sie verzichtet, doch ließ er sich überzeugen, daß eine königliche Hochzeit die beste Gelegenheit sein würde, mit großem Aufwand seine neue Macht und die Einheit aller Teile seines Reiches zu demonstrieren.

Vor allem war es seine energische Schwester Lanthild, die darauf bestand und die als heimlicher – und doch allgegenwärtiger – Comes von Soissons die Vorbereitungen in die Hand nahm. Remigius stand ihr dabei eifrig zur Seite. Er nutzte die Gelegenheit weidlich und erreichte bei ihr, daß in die Liste der Hochzeitsgäste, die durch Boten benachrichtigt wurden, auch die katholischen Bischöfe in den Städten der Francia aufgenommen wurden. Er gab den Boten ein persönliches Schreiben an alle Amtsbrüder mit, in denen er die Geistlichen dringend mahnte, auch einen weiten Weg nicht zu scheuen und dem für die Zukunft der Kirche bedeutsamen Ereignis nicht fernzubleiben.

Schon in den ersten Tagen nach der Ankunft der Burgunder war unübersehbar, daß die Christianer die bevorstehende Hochzeit zu ihrer Angelegenheit machten. Weiße Stolen und schwarze Kutten bestimmten plötzlich das Bild auf dem Markt und in den Straßen der Residenzstadt. Im nördlichen Gallien gab es zu jener Zeit nur wenige Klöster, und so konnten die mitgereisten Mönche aus den Klostergemeinschaften um den Genfer See mit neugieriger Aufmerksamkeit rechnen. Sie zogen unentwegt mit Kreuzen und Fahnen umher, hielten an jeder Ecke Andachten, sammelten Schaulustige um sich. Auch unter dem großen Holzkreuz, das sie auf dem Palasthof aufgestellt hatten, wurde ständig gebetet und gepredigt. Als Chlodwig eines Vormittags von einem Ausritt zurückkehrte, sah er zwei seiner fränkischen Gefolgsleute zwischen Geistlichen und Mönchen vor diesem Kreuz knien.

Der Vorfall blieb nicht folgenlos. Unverzüglich ließ der König das Kreuz entfernen und verbot gottesdienstliche Handlungen der Christianer auf dem Areal des Palastes. Geistliche und Mönche, die in Palastgebäuden Obdach gefunden hatten, wurden ausquartiert. Die beiden Franken, die gekniet hatten, erhielten je fünfzig Hiebe. Sie wurden aus dem Dienst in der Gefolgschaft des Königs entlassen und auf einen gefahrvollen Grenzposten abkommandiert. Remigius ließ sich beim König melden und bat um Milderung aller dieser Maßnahmen, doch Chlodwig wies ihn mit harten Worten ab. Er dulde nicht, schrie er, daß man frech unter seinen Augen, in seinem eigenen Hause und in den Straßen seiner Hauptstadt die Franken ihren alten Göttern abspenstig mache. Nicht leisten könne er sich, deren Gunst und bewährten Beistand aufs Spiel zu setzen. Man möge sich ja davor hüten, seine Nachsicht gegenüber dem Glaubensbekenntnis seiner künftigen Frau zu weit auszulegen. Alle Versuche dieser Art werde er notfalls mit Gewalt unterdrücken.

Das waren klare Worte, und Remigius zog es vor, nicht durch Widerworte den König noch mehr zu reizen. Am Ende würden die unliebsamen Gäste nicht nur aus dem Palast, sondern auch noch aus der Stadt und dem Reich vertrieben. Dann mußten alle schönen Hoffnungen vorerst begraben werden. Insgeheim machte Remigius seinem

Amtsbruder Avitus den Vorwurf, zu ungeduldig gehandelt zu haben. Wozu mußte er der Braut diesen vielköpfigen lärmenden Haufen von Priestern und Mönchen mitgeben – mit der Anweisung, sich gleich angriffslustig an das Bekehrungswerk zu machen! Das störte die stille, geduldige Arbeit, die er selber seit vielen Jahren leistete.

Chlotilde, die täglich in der kleinen, windschiefen Bischofskirche von Soissons zur katholischen Messe erschien, erfuhr durch den Diakon Chundo von den Vorfällen. Der dürre, hakennasige Priester, der seinerzeit vor der Waldburg bei Tournai beinahe das Martyrium erlitten hatte, war dem Gefolge der künftigen Königin als Helfer und Ratgeber in geistlichen Fragen zugeteilt. In seinem Haß auf die heidnischen Franken übertrieb er und brachte es schließlich so weit, daß die junge Burgunderin sich um ihre Zukunft im Frankenreich zu ängstigen begann. Da sie aber nicht schüchtern war, beschloß auch sie, etwas zu unternehmen.

Eigentlich wollte sie sich zurückhalten und bis zur Hochzeit Zusammenkünfte mit ihrem Bräutigam möglichst vermeiden. Sie wußte schon viel über ihn, vor allem von Ansoald, mit dem sie während der langen Reise oft geplaudert und aus dem sie manches herausgefragt hatte. Sie wußte, daß Chlodwig in seinem Wesen dem Wetter glich, daß er erteilte Befehle nie aufhob, daß er auf Widerspruch mit Zorn reagierte und zu unerwarteten Gewalttaten neigte. Doch im Vertrauen darauf, daß der Eindruck anhielt, den sie bei der ersten und bisher einzigen Begegnung auf ihn gemacht hatte, wagte sie es, zu ihm zu gehen.

Der König befand sich in dem kleinen Empfangssaal, wo ihm sein Referendar, der junge Galloromer, gerade einen Beschwerdebrief vortrug. Gefolgt von einer ihrer Damen, ging Chlotilde stracks an der verdutzten Türwache vorbei. Als Chlodwig sie sah, sprang er von seinem Armstuhl auf und trat ihr entgegen.

»Freut mich«, rief er aufgeregt, »freut mich sehr! Ich dachte schon, du machst dich unsichtbar bis zur Hochzeit! Hier bitte ... nimm Platz. Laß uns plaudern! Möchtest du eine Erfrischung? Schade, das Wetter ... Aber der Regen wird aufhören. Dann könnten wir ausreiten, oder wie wäre es mit einer Bootsfahrt? Wir könnten auch ...«

»Verzeih«, unterbrach ihn Chlotilde würdevoll, nachdem sie sich auf einer Sitzbank niedergelassen und ihr Gewand geordnet hatte. »Ich bin nur gekommen, um etwas Ernstes mit dir zu besprechen. Vergnügungen sollten wir verschieben, bis nach unserer Hochzeit. Ich möchte dich um etwas bitten, was mir am Herzen liegt.«

»Es ist schon gewährt!« rief Chlodwig. »Jeder Wunsch, den dir ein König erfüllen kann!«

»Dies ist meine erste Bitte an dich. Es würde enttäuschend für mich sein, wenn du sie zu erfüllen versprichst, dann aber dein Versprechen nicht hältst.«

»Rede! Was immer du willst ... nur zu!«

»Ich bin Christin«, sagte Chlotilde, indem sie auf ihre im Schoß verschränkten Hände blickte. »Und ich bin hergekommen, weil deine Gesandten garantiert hatten, daß mich hier niemand hindern werde, meinem Gott zu dienen und mit anderen Christen die heilige Messe zu feiern. Nur unter dieser Bedingung nahm meine fromme Mutter Caratene deinen Antrag entgegen. Und nur unter dieser Bedingung fanden sich meine Onkel Gundobad und Godegisel, die ebenfalls Christen sind, wenn auch leider Arianer, schließlich bereit, mich gehen zu lassen. In der Annahme, daß ihnen in deinem Land nichts Schlimmes widerfahren werde, haben sich viele meiner Glaubensbrüder dem Brautzug angeschlossen. Sie wollten damit zum Ausdruck bringen, daß der dreifaltige Gott der Christen mit mir ist und daß er unsere Heirat billigt. Schon unterwegs sangen sie Psalmen, und auch hier werden sie nicht müde, durch Gebet und Gesang ihre Freude zu bekunden. Aber was höre ich jetzt? Ich kann kaum glauben, was mir berichtet wird. Sind die Zeiten zurück, da Christen ihres Glaubens wegen vertrieben und gedemütigt wurden? Sind wir in ein Land gekommen, wo Kreuze umgeworfen werden und wo man Betende mit Waffen bedroht und davonjagt? Werde ich als deine Frau, König, meinem inniggeliebten Heiland nur heimlich dienen dürfen? Werde ich hier im Palast keinen Ort finden, wo ich Zwiesprache mit meinem Gott halten kann? Solltest du nicht aufrichtig gewesen sein mit der Zusage, die deine Gesandten in deinem Namen abgaben?«

Nun erst hob Chlotilde wieder den Kopf, und der fragende, vorwurfsvolle Blick ihrer schwarzen Augen traf den König. Er stand mit gebeugtem Rücken vor ihr, doch obwohl er mehrmals den Mund aufgetan hatte, um etwas zu erwidern und sich zu rechtfertigen, hatte der gleichförmige Redestrom der Burgunderin ihn nicht zu Wort kommen lassen. Plötzlich war er um eine Antwort verlegen.

»Nun, wir ...«, sagte er schließlich, »Du mußt verstehen ... Wir dienen hier unseren eigenen Göttern. Schon unsere Väter glaubten an sie. Unser Heil hängt von ihnen ab, wir dürfen sie nicht erzürnen. Deshalb ... kann ich leider nicht dulden ...«

»Ich bitte dich, antworte mir!« wiederholte sie leise, aber in strengem Tonfall, wobei sie ihn weiter unverwandt ansah. »War deine Zusage, mir meinen Gott nicht nehmen zu wollen, nicht aufrichtig? Gabst du sie nur, um mich herzulocken? Wirst du etwa nach unserer Heirat von mir verlangen, daß ich meinem Glauben abschwöre?«

»Nein, nein!« rief er mit einer heftig abwehrende Geste. »Ich versichere dir, alles, was dir zugesagt wurde, wird eingehalten! Daß du zu meinen Göttern betest, werde ich niemals verlangen. Was nützte das auch, denn du glaubst nicht an sie! Mit mir ist das etwas anderes. Ich stamme selbst aus einem Göttergeschlecht. Meine Ahnen fuhren zur See, und sie alle hatten einen gemeinsamen Stammvater: einen Meeresgott in Gestalt eines Stiers. Später gingen sie an Land, wurden seßhaft. Und dann wollten die Götter, daß wir über den Rhein gingen, dieses Land eroberten und hier als Herrenvolk leben. Das ist ihr Wille, und sie sorgen dafür, daß wir ihn erfüllen. Keine Schlacht habe ich gewonnen, ohne daß die Götter uns beistanden. Wir dürfen uns also nicht von ihnen abwenden, kein Franke aus meiner Gefolgschaft darf sie verlassen. Und deshalb habe ich euern Bischof gewarnt: Laß mir meine Franken in Ruhe! Verführt sie nicht zu einem fremden Glauben! Verstehst du nun, daß ich wachsam sein muß?«

»Es gibt nur einen Gott, den Allmächtigen, in der Dreieinigkeit mit Jesus Christus, seinem Sohn, und dem heiligen Geist«, sagte Chlotilde. »Und deine Götter, wenn es sie gibt, sind ihm untertan. Ich kann nichts Verwerfliches daran finden, daß sich auch Menschen aus deinem Volk zu dem höheren Gott bekennen, dem höchsten. Es zeigt nur, daß sie die bessere Einsicht haben. Eines Tages wirst du es gutheißen … ja, ich bin sicher, der Tag wird kommen! Und dann wirst du bereuen, wie du uns Christen jetzt behandelst. Meine Bitte brauche ich wohl gar nicht erst vorzutragen.«

»Sprich doch! Ich will sie hören!«

Chlotilde bat darum, daß im Palast eine Kapelle eingerichtet wurde und daß sie dort mit ihren Glaubensbrüdern ungestört Andacht halten durfte. Den Raum hatte sie mit Remigius und Chundo schon ausgewählt. Chlodwig mußte dies nun wohl oder übel gewähren und damit seine vorherigen Maßnahmen teilweise wieder zurücknehmen. Die sanfte Beharrlichkeit seiner künftigen Frau beeindruckte ihn. Er versprach sogar, die Kapelle mit Gerätschaften aus seiner Schatzkammer, die vorher freilich aus anderen Kirchen gestohlen worden waren, auszustatten.

»Ich danke dir, König«, sagte Chlotilde mit einem kühlen Lächeln, als sie sich erhob und zum Gehen wandte. »Ich sehe, daß man sich mit dir einigen kann. Offen gesagt, wärst du jetzt wortbrüchig geworden, hätte ich die Flucht ergriffen, aus deinem Palast, aus deinem Land. Der Herr, unser Gott, verlangt von uns, keine Schwäche zu zeigen, wenn es um seine Sache geht. Du hättest mich mit Gewalt zurückhalten müssen. Aber wie hätte ich dich dann jemals lieben können?«

»Und wie ist es nun?« fragte Chlodwig. Er faßte eine Strähne ihres auf die Schulter fallenden schwarzen Haars und ließ es durch seine Hand gleiten. »Liebst du mich jetzt?«

»Jetzt nicht!« sagte sie und machte sich mit einer raschen Kopfbewegung los. »Später ... vielleicht.«

38

Die Boten, die Lanthild mit Einladungen ausgesandt hatte, kehrten nach und nach zurück, und bald trafen in Soissons die Gäste ein. Nicht wenige hielten einen aufsehenerregenden Einzug. Männer, die als Comites in eroberten Städten Garnisonen befehligten oder als Herren großer Güter schnell zu Reichtum gekommen waren, gehörten zum neuen Adel der Franken, der sich seit der Eroberung des Syagrius-Reiches in wenigen Jahren über die Masse der Freien erhoben hatte. Standesgemäß zogen sie ein, mit ihren Familien, mit Gefolge, mit Wagen voller Geschenke.

Hochzeiten waren Feste der Familien, und Lanthild hatte nicht versäumt, auch alle Merowinger zu laden, deren Verbleib sich ermitteln ließ. Chlodwig hatte ihr aufgetragen, eifrig zu forschen und so viele wie möglich ausfindig zu machen. Mit ihrer Mutter und alten Männern, die schon unter Childerich und seinem Vater zur Gefolgschaft gehört hatten, war sie allen Spuren nachgegangen, um die weitverzweigte Sippe zusammenzubringen. Von Chararich in Tongeren erhielten die Boten, wie zu erwarten, eine schroffe Absage. Aber auch andere Merowinger, von denen Feindseligkeit nicht zu gewärtigen war, blieben aus. In einigen Fällen brachten die Boten die Nachricht, die Männer, Jünglinge oder Knaben seien kürzlich gestorben. Andere waren nicht aufzufinden gewesen. Die Auskünfte, die man den Boten gab, waren teilweise dunkel und verwirrend. Kurz vor dem Hochzeitstag hatten erst wenige weibliche Mitglieder der Sippe in Begleitung ihrer Ehemänner und Kinder den Weg nach Soissons gefunden. Sie gehörten dem einfachen Landvolk an und lebten in Armut. Man konnte nicht gerade stolz auf sie sein.

Lanthild fürchtete, Chlodwig werde sich vor seinen ranghohen Gästen, besonders den vornehmen Gallorömern, dieser Verwandten schämen, wußte jedoch nicht, wie sie sie wieder loswerden sollte. Unerklärlich war ihr, daß keine Männer der stolzen Sippe mit ihren Familien zur Hochzeit erschienen. Um Chlodwigs Tadel zuvorzukommen, beschloß sie, zu ihm zu gehen und sich zu rechtfertigen. Sie wollte ihm sagen, sie habe alles, was möglich war, unternommen. Wenn er am Hochzeitstag achtbare Onkel und Vettern sehen wolle, müsse er aber wohl Militär mit Befehlen zu ihnen schicken.

Chlodwig hielt sich in Berny auf, um vor der Hochzeit noch zu jagen und für volle Tische mit Wildbret zu sorgen. Als Lanthild dort eintraf, fand sie ihn in einem umzäunten Gehege, wo er sich mit seinen Wölfen beschäftigte. Ab und zu fing er einen in einer der Gruben, die am Rande des Gutes angelegt waren. Er hatte sich in den Kopf gesetzt, Wölfe zu seinem Dienst abzurichten wie Hunde, weil er der Meinung war, sie paßten besser zu einem König. An diesem Tag war ihm ein frischer Fang geglückt: Er hatte den jungen Wolf zu einem älteren in eines der Gehege gesperrt und lockte nun beide mit einem Stück Pferdefleisch. Er war der einzige, der sich zu den Wölfen hineinwagte. Sie belauerten ihn und schlichen um ihn herum, aber niemals wurde er angegriffen. Der ältere Wolf kam heran und schnappte sich das Stück Fleisch. Der jüngere wagte nicht, es ihm streitig zu machen. Begehrlich starrte er auf das Fleisch, hielt aber respektvollen Abstand, während der andere fraß und nur ab und zu drohend aufblickte.

»Gib ihm nichts«, sagte Chlodwig zu einem Knecht. »Er muß lernen, sich zu verschaffen, was er braucht. Was sagt ihr zu meinen neuen Fang?« wandte er sich an die Zuschauer hinter dem Zaun. »Ist er nicht hübsch?«

»Wenn er noch wächst, sieht er aus wie dein Zwillingsbruder«, sagte Ursio.

Der König lachte. »Du schmeichelst ihm. Als ich jung war, war ich schon weiter als er. Ich ließ mir von meinen alten Verwandten die Brocken nicht wegschnappen!«

Lachend gingen alle hinüber zu den Pferdeställen und setzten sich an den Tisch unter der Buche. Chlodwig begrüßte die Schwester, fragte aber nicht, was sie wollte, und kümmerte sich nicht weiter um sie. Lanthild setzte sich mit auf die Bank, stützte die Ellbogen auf den Tisch, trank Bier und warf ihrem Ehemann Ansoald, der schon bezecht war und trotz ihrer Gegenwart ungeniert mit den Mägden schäkerte, verächtliche Blicke zu. Es war ein warmer Spätsommertag, die Sonne stand bereits niedrig. Das Gespräch drehte sich um die morgige Jagd. Männer vom Gut berichteten, daß eine Herde der in Gallien selten gewordenen Auerochsen in der Nähe gesichtet worden sei. Der König war bester Laune und hoffte auf Jagdglück.

Erst später, als alle Anordnungen getroffen waren, kam er auf seine Hochzeit zu sprechen und fragte Lanthild, ob schon viele Gäste in Soissons eingetroffen seien. Als sie bejahte, ließ er sich Namen nennen. Eingehend erkundigte er sich nach einem Chlogio aus der Gegend von Bavai, an dessen Besuch ihm besonders lag.

»Wenn du den Brudersohn unseres Großvaters meinst, den konnten meine Boten nicht finden«, sagte Lanthild. »Vielleicht ist er gestorben oder fortgezogen.«

»Und sind andere Merowinger gekommen?«

»Kein einziger. Nur ein paar Frauen. Keine Männer.«

»Auch keine Knaben?«

»Nein.«

»Sieh einmal an.« Der König zog die Brauen hoch und tauschte einen Blick mit Ursio.

»An mir lag es jedenfalls nicht«, beteuerte Lanthild,

»auch nicht an meinen Boten. Du hättest dich mehr um unsere Verwandten kümmern sollen. Man könnte meinen, daß sie sich vor dir fürchten und sich verstecken.«

»Aber Herrin, wie kannst du so etwas annehmen«, sagte Ursio. »Unser König kümmert sich sogar sehr liebevoll um seine Verwandtschaft. Habe ich recht, König?«

»Ja, du hast recht«, sagte Chlodwig. Er richtete seinen düsteren, stieren Blick auf die Schwester und fuhr fort: »Gerade heute sind einige unserer Verwandten hier angekommen. Ursio hat sie herbegleitet.«

»Wie?« rief Lanthild. »Du selbst hast sie zur Hochzeit geladen?«

Ursio und Ansoald fanden die Frage komisch und lachten. Eine rasche Bewegung des Königs ließ sie verstummen.

»Willst du ihre Bekanntschaft machen?« fragte Chlodwig seine Schwester.

»Wo sind sie denn?«

»Im Keller.«

»Im Keller?«

»Sie besichtigen den Familienschatz.«

Der König trank noch einen Schluck und stand auf. Er gab Lanthild ein Zeichen, sie möge ihm folgen. Sie sah Ansoald an, der sie feixend mit einer Geste ermunterte. Zögernd erhob sie sich.

Chlodwig führte sie zunächst zum Hauptgebäude des Gutes, dann aber daran vorbei zu einem kleinen Waldstück. In dessen Mitte erhob sich der flache Felsen, unter dem sich das Kellergewölbe befand. Steile Stufen führten hinab zu einer eisenbeschlagenen Tür. An der steinernen Wand steckte eine brennende Fackel, Chlodwig nahm sie von der Halterung. Aus dem Lederbeutel an seinem Gürtel holte er einen Schlüssel, nicht ohne Mühe öffnete er das schwere römische Vorhängeschloß.

Sie betraten ein niedriges Gewölbe. Ringsum waren

Kammern tief in den Felsen gehauen. Einige waren leer. In anderen, die vergittert waren, standen die Truhen, in denen ein Teil des Schatzes aufbewahrt wurde.

Ein starker Verwesungsgeruch schlug ihnen entgegen. Lanthild preßte ihr Halstuch vor das Gesicht, wollte sich abwenden und zurückziehen.

Aber Chlodwig hielt sie fest.

»Es dauert nur einen Augenblick. Ich möchte, daß du sie siehst. Damit du dich nicht mehr fragen mußt, warum die Nachfahren unserer göttlichen Ahnen nicht an meiner Hochzeitstafel sitzen wollen.«

Er zerrte sie tiefer in das Gewölbe, wo an einer aus Stein gehauenen Säule eine Holzkiste stand. Da er mit einer Hand die Fackel, mit der anderen den Arm seiner Schwester hielt, stieß er den Deckel mit dem Fuß auf.

Lanthild schrie auf.

Die Truhe war mit menschlichen Köpfen gefüllt, langhaarigen männlichen Köpfen. An dem faulenden Fleisch, das im Fackellicht kaum noch die Züge erkennen ließ, hingen, verworren und miteinander verfilzt, graue, blonde und dunkle Mähnen. Die bleckenden Zähne ließen erkennen, daß auch Greise und Kinder darunter waren.

»Merowinger!« sagte Chlodwig. »Unsere Verwandten. Überflüssige Triebe eines starken Gewächses. Baddo schickt sie mir, er ist mein Gärtner. Dafür brauchte er nur zwei Monate. Er arbeitet gründlich und ist findiger als deine Boten. Er läßt mir ausrichten, daß eine zweite Sendung bald folgen wird.«

Lanthild wandte sich taumelnd ab. Sie hielt sich nur aufrecht, weil Chlodwig ihren Arm gepackt hatte. Er brachte sie an die frische Lust und verschloß den Keller.

Später, als es schon dunkel wurde, sah er noch einmal nach seinen Wölfen.

Der junge Wolf hielt den Pferdeknochen gepackt und

nagte und zerrte an den ihm überlassenen Fleischresten. Der alte, der satt und zum Spielen aufgelegt war, beschnüffelte ihn und stupste ihn mit den Pfoten.

»Siehst du, so ähnlich, wie ihr immer behauptet, sind sie mir gar nicht«, sagte Chlodwig zu Ursio. »Sie lieben ihre Verwandten.«

39

Die Hochzeit wurde mit großem Gepränge gefeiert und dauerte mehrere Tage.

Am Morgen vor dem Akt der Eheschließung hörte die fromme Braut die heilige Messe und stärkte sich im Gebet. Der Bischof Remigius selbst zelebrierte sie in der neuen Hauskapelle der künftigen Königin.

Da Chlotilde sich vor der Hochzeit göttlichen Beistands versicherte, hielt Chlodwig es für geboten, seinerseits die höheren Mächte anzurufen und um Nachsicht dafür zu bitten, daß er sich eine Andersgläubige ins Ehebett holte. Vor kurzem erst hatte er, einem neueren Brauch folgend, in einem Waldstück vor den Toren der Stadt einen kleinen Tempel für Donar errichten und darin sogar eine Säule mit dem bärtigen Antlitz des Gottes aufstellen lassen. Dorthin war er bereits um Mitternacht mit kleinem Gefolge aufgebrochen. Er hatte Ziegen, die Donar bevorzugte, zum Opfer gebracht, dem alten Germanengott laut seine unverbrüchliche Treue gelobt und ihn als Beschützer der Ehe und Spender der Fruchtbarkeit um starke, gesunde Söhne gebeten. Der Priester hatte ihn reichlich mit dem Opferblut der Ziegen besprengt. Bei der Rückkehr in den Palast hatte der König Sorge dafür getragen, daß seine empfindsame Braut ihren blutbespritzten Bräutigam nicht zu Gesicht bekam.

Am Vormittag um die dritte Stunde versammelten sich die etwa achthundert Gäste im Palasthof. Die Zeremonie der Eheschließung sollte im Freien stattfinden. Noch schien die Sonne, doch richteten sich immer wieder besorgte Blicke nach dem Himmel, wo dunkles Gewölk herantrieb. Die Mehrzahl der Damen war auf römische Art gekleidet, in luftige seidene Stolen und Tuniken, die der Wind blähte und flattern ließ. Er zauste an den sorgsam getürmten, geflochtenen und gebrannten Frisuren. Gold, Perlen und edle Steine glänzten an Hälsen und Armen. Bei den Männern dominierte die einfache fränkische Tracht der Antrustionen, doch zeigten die burgundischen Herren auch römische Eleganz. Man stand in Grüppchen zusammen und wartete. Der König verweilte lange in einem Seitenflügel des Palastes, wo sich die Gemächer befanden, die die Braut mit ihrem Gefolge seit ihrer Ankunft in Soissons bewohnt hatte. Immer dunklere Wolken jagten am Himmel dahin. Der Wind wurde stärker. Donner grollte, ein Gewitter kam näher.

Endlich trat Chlodwig heraus. Hinter ihm erschien Chlotilde, geführt von zwei älteren Verwandten. Auch die Comites Bobo, Ursio und Ansoald und die drei Schwestern des Königs hatten sich zum Empfang der Braut in deren Wohnung verfügt und folgten ihr nun. Alle Blicke richteten sich nach dem Himmel. Und gerade in diesem Augenblick schoß aus dessen grauer Verhüllung ein Blitz hervor, dem ein ohrenbetäubendes Krachen folgte. Viele Damen schrien auf und drängten sich an ihre Begleiter.

Chlodwig drehte sich lachend zu seiner Braut um und rief: »Siehst du das? Hörst du das? Donar meldet sich, er ist einverstanden! Das sind seine Hochzeitsgrüße! Weg da!« befahl er den beiden alten Burgundern, die Chlotilde links und rechts an den Händen gefaßt hielten. Er schlug seinen Mantel um die schmale Gestalt, lud sie sich auf die Arme und trug sie über den Hof zur Freitreppe.

Hier drehte er sich noch einmal um und schrie zum Himmel hinauf: »Ich danke dir, Donar! Wir bleiben Kampfgenossen!«

Und wie zur Antwort blitzte und krachte es.

Der König trug seine Braut durch das Palastportal. Die Gäste beeilten sich, ihnen zu folgen. Schon prasselte Regen auf sie herab, und viele Damen gelangten nur mit ruinierten Frisuren und an den Körpern klebenden Gewändern unter das rettende Dach. Von einem feierlichen Einzug konnte nicht mehr die Rede sein.

Das Gewitter zog rasch vorüber, der Regen ließ nach, und die Sonne kam wieder heraus. Der ungepflasterte Palasthof war nun aber von Schlamm und Pfützen bedeckt, und so mußte die Zeremonie in der Halle stattfinden. Chlodwig führte Chlotilde auf das Podium an der Stirnseite, wo er später beim Festmahl allein mit ihr Platz nehmen wollte. Im Laufe der Jahre war er infolge der Strapazen des Krieges und der häufigen Ortswechsel in seinem Auftreten und mit seiner Kleidung wieder nachlässig geworden. Doch in den Tagen vor der Hochzeit waren ihm wieder Alexander und Roxane in den Sinn gekommen. Wieviel ähnlicher war Chlotilde jener Herrscherin auf dem Wandbild! So mußten Goldschmiede, Schneider und Schuster des Palastes ihr Bestes geben, um ihn selbst dem großen Vorbild ähnlich zu machen. Es gelang ihnen vollkommen. Chlotilde wirkte freilich sehr klein neben ihm, dazu noch zart und zerbrechlich. Aber die ruhige Würde und vollendete Anmut ihres Auftretens glichen alles aus. Sie trug nach römischer Sitte eine langfließende weiße *tunica regilla* zum roten Brautschleier und hatte das Haar, wie es ebenfalls einem von den Römern übernommenen Hochzeitsbrauch entsprach, in sechs Zöpfen geflochten. Eine zweireihige Perlenkette war ihr einziger Schmuck.

Einer der burgundischen Herren trat vor und begann mit der Verlesung des Ehevertrags. Sorgsam waren darin einerseits alle Posten des Brautschatzes und der Mitgift aufgeführt, andererseits die Städte und Liegenschaften des Wittums für den Fall, daß der König vor seiner Gemahlin starb.

Zugleich übernahm Chlodwig nun als Ehemann die Rechte und Pflichten des Muntwalts vom bisherigen Vormund Chlotildes, König Gundobad. Er drückte sein Siegel in das Wachs, das Bobo auf das Pergament tropfen ließ, und übergab den Verwandten der Braut einen Beutel mit Goldstücken, die symbolisch an die uralte Sitte des Brautkaufs erinnerten. Dann beugte er sich herab und tauschte mit Chlotilde den Brautkuß.

In diesem Augenblick stimmte plötzlich, hoch oben über den Köpfen, eine helle, klare Knabenstimme das *Benedicamus Domino* an. Die Gäste, die der Zeremonie schon nicht mehr sehr aufmerksam gefolgt waren und sich munter unterhalten hatten, spitzten die Ohren und reckten die Nasen zur Galerie. Auch die Braut sah lächelnd hinauf und freute sich über die fromme Überraschung. Der junge Sänger war ein Findelkind, das im Hause des Reimser Bischofs aufgezogen wurde.

»Donars Hochzeitsgruß hat Remigius wohl keine Ruhe gelassen«, sagte Chlodwig später, beim Festmahl, scherzhaft zu seiner Braut. »Er mußte antworten.«

»Wieso Remigius?« erwiderte sie. »Ein Engel hat deinem Donar geantwortet. Ich fand seine Stimme viel schöner als dessen barbarisches Poltern und Krachen.«

Der Festtrubel endete nach fränkischem Brauch erst lange nach Sonnenaufgang und auch dann nur für eine kurze Ruhezeit. Zur Nacht begleiteten die Gäste, soweit sie dazu noch imstande waren, das königliche Brautpaar ins Schlafgemach, wo es, dem Brauch entsprechend, vor aller Augen das Bett bestieg. Die Gäste grölten dazu ein Hochzeitslied und ließen die beiden dann allein. Chlodwig erschien am Morgen gut gelaunt im Festsaal zwischen den Überbleibseln des Gelages und zeigte mit Siegerstolz ein Bettuch herum, auf dem sich kleine Blutflecke befanden. Später versammelten sich alle noch einmal zur Überreichung der Morgengabe an die Braut. Auch sie bestand aus mehreren großen Gütern in der Umgebung der Residenzstadt. Danach wurde aufgetragen und weitergefeiert. Erst am sechsten Tag brachen die ersten Gäste auf.

Fortan änderte sich manches am fränkischen Hof. Die neue Königin ließ ihrer Umgebung keine Zeit, sich allmählich an sie zu gewöhnen. Vom Tage ihrer Hochzeit an konnte niemand mehr darüber im Zweifel sein, wer nun die Erste im Frankenreich war. Die schmale, zarte Burgunderin mit den schwarzen Augen, die mal freundlich und mild, mal beseligt und schwärmerisch, aber auch streng und durchdringend blicken konnten, flößte bald nicht nur der Dienerschaft Respekt ein. Ihr Tagesablauf folgte einem wohldurchdachten Plan, von dem sie kaum jemals abwich. Er sah Arbeit, Muße und Unterhaltung vor, und viel Zeit widmete sie ihren Pflichten als Christin. Wer mit ihr zu tun hatte, mußte sich dem irgendwie anpassen, mit Ausnahme des Königs natürlich. Doch selbst Chlodwig gewöhnte sich daran, gewisse Rücksichten zu nehmen. Wenn er früher Lust auf einen Ausritt oder eine Bootsfahrt hatte, war es ihm nie in den Sinn gekommen, jemanden, der ihn dabei begleiten sollte, nach seinem Einverständnis zu fragen. Jetzt schickte er zur Königin und ließ fragen, ob ihr dies oder jenes genehm sei. Wenn er mit dem üblichen Lärm in ihre Gemächer trat und sie in der Ecke vor ihrem Betpult kniend antraf, ging er leise wieder hinaus, setzte sich im Vorzimmer zu den Mägden und wartete geduldig, bis sie Zeit für ihn hatte. Solche Vorfälle waren sofort Palastgespräch, und da das Verhalten des Königs in jeder Beziehung Maßstab war, gingen nun alle auf Zehenspitzen, wenn Frau Königin Andacht hielt.

Sie hatte sich einen kleinen Hofstaat aus Genf mitgebracht, der ständig um sie versammelt war: einige fromme Aristokratinnen gesetzten Alters, der Musiklehrer und

Vorleser sowie mehrere Geistliche, zu denen sich für gewöhnlich der Diakon Chundo gesellte. Diese Leute begleiteten Chlotilde bei der Umsetzung ihres Tagesprogramms und sorgten dafür, daß nichts vergessen wurde. Alle hielten morgens und abends mit ihr die Andacht, die Frauen standen vormittags während der Arbeitsstunden am Webstuhl oder saßen neben ihr am Stickrahmen, der Musiklehrer begleitete nachmittags ihren Gesang auf der Leier und trug dann etwas von Origenes, Chrysostomos oder Augustinus vor, manchmal auch etwas von Homer oder Vergil. Zu dem Kreis um die Königin gesellte sich oft auch Chlodwigs Schwester Albofleda, die ihre Schwägerin bewunderte und sogar manchmal heimlich an den Gottesdiensten teilnahm.

Ein Dauergast der Königin war Remigius. Der Reimser Metropolit hielt sich kaum noch in seiner Residenz auf. Er nutzte die Gunst der jungen Burgunderin, um der Macht im Frankenstaat auch räumlich näherzurücken. Fast ständig hielt er sich in Chlotildes Umgebung auf und bot sich ihr als Berater an, nicht nur in geistlichen Angelegenheiten. Obwohl sie ihn ja erst kurze Zeit kannte, genoß er bereits ihr uneingeschränktes Vertrauen. Der glatzköpfige kleine Bischof gewann von Tag zu Tag an Ansehen, und andere Geistliche, aber auch immer mehr weltliche Herren suchten bei ihm Fürsprache und Protektion. Da die Königin ihm Gehör schenkte und den König wiederum das Gehen auf Zehenspitzen lehrte, sahen viele in Remigius bereits den Mann hinter Chlodwig.

Darin täuschten sie sich allerdings. Remigius' Dauerpräsenz im Palast bedeutete längst noch kein erhöhtes Gewicht seines Rates beim König. Auch der Einfluß Chlotildes auf ihren Gemahl wurde überschätzt. So wich der König in keiner Weise von seiner Haltung zum Christentum ab. Daß er Chlotilde zuliebe eine Gebetsstätte und ein paar Geistliche in seiner Nähe duldete, war das Äußerste, was man ihm abringen konnte. Nach wie vor untersagte er jeden Bekehrungsversuch bei den Franken. Keinem seiner Antrustionen war erlaubt, Chlotildes Kapelle zu betreten.

Um seine eigenen Götter nicht neidisch und mißgünstig zu stimmen, ließ Chlodwig sogar in einem heiligen Hain vor der Stadt, den fränkische Priester hegten und weihten, eine Wodanshalle errichten. Er folgte damit abermals – wie schon vorher zu Ehren Donars – dem Brauch spätgermanischer Fürsten, ihren Göttern nach dem Vorbild der Griechen und Römer Tempel zu bauen und sie vor Standbildern zu verehren. Damit sollte der Kirche und dem Kreuz noch sichtbarer getrotzt werden.

Mit der christlichen Mission ging es also auch nach der Hochzeit nicht recht vorwärts. Der heilige Avitus von Vienne schickte Remigius einen besorgten Brief nach dem anderen, und jeder enthielt – selbstverständlich verschlüsselt – dieselbe Frage: Hat sie ihn endlich soweit? Das mußte Remigius in seinen Antwortschreiben trotz aller Beschönigungen verneinen. Avitus äußerte vorsichtig die Vermutung, daß sein geschätzter Bruder und Mitheiliger seine Königin bei ihrer heiklen Aufgabe nicht wirksam genug unterstütze. Aber damit kam er schlecht an. Remigius konterte mit dem Vorwurf, Avitus habe mit seinen Mönchen und ihren lärmenden Auftritten vieles verdorben, das nur schwer wiedergutzumachen sei. Der Ton im Briefwechsel der beiden würdigen Kirchenmänner wurde von Mal zu Mal schärfer, brachte aber nichts voran.

Remigius blieb allerdings zuversichtlich, denn es gab Hoffnungszeichen. Die Königin zog ihn manchmal beiseite und hielt ihn über den Fortgang ihrer Bemühungen auf dem laufenden. Sie berichtete ihm von langen Gesprächen, die sie mit Chlodwig führte und rühmte die erstaunliche Geduld, mit der er ihr neuerdings zuhörte. Freilich erwähnte sie dabei nicht die näheren Umstände, unter denen sie

Chlodwigs Aufmerksamkeit für die christliche Lehre gewonnen hatte.

Bald hatte sie nämlich herausgefunden, daß die günstigsten Stunden für die Mission die nächtlichen waren und daß der geeignete Ort das Bett war. Hier hatte sie Chlodwig für sich allein, was sonst kaum je der Fall war, und er hörte ihr zu. Der Preis dafür waren allerdings seine ungestümen, groben Umarmungen. Denn wenn sie ihn hinterher schweigend auskeuchen, ausschnaufen und ausgrunzen ließ, fing er auch bald an zu schnarchen. Wenn sie aber zu reden anfing, lauschte er ihrer bei erbaulichen Themen immer etwas dunkel getönten, von verhaltener Leidenschaft bebenden Stimme und blieb dadurch munter. Dann brummte er nur wohlig, fingerte an ihr herum, leckte und kniff sie. Oft genug, wenn sie oben mit ihrer Darlegung längst nicht zu Ende war, spürte sie plötzlich unten, daß sie mal wieder nur sein *membrum*, nicht aber seine *mens* inspiriert hatte.

Er gewann jetzt mehr und mehr Geschmack an der Sache, denn nun konnte er, wenigstens anfangs, im Bett den Meister spielen und einer Unerfahrenen zeigen, was er bei Sunna gelernt hatte. Chlotilde lernte allerdings schneller als er seinerzeit, und so, wie sie alles, was sie anfing, mit einer guten Portion Eigensinn und klarem Verstand tat, hatte sie bald die Stellungen und die Kunst erprobt, die ihr selber soviel Vergnügen wie möglich sicherten. Daß sie dabei als leichtes Persönchen den großen, schweren Koloß unter sich brachte, wollte er zunächst aus Herrscher- und Gattenstolz nicht dulden. Aber dann amüsierte es ihn, sich zähmen und unterkriegen zu lassen, und so waren sie bald vollkommen gleichgestimmt. Und das sollte erstaunlich lange so bleiben.

Da sich durch verstärkte Regsamkeit naturbedingt größere Pausen ergaben, nutzte Chlotilde nun die Nächte, um ihr Waffenlager guter Argumente zu öffnen und den Gatten von seinem Irrglauben abzubringen. Dabei paßte sie sich geschickt der Situation an. Sie pries ihm das reine Vergnügen im Ehebett im Gegensatz zur schmutzigen Lust auf dem unehelichen oder gar blutschänderischen Lotterlager und leitete dabei immer wieder schlau und fein zu den verachteten Götzen über, gegen die sie ihn einnehmen wollte.

»Ach, wie schön war das! Wie herrlich!« begann sie zum Beispiel ein solches Missionsgespräch im Bett, wobei sie sich über ihn beugte und sein Gesicht mit kleinen Küssen bedeckte. »Du bist wahrhaftig nicht nur der größte König, sondern auch der größte Liebhaber!«

»Hm, hm«, machte er und langte nach ihren Brüsten.

»Warte doch. Aber es ist nur wirklich schön, wenn man dabei verheiratet ist. Findest du nicht auch?«

»Hm, hm.«

»Das unterscheidet uns Menschen ja von den Tieren. Wir haben den höheren Genuß! Den niederen haben auch Pferde, Ziegen, Hunde, Hühner, sogar Frösche und Mäuse. Sie alle paaren sich vollkommen wahllos. Das ist eben nur eine kreatürliche Äußerung. Habe ich recht?«

»Hm, hm.«

»Aber meinst du nicht auch, daß es ein Gott nicht wie ein Frosch oder eine Maus treiben kann?«

»Versteht sich«, stimmte er bereitwillig zu.

»Die alten Götter aber taten es! Nimm Zeus oder Jupiter, wie ihn die Römer nannten. Was hörte man von dem? In allen Betten wälzte er sich ... mit Europa, mit Leda, mit der verheirateten Alkmene. Mit seiner Schwester lebte er in Blutschande. Mit allen diesen Weibern zeugte er Kinder. Und nebenbei trieb er es noch mit Männern. Wie kann ein solcher Wüstling Gott sein!«

»Nun, aber ...«

»Nein, laß mich alles sagen, ich bin noch nicht fertig! Dein Wodan zum Beispiel, auch so ein schändlicher Kerl. Sieben Söhne soll er haben, jeden von einer anderen Frau!

Nur einer, Balder, ist von seiner Gattin Frija. Den Donar zeugte er mit der Erdgöttin. Dann hatte er es mit neun Riesentöchtern, wobei es ihm, traurig genug, nur gelang, eine einzige zu schwängern. Angeblich brachten sie alle neun das Kind gemeinsam zur Welt. Wer solchen Unsinn glaubt! Und einen Frauenschänder wie den betet ihr an! Er hatte auch noch einen Sohn von …«

»Genug«, knurrte Chlodwig, »es reicht! Jetzt laß mir mal meinen Wodan in Ruhe. Es fehlte noch, daß er das hört! Warum regst du dich eigentlich darüber auf, daß ein Gott Söhne hat? Euer Christengott hat doch auch einen. Und war der mit dieser Maria verheiratet? Nein. Also hat er es so mit ihr getrieben.«

»Ja, aber nicht wie Frösche und Mäuse! Und auch nicht wie Menschen. Er schickte Maria den heiligen Geist! So empfing sie unsern Herrn Jesus Christus und blieb trotzdem Jungfrau. Dieses Wunder beweist doch ganz klar, daß nur er der wahre Gott ist!«

»Mir sind die schändlichen Kerle trotzdem lieber.«

»Warum denn?«

»Ihre Methoden gefallen mir besser«, fand Chlodwig und knetete die Hinterbacken der eifernden Glaubensstreiterein. »Fühl mal, ich könnte schon wieder!«

»Ach, wie verstockt du bist! Warum begreifst du nicht? Nein, Chlodwig, laß … Jetzt nicht, ich will nicht! Also gut, noch ein einziges Mal, aber dann mußt du mir zuhören. Du mußt endlich einsehen, daß … oh … oh … oh … oh …«

40

Unter solchen Bekehrungsversuchen wurde die Königin Chlotilde bald schwanger. Ein knappes Jahr nach der Hochzeit brachte sie ihr erstes Kind zur Welt. Es wurde ein Sohn, und sie nannten ihn Ingomer.

Er war nicht sehr kräftig, aber gesund, und Chlodwig trug ihn stolz umher und zeigte ihn seinen Antrustionen. Chlotilde überstand die Niederkunft gut. Sie nährte den Kleinen und brachte ihn täglich seiner Großmutter. Das freudige Ereignis bewirkte, daß Frau Basina, die seit einiger Zeit das Bett hüten mußte, sich erholte und neuen Lebensmut faßte.

Das Mutterglück der jungen Königin wurde allerdings von einer wachsenden Sorge getrübt: Das kleine Wesen war ungetauft, und daran sollte sich nichts ändern. Chlotildes erster zaghafter Vorstoß bei ihrem Gatten wurde schroff abgewiesen. Konnte sie aber ein Kind aufziehen, das nicht das heilige Sakrament der Taufe empfangen hatte?

»Nur keine Angst«, sagte Chlodwig, »den kriegen wir schon groß. Das wird mal ein starker, tapferer Kerl. Gib ihm nur ordentlich zu trinken, noch ist er ein bißchen schwächlich.«

»Und wenn er nun stirbt?« rief sie. »Soll er als Sünder in die Ewigkeit eingehen und dafür büßen, daß seine Eltern versäumten, ihn von dieser schrecklichen Last zu befreien?«

»Was ist das für Geschwätz, Frau! Was kann er schon sündigen, außer in die Windeln zu scheißen.«

»Jeder Mensch, auch der gerade erst geborene, trägt die Erbsünde der ganzen Menschheit in sich. Die Taufe wäscht ihn davon rein, und er ist dann nur noch für seine eigenen Sünden verantwortlich, die er aber abbüßen kann.«

»Ach, was habt ihr euch da nur ausgedacht, ihr Verrückten! Sei unbesorgt, er wird immer das Richtige tun. Dafür hat er ja mich, seinen Vater. Sobald er volljährig ist, wird er mir in der Wodanshalle den Gefolgschaftseid leisten. Und nach meinem Tode wird er regieren. Was er dabei zu tun hat, werde ich ihm schon beibringen.«

»Ich will aber, daß mein Sohn Christ wird! Soll ihm die himmlische Seligkeit versagt sein?«

»Auch in diesem Punkt kann ich dich beruhigen. Er wird es in der Ewigkeit gut haben. Nur muß er vermeiden, den Strohtod zu sterben. Wenn er im Kampf stirbt, läßt Wodan ihn durch seine Walküren nach Walhall holen. In einen Palast mit fünfhundertvierzig Toren! Dort wird er Einherier und vollbringt täglich in einer Schlacht gewaltige Taten. Und abends kehrt er unverletzt zurück und setzt sich zum Trinkgelage. Da bedienen ihn die Walküren, und wenn er Lust hat, mit einer von ihnen ...«

»Ach, ich will davon nichts mehr hören!« rief Chlotilde verzweifelt. »Laß mich in Ruhe mit diesen heidnischen Hirngespinsten! Wenn du selbst alle Warnungen in den Wind schlägst und die ewige Verdammnis wählst, so weißt du wenigstens, was du tust, und man kann dir nicht helfen. Soll aber mein armer, kleiner Sohn, der selber nichts dagegen machen kann, schon jetzt der Hölle verfallen sein?«

Täglich beriet sie sich mit Remigius. Was konnte getan werden, um den harten Sinn des Königs zu brechen? Der Bischof fand, daß es wenig erfolgversprechend war, Chlodwig mit Argumenten aus der christlichen Glaubenslehre zu kommen, die ihn als Ungläubigen nicht überzeugen würden. Vielleicht konnte man über den Umweg der Politik besser an ihn herankommen. Chlotilde bat ihn, es selbst zu versuchen, da sie auf diesem Gebiet nicht ausreichend bewandert sei. Sie nahm ihn mit nach Berny, wo sich Chlodwig nach wie vor meistens aufhielt. Hier wußte sie es einzurichten, daß eine Unterredung unter vier Augen stattfand.

Remigius tastete sich vorsichtig an sein Thema heran und kam schließlich zum Kern.

»Angenommen, König, du hättest die Absicht, neuen Ruhm zu erwerben und dein Reich zu vergrößern, wäre dir dann nicht daran gelegen, Mächtige als Verbündete zu gewinnen oder wenigstens als Unparteiische nicht fürchten zu müssen?«

»Oh, an Verbündeten mangelt es nicht«, sagte Chlodwig. »Da ist zum Beispiel der König der Ostgoten, Theoderich. Mit dem kann ich jederzeit rechnen.«

»Ich meine einen noch Mächtigeren.«

»Den Kaiser? Der sitzt irgendwo in der Ferne. Und mit seiner Macht ist es nicht mehr weit her.«

»Ich meine den Gott der Christen, König.«

»Wie? Nun, den laß aus dem Spiel! Er und ich, wir haben nichts miteinander zu schaffen.«

»Vorsicht! Du hast tatsächlich noch nicht mit ihm zu tun gehabt. Die Römer hatten ihn vernachlässigt, deshalb versagte er ihnen seinen Beistand. Andere sind eifriger in seinem Dienst, und er ist ein guter, treuer Gefolgsherr. Allen, die an ihn glauben, hat er zu herrlichen Siegen verholfen, ihre Feinde dagegen hat er zerschmettert. Mächtig sind deine Nachbarn in Gallien, die Burgunder und die Westgoten.«

»Was willst du?« sagte Chlodwig verdrießlich. »Ich habe nicht die Absicht, gegen Burgunder und Westgoten loszuschlagen.«

»Natürlich liegt dir daran, den Frieden zu bewahren.

Aber was tust du, wenn sie dich angreifen, vielleicht sogar vereint? Dann hast du auch ihren Gott gegen dich. Wenn du ihm aber ein Zeichen gibst, daß du ihm nicht mißgünstig bist und ihn anerkennst, wird er sich in einem solchen Fall zumindest nicht gegen dich stellen.«

»Bin ich denn mißgünstig gegen ihn? Habe ich nicht eine Frau geheiratet, die an ihn glaubt? Lasse ich euch nicht viel Freiheit?«

»Gewiß. Aber du könntest noch mehr tun und damit sogar einen Vorteil gewinnen. Ich werde dir etwas verraten. Gott als oberster Gefolgsherr ist mit seiner gotischen und burgundischen Gefolgschaft unzufrieden. Warum? Weil sie der Lehre eines gewissen Arius anhängt und seinem Sohn, unserm Herrn Jesus Christus, die gebührende Anerkennung versagt. Würdest du, König, als Gefolgsherr dulden, daß dein geliebter, dir rangmäßig gleichgestellter Sohn von deinen Leuten geringgeschätzt wird?«

»Natürlich nicht. Aber die Sorge hab ich noch nicht. Das ist nicht meine Sache.«

»Vielleicht doch. Du könntest ein Zeichen setzen, indem du den Sohn an der Seite des Vaters anerkennst. Damit würdest du die Arianer mit einem Schlag ihres göttlichen Beistands berauben! Denn würde unser Gott den Westgoten oder den Burgundern seine hilfreiche Hand gegen einen König leihen, der ihn zwar nicht anbetet, aber sein wahres Wesen begreift, indem er auch seinen göttlichen Sohn anerkennt? Was meinst du?«

»Du bist mir ein schlauer Kerl« sagte Chlodwig vorsichtig. »Wenn ich dich richtig verstehe, Bischof, könnte ich mit euerm Gott eine Art Neutralitätsvertrag abschließen.«

»Wie scharfsinnig formuliert, König!« rief Remigius. »Und wir sind ja schon sehr nahe dran! Deine Königin ist eine Christin, die sich zum wahren Glauben bekennt. Wenn du nun auch noch dem kleinen Ingomer die Taufe gewährst … im Namen des Vaters, des Sohnes und des heiligen Geistes …«

»Jetzt kommst du mir auch noch damit! Es reicht mir schon, daß Chlotilde mir keine Ruhe läßt!«

»Denk darüber nach, und frage dich, was dir nützlich ist.«

Der König war zwar noch immer nicht einverstanden, aber doch nachdenklich geworden. Zielstrebig arbeitete Remigius weiter. Am Ende gab Chlodwig nach, wenn auch unter starken Bedenken.

»Sollten es meine Götter erfahren«, sagte er, »würden sie mir vielleicht ihre Gunst entziehen. Ich hoffe, sie kümmern sich nicht darum, was in eurer verdammten Kapelle vor sich geht. Es ist ja im Grunde auch ohne Bedeutung.«

Der verheißene Vorteil, dachte er, wäre immerhin nicht zu verachten. Daß der Christengott mächtig war, konnte nicht mehr bezweifelt werden. In Gallien waren es die Franken allein, die nicht an ihn glaubten. Überall in der bekannten Welt hatte er große Einflußgebiete. Ein kluger Herrscher achtete auch die Götter seiner Nachbarn und machte ihnen Zugeständnisse – das hatten die Römer in ihrer besten Zeit immer so gehalten und damit große Erfolge erzielt. Die alten Götter mußten einsehen, daß ein König, wollte er sicher auf seinem Thron sitzen, in dieser Beziehung nicht zu engherzig handeln durfte. Tatsächlich taten sie gut daran, die Angelegenheit nicht zu beachten. Was konnte dem kleinen Ingomer, der von ihnen und der Welt noch nichts wußte, so ein Bad mit ein bißchen christlichem Drumherum schaden? War er erst einmal groß und waffenfähig, würde er die richtige Weihe erhalten!

Die Taufe sollte ein großes Ereignis werden. Die Königin und der Bischof hofften, das sinnliche Erlebnis eines erhabenen Schauspiels werde auf Chlodwig mehr Eindruck machen als Predigten und Argumente. Bunte Decken und Teppiche wurden in der Kapelle aufgehängt. Kerzen brannten, das edle Metall der Pokale schimmerte. Die Geistlichen aus Chlotildes Hofstaat zogen feierlich ein und stimmten aus voller Kehle das Gotteslob an.

Das kläglich wimmernde Knäblein wurde dreimal ins Taufbecken eingetaucht und dann mit dem weißen Flügelgewand eines Engels bekleidet. Der Bischof salbte es mit dem heiligen Chrisma. Die Königin weinte ergriffen und glücklich.

Die Patin, eine ihrer adeligen Hofdamen, übergab ihr den Täufling, der sich beruhigt hatte und nun ganz still war. Die Königin nahm ihn und küßte ihn zärtlich. Dann brachte sie ihn mit einem seligen Lächeln auf den Lippen dem Vater.

Chlodwig hatte sich abseits gehalten. Die Arme verschränkt, an eine Säule gelehnt, hatte er die Zeremonie mit unbewegter Miene verfolgt. Er nahm den kleinen Ingomer, und weil der die Augen weit offen hatte, so als sei er erschrocken, lächelte er und kitzelte ihn. Das hatte Ingomer sonst Spaß gemacht, er hatte sogar schon sein Mäulchen zu einem Lachen verzogen und fröhlich gequiekt. Jetzt blieb er stumm. Und als ihn der König sanft schüttelte, um ihn munter zu machen, fiel plötzlich sein Köpfchen nach hinten.

»Er ist tot!« flüsterte Chlodwig. Nun schüttelte er ihn heftig und schrie: »Er ist tot! Tot! Tot! Tot! Tot!«

So endete die schöne Zeremonie mit einem schrecklichen Mißklang. Vielleicht lag es am Zugwind. Vielleicht war das Wasser zu kalt. Vielleicht hatte man den Täufling aus Versehen ertränkt. Das konnte nicht mehr festgestellt werden. Jedenfalls starb er unmittelbar, nachdem er, wie es in der Sprache der Frommen heißt, »das Bad der Wiedergeburt empfangen« hatte.

Der König brüllte und wütete.

Er packte alles, was ihm in die Hände kam, Menschen und Gegenstände, und ließ seinen Zorn daran aus. Nach dem Bischof schleuderte er einen schweren, vielarmigen Kerzenleuchter und hätte ihm damit den Garaus gemacht, wäre Remigius nicht rechtzeitig hinter dem Altar in Deckung gegangen. Die kreischende Patin zerrte er an den Haaren. Den Diakon Chundo trieb er vor sich her, wobei er ihm seine Stiefel in den mageren Hintern stieß. Teppiche riß er von der Wand, mit Pokalen warf er um sich. Das sieben Fuß hohe Kreuz stieß er um.

»Sie haben es doch gemerkt!« schrie er, schüttelte beide Fäuste und schlug sich die Brust. »Warum habe ich nicht verhindert, daß sie ihn hierherschleppten, in ihren verdammten Lügentempel! Die Götter lassen sich nicht betrügen!«

41

Baddo erwies sich wie immer als zuverlässig und schickte eine zweite Kiste mit langhaarigen Merowingerköpfen. Auch der des geflohenen Rignomer war dabei, des jüngsten der drei Cambraier Brüder. Diese Kiste war etwas kleiner als die erste, weil selbst Ursios abgefeimteste Spione zwischen Somme und Maas keine Merowinger mehr finden konnten.

Ein paar Monate später kam Baddo selbst nach Berny. Er brachte zwei Gefangene mit, die er für Chlodwig aufgespart hatte. Denn er vermutete, daß der König mit diesen beiden seine eigene Abrechnung machen wollte.

Es waren Chararich von Tongeren und sein einziger Sohn, siebzehn Jahre alt.

Die Umstände ihrer Gefangennahme ähnelten denen ihrer Cambraier Verwandten. Es ging nur alles weniger schnell. Chararich ließ sich nicht auf ein offenes Gefecht mit Baddos anstürmenden Hundertschaften ein, schloß die Tore der Festung Tongeren und hielt eine Weile die Belagerung aus. Erst allmählich erlahmte der Widerstand. Als Baddo mit einem Katapultgeschoß die Botschaft schickte, König Chlodwig werde jeden begnadigen, der sich ergebe, dagegen jeden unbarmherzig töten lassen, der sich weiterhin widersetze, brachen unter den Eingeschlossenen Kämpfe aus. Und als eine zweite Botschaft mit dem Versprechen kam, eine hohe Belohnung erwarte jeden, der Chararich und seinen Sohn festnehme und ausliefere, mußten die beiden sich in eine Festung in der Festung zurückziehen. Der König machte nun aber den Fehler, auch seine Geliebte mit in diese innere Festung zu nehmen, eine Friesin, die er ein paar Jahre zuvor auf einem Raubzug im Norden erbeutet hatte. Deren tiefsitzenden Groll gegen ihn, der ihre ganze Familie umgebracht hatte, machten sich ein paar Verschwörer zunutze. Die Friesin ließ sie heimlich ein und versteckte sie in der Kammer, die sie mit Chararich teilte.

Der Rest war nicht schwierig. Als er gerade mit ihr zugange war, sprangen die vier Männer hervor. Der nackte König ergab sich widerstandslos. Nach kurzem Handgemenge wurde auch sein Sohn überwunden. Beide lieferte man an Baddo aus. Der besetzte die Festung und erinnerte sich nicht mehr an seine Versprechungen, freilich auch nicht an seine Drohungen. Nach Chlodwigs Vorbild behandelte er seine Helfershelfer als Verräter, die froh sein konnten, mit dem Leben davonzukommen.

Die beiden langhaarigen Gefangenen wurden mit Ketten beschwert vor das Hauptgebäude der *villa rustica* in Berny geführt. Chlodwig stand am Fenster und blickte auf sie hinab, während er Baddos Bericht anhörte. In letzter Zeit hatte er seine alte Gewohnheit, immer die Franziska am Gürtel zu tragen, aus Bequemlichkeit abgelegt. Jetzt steckte er die Axt wieder zu sich, nachdem er noch mit dem Finger die Schärfe der Schneide geprüft hatte. Dann ging er hinunter und trat hinaus auf die Freitreppe.

Chararich fiel bei seinem Anblick gleich auf die Knie und begann zu heulen und zu flehen. Zu Unrecht werde er als Feind behandelt, er hege gegen Chlodwig die brüderlichste Gesinnung. Er sei künftig zu allem bereit, wenn man ihm nur sein kleines, ererbtes Tongeren ließe: Unterwerfung unter Chlodwigs Oberhoheit, treue Gefolgschaft, Waffenhilfe. Sein Sohn, lang, dürr und vogelköpfig wie er selbst, aber aus festerem Holz, schwieg dazu trotzig.

Chlodwig mußte sich überwinden, um an Chararich

überhaupt noch das Wort zu richten. Zu sehr verabscheute er diesen Verwandten. Wozu diesem Verworfensten aller Schufte noch erklären, daß mit ihm ein Ende gemacht werden mußte! Er hieß ihn aufstehen, damit er den Hiebwinkel für die Axt besser schätzen konnte. Hals oder Schädel, dachte er, während er seinen Wolfsblick in Chararichs punktkleine, boshafte und unterwürfig starrende Augen senkte. Dann redete er aber doch: In kurzen, abgerissenen Sätzen erinnerte er an die Schlacht bei Soissons, an das feige, verräterische Abwarten Chararichs, der sich auf die Seite des Siegers schlagen wollte, dies dann auch tat und mit seiner Bande gegen die Unterworfenen wie eine Viehherde wütete. Damals habe er sich das Urteil verdient, das jetzt, nach acht Jahren, endlich vollstreckt werde.

Und damit zog er die Axt aus dem Gürtel.

In diesem Augenblick erschien die Königin hinter ihm auf der Treppe.

»Warte doch!« rief sie. »Ich bitte dich, übereile nichts!«

Schwerfällig kam sie die Stufen herab. Unter der hoch gegürteten Tunika wölbte sich ihr Leib. Sie war wieder guter Hoffnung.

»Was willst du, Frau?« fuhr Chlodwig sie an. »Das hier ist nichts für dich. Am Ende erschrickst du und verlierst meinen Sohn. So etwas ist schon passiert. Mach, daß du wieder ins Haus kommst!«

»Hör mich an!« keuchte sie und ergriff seinen Arm, der die Axt hielt. »Versündige dich nicht! Ich bitte dich, schone deine Verwandten … gerade um dieses Kindes willen! Gott wird dich an ihm strafen, wenn du tust, was du vorhast!«

»Dein Gott ist ein Schwächling, das haben wir ja erlebt. Und nun störe nicht länger. Dieser Kerl wollte mich damals verraten und würde es jederzeit wieder tun. Und sein Sohn ist nicht besser. Deshalb schicke ich sie dorthin, wo sie hingehören!«

»Ich flehe dich an, nimm Rücksicht auf ihre Seelen!«

»Die haben keine.«

»Sie werden ihre Seelen entdecken, wenn sie erst Buße tun! Gib ihnen dazu Gelegenheit!«

»Buße? Wie sollte das vor sich gehen?«

»Sie könnten zum Beispiel fromme Werke verrichten.«

»Dieser Abschaum und fromme Werke?«

Chlodwig lachte verächtlich. Auch ringsum erhob sich Gelächter. Mittlerweile hatten sich Zuschauer eingefunden, vorwiegend Knechte und Mägde vom Gut, aber auch ein paar hochrangige Gefolgsleute des Königs.

»Das wäre doch aber ein Spaß!« rief Ursio. »Die beiden in Hallelujas Gefolgschaft! Wo sie beten und fasten und schuften müssen. Daran gehen sie ein, König, und wir haben noch etwas zu lachen!«

»Hab Erbarmen! Begnadige sie!« flehte Chlotilde.

Auch Chlodwig gefiel der Gedanke, den Chararich und seinen Sohn vor ihrer Beseitigung, die er ja nach Belieben jederzeit nachholen konnte, noch einer grausamen Tortur zu unterwerfen. Für einen entthronten fränkischen Machthaber konnte er sich kaum eine schlimmere vorstellen.

Er steckte die Axt in den Gürtel zurück und wandte sich an die beiden Tongerer, die die Verhandlungen zwischen den Gatten mit hoffnungsvollen Blicken verfolgt hatten.

»Wie ihr hört, will euch die Königin retten. Das habt ihr zwar nicht verdient, doch es sei. Wollt ihr Christianer werden, brav beten und fasten und keine Gemeinheiten mehr gegen mich aushecken? Antwortet! Seid ihr dazu bereit?«

»Wir sind bereit!« schrien Vater und Sohn wie aus einem Munde.

»Gut. Ich schicke euch dem Remigius. Der wird die nötigen Maßnahmen treffen und euch zu Priestern weihen.«

»Die erste Maßnahme kannst du schon selbst treffen, König!« rief Ursio.

»Wie meinst du das?«

»Laß sie scheren! Die langen Zotteln müssen herunter! Wie könnten sie denn sonst Priester sein?«

»Ja, das ist wahr«, sagte Chlodwig. »Der Gott der Christianer liebt glatte Köpfe, die wie Ärsche aussehen und in denen auch nicht mehr drin ist. Wo ist mein Barbier? Wo ist Sinopus? Er soll sie kahl scheren!«

»Vetter!« schrie Chararich kläglich. »Die Haare? Du willst uns die Haare nehmen? Aber sie sind doch unser Schmuck, unser Stolz! Sie bezeugen unsere göttliche Herkunft!«

»So ist es, und deshalb müssen sie runter. Sonst könnte jemand auf den Gedanken kommen, daß ihr noch immer wer seid. Es muß etwas fallen – ihr habt die Wahl! Die Haare oder der ganze Kopf?«

»Dann lieber die Haare!« sagte der Sohn des Chararich tapfer. Der Vater stimmte schicksalsergeben zu.

Ein flinkes Männlein eilte mit Schere und Messer herbei. Sinopus war schon am Hof des Syagrius *tonsor* und diente nun Chlodwig. Im Handumdrehen waren die kleinen Köpfe der Begnadigten kahl wie die Köpfe von Gänsegeiern.

Unter dem Gelächter der Zuschauer wurden die beiden gedemütigten Merowinger auf einen Karren gesetzt, um nach Soissons gebracht zu werden.

Dort gab es zunächst eine Schwierigkeit. Remigius weigerte sich, zwei Heiden ohne jede Vorbereitung zu Priestern zu weihen. Er argwöhnte, daß Chlodwig sich mit dieser Forderung über ihn lustig machen wollte. Sein Bruder Principius ließ sich dagegen von Chlotilde erweichen. Sie wollte nun einmal ein christliches Werk tun und das Leben der beiden Sünder retten.

Chararich wurde zum Priester, sein Sohn zum Diakon geweiht.

42

Mit dem fragwürdigen Zuwachs, den die christliche Priesterschaft auf diese Weise erhielt, war ein empfindlicher Verlust nicht wettzumachen. Die Königin konnte sich nicht damit abfinden, daß die Seele ihrer Schwägerin Lanthild an die Arianer verlorengegangen war.

Die Beziehungen zwischen Chlodwigs Gemahlin und seiner jüngsten Schwester waren von Anfang an schwierig. Lanthild ähnelte ihrem Bruder sehr, sie wollte herrschen, war voller Tatkraft, und bis zur Ankunft der Burgunderin hatte sie es geschafft, die Erste am fränkischen Hof zu werden. Frau Basina kränkelte und klagte, Audo pflegte ihre heimlichen Liebschaften und war einem fremden König bestimmt, Albo faulenzte und begab sich auf Gottsuche, Sunna widmete sich ihren einfachen Pflichten und kannte weder Herrscherdünkel noch Machtgelüste. Lanthild aber hatte mit Ausnahme der Rechtsprechung alle Amtsgeschäfte ihres trägen Gemahls an sich gerissen und machte sich sogar ihrem Bruder nützlich. Mit Hilfe der gallorömischen Kurialen, die ihr unterwürfig in allem folgten, regierte die Dreiundzwanzigjährige die Stadt Soissons. Dabei scheute sie keine Konflikte, nicht einmal mit Chlodwigs vornehmsten Getreuen. So befand sie sich mit Bobo in einer Dauerfehde. Immer wieder ließ sie durch ihre Ordnungstruppe seine Zolleinnehmer von den Toren und Brücken der Stadt verjagen und nahm das Geld für eigene Zwecke. Bobo beklagte sich bei Chlodwig, doch der lachte nur und ließ seine Lieblingsschwester gewähren.

Mit Chlotildes Ankunft änderte sich alles. Die neue Königin hielt streng auf Rangfolge und duldete nicht, daß sich die Frau eines Gefolgsmannes, wenn sie auch die Schwester ihres Gemahls war, zu weit vordrängte. Lanthild witterte gleich die Gefahr, die von der vier Jahre Jüngeren ausging, und von Anfang an war das Verhältnis der beiden frostig. Chlotilde nutzte dann auch jeden Anlaß, um Lanthild ihre Unterlegenheit spüren zu lassen. Es kam sogar zu heftigen Auftritten. Der gerissene Bobo suchte daraus seinen Vorteil zu ziehen und entdeckte erfreut in der Königin eine Verbündete. Er trug Chlotilde seine Beschwerden vor und konnte sich darauf verlassen, daß sie es nun übernahm, vor Chlodwig Klage zu führen. Vor allem tadelte sie Lanthilds Verschwendungssucht. Die Frau seines Comes treibe königlichen Aufwand, besitze über hundert Pferde, kaufe Güter für ihre Vertrauten. Anfangs wies Chlodwig auch die Klagen seiner Gemahlin zurück, doch schließlich erreichte sie, daß er eingriff. Lanthild hatte eine prächtige Stadtvilla erworben und damit begonnen, diese zu einem Palast auszubauen, der als künftiger Sitz des Grafen von Soissons und als Gerichtsgebäude dienen sollte. Chlotilde und Bobo liefen dagegen Sturm, daß in der Stadt ein zweiter Palast neben dem des Königs errichtet wurde, noch dazu mit Geld, das seinem Schatz entzogen war. Chlodwig stimmte ihnen zu und befahl, die Bauarbeiten einstellen. Lanthild wußte natürlich, wer dahintersteckte. Nun herrschte offene Feindschaft zwischen ihr und der Königin. Die beiden übersahen einander.

Etwa zum gleichen Zeitpunkt traf endlich die lange ersehnte Gesandtschaft der Ostgoten aus Ravenna ein, um die Braut ihres Königs abzuholen. Das war ein zweiter harter Schlag für Lanthild. Sie sollte ihre älteste Schwester verlieren, die immer noch ihre beste Freundin war.

Die Gesandtschaft, die ein gewisser Bischof Albilas leitete, wurde von Chlodwig mit hohen Ehren empfangen, und unverzüglich begann man mit der Ausstattung des Brautzugs. Da seit der ersten Werbung mehr als zwei Jahre vergangen waren, hatte Audofleda schon gehofft, daß der König der Ostgoten sie vergessen hatte. Die Gesandten erklärten das lange Zögern jedoch mit der aufwendigen Belagerung der Festung Ravenna, die Theoderich keine Zeit gelassen habe, ans Heiraten zu denken. Jetzt sei der Feind Odoaker besiegt und Italien, das einen neuen König habe, brauche auch eine Königin. Audofleda leistete nach wie vor Widerstand, es gab Tränen und sogar Fußfälle, aber ihr Bruder blieb unerbittlich. Der Kummer hielt auch nur wenige Tage an, dann schickte sie sich in das Unabänderliche. Viel trug dazu der Bischof Albilas bei. Dieser noch junge, zungenfertige Mann verstand es, sie auf sein schönes Land Italien neugierig zu machen und seinen Landesherrn, den König Theoderich, in so vorteilhaftem Licht darzustellen, daß Audo sich fast schon ein bißchen in ihn verliebte. Bald war sie vollauf damit beschäftigt, ihre Kleider und ihren Schmuck in Truhen zu verstauen und das Beladen der zwanzig Wagen mit ihrem Reisegepäck zu überwachen.

»Wie schnell so etwas bei dir geht«, sagte Lanthild nicht ohne Vorwurf. »Vor ein paar Tagen noch warst du verzweifelt. Dieser Albilas hat dich im Handumdrehen aufgeheitert.«

»Ja, für einen Bischof ist er sehr lustig, man unterhält sich gut in seiner Gesellschaft«, sagte Audo. »Ich werde mich unterwegs nicht langweilen.«

»Hast du dich in den vielleicht auch schon verliebt? Er ist höchstens dreißig Jahre alt. Wenn ihr jetzt so lange zusammen sein werdet …«

»Wo denkst du hin, mit uns reisen zweihundert Leute.«

»Gelegenheit findet sich, auch unter Gefahr. Denk nur an unsere alten Geschichten. Paß auf, daß du nicht mit vollem Bauch in Ravenna ankommst.«

»Ach, das ist mir bisher ja auch nicht passiert.«

»Mit Glück!«

»Nicht nur. Ich hab mich immer fleißig verstopft. Aber vielleicht war das gar nicht nötig. Vielleicht hätte ich mir das sparen können ... die Wachsklappen und die Ölspülungen und die Zaubersprüche und das alles. Vielleicht kann ich gar keine Kinder bekommen.«

»Das würde dem König der Ostgoten aber nicht recht sein. Wo er jetzt ein so schönes Reich erobert hat und Erben braucht. Hast du eigentlich keine Sorge, er könnte bemerken ...«

»Du meinst, daß ich nicht mehr Jungfrau bin? Albilas sagt, das erwartet er gar nicht. Er weiß ja, daß ich nicht mehr dreizehn bin, sondern doppelt so alt. Das nimmt er in Kauf, weil er mich braucht. Vor allem, um sich Chlodwig vom Leibe zu halten, der sich gegen ihn mit dem Kaiser verbünden könnte. Er scheint ein vernünftiger Mann zu sein. Aber Albilas sagt auch, wenn ich unbedingt Wert darauf legen sollte, als Jungfrau in die Ehe zu gehen, dann wüßte er Rat. Er würde mich vor der Hochzeit zu einer Frau bringen, die ein paar Tricks kennt.«

»Sieh einmal an, der Bischof kennt sich ja aus.«

»Denk nicht schlecht von ihm. Er ist ein sehr frommer, gelehrter Mann. Er unterrichtet mich gerade in der christlichen Lehre, das ist ja nun nötig. Und in ein paar Tagen wird er mich taufen.«

»In ein paar Tagen schon? Und hier?«

»Es gibt hier ein paar arianische Kirchen, wenn auch nur wenige. Ganz in der Nähe soll eine sein, auf dem Gut eines alten Senators. Dorthin fahren wir.«

»Wenn die Burgunderin das erfährt, wird sie außer sich geraten. Die Arianer sind für sie schlimmer als Teufel. Und ihre Schwägerin läßt sich arianisch taufen.«

»Was kann sie dagegen haben? Als künftige Königin der Ostgoten muß ich das Glaubensbekenntnis meines Volkes annehmen. Aufregen könnte sie sich höchstens, wenn du es wärst, die sich arianisch taufen ließe.«

Diese leichthin gesprochenen Worte ihrer Schwester Audofleda gingen Lanthild nicht aus dem Sinn. Wenn man Chlotilde kränken wollte, mußte man nur ihren Glauben herabsetzen. Und ganz besonders empfindlich war sie, wenn das durch die anderen Christianer geschah, die Arianer. So war es während des Festmahls anläßlich des Empfangs der ostgotischen Gesandtschaft zwischen ihr und Albilas zu einem lebhaften Wortwechsel gekommen. Er hatte Jesus Christus, der für sie Gott war, als einen Propheten bezeichnet, dem auch Irrtümer unterlaufen seien. Da war ihr plötzlich alle Sanftmut und freundliche Würde abhanden gekommen. Erregt hatte sie den Gesandten zurechtgewiesen und verlangt, er solle schweigen und seine falschen Lehren für sich behalten.

Ja, sagte sich Lanthild, das ist es, womit man sie treffen kann! Und sie beschloß, zu den Christianern zu gehen, doch nicht zu den römisch-katholischen, sondern zu den arianischen. Schon drei Tage später war sie getauft. In der kleinen Gutskirche, sieben Meilen von Soissons entfernt, war sie gemeinsam mit Audofleda ins Taufbad gestiegen.

Kurz darauf nahmen die Schwestern tränenreich Abschied. Sie wußten, dieser Abschied war endgültig, denn die großen Entfernungen und die unsicheren Verkehrswege ließen gegenseitige Besuche nicht zu, auch wenn die Herrscher befreundet waren. Audo und Lanthild beschlossen aber, einander zu schreiben und sich, wie bisher, gegenseitig die Herzen zu öffnen und keine Geheimnisse voreinander zu haben.

Daß Lanthilds arianische Taufe am Hof kein Geheimnis blieb, dafür sorgte sie selbst. Regelmäßig ritt sie mit einem Gefolge hinaus zu der kleinen Gutskirche und nahm dort am Gottesdienst teil. Chlotilde war so klug, die Herausforderung vorerst nicht anzunehmen. Mit verächtlichem Schweigen ging sie darüber hinweg. Sie wagte auch nicht, bei Chlodwig, den die Angelegenheit wenig berührte, schon wieder gegen Lanthild Beschwerde zu führen. Er schien es sogar für schlau zu halten, in seiner Familie auch das Glaubensbekenntnis seines neuen Schwagers, des Königs von Italien, zu dulden. Ein Jahr verging, und das Ärgernis schien vergessen zu sein.

Aber Chlotilde, von Remigius vorsichtig bestärkt, suchte nach einer Gelegenheit, Chlodwigs Schwester zu bestrafen. Das Bekenntnis der anderen, Audofleda, zu der abscheulichen Häresie mußte man aus politischen Gründen hinnehmen. Und die Königin der Ostgoten war ja auch weit weg, irgendwo hinter den Alpen. Ihrer Schwester aber, die laut und anmaßend auftrat, begegnete Chlotilde fast täglich. Unmöglich war es ihr, mit Lanthild auf Dauer unter einem Palastdach zusammenzuleben.

Da Chlodwig von Weibergezänk nichts hören wollte, mußte sie sich eines stärkeren Mittels bedienen. Dies sollte ihr Lanthilds Ehemann liefern.

Ansoald, der seine Tage gewöhnlich bei seinem Gefolgsherrn in Berny verbrachte, hielt sich für Chlotildes Vertrauten. Er hatte ja bei den Burgundern um sie geworben und sie als Braut in Genf abgeholt. Oft waren sie dabei im selben Wagen gereist und hatten viele Stunden miteinander geplaudert. Chlotilde fand Gefallen an ihm, denn er hatte, obwohl mittlerweile vom Wein und vom Wohlleben aufgeschwemmt, noch immer etwas von dem hübschen, liebenswerten, frechen Schlingel, der er früher gewesen war. Von ihm duldete sie manche kleine Dreistigkeit, die sie jedem anderen schroff verwehrt hätte – eine Berührung an der Schulter, einen Händedruck, einen flüchtigen Kuß auf die Wange. Weiter zu gehen, wagte er nie, und auch sie wurde bald vorsichtiger. Nach der Hochzeit ging sie ihm sogar aus dem Wege, um nicht Chlodwigs Argwohn zu erregen.

Trotzdem ergaben sich immer wieder Begegnungen. Mal sahen sie sich auf einem Spaziergang in Berny, mal während eines Jagdausflugs oder einer Bootsfahrt. Und nach dem sechsten, achten Becher Wein fielen bei Ansoald leicht die Hemmungen. Dann wich er der Königin kaum von der Seite, um allen zu zeigen, auf welch vertrautem Fuße er mit ihr stand. Sie mußte ihn mehrmals ermahnen und um Vorsicht und Zurückhaltung bitten.

Verschrecken konnte ihn das nicht – und das war ihr nun sehr recht. Plötzlich sah er sich durch kleine Zeichen ermutigt: ein verstohlenes Lächeln, ein Augenzwinkern. Und schon ging er wie ein Gimpel ins Netz und ließ sich zu einer Torheit hinreißen. Während eines Festes in Berny faßte er die Königin bei einem Gesellschaftsspiel vor aller Augen um die Taille und drückte ihr einen langen Kuß auf den Nacken. Jetzt konnte sie ihn laut und empört zurechtweisen und sich bei Chlodwig beklagen: Ob er dulde, daß einer seiner Leute sich in aller Öffentlichkeit seiner Gemahlin unsittlich nähere. Ob er ihr zumuten wolle, auch künftig die Gesellschaft dieses Unverschämten zu ertragen. Ob er sie, die katholische Christin, vor dessen Frau Lanthild, der Arianerin, als leichtfertig demütigen lassen wolle.

Chlodwig durchschaute zwar das Manöver, sah aber ein, daß er etwas tun mußte.

Er ließ den Beklagten zu sich rufen. Als Ansoald eintrat, empfing er sofort zwei schallende Ohrfeigen. Solche Begrüßungen kannte er, und er wußte Bescheid. Chlodwig verlor kein Wort über den Vorfall und kam gleich zur Sache.

»Du wirst mir hier fehlen, kleiner Scheißkerl«, sagte er, »aber ich brauche dich jetzt woanders. Du gehst als Comes nach Rouen und bringst mir dort einen Haufen Schwertfraß zusammen, mindestens fünfhundert Mann. Die benötige ich dringend, weil ich viel vorhabe. In zwei Monaten machst du mir Meldung, und dann geht es los.«

»Du hast was vor?« fragte Ansoald. »Gibt es Krieg?«

»Was sonst? Für einen wie dich höchste Zeit. Du brauchst wieder mal etwas anderes als saufen, pissen und herumhuren.«

»Gegen wen geht es denn?«

»Das erfährst du schon noch. Jede Richtung ist möglich.«

Damit mußte sich Ansoald zufriedengeben. Kurz darauf brach er nach Rouen auf. Natürlich mußte ihm seine Gemahlin folgen. Zum *comes Suessioni* wurde auf Vorschlag der Königin Bobo ernannt, der aber gleichzeitig *comes palatii* blieb. Er stoppte sofort alle Maßnahmen und Unternehmungen der Schwester des Königs.

Lanthild hatte verloren.

Bevor sie abreiste, konnte sie es noch einrichten, mit Chlodwig bei einem Ausritt vor den Toren der Stadt ein paar Augenblicke allein zu sein.

»Ich beklage mich nicht«, sagte sie. »Nur dich beklage ich, Bruder, weil du nun nicht mehr Herr deiner eigenen Entschlüsse bist. Man diktiert sie dir.«

»Ist das alles, was du mir noch zu sagen hast?«

»Nein. Ich will dir sogar noch etwas Erfreuliches mitteilen. Ich habe Nachricht von Audo. Der Kaufmann Rusticus ist zurück aus Italien und brachte mir einen Brief. Sie hat eine Tochter. Ihr Name ist Amalasvintha. Ein schöner Name, findest du nicht auch? Audo liebt ihren Ehemann, den König.«

Chlodwig schwieg und sah sich nach den anderen Reitern um.

»Unser Schwager Theoderich ist klug«, fuhr Lanthild fort. »Er macht Politik mit Frauen. Audo schreibt, daß seine Tochter Thiudigotho den König Alarich fest an der Leine hat. Es ist ihr gelungen, eine gefährliche und verschlagene Konkubine zu verdrängen. Von der hat er sogar einen Sohn. Es soll eine Griechin sein, eine sehr schöne Frau, die mal die

Geliebte des Syagrius war. Du mußt von ihr gehört haben. In Soissons reden ja noch viele von ihr.«

»Alarich hat einen Sohn von dieser Frau?«

»Ja. Er soll Giserich oder Gesalich heißen und ist wohl drei, vier Jahre alt. Das Weib soll sogar einen Mordanschlag auf Theoderichs Tochter verübt haben und mußte dann aus Toulouse fliehen. Irgendwo im Burgunderreich soll sie untergetaucht sein.«

»Das erzähle nicht dem Baddo.«

»Warum nicht?«

»Der hat noch eine Rechnung mit ihr zu begleichen. Am Ende nimmt er sich eigenmächtig eine Truppe und marschiert dort ein. Das fehlte mir gerade.«

»Ja, das könnte unangenehm für dich werden. Theoderich hat noch eine andere Tochter, Ostrogotho. Audo schreibt, die soll dem Sigismund verlobt werden, Gundobads Sohn. Dann haben auch die Burgunder bald eine gotische Königin. Leg dich nicht mit den Goten an!«

»Deine Ratschläge brauche ich nicht!« sagte Chlodwig schroff. »Wie viele Töchter hat er denn noch, mein verdammter Schwager?«

»Töchter aus seiner ersten Ehe hat er wohl nicht mehr. Aber er hat noch eine Schwester und eine Nichte. Die will er auch noch auf wichtige Throne setzen, schreibt Audo, bei den Vandalen und den Thüringern. Alles ringsum wird bald gotisch und arianisch sein.«

»Das scheint dich zu freuen.«

»Es freut mich für Audo. Als Frau des mächtigsten Königs ist sie zufrieden und glücklich.«

»Wir werden noch sehen, wer der Mächtigste sein wird.«

»Du solltest dich nicht übernehmen, Bruder. Deine Herrschaft hat keine Zukunft, weil ihr die göttliche Gnade fehlt. Deine Frau will dich zum falschen Glauben verführen, und wenn du einen Sohn bekommst, holt ihn der Tod.«

»Schweig!« rief er.

»Nein, ich schweige nicht!« fuhr sie heftig fort. »Du kannst mich vertreiben und in ein häßliches Nest wie Rouen schicken. Aber einschüchtern kannst du mich nicht! Es muß jemanden geben, der dir die Wahrheit sagt. Wer soll das tun, wenn nicht ich, deine Schwester? Remigius und seine Leute führen dich auf einen Irrweg. Und damit du dich noch schneller verirrst, haben sie dir die Burgunderin aufgedrängt.«

»Was redest du da? Wie kommst du darauf? Es waren Reisende, die mir von ihr erzählten ...«

»Wer dir das glaubt! Er war es – wer sonst? Und jetzt sitzt er schon im Palast, als wäre er dort zu Hause. Und sie bearbeitet dich bei Tag und bei Nacht ... hab ich recht? Wer weiß, zu welchen Wahnsinnstaten sie dich anstiften wird – im Namen ihrer drei falschen Götter!«

»Genug! Spar dir deine Besorgnis! Deine Belehrungen brauche ich nicht. Deine Ansichten sind mir gleichgültig.«

»Meine vielleicht. Aber sicher nicht die deines mächtigen neuen Verwandten. Audo schreibt, Theoderich werde nicht dulden, daß das gefährliche Gleichgewicht zwischen den germanischen Reichen gestört wird. Er werde jeden bestrafen, der das wagt!«

»Dein gotischer Herkules nimmt ja das Maul tüchtig voll. Bist du jetzt sein Herold hier in der Francia?«

»Ich will nur, daß du es erfährst.«

»Ich danke! Und was willst du noch?«

»Nichts weiter. Dir nur Lebewohl sagen. Ich ziehe mich in meine Verbannung zurück.«

»Sieh dich vor, Schwester! Du bist eine feurige Stute. Aber ich warne dich vor schlechten Reitern. Schnell sind auch die besten Pferde zuschanden geritten.«

Er beugte sich zu ihr hinüber und küßte sie. Dann winkte er den anderen aufzuschließen.

43

Schon lange bevor ihre Niederkunft zu erwarten war, beriet die Königin mit Remigius, was unternommen werden könnte, um Chlodwig trotz des tragischen Ausgangs der ersten die Zustimmung zu einer zweiten christlichen Kindtaufe abzuringen. Aus der Erfahrung wußten beide, daß sich der König für einen Vorteil im Machtkampf, der – darin waren sie sich einig – früher oder später zwischen den germanischen Reichen in Gallien ausbrechen mußte, entgegenkommend zeigte. Allerdings würde ihm diesmal wohl ein Versprechen himmlischer Neutralität nicht genügen. Es mußten schon erdfeste Zusagen sein. Remigius wußte von katholischen Bischöfen zwischen Tours und Toulouse, daß sie eine heidnische Herrschaft ihrer arianischen unbedingt vorziehen würden. Wie es zu allen Zeiten üblich war, verabscheuten und verdammten die strengen Verfechter ihrer Lehre die Abweichler, während sie mit den Feinden der Lehre notfalls auskamen und paktierten. Die Sehnsucht vieler wichtiger Kirchenmänner im Reich der Westgoten brauchte man jetzt nur noch zur Kampfbereitschaft umzudeuten. Und die mußte man dem König der Franken hinterbringen.

Den Auftrag dazu erhielt Chundo, der neue Vertraute der Königin. Er reiste zwei Monate inkognito im Westgotenreich umher, entging mehrmals knapp der Verhaftung und kehrte schließlich zurück mit einem dicken Paket voller hochverräterischer Briefe, die alle dieselbe fromme Bitte enthielten: Der König der Franken möge ein Zeichen geben, daß er den Anhängern des wahren Glaubens wohlgesinnt sei. Dafür wollten sie sich dann auch dankbar zeigen. Die mündliche Botschaft dazu lautete: Falls Chlodwig die Loire überschreiten sollte, würde die katholische Geistlichkeit ihn als Befreier empfangen und dafür sorgen, daß Widerstand unterbliebe und ihm die Tore ihrer Städte geöffnet würden.

»Kann man es dir einfacher machen?« sagte Remigius. »Du wirst Herr dieser Städte sein, ohne daß ein Tropfen Blut fließt.«

»Und was für ein Zeichen erwarten sie?« fragte der König.

»Laß das Kind, das deine Gemahlin dir schenken wird, taufen. Im Namen des dreieinigen Gottes.«

In den Augen des Königs blitzte es auf. Remigius fürchtete schon, daß er im nächsten Augenblick gepackt und aus dem Fenster gestoßen würde. Doch es geschah ihm nichts. Der König wandte sich ab und versank in Gedanken. Vorsichtshalber zog sich der Bischof leise zurück.

Schon am nächsten Tag wurde er aufgefordert, die Briefe der westgotischen Bischöfe vorzulegen. Chlodwig versuchte sogar, sie selber zu lesen. Ein bißchen verstand er sich ja darauf, und er brachte es auch fertig, mit dem Griffel ein paar Buchstaben in eine Wachstafel zu ritzen. Doch war es lange her, daß man ihn, auf Anordnung seines analphabetischen Vaters, in diesen Fertigkeiten unterwiesen hatte. Aus Mißtrauen nahm er sich einen der Briefe vor. Angestrengt die Lippen bewegend, las er ihn Wort für Wort, konnte jedoch in der schwülstigen Epistel des Bischofs von Tours keinen Sinn entdecken. Remigius erbot sich höflich, ihm den Inhalt des Schreibens zu deuten. Aber der König rief seinen Referendar, zu dem er mehr Vertrauen hatte, und der mußte ihm alles noch einmal, Satz für Satz, vorlesen und seine Meinung dazu äußern.

Es ergab sich, daß Remigius die Wahrheit gesagt hatte. Der Brief enthielt einen Hilferuf. Der Bischof von Tours beklagte mit erstaunlichem Freimut, daß die Kirche und das Grab des heiligen Martin von den Irrgläubigen und ihren westgotischen Protektoren vernachlässigt wurden, und versprach jedem, der sich für ihre Befreiung einsetzte, die Hilfe des vor Gottes Thron viel vermögenden Heiligen. Freudig, hieß es, würden die gedemütigten und verfolgten Anhänger Martins einen solchen Befreier empfangen, welchen Glaubens er auch sei. Nur müßten sie vorher die Gewißheit erhalten, dass er sich ihnen und nicht den Häretikern verbunden fühle.

Auch die anderen Briefe wurden verlesen. Chundo, der mit zur Audienz befohlen war, mußte bei seinem Gott beeiden, daß alle echt waren. Er tat dies, ohne mit der Wimper zu zucken, obwohl er einige selber geschrieben hatte. Aus Kleinmut oder weil sie es nicht für nötig hielten – die Repressionen hatten zuletzt unter König Alarich nachgelassen –, hatten sich mehrere der angesprochenen Bischöfe dem Ansinnen von Remigius' Abgesandten verweigert. Um aber den Heidenkönig dazu zu bringen, etwas zum Ruhme des dreifaltigen Gottes zu tun, wollte Chundo gern den frommen Betrug auf sein Gewissen nehmen. Von Remigius, dessen schriftkundigem Auge die Fälschungen nicht entgangen waren, hatte er außerdem die Anweisung, dem höheren Zweck alles unterzuordnen. Im übrigen waren die meisten Briefe tatsächlich echt.

Auf Befragen berichtete Chundo der Absprache gemäß, die westgotischen Bischöfe würden ein katholisches Taufritual am fränkischen Hof als leuchtendes Zeichen betrachten. Sie würden auch Bittgottesdienste für eine glückliche Geburt veranstalten. Das genügte. Am Ende gab der König sein Einverständnis.

Schon in einer der darauffolgenden Nächte gebar die Königin ihr zweites Kind. Es war wieder ein Sohn, und sie nannten ihn Chlodomer.

Diesmal nahm Chlodwig an der Taufe nicht teil. Er dachte, da seine Götter durch ihn, ihren Nachfahren, handelten, müßten sie wohl auch durch seine Augen sehen. Und was er nicht sah, das sahen vielleicht auch sie nicht. Und damit sie nur hörten, was sie hören sollten, befehligte er während der Zeremonie in der Kapelle draußen auf dem Palasthof eine Waffenübung. Seine Kommandos, das Gebrüll der Kämpfer, das Klirren der Schwerter, das dumpfe Dröhnen der getroffenen Schilde übertönten die Gesänge der Geistlichen.

Dann kamen die Frauen mit dem Täufling heraus. Erleichtert sah er, daß nichts passiert war. Aus den Kissen reckte sein Sohn die winzigen Fäuste zum Frühlingshimmel. Er war nun sicher, richtig gehandelt zu haben.

Diese Sicherheit währte nicht lange. Gegen Abend begann der Säugling zu husten, er bekam Fieber und Durchfall. Die Brust, die Chlotilde ihm bot, nahm er nicht an. Schreien konnte er auch nicht mehr, er wimmerte nur noch. Die beiden Ärzte, die die Königsfamilie betreuten, untersuchten ihn und waren ratlos. War es eine Lungenentzündung oder eine Wurmkrankheit? War es Keuchhusten oder gar die Cholera? Einig waren sie sich nur darin, daß Chlodomer kaum den Morgen erleben werde.

Die Königin warf sich vor dem Lager des Kindes zu Boden. Händeringend begann sie zu beten und Gott um Hilfe anzuflehen. Doch damit schürte sie Chlodwigs Zorn, der gleich in hellen Flammen emporschlug. Sie rief den Gott an, der wieder versagte und seine Machtlosigkeit bewies? Das empfand er als strafwürdigen Hohn.

Zum erstenmal erhob er die Hand gegen Chlotilde. Er packte sie an den Haaren und schleifte die Schreiende durch das Zimmer. Er ließ sie fallen und gab ihr Fußtritte. Er riß sie hoch und schlug blindwütig auf sie ein. Beherzte Frauen aus ihrer Umgebung versuchten dazwischenzutreten und wurden zu Boden geschleudert. Dasselbe geschah Ärzten und Dienerinnen. Chlodwig schrie auch nach Remigius und drohte, ihn auf der Stelle zu erwürgen, wenn er sich noch einmal vor ihm blicken ließe.

Doch das Schrecknis des Vorjahrs wiederholte sich nicht. Nach sechs Tagen und Nächten des Bangens und Hoffens genas der kleine Chlodomer. Die Königin, die trotz der schweren Mißhandlungen fast ununterbrochen gewacht, gebetet und die Hilfe des Himmels erfleht hatte, nahm das Kind, das die Frauen ihr brachten, und sagte nach einem tiefen Seufzer: »O Herr, mein Gott, wie soll ich dir danken, daß du meine Gebete erhört hast! Daß du in deiner unendlichen Güte meinem Söhnchen das Leben zurückgabst! Dafür will ich dich lobpreisen bis an mein Ende. Und nicht ruhen will ich, bis auch mein Gemahl erkannt hat, daß wir dies herrliche Wunder nur deiner Gnade verdanken. Gelobt sei dein Name in Ewigkeit!«

44

In Berny begann König Chlodwig, den Krieg vorzubereiten. Der Frühling war bereits vorgeschritten, und wenn er in diesem Jahr 496 noch etwas unternehmen wollte, wozu er entschlossen war, mußte dies bald geschehen. Die Friedenszeit dauerte schon zu lange. Die Verluste des Heeres waren längst ausgeglichen. Die Schatztruhen in den Kellergewölben von Soissons und Berny mußten dringend aufgefüllt werden.

Ein König brauchte in jener Zeit den Krieg wie die Atemluft. Er mußte freigebig sein, wenn er seiner Getreuen sicher sein wollte. Denn ihre Treue verdankte er seinem Heil. Dies aber bestand nicht darin, einen trägen und faulen Frieden zu pflegen. Sein Heil – das war seine Fähigkeit zu handeln, Erfolg zu haben, immer mal wieder eine große, riskante und gefährliche Unternehmung zu planen, durchzuführen und zum guten Ende zu bringen. Ein tüchtiger König war der, der Beute machte und viel verteilen konnte. Treue rechnete sich auf gegen Geld, Geschenke, zur Nutzung überlassenes Land. Denn auch die Getreuen hatten wieder Getreue, die ihnen Dienste taten und die sie beschenken mußten. War der König zu knauserig, riskierte er Aufruhr. Ruhte er sich zu lange aus, unternahmen sie etwas auf eigene Faust, und er verlor an Macht und Einfluß. Bei der Verteilung des eroberten Landes war es nicht immer nur gerecht zugegangen. Mancher verdienstvolle Mann war zu kurz gekommen und verlangte, endlich auch ihm seinen Anteil zu verschaffen. Die Jugend wuchs nach, wollte sich bewähren und damit ein Anrecht auf Belohnung erwerben. Ein Heer stand bereit und mußte beschäftigt werden, sonst machte es Beute im eigenen Land. Fünf Jahre lang hatte es nur ein paar Kleinkriege im Nordosten und einige Grenzscharmützel an der Loire gegeben. Und dabei war kaum etwas zu erobern und zu verteilen gewesen. Chlodwig hatte sich schon genötigt gesehen, vom Fiskalbesitz, dessen Erlös ihm allein zufloß, große Domänen zu verschenken. Einige seiner Antrustionen standen im Verdacht, heimlich auf der Lauer zu liegen und Kaufleute und Bauern zu überfallen, weil die Vergütungen und Geschenke ausblieben, die sie von ihm erwarteten. Seine Macht schwand, zwar noch nicht dramatisch, aber stetig. Fünf Jahre Frieden waren zu viel.

In Berny war auch Ansoald eingetroffen und hatte die Meldung gemacht, die Chlodwig hören wollte. Er konnte sechshundert Mann aus der Region um Rouen ins Feld führen. Die Aussicht auf Krieg hatte Ansoald sichtlich gutgetan: Er wirkte fast so kraftvoll und tatendurstig wie in seinen besten Zeiten. Froh war er, seiner Gemahlin Lanthild, die fern vom Königshof düsteren Stimmungen unterlag und ihm an ihrem Unglück die Schuld gab, eine Weile entkommen zu können.

Auch Bobo fand sich in Berny ein. Er wollte dabeisein, wenn es losging. Als Graf des Palastes und der Residenzstadt war er jetzt unangefochten der zweite Mann hinter dem König und wollte es bleiben. Er brachte Geld aus einer Sondersteuer, die er eingetrieben hatte, um byzantinische Waffenhändler zu bezahlen. Auch er war voller Eifer und Tatendrang. Obwohl Chlodwig noch immer aus dem Ziel des Waffengangs ein Geheimnis machte, war er sicher, daß es um die reichen alten Römerstädte südlich der Loire gehen würde – Tours, Poitiers, Saintes, Bordeaux. Die Königin, deren Vertrauter er war, hatte jedenfalls keinen Zweifel daran, daß die »Hilferufe« der katholischen Bischöfe dieser Städte bei Chlodwig Gehör gefunden hatten. Die Beute aus einem solchen Krieg würde unermeßlich sein, und Bobo hielt es daher für unbedingt nötig, sie gleich unter seine Kontrolle zu bekommen, bevor sie noch einmal von Leuten wie Droc nach veralteten Stammesgesetzen verteilt wurde.

Ursio, der sich fast immer in Berny aufhielt, hatte eine geheime Botschaft erhalten und war für ein paar Tage nach Soissons gegangen. Als er zurückkehrte, bat er Chlodwig sofort um eine Unterredung unter vier Augen. Die Leute vom Gut sahen das ungleiche Paar lange am Ufer des Flüßchens auf und ab gehen: den hochgewachsenen König, der, den Kopf mit der grauen Mähne gesenkt, große Schritte machte, und den kleinen, fast zwergenhaften Gefolgsmann, der ihm mühsam, mit raschen, wackligen Schritten folgte, wobei er heftig gestikulierend etwas darlegte.

Es war eine wichtige Neuigkeit, die Ursio aus Soissons mitbrachte. Chlodwig hörte mit grimmiger Genugtuung zu.

»Ich ahnte es«, sagte er schließlich. »Es war ein Fehler, Chlotilde nachzugeben. Aber du selbst hast mich darin bestärkt.«

»Ich wollte nur, daß wir ein bißchen Spaß hätten«, rechtfertigte sich Ursio. »Natürlich traute ich ihnen nicht, und deshalb ließ ich sie nicht aus den Augen.«

»Du glaubst also, daß sie etwas vorhaben.«

»Muß man das nicht, wenn man ihre Worte abschmeckt und auf der Zunge zergehen läßt?«

»Chararich sagte also zu seinem Sohn ...«

»Erst beklagte er sich wegen der Haare. Greinte, weil er sich so erniedrigt fühlte. Jammerte, daß es nun aus sei mit seiner Herrlichkeit als König. Remigius ließ seine beiden neuen Priester Pokale und Leuchter putzen. Das war wohl alles, was er ihnen zutrauen konnte. So blieben sie aber beieinander, und dauernd steckten sie die Köpfe zusammen.

Mein Spürhund lauerte hinter einem der Teppiche zwischen den Säulen. Sie sprachen leise, aber er konnte alles verstehen.«

»Und Chararichs Sohn sagte: ›Vom grünen Zweig …‹«

»›Vom grünen Holz‹, König! ›Vom grünen Holz‹, sagte er, ›sind diese Zweige verschnitten, aber sie sind nicht dürr und trocken, Vater, und bald werden sie wieder ausschlagen und wachsen.‹«

»Und dann?«

»›Mag der, der das verbrochen hat, umkommen!‹«

»Diese Lumpen! Das ist der Dank für meine Großmut.«

»Ich vermute, es gibt schon geheime Verbindungen zu ihren früheren Gefolgsleuten. Leider konnte ich sie nicht zum Reden bringen, obwohl meine Männer sich alle Mühe gaben. Der Junge leugnete sogar, die Äußerung von dem ›grünen Holz‹ getan zu haben. Ich bin sicher, sie haben schon deinen Mörder bestellt. Und wenn dann die Zweige wieder ausschlagen – das heißt, die Haare wieder lang sind –, wollen sie herrschen. An deiner Stelle!«

»Wo sind diese Schufte jetzt?«

»Sie sind hier. Ich habe sie mitgebracht.«

»Gut!«

Die beiden Tongerer lagen gefesselt auf einem Bauernkarren, der Ursios elegantem Reisewagen gefolgt war. Man brachte sie zu dem Waldstück hinter dem Hauptgebäude des Gutes. Vier Knechte trugen sie in das Kellergewölbe hinunter. Der König und Ursio folgten.

Aber es kam nicht mehr zu einem weiteren Verhör. Chararich und sein Sohn waren so zugerichtet, daß sie auf Chlodwigs und Ursios Fragen nur lallten und dabei Blut spuckten.

»Von denen erfahren wir heute nichts mehr«, sagte Ursio. »Wenn du es befiehlst, König, lasse ich sie ein bißchen bemuttern. Und wir versuchen es morgen noch einmal.«

»Nein«, sagte Chlodwig. »Die haben genug. Und auch ich hab genug. Mach ein Ende mit ihnen!«

Das besorgten die Knechte, während der König bereits das Kellergewölbe verließ und die Treppe hinaufstieg. Mit Messern schnitten sie dem früheren Herrn von Tongeren und seinem Sohn die Köpfe ab und legten sie zu den anderen Merowingerhäuptern in eine Kiste, die dazu ausgegraben und wieder versenkt wurde. Die Körper wurden draußen im Wäldchen verscharrt.

Zwei Tage später traf schließlich auch Baddo in Berny ein. Als er von den Hinrichtungen hörte, lobte er Chlodwigs Entscheidung.

»So ist es besser«, sagte er. »Offen gestanden, ich war besorgt und fand, daß du der Bitte deiner Frau lieber nicht gefolgt wärst. Solange die beiden Schurken nicht beseitigt waren, blieben sie eine Gefahr, und ich fürchtete um dein Leben. Nun bin ich beruhigt. Jetzt können wir unbeschwert in den Kampf ziehen!«

Chlodwig stimmte ihm lachend zu, und die beiden umarmten sich.

Baddo war in zuversichtlicher Stimmung und brachte gute Nachrichten. Im Lager bei Orléans war Kriegsvolk in der vom König verlangten Stärke versammelt. Weitere Haufen waren im Anmarsch, vorwiegend Franken aus nördlicher gelegenen Städten und Regionen, aber auch Bretonen, Sachsen von der Küste und sogar gotische Söldner von jenseits der Loire. Zusätzlich war eine Reitertruppe aus galloromischen Freiwilligen angeworben worden. Alle nötigen Maßnahmen waren getroffen, um das gewaltige Heer zwischen dem fränkischen Orléans und dem westgotischen Tours in weniger als drei Tagen über den Grenzfluß zu bringen.

»Über die Loire?« fragte Chlodwig.

»Gewiß doch«, sagte Baddo lachend, »über die Loire. Oder willst du uns etwa über den Rhein führen?«

Diese Frage wurde als Scherz genommen und löste Gelächter unter den Zuhörern aus. Chlodwig lachte mit. An dem langen Tisch unter der Buche waren die wichtigsten Männer aus der Umgebung und der Gefolgschaft des Königs versammelt. Neben Baddo, Bobo, Ansoald und Ursio waren Comites aus Paris und anderen Städten, die Anführer größerer Heerhaufen und weitere Antrustionen zum Kriegsrat gekommen.

Der Einäugige führte das Wort, so als sei er schon wieder zum Heerführer ernannt und habe die höchste Kommandogewalt nach dem König. Mit einem Stück Kohle zeichnete er Stützpunkte und Stellungen auf den Tisch. Chlodwig ließ ihn reden. Baddos Eifer amüsierte ihn. Der Brief Audofledas fiel ihm ein, von dem ihm Lanthild berichtet hatte. Sein auf Rache versessener Blutsbruder wußte zweifellos nicht, daß seine glühend gehaßte frühere Geliebte längst nicht mehr in Toulouse war, der Hauptstadt der Westgoten, die er wohl diesmal zu stürmen hoffte. Wüßte er es und wäre ihm auch das tatsächliche Kriegsziel bekannt, dachte Chlodwig erheitert, würde er wohl nur halb so begeistert sein.

Indessen wurde es Zeit, Baddo und alle Versammelten aufzuklären. Offensichtlich hatte Remigius dafür gesorgt, daß niemand mehr daran zweifelte, es werde gegen Alarich und die arianischen Westgoten gehen. Allenfalls wurde noch gerätselt, ob es ein kleiner oder ein großer Krieg würde: nur ein Vorstoß in einige Städte oder gleich ein mit voller Wucht gegen die ganze gotische Macht in Gallien gerichteter Vernichtungskrieg.

»Alle mal herhören!«

Chlodwig schlug mehrmals mit der Faust auf den Tisch, so lange, bis der letzte der Männer verstummt war und zu ihm hinblickte.

»Ich will euch nun sagen, wo der Feind steht. Er steht am

Rhein, und er bedroht uns von Osten. Er greift schon an und hat unsere fränkischen Brüder bei Zülpich geschlagen. Ganze Landstriche wurden von ihm verwüstet. Hunderte Dörfer sind niedergebrannt, Tausende Menschen umgekommen. Aber wir werden nicht zulassen, daß er auch nur eine einzige Meile in die Francia eindringt! Wir werden ihn stellen und vernichten!«

»Wer ist es?« rief einer.

»Es sind die Völker der Alamannen.«

45

Diesmal war es kein bestellter Hilferuf, der Chlodwig erreicht hatte. Ein Bote des Königs der Rheinfranken, Sigibert, war wenige Tage zuvor mit einer Schreckensmeldung in Berny eingetroffen. Gewaltige Heerhaufen der alamannischen Stammesverbände waren brennend und plündernd in die Gegend um Trier vorgedrungen und an der Mosel auf die von Metz nach Köln führende Römerstraße eingeschwenkt. So waren sie bis ins Zentrum der rheinfränkischen Siedlungsgebiete gelangt. Ein rasch aufgebotenes Heer hatte sich ihnen bei der alten römischen Festung Zülpich entgegengeworfen und eine vollständige Niederlage erlitten. König Sigibert war schwer verwundet worden. Er und die Reste seiner Truppen hatten sich in die Festung gerettet. Die Alamannen waren weitermarschiert, auf Köln zu. Ohne Zweifel, so schloß der Bote seinen Bericht, würden sie nach der Plünderung des Hauptortes der Rheinfranken kehrtmachen und sich, da sie niemand mehr aufhalten konnte, nach Westen gegen die Francia wenden.

Chlodwig kannte den Boten, einen Verwandten des Königs Sigibert. Keinen Augenblick zweifelte er, daß der Bericht auf Wahrheit beruhte und die Gefahr nicht übertrieben wurde. Seit zweihundert Jahren waren die Alamannen (ihre Hauptmasse bestand aus Semnonen und anderen von Osten zugewanderten suebischen Stammesgruppen) gefährliche, unberechenbare Nachbarn. Die Römer wichen vor ihrer gefürchteten Reiterei und mußten bei ihrem Ansturm den Limes und das Dekumatland zwischen Rhein und Donau aufgeben. Immer wieder drangen alamannische Haufen in Gallien und sogar in Oberitalien ein. Zwar besiegte sie Kaiser Julian im Jahre 357 noch einmal bei Straßburg, doch schließlich saßen sie dauerhaft auf beiden Seiten des Oberrheins und im Westen der ehemaligen Provinz Raetien. Vollkommen einig waren sich die Alamannen nie, kleine Gaukönige beherrschten die Stämme. Doch gab es stets neue Zweckbündnisse, wenn Mangel sie zwang, sich das Nötige von den Nachbarn zu holen. Diesmal schienen sie – nach der geschätzten Zahl der Angreifer – fast einig zu sein. Und sie bedrohten zum erstenmal ernsthaft die Francia. Der Riegel – das kleine verbündete Königreich der Rheinfranken – war mit der Schlacht bei Zülpich geknackt. Das Tor stand weit offen.

Nachdem Chlodwig mit seinen Antrustionen bis in den Morgen Kriegsrat gehalten hatte, waren die Befehlshaberposten verteilt und die neuen Marschrouten für die Heerhaufen festgelegt. Sammelpunkt für alle war Reims. Von dort aus sollte eine Vorhut unter Baddos Kommando in Eilmärschen die hundertfünfzig Meilen nach Zülpich zurücklegen und sich dort mit den Resten der rheinfränkischen Streitmacht vereinigen. Das Hauptheer unter Chlodwigs Führung sollte folgen, sobald es einigermaßen vollzählig war. Man hoffte, die Alamannen zwischen Köln und Zülpich zu stellen, sie gegen den Rhein zu drängen und ihnen den Rückzug abzuschneiden.

Der Kriegsrat war kein Meinungsaustausch. Die Zeiten waren lange vorbei, in denen auf dem Thing, der germanischen Versammlung, vor einem Kriegszug Stammesführer und Sippenälteste umständlich ihre Ansichten darlegen durften. Chlodwig allein führte jetzt das Wort und erteilte es anderen nur noch für kurze Berichte und Antworten auf seine Fragen. Er ließ nicht zu, daß seine vollkommen überraschten Antrustionen Zweifel oder Bedenken an der veränderten Richtung des Vormarschs äußerten. Als einer trotzdem zaghaft bemerkte, der König sollte vielleicht erst prüfen lassen, ob die Alamannen nach der Plünderung Kölns vielleicht mit dem Ertrag ihres Beutezugs zufrieden sein und – ohne die Francia zu berühren – in ihre Stammesgebiete zurückkehren würden, wies er ihn scharf zurecht und befahl ihm, das Maul zu halten. Das Bündnis mit den Brüdern vom Rhein, erklärte er donnernd, sei ihm heilig und ihnen zu helfen sei für ihn eine Sache der Ehre und Treue. Die Klügeren unter den Antrustionen begriffen: Ihr König hatte seit jeher verstanden, sich Gelegenheiten rasch zunutze zu machen. Die »Brüder vom Rhein« waren die letzten unabhängigen Franken. Würden sie das noch sein, wenn Chlodwig für sie die Alamannen vertrieb?

Die Stimmung während des Kriegsrats, der bei Eintritt der Dunkelheit in der Halle der Villa fortgesetzt wurde, war allerdings nur noch wenig kriegslüstern, eher gedrückt. Anders als im Westen würde man im Osten bei den Alamannen, sofern man ihre wilden, als besonders grausam und blutrünstig beleumdeten Krieger besiegte, keine reichen, blühenden Städte, sondern nur Armut und Elend vorfinden. Statt Gold und Silber würde man – wenn überhaupt – zerschlagene Knochen heimbringen. Und was geschähe im Fall einer Niederlage? Hätte man dann das rückständige Raubgesindel, das vielleicht wirklich nicht die Absicht hatte, ein mächtiges Reich wie die Francia anzugreifen, nicht erst entgegenkommend zu einen Besuch eingeladen?

Bobo verlor vollkommen das Interesse an diesem Krieg und überlegte nur noch, wie er sich auf seinem Posten in der Residenzstadt unentbehrlich machen konnte. Er schlief während des Kriegsrats mehrmals ein. Auch Ansoald und Ursio, die gehofft hatten, als Comites in einer der großen Gotenstädte ihr Glück und ein Vermögen zu machen, ließen die Köpfe hängen. Am tiefsten enttäuscht war Baddo, der dazu gleich zwei Gründe hatte: Der Feldzug gegen die Alamannen war ihm nicht nur wie allen anderen zuwider – er sollte dabei auch nur noch die Vorhut befehligen. Seine Begeisterung war verflogen, finster und schweigsam saß er zwischen den anderen. Auf Fragen des Königs gab er nur mürrische Antworten.

»Du scheinst nicht zufrieden zu sein«, sagte Chlodwig, als sie sich beim ersten Sonnenstrahl vom Tisch erhoben. »Dabei wirst du bevorzugt, ich stelle dich an den besten Platz. In der Vorhut hat man die schönste Aussicht, als Held zu sterben und von Wodans Jungfrauen nach Walhall gebracht zu werden.«

»Was willst du damit sagen?« fragte Baddo alarmiert.

Chlodwig starrte auf ihn herab, der Wolfsblick traf Baddo.

»Gefallen dir meine Worte nicht? Ist es vielleicht keine Ehre mehr, für seinen König in der Schlacht zu fallen?«

46

Die folgenden Tage verbrachte Chlodwig mit der Vorbereitung auf den Feldzug. Boten wurden ausgesandt, um die im Anmarsch auf Orléans befindlichen Heerhaufen umzulenken und die dort bereits versammelten nach Reims zu beordern. Auf dem Schlachtfeld von Soissons ließ der König die Hundertschaften der hauptstädtischen Garnison und die Aufgebote aus Paris, Rouen, Amiens, Cambrai und Bavai antreten und hielt eine Heerschau.

Er war inzwischen dreißig Jahre alt, von Leiden geplagt, von Narben entstellt und schon grauhaarig. Doch alle, die ihn lange kannten, glaubten, den Chlodwig des frühen Aufbruchs wiederzuerkennen, den Zwanzigjährigen, der sie an dieser Stelle zum ersten Sieg geführt hatte. Straff und aufrecht saß er zu Pferde. Scharf kamen die Kommandos. Seine Bewegungen waren rasch und beherrscht. Seine hellen Augen schienen Blitze zu schleudern. Man sah ihm an, daß er endlich wieder in seinem Element war.

Manchmal war er des Kriegshandwerks überdrüssig gewesen und hatte gehofft, daß das Erreichte genügen würde und daß er es nur noch zu sichern brauchte. Doch auch wenn er mal nicht an seinen alten Verwundungen litt und die Annehmlichkeiten des unumschränkten Herrschens, die ihn so ungeheuer heraushoben aus der Masse der Männer, in ihrer ganzen Fülle genießen konnte, hatte er sich nicht wohl gefühlt. Die Muße behagte ihm nicht. Die Jagd, die Reiter- und Waffenspiele, die Trinkgelage, die Vorführungen von Tänzern und Akrobaten – das alles betrieb und ertrug er nur in Maßen, und gewöhnlich langweilte es ihn schnell. Er hatte auch eingesehen, daß er als Regent und als Richter weder die Kenntnisse noch die Ausdauer hatte, um dabei etwas zu leisten, was seinem Anspruch genügte. Er mochte sich auch nicht, wie viele seiner Antrustionen, mit Nebenfrauen zu seinem Vergnügen umgeben. Manchmal bedauerte er, daß sein Tatendurst nicht durch irgendeine erlernte Kunstfertigkeit befriedigt wurde. Ein guter Waffenschmied hätte er sein können, immer wieder stand er in der Schmiede am Amboß. Aber er war nun einmal nicht niedrig geboren, und das Schmieden gehörte nicht zu den Aufgaben eines Königs. So blieb nur der Krieg, der einzige Zweck, zu dem schon die Alten ihren *kuning* gewählt hatten: das Glück, zu kämpfen, zu siegen, zu erobern, zu gebieten – und dabei stets dem Tod, der Niederlage, der Demütigung, dem Untergang Auge in Auge gegenüberzustehen.

In der Nacht nach der Heerschau ließ Chlodwig im Wodanstempel ein Opfer für den höchsten Gott darbringen. Allvater Wodan war Herrscher im Himmel und auf Erden, war Schlachtenlenker und Spender des Sieges. Er führte seine Getreuen zu einer überlegenen Schlachtordnung, er steigerte ihre Kampfeswut zum Rausch, er erfüllte die Feinde mit Schrecken und machte sie blind und taub. Die Gefallenen holte er nach Walhall, auf die Walstatt der Hel, des Jenseits, zu ewigem Kampf und ewiger Lust. Wenn Stürme über das Land brausten, sah man ihn am Himmel dahinjagen mit dem Heer der glücklichen Toten, der Einherier, im weiten, flatternden Mantel, den breiten Hut tief ins Gesicht gezogen, begleitet von Hugin und Munin, den weisen Raben, und von Geri und Freki, den »Gierigen«, den Wölfen des Schlachtfelds. Ihm zu opfern, war heilige Pflicht vor jedem kriegerischen Unternehmen.

Dicht gedrängt standen im Schein von Opferfeuern und

Fackeln einige tausend Männer am Fuße des flachen Hügels, alle mit Schwertern und Schilden, Lanzen und Äxten bewaffnet. Ringsum an heiligen Eichen hingen Wodan geopferte Krieger in voller Rüstung, Gefangene aus einem der letzten Grenzscharmützel. Am Hang waren steinerne Altäre errichtet, wo sich Priester auf die von Knechten herangetriebenen Pferde stürzten, Wodans bevorzugte Opfertiere, und deren Hälse mit langen Messern durchschnitten. Priesterinnen, alte Frauen in anfangs weißen, aber bald blutdurchtränkten Hemden, rückten geweihte Kessel unter die strömenden Wunden, schlitzten den Tieren die Bäuche auf und lasen aus der Lage der Eingeweide die Zukunft, die sie mit kreischender Stimme verkündeten – natürlich den Sieg über die Alamannen. Dann schleppten sie die vollen Kessel durch die Reihen der Krieger, tauchten Zweige hinein und besprengten die Männer mit Opferblut. Von Hand zu Hand gingen Trinkhörner mit Met, dem Göttertrank, einem Wein aus vergorenem Honigsaft. Die schnell Berauschten stimmten Gesänge an, die aus nur wenigen langgezogenen, dumpfen Tönen bestanden und die sie schaurig verstärkten, indem sie sich ihre Schilde vor den Mund hielten. Zum Lärm von Hörnern und Trommeln warfen bald viele die Mäntel ab und begannen, wild und verzückt zu tanzen.

Unter dem Dach der Halle hatte Chlodwig seine Antrustionen versammelt. Hier wurden Wodan zu Ehren junge Männer geschlachtet, ebenfalls Kriegsgefangene. Der Priester warf die nackten Gefesselten rücklings auf den Altar, packte mit beiden Fäusten den Speer, die Wodanswaffe, schwang ihn hoch über seinen Kopf und durchbohrte sie. Den König und die vornehmsten Krieger stärkte Menschenblut für den Kampf.

Chlodwig, über und über mit Blut bespritzt und schwer berauscht vom Met, hielt eine lange Rede an das Kultbild des Wodan, dessen Sieghilfe er für seine Opfer verlangte und den er – zum Befremden einiger, deren Sinne noch klarer waren – warnte, dabei zu versagen. Denn es gebe, so drohte der König, noch andere Götter, und wer sich nicht als treuer Gefolgsherr erweise, werde von seiner Gefolgschaft früher oder später im Stich gelassen. Auf Bobo und Ansoald gestützt, verließ er danach schwankend die Halle und setzte sich draußen zum Opfermahl. Inzwischen waren auch anderen Göttern, deren Gunst man brauchen konnte, Tiere geopfert, die sie, wie man glaubte, bevorzugten: dem Donar Ziegen, der Frija Schweine, den übrigen Schafe und Rinder. Die Knochen, vom Fleisch gelöst, brannten auf den Altären als Göttermahlzeit. Nachdem die Opferbrühe geschlürft war, begann das große Fressen, bei dem sich Menschen und Götter kultisch vereinigten.

Die halbe Nacht lang stand Königin Chlotilde, umgeben von ihren Frauen und ihrem geistlichen Anhang, auf der Festungsmauer. Sie blickte mit brennenden Augen hinüber zum Wodanshügel und hörte erschauernd das Gebrüll der Tiere, das dumpfe Gegröle, das Getrommel. Immer neue Gebete schickte sie zum Himmel. Inbrünstig flehte sie, Gott möge ihren Gemahl erleuchten, damit er dem schrecklichen, blutigen Irrglauben abschwöre. Als Chlodwig im Morgenlicht, über und über mit Blut und Fett beschmiert, ins Schlafgemach torkelte, schrie sie auf und entfloh. Zum erstenmal haßte sie ihn als Barbaren, als Wilden, als Ungeheuer. Sie versteckte sich vor ihm und gehorchte auch nicht, als er sie gegen Abend, nachdem er seinen Rausch ausgeschlafen und gebadet hatte, zu sich befahl.

Am Morgen darauf – nach einem Ruhetag zur Erholung von der Opferzeremonie – marschierte das Heer. In langen Kolonnen ging es über die Römerstraße nach Reims, wo nochmals Heerschau gehalten und nochmals geopfert werden sollte. Erst als man dem König im Palasthof sein Pferd brachte, kam die Königin wieder zum Vorschein. Sie hatte die ganze Nacht in ihrer Kapelle auf den Knien gelegen. Während er, ohne sie eines Blickes zu würdigen, umständlich seine Satteldecke zurechtlegte und festschnallte, steckte sie heimlich ein kleines goldenes Kreuz in den Lederbeutel an seinem Gürtel.

»So erfüllst du also deine Pflicht, Frau«, sagte er schließlich. »Da zieht dein Gemahl in den Krieg, könnte fallen und niemals wiederkommen. Aber du liegst in der letzten Nacht nicht bei ihm.«

»Verzeih«, sagte sie. »Ich glaubte, es sei wichtiger, für dich Schutz zu erflehen.«

»Das war nicht nötig. Den Schutz deines unnützen Gottes brauche ich nicht. Auf meiner Seite ist Wodan.«

»Dennoch habe ich eine Bitte«, sagte sie und ergriff seine Hand. »Erinnere dich meines Gottes, wenn du in Not geraten solltest! Wenn du feststellen solltest, daß die Kraft deines Wodan nicht ausreicht. Rufe ihn an, er wird dich erhören! Rufe Chlotildes Gott, er wird helfen! Meine Gebete begleiten dich!«

Jetzt erst sah Chlodwig sie an. Aus ihrem bleichen, übernächtigten Gesicht blickten die schwarzen Augen verzweifelt und flehend zu ihm auf. Das rührte ihn, und seine Miene wurde milder.

»Es war nicht nötig«, wiederholte er. »Trotzdem. danke. Nun denn, Frau, leb wohl!«

Er zog sie kurz an sich und küßte ihre Stirn. Sie legte die Hände auf den Lederpanzer, der seine Brust bedeckte, und wollte auch seinen Mund küssen. Aber er schob sie von sich. Noch einmal strich er dem kleinen Chlodomer über den Kopf, den seine Schwester Albofleda ihm hinhielt.

Dann schwang er sich auf das Pferd. Hinter ihm ritt der zwölfjährige Theuderich aus dem Palasthof. Zum erstenmal zog er in den Krieg.

47

»Wo bleibt Sigibert?«

Seit Stunden schrie Chlodwig diese drei Worte allen entgegen, die im Laufschritt oder zu Pferde heranpreschten, um eine Meldung zu machen oder Befehle entgegenzunehmen. Er stand auf einer Felsenplattform unweit des Rheinufers, wo seit Mittag die Schlacht in vollem Gange war. Fünf Hundertschaften seiner Palastgarde, die er nur in äußerster Notlage selbst ins Gefecht führen wollte, warteten am Fuß des Felsens.

Die Schlacht war im Gange, doch sie bewegte sich nicht. Seit dem Zusammenstoß der Heere hatte keine Seite, weder die Franken noch die Alamannen, mehr als höchstens eine Viertelmeile gewonnen. Mal rückten die einen vor, mal die anderen. Mal stieß ein Haufen der Alamannen tief hinein in die fränkischen Reihen, wurde aber bald eingeschlossen und aufgerieben. Dann wieder versuchten die Franken, von der Seite anzugreifen und den Feind in den Rhein zu drängen. Die Alamannen wichen jedoch und öffneten geschickt eine Gasse zum Fluß, in der sich die Angreifer stauten und gegenseitig behinderten, weil die Vorderen, um nicht ins Wasser zu stürzen, wieder zurückdrängten. So wurden viele niedergemacht, und die Attacke blieb wirkungslos. Hunderte waren schon erschlagen. Tausende lagen verwundet auf dem weit auseinandergezogenen Schlachtfeld zu beiden Seiten der Römerstraße. Franken und Alamannen bekämpften sich mit den gleichen Waffen: Lanzen mit Widerhaken, Streitäxten, Schwertern. Die Franken ließen dazu ihre Wurfbeile wirbeln. Die Alamannen schwangen Keulen. Die Sonne des frühen Sommers stand bereits niedrig. Aber die Schlacht bewegte sich nicht.

»Wo bleibt Sigibert? Wo bleibt der Verfluchte?«

Die Antworten waren immer dieselben: »Noch nicht in Sicht! Hat sich vielleicht verirrt! Ist wohl umgekehrt!«

Der König der Rheinfranken blieb aus. Seine Hilfstruppe aus den Resten des rheinfränkischen Heeres und frisch Aufgebotenen war fest zugesagt. Wenn sie nicht kam, war die Schlacht nicht zu gewinnen.

Chlodwig brüllte bald nur noch Befehle, auf die niemand mehr hörte, die niemand mehr ausführen konnte. Er schwang sich auf Rufus und ritt ins Getümmel, um seine Franken vorwärtszutreiben. Doch zweimal folgten sie ihm nicht nach, und er konnte sich gerade noch retten und auf seine Felsenplattform zurückkehren.

An diesem Tag verließ ihn sein Heil.

In aller Frühe hatte er von Baddo, dem Anführer der Vorhut, die Nachricht erhalten, er sei vor Köln auf die Alamannen gestoßen. Sie zögen nicht nach Zülpich zurück und damit nicht in Richtung der Francia, sondern auf der Uferstraße den Rhein entlang nach Süden, offenbar in der Absicht, in ihre Stammesgebiete zurückzukehren. Baddo teilte mit, er habe am Abend einen der mit Beutegut beladenen Haufen angegriffen und aufgerieben. Es kämen aus Köln aber weitere nach, mit denen er nicht allein fertig werden könne. Sigiberts Rheinfranken hätten sich nach Thorr zurückgezogen, um in der teilweise zerstörten Festung Zülpich nicht erneut überrascht zu werden. Noch habe er kein Zeichen von ihnen erhalten, obwohl durch Boten vereinbart war, daß sie sich mit ihm vereinigen sollten. Baddo fragte, was er nun machen solle. Wenn Chlodwig ihm nicht mit der Hauptmacht zu Hilfe komme, müsse er die Alamannen ziehen lassen.

»Er soll sie aufhalten!« sagte Chlodwig dem Boten. »Auf keinen Fall soll er sie durchlassen! Er soll sich bis zum letzten Mann schlagen! Zur sechsten Stunde bin ich da!«

Er befand sich bereits auf halbem Wege von Zülpich nach Köln, nur noch zehn Meilen vom Rhein entfernt. Sofort brach er auf und führte den nahezu endlosen Heerwurm im Eilmarsch gegen die alte Ubierstadt. Unterwegs schickte er mehrmals Boten nach Thorr, um Sigibert an seine Pflicht zu erinnern, ihn, seinen Befreier, jetzt nicht allein zu lassen. Antwort erhielt er nicht. Als er aus der Entfernung schon die Festungstürme von Köln erblickte, kam dafür neue Nachricht von Baddo: Obwohl er es unter erneuten großen Verlusten versucht hatte, war es ihm nicht gelungen, die Alamannen aufzuhalten. Um sie noch zu stellen, ließ er mitteilen, bleibe dem König nichts anderes übrig, als die Straße zu verlassen und direkt auf den Rhein zuzumarschieren. Und so geschah es. Chlodwig ließ sein Heer mehrere Meilen durch wüstes Gelände stapfen und erreichte die Uferstraße tatsächlich noch rechtzeitig. Als die Franken aus dem Wald hervorbrachen und den Strom erblickten, stießen sie auf die längs des Ufers marschierenden Haufen der Feinde. Es bedurfte keiner Befehle – im Nu waren die ersten handgemein und hatten einander niedergestreckt. Über sie hinweg warf sich die Masse der Franken den Alamannen entgegen, und es begann das blutige Gemetzel.

Anfangs waren die Franken im Vorteil. Sie waren eindeutig in der Übermacht. Hinzu kam, daß Baddo, nachdem er zunächst zurückgetrieben worden war, seine Truppe gesammelt und die Verfolgung der Alamannen aufgenommen hatte. Er griff sie nun im Rücken an. Die Alamannen, die völlig regellos, aber mit kalter Todesverachtung kämpften, wurden von zwei Seiten bedrängt und mußten auf die Uferwiesen zurückweichen. Die Straße und die Flächen zu beiden Seiten waren bald mit den Leichen von Menschen und

Tieren, zerbrochenen Wagen und verstreutem Beutegut bedeckt. Die ersten Alamannen sprangen schon in den Fluß, um sich schwimmend ans andere Ufer zu retten.

Da plötzlich wendete sich das Blatt.

Unversehens hatte das Frankenheer Alamannen im Rücken. Horden leicht bewaffneter Krieger stürmten von Süden heran, aus der Richtung des ehemaligen Legionslagers Bonn. Erdfarben, viele fast nackt, mit greulich geschwärzten Gesichtern, die Körper mit Runenzeichen bemalt, schienen sie aus dem Boden gewachsen zu sein. In entfesselter Wut schwangen sie ihre Keulen, Speere und Messer. Die Franken wichen im ersten Entsetzen zurück. Hilflos drängten sie sich zusammen, wie Schafe beim Angriff eines Wolfsrudels.

Chlodwig erkannte seine Lage. Offenbar war er, als er den Rhein erreichte, nur auf einen Teil des Alamannenheers getroffen. Vermutlich den schwächeren, die Nachhut. Während sich die Schlacht aus der Bewegung entwickelte, mußten einige, die noch an dem fränkischen Sperriegel vorbeikamen, auf der Straße nach Süden geeilt sein. Sie erreichten die schon mehrere Meilen voraus befindliche Hauptmasse ihrer Krieger und schlugen Alarm. Daraufhin machten sich die Jungen zum Kampf bereit und stürmten zurück in Richtung Köln. Die Alten blieben als Wache bei den Wagen mit Beutegut.

So kam es, daß sich die Masse der Franken auf einmal in der Mitte zwischen zwei Alamannenheeren befand: dem durch die Kämpfe etwas geschwächten, nun aber entlasteten auf der nördlichen und dem frischen und todesmutig anstürmenden auf der südlichen Seite.

Als Chlodwig sah, daß die Franken den Letzteren nicht Stand hielten, ritt er mitten hinein in die Herde Verschreckter. Einige ritt er nieder und ließ die flache Klinge seines Schwertes auf Schultern und Rücken sausen.

»Vorwärts!« schrie er. »Was sehe ich hier? Memmen, alte Weiber, Mehlsäcke! Ihr wollt euch verdrücken? Wollt lieber den Strohtod sterben? Wodan sieht euch! Wodan führt euch! Vorwärts! Drauf! Macht sie nieder! Zeigt ihnen, daß ihr Männer seid – Franken! Helden, bis zum letzten Atemzug! Heute noch holen euch Wodans Jungfrauen! Zum ewigen Kampf! Zum ewigen Ruhm! Vorwärts! Vorwärts!«

Er erzielte mit diesen herausgebrüllten Parolen kaum Wirkung. Im Geschrei und Getümmel verlor sich die Stimme. Ein neuer Schrecken warf die fränkischen Reihen zurück. Ein Speerwald kam auf sie zu – mit abgeschlagenen Köpfen. Entsetzt erkannten sie die Gesichter von Stammesbrüdern, die noch vor wenigen Augenblicken mit ihnen gekämpft hatten. Blitzschnell hatten die Alamannen tote und verwundete Feinde geköpft. Nun starrten sie als blutige, grausige Trophäen auf ihre Stammesgenossen herab.

In Panik irrten viele Franken über die Uferwiesen. Nur wenige Anführer wurden nicht von der allgemeinen Mutlosigkeit ergriffen. Zu ihnen gehörte Ansoald. Kaum sah er die neue Gefahr, sammelte er seine arg gelichtete Mannschaft, machte kehrt und führte sie als geschlossenen Stoßkeil mitten hinein in die feindliche Kriegermasse. Links und rechts sanken die nackten Kämpfer ins Gras. Auf der breiten Blutspur, die Ansoalds Trupp hinterließ, folgten Franken, die wieder Mut faßten. Doch dann ging es abermals zurück. Der Kampf wogte hin und her. Stunden vergingen. Die Schlacht bewegte sich nicht.

»Wo bleibt Sigibert?«, schrie Chlodwig.

Doch niemand antwortete. Die Männer der Palastgarde, die am Fuße der Felsenplattform standen, blickten besorgt zu ihm auf, als fürchteten sie um seinen Verstand. Er brüllte unausführbare Befehle, sprang umher, fuchtelte mit dem Schwert. Immer wieder schrie er nach Sigibert und stieß Drohungen gegen ihn aus.

Von Westen zogen Wolken heran. Ein kurzer Regenguß ging nieder und belebte die ermüdenden Kämpfer. Schneller wirbelten die Beile und spalteten Schädel. Wuchtiger wurden die Keulen geschwungen und zerschmetterten Schultern und Gelenke. Tiefer drangen die Schwerter ins Fleisch und trennten Gliedmaßen ab, die aus dem Getümmel aufflogen wie aufgescheuchte Vögel.

Da schwankte eine Gruppe blutüberströmter Kämpfer herbei. Zwei Halbtote schleppten einen Toten. Vor der Felsenplattform brachen sie mit ihm zusammen. Der Tote fiel auf die Seite und Chlodwig sah sein Gesicht, das völlig unversehrt war. Es war ein hübsches Jungengesicht. Der König schrie auf.

Der Tote war Ansoald.

»Verdammt! Den kleinen Scheißkerl hat es erwischt.«

Chlodwig sprang von dem Felsen herab und wollte sich über ihn beugen. Doch eine Lanze schwirrte heran und streifte ihn an der Schulter. Er duckte sich, und eine zweite zischte an seinem Kopf vorbei. Hinter ihm brach ein Mann zusammen.

Der König sprang auf und zog sein Schwert. Über Verwundete und Gefallene springend, stürmte er über die Uferwiese, mitten hinein ins Kampfgewühl. Der Augenblick war gekommen, in dem sich alles entscheiden mußte. Nur sein Beispiel konnte die wankenden Reihen der Franken noch aufrecht halten. Die ersten Schwerthiebe trafen. Ein Alamanne, der ihm entgegentrat, fiel. Nun kam ein nackter Riese, der ihn noch überragte, ein germanischer Herkules, der seinen Arm packte, um ihm das Schwert zu entwinden. Sie stießen einander mit den Füßen, sie rangen. Sie stürzten zusammen ins Gras. Ein Schuh traf den König ins Gesicht und nahm ihm für einen Atemzug das Bewußtsein. Als er zu sich kam, hatte der andere ihm das Schwert entrissen. Chlodwig zog die Axt aus dem Gürtel und hackte sie ihm in den Fuß. Brüllend fiel ihm der Riese entgegen, erwischte seinen Hals und begann ihn zu würgen. Der König ertastete noch den Griff seines Dolchs und stieß zu, bevor er abermals in ein schwarzes Loch fiel. Als er wieder erwachte, lag er in inniger Umarmung mit dem Feind, dessen Pranken noch immer seinen Hals umfaßten und der ihm sein Blut ins Gesicht spie. Er befreite sich von dem Toten, fand zwischen den Füßen der Kämpfer sein Schwert und versuchte aufzustehen. Zweimal war er schon auf den Knien, doch jedesmal wurde er wieder umgeworfen. Endlich gelang es – er stand, wenn auch benommen. Ein Haufen Franken, von den Alamannen zurückgetrieben, wich auf der Uferwiese bis an die Böschung und riß ihn mit. Einige stürzten schreiend hinunter ins Wasser des Rheins. Chlodwig konnte sich noch an einen Weidenstamm klammern.

Plötzlich war es dunkel geworden. Schwarze Wolken jagten tief über das Schlachtfeld. Chlodwig starrte zum Himmel – und da erkannte er ihn! Der wehende Mantel, der breite Hut, der flatternde Bart ... er war es! Wodan, der Schlachtenlenker, der Herr über Sieg und Niederlage. Als kleine schwarze Wolkenfetzen flogen mit ihm die Raben Hugin und Munin, und da – die etwas größeren – Geri und Freki, die gierigen Wölfe. Schon waren sie alle vorüber und zogen über den Fluß ins alte Germanien.

Da packte den König ein wilder Zorn. Er stieß sein Schwert in die Luft und schrie: »Wodan! Du Schurke! Du alter Betrüger! Du haust ab? Du läßt mich im Stich? Hältst du so zu deinem treuen Gefolgsmann? Dankst du mir so für meine Opfer? Du Lump! Du hast den Alamannen geholfen! Nun ziehst du über den Rhein und läßt dich dort als Sieghelfer feiern! Aber du triumphierst zu früh, alter Halunke! Soweit ist es noch nicht. Mich kriegst du nicht klein, mich machst du nicht nieder! Es gibt noch andere Götter, ich brauche dich nicht! He, Christengott! Wenn du allmächtig bist, wie Chlotilde behauptet, dann vertreibe ihn! Mach ihn fertig! Beweise, daß du ihm überlegen bist! Hilf uns, die Alamannen zusammenzuhauen! Zeig, was du kannst, und ich bin dein Mann! Ich schwöre dir, daß ich mich taufen lasse! Ja, dazu bin ich bereit, das schwöre ich dir auf Ehre, so wahr ich König der Franken bin! Hörst du mich? Wenn du ...«

Ein Keulenschlag traf den König und trieb ihm den Helm tief ins Gesicht, bis über die Augen. Er fiel und ließ dabei den Weidenstamm los. Schnell sprang er auf die Beine und stolperte drei, vier Schritt nach vorn, um nicht in den Fluß zu stürzen. Der Helm saß so fest, daß er ihn nicht wieder hoch bekam. Blind, mit dem Schwert fuchtelnd, taumelte er umher und fluchte erbärmlich. Auf einmal war er eingekeilt in eine dicht aneinander gedrängte Gruppe von Kämpfern, die anscheinend vor den Alamannen zurückwichen, den Strom im Rücken. Er wurde nach links und nach rechts, nach vorn und nach hinten geschoben und konnte kaum noch die Arme bewegen. Die eisernen Spangen des Helms drückten sich in seine Kopfhaut, der scharfe Rand aus Kupferblech schnitt in die Nase, von der Blut in den Schnurrbart und den Mund lief. Niemand kümmerte sich um den hin und her gestoßenen König. Plötzlich hörte er hinter sich Geschrei und das Aufklatschen der ins Wasser Stürzenden. Um ihnen nicht folgen zu müssen, klammerte er sich an den nächsten Mann. Doch da hatte er schon eine Faust auf dem Kinn und wurde auf gut fränkisch angebrüllt: »Laß mich los, oder ich hau dir deinen Topf bis zum Arsch runter!«

Dazu kam es zum Glück nicht. Auf einmal erschallte von weit vorn ein Gebrüll. Im nächsten Augenblick stimmten auch die Männer in der Umgebung des Königs ein.

»Hoho! Jetzt geht's! Da kommen sie! Haben wohl ausgeschlafen! Heil, König Sigibert! Drauf, Männer, gebt's ihnen! Verdrescht sie, die alamannischen Hunde!«

Und dann gab es auf einmal einen gewaltigen Schub, und Chlodwig wurde mitgerissen – erst zwanzig, dreißig Schritte zur Seite, dann noch einmal so viele nach vorn. Jetzt spürte er keinen Nebenmann mehr. Er stolperte über einen am Boden liegenden Körper, raffte sich auf, steckte rasch das Schwert in die Scheide. Mit beiden Händen schob und drückte er – und endlich gelang es: Der Helm bewegte sich, ließ sich hinaufschieben, gab die Augen frei.

Chlodwig konnte kaum glauben, was er sah.

Er stand unter einem wolkenlos klaren Himmel, von dem die Nachmittagssonne strahlte. Und vor sich sah er die Alamannen das Weite suchen.

In wilder Flucht eilten sie davon. Über die Straße, über die Uferwiesen. Sie verschwanden im Wald, sie sprangen ins Wasser. Die Franken verfolgten sie. Viele erwischten sie noch mit Lanzen und Pfeilen. Und mancher Flüchtende entging auch den Wurfäxten nicht. Als wirbelnde, fliegende Ungeheuer verfolgten sie ihn, stießen auf ihn herab, drangen in seinen Kopf, seine Schulter, den Rücken ein.

Es war ein vollständiger Sieg. Ein Sieg nach einer abrupten Wende, die den Ablauf der Schlacht auf den Kopf stellte. Seit sich Wodan mit Hugin, Munin, Geri und Freki über den Rhein verzogen hatte, war kaum eine Stunde vergangen.

Chlodwig wischte sich mit dem Ärmel das Blut von der Nase, blickte zum Himmel. »Verflucht, das war Hilfe in höchster Not. Hab Dank! Du kannst was, das muß man anerkennen! Chlotilde hat recht, unter den Göttern scheinst du der Stärkere zu sein. Jedenfalls werde ich mich erkenntlich zeigen. Verlaß dich darauf, ich habe geschworen. Der König der Franken hält sein Wort!«

Murmelnd fügte er hinzu: »War ja eigentlich nur ein Versuch. Sieht aber so aus, als ob der wirklich der Bessere ist ...«

48

Etwa ein Dreivierteljahr nach der Schlacht am Rhein empfing der heilige Avitus, Bischof von Vienne, ein geheimes Schreiben seines Amtsbruders, des heiligen Remigius von Reims. Es war mit schwacher Tinte auf Pergament geschrieben und enthielt als Zusatz die Bitte, der Empfänger möge es nach der Lektüre unbedingt löschen und den Beschreibstoff weiterbenutzen. Um ganz sicher zu gehen, daß kein Unbefugter es lese, habe der Absender es nicht, wie gewöhnlich, reisenden Geistlichen oder Mönchen, von denen manche immerhin ausreichend schriftkundig seien, sondern ganz ungebildeten Pilgern anvertraut, die unterwegs nach Rom seien, um den Segen des Nachfolgers Petri zu erbitten. Sie hätten beim Heil ihrer Seele auf die heiligen Reliquien in der Kirche von Reims geschworen, es zuverlässig zu bestellen.

Das Schreiben lautete wie folgt.

»Gelobt sei Gott der Allmächtige, welcher herrscht von Ewigkeit zu Ewigkeit. Seine Augen schauen auf alle Menschenkinder, und seine Werke sind wunderbar.

Ich kann Dir, teurer Bruder, voller Freude und Genugtuung mitteilen, daß die Zweifel und die Ungewißheit ein Ende haben. Am Weihnachtstag wurde es vollbracht! Der König der Franken, der nun auch über die Alamannen herrscht, ging hin zum Taufbad, um sich reinzuwaschen vom alten Aussatz und sich von den schmutzigen Flecken, die er von alters her hatte, im frischen Wasser zu befreien.

Als er vor mir in der Kirche erschien, sprach ich zu ihm: ›Beuge still deinen Nacken, Sicambrer! (Denn seine Ahnen gehörten zu diesem wilden germanischen Stamm.) Verehre, was du verfolgtest! Verfolge, was du verehrtest!‹ Worauf er sich in tiefer Demut über das Taufbecken beugte. Und so besprengte ich ihn mit geweihtem Wasser und taufte ihn im Namen des Vaters, des Sohnes und des heiligen Geistes und salbte ihn mit dem heiligen Öl unter dem Zeichen des Kreuzes Christi.

Welch ein erhabener Augenblick! O hättest Du dabeisein können, mein Bruder, und miterleben, wie sich unsere heilige christliche Kirche in dieser wahrhaft hochbedeutsamen Stunde durch den Beitritt des mächtigen Heidenkönigs erneuerte. Wir alle weinten vor Glück und Ergriffenheit, und Du hättest mit uns geweint.

Dabei ging die Bekehrung König Chlodwigs wahrhaftig nicht ohne Mühsal und empfindliche Rückschläge vor sich. Dann aber kam es, wie Du ja weißt, zum Krieg mit den Barbaren von der anderen Seite des Rheins. Und da geschah nun das Wunderbare. Du kennst die Geschichte, ich habe sie Dir schon berichtet. Ich meine, wir sollten sie immer wieder in unsere Predigten und Traktate aufnehmen und auch fleißig durch Mönche und Pilger mündlich verbreiten lassen. König Chlodwig – ein zweiter Konstantin! Er will tatsächlich, das hat er mir mehrmals glaubhaft versichert, während der Schlacht unseren Gott angerufen haben, weil er sich von seinem Wodan im Stich gelassen fühlte. Über die näheren Umstände ließ er sich freilich nicht aus. Beim Kaiser Konstantin haben wir immer das herrliche Bild vor uns, daß ihm plötzlich, als er an der Milvischen Brücke gegen Maxentius zog, zur Mittagsstunde das Kreuz am Himmel erschien mit der leuchtenden Inschrift *In hoc signo vinces!* Das haben sich unsere Vorgänger wirklich gut ausgedacht! Auch für Chlodwig brauchen wir irgendein Bild, das sich einprägt und die Menschen beeindruckt. Vielleicht sollte man ihn mitten im Kampfgetümmel niederknien und, die Arme zum Himmel gestreckt, Gottes Hilfe erflehen lassen. Oder noch besser: Er sitzt mit gezücktem Schwert hoch zu Roß, während ringsum die Seinen fliehen, und hebt den verzweifelten Blick nach oben, wo ihm plötzlich Gottes Antlitz erscheint. So etwas könnte auch die Maler inspirieren! Eine am Himmel erscheinende Inschrift wäre in diesem Fall nicht passend. Chlodwig liest ja nur mühsam. Ich habe das mal im kleineren Kreis unter Geistlichen angeregt, aber gleich wurde gespottet: ›Wenn der erst die Schrift entziffern muß, kommt er nicht mehr dazu, seine Schlacht zu schlagen!‹ Außerdem würden wir uns damit ja auch den Vorwurf des Plagiats an der Konstantin-Legende einhandeln.

So weit ein paar Anregungen und Gedanken. Ich bitte Dich, denke auch Du darüber nach. Vielleicht hast Du noch bessere Vorschläge.

In Wirklichkeit hat sich die Sache natürlich ganz unheilig abgespielt. Die Franken mußten sich aus der Bewegung schlagen und hatten plötzlich die Hauptmasse der Alamannen im Rücken. Offenbar waren sie auch in der Minderzahl. Den Ausschlag gab, daß ihr rheinfränkischer Verbündeter, dem sie zu Hilfe gekommen waren, plötzlich mit einer frischen Tausendschaft anrückte und damit das Treffen entschied, das sonst wohl schlecht ausgegangen wäre. Chlodwig ist auf diesen König Sigibert nicht gut zu sprechen, weil er seiner Meinung nach absichtlich viel zu spät kam. Ich fürchte, irgendwann wird er wenig christlich Vergeltung üben. Die Könige Ragnachar und Chararich, die ihn damals vor Soissons im Stich ließen, hat er längst ins Jenseits befördert.

Übrigens war ihm am Abend nach der Schlacht bereits klar, daß nicht Gottes machtvolles Eingreifen, sondern die gerade noch rechtzeitig eingetroffene Verstärkung den Sieg brachte. Und er gestand mir auch ganz offen, daß er den in der Bedrängnis geleisteten Schwur bereute. Zum Glück ist er jedoch abergläubisch, und so getraute er sich nicht, das Gelöbnis zu brechen, weil er die Rache unseres betrogenen Gottes fürchtete – eine Besorgnis, in der ich ihn natürlich fleißig bestärkte, indem ich ihm aus dem reichen Fundus alttestamentarischer Greueltaten das Beste darbot. Außerdem habe ich ihm natürlich das Eintreffen der Verstärkung als von Gott inspiriert dargestellt, als schnelle Antwort auf seine Bitte.

Aber das alles hätte vielleicht nicht einmal genützt, wenn ich nicht meine ganze Beredsamkeit aufgewandt hätte, um ihm noch einmal die Vorteile einer Konversion darzulegen. Ich erklärte ihm, daß seine Aussichten, neue Eroberungen zu machen, mit seinem Wechsel zum katholischen Glauben sprunghaft ansteigen würden. Denn sehnsüchtig würden nun alle wahren Christen in den von der arianischen Pest verseuchten Reichen der Westgoten und Burgunder nur noch auf ihn blicken und ihn als Befreier erwarten. Das gefiel ihm am besten, und gleich erinnerte er sich auch der Briefe, die ihm die Bischöfe aus den Städten südlich der Loire geschrieben hatten. Der Einmarsch dort war ja nur durch den Alamannenkrieg aufgehalten und verschoben worden. Um keine Zeit zu verlieren, gab er seinem tüchtigsten Feldherrn, Baddo, den Befehl, mit einem Teil des vom Rhein zurückgekehrten Heeres über die Loire zu gehen. Das hatte auch darin seinen Grund, daß die Truppe zu rebellieren begann, weil ihr der ganze aufwendige Feldzug gegen die armen, elenden, selber beutelüsternen Alamannen kaum etwas eingebracht hatte. Chlodwig konnte deshalb die Alamannengebiete auch gar nicht besetzen, sondern mußte sich mit einer förmlichen Unterwerfung begnügen.

Er wollte sich also im Westen schadlos halten. Leider mißlang dem Baddo das Unternehmen vollkommen. Der

Vormarsch mit den am Rhein stark geschwächten und mit zu alten und zu jungen Kämpfern nur dürftig aufgefüllten Heerhaufen endete unglücklich. Du hast sicher davon gehört. Die Belagerung von Bordeaux mußte abgebrochen werden. Auch Tours, einige Monate unter fränkischer Besatzung, wurde von den Westgoten zurückerobert. Wir verbreiten jetzt, daß Chlodwig selber in Tours am Grabe des heiligen Martin war und dort sogar seine Kompetenz erklärte, die Bereitschaft, Christ zu werden und das Sakrament der Taufe zu empfangen. Das ist allerdings nur ein Beitrag zur frommen Legendenbildung. Er war nie dort und pflegte während des ganzen mißglückten Feldzugs in Berny seine Wunden. Jetzt hadert er furchtbar mit Baddo, dem er die Schuld an allem gibt.

Leider verstärkte der Mißerfolg gegen die Westgoten wieder die Zweifel des Königs. Die gute Königin Chlotilde und ich hatten unsere Not, in dieser Lage neue Argumente zu finden. Wir versuchten, ihm klarzumachen, daß dies nicht ein Gegenschlag seiner beleidigten Götter sein konnte, deren Machtlosigkeit er ja erfahren hatte. Er sei ja auch nicht persönlich beteiligt gewesen. Und schließlich habe er, da noch ungetauft, nicht unbedingt einen Anspruch auf die Hilfe unseres Herrn. Vielmehr könne er dieser Hilfe nur sicher sein, wenn er die Taufe nicht länger hinausschiebe.

Plötzlich erschreckte er uns fast zu Tode. Er erklärte, zwar Christ, doch nicht Katholik, sondern Arianer werden zu wollen! Es sei ihm klargeworden, daß Gott der Allmächtige, der keine anderen Götter – auch keinen Jesus und keinen heiligen Geist – neben sich dulde, auf seiten der von ihm bevorzugten arianischen Christen stehe und deshalb die Franken gegen die Westgoten scheitern ließ. Wir wiesen ihn flehentlich darauf hin, daß er im Begriff sei, sich in die Arme von Häretikern zu werfen, die von Gott und in dessen Namen von zahlreichen Konzilen und Synoden gelehrter

Bischöfe geächtet und verdammt seien. Da fragte er uns, ob diese Ächtung zum Beispiel auch für Theoderich gelte, seinen Schwager, der als Arianer das ganze katholische Italien gewonnen habe. Auch der sei verdammt? Was sollten wir ihm darauf antworten?

Schnell fanden wir allerdings heraus, aus welcher Quelle er seine ›Erkenntnis‹ hatte. Es war seine Schwester Lanthild, die ihn bearbeitete und zur der Irrlehre zu bekehren suchte. Eine gefährliche Person! Durch den Alamannenkrieg war sie Witwe geworden, der Comes von Rouen, ihr Ehemann Ansoald, war in der Schlacht am Rhein gefallen. Sie kehrte nun nach Soissons zurück, bezog ihre alte Wohnung im Palast und begann, zu hetzen und uns Schwierigkeiten zu machen. Die Königin kann sie nicht ausstehen, und es gab – noch schlimmer als früher – mehrere heftige Auftritte zwischen den beiden.

Glücklicherweise senkte sich dann die Waage bald wieder zu unseren Gunsten. Es gelang der Königin und mir, in Chlodwig den alten Verdacht zu verstärken, seine Schwester könne eine Spionin der Goten sein. Eine Verschwörung gegen die Franken, mit Theoderich und Alarich an der Spitze, wolle ihn nicht nur vom wahren Glauben fernhalten, sondern ihm auch allen kriegerischen Unternehmungsgeist rauben. Wie zur Bestätigung wurde ein Brief abgefangen, den Chlodwigs Schwester Audofleda, die Gemahlin des Ostgotenkönigs, der Lanthild geschrieben hat. Letztere wird darin dringend aufgefordert, den Bruder von weiteren Abenteuern, wie etwa dem Zug nach Tours und Bordeaux, zu warnen und dahin zu wirken, daß er künftig unbedingt den Frieden bewahre. Natürlich einen Frieden unter arianischer Dominanz und unter Aufsicht des großen Theoderich. Jetzt endlich begriff der König! Man wollte ihm Zähne und Krallen ziehen, um ihn und sein Reich eines Tages zu verschlucken. An dem Tag nämlich, da sich die vereinigten

Ost- und Westgoten anschicken würden, in Italien und Gallien ein arianisches Großreich Gothia zu errichten.

Damit war das bösartige Vorhaben der Lanthild gescheitert. Sie hatte Glück, ihr Bruder verbannte sie nur auf eines ihrer Güter. Ihre Verworfenheit zeigt sich auch darin, daß sie dort höchst unmoralischen Umgang mit einem Sklaven hat, einem gefangenen alamannischen Häuptlingssohn, der ihrem Gut als Arbeiter zugeteilt wurde. In Soissons oder Berny darf sie sich künftig nicht mehr blicken lassen. Allerdings ließ sie der König nach Reims kommen – zu seiner Taufe. Ich erzähle Dir gleich, was dort mit ihr geschah.

Bevor es soweit war, mußte noch eine letzte und nicht unbedeutende Hürde genommen werden. Chlodwig war immer fest überzeugt, er habe als Merowinger göttliche Ahnen und verdanke ihnen sein Heil, das heißt seine magische Führungskraft, sein Glück und seine Erfolge. Und in der Tat beruhten darauf vor allem sein Herrschaftsanspruch und seine Autorität gegenüber der Gefolgschaft. Wenn nun die alten Götter tot waren beziehungsweise nie existiert hatten – was wurde dann aus dem ›Heil‹ des Königs? Eine knifflige Frage, wie Du zugeben mußt. Ich fand die Lösung! Die früheren Götter der Germanen regierten nur eine Zeitlang über ihre Stämme und Völker und sind jetzt alt oder schon gestorben. Sie sind oder waren Getreue eines Gefolgsherrn, der hoch über ihnen thront und allmächtig und ewig ist. Diesem leistet ihr Nachkomme jetzt mit der Taufe den Treueid. Es ist ja auch besser, sich gleich dem Höchsten und Mächtigsten zu verpflichten als einem, der diesem untergeordnet ist. Wer auf Erden zur Gefolgschaft des Königs gehört, ist wichtiger als der, der nur einem seiner Getreuen dient. So erklärte ich Chlodwig sein neues Gefolgschaftsverhältnis. Sein von den Ahnen ererbtes Heil bleibt ihm damit erhalten, mag es in den langen Haaren stecken oder sonst wo. Jedenfalls läßt er sie sich nicht abschneiden.

Er hatte nun eine Erklärung, mit der er vor seine Leute treten konnte. Sie machten keine Schwierigkeiten. Alle waren bereit, ihrerseits dem höchsten Gefolgsherrn Treue zu schwören und sich gemeinsam mit ihm taufen zu lassen. Chlodwig erlaubte uns, unseren Bischöfen in Gallien anzuzeigen, er sei Katechumene geworden. Auch Du erhieltest ja eine Nachricht. Seine Vorbereitung bestand darin, daß ich ihm zwischen Jagdausflügen und Waffenübungen Geschichten aus den Evangelien erzählte. Gegen unsern Herrn Jesus Christus war er immer noch eingenommen, weil er ihn für einen Schwächling hielt, der sich ergreifen und kreuzigen ließ. Mit der Lehre von der Passion unseres Erlösers, der sich für die Menschheit opferte, konnte er natürlich nichts anfangen. So erzählte ich ihm, Jesus habe, bevor er durch Verrat in die Hände seiner Feinde fiel, mit dem Häuflein von Jüngern gewaltige Heldentaten vollbracht und unter den Römern reiche Schwerternte gehalten. Das erfüllte ihn mit einem gewissen Respekt, und er sagte: ›Zu dumm, daß ich nicht mit meinen Franken dabei war. Dann wäre ihm das alles nicht passiert!‹ Kann man mehr erwarten von einem, der niemals für andere einstand, sondern immer nur für sich selber?

Endlich, der Weihnachtstag war gekommen! Am 25. Dezember, so wie es unser Heiliger Vater Liberius vor beinahe hundertfünfzig Jahren festgelegt hatte, feierten wir auch in Reims das Fest der Menschwerdung des Herrn. Schon Tage vorher war nirgendwo in der Stadt ein Quartier zu bekommen. Alle Häuser waren bis in den letzten Winkel unterm Dach mit vornehmen Gästen belegt. Trotz Schnee und Eis waren sie von überallher angereist, aus sämtlichen Teilen des Reiches – Antrustionen, Comites, Magistrate, Senatoren und natürlich Bischöfe. Die ganze Stadt war festlich geschmückt. Die Zugangsstraßen zum Gotteshaus ließ ich mit bunten Decken behängen. Alle Vorhänge zwischen den

Säulen der Kirche waren dagegen in Weiß gehalten, der Farbe der Unschuld, der Reinheit, des Neubeginns. Im Heiligtum brannten unzählige Kerzen, und so himmlische Wohlgerüche erfüllten die Luft, daß viele meinten, so und nicht anders müsse es auch im Paradiese duften.

Nun lies und staune! Alles ist also bestens geordnet, und ich empfange den König im Baptisterium. Die erhabene Zeremonie beginnt. Zunächst geht auch alles gut. Demütig legt Chlodwig seinen Mantel und sein Obergewand ab und beugt sich über das Taufbecken. Ich besprenge sein Haupt und seine Schultern mit dem geweihten Wasser, und meine Helfer streifen ihm das weiße Taufgewand über. Jetzt will ich ihm mit dem heiligen Chrisma das Kreuz auf die Stirn zeichnen ... doch was ist das? Wo ist das Ölfläschchen? Es stand am Rande des Beckens, nun ist es verschwunden. Hat sich der Teufel eingeschlichen und es gestohlen? Betroffenheit. Unruhe. Hektische Suche. In einigen Gesichtern auch Schadenfreude. Der König zum Glück gefaßt, wenn auch sichtlich verstimmt. Doch da – das Wunder! Eine Taube stößt plötzlich im Steilflug zu mir herab. Woher? Vermutlich direkt vom Himmel. Sie hält im Schnabel ein Fläschchen mit heiligem Öl. Ich nehme es rasch und danke mit lauter Stimme dem Herrn, weil er uns mit dieser Hilfeleistung beweist, daß er anwesend ist. Schon ertönen Hosianna-Rufe, viele Gläubige sinken auf die Knie. Und die Taube? In den dichten Schwaden des Kerzenrauchs, die sich unter der Decke sammeln, ist sie schon wieder entschwunden, ebenso rasch, wie sie gekommen ist. Der König ist verblüfft und beeindruckt und starrt noch immer nach oben, der Taube nach, während ich das heilige Fläschchen öffne und ihm das Kreuz auf die Stirn male.

Was sagst Du dazu?

Das Wunder hat gewaltigen Eindruck gemacht, es gelang aber auch vorzüglich. Du ahnst den Trick? Ich werde ihn

Dir nicht verraten, obwohl die obige Beschreibung kleine Hinweise enthält. Leider bist Du ja eine Plaudertasche und kannst nicht einmal für Dich behalten, wie Du deine eigenen Wunder bewerkstelligst.

Übrigens folgte dem ersten Wunder ein zweites. Nachdem der König getauft war, kam die Reihe an seine Familie und seine Getreuen. Viel heiliges Chrisma wurde benötigt … aber glaubst Du, das Salböl ging mir aus? Das Fläschchen war immer voll, das heißt, es leerte sich zwar langsam, aber unversehens war es dann wieder bis zum Rande gefüllt. Das ist auch nicht übel, was meinst Du? Jedenfalls wird das heilige Ölfläschchen, das vom Himmel gekommen ist, nun in einer Monstranz aus Gold und Elfenbein aufbewahrt. Es soll künftig bei allen wichtigen Ölungen, die hier stattfinden werden, Verwendung finden.

Wie bemerkt, kam nun die Familie des Königs an die Reihe. Frau Basina, seine Mutter, ist leider im Herbst verstorben. Es wäre mir eine große Genugtuung gewesen, die alte Sünderin, mit der ich mir so viel Mühe gegeben hatte, im letzten Augenblick noch dem Herrn zu weihen. So taufte ich den ältesten (eigentlich nicht legitimen) Sohn des Königs, Theuderich, ein aufgewecktes Bürschlein, das sogar schon mit seinem Vater im Krieg war und auf das ich ein Auge haben muß. Auch seine Schwester Albofleda empfing nun das heilige Sakrament, das sie schon so lange begehrte. Sie will unbedingt Nonne werden, und die Königin bestärkt sie darin.

Leider gab es dann einen peinlichen Zwischenfall. Die andere Schwester des Königs, die Arianerin Lanthild, von der ich oben schon einiges mitteilte, war gewaltsam nach Reims gebracht worden und mußte von zwei kräftigen Mägden ans Taufbecken geführt werden. Als ich sie aufforderte, sich bereitzumachen, riß sie sich plötzlich los und versuchte zu fliehen. Da sie schlank und behende ist, drängte sie sich durch die Menge und war schon fast draußen, als man sie doch noch einfing. Man mußte, was sehr ärgerlich war, die sich heftig Sträubende zurückschleppen. Nun wollte ich sie besprengen, aber sie wand sich noch immer wie eine Besessene und schrie allerlei häretischen Unsinn. Da packte der König sie an den Haaren und stieß ihren Kopf tief in das Becken. Und als sie prustend und nach Luft ringend auftauchte und ich sie fragte, ob sie der Irrlehre der Arianer abschwöre und bekenne, daß der Sohn und der heilige Geist gleichen Wesens mit Gott dem Vater seien, tat sie es, indem sie mir wortlos zustimmte und mir dabei einen Wasserschwall auf die Stola spie. Und so salbte ich sie, und sie war wiedergeboren.

Dann wurde die Feier würdig fortgesetzt. Nach der Familie des Königs kamen die Antrustionen an die Reihe. Ich taufte auch die Herren Bobo, Baddo und Ursio, denen am Tage des Jüngsten Gerichts ohne Zweifel ein umfangreiches Sündenregister vorgelegt wird. Mag der Herr über sie ihr Urteil sprechen. Meines Amtes war es nur, sie in seine Herde zu holen.

Nachdem auch die Antrustionen getauft waren, begann ein gewaltiges Gedränge. Jetzt traten die einfachen Krieger heran. Natürlich sollten auch sie den neuen Glauben des Herrschers bekennen. Ich kann keine genaue Zahl angeben, aber es waren wohl an die dreitausend.

Um die Würde des Gotteshauses zu wahren und ein Chaos zu vermeiden, wurde ihnen befohlen, schon auf dem Vorplatz die Oberbekleidung und selbstverständlich die Waffen abzulegen. Nach Hundertschaften gegliedert, marschierten sie ein. Leider ließen viele dieser einfachen Gemüter den Sinn für den Ernst der Stunde vermissen. Das Besprengen mit Wasser gab Anlaß zu allerlei Unfug. Vor allem der Anblick des Königs, der im weißen Engelsgewand neben dem Taufbecken stand und die Parade der Täuflinge abnahm, erregte unangemessene Heiterkeit. Wenn Chlodwig die Männer im gewohnten Kommandoton anschnauzte und ihnen befahl, den Nacken zu beugen oder zur Hölle zu fahren, rissen sie sich aber zusammen.

Der Andrang wurde freilich bald so stark, daß wir uns zu einer Art Schnellverfahren entschließen mußten. Mit Krügen voll geweihten Wassers, das rasch gefror und immer wieder aufgetaut werden mußte, gingen unsere Geistlichen auf dem Vorplatz unter den Franken umher, besprengten und salbten sie. Die eisige Winternacht war längst angebrochen, als endlich die Letzten zitternd reingewaschen und wiedergeboren waren.

Soviel, lieber Bruder, von Chlodwigs Taufe. Seien wir vor uns selber aufrichtig: Kaum einem der Getauften ist sein neues Bekenntnis unter die Haut gegangen, und schon gar nicht ist es bis ins Herz vorgedrungen. Und überhaupt verharrt ja die Masse der Franken weiter in heidnischer Ignoranz. Aber ein Anfang ist gemacht. Unsere Königin Chlotilde geht mit bewundernswertem Eifer ans Werk. Sie hat erkannt, was jetzt das Wichtigste ist: zerstörte Kirchen wieder aufzubauen, an der Stelle heidnischer Opferplätze neue Gotteshäuser zu errichten, als Zentren der Mission Klöster zu gründen. Mit einem ganzen Stab von Geistlichen, Baumeistern und Hofbeamten will sie im Frühjahr aufbrechen und zu diesem Zwecke das Land bereisen. Mönche schwärmen schon jetzt bis zum Rhein und bis zur Küste des Nordmeers aus, um den Barbaren die frohe Botschaft zu bringen. Der König hat unsere Kirche aus Anlaß seiner Taufe reich mit Geld- und Landzuweisungen bedacht, so daß nun auch endlich die Zeiten der Not und Bedürftigkeit vorüber sind. Wir leben wieder – und zwar nicht schlecht! Wie der Dichter sagt, haben wir Beifall verdient, weil wir das Angenehme mit dem Nützlichen verbinden. Bist Du nicht auch dieser Meinung?«

49

Erneut war es Herbst geworden, aber das Wetter war noch freundlich, als Remigius eines Nachmittags lesend im Peristylgarten seines Bruders saß und plötzlich eine ihm unbekannte Gestalt sah, die aus dem Hause trat und auf ihn zukam. Er erschrak heftig, denn sie machte kurze schnelle Schritte und näherte sich rasch. Es war eine hochgewachsene, in weite, dunkle Gewänder gekleidete Person mit fast völlig verhülltem Gesicht.

Der kleine Bischof war kein Feigling. Aber er sprang doch lieber von der Bank auf und trat vorsichtshalber ein paar Schritte zurück. Dabei entfiel ihm der Kodex. Wo war der diensthabende Subdiakon, der Besucher des bischöflichen Hauses zu melden hatte? Handelte es sich bei der Gestalt, die sich da näherte, um einen Mann oder eine Frau? Sogar die Hände waren verborgen – hielten sie unter den Falten des weiten Mantels den Dolch gepackt? Der Bischof hatte Feinde, und bereits mehrmals wäre er beinahe das Opfer eines Anschlags geworden.

Er sah sich nach einem Gegenstand um, mit dem er sich notfalls verteidigen konnte. Aber er hatte nicht einmal seinen Hirtenstab bei sich, von dem er sich selten trennte. Den hatte er, als er gekommen war, im Vestibül stehen lassen.

Die Gestalt war jetzt nahe, sie hatte die kleine Steinbank erreicht, von der er aufgesprungen war. Dort blieb sie jedoch stehen und bückte sich plötzlich, um das Buch aufzuheben. Und da sprach sie ihn auch schon an. Als er die Stimme vernahm, erschrak er zum zweitenmal, wenn auch nicht mehr so heftig. Es war eine weibliche Stimme, die das Lateinische mit einem weichen griechischen Akzent sprach.

»Verzeih, ehrwürdiger Vater, daß ich dich störe und so kühn zu dir vordringe. Ich sagte deinem kleinen Zerberus, wir beide seien gute alte Bekannte.«

Im nächsten Augenblick war der Schleier zurückgeschlagen, der das Gesicht verhüllt hatte. Es war das schöne Gesicht einer Frau von etwa fünfunddreißig Jahren. Ein Gesicht, das Remigius lange nicht gesehen hatte, an das er sich aber nur zu gut erinnerte.

»Du bist es?« rief er. »Scylla, die Witwe des Ogulnius?«

»Still!« sagte sie. »Sprich leise! Vermeide um Gottes willen, daß wir gehört werden. Und nenne nicht diesen Namen. Ich heiße Donata. Mich schickt dein Amtsbruder, der Bischof von Vienne.«

»Wie? Avitus schickt dich? Aber wie kommt es, daß du mit ihm ...«

»Daß ich mit ihm bekannt wurde? Das ist eine traurige Geschichte. Ich habe viel erlebt und gelitten. Oh!« Sie hatte das Buch aufgeschlagen, lächelnd blätterte sie darin. »Gedichte von Catull? Wie ich diese Verse liebe und wie lange ich sie entbehren mußte! ›Liebesgöttin, der blauen See entstiegen, die du Herrin bist von Idalion‹. Ihr heiligen Männer habt Geschmack.«

»Das geht dich nichts an!« sagte der Bischof unwirsch, um seine Verlegenheit zu überspielen. »Ich erhole mich, indem ich Verse lese. Der Inhalt ist unwichtig, wenn sie nur gut gearbeitet sind.« Er trat auf die Besucherin zu und nahm ihr das Buch aus der Hand. »Doch nun erkläre mir endlich, wie du hierherkommst! Ich sah dich zum letztenmal vor ... ja, vor elf Jahren. Kurz bevor du mit Syagrius nach Paris flohst.«

»Erlaube zunächst, dir das zu geben«, sagte die Griechin und zog eine Papyrusrolle unter dem Gewand hervor.

Remigius erkannte das Siegel seines Amtsbruders und erbrach es.

Er setzte sich wieder auf die Bank und überflog den Brief, der nur aus wenigen Zeilen bestand. Avitus teilte ihm mit, daß er die Überbringerin des Schreibens, Donata, die bisher in einem Kloster bei Genf gelebt habe, mit einer wichtigen Botschaft für die Königin Chlotilde nach Soissons schicke. Er bat seinen Bruder Remigius, die fromme Frau (»die dir wahrscheinlich unter einem anderen Namen bekannt ist«) unter Wahrung höchster Diskretion der hohen Herrin vorzustellen. Des weiteren forderte er ihn auf, ihr seinen Beistand zu gewähren und sie vor Angriffen und Verfolgung zu schützen.

»Sehr merkwürdig«, murmelte Remigius. »Wirklich ... sehr merkwürdig. Du willst also die Königin sprechen. Darf ich wissen, worin die hochwichtige Angelegenheit besteht?«

»Du bist mißtrauisch«, sagte die Griechin Scylla, die sich nun Donata nannte. »Dafür habe ich Verständnis. Das wird sich ändern, wenn du alles erfährst. Darf ich mich zu dir setzen?«

Der Bischof rückt ans Ende der Bank, und sie ließ sich neben ihm nieder. Unfromm schlug sie die langen Beine übereinander, legte ihre kostbar beringte Hand aufs Herz und sagte: »Ich werde vollkommen aufrichtig zu dir sein! Du wirst nichts als die Wahrheit von mir erfahren. Wenn du etwas Zeit für mich hast, sollst du meine Geschichte hören.«

»Wer von Avitus kommt, hat Anspruch auf meine Aufmerksamkeit«, sagte der Bischof zurückhaltend.

»Also höre«, begann die Griechin. »Wie Syagrius endete, weißt du ja. Sein Kampf war aussichtslos, und ich will heute nicht mehr darüber streiten, ob er gerecht war oder nicht. Was habe ich damals durchmachen müssen, weil ich die ganzen Jahre treu zu ihm hielt! Die Flucht zu den Westgoten war ein Fehler, aber das konnten wir nicht voraussehen. Seinen Tod hat Alarich auf dem Gewissen, der sich von euerm König erpressen ließ. Ich wollte Syagrius retten. Ich warf mich Alarich zu Füßen. Ich bot ihm mein eigenes Opfer an, das die Franken vielleicht zufriedengestellt hätte. Denn ich galt ja bei ihnen als böse Schlange, und immer wieder hatten sie auch meine Auslieferung verlangt. Aber Alarich ließ sich nicht erweichen. Ich mußte hilflos mit ansehen, wie man den Mann, der mich einmal zur Kaiserin machen wollte, in ein Boot warf und der Hinrichtung überantwortete.«

»Ich kenne die Geschichte ein wenig anders«, sagte Remigius ironisch. »Du wolltest wohl damals schon längst nicht mehr Kaiserin, sondern lieber Königin werden.«

»Das können nur Verleumder behaupten! Gewiß, später wurde ich die Geliebte des Königs. Aber erst nach dem Tod des Syagrius! Es war mir nun einmal bestimmt, in Herrschern über Länder und Völker das Feuer der Liebe zu entfachen. Darf man mich deswegen verdammen? Und ich frage dich: Konnte ich ihn denn abweisen? Er wußte sehr gut, daß die Franken auch mich haben wollten. Ich war nun nichts mehr als eine arme, hilflose Fremde, ohne Schutz, ohne Halt. Sollte ich mich in einem Freudentempel verdingen oder Syagrius ins Wasser folgen?«

»Ich verstehe. Nur aus Not und Verzweiflung wurdest du Alarichs Geliebte.«

»Deinen Spott habe ich nicht verdient. Und ich muß mich nicht schämen. Alarich versprach mir, er werde mich zu seiner legitimen Gemahlin machen, vorausgesetzt, ich schenkte ihm einen Sohn. Ich vertraute seinem königlichen Wort – und er bekam seinen Sohn. Der ist jetzt sechs Jahre alt und heißt Gesalich. Seit drei Jahren habe ich ihn nicht mehr gesehen!«

Sie seufzte tief und zerdrückte eine Träne.

»Ich liebte den König, aber leider ist er ein Schwächling«, fuhr sie fort, nachdem sie sich gefaßt hatte. »Er brach sein

Wort und heiratete schließlich doch die Gotin, obwohl er mir hundertmal versichert hatte, daß nach der Geburt unseres Kindes die Verlobung für ihn hinfällig sei. Aber Theoderich wurde Herr Italiens und konnte nun jedermann seinen Willen aufzwingen – natürlich auch meinem schwachen König. Er bestand auf der Heirat mit seiner Tochter, die immer wieder verschoben worden war. Alarich wagte keinen Widerspruch mehr. Diese Thiudigotho erschien in Toulouse an der Spitze von tausend Mann und zog ein wie eine Siegerin. Auch so kann man ein Reich erobern! Der alte Minister Leo war tot, und sie regierte nun an seiner Stelle und tat nichts, was ihr Vater nicht anordnete oder billigte. Mein armer König hatte auch sonst nicht viel Freude an ihr, und wir trafen uns immer noch heimlich, denn ich wohnte ja weiter im Palast. Doch eines Tages kam sie dahinter. Und da versuchte sie, mich zu ermorden!«

»Es gibt Gerüchte, daß es umgekehrt war«, sagte der Bischof mit der Miene naiver Neugier. »Daß du es warst, die das Gift mischte, um es der Königin beizubringen. Durch einen Zufall seiest du dabei überrascht worden.«

»Das ist eine Lüge!« rief die Griechin. Sie erschrak und dämpfte gleich wieder die Stimme. »Sie war es, die mich töten wollte! Ich kam nur davon, weil ich den Becher mit vergiftetem Mulsum, den sie mir vorsetzen ließ, versehentlich umstieß. Ein Hündchen leckte etwas von der Flüssigkeit auf und verendete gleich unter schrecklichen Zuckungen. Da behauptete sie, das Gift sei für sie bestimmt gewesen. Ich hätte heimlich die Becher vertauscht und mich dabei geirrt und beinahe selbst umgebracht. Ist das nicht unglaublich? Und dann befahl sie, mich zu verhaften und einzukerkern. Ich floh zum König. Aber der Schwächling, der meiner Liebe nicht wert war, wollte die Wahrheit nicht hören. Drei Monate lag ich – die Mutter seines einzigen Sohnes – in einem schaurigen Verlies. Dann gelang mir mit

Hilfe ergebener Diener die Flucht ins Burgunderreich, nach Vienne.«

»Und dort wandtest du dich an Avitus.«

»Ich hatte von seiner Menschenliebe und Barmherzigkeit gehört. Endlich wollte ich auch in den Schoß unserer Kirche zurück, die ich bei den Westgoten verlassen musste. So warf ich mich dem Bischof zu Füßen, und er rettete mich!«

»Also hast du jetzt wieder den wahren Glauben«, sagte Remigius eine Spur freundlicher.

»Den wahren Glauben und den Willen zur Rache!« erwiderte sie mit düsterer Aufrichtigkeit.

»Zur Rache? An wem?«

»An einem König, der meine Liebe verriet! Der sein Wort brach und mir meinen Sohn nahm! Der mich einkerkern und verfolgen ließ! Der mich heimatlos und unglücklich machte! Das alles werde ich Alarich niemals verzeihen, und er wird mir dafür bezahlen müssen!«

Haßerfüllt, mit bebender Stimme hatte sie diese Worte hervorgestoßen.

»Mäßige dich, meine Tochter!« sagte Remigius. »Du bist verbittert, weil du auch diesmal deine eitlen, hochfliegenden Pläne nicht verwirklichen konntest. Wie wolltest du dich an einem König rächen! Und als Christin mußt du verzeihen können. Hat mein Bruder Avitus dir das nicht auch geraten?«

»Ja, das tat er«, sagte die Griechin, die ihre Beherrschung zurückgewann. »Er schickte mich in das Nonnenkloster bei Genf. Dort sollte ich zur Besinnung kommen und auch vor Nachstellungen geschützt sein. Ich nahm an den religiösen Übungen teil, zog mich aber von den Nonnen zurück. Ich gehörte ja nicht zu ihrer Gemeinschaft und hatte auch nie die Absicht, mich weihen zu lassen. Dann aber ergab sich, daß ich eine von ihnen näher kennenlernte. Diese Bekanntschaft war folgenreich, sie hat mich schließlich hierhergeführt. Der Name der Nonne, von der ich spreche, ist Chrona.«

»Die ältere Schwester unserer Königin?« fragte der Bischof aufmerkend.

»Ja. Ich suchte ihre Bekanntschaft nicht, es war umgekehrt – sie suchte die meine. Eines Tages, während wir im Klostergarten arbeiteten, brach sie das Redeverbot und sprach mich an. Offenbar hatte sie Sehnsucht nach einer Vertrauten, doch unter den Nonnen fand sie keine. Was mich betraf, so war auch ich der ewigen Selbstgespräche überdrüssig. Wann immer sich nun die Gelegenheit bot, zogen wir uns in einen Winkel zurück, um miteinander zu reden. Sie war sehr unglücklich wie ich auch, und wir weinten viel.«

»So ist sie also nicht gern ins Kloster gegangen?«

»Nicht gern? Sie wurde brutal dazu genötigt! Kurz nachdem ihre Schwester abgereist war, um den König zu heiraten, hatte man sie dorthin gebracht. Man wollte sie loswerden, weil sie unbequem wurde. Weil sie nicht darüber hinwegkam, daß man ihr die Jüngere vorgezogen hatte, die nun ein glänzendes Leben als Königin führte. Weil sie sich unentwegt beklagte und drohte, Dinge bekanntzumachen, die man an den burgundischen Höfen nicht hören wollte.«

»Und nun suchte sie jemanden, dem sie ihre Geheimnisse mitteilen konnte, damit sie doch noch nach draußen gelangten.«

»Ja, so war es wohl, ehrwürdiger Vater. Es dauerte natürlich einige Zeit, bis sie sich mir vollständig öffnete. Aber dann vertraute sie mir etwas an, das ich nur mit großem Unbehagen hörte. Als Mitwisser ist man ja auch in Gefahr.«

»Und ist es das, was du der Königin mitteilen sollst?«

»Das und noch mehr. Vielleicht ist es gut, wenn du es zuerst erfährst. Weil du die Königin Chlotilde kennst und besser weißt, wie man es ihr beibringen kann. Denn es ist grauenvoll.«

»Nun denn, so sprich. Erzähle es mir!«

»Der Vater der Schwestern, König Chilperich von Vienne, wurde ermordet! Sein älterer Bruder hat es getan, der jetzt der Erste im Burgunderreich ist: König Gundobad. Er lockte Chilperich in seinen Palast und erschlug ihn dort mit dem Schwert.«

»Gott im Himmel! Davon weiß die Königin nichts!«

»Es wurde auch strengstens geheimgehalten. Nur die Frau des Ermordeten, Caratene, die Mutter der Schwestern, wußte es. Man begrub ihn heimlich und behauptete, daß er an einer Krankheit gestorben sei. Auch Caratene durfte nie und zu niemandem über die Untat sprechen – Gundobad drohte ihr für den Fall, daß sie es doch tat, auch sie und ihre Töchter zu töten. In dem Palast von Vienne, der jetzt ihm gehörte, hielt sie es nicht mehr aus. Sie floh mit den Kindern nach Genf zu ihrem Schwager Godegisel. Aber sie hütete sich zu reden. Erst als ihre jüngere Tochter außer Landes und verheiratet war, vertraute sie sich der älteren an, der Chrona. Sie war krank geworden und fürchtete zu sterben. Da wollte sie nicht, daß die Untat ganz in Vergessenheit geriet. Sie genas aber wieder.«

»Doch Chrona drohte nun, alles bekanntzumachen.«

»Ja, und das war der tatsächliche Grund dafür, daß König Gundobad als ihr Muntwalt befahl, sie ins Kloster zu stecken. Godegisel hatte ja von der Enthüllung nichts zu befürchten, sie hätte ihm sogar nützlich sein können. Denn er möchte die Oberherrschaft Gundobads loswerden und sucht nach Gründen für eine Empörung. Chrona lebte im Kloster nun in ständiger Angst, Caratene und ihr könnte etwas zustoßen. Ihre unbedachten Anspielungen und Drohungen waren für Gundobad Beweis genug, daß ihre Mutter geredet hatte. Wie oft stürzte sie sich, zitternd am ganzen Leib, in meine Arme! Und eines Tages, vor etwas mehr als einem Monat …«

» … ist Frau Caratene dann tatsächlich gestorben.«

»Ja!«

»Das wußten wir schon. Es wurde unserer Herrin in einem Schreiben des Königs Godegisel mitgeteilt.«

»Was aber gewiß nicht mitgeteilt wurde ….«

»Nun?«

»Auch sie starb keines natürlichen Todes.«

»Wie? Die Mutter der Königin? Auch sie …«

»Ermordet! Man fand sie gefesselt und geknebelt in einem Brunnen ihrer Landvilla bei Genf. Vorher hatte sie Besuch bekommen. Von einigen Männern der Leibwache Gundobads.«

»Und das ist wahr? Woher weißt du das?«

»Ich selber war in der Villa und sprach mit Zeugen. Es hat mich mein letztes Geld gekostet. Chrona beschwor mich, der Sache nachzugehen. Als die Äbtissin ihr mitteilte, daß ihre Mutter plötzlich gestorben sei, schrie sie wie wahnsinnig, daß es durchs ganze Kloster gellte: ›Ermordet! Ermordet! Von Gundobad umgebracht!‹ Daraufhin sperrte man sie ein, und einige Tage sah ich sie nicht. Ich fürchtete schon, man habe sie heimlich beseitigt. Dann erschien sie zwar wieder, war aber ständig bewacht von kräftigen Nonnen. Trotzdem gelang es uns, kurz miteinander zu flüstern. Ich meldete mich wenig später ab, mietete einen Bauernkarren und ließ mich zu der Villa bringen. O Jesus! Ich sah auf dem Grunde des ausgetrockneten Brunnens noch einen Schuh der Ermordeten und einen Gürtelanhänger!«

»Und kehrtest du ins Kloster zurück, um Chrona …«

»Nein, dazu hatte ich nicht den Mut. Ich erfuhr unterwegs, daß Vater Avitus zufällig in Genf beim König war. So ließ ich mich bei ihm melden, und er empfing mich.«

»Und wie nahm er es auf?«

»Er war erschüttert, er weinte. Die wahren Christen, klagte er, würden noch immer verfolgt und massakriert. Am selben Tag beriet er sich lange mit König Godegisel. Später ließ er mich wieder rufen und sagte mir, daß er es nach vielen Gebeten und reiflicher Überlegung für notwendig halte, die Königin Chlotilde – und auch dich, ehrwürdiger Vater – über alles zu unterrichten. Und daß dies mündlich geschehen müsse, denn wer wollte so furchtbare Anklagen gegen König Gundobad einem Brief anvertrauen! Vater Avitus fragte mich, ob ich dazu bereit sei – vom Segen des Herrn und einem als Pilgergruppe verkleideten Schutztrupp begleitet. Ich zögerte nicht lange. Zwar gehe ich ein erhebliches Risiko ein, indem ich hierher nach Soissons zurückkehre, doch bis heute hält Gott seine schützende Hand über mich. Und jetzt vertraue ich auf die deinige.«

»Hast du Schutz denn so dringend nötig?« fragte Remigius lächelnd, wiederum mit der Miene des Ahnungslosen. »Deine Nähe zu Syagrius wird dir hier keiner verübeln. König Chlodwig verfolgt niemanden aus dem Umfeld seines Vorgängers.«

»Stell dich nicht unwissend!« erwiderte die schöne Griechin, wobei sie vorwurfsvoll auf den kleinen Glatzkopf an ihrer Seite herabsah. »Du erinnerst dich doch sehr gut an den Prozeß gegen Baddo, den Mörder meines Gatten Ogulnius. Syagrius verurteilte ihn zur Sklaverei und schickte ihn mit einem Treck nach Spanien. Damals wurde eifrig gemunkelt, ich sei seine Geliebte gewesen und hätte ihn zu der Untat angestiftet, um gleichzeitig sowohl Ogulnius als auch ihn loszuwerden. Richtig ist, daß Baddo meinen Gatten aus Ehrgeiz beiseiteräumte, um seinen Posten als Oberaufseher der Ställe zu bekommen. Mich haßt er, weil ich damals wahrheitsgemäß aussagte, er habe mir vergebens nachgestellt und nicht nur den Posten, sondern auch mich gewollt. Du selbst brachtest uns eines Tages die Nachricht, daß ihm die Flucht gelungen war. Hier bei seinen Franken war er dann endlich ein Großer, und das ist er wohl immer noch. Als ich mit

Syagrius in Paris war, verlangte er dort meine Auslieferung. Und das tat er später, als wir weiterflohen, noch mehrmals. Er hat mir nicht das Geringste vorzuwerfen – doch er verfolgt mich! Ich habe Angst vor diesem Irrsinnigen. Wenn ich ihm in die Hände falle, wird er mich umbringen!«

»Er ist nicht hier«, sagte der Bischof besänftigend. »Er hält sich irgendwo an der Grenze bei den Bretonen auf. Es scheint sogar, daß er beim König seit einiger Zeit in Ungnade ist. Du kannst dich hier vor ihm sicher fühlen.«

»Das tue ich trotzdem nicht. Man könnte ihn verständigen. Ich bitte dich, sorge dafür, daß mich niemand wiedererkennt.«

»Und wie soll ich das tun? Hier gibt es noch Hunderte, die sich an dich erinnern werden.«

»So führe mich heimlich zur Königin. Ich werde hier ständig tief verschleiert gehen. Ich bitte dich, schütze mich! Bedenke, ich setze mein Leben ein, um deiner Königin einen Dienst zu erweisen. Vielleicht auch dem König – das wird sich noch zeigen. Sorge dafür, daß ich anständig unterkomme. Ich vertraue dir. Du bist mir doch hoffentlich nicht mehr gram, weil wir damals, zur Zeit des Syagrius, nicht gerade Freunde waren ...«

»O nein«, sagte der kleine Bischof und seufzte. »Nein, keineswegs. Im Gegenteil. Ich bin sehr froh darüber, daß wir dich wiederhaben.«

50

Remigius hielt die Kapelle im Königspalast für den geeigneten Ort, um der Königin die Wahrheit über den Tod ihrer Eltern mitzuteilen. Als die Geistlichen nach dem Abendgottesdienst gegangen waren, bat er Chlotilde, auch ihre Frauen fortzuschicken und noch ein paar Augenblicke zu bleiben. Dem Wunsch der Griechin entsprechend war der Raum für den Fall, daß ein Unerwünschter dazukam, schwach beleuchtet, nur die beiden großen Altarkerzen brannten. Auf ein Zeichen des Bischofs trat die hohe dunkle Gestalt hinter einer der Säulen hervor, schlug den Schleier zurück und beugte das Knie vor der Königin.

Chlotilde bewahrte angesichts der Enthüllungen, die nun folgten, vollkommen die Fassung. Nur bei den Einzelheiten, den Tod ihrer Mutter betreffend, wankte sie leicht, und der Bischof mußte sie stützen. Als die Griechin mit ihrem Bericht zu Ende war, sank die Königin vor dem Kreuz auf die Knie. In dieser Haltung verharrte sie und betete lange.

Schließlich erhob sie sich und sprach mit harter Stimme den Satz: »Das wird, so Gott will, König Chlodwig dem Gundobad heimzahlen!«

Sie begaben sich dann zu dritt in die Gemächer der Königin. Hier sprach Chlotilde ausführlich mit Scylla-Donata und erkundigte sich vor allem nach ihrer Schwester Chrona. Remigius hatte der Griechin zuvor nahegelegt, kein Wort über ihre Vergangenheit zu verlieren, um vor der sittenstrengen Königin als Tochter eines Schiffskapitäns, als in einen Gattenmord verwickelte Witwe und als ehrgeizige Konkubine zweier Herrscher nicht von vornherein unglaubwürdig zu sein. Auch daß sie die Mutter des derzeitigen westgotischen Thronfolgers war, mußte verschwiegen werden. Deren skandalöse Geschichte erzählte man sich an allen Höfen, und Chlotilde kannte sie natürlich. Remigius stellte sie als geborene griechische Aristokratin vor, Tochter eines Gesandten des Kaisers, die einen Senator in Valence geheiratet und sich nach dessen Tode eine Zeitlang in jenes Kloster zurückgezogen hatte, wo sie Chronas Bekanntschaft machte. Chlotilde war erfreut, eine so interessante Fremde kennenzulernen, die noch dazu ihren Glauben und – so schien es – auch ihre tiefe Frömmigkeit teilte. Als der Bischof sich verabschiedete, blieben die Frauen noch beieinander. Und es erheiterte Scylla-Donata, als man sie zur Nachtruhe in ein Gemach führte, das sie seinerzeit mit Syagrius ein paar Monate lang bewohnt hatte. Zum Glück gab es in der Umgebung der Königin nur Höflinge und Dienerschaft aus ihrer burgundischen Heimat, dazu ein paar fränkische Kammerfrauen. Niemand aus diesem Kreis hatte die Geliebte des einstigen Patricius je zu Gesicht bekommen.

Die Königin wollte zuerst, daß ihre neue griechische Freundin sie nach Berny begleitete. Scylla kam das allerdings ungelegen. In der früher auch von ihr und Syagrius gern besuchten *villa rustica*, deren Personal wohl zum großen Teil noch dasselbe war, mußte sie unvermeidlich auf Leute treffen, die sie wiedererkennen würden. So schützte sie Erschöpfung von ihrer langen Reise vor und bat, sich ausruhen zu dürfen. Remigius unterstützte sie, und die Königin hatte ein Einsehen. Sie war aber der Meinung, daß die erschöpfte Donata sich besser als in der Stadt und im Palast auf ihrem Gut Pinetum erholen würde. Dies begrüßte der Bischof, und er ließ nebenbei, zur Beruhigung der Griechin, ein paar Bemerkungen über den früheren Besitzer des Gutes fallen, einen Gallorömer, der sich gleich nach der

Machtübernahme durch Chlodwig zu den Westgoten abgesetzt hatte. So wurde Pinetum seitdem von fränkischen Pächtern bewirtschaftet. Scylla-Donata willigte ein, und Chlotilde bestand darauf, daß sie gleich am nächsten Tag dorthin aufbrach.

Sie selbst bestieg mit Remigius ihre Carruca, um Chlodwig die Neuigkeiten zu bringen. Auf die Rückbank des Wagens setzte sich eine Dienerin mit einem Korb. Darin lag Childebert, drei Monate alt, Chlotildes und Chlodwigs zweiter Sohn.

»Der Krieg ist nun unvermeidbar«, sagte die Königin, während sie auf dem Sandweg nach Berny dahinrumpelten. »Meine Eltern wurden Opfer der großen arianischen Verschwörung. Es ist höchste Zeit, daß etwas unternommen wird. Glaubst du nicht auch, daß Avitus nur das im Sinn hatte, als er Donata zu uns schickte?«

»Vermutlich hatte er das«, bestätigte der Bischof. »Ich bin allerdings nicht sicher, ob mein hochgeschätzter Amtsbruder unsere militärische Stärke und das Verhältnis der Kräfte richtig beurteilt. Er ist manchmal ein bißchen zu hitzig und ungeduldig. Ein überstürztes Losschlagen könnte viel, wenn nicht alles verderben.«

»Du bist also dafür, abzuwarten und unseren Feinden das Handeln zu überlassen.«

»Keineswegs. Aber wir sollten vermeiden, daß sich der Reinfall von Tours und Bordeaux wiederholt. Auch die Schlacht am Rhein wurde ja beinahe verloren.«

»Dort war der Herr auf unserer Seite!«

»Gewiß, nur kann man sich darauf, wie sich dann zeigte, nicht immer verlassen«, sagte der Bischof lächelnd. »Gott der Herr ist manchmal ein bißchen zerstreut, und dann vernachlässigt er die Gerechten. Und mal abgesehen von seiner Hilfe … Wer hilft uns außerdem, wenn wir gegen Gundobad losschlagen? Der Kaiser ist weit …«

»Dafür ist König Godegisel nah. Donata erzählte, daß sich Avitus gründlich mit ihm beraten habe, bevor er sie losschickte. Onkel Godegisel ist zwar Arianer, aber – ganz anders als sein abscheulicher Bruder – dem wahren Christentum gegenüber aufgeschlossen.«

»Halbherzig. Und ich fürchte, so würde er auch in den Krieg ziehen.«

»Sollen wir die Hände in den Schoß legen«, erwiderte Chlotilde heftig, »nachdem der Unersättliche in Ravenna überall seine Königinnen postiert hat? Wollen wir warten, bis sich die östlichen und westlichen Goten vereinen und zusammen mit den Burgundern gegen uns losschlagen? Bis sie uns mit ihren Massen erdrücken? Alles deutet doch darauf hin, daß sie das vorhaben!«

»Ich glaube eher, Herrin, sie sind daran interessiert, den Zustand, wie er jetzt ist, zu erhalten.«

»So, das glaubst du! Und womit begründest du das?«

»Der König Theoderich hat sich zwar in Italien durchgesetzt, er muß aber seine Herrschaft erst absichern. Nichts dürfte ihm jetzt lästiger sein als ein auswärtiger Krieg. Hier in Gallien sind die Westgoten und Burgunder seit langer Zeit ruhig …«

»Sie rüsten sich für die Entscheidung!«

»Sie sind imstande, sich gut zu verteidigen. Das hat unser Vorstoß nach Bordeaux bewiesen.«

» … den du mit den Bischöfen dort ins Werk gesetzt hast!«

»Nun, jedenfalls mit vorbereitet«, sagte Remigius etwas gequält. »Möglicherweise war das ein Fehler. Im Grunde wollten wir nur einen Köder auswerfen, damit unser großer Fisch, dein Gemahl, endlich zuschnappte. Wir wollten ihm die Vorteile einer Bekehrung aufzeigen. Inzwischen ist es geschafft, er bekennt sich zu unserem Glauben. Jetzt sollten wir das Erreichte erst einmal sichern und alle Kraft dafür aufwenden, unsere Kirche in der Francia wirklich heimisch zu machen. Dann erst können wir über die Grenzen blikken. Avitus sieht die Sache natürlich anders. Er will so rasch wie möglich aus der Bekehrung unseres Königs Vorteile ziehen.«

»Und das ist richtig!« rief die Königin. »Chlodwig hat jetzt vor allem eine Mission: den wahren Glauben in ganz Gallien durchzusetzen! Er ist der von Gott beauftragte Streiter gegen die arianische Pest! Was liegt schon daran, daß sie jetzt heuchlerisch Frieden predigen. Irgendwann werden sie uns vernichten wollen! Deshalb müssen wir ihnen zuvorkommen. Wir müssen den ersten Schwertstreich tun – jetzt! Dazu ist jeder Anlaß gut. Und gibt es einen besseren als diesen? Mein Vater wurde gewaltsam um seinen Thron gebracht, meine Mutter, eine Katholikin, bestialisch ermordet. Gundabad ist ein brutaler Tyrann, der Gott verachtet …«

»Herrin!« Remigius wagte, der Königin ins Wort zu fallen. »Ich warne davor, dies alles ungeprüft zu lassen – nur um einen Anlaß zum Krieg zu haben!«

»Bezweifelst du etwa plötzlich, was uns Donata berichtet hat?«

»Es wäre immerhin möglich, daß Irrtümer vorliegen. Wir wissen nicht, ob deine edle Schwester in ihrer Vereinsamung …«

»Ja, gewiß, sie war immer ein bißchen verrückt. Aber was macht das?«

»Wenn nun die Wahrheit eine ganz andere ist …«

»Sieh einmal an! Unser Heiliger hat plötzlich Skrupel!« Chlotilde lachte. »Als ob es darauf noch ankommt, wenn der Krieg erst einmal gewonnen und der Tyrann gerichtet ist! Niemand wird dann noch fragen …«

Ein Stoß erschütterte die Carruca. Eines der Räder war in ein Erdloch gerutscht. Childebert, der hinten in seinem Körbchen geschlafen hatte, begann zu plärren. Die Königin ließ ihn sich geben und beruhigte ihn.

»Ich muß auch an ihn denken«, sagte sie, als der Wagen aus der Schieflage befreit war und weiterfuhr. »An ihn und seinen Bruder. Und vielleicht auch noch an einen dritten und einen vierten, die ihnen folgen werden. Sie werden Könige sein und den wahren Glauben haben! Sollen sie die Francia unter sich aufteilen und wieder Kleinkönige werden wie ihr Vater, als er zur Herrschaft gelangte? Oder ist es nicht besser, für sie die Reiche dieser Gottlosen zu erobern?«

»Wenn du die Frage so stellst, Herrin, kann ich dir natürlich nicht widersprechen«, sagte der Bischof.

51

Im Herbst des Jahres 500, an einem kühlen, regnerischen Septembertag, lag Chlodwig auf einer von zwei Ochsen gezogenen Rheda und stöhnte. Die Knechte hatten die Sitzbänke aus dem geräumigen Reisewagen entfernt und dem König einen dicken Strohsack und mehrere Schaffelle untergelegt, damit der Leidende die Erschütterungen aushielt, die der unebene, schlammige Weg verursachte. Zugedeckt war er mit einem Bärenfell. Die beiden Pferde, die das Gefährt eigentlich ziehen sollten, gingen hinter dem Wagen. Mit den Ochsen kam man zwar nur gemächlich voran, doch bei diesem Tempo waren die Schmerzen für den König erträglich.

Vor und hinter der Rheda bewegte sich das heimkehrende Frankenheer. Von Avignon war es die Rhone und die Saône heraufgezogen und dann der großen Straße bis Reims gefolgt. Nun kroch der allmählich immer kürzer werdender Heerwurm auf die fränkische Hauptstadt zu. Es waren jetzt nur noch einige hundert schwerbeladene, müde dahin stapfende Männer, denen ein langer Troß mit Gefangenen, Verwundeten und Beutegut folgte. Das Tempo des königlichen Ochsengefährts war dem erschöpften und ausgelaugten Kriegsvolk eher zu zügig, denn immer wieder fielen einzelne zurück oder ließen sich zur Rast unter schützenden Bäumen am Wegesrand nieder. Von Zeit zu Zeit stockte der ganze Zug. Und auch jetzt noch, kurz vor dem Ziel, machten sich kleinere und größere Gruppen quer durch Wald und Feld davon, um auf dem kürzesten Wege in ihre heimatlichen Dörfer zurückzukehren.

Hin und her geschüttelt wurde der König auf dem Strohsack, unter dem Bärenfell. Er starrte hinauf zu dem Planverdeck, auf das der Regen trommelte. Wenn die Schmerzen, die ihm die Wunde am Oberschenkel bereitete, ein wenig nachließen, schimpfte und fluchte er vor sich hin und rief die Namen von Männern, die er sehen wollte. Es war den Knechten aber fast immer unmöglich, die Leute zu benachrichtigen. Entweder waren sie zu weit voraus oder hingen zu weit zurück, oder sie hatten sich schon abgesetzt. Hin und wieder sprengte ein Reiter heran, meldete etwas und entfernte sich mit Weisungen, die er nicht weitergab. Der Krieg war zu Ende, es gab nichts mehr zu befehlen. Jetzt wollten alle nur noch nach Hause, unter Dächer, an wärmende Feuer, zu den Frauen, zur Winterruhe.

Als die Türme der Stadt endlich auftauchten, kam Leben in die tristen Kolonnen. Von vorn nach hinten wurde die freudige Nachricht durchgerufen. Gleich strafften sich die gebeugten Rücken, und die wunden Füße stampften eiliger durch den Schlamm.

Chlodwig richtete sich auf und befahl dem Knecht auf der Kutscherbank anzuhalten. Sich den Schmerz verbeißend, kletterte er vom Wagen und schrie nach Rufus, seinem Fuchshengst. Man brachte den alten Klepper, von dem er sich nicht trennen konnte, und er ließ sich hinaufhelfen. Inzwischen hatte er seinen Helm aufgestülpt und Gürtel und Wehrgehänge umgeschnallt. Er nahm eine Lanze zur Hand und ritt an die Spitze des Zuges. Nicht elend und schwach, als Verwundeter, wollte er in seine Hauptstadt einziehen.

Dort war alles zum Empfang eines Siegers vorbereitet. Das jubelnde Stadtvolk säumte die Straßen. Blumen, Girlanden und Kränze wurden den Heimkehrenden zugeworfen. Manchem mochte zwar auffallen, daß Chlodwigs Lächeln etwas starr und verkrampft war, daß unter seinem weiten Mantel ein blutdurchtränkter Verband hervorsah und daß ein Knecht, der dicht neben ihm ritt, den König stützte. Doch schon war die Neugier von anderen Bildern gefesselt: Da zogen endlich die lange zurückgesehnten Väter, Ehemänner, Brüder und Söhne ein, schwitzend unter den Lasten des Beutegutes. Da kamen die hochbeladenen Wagen mit dem Anteil des Königs, da folgten mehrere hundert gefangene burgundische Krieger. Wer konnte jetzt noch behaupten, der Krieg sei überhaupt nicht gewonnen und der Sieg nicht vollständig gewesen!

Die Königin erwartete ihren Gemahl am Palasttor. Er saß ab, und sie ging auf ihn zu und wollte ihm den Willkommenskuß bieten. Doch da fiel er hin, kam nicht allein wieder hoch und mußte das letzte Stück getragen werden. Bleich und düster saß er dann in der Halle auf seinem Armstuhl und hörte die Reden der Bischöfe und Kurialen, die sein unvergleichliches Feldherrntalent und seine tiefe Frömmigkeit priesen. Erstmals war er ja als Christ gegen Feinde gezogen, und er hatte den Sieg für den wahren Glauben errungen.

Viel gab es aber auch zu rühmen!

Im Frühjahr, in der Schlacht vor den Toren von Dijon, hatte er Gundobad gleich vernichtend geschlagen. Das war ein Meisterstück der Täuschung gewesen. Denn sein Verbündeter Godegisel führte zu Anfang sein Kriegsvolk auf seiten seines Bruders ins Feld und erst, als das Gemetzel bereits im Gange war, ging er plötzlich zu Chlodwig über. Der völlig überraschte Gundobad ergriff daraufhin die Flucht, und sein Heer wurde größtenteils aufgerieben. Mit den Resten erreichte er Avignon, aber Chlodwig folgte ihm hart auf dem Fuß, schloß ihn ein und belagerte ihn. Zwar konnte sich Gundobad auf die dicken Mauern der Festung verlassen – trotzdem wurde seine Situation zunehmend hoffnungslos. Die Belagerung dauerte Monate, und Chlodwig und seine Franken leisteten derweil ganze Arbeit. Sie verheerten das

Umland, verbrannten die Ernte auf den Feldern, fällten die Olivenhaine, zerstörten die Weinberge, trieben das Vieh fort, legten die Dörfer in Schutt und Asche, versklavten die Bauern. Am Ende des Sommers war die liebliche Landschaft um Avignon eine Wüste. Der verzweifelte Gundobad war genötigt, einen Emissär ins Frankenlager zu schicken und anzubieten, dem Sieger jährlich einen Tribut zu zahlen, wenn er nur abzöge. Darauf ging Chlodwig schließlich ein. Denn das Zerstörungswerk hatte Kraft gekostet, der zähe Widerstand des Landvolks hatte seine Reihen gelichtet, die Jahreszeit war schon vorgeschritten. Nicht zuletzt bedurfte das Bein des Königs, von einem Schwerthieb tief aufgeschlitzt, der Ruhe und häuslicher Pflege. Mit einer ansehnlichen Geldmenge, dem ersten Tribut, zog er ab. Von Godegisel, seinem Verbündeten, der nun auf Gundobads Thron saß und sich als einziger König der Burgunder fühlte, ließ er sich einen Treueid leisten, und auch ihn verpflichtete er zu Jahrestributen. Über Landabtretungen an die Francia sollte erst im Frühjahr verhandelt werden. Einige Hundertschaften unter Führung des Baddo blieben zur Sicherung der neuen Verhältnisse in der Festung Vienne zurück. Das Burgunderreich befand sich unter der Oberhoheit der Francia. Welch ein Triumph!

Den Reden folgte das Siegesgelage. Chlodwig blieb mürrisch und schweigsam, nahm wenig zu sich und zog sich früh zurück. Er ließ sich auf dem Armstuhl ins Schlafgemach tragen, wo er sich auf das Bett legte und von seinem Leibarzt die Wunde behandeln ließ. Nachdem frische Salbe aufgetragen, der Verband erneuert und der Arzt gegangen war, kam die Königin Chlotilde herein. Ohne Einleitung begann sie mit Vorwürfen.

»Du scheinst deine Siegesfeier nicht sehr genossen zu haben. Ich hatte sie mir auch etwas anders vorgestellt! Ich träumte von einem glanzvollen Einzug in Lyon oder Vienne.

Von einem Triumph des wahren Glaubens in einer eindrucksvollen Massentaufe. Statt dessen läßt du dir ein paar Goldmünzen in die Hand drücken und ziehst wieder ab wie ein gedungener Söldner!«

»Mehr war nicht möglich, Frau, begreif das doch!« erwiderte Chlodwig seufzend. »Die Festung Avignon war nicht zu knacken!«

»Und drinnen sitzt Gundobad froh und lebendig und sinnt auf Vergeltung!« schrie sie. »Ich kann es noch immer nicht fassen! Da ziehen Heere ins Feld, um den Mörder meiner Eltern zu strafen, Städte werden in Asche gelegt, ganze Landstriche werden verwüstet – und er kommt davon! Und ich darf mir wohl als Entschädigung von seinem Geld ein Paar Ohrringe kaufen!«

»Du bist ungerecht!« grollte er zurück. »Was verstehst du schon? Du kannst meine Lage nicht beurteilen. Nach der Schlacht bei Dijon ging alles schief. Dein feiner Onkel Godegisel ließ mich im Stich. Er zog wie ein römischer Triumphator in Vienne ein und machte sich über Gundobads Weinkeller her. Wobei ihm dein Heiliger, der Avitus, Gesellschaft leistete. Für mich war mal wieder nur die Drecksarbeit übrig. Ich blieb Gundobad auf den Fersen. Aber was für Truppen hatte ich noch? Nur noch Alamannengesindel – schlechte Kämpfer, nur auf Beute aus, kaum zusammenzuhalten! Die Besten waren bei Dijon schon gefallen. Wie sollte ich mit solchen Haufen die Festung stürmen? Ich hatte ja auch weder Geschütze noch Belagerungstechnik.«

»Und warum hattest du das nicht? Warum warst du auf diesen Fall nicht vorbereitet?«

»Weil ich sicher war, alles in einer Feldschlacht entscheiden zu können! Angeblich konnte ja gar nichts passieren, weil der Allmächtige auf meiner Seite war. Habt ihr mir das nicht immer wieder versichert, du und Remigius? Aber euer Christengott hat mich im Stich gelassen!«

»Unser, sagst du? Als ob er nicht längst auch dein Gott wäre!«

»Ja, ja, auch mein Gott – zu meinem Unglück! Hätte ich nur meine alten Götter behalten. Ein Ohnmächtiger ist euer Allmächtiger!«

»Oh, jetzt lästerst du auch noch den Herrn!«

Die Königin sank auf das Bett und brach in Tränen aus. Ihre nächste Niederkunft stand bevor. Zwei Töchter waren inzwischen noch geboren, von denen aber nur eine überlebt hatte.

Täglich kam es nun zu solchen Auseinandersetzungen. Besonders aufgebracht war Chlotilde, weil das fränkische Heer in ihrer schönen burgundischen Heimat so schrecklich gewütet hatte. Davon hatte sie schon vor Chlodwigs Rückkehr von Flüchtlingen erfahren, unter denen auch Aristokraten aus der Gegend von Vienne waren, die sie kannte. Um ihr nacktes Leben zu retten, war diesen Menschen kein anderer Ausweg geblieben, als zu Verwandten ins Land der verhaßten Franken zu flüchten. Chlotilde warf ihrem Ehemann vor, er habe mit seinen Gewalttaten ihren Onkel Godegisel in den Augen des Volkes so herabgesetzt, daß er sich kaum werde an der Macht halten können. Denn als Verbündeten so brutaler Eindringlinge werde man ihn nur noch verachten und irgendwann umbringen. Und welchen Rückschlag habe der Kampf um die Seelen erlitten! Avitus und alle anderen katholischen Bischöfe seien ja ungewollt mitschuldig an den Massakern und Zerstörungen. Der Mörder Gundobad aber sei der heimliche Sieger. Ihn als Streiter gegen den fränkischen Wüterich werde das Volk nun zurücksehnen, in Scharen würden ihm Kämpfer zulaufen.

Chlodwig wurde es immer lästiger, sich nur noch rechtfertigen zu müssen. Hundertmal schrie er, sinnlose Gewalt sei nicht seine Sache, er habe aber nicht anders handeln können. Die Umstände hätten ihm alles vorgeschrieben. Eine uralte Kriegsregel sei es, Festungen, die man nicht gleich einnehmen könne, durch Aushungern sturmreif zu machen. Dazu sei es notwendig, den Verteidigern jede Möglichkeit zu nehmen, sich aus dem Umland zu versorgen. Er habe auch nur befohlen, dazu das unbedingt Nötige zu tun … doch wie hätte er eine entfesselte Kriegsmeute stoppen sollen, die noch dazu ständig aus Hinterhalten bekämpft wurde. Wäre Chlotildes Onkel Godegisel, höhnte er, nicht so feige und ruhmsüchtig, hätte er sich nicht feiern lassen, bevor sein feindlicher Bruder wirklich besiegt war, sondern hätte mit den Franken weitergekämpft, würde ihm Gundobad in Avignon jetzt keine Beschwerden bereiten.

»Nun muß er selber sehen«, rief Chlodwig, »wie er mit der Eiterbeule an seinem Arsch fertig wird!«

Doch nicht nur die Vorhaltungen seiner Gemahlin, auch Selbstvorwürfe plagten den König. Er hatte sich tatsächlich zu sehr auf die Allmacht seines neuen Gottes verlassen und deshalb die militärischen Vorbereitungen des Unternehmens vernachlässigt. Von den nach der Schlacht bei Soissons übernommenen römischen Legionen gab es nur noch wenige Männer in seiner Palastgarde. Die Befehlshaber waren gefallen oder nicht mehr aktiv. So waren auch die Erfahrungen der römischen Kriegskunst im Heer der Franken kaum noch lebendig. Unter den fränkischen Anführern – dabei schloß er sich selbst nicht aus – war kaum einer imstande, eine gut befestigte Stadt erfolgreich zu belagern. Es gab nur noch wenige Geschützbauer und Konstrukteure von Belagerungsmaschinen. Er hatte versäumt, auf Baddos Rat zu hören und solche Spezialisten in großer Zahl ausbilden zu lassen. Daß er die Schlacht bei Dijon gewonnen hatte, verdankte er, darüber war sich Chlodwig im klaren, nur dem Leichtsinn und der Überheblichkeit Gundobads, der sich trotz Minderzahl seiner Truppen einer Feldschlacht gestellt hatte. Hätte er sich gleich in Dijon belagern lassen, wäre der ganze Feldzug vielleicht schon im Frühjahr unter den Mauern dieser Festung gescheitert.

Das größte Unbehagen bereitete Chlodwig der Gedanke, er könnte sein Heil verloren haben. In schlaflosen Nächten, dazu noch von Schmerzen geplagt, haderte er mit seinem Bekenntnis zum Gott der Christen, das ihm in Augenblicken des tiefsten Zweifels wie eine Selbstentmannung erschien. Eines Nachts, nachdem er sich lange hin und her gewälzt hatte, schrie er plötzlich auf und erhob sich vom Lager. Vergebens forschte Chlotilde, was er vorhatte, vergebens suchte sie ihn zurückzuhalten. Er kleidete sich hastig und nur notdürftig an und wankte, auf einen Stock gestützt, hinunter in die Mannschaftsquartiere. Dort schlug er Lärm und befahl einer Hundertschaft, ihm mit Fackeln zu folgen. Er ließ auch einige alte Männer wecken, die früher als Wodanspriester gedient hatten, und aus den Ställen ließ er die besten Pferde holen, darunter seinen alten Rufus. Mit Männern und Pferden zog er hinauf auf den ehemaligen Wodanshügel. Hier lagen noch Trümmer des niedergerissenen Tempels, daneben erhob sich der Holzbau einer kleinen Kirche. Mit weithin schallender Stimme rief der König, Wodan möge ihm alles verzeihen und das Opfer, das er ihm bringe, annehmen. Dann ließ er die Pferde niederstechen und heulte wie ein trauriger Wolf, als ihn die Alten mit dem Blut seines Rufus bespritzten. Den Rest der Nacht verbrachte er mit den Männern am Feuer, auf den Trümmern sitzend, altgermanische Schlachtengesänge grölend. Zwar waren alle getauft, doch keiner empfand Gewissensbisse, und allen schmeckte der Opferbraten.

Als der König am Morgen in den Palast zurückkehrte, herrschte dort helle Aufregung. Alles umschwirrte die Königin, denn der Schreck über den ungeheueren Frevel ihres Gatten hatte die Wehen ausgelöst. Ein Knäblein war geboren. Es lag bei der Mutter, und Chlodwig wollte es sehen. Er schob die Frauen beiseite und trat an das Bett, doch bei seinem Anblick schrie Chlotilde und schlug das Kreuz gegen ihn, als sei er der Teufel. Da zog er sich lieber zurück.

Die Frauen brachten ihm später das Kind. Es war ein kräftiger kleiner Merowinger, der den Namen Chlothar erhielt.

52

Tagelang weigerte sich Chlotilde, mit dem König zu reden. Wenn er sich zu ihr ans Bett schleppte, zu sprechen anfing und um Verzeihung bat, schwieg sie hartnäckig und sah ihn nur durchdringend und vernichtend an. Dabei war seine Reue aufrichtig. Je mehr er darüber nachsann, desto mehr ärgerte er sich, daß ihn ein Alptraum zu einer solchen Verirrung geleitet hatte. Was für ein Beispiel hatte er seinen Männern gegeben! Woran sollten sie jetzt glauben! Auch die sonst noch angerichteten Schäden waren beträchtlich. Seine edelsten Pferde waren geschlachtet, darunter sein alter, treuer Rufus. Die fast verheilte Wunde am Oberschenkel war durch die Anstrengung wieder aufgebrochen, das Bein war geschwollen, er mußte wieder tagelang liegen.

Bei dem nächtlichen Wodansopfer war auch die kleine Holzkirche in Flammen aufgegangen, wohl eher aus Unachtsamkeit der Fackelträger denn aus heidnischer Zerstörungswut. Der König ordnete nun an, einen Steinbau an derselben Stelle zu errichten und im Innern kostbar auszustatten, wozu er fast den gesamten Jahrestribut des Königs Gundobad hergab. Ein paar Güter aus Fiskalbesitz schenkte er der Kirche. Auch sonst zeigte er nun als Christ großen Eifer. Morgens und abends ließ er sich zur Andacht in die Kapelle tragen und sang besonders laut im Chor der Gläubigen. Chlotilde war schließlich geneigt, ihm auf Bewährung zu vergeben. Sie redeten wieder miteinander, wenn auch vorerst nur Belangloses.

Beim Festmahl im Anschluß an die Taufe des Neugeborenen kam es dann aber wieder zu einer Verstimmung. Chlotilde hatte angeordnet, daß am Königstisch auf dem Podium an der Stirnseite der Halle neben ihr und dem König nur ihre eigenen Kinder mit ihren Betreuerinnen Platz nehmen durften. Inzwischen waren es vier: der sechsjährige Chlodomer, der vierjährige Childebert, das zweijährige Töchterchen Chrodechilde und – auf dem Arm seiner Amme – der Säugling Chlothar. Als der König an den Tisch kam, blickte er sich verwundert um. Es gab keinen freien Stuhl mehr. Wo war Theuderich? Er suchte ihn mit den Augen und fand ihn am Ende eines der langen Gefolgschaftstische unter den jüngsten Antrustionen.

»Einen Stuhl für meinen Sohn Theuderich!« befahl er.

»Warum rufst du ihn denn hierher?« fragte die Königin ungehalten. »Soll er doch unter seinesgleichen sitzen!«

»Seinesgleichen bin ich!« erwiderte der König.

»Aber nicht ich!« gab sie spitz zurück. »Er ist nur der Sohn einer Kebse, die du verstoßen hast.«

»Er ist Merowinger. Das genügt!«

Ein Diener brachte den Stuhl, und der Sechzehnjährige kam herauf.

»Wozu mußte ich dir eigentlich drei Söhne gebären?« zischte Chlotilde dem König ins Ohr. »Sollen sie später vom Sohn deiner Kebse als Unterkönige Befehle empfangen?«

»Jeder bekommt, was ihm zusteht.«

»Wenig genug wird es sein!«

»Es wird reichen.«

Der wiederholte Versuch Chlotildes, Theuderich für alle sichtbar von der Thronfolge auszuschließen und zum Bastard zu machen, war auch diesmal gescheitert.

So hielt die Verstimmung zwischen dem Königspaar an. Es kam zu halbherzigen Versöhnungen, aber auch immer wieder zu mehr oder weniger heftigen Streitereien. Ende

Oktober beschloß der König, sich dem zu entziehen und ein paar ruhige Monate in Berny zu verbringen. Dabei Gesellschaft leisten mußten ihm wie immer Bobo und Ursio.

Man trat die kurze Reise nach Berny in bester Stimmung an. Der König verschmähte den Wagen und bestieg ein Pferd, einen jungen Grauschimmel, den er gelegentlich schon geritten hatte und zu beherrschen glaubte. Er wollte sich selbst und der Gefolgschaft beweisen, daß er kuriert und wieder bei Kräften war. Die ersten fünf Meilen wurden auf dem breiten, von Wäldern gesäumten Sandweg in mäßigem Tempo zurückgelegt. Chlodwig hielt sich straff auf dem Pferderücken, scherzte mit seinen Nebenleuten, sog die lange entbehrte frische Luft ein. Dann aber kam es zu einem Zwischenfall. Gleich hinter einer Wegbiegung lag der Kadaver eines Auerochsen. Die ersten Pferde scheuten, stiegen hoch, sprangen zurück, der ganze Pulk geriet durcheinander. Und plötzlich gingen einige durch, darunter der Grauschimmel des Königs. Im Galopp stürmten sie einen Abhang hinunter. Chlodwig konnte sich nicht halten, noch zu schwach war das verwundete Bein. Der Zügel entglitt ihm, er packte die Mähne des Tiers. Doch beim Sprung über ein Gebüsch wurde er abgeworfen und landete hart auf dem Boden.

Er verlor das Bewußtsein.

53

Das Erste, was Chlodwig wieder wahrnahm, war eine Stimme. Sie schien von weit her zu kommen, sich aber zu nähern. Es war eine weibliche Stimme, die einen fremdartigen Klang hatte.

Anfangs konnte er nur Laute unterscheiden. Dann aber einzelne Wörter, abgerissene Sätze. Schließlich war die Stimme sehr nahe, und deutlich vernahm er die Frage:

»Hörst du mich, König? Fühlst du das?«

Tatsächlich empfand er eine sanfte Berührung. Etwas strich leicht über seinen Hals, seine Brust, seine Arme. Das war ihm angenehm, er seufzte wohlig.

Darauf sagte die Stimme: »Versuche, die Augen zu öffnen! Sieh mich an!«

Er gehorchte, schlug die Augen auf und erblickte nun die Frau, die sich über ihn beugte. Er sah ein Gesicht, das nicht mehr ganz jung, doch von bemerkenswerter Schönheit war, mit dunklen Augen und vollen Lippen. Sein Erwachen zauberte ein Lächeln auf dieses Gesicht.

»Dem Himmel sei Dank!« sagte die Frau. »Du hast das Schlimmste überstanden.«

»Wer bist du?« fragte Chlodwig. Er spürte, daß seine Zunge schwer war. Bei jedem Wort, das er sprach, schien eine eiserne Zange ihm Kinn und Zähne zusammenzupressen.

»Ich heiße Donata«, erwiderte die lächelnde Schöne. »Du bist in meinem Haus, in der Villa Pinetum. Gestern brachte man dich hierher, nach deinem Unfall auf dem Weg nach Berny.«

»Ein Unfall, ja«, murmelte Chlodwig und versuchte, dabei den Mund so wenig wie möglich zu bewegen. »Erinnere mich. Der verdammte Gaul. Das Mistvieh ging mit mir durch.«

»Du bist wohl mit dem Kopf sehr hart aufgeschlagen. Aber sonst hast du keine Verletzungen, nur ein paar Schrammen. Und dein verwundetes Bein ist stark geschwollen. Es muß gekühlt werden. Ich werde den Umschlag erneuern.«

Der König bemerkte jetzt, daß er auf einem breiten Lager zwischen seidenen Bettüchern lag. Plötzlich durchzuckte ihn ein Schreck.

»Wo sind meine Waffen? Wo sind meine Leute?«

Er wollte den Kopf heben. Aber ein Schmerz wie von einem Keulenschlag verhinderte es.

»Beruhige dich!« sagte die Frau, die Scylla hieß und sich Donata nannte. »Deine Leute sind draußen und deine Waffen ... dort auf der Truhe.«

»Gib mir die Franziska ... auch das Schwert.«

»Wozu denn? Du bist hier bei einer Freundin. Wir sind auch schon eine Zeitlang Nachbarn. Doch leider haben wir uns nie kennengelernt. Nur manchmal sah ich dich, König, von weitem, wenn du mit deinem Gefolge vorüberzogst.«

»Wo bin ich hier? Was ist das für eine Villa?«

»Die Villa Pinetum? Es ist ein Geschenk deiner edlen Gemahlin. Auf diesem Gut leben Frauen, die sich von der Welt abgewandt haben und nur noch fromme Werke tun wollen. Da kommt Lupenia, sie bringt frische Tücher. Du erlaubst doch ...«

Eine andere Frau war hereingekommen, noch sehr jung und recht hübsch. Wie Donata trug sie nur eine knapp geschnittene Tunika und einen Umhang, der gerade die Schultern bedeckte. Die beiden Frauen schlugen das Bettuch zurück und machten sich flüsternd an dem geschwollenen

Bein des Königs zu schaffen. Auch der Kopfverband wurde erneuert.

Inzwischen ließ Chlodwig seine Augen umherwandern. Das Zimmer war groß und behaglich eingerichtet, mit Teppichen auf dem Boden und an den Wänden. Schwere Vorhänge bedeckten die Fenster. Ein Kandelaber mit Öllampen spendete Licht. Wohlige Wärme kam vom Fußboden her. Es herrschte römischer Luxus, wie ihn der König in seinen eigenen Häusern nicht kannte.

Die junge Gehilfin huschte hinaus. Die Griechin schloß die Tür hinter ihr. Sie kehrte zu Chlodwig zurück und zog einen Hocker neben das Bett, auf den sie sich setzte. Wieder ließ sie ihre Finger sanft über seine Brust gleiten.

»Magst du es, wenn ich das mache?«

Er grunzte zustimmend.

»Es ist besser, du sprichst nicht, es strengt dich noch an. Vielleicht erinnerst du dich, von mir gehört zu haben. Vielleicht hat deine Gemahlin von mir gesprochen. Ich kam zu ihr aus einem Kloster bei Genf, wo ihre Schwester lebt. Im Auftrag des Bischofs Avitus überbrachte ich ihr Nachrichten. Keine guten Nachrichten, leider …«

Chlodwig gab zu verstehen, daß er nun wußte, wen er vor sich hatte.

»Ich habe gehört, daß du Gundobad, diesen Unhold, bestraft hast«, fuhr die fromme Weltflüchtige fort, wobei sie ihre fürsorglichen Bemühungen verstärkte und sich dabei weit über ihn beugte, damit er die Düfte aromatischer Öle genießen konnte, die ihrem Haar und ihrem Körper entströmten. »Wie froh war ich, als ich das erfuhr! Wie glücklich war ich, daß ich ein wenig dazu beitragen konnte! Als man mir erzählte, du seist siegreich zurückgekehrt, hätte ich mir beinahe ein Herz gefaßt und wäre nach Soissons gekommen, um mich dir zu Füßen zu werfen, um dich zu preisen und dir zu danken. Aber dann dachte ich, daß sich das für eine Frau wie mich – eine Fremde, eine Witwe, eine bescheidene Dienerin Gottes – wohl nicht gehört. So schickte ich nur heiße Dankesgebete zum Himmel. Das konnte Remigius mir nicht verbieten.«

»Was verbietet er dir denn?«

»Soll ich aufrichtig sein? Er wollte nicht, daß du mich kennenlerntest! Der Grund ist mir nicht ganz klar, aber ich ahne ihn. Im Traum erschien mir vor langer Zeit der heilige Martin von Tours, den ich besonders verehre. Der verhieß mir, ich würde dereinst für meine Standhaftigkeit im Ertragen von Leiden und für meine vielen gottgefälligen Werke einen hohen Lohn empfangen. Nicht in meiner Jugendblüte, sondern erst in reiferen Jahren, nach all den Prüfungen würde ich die Liebe eines mächtigen Königs gewinnen! In meiner Einfalt erzählte ich das dem Bischof. Seitdem wachte er darüber, daß es zwischen dir und mir zu keiner Begegnung kam, obwohl ich schon seit drei Jahren hier lebe. Der heilige Mann ist dafür zu loben, er tut es im Namen von Sitte und Moral. Aber wenn es nun einmal göttlicher Wille ist … Soll ich dir etwas gestehen? Jedesmal, wenn ich dich von ferne sah, kam mir wieder jene Verheißung in den Sinn, und ich bat den Herrn um ein Wunder. Ob dieses Wunder nun geschehen ist? Es kann doch nicht nur ein Zufall gewesen sein, daß du vom Pferd stürztest, hier in der Nähe, und daß deine Männer dich in mein Haus brachten. Nein, nein, das konnte kein Zufall sein … ich möchte glauben, daß es das Wunder war! Noch zögere ich … noch bin ich unsicher …«

Sie senkte die Stimme zu einem Flüstern. Er hob die von Narben und grauen Zotteln bedeckte Brust unter ihren streichelnden Händen, und seine große Nase, die seit jenem glorreichen Augenblick, da er Wodan verfluchte, gebrochen und etwas schief war, schnüffelte gierig an ihren Haaren.

»Rück etwas näher!« krächzte er heiser. »Dann verstehe ich dich besser.«

Doch es bedurfte keiner Worte mehr. Rasch warf sie den Umhang und die Tunika ab und glitt zu ihm unter die Seidendecke. Unterwürfig, geschickt und verspielt, unter Nutzung ihrer reichen Erfahrungen mit Herrschernaturen und voller Rücksichtnahme auf seinen geschwächten Zustand verschaffte sie König Chlodwig endlich das reine Glück eines Siegers, das ihm auf dem Schlachtfeld von Dijon, unter den Mauern von Avignon und im Ehegemach von Soissons nicht vergönnt war.

Zur gleichen Zeit saßen nebenan in der Halle der Villa Pinetum Bobo und Ursio mit anderen frommen Frauen beim Becher.

»Sie hat es geschafft!« sagte Bobo lachend, die Hände über seinem mächtigen Bauch gefaltet. »Nun wird uns wohl das Schlimmste erspart bleiben. Sonst hätte Remigius euch noch alle zu Nonnen geweiht.«

»Vielleicht setzt sich die Königin aber doch noch durch«, gab die hübsche Lupenia zu bedenken. »Sie ist schon mißtrauisch geworden. Jedesmal, wenn sie kommt, müssen wir uns die größte Mühe geben, damit sie nichts merkt.«

»Ja, das ist lästig«, fand eine Brünette, die eine durchsichtige Tunika trug. »Diese häßlichen weiten Gewänder aus grober Wolle und das stundenlange Singen und Beten.«

»Ist es wahr, Celsa«, fragte sie Bobo, »daß du unsern Zwerg Ursio einmal unter deinem Nonnenhabit versteckt hast, als die Königin kam?«

»Das stimmt, und das wäre beinahe sehr peinlich geworden«.

»Aber noch peinlicher wäre es geworden«, krähte Ursio, »wenn du den Fettwanst Bobo darunter gehabt hättest. Dann hätte sie dich für schwanger gehalten und gefragt, wie eine fromme Frau zu einem solchen Riesenbalg kommt!«

Die Gesellschaft brach in Gelächter aus.

»Ach, wenn man uns auch zu Nonnen machte«, sagte

Lupenia keck, »was würde sich dann schon ändern! Da unser Bräutigam sich treulos gen Himmel abgesetzt hat, braucht er sich nicht zu wundern, wenn wir es mal mit einem netten Erdensohn tun, der uns Geschenke bringt!«

»Eure Truhen müssen schon hübsch voll sein«, vermutete Bobo.

»Ja, aber wir werden nicht dich zu unserem Schatzmeister machen. Wenn auch der König jetzt unser Gast ist!«

Wieder wurde gelacht. Der Tag der Ankunft des Königs war für die frommen Frauen von Pinetum ein Festtag.

54

Schon bald begann es zu schneien. Ein langer, schneereicher, frostklirrender Winter kündigte sich an. Straßen und Wege wurden unpassierbar, nicht einmal der Lauf der zugefrorenen Flüsse war unter den Schneemassen zu erkennen. Auch über kurze Entfernungen war die Verbindung monatelang unterbrochen.

Chlodwig kam nicht nach Berny, und er kehrte nicht nach Soissons zurück. Den ganzen Winter über blieb er auf dem Gut Pinetum. Die kleine Gemeinschaft hatte sich auf die schlechte Jahreszeit gut vorbereitet, hatte Vorräte angelegt und sich auch auf Gäste eingerichtet, die länger blieben.

Infolge der aufmerksamen Pflege durch die Hausherrin erholte der König sich bald. Zum erstenmal seit langem hatte er viel Zeit. Er fand Gefallen am Müßiggang und an der gemächlichen Abfolge kurzer Tage und langer Nächte. Seine erfindungsreiche Geliebte sorgte dafür, daß er sich nicht langweilte. Sie lehrte ihn Brettspiele, die er früher verachtet hatte und denen er sich jetzt mit Eifer widmete, weit geschickter und erfolgreicher als sein einstiger Vorgänger in der Gunst seiner Lehrerin. Oft wurde auch vorgelesen, und Chlodwig konnte stundenlang den Abenteuern beim »Hinaufmarsch« der zehntausend griechischen Söldner lauschen – Donata besaß die lateinische Übersetzung des Buches von Xenophon. Bis tief in die Nacht erörterte er anschließend beim Becher, meist allein das Wort führend, die tausend Jahre zurückliegenden Geschehnisse und verglich sie mit eigenen Erfahrungen bei Rückzügen und Gewaltmärschen.

Bier und Wein genoß er jetzt schon manchmal im Übermaß. Er hatte die Erfahrung gemacht, daß berauschende Getränke schmerzlindernd wirkten, und irgendeine seiner zahlreichen Verletzungen schmerzte immer. Betrunken sank er dann ins Bett, doch wenn er am Morgen mit schwerem Kopf und steifen Gliedern erwachte, ging er hinaus und machte sich rasch wieder munter, indem er sich mit Schnee abrieb. Oder er nahm eine Axt und zerkleinerte selber das Holz für die hypokaustische Heizung und für das Dampfbad. Und zum erstenmal lernte er die Freuden einer römischen Badeorgie kennen und schätzen, die sich tage- und nächtelang hinziehen konnte. Die Frauen – vorwiegend Töchter und Witwen verarmter Gallorömer, die die Griechin unter diskreter Nutzung alter Beziehungen angelockt hatte und die mit dem, was sie hier bekamen, ihre Familien vor dem Hungertod retteten – umsorgten ihre fränkischen Dauergäste mit frommer Geduld und fanden sich stets zu guten Werken bereit.

Doch dieser angenehme, weltentrückte Winter verging, und Anfang März, mit der Schneeschmelze, trafen die ersten Boten aus Soissons ein. Sie brachten fast täglich Briefe der Königin, und die enthielten alarmierende Nachrichten. Auf dem Kriegsschauplatz des vergangenen Jahres, wo der Frühling schon eingezogen war, gab es wieder Bewegung. Zunächst hieß es, die fränkischen Eintreiber des Jahrestributs seien, als sie vertragsgemäß Anfang Januar in Avignon erschienen, unter Androhung von Gewalt verjagt worden. Unmittelbar darauf schrieb die Königin, der Unhold Gundobad habe Avignon verlassen und marschiere mit einem Heerhaufen die Rhone aufwärts. Dann wußte sie mitzuteilen, daß westgotische Hilfstruppen von Toulouse aus über das Cevennen-Gebirge vorrückten. Wenige Tage später war von der Vereinigung beider Heere und einem gemeinsamen Vormarsch auf Vienne die Rede. König Godegisel, schrieb

Chlotilde, sei in der Stadt, die er vor zehn Monaten als stolzer Sieger und Herrscher über das Gesamtreich betrat, wahrscheinlich schon eingeschlossen.

Die Königin versah alle diese Nachrichten mit der dringenden Aufforderungen zum Handeln. »Willst Du«, schrieb sie, »daß alles, was nach dem ungeheuren Blutvergießen des vergangenen Jahres gewonnen wurde, wieder verlorengeht? Willst Du Deinen treuen Verbündeten, meinen Onkel Godegisel, und die tapferen Verteidiger von Vienne der grausamen Rache des Mörders Gundobad überlassen? Willst Du, Verfechter des wahren Glaubens, weiter in gefährlicher Untätigkeit und in der Befriedigung seiner Genußsucht verharren, während sich die arianische Seuche wieder an Deiner Grenze ausbreitet, kräftig genährt durch ein Bündnis Gundobads mit dem König der Westgoten?«

Die letzte Anschuldigung betraf nun schon Chlodwigs Aufenthalt in Pinetum. Die ersten Boten waren noch nach Berny gesandt worden, wo Chlotilde den König während der Wintermonate vermutet hatte. Man hatte sie von dort nach Pinetum geschickt, und sie hatten bei ihrer Rückkehr nach Soissons berichtet, daß Chlodwig die ganze Zeit dort war. Dies hatte Chlotilde zuerst nicht glauben wollen, doch nachdem sie sich an Remigius gewandt und dieser ihr angedeutet hatte, ihre Freundin Donata könnte den Unfall und die vorübergehende Schwäche ihres Gemahls ausgenutzt haben, gab es für sie keinen Zweifel mehr: Die Undankbare, die falsche Frömmlerin hatte den König in ihre Netze gezogen!

Chlodwig fühlte sich durch Chlotildes Briefe jäh aus seinem winterlichen Idyll gerissen. Er war nicht geneigt, einen Krieg wieder aufzunehmen, von dessen Nutzen er nicht mehr überzeugt war. Allerdings wollte er den Zorn seiner Frau, der schon heftig genug in ihren Briefen brodelte, nicht zum Überkochen bringen. So sandte er ihr hinhaltende Botschaften. Er versprach, ein neues Heer auszurüsten, wozu er freilich noch Zeit brauchte. Er stellte auch die Zuverlässigkeit der Nachrichten aus Burgund in Frage. Die dringende Mahnung, in seine Hauptstadt zurückzukehren und rasche, energische Maßnahmen zu ergreifen, beantwortete er mit Klagen über seine Gesundheit, die ihm auch kurze Reisen auf den noch kaum passierbaren Wegen unmöglich mache.

So vergingen der März und der April. Anfang Mai hatte Chlodwig keine Ausrede mehr und begab sich zurück nach Soissons. Zahllose Rechtshändel hatten sich angehäuft, und mindestens einen Monat lang würde er zu Gericht sitzen müssen.

Chlotilde empfing ihn eisig.

»Es ist alles verloren.«

»Alles verloren? Was heißt das?«

»Mein Onkel Godegisel ist tot. Das Scheusal Gundobad hat ihn umgebracht – mit eigener Hand. In einer Kirche, in die er sich geflüchtet hatte. Seine Anhänger werden verfolgt und ermordet. Aristokraten werden ihren Häusern massakriert, katholische Bischöfe an ihren Altären. Blutbäche fließen durch die Straßen von Vienne. Das ist auch dein Werk, König der Franken!«

Chlodwig blieb gleichmütig.

»Woher wißt ihr das alles so genau?« fragte er Remigius, der der Unterredung beiwohnte.

»Der Diakon Chundo hat es berichtet«, sagte der Bischof. »Er war in Vienne bei Avitus. Ich schickte ihn hin, um bei der Mission zu helfen. Er erlebte dort alles mit. Anfangs hielt er noch durch und schrieb Briefe. Dann mußte er sich verstecken, und schließlich – mit Gottes Hilfe – entkam er.«

»Gundobad hat also Vienne genommen. Was ist mit den Unseren? Mit Baddo und seinen Leuten?«

»Sie verteidigten sich, so gut es ging. Aber die meisten wurden abgeschlachtet wie alle anderen in der Festung. Nur ein Häuflein entkam, dabei war auch Baddo. Chundo begegnete ihm auf der Flucht. Doch ihre Wege trennten sich dann.«

»So ist Baddo nicht hierher zurückgekehrt?«

»Nein«, sagte Remigius seufzend. »Vielleicht fürchtet er, daß du ihn zur Verantwortung ziehst. Auf jeden Fall hat unser Kampf für den wahren Glauben nun einen empfindlichen Rückschlag erlitten. Unser gemeinsames Werk ist von großen Gefahren bedroht. Ich bin aber sicher, daß du dich durch deine Niederlage nicht entmutigen läßt und ...«

»Was redest du, Bischof?« fuhr ihm Chlodwig ins Wort. »Meine Niederlage? Ich war nicht dabei!«

»Nein!« schrie Chlotilde. »Du warst nicht dabei! Du hast es dir gutgehen lassen, hast dich im Lotterbett gewälzt, während der Mörder meiner Eltern unsere Glaubensbrüder abschlachtete! Aber warte nur, was geschehen wird! Der Unhold ist nun auch König in Genf. Er rückt uns näher. Der Sieg gibt ihm Auftrieb, er wird sich rächen. Und Alarich ist an seiner Seite, er hat nun zum zweitenmal erfahren, daß Franken besiegbar sind. Und hinter den beiden lauert Theoderich. Die große arianische Verschwörung! Du stehst allein, unsere Zukunft ist düster ...«

Die Tränen der Königin flossen. Chlodwig blickte ungerührt auf seine Gemahlin. Ihr Gesicht war bleich, spitz und eingefallen, sie schien noch kleiner und schmaler als früher zu sein. Nach sechs Niederkünften hatte die Siebenundzwanzigjährige Schönheit und Jugendfrische eingebüßt. Der Kummer der letzten Monate und ihr Hang zu religiöser Askese hatten ein übriges getan. Chlodwig fand nichts mehr an ihr, was seine Sinne reizte. Aber sie stammte aus einem bedeutenden Königsgeschlecht, und sie hatte ihm drei Söhne geboren, die lebten und kräftig heranwuchsen.

Das waren ihr Erbe und ihr Verdienst, und deshalb würde er sie behalten.

Er mied fortan jedoch das Ehelager. Schon nach wenigen Tagen, nachdem er die wichtigsten Angelegenheiten in seiner Hauptstadt erledigt hatte, kehrte er zurück nach Pinetum.

55

Die Ereignisse im Burgunderreich hatten Chlodwig stärker getroffen, als er eingestand. Auch unter dem Dach der frommen Frauen war er jetzt in sich gekehrt und übellaunig. Nicht einmal die Ver- und Entkleidungen, mit denen Scylla ihn stets gut unterhalten hatte, konnten ihn aufheitern. Sonst hatte er sich immer entzückt die Schenkel geschlagen und begehrlich aufgestöhnt, wenn sie hinter dem Wandschirm hervortrat – als Göttin Aphrodite oder Diana, als Königin Helena oder Kleopatra, als Kaiserin Messalina oder Faustina. Was sie jetzt auch an Kleidern, Tüchern, Schuhen, Perücken und Schmuck aus ihren Truhen hervorzauberte, um sich blitzschnell in eine dieser verführerischen Berühmtheiten zu verwandeln ... nichts entlockte ihm mehr als ein müdes Lächeln.

»Mein armer König«, sagte sie, während sie nach einem dieser Auftritte neben ihm niedersank und ihren Kopf an sein Knie legte. »Du fühlst dich schuldig und bist niedergeschlagen. Aber warum? Weil deine Gemahlin dir vorwirft, sie nicht gerächt zu haben? Bist du eigentlich ganz sicher, daß Gundobad den Vater und die Mutter deiner Frau umgebracht hat?«

»Was soll das? Wozu diese Frage?«

»Es könnte doch sein, daß es nicht wahr ist.«

»Wie?«

»Vielleicht sind sie ganz anders gestorben. Und er ist unschuldig.«

»Gundobad – unschuldig?«

»Dann hättest du gegen ihn Krieg geführt, ihn geschlagen, vertrieben, belagert ... obwohl du dazu überhaupt keinen Grund hattest.«

Er beugte sich über sie, um ihr ins Gesicht zu sehen.

»Was fällt dir da plötzlich ein? Wie kommst du darauf?«

»Weil ich es ungerecht finde, daß die Königin dir Vorwürfe macht. Keine Schuld, keine Rache. Ist es nicht so?«

»Das ist wahr. Aber leider hat sie recht. Jetzt ist alles verloren, der ganze Krieg war umsonst. Der Schurke ist obenauf, und ich liege am Boden!«

»Du verstehst nicht, was ich dir sagen will.« Sie setzte sich neben ihn auf die Polsterbank, schmiegte sich an ihn und sah ihn groß an. »Höre mir zu! Höre mir jetzt aufmerksam zu, und antworte mir! Woher weißt du eigentlich, daß König Gundobad die Eltern deiner Frau umbrachte, brutal und erbarmungslos – den Vater eigenhändig, die Mutter durch seine Leute? Von wem weißt du das?«

»Von wem ich das weiß? Nun, von ihr. Von Chlotilde.«

»Und sie? Von wem erfuhr sie es?«

»Von ... Von Remigius. Und ...«

»Und ?«

»Von dir.« Er starrte sie an und wiederholte: »Von dir! Ich kannte dich ja noch nicht. Sie sagte: ›Da ist eine Nonne gekommen, aus Burgund ... eine aus einem Kloster bei Genf, wo meine Schwester ... Hergeschickt hat sie dieser ... dieser ...‹«

»Bischof Avitus.«

»Ja, Avitus. Na, und weiter? Was stimmt daran nicht? Ist es nicht so gewesen?«

»Ich kam aus einem der Klöster bei Genf. Ich kam auch von ihrer Schwester. Der Bischof Avitus hat mich hergeschickt. Aber was ich berichtete, war nicht die Wahrheit.«

»Nicht die Wahrheit?«

»Es war nicht einmal die halbe Wahrheit. Es war überhaupt nichts. Es war das Hirngespinst einer verrückten Nonne.«

»Was sagst du? Ein Hirngespinst?«

»Wenn du keinen anderen Grund für den Krieg hattest ... diesen gab es nicht!«

Er rückte ein Stück von ihr ab und lachte ungläubig auf.

»Wenn du Spaß machen willst, erzähle mir etwas anderes. Mit solchen Sachen kommst du heute bei mir nicht gut an.«

»Ich erzähle dir jetzt, was damals wirklich geschah, in dem burgundischen Kloster. Die Nonne Chrona, die Schwester deiner Gemahlin, machte sich an mich heran und beklagte sich über ihr Schicksal. Sie war voller Wut auf ihre Onkel, die Könige, auf ihre Mutter, auf Avitus, auf alle Welt. Während man ihre jüngere Schwester an einen König verheiratet hatte – an dich –, hatte man sie hinter Klostermauern gesperrt und vergessen. Ich merkte gleich, daß über dem Unrecht, das sie so heftig empfand, ihr Geist gelitten hatte, denn manchmal geriet sie vollkommen außer sich, schrie und tobte und mußte gewaltsam beruhigt werden. Dann aber sprach sie wieder vernünftig, so daß man ihr Glauben schenken konnte. Eines Tages schlich sie in meine Zelle und sagte, sie werde mir ein Geheimnis ihrer Familie enthüllen. Man trachte ihr nach dem Leben, die Nonnen würden sie vergiften, weil sie etwas wisse, was sie nicht wissen dürfe. Und dann erzählte sie mir die Geschichte vom Tod ihres Vaters durch das Schwert seines Bruders, des Königs Gundobad. Wenn man sie umgebracht habe, sagte sie, solle ich zu ihrer Schwester, der Königin Chlotilde gehen und ihr alles berichten, damit der Vater gerächt werde. Ich hatte Angst, zuviel zu wissen, und als Avitus das Kloster besuchte – was öfter geschah –, erzählte ich ihm, was Chrona mir anvertraut hatte. Da lachte er nur und sagte, das habe sie sich in ihren verrückten Kopf gesetzt, um dem

König, ihrem verhaßten Onkel, eine böse Tat anzuhängen. Nichts sei daran wahr. Er selber, Avitus, habe am Sterbebett des Vaters der Schwestern, des Königs Chilperich gesessen, der an einem Fieber gestorben sei.«

»Verflucht!« sagte Chlodwig. »Dann ist also Gundobad ganz legitim zum Königreich von Vienne gekommen. Weil Chilperich keine Söhne hatte, fiel es ihm, als dem ältesten Bruder, nach der burgundischen Erbordnung zu! Und warum hat Avitus dich hergeschickt? Warum habt ihr Chlotilde aufgehetzt? Was ist mit der Mutter? Wurde auch sie nicht von ihm ermordet?«

»Frau Caratene starb friedlich in ihrem Bett. Sie war schon sehr gebrechlich.«

»Da soll doch Donar mit seinem Hammer dreinfahren! Und trotzdem habt ihr behauptet ...«

»Warte, laß mich alles berichten! Ich bin unschuldig, denn ich wurde genötigt. Die Nonne Chrona kam eines Tages wieder zu mir, um zu erzählen, daß nun auch ihre Mutter tot und daß auch dies das Werk ihres Onkels, des Königs Gundobad, sei. Das habe sie von einem Mönch erfahren. Und dann erzählte sie mir die Geschichte von den Schergen des Königs, die Frau Caratene in den Brunnen geworfen hatten. Diesmal forderte Chrona mich auf, gleich zu ihrer Schwester, der Königin, zu gehen und alles zu enthüllen. Ich wandte mich abermals an Avitus, und wieder lachte er und klärte mich darüber auf, wie die alte Frau wirklich gestorben war. Ich war erleichtert und hielt die Angelegenheit für erledigt. Nur das ständige Drängen der geistesgestörten Nonne war lästig. Dauernd fragte sie, wann ich nun endlich nach Soissons reisen werde. Da – nur wenige Tage später – erschien der Bischof Avitus erneut im Kloster, ganz überraschend. Er ließ mich rufen und sagte mir, er habe sich mit dem König Godegisel beraten. Nach reiflichem Nachdenken sei man zu der Erkenntnis gelangt, die Nonne Chrona habe mir die Wahrheit gesagt. Der König Gundobad sei der Verbrechen schuldig! Das habe außerdem eine geheime Untersuchung ergeben. Auch Chronas Forderung, gleich ihre Schwester Chlotilde zu unterrichten, sei vernünftig. Ich widersprach heftig und flehte ihn an, diese Behauptungen einer Irrsinnigen nicht ernst zu nehmen und Königin Chlotilde nicht gegen ihren Onkel Gundobad aufzuhetzen. Ich machte Avitus darauf aufmerksam, was für schreckliche Folgen das haben könnte: Krieg, Unglück, Vernichtung. Er aber wollte nichts davon hören und sagte nur, alles geschehe im Namen des Herrn. Und er befahl mir, sofort hierher zu reisen!«

»Und warum hast du dich nicht geweigert?«

»Das konnte ich nicht. Denn ich war von seiner Gnade und Barmherzigkeit abhängig.«

»Du hättest Chlotilde die Wahrheit sagen können!«

»Unmöglich! Remigius war ja immer dabei. Er hatte schon eine geheime Botschaft empfangen, bevor ich hier eintraf, denn er wußte über alles Bescheid. Ich hatte auch Angst vor deiner Gemahlin. Mir schien, sie hörte, was ich berichtete, nicht ungern. Das alles hatte für mich den Anschein einer geheimen Verabredung, gegen die ich, eine arme, heimatlose Fremde, machtlos war. Eine einzige Hoffnung blieb mir.«

»Und welche?«

»Daß man mich auch zu dir führen würde. In dem Fall wollte ich meine Angst überwinden, mich dir zu Füßen werfen und alles gestehen. Denn ich war sicher, du würdest mir glauben und das Unheil, das ich voraussah, könnte vermieden werden. Aber man wußte zu verhindern, daß wir einander begegneten. Schon am nächsten Tag ließen sie mich hierher bringen und verboten mir, das Gut zu verlassen. Und sie nahmen mir das feierliche Versprechen ab, über das, was mich in die Francia geführt hatte, mit niemandem zu reden. So war ich hier so gut wie lebendig begraben. Und wenn ich mir und den Frauen manchmal ein bißchen Vergnügen gönnte, geschah das nur, um meine Verzweiflung zu betäuben. So war das, mein Geliebter. Und nun sind wir uns doch noch begegnet. Aber wenn uns nicht nach drei Jahren ein Zufall zu Hilfe gekommen wäre ...«

»Warum erzählst du mir das alles erst heute?« fragte Chlodwig.

»Was hätte es denn für einen Sinn gehabt, dir zu sagen, du hättest zu Unrecht Krieg geführt! Dich gegen Menschen einzunehmen, denen du vertrautest! Ich glaubte ja auch, du hättest gesiegt und Gundobad hätte auch sonst viel Unrecht auf sich geladen und läge am Boden. Und ich dachte, daß sie vielleicht doch im Recht waren, weil sie im Namen des wahren Gottes unbedingt diesen Krieg wollten und dazu einen Anlaß brauchten!«

»Ein Komplott!« sagte Chlodwig. »Ich ahnte es, und jetzt sehe ich klar. Chlotilde und ihre Heiligen! Ein Komplott, und ich lasse mich darauf ein. Verbünde mich mit dem Schwächling Godegisel. Verliere diesen verdammten Krieg! Das passiert, wenn man sich auf Götter verläßt, die sich von Menschen ans Kreuz schlagen lassen!«

Er schwieg lange, stierte vor sich hin und murmelte nur ab und zu Flüche und Verwünschungen.

Die Griechin beobachtete ihn und war mit sich zufrieden. Sie war ein Opfer, sie war mißbraucht worden. Nie würde er die ganze Wahrheit erfahren – und wer kannte die schon? Auch sie selber nicht. Die Greuelgeschichten vom Tod ihrer Eltern hatte ihr die Nonne Chrona, die vielleicht gar nicht geisteskrank war, ja tatsächlich erzählt. Und sie war dann zum Bischof Avitus gegangen, der König Gundobad anfangs für unschuldig, später aber – nach einer Beratung mit König Godegisel – für schuldig erklärt hatte. Man wollte die Franken in den Krieg gegen Gundobad hetzen, und sie selber wollte das auch, weil sie erwartete, daß Chlodwig siegen und dann gleich den nächsten Schlag gegen den treulosen Alarich führen würde. So hatte sie den gefährlichen Auftrag gern übernommen, damit jedoch den vorgezeichneten Gang der Ereignisse nur ein wenig beschleunigt, nichts weiter. Und jetzt hatte sie Chlodwig einen Teil der Wahrheit bekannt, um vorzubeugen. Diejenigen, die den verlorenen Krieg gewollt hatten, hätten sich früher oder später auf sie herausreden können, weil mit den Beschuldigungen der Nonne Chrona alles ausgelöst wurde. Es war gutgegangen: Sie war ein Opfer, und Chlodwig glaubte ihr.

Dann aber nahm das Gespräch eine überraschende Wendung, die sie nötigte, noch mehr zu bekennen. Denn plötzlich sah sie sich in höchster Gefahr.

»Du verzeihst mir«, sagte sie nach einer Weile, »daß ich ohne Absicht in diese Geschichte hineingeriet und daß ich zum Werkzeug eines Ränkespiels wurde?«

»Du hast mir die Wahrheit gesagt«, erwiderte Chlodwig. »Es gibt nicht viele, die einem König die Wahrheit sagen und denen er vertrauen kann. In schlechten Zeiten wird es einsam um ihn. Sogar mein bester Feldherr hat mich verlassen.«

»Dein bester Feldherr? Wer ist das?«

»Nun, Baddo.«

»Baddo?« rief Scylla.

»Ja«, sagte Chlodwig, »Baddo. Ich habe dir doch von ihm erzählt. Ein ausgezeichneter Feldherr. Mein Blutsbruder. Aber in Vienne hat er versagt. Und nun hat er sich abgesetzt.«

»Ich hoffte, er sei dort mit umgekommen!« flüsterte sie.

»Er soll unterwegs nach Genf sein.«

»Nach Genf?«

»Das berichtete mir der Mann des Remigius. Aber was hast du? Was heißt das: du hofftest, er sei in Vienne …?

Kennst du ihn denn? Hattest du mal mit ihm zu tun? Gibt es da etwas, was ich nicht weiß?«

Er sah sie scharf an. Sie schwieg verwirrt, Schweiß trat ihr auf die Stirn.

»Es gibt noch manches, das du nicht weißt«, sagte sie mit einem schmerzlichen Lächeln. »Denn wie hättest du mich lieben können, wenn ich dir gleich alles gestanden hätte?«

»Gleich alles gestanden? Was hast du getan?«

»Nichts Unrechtes. Doch es gibt Menschen, die mich für alles, was ich tat, verurteilen. So brachte ich mal einen Sohn zur Welt.«

»Das ist kein Verbrechen. Was ist mit ihm? Ist er gestorben?«

»Er lebt. Man hat mich von ihm getrennt. Sein Vater hat ihn mir weggenommen.«

»Wer ist das? Dieser Heilige etwa? Avitus?«

»Nein. Es ist der König der Westgoten, Alarich.«

Einen Augenblick lang verschlug es Chlodwig die Sprache.

Dann sagte er spöttisch: »Sieh einmal an! Was da zum Vorschein kommt … die Fromme! Mit dem König der Westgoten hat sie es getrieben. Der Mehlsack aus Seide hat ihr ein Kind gemacht. Dann kommt sie wohl auch nicht aus Genf, sondern aus Toulouse.«

»Ja, denn man hatte mich dorthin verschleppt.«

»Verschleppt?«

»Als Gefangene. Ich gehörte zum Hof des Syagrius. Nachdem man ihn dir an der Loire ausgeliefert hatte, brachte man uns alle nach Toulouse. Der König sah mich und begehrte mich. Was sollte ich tun? Ich wurde seine Geliebte und die Mutter seines Kindes. Seines einzigen Sohnes Gesalich. Er versprach sogar, mich zu heiraten. Aber dann beugte er sich dem Druck Theoderichs und nahm dessen Tochter zur Frau. Die war eifersüchtig und wollte mich töten. Ich floh ins Reich der Burgunder. In Vienne warf ich mich dem Avitus zu Füßen. Er schützte mich vor den Goten, gab mich als Witwe eines Aristokraten aus und versteckte mich in dem Kloster bei Genf. Seitdem lebte ich von seiner Gnade und mußte tun, was er mir befahl. So kam ich hierher.«

»Du warst also vorher am Hof des Syagrius ...«

»Das war ein noch größeres Unglück! Alarich war wenigstens jung. Er dagegen ...«

»Wie?« rief Chlodwig. »Du hast auch mit dem ...?«

»Kann eine hilflose Frau sich wehren, wenn ihre Schönheit einen Mächtigen anzieht? Ja, ich mußte diesem Scheusal zu Willen sein, diesem alten, fetten Wüstling. Zuvor hatte er meinen Ehemann umbringen lassen, einen edlen Römer, den ich sehr liebte. Er hieß Ogulnius, war Gesandter des Kaisers Julius Nepos, ich war mit ihm aus Italien gekommen. Syagrius behauptete, Ogulnius trachte ihm nach dem Leben, und stiftete einen Franken, der mir ebenfalls nachstellte, zu diesem Mord an. Der Franke erstach meinen Gatten, doch Syagrius betrog ihn. Statt des versprochenen Lohns, nämlich mich, bekam er die Sklavenkerbe ins Ohr und wurde nach Spanien geschickt. Heimlich verhalf ihm Syagrius aber zur Flucht.«

Chlodwig hatte zuletzt mit gespannter Aufmerksamkeit zugehört. »Er selber, sagst du, verhalf diesem Franken zur Flucht?«

»Ja. Denn er versah ihn mit einem Auftrag.«

»Welchem?«

»Dich zu ermorden.«

»Du sprichst von Baddo?« rief Chlodwig.

»Ja«, sagte Scylla verächtlich. »Von diesem einäugigen Unhold, der nur hassen kann. Du siehst, auch er gehört zu meiner Geschichte. Und ich kann dir die Wahrheit über ihn nicht mehr ersparen.«

»Du also bist diese Frau, von der er mir so viel erzählt hat.«

»Lügen natürlich!«

»Aber du heißt nicht Donata. Er sprach von … von …«

»Scylla. Das ist mein richtiger Name. Avitus empfahl mir, ihn zu ändern, und dabei blieb es bis heute. Mein Vater war ein griechischer Fürst und Feldherr des Kaisers.«

»Baddo sprach von der Tochter eines Schiffskapitäns.«

»Natürlich versuchte er, mich herabzusetzen. Er verfolgte mich, er lauerte mir auf. Mehrmals entkam ich ihm nur mit letzter Not. Im Prozeß sagte ich wahrheitsgemäß gegen ihn aus, und das gab den Ausschlag für das Urteil. Ich ahnte allerdings nicht, was Syagrius mit ihm vorhatte. Daß er hoffte, Baddo würde dich ermorden, erfuhr ich erst auf unserer Flucht nach Paris. Ich kenne eure fränkischen Bräuche nicht, aber es muß da eine alte Geschichte gegeben haben, irgend etwas mit einer Blutrache, die sein Vater unterlassen hatte, und die er nachholen wollte. Syagrius jedenfalls wußte, daß Baddo dir mal vor irgendwelchen Kumpanen den Tod geschworen hatte. Also ließ er ihn heimlich befreien, damit er dich umbrachte. Syagrius hatte furchtbare Angst vor dir.«

»So war das also«, murmelte Chlodwig.

»Ja, so war das. Baddo hat es ja dann nicht getan. Er wurde bei dir ein großer Heerführer. Aber ich habe ihn kennengelernt und bin nicht sicher, ob du ihm trauen solltest. Wenn er am Leben ist … wer kann wissen, was er noch vorhat! Hätte ich das alles am Abend vor der Schlacht geahnt, wäre ich wohl zu dir gekommen, um dich vor ihm zu warnen.«

»Am Abend vor der Schlacht?«

»Als du Syagrius herausfordertest. Als ich mich in dich verliebte. Niemals hatte ich einen so herrlichen jungen Helden gesehen! Wie du vor ihm standest, hoch aufragend, mit flammendem Blick, die Faust an der Streitaxt. Diesen Anblick vergesse ich nicht, er hat sich mir unauslöschlich eingeprägt. Ach, warum habe ich damals gezögert! Ich hätte mich dir gleich in die Arme stürzen und dir in dein Feldlager folgen sollen. Wieviel Unglück hätte ich mir erspart, wieviel Glück gewonnen! Aber ich brachte dazu nicht den Mut auf. Und das sollte ich büßen: mit Flucht, Verfolgung, Demütigung, Beraubung, mit einem Leben voller Gefahren und Niederlagen. So viele Jahre mußten vergehen, bis das Schicksal uns doch noch zusammenführte.«

Immer wieder warf sie die Arme um seinen Hals, bedeckte die Narben und Furchen seines Gesichts mit Küssen.

»Ich habe Angst!« flüsterte sie. »Laß mich nicht untergehen, halte mich fest! Die Gefahr kehrt zurück, ich spüre es. Sie ist schon ganz nah, sie ist hier. Feinde hatte ich immer. Sie neideten mir meine Schönheit, mein Glück, meinen Aufstieg. Viele wollten mich vernichten. Besonders einer verfolgt mich schon lange, und der wird mich jetzt suchen!«

»Ich wußte es«, sagte Chlodwig wie zu sich selbst. »Erst ahnte ich es, dann wurde es mir klar. Er hatte es schon als Knabe versucht. Doch es gelang nicht, und er verlor das Auge dabei. Dann wollte er mich in der Waldburg töten. Ich überwand ihn und ließ mich täuschen. Er hätte es sogar noch öfter tun können. Aber er nahm sich Zeit. Er hatte ja noch anderes zu tun. Im Krieg gab es dazu gute Gelegenheit, und er wurde mein Feldherr. Allmählich dämmerte mir, was er vorhatte. Da warf ich ihm einen fetten Brocken hin, meine Verwandten. Ich war ja sicher, daß er in seinem Haß auf uns Merowinger gründlich sein würde. Aber dann dachte ich, daß ihm dreißig Merowinger vielleicht noch nicht reichen. Und hielt es für besser, ihn loszuwerden. Selber tun wollte ich es nicht, immerhin war er einmal mein

Freund und Blutsbruder. So stellte ich ihn auf gefährliche Posten. Aber er hat ein zähes Leben. Vielleicht schützen ihn auch Dämonen. Ich jagte ihn mit der Vorhut gegen die Alamannen – er kam davon. Ich schickte ihn über die Loire, mitten hinein ins Land der Feinde, nach Tours und Bordeaux – er wurde nicht einmal verwundet. Im Herbst ließ ich ihn in Vienne zurück. Gehaßte Besatzer trifft es schnell! Es kam anders. Er konnte fliehen.«

»Und nun sucht er mich in Genf«, sagte Scylla. »In Vienne muß er erfahren haben, daß ich dorthin ging. Und da er mich dort nicht findet, wird er hierherkommen.«

»Ja«, sagte Chlodwig, »das wird er wohl. Ich kenne ihn, er ist unversöhnlich. Auch wenn es sein Verderben wäre – er würde die Genugtuung vorziehen.«

»Was wirst du tun?« schrie sie.

»Was ich tun werde?« Chlodwig starrte sie eine Weile stumm und nachdenklich an. »Auf jeden Fall«, sagte er dann, »fange ich nie wieder einen Krieg an, ohne sicher zu sein, daß ich gewinne.«

56

In der nächsten Zeit galt es, die Kriegsfolgen zu überwinden und die Francia im Innern zu stärken.

Chlodwig hielt sich nun wieder häufig in seiner Hauptstadt auf und entschied an Ort und Stelle die zahlreichen Rechtsangelegenheiten, die sich angehäuft hatten. Wenn es sich bei den Angeklagten um junge, frei geborene Männer handelte, verzichtete er meist auf harte Strafen und steckte die Schuldigen in die arg dezimierten Abteilungen seiner Gefolgschaft. Er brauchte zwei Jahre, um seine ständige Streitmacht auf den früheren Mannschaftsstand zu bringen. An eine Wiederaufnahme des Burgunderkrieges dachte er nicht mehr.

Königin Chlotilde beharrte auch nicht auf einem weiteren Waffengang gegen den vermeintlichen Mörder ihrer Eltern und die »arianische Verschwörung«. Remigius konnte sich endlich durchsetzen, und alle Kräfte wurden nun erst einmal auf die Mission in der Francia konzentriert. Vor allem in den nördlichen, vorwiegend von Franken besiedelten Gebieten mußte von Zeit zu Zeit wieder ganz von vorn begonnen werden. Noch immer gingen Kirchen in Flammen auf, und Priester wurden erschlagen. Mit jedem Schub von Zuzüglern von der anderen Seite des Rheins gewannen Wodan und Donar wieder Boden. Chlotilde machte, stets begleitet von Remigius, im Lauf des Sommers mehrere Reisen in die alten Stammesgebiete von Tournai, Cambrai und Tongeren. Sie nahm an Priesterweihen und Massentaufen teil und spendete nach wie vor viel Geld für den Kirchenbau. Immer wieder unternahm sie es, auf fiskalischen Gütern Klöster zu gründen. Solche Mönchsgemeinschaften hatten oft keine lange Lebensdauer, aber sie hinterließen Spuren.

Daß Chlodwig sich eine Geliebte hielt, hatte Chlotilde nur kurzzeitig aufgebracht. Bald verursachte es ihr keinen Kummer mehr. Im Grunde war es ihr recht, nach der Geburt von sechs Kindern ihrer ehelichen Pflichten enthoben zu sein, die sie zuletzt als lästig empfunden hatte. Wie viele junge Frauen hatte sie sterben sehen, weil nach acht, zehn, zwölf unmittelbar aufeinander folgenden Schwangerschaften ihre Lebenskraft aufgezehrt war. So hoffte sie jetzt, sich erholen zu können und ein höheres Alter zu erreichen als die meisten. Sie wollte ihr künftiges Leben zwei großen Aufgaben widmen: dem Dienst an ihrem Gott und dem Kampf um das Erbe ihrer Söhne, der künftigen Frankenkönige.

Denn dies war die größte Sorge der Königin: Ihr Ältester, Chlodomer, war erst sechs Jahre alt, und er hatte einen elf Jahre älteren Halbbruder – Theuderich. Der war nach dem Gesetz der Franken längst volljährig, hatte bereits zwei Kriege mitgemacht und war der Liebling seines Vaters. Chlodwig ließ ihn kaum von seiner Seite. Es gab keinen Zweifel, daß er ihn darauf vorbereitete, notfalls ohne Übergang seinen Platz einzunehmen. Theuderich war sein jüngeres Ebenbild, ein langer Kerl mit kantigen Zügen, kühnem Blick, raschen Bewegungen. Er besaß nicht die Verstandeskraft seines Vaters, dafür aber dessen Kämpfernatur, und diese war bei ihm noch elementarer, noch kraftvoller, noch unbändiger. Er war ein Raufbold und häufig in Händel verstrickt, aber auch ein geborener militärischer Führer. Schon der Sechzehnjährige hatte in der Schlacht bei Dijon einige Proben dafür geliefert, was noch von ihm zu erwarten war. Chlodwig erkannte diese Begabung und nutzte sie. Bei der Neuformierung des Heeres war Theuderich seine rechte Hand, ein schon fast vollkommener Ersatz für Baddo.

Chlotilde würde ihn später gern als Feldherrn im Dienst eines ihrer Söhne sehen, womöglich sogar aller drei. Aber Chlodwig beharrte darauf, daß auch ihm, dem Sohn der Verstoßenen, ein Reichsanteil zukomme, als Ältestem sogar der größte. Die Königin zitterte bei dem Gedanken, ihr Gemahl könne schon jetzt an einer seiner Krankheiten oder Verwundungen sterben. Würde Theuderich dann nicht das Ganze an sich reißen – mit nicht auszudenkenden Folgen für sie und ihre Kinder?

Auch Scylla dachte wieder öfter an ihren Sohn, den sie manchmal schon fast vergessen hatte. Gesalich, der am Gotenhof in Toulouse lebte, mußte inzwischen zehn Jahre alt sein. Von Reisenden hörte sie, daß er noch immer der einzige Sohn und Erbe des Königs Alarich war. Allerdings hieß es zuletzt, die Königin Thiudigotho sei schwanger. Seit es Scylla gelungen war, Chlodwigs Geliebte zu werden, hatte sie vorsichtig angefangen, sich wieder ein Bild ihrer Zukunft zu malen, und darin trat Gesalich jetzt immer deutlicher als eine Hauptfigur hervor. Lagen solche Gedanken nicht nahe? Wie oft hatte sie Chlodwig sagen hören: »Wenn mit den Burgundern alles erledigt ist, kommt irgendwann auch Alarich dran, dieser Schlappschwanz, dieser Feigling, dieser Mehlsack! Er ist der Nächste, den ich fertigmache!« Das hatte angenehm in ihren Ohren geklungen. Das war ja ihre Hoffnung gewesen. Nun war zwar mit den Burgundern nicht »alles erledigt«. Aber was hinderte ihn daran, Alarich trotzdem »fertigzumachen«? Und brauchten die Goten dann nicht einen Herrscher, der ein Königsproß, aber dem Sieger gegenüber loyal war? Und wäre es in dem Fall nicht das Beste, den minderjährigen König Gesalich unter eine dem Frankenkönig treue Regentschaft zu stellen – die seiner Mutter?

Vorerst waren das Träume. Nichts deutete darauf hin, daß sie in absehbarer Zeit Wirklichkeit werden könnten. Doch seit Scylla durch ihr kühnes Geständnis aus halben Wahrheiten und ganzen Lügen den König vollkommen für sich eingenommen hatte, war sie von Zuversicht erfüllt. Ihre Stellung entsprach durchaus der einer Nebenfrau, sie fühlte sich anerkannt. Der König besuchte sie mindestens zweimal im Monat. Die Geschenke, die er mitbrachte, hatten jedesmal den Wert eines Vermögens. Um ihr die Angst vor dem geisterhaften Rächer zu nehmen, waren zwei Hundertschaften nach Pinetum verlegt worden, die das Gut mit den frommen Frauen wie eine königliche Festung bewachten.

Eines Tages, es war im August, erschien Chlodwig in Pinetum und sagte gleich bei seiner Ankunft: »Nur für eine Nacht. Ich muß morgen früh fort.«

»Wohin?« fragte Scylla.

»Nach Auxerre.«

»Auxerre? Aber das liegt doch im Burgunderreich!«

»Richtig. Gleich hinter der Grenze.«

»Wie? Gibt es doch wieder Krieg mit denen?«

»Im Gegenteil. Ich reise dorthin, um einen lieben Freund zu umarmen. Einen sehr lieben Freund!«

»Und wer soll das sein?«

»König Gundobad.«

Er lachte schallend, als er ihre entgeisterte Miene sah.

»Die Sache geht von Avitus aus«, erklärte er später. »Der rührt schon wieder in allen Töpfen. Dabei hat Gundobad erst im Frühjahr sämtliche katholischen Bischöfe kaltgemacht, die waren ja alle bei Godegisel. Avitus kam als einziger davon ... der Teufel weiß, wie er das angestellt hat! Chlotilde behauptet, Gundobad habe ihn verschont, weil er ein Heiliger ist. Nicht sehr wahrscheinlich! Ich glaube, Remigius kommt der Sache näher. Avitus hat Einfluß auf Sigismund, Gundobads Sohn, sagt er, der Bischof soll auch mal dessen Erzieher gewesen sein. Dieser Sigismund ist jetzt Unterkönig in Genf. Vermutlich hat er seinem Alten gesagt: ›Hände weg von meinem Avitus!‹ Jedenfalls scheint mir Sigismund ebenfalls hinter der Sache zu stecken, er wird auch in Auxerre dabeisein.«

»Hast du die Einladung über Remigius erhalten?«

»Avitus hat bei ihm angefragt, und Remigius fühlte erst mal bei mir vor. Er machte ein bißchen in Zerknirschung, suchte den Schaden einzudämmen. Der Anlaß zum Krieg – ein Irrtum ... Avitus – nun fest überzeugt, daß Gundobad am Tod von Chlotildes Eltern unschuldig sei ... Kein Grund mehr zur Feindschaft ... Sigismund sei sogar geneigt, zur römischen Kirche überzutreten ...«

»Diese Heuchler!« sagte Scylla verächtlich. »Auf einmal ist Gundobad wieder unschuldig. Wahrscheinlich wollen sie etwas von dir.«

»Bestimmt. Und zwar die Festung Avignon, die ich im vorigen Jahr vergeblich belagert habe.«

»Wie? Aber die haben sie doch.«

»Nicht mehr. Die Westgoten haben sie ihnen abgenommen. Haben sich damit selber belohnt für die Waffenhilfe gegen Godegisel.«

»Heißt das etwa«, fragte Scylla mit einer raschen, freudigen Geste, »sie wollen mit dir, um Avignon zurückzubekommen, ein Bündnis gegen die Westgoten ... gegen Alarich ...?«

»So scheint es. Aber ich nehme an, sie wollen nicht nur Avignon zurückhaben. Sie haben auch Appetit auf Arles, auf Nîmes, auf Narbonne – alles gotisch. Sie wollen ans Meer, sie wollen Seemacht werden. Nun, meinetwegen. Wenn ich auch etwas davon haben kann ... Letztens blieben mir Tours, Poitiers und Bordeaux im Halse stecken, ich mußte sie wieder auskotzen. Das passiert mir nicht wieder. Beim nächsten Mal wird gründlich verdaut!«

Scylla fiel Chlodwig um den Hals und küßte ihn stürmisch. »Oh, ich wagte nicht, darauf zu hoffen! Endlich ist es soweit! Jetzt wird Alarich in die Knie gezwungen! Jetzt wird der Feigling dafür büßen, daß er jeden verraten hat … Syagrius, Gundobad, mich … Werdet ihr noch in diesem Jahr …?«

Chlodwig lachte. »Langsam, langsam! Warum nicht gleich morgen? So etwas braucht Zeit. Wir müssen uns ja auch erst einmal beschnuppern, Gundobad, Sigismund und ich. Bis jetzt haben wir uns nur gebissen. Noch lecken wir unsere Wunden, da heißt es erst einmal: Vorsicht. Wenn wir uns mit den Zähnen den Mehlsack aus Seide schnappen wollen, müssen wir aufpassen, daß wir nicht mit den Schwänzen zwischen Mühlsteine eingeklemmt werden. Denn da lauert immer einer im Dunkeln – Theoderich. Und ich fürchte, der hat einen dicken Knüppel!«

»Und wenn nun hinter dem mit dem Knüppel noch einer mit dem Schwert stünde?«, fragte Scylla. »Der Kaiser?«

»Du meinst, um ihn mit der Schwertspitze ein bißchen am Arsch zu kitzeln? Nicht übel. Es heißt ja, ihr Griechen seid immer für eine Gemeinheit gut …«

»Nicht nur für Gemeinheiten«, schnurrte Scylla. »Auch für Freuden! Es ist schon spät, und du mußt morgen früh fort. Wir sollten die Zeit bis dahin nutzen.«

57

»Dein Erfolg ist unsere Ehre, und jedesmal, wenn wir eine gute Nachricht von Dir empfangen, sehen wir darin einen Gewinn für das Königreich Italien. Ich schicke Dir bei der Gelegenheit den Sängerpoeten, um den Du mich batest. Er beherrscht seine Kunst vollendet. Möge er Dich unterhalten, indem er, während seine Finger im Gleichklang mit seiner Stimme die Saiten rühren, Deinen Ruhm und Deine Macht verherrlicht. Wir vertrauen auf seinen Erfolg und die Inspiration, die er von Dir empfangen wird.«

Dies schrieb der König Theoderich seinem Schwager Chlodwig im frühen Herbst des Jahres 506, und der Künstler, von dem die Rede war, Horatius, stand nun, knapp einen Monat später, in der großen Halle des alten Kaiserpalastes von Paris und unterhielt ein glänzendes Auditorium. Er zupfte die Lyra, deren riesigen Resonanzboden ein Schildkrötenpanzer bildete, und sang dazu mit kraftvoller, wenn auch etwas krähender Stimme eigene Verse. Er hatte das Epos vom Untergang der Alamannen in der kurzen Zeit seines Aufenthalts am fränkischen Hofe gedichtet. So waren die Verse noch nicht ganz ausgereift, und ab und zu mußte er sogar etwas improvisieren. Aber er tat dies mit der Gewandtheit und Eleganz des Erfahrenen. Dazu bot er auch Augenreiz. Da er klein war, stand er auf Kothurnen, und seine Kahlheit verbarg eine riesige rotblonde Lockenperücke. Sein Mienenspiel war überaus lebhaft, bei jedem Vers zog er eine neue, zum Inhalt passende Grimasse. Er übertrieb ein wenig, aber das war verständlich. Seinen ersten großen Auftritt am fränkischen Hof wollte er unbedingt zu einem Triumph gestalten.

Drei Könige waren unter seinen Zuhörern. Neben Chlodwig, dem Gastgeber, saß Sigismund, König der Burgunder in Genf und als Vierzigjähriger ihm gleichaltrig. Der Dritte war Sigibert, »der Lahme« genannt, schon über Fünfzig, König der Kölner Rheinfranken. Auf Einladung Chlodwigs waren die drei auf der Seine-Insel zusammengekommen, um einen Vierten zu treffen: Leonidas, einen Gesandten des Kaisers Anastasios, der seit nunmehr fünfzehn Jahren in Konstantinopel regierte. Unten im Flußhafen schaukelte die byzantinische Staatsgaleere, mit der die Gesandtschaft am nächsten Tag die Rückreise antreten wollte. Nach erfolgreichem Abschluß der Verhandlungen war Leonidas noch einmal der Einladung des fränkischen Herrschers gefolgt, um höflich das zu dessen Ruhm gedichtete Epos anzuhören. Der junge, stattliche Diplomat, ein Verwandter des Kaisers, saß auf einem Ehrenplatz neben der Königin Chlotilde.

Auch Chlodwigs Ältester, Theuderich, inzwischen zweiundzwanzig Jahre alt, war anwesend; er hatte zeitweise an den Verhandlungen teilgenommen. Die vier gemeinsamen Kinder des Königspaars, zwischen Sechs und Elf, zappelten während des langen Vortrags auf ihren Stühlen. Reglos dagegen und etwas abseits saß ihre Tante Lanthild. Unter den hohen Gästen, die dem Vortrag des Künstlers sitzend beiwohnen durften, waren auch die betagten Metropoliten von Reims und Vienne, Remigius und Avitus, und der Sohn des lahmen Sigibert, Chloderich. Stehend, in mehreren langen Reihen, hatten sich, ihrem Rang entsprechend, die übrigen Gäste gruppiert: die Antrustionen und engsten Vertrauten Chlodwigs, burgundische Edle aus dem Gefolge Sigismunds, mit Sigibert gekommene Rheinfranken. Die prächtig gewandeten Herren der byzantinischen Abordnung und die zahlreichen Bischöfe bildeten die auffallendsten Farbtupfer in der dreihundertköpfigen Gästeschar. Dabei wetteiferten sie mit den weit in der Minderzahl befindlichen Damen, Gemahlinnen und Töchtern der vornehmsten Franken. In der zweiten Reihe sah man auch die Konkubine des Königs, Donata, die immer noch schön war und nicht zu altern schien.

Der Künstler Horatius näherte sich dem Höhepunkt seines Vortrags. Er entlockte der Lyra eine rasche Folge sieghafter Töne, riß die Augen weit auf und sang:

»Da dampfte von Alamannenblut die Erde bei Straßburg,
hingesunken waren die letzten Getreuen des sterbenden Königs,
erlegen dem Heldenzorn der fränkischen Scharen
des gewaltigen Chlodwig und des grimmigen Sigibert ...«

Er bekräftigte dies mit einem kurzen Feuerwerk schriller Töne und wollte fortfahren.

Aber Chlodwig rief: »Warte mal! Warte! Genug davon!«

Horatius unterbrach sich sofort. Mit den Launen hochgestellter Zuhörer war er vertraut. Er drückte die Lyra an sich und maß mit einem kurzen Blick die Entfernung zum Ausgang.

»Ja?« fragte er zaghaft. »Genug, sagtest du? Wünschst du, daß ich mich zurückziehe, Herr?«

»Was verkündest du da für einen Unsinn?« polterte Chlodwig. »Der ›grimmige Sigibert‹? Der war mit mir in der Schlacht bei Straßburg? Meinst du den kläglichen lahmen Alten dort?«

Er deutete auf den König der Rheinfranken, dessen linkes Bein verkrümmt war und in Lederbandagen steckte. Sigibert heftete seinen empörten Blick auf Chlodwig und reckte das Kinn mit dem weißen Ziegenbart.

»Fängst du schon wieder an?« rief er fistelnd. »Willst du mich hier vor allen beleidigen?«

»Du hattest so viel mit der Schlacht bei Straßburg zu tun

wie meine vor fünfzig Jahren verstorbene Großmutter! Ich möchte wissen, was ein so ein trauriger Hinkefuß und Hinterherschleicher in meinem Heldenlied zu suchen hat!«

Der Sänger trat von einem Kothurn auf den anderen und sagte: »Ich habe nur in Verse gefaßt, was ich hörte. So wurde es mir berichtet, Herr!«

»Von wem? Von ihm selber vielleicht? Oder von Theoderich, deinem früheren Herrn? Der hat ein Interesse, mich herabzusetzen. Hast du diesen Auftrag von ihm?«

»Aber was denkst du von mir! Ich bin Künstler! Ich rühme nur das wahre Verdienst. Parteilichkeit kenne ich nicht, ich dichte aus Überzeugung!«

»Dann ändere diesen Vers!«

»Selbstverständlich! Ich könnte ja singen:

›... erlegen dem Heldenzorn der fränkischen Scharen
des gewaltigen, grimmigen, unbesiegbaren Chlodwig!‹«

»Schon besser. Klingt aber holprig. Verschwinde und denke noch einmal darüber nach! Später machen wir weiter.«

Chlodwig gab dem Sänger ein Zeichen. Der verbeugte sich, lächelte in die Runde und stelzte hinaus. Die von dem langen Vortrag erschöpften Gäste begannen erleichtert zu plaudern.

König Sigibert der Lahme ereiferte sich noch einmal.

»Wenn du behauptest, du hättest die Alamannen allein besiegt, lügst du!« fistelte er, an Chlodwig gewandt. »Schon damals, vor zehn Jahren, wurdest du nicht allein mit ihnen fertig. Hätte ich dich nicht rausgehauen, wärst du im Rhein ersoffen!«

»Nun hört euch das an!« höhnte Chlodwig. »Er spielt sich als mein Lebensretter auf! Dieser Krüppel will mich rausgehauen haben!«

»Weißt du denn nicht«, wandte sich Chlotilde mit kühler Freundlichkeit an den Lahmen, »daß mein Gemahl damals einen Sieghelfer hatte? Er flehte zu Gott dem Allmächtigen in der Dreifaltigkeit seines Wesens, und so wurde ihm aus der Bedrängnis geholfen.«

»Ha!« rief Sigibert. »Noch eine Lüge! Ich weiß Bescheid! So habt ihr es hinterher gedreht. Angeblich war es euer Gott. Und diesmal war er es wohl wieder?«

»Laß doch, Vater!« Chloderich, ein fuchsgesichtiger junger Mann mit schütterem Bart, suchte ihn zu beschwichtigen. »Wozu den alten Streit wieder aufwärmen? Wir haben uns doch gerade geeinigt.«

»Er soll nicht behaupten, daß er die Alamannen allein verjagt hat!« beharrte Sigibert.

»Dein Verstand ist ebenso lahm wie dein Bein!« fuhr Chlodwig ihn an. »Du hast wohl alles vergessen, wie? Jedesmal, wenn sie anrückten, hast du um Hilfe geschrien – vor zehn Jahren, genauso wie in diesem Jahr! Damals bei Zülpich hatten sie dir nicht nur die Knochen zerschlagen. Ihr hättet euch ohne mich davon nicht wieder erholt. Ich wollte von euch keinen Dank, nur eines: Du solltest sie künftig niederhalten. Das hattest du auch geschworen. Aber was sind deine Schwüre wert? Einen Hühnerfurz! Verschlafen hast du im Frühjahr den Aufstand, und ich hatte bei Straßburg die ganze Arbeit – und die Verluste. Aber dafür werdet ihr mir im nächsten Jahr gegen die Westgoten Schwertfraß liefern. Mindestens sechstausend Mann!«

»Sechstausend?« schrie Sigibert. »Bist du übergeschnappt? Davon war niemals die Rede! Höchstens …«

»Laß doch, Vater, beruhige dich!« versuchte es Chloderich erneut. »Darüber wird noch verhandelt.«

»Darüber gibt es nichts mehr zu verhandeln!« fuhr Chlodwig ihn an. »Wärt ihr nicht wieder zu spät gekommen, hätte ich einige tausend Gefangene gemacht. Damit hätte ich meine Verluste ausgeglichen. So entwischten die mir, und ich mußte sie bis nach Raetien verfolgen. Dort aber herrscht mein Schwager Theoderich, und der hat sie gleich liebevoll umarmt und beschützt. Wie er es ihnen vorher versprochen hatte ... durch seine geheimen Botschafter!«

Chlodwig sah zu Lanthild hinüber, die immer noch steif in ihrem Armstuhl saß. Ein kurzer, glühender Blick voll unterdrückten Hasses traf ihn. Dann starrte sie wieder vor sich hin.

»Es ist abscheulich«, sagte die Königin Chlotilde, an Leonidas, den kaiserlichen Gesandten, gewandt, »wie diese armen Barbaren von Theoderich und seinen Helfershelfern mißbraucht wurden. Erst hetzt er sie gegen uns, und nachdem sie nun endgültig ihre alten Stammesgebiete verloren haben, bietet er ihnen großzügig Asyl. Zu welchem Zweck? Um sie wieder nur in einen Krieg zu hetzen. In Dalmatien gegen den Kaiser.«

»Ich stimme dir zu, Herrin«, sagte der schöne Gesandte mit einem anmutigen Neigen des Kopfes. »Theoderich handelt unverantwortlich. Wie er es immer tat, muß ich hinzufügen. Die neue Macht ist ihm zu Kopf gestiegen, er vergißt die Hand, die ihn gefüttert hat. Und er beißt sogar hinein. Zum Glück haben wir nun eine Antwort auf seine Herausforderungen gefunden. Wir sprechen endlich eine gemeinsame Sprache.«

»Weil wir einen gemeinsamen Glauben haben«, sagte Chlotilde und lächelte beifallheischend in die kleine Runde ihrer Zuhörer, zu der auch der burgundische König und die beiden Metropoliten gehörten. »Wie schön, daß nun auch mein Vetter Sigismund zu uns gehört. Gewiß ist es nur noch eine Frage der Zeit, daß auch mein Onkel Gundobad seinen alten Irrtümern abschwört.«

König Sigismund, ein schmaler, dunkelhaariger Mann, lächelte skeptisch. »Ich fürchte, liebe Kusine, dazu wird ihn niemand bringen. Nicht einmal unser burgundischer Heiliger.«

»Keine Sorge, ich schaffe es noch, ich rette dem Himmel seine Seele!« dröhnte Avitus, und seine inzwischen ergraute, himmelwärts strebende Mähne schien diese Zuversicht zu bestätigen. »Noch sträubt er sich, aber ich habe schon sämtliche Propheten und Apostel gegen seinen verfluchten Arius in Stellung gebracht. Ich werde ihn mit ihren Argumenten zerschmettern!«

»Mein geschätzter Amtsbruder wäre sicher auch ein guter Katapultschütze geworden«, bemerkte Remigius mit schelmischem Lächeln.

Man belachte den Scherz.

Lautes Gesumm erfüllte die Halle. Die dreihundert Gäste unterhielten sich lebhaft. In einer Ecke prügelten sich die königlichen Knaben Chlodomer und Childebert. Scylla-Donata stand im vertraulichen Gespräch mit Bobo und einigen anderen fränkischen Herren beisammen. Dem aufmerksamen Beobachter wäre aufgefallen, daß sie von Zeit zu Zeit verstohlene Blicke mit dem kaiserlichen Gesandten tauschte, der noch immer im Gespräch mit der Königin war. Einmal lächelte sie ihm sogar zu.

Fast gleichzeitig hob eine andere den Kopf, und ihre ernste, gespannte Miene verwandelte sich in wenigen Augenblicken in eine Maske des Schreckens. Dies war die Zeit, die ein kleiner Kerl mit wackligem Gang vom Hallenportal bis zu Chlodwig brauchte. Lanthild entdeckte Ursio gleich, als er plötzlich eintrat und sich rasch zwischen den Grüppchen der Gäste hindurchwand. Hinter dem König blieb er stehen, neigte sich zu seinem Ohr und flüsterte ihm etwas zu. Chlodwigs zerklüftetes Gesicht verzog sich daraufhin zu einem düsteren Grinsen. Dann sagte er nur wenige Worte, die anscheinend ein Befehl waren, und Ursio hob die verkrüppelte Hand zum Zeichen, daß er verstanden habe. Auf einmal sahen sie beide zu Lanthild hin, die ihre weit geöffneten Augen nicht von ihnen abwenden konnte. Und schon hatte Ursio kehrtgemacht. Als sei er in großer Eile, schaffte er sich jetzt in dem Gedränge mit Schultern und Ellbogen Platz. Im nächsten Moment war er verschwunden.

Da erwachte Lanthild aus ihrer Erstarrung. Sie sprang auf und machte ein paar hastige Schritte zum Ausgang hin, als wollte sie Ursio nacheilen. Plötzlich schwankte sie und lehnte sich an den Gast, der ihr am nächsten stand, einen der Byzantiner. Der blickte zunächst befremdet, stützte sie dann aber höflich. Zwei Franken, die sie kannten, sprangen hinzu und führten sie aus der Halle. Der Vorfall wurde kaum bemerkt. Auch Chlodwig war er entgangen.

Horatius kehrte zurück. Der Sänger verbeugte sich und fragte, ob es genehm sei, daß er mit seinem Vortrag fortfahre. Er werde nun Verse bieten, die den König vollkommen zufriedenstellen würden. Chlodwig sagte, man werde ihn ein andermal rufen, um den Rest seiner Dichtung zu hören. Dies wurde allgemein begrüßt, außer vom Künstler selbst, der mit beleidigter Miene abzog.

»Du solltest ein Auge auf ihn haben«, sagte die Königin zu Chlodwig. »Mich würde nicht wundern, wenn er noch andere Aufträge hätte, als zu dichten und die Lyra zu schlagen. Dieser Horatius«, wandte sie sich an den Gesandten, »ist nämlich eine Aufmerksamkeit unseres Schwagers Theoderich.«

»Wie pikant!« sagte Leonidas. »Er schickt einen Künstler, um den Untergang der Alamannen zu besingen, den er selbst herbeigeführt hat?«

»Oh, er tat sogar noch mehr. Mit dem Sänger traf ein Schreiben ein, in dem er meinem Gemahl zu seinem Sieg gratuliert und ihn geradezu überschwenglich belobigt.«

»Er bekam es wohl mit der Angst zu tun«, sagte Chlodwig. »Er dachte wohl, ich würde nun über die Alpen kommen und ihn zur Rechenschaft ziehen. Und anfangs wollte ich das auch. Aber dann sagte ich mir: Dich kriege ich anders, du wirst dich wundern! Es bleibt dabei, ich nehme mir deine Verwandten vor, die Westgoten! Das habe ich in Auxerre vor fünf Jahren mit Gundobad ausgemacht, und so wird es geschehen!«

»Eine weise Entscheidung«, bemerkte Remigius.

»Mit strategischem Weitblick getroffen!« rühmte Avitus.

»Theoderich hat sich einen schlechten Dienst erwiesen«, sagte König Sigismund. »Er hat unser Bündnis gestärkt und erneuert. Natürlich hoffte er, es zu schwächen. Aber das ist ihm ja früher schon nicht gelungen, als er uns mit Briefen und Friedensgesandtschaften behelligte.«

»Und mit seiner Tochter Ostrogotho, deiner Frau, Vetter, ist es ihm anscheinend auch nicht gelungen«, sagte Chlotilde.

»Ich habe nicht geheiratet, um im Ehegemach Politik zu betreiben«, erwiderte Sigibert lächelnd. »Das ist ja bei uns Burgundern nicht üblich. Wir haben dort anderes zu tun.«

»Dann ist meine Frau keine echte Burgunderin«, sagte Chlodwig. »Das andere tat sie zwar auch, aber nur nebenbei!«

Diese Bemerkung löste wieder Heiterkeit aus. Die Königin Chlotilde errötete.

»Darf ich den hohen Herrschaften einen Vorschlag machen?« Der schöne Gesandte erhob sich, verneigte sich gegen die Könige, schwenkte die weiten Ärmel seines seidenen Mantels und fuhr fort: »Wir alle sind glücklich und froh, weil unser Treffen so überaus fruchtbar und ergebnisreich ist. An diesem letzten Abend unseres Aufenthalts bitte ich euch und alle Gäste auf unser Schiff. Dort warten ein festliches Mahl und erlesene Lustbarkeiten. Genießen wir alles bei einer nächtlichen Rundfahrt um diese herrliche Inselstadt! Im Namen des Kaisers Anastasios, dessen Größe und

Weisheit uns in diesen Tagen gelenkt und geleuchtet hat, bitte ich euch, meine Gäste zu sein!«

Diese Ansprache löste ringsum ein freudiges Raunen aus. Alle blickten auf Chlodwig. Der zögerte nur einen Augenblick. Dann erhob er sich und sagte: »Nun, was stehen wir hier noch herum? Eigentlich sind mir ja schwankende Bretter zuwider. Doch ausnahmsweise ... vorwärts! Zu Schiff!«

Da gab es Beifall, und unter fröhlichem Stimmengewirr strebte alles zum Ausgang. Chlodwig verließ die Halle als einer der Letzten. Im Vestibül trat ein Offizier der Palastwache zu ihm.

»Verzeih, König. Deine Schwester, Frau Lanthild ...«

»Was ist mit ihr?«

»Sie schreit. Sie tobt.«

»Ich habe gar nicht bemerkt, daß sie fortging. Wo ist sie?«

»Sie wollte hinunter und die Hinrichtung stören. Da mußten wir sie in Gewahrsam nehmen. Sie will dich sprechen.«

»Ich habe jetzt keine Zeit.«

»Aber was sollen wir mit ihr anfangen?«

»Was ihr ... Ich weiß es noch nicht. Weiß nicht, was mit ihr geschehen soll. Habe mich noch nicht entschieden.«

»Sollen ihr Fesseln angelegt werden?«

»Nein.«

In diesem Augenblick hörte man vom Ende eines der Gänge mit steinernen Wänden, durch den Hall verstärkt, Lanthilds schrille, zornige Stimme.

»... kein Recht! Ihr Scheusale habt kein Recht dazu!«

»Gut, ich spreche mit ihr«, sagte Chlodwig. Er ging ein paar Stufen hinab und betrat das Gewölbe, wo man sie festhielt.

»Hast du mich hergelockt, um mich umzubringen?« schrie sie ihm entgegen, sobald sie ihn sah.

»Das hättest du verdient«, erwiderte er. »Aber ich habe dich nicht hergelockt, du kamst freiwillig. Und deinen alamannischen ›Prinzen‹ hast du mitgebracht, obwohl er nicht eingeladen war.«

»Ihr hattet kein Recht, ihn festzunehmen! Ihr habt kein Recht, ihn zu töten! Er ist unschuldig!«

»So wie du?«

»So wie ich! Er lebt vielleicht noch! Ich bitte dich, Bruder, nimm zurück, was du befohlen hast! Laß nicht zu, daß der teuflische Zwerg ihn ermordet! Er genießt es, er nimmt sich Zeit dabei. Ich bin sicher, daß Willich noch lebt, daß er noch atmet! Nimm den Befehl zurück! Bruder ...«

Die sehr magere und verhärmte Sechsunddreißigjährige warf sich dem König an die Brust, sank weinend an ihm nieder und umschlang eines seiner Knie, an das sie ihren kleinen Kopf mit dem kurzen grauen Haar drückte. Chlodwig schüttelte das Bein, doch sie ließ es nicht los. Er gab ihren beiden Bewachern ein Zeichen, und sie zerrten sie von ihm weg und schleppten sie ein Stück fort. Dabei traten sie auf ihren weiten Rock und zerrissen ihn. Weil sie sich heftig wehrte, sprang der Verschluß ihrer Halskette auf, und die bunten Glasperlen rollten über den Boden.

Immer wieder schrie sie, Chlodwig solle gehen und den Befehl widerrufen, weil der Verurteilte unschuldig sei. Aber er tat nichts und wartete, bis sie erschöpft war.

»Ich selbst habe einen Fehler gemacht«, sagte er, als sie nur noch kraftlos keuchte. »Solche Gewächse rottet man besser aus, statt sie zu hegen. Ich wußte ja, daß er der Sohn eines ihrer Häuptlinge war. Ich hätte ihn gleich beseitigen müssen, als ich ihn vor zehn Jahren am Rhein gefangennahm. Aber in meiner großen Güte ließ ich ihn leben. Ich übergab ihn dir zur Bewachung und damit er als Sklave bei dir arbeitete, auf deinen Feldern, in deinen Ställen. Du hast ihn dir gleich ins Bett geholt ... gut, du warst Witwe und allein. Dagegen war nichts einzuwenden. Aber dann hast du mich immer wieder gedrängt, ihn freizulassen. Ich gab nach, und am Ende war er dein Gutsverwalter und kommandierte. So weit durfte ich es nicht kommen lassen.«

»Er ist unschuldig!« wimmerte Lanthild.

»Unschuldig?« rief der König. »Das weiß ich besser! Diesmal wurde einer ihrer Stammesältesten gefangen. Ursio nahm ihn sich vor, und das hielt er nicht lange aus. Von dem wissen wir alles. Du und Willich, ihr wart im Frühjahr auf der anderen Seite des Rheins.«

»Eine Lüge!«

»Keine Lüge. Du wühlst doch schon lange für Theoderich und gegen mich. Er wollte die Alamannen gegen mich hetzen. Doch seine Botschafter konnten bei ihnen nichts ausrichten. Da wandte sich Audofleda an dich. Du hattest ja die besten Beziehungen. Dein Liebhaber gehörte zur Sippe eines Häuptlings. Ihr wart beide dort, das hat der Stammesälteste ausgesagt. Habt ihnen Geschenke gebracht und noch mehr versprochen, auch das Asyl in Raetien, falls alles schiefging. Ihr hattet Erfolg – kurz darauf schlugen sie los. So haben mich meine Schwestern verraten!«

»Hör mich an! So war es nicht ...«

»Es ist nicht nötig, daß du noch weiter lügst. Auch Willich hat alles zugegeben.«

»Aber wir wollten doch nur verhindern«, schrie sie verzweifelt, »daß du dein eigenes Reich zerstörst! Theoderich wird dich zermalmen, wenn du die Goten in Gallien angreifst!«

»Das ist immerhin ein Geständnis«, sagte er höhnisch. »Ihr wolltet mich im Osten beschäftigen, damit ich mir im Westen und Süden keinen Schaden zufügte. Das hat mich über dreitausend Mann gekostet!« brüllte er plötzlich. »Und nun schafft mir dieses Weib aus den Augen! Ich kenne sie nicht mehr! Bringt sie zurück auf ihr Gut, und umstellt sie mit Wachen! Niemand darf zu ihr. Sie darf keine Botschaft versenden und keine empfangen. Wenn sie versuchen sollte, das Gut zu verlassen, ist sie zu töten. Zur Warnung soll man die Grube schon ausheben, in die man sie dann hineinstoßen wird – bei lebendigem Leibe!«

58

Es ging bereits auf Mitternacht, als die byzantinische Galeere zum zweitenmal an der Brücke der großen Seine-Insel vom Ufer abstieß, um flußabwärts zu treiben. Der Mond schien, die Nacht war sternenklar. Das Schiff glitt an den hohen Mauern und dicken, runden Türmen der Festung Paris vorüber, die sich düster gegen den hellen Himmel abhoben. Die Strömung war stark, die Seine führte viel Wasser, es hatte im Sommer oft geregnet. Für die Rückfahrt, einige Meilen stromaufwärts, wartete auf die Ruderer harte Arbeit.

Die meisten Gäste des Gesandten waren beim Zwischenaufenthalt von Bord gegangen. Fast alle betrunken, waren sie, sich gegenseitig stützend, über die lange Brücke getorkelt und hinter dem Festungstor verschwunden. Jetzt waren kaum mehr als dreißig an Bord, die sich auf dem großen Schiff fast verloren. Laute Lustbarkeiten waren nicht mehr erwünscht, zwei einsame Musikanten flöteten und zupften die Saiten. Man genoß die milde Luft, die vielleicht letzte warme Nacht des Jahres.

Am Bug war ein Kreis um die Königin versammelt. Gegen ihre Gewohnheit war Chlotilde an diesem Abend heiter gestimmt, gesprächig und ausdauernd. Das Wiedersehen mit ihrem Vetter Sigismund, den sie als Kind wie einen großen Bruder geliebt hatte, verjüngte sie sichtlich. Die beiden waren unerschöpflich im Austausch gemeinsamer Erinnerungen an Erlebnisse in Lyon, Vienne und Genf. Auch einige Damen aus der Umgebung der Königin hatten im Gefolge Sigismunds Verwandte oder Bekannte aus früheren

Zeiten wiedergefunden und unterhielten sich lebhaft. Die kleine Chrodechilde war beim Zwischenaufenthalt schlafend von ihrer Kinderfrau ans Ufer gebracht worden. Die drei Jungen, Chlotildes Söhne, kannten dagegen keine Müdigkeit. Das seltene Abenteuer einer nächtlichen Schiffahrt kosteten sie voll aus. Sie rannten übermütig vom Bug zum Heck und zurück, spielten Fangen um den Hauptmast, drängten sich um den Steuermann, um für kurze Zeit das Ruder halten zu dürfen.

Die beiden betagten Bischöfe waren ebenfalls noch unter den späten Gästen des Byzantiners. Etwas abseits von der Gruppe der Königin saßen sie auf Klappstühlen an der Reling. Wenn der Sklave mit der Weinkanne vorüberkam, hielten sie immer mal wieder ihre Becher hin. Auch sie waren in gehobener Stimmung.

Sie hatten ein Thema gefunden, das sie ungemein fesselte. Die Einfälle flogen ihnen nur so zu.

»Was hältst du von folgender Idee, Remi?« sagte Avitus. »Das Heer der Franken erreicht die Loire … und da geschieht schon das erste Wunder. Plötzlich erscheint unser Herr Jesus Christus mitten auf dem Fluß, schreitet über das Wasser und winkt. Folget mir nach! Folget mir nach! Nun? Wie findest du das?«

»Nicht übel, Avo«, meinte Remigius. »Aber recht schwierig. Dazu müßte man ein Floß bauen und so verankern, daß es knapp unter Wasser liegt, damit sich Jesus sicher darauf bewegen kann. Aber wie soll er auftreten und verschwinden?«

»Na, er schwimmt hin und taucht wieder ab. Er muß natürlich ein guter Schwimmer und Taucher sein.«

»Trotzdem. Das ginge nur, wenn das Licht sehr schwach ist. In der Dämmerung, morgens oder abends. Am hellichten Tage ist es unmöglich. Außerdem wüßten zu viele Bescheid.«

»Ein Wunder gelingt nun mal nicht ohne Helfer.«

»Ich denke eher an stumme Helfer.«

»Wie? An stumme?«

»An Tiere. Ein Tier, von Gottes Geist inspiriert, führt das Frankenheer sicher durch den Fluß.«

»Durch den Fluß? Du meinst so etwas wie bei der Flucht aus Ägypten? Ausgezeichnet! Die Wasser teilen sich, bilden eine Gasse, und die Gerechten schreiten hindurch.«

»Die Wasser teilen sich nicht! Wie willst du das machen? Eine normale Furt genügt.«

»Aber das Tier ...?«

»Ein Hirsch vielleicht.«

»Hirsche lassen sich doch nicht abrichten.«

»Sie haben Gewohnheiten. Zum Beispiel von einem Ufer zum andern zu wechseln. Natürlich durch eine Furt. Die Loire ist zu breit und tief, da gibt es wohl keine. Aber ich denke an die Vienne, die auch überquert werden muß. Man wird eine solche Furt finden und ein Tier dazu, das dort wechselt. Das könnten unsere Mönche tun, die Faulpelze haben doch Zeit. Und dann muß man die Vorhut geschickt dorthin lenken, damit die ersten sehen, wie ihnen der Hirsch auf Gottes Befehl den Weg zeigt. Das ist doch nicht schlecht, wie?«

Der kleine Bischof lächelte pfiffig.

»Ich weiß nicht, Remi.« Avitus seufzte und legte die hoch gewölbte Stirn in Falten. »Ist das besonders eindrucksvoll? Könnte es nicht wie ein Zufall aussehen? Ja, wenn der Hirsch eine Aureole bekäme ...«

»Eine Aureole! Daß du immer gleich Unmögliches willst! Deshalb gelingt dir auch nichts mehr. Schon lange hört man nichts mehr von Wundern, die du vollbracht hast.«

»Wart's ab! Du wirst schon bald wieder etwas hören. Ich meine nur, daß zur Eröffnung eines Krieges gegen die Abtrünnigen als Zeichen Gottes etwas Überwältigendes passieren müßte.«

»Und was könntest du dir vorstellen, abgesehen von einem über das Wasser wandelnden Jesus?«

»Zum Beispiel einen gewaltigen Lichtschein am Nachthimmel, der von einer Kirche ausgeht.«

»Du willst doch nicht etwa eine Kirche in Brand setzen?«

»Du nimmst meine Angebote nicht ernst!« Avitus schlug scherzhaft nach seinem Amtsbruder und sie ließen sich, da der Sklave mit der Kanne vorbeikam, noch einmal die Becher füllen.

»O doch, die Idee ist sogar ganz brauchbar, Avo«, sagte Remigius, der kurz nachgedacht hatte. »Es könnte ja hinter der Kirche brennen! Der Brand muß natürlich im richtigen Winkel zum Betrachter, also zum Frankenheer, angelegt werden, damit die Täuschung vollkommen ist. Und natürlich in großer Entfernung. Schon damit man den Rauch nicht riecht.«

»Siehst du, es geht!«

»Ich werde das mit den Bischöfen drüben besprechen, bei unserer nächsten geheimen Zusammenkunft. Sie sollen sich schon mal darauf vorbereiten.«

»Die sollten Messen für unsere Seligkeit lesen, weil wir ihnen unsere besten Einfälle überlassen«, sagte Avitus unzufrieden. »Ich hoffe, die steuern auch Eigenes bei, wenn die Befreiungsheere nahen. Wenigstens ein einziges Wunder! Wir können ihnen ja nicht alles abnehmen.«

»Du wirst es kaum glauben«, sagte Remigius, »aber sie sind schon emsig am Werk. Es wird ein Wunder geschehen, das alle Wunder, die es bisher in Gallien gab, in den Schatten stellt!«

»Wie? Etwa auch die Löschung des Brandes im Königspalast von Vienne mit meinen Tränen?« fragte Avitus ungläubig.

»Ich fürchte, ja«, sagte der kleine Kahlkopf verschmitzt. »Die Mauer einer der größten Städte – ich sage dir aber noch nicht welcher – wird von selbst niedersinken, sobald König Chlodwig, der Befreier, erscheint und sie ansieht.«

»Er sieht sie nur an, und schon sinkt sie? Unmöglich!«

»Ein Wunder eben.«

»Und das ist zu machen?«

»Ich würde dir ja noch mehr erzählen. Aber du bist ja leider ein Plauderer, Avo.«

»Ich schweige wie das leere Grab Christi. Bitte, Remi, du folterst mich. Rede!«

»Nun ... Der Bischof dort arbeitet mit einem Festungsbaumeister zusammen, einem der Unsrigen. Der kann sich unbeargwöhnt an der Mauer bewegen. Sie werden unter ihr einen Stollen graben. Stützpfeiler werden eingezogen und angesägt. Wenn nun die Franken erscheinen, genügen ein paar kräftige Axthiebe und – paff! Der Stollen stürzt ein, die Mauer fällt. Jedenfalls ein so großes Stück von ihr, daß die Franken hindurchmarschieren können.«

»In der Tat, das ist nicht schlecht ausgedacht«, sagte Avitus säuerlich. »Aber man wird abwarten müssen, ob es gelingt. Wie wollen sie denn ...«

Er schwieg erschrocken, weil er in diesem Augenblick einen kräftigen Schlag auf die Schulter bekam. Als er aufsah, stand Chlodwig vor ihm. Der lange König war stockbetrunken und schwankte.

»Ich möchte schwören«, sagte er launig, mit träger Zunge, »daß ihr heiligen Seelenfänger schon wieder etwas ausheckt, um mir Ungelegenheiten zu machen.«

»Aber, König, wie kämen wir dazu?« sagte Avitus mit heiterer Miene. »Im Gegenteil! Wir überlegen, wie wir dir beistehen können. Wenn du erst vorwärtsstürmst mit Gottes Segen ...«

»Gottes Segen? Den brauche ich nicht!« fuhr ihn Chlodwig an. »Denn könnt ihr behalten. Den habe ich überhaupt nie gebraucht!«

Eine Bewegung des Schiffs warf ihn gegen die Reling, und er mußte sich festhalten, um nicht zu straucheln. Er stieß einen Fluch aus und wiederholte: »Nein, den habe ich nie gebraucht! Der lahme Sigibert hat recht. Sein Haufen war's, der mich damals am Rhein gerettet hat – wenn auch erst im letzten Augenblick. Daß er mich so lange zittern ließ, wird er mir irgendwann noch mal büßen. Aber gerettet hat er mich, das ist wahr, ich begriff das auch bald und dachte: Was bist du doch für ein Dummkopf, diesem Christengott einen Schwur zu leisten! Aber dann dachte ich wieder, vielleicht war der es doch, der mir den Sieg brachte, und zog nach Burgund und verließ mich auf ihn. Ja, Teufelsscheiße! Nun endlich erkannte ich klar: Der kann es auch nicht. Ebensowenig wie Wodan oder die anderen. Aber das liegt nicht daran, daß sie alle unfähig sind. Der Grund ist ein anderer. Ihr wollt ihn wissen? Soll ich ihn euch verraten? Es gibt sie gar nicht! Sie sind überhaupt nicht vorhanden! Sie sind nicht da, sie sind nirgendwo! Mich aber ... mich gibt es. Und ich – ich – ich, Chlodwig ... ich bin, und ich kann es! Verstanden? Ich muß die Sache nur richtig anpacken – so!« Er ballte die Faust. »Dann brauche ich keinen Allmächtigen oder sonst wen. So etwas wie in Burgund passiert mir nicht wieder. Diesmal bin ich auf alles vorbereitet. Und ich werde mich auf keinen da oben verlassen, sondern nur auf einen hier unten: mich selbst!«

Das Schiff schwankte wieder, und der König glitt aus. Die beiden Bischöfe wollten ihm auf die Beine helfen, aber er wehrte sie ab und blieb sitzen, den Rücken gegen die Schiffswand gelehnt.

»Nun seid ihr enttäuscht, wie?« fuhr er in seiner Betrachtung fort. »Nun kennt ihr die Wahrheit. Aber macht euch nichts draus! Euern Allmächtigen gibt es zwar gar nicht, trotzdem ist er sehr nützlich. Auch mir ist er nützlich, das gebe ich zu. Bin ich begierig auf Land, auf Städte, auf Gold, auf Sklaven und ziehe los und nehme mir alles, dann kann ich sagen: Gott hat's gewollt! Und wenn Gott ein Dreifaltiger ist, hat's der Dreifaltige gewollt. Früher wollten es Wodan und Jupiter. Und wenn ich schlau bin, sage ich nicht zu meinen neuen Untertanen: ›Mein Gott will es‹ – nein! ›Unser Gott will es, eurer und meiner!‹ Habe ich recht? Das ist schlauer! Das hast du mir ja selber empfohlen, Bischof«, wandte er sich an Remigius. »Wenn es ihr eigener Gott will ... um so besser! Dann haben sie keinen Grund, sich zu wehren. Dann würden sie ja ihren Gott beleidigen, wenn sie sich wehrten und nicht stillhielten, und sie würden sich um die ewige Seligkeit bringen. So kannst du alles mit ihnen machen! Haust du ihnen aufs Maul, mußt du ihnen im Namen ihres Gottes aufs Maul hauen – da können sie sich nicht beklagen, das müssen sie aushalten. Und deshalb mußt du so tun, als ob ihr Gott auch dein eigener wäre. So einfach ist das!«

Er lachte in sich hinein und verstummte. Die beiden heiligen Männer sahen sich an, und keiner wußte so recht, was er darauf antworten sollte und ob es überhaupt Sinn hatte, dem König in diesem Augenblick zu widersprechen. Avitus wollte schließlich doch etwas dazu sagen, aber Chlodwig kam ihm zuvor.

»Ihr beide habt das natürlich auch längst begriffen, ihr Schlauberger! Ihr habt mich zum Befreier erhoben, zum Kämpfer für den wahren Glauben. Das ist gut, dafür lobe ich euch, es erspart mir viel Mühe. Ich kann meine eigenen Leute schonen und muß von den anderen nur halb so viele totschlagen. Und das Komische dabei ist: Ich befreie sie von ihrem Gott und bringe ihnen denselben wieder, nur diesmal in Gesellschaft von Jesus und dem heiligen Geist. Das ist wirklich zum Lachen. Aber wenn es sie glücklich macht ...«

Er wurde schläfrig. Der Kopf sank ihm auf die Brust. Die langen grauen Haarsträhnen fielen ihm über das Gesicht.

Mit verschränkten Armen, die Beine von sich gestreckt, saß er an der Schiffswand. Er murmelte noch etwas, das aber vom Rauschen des Wassers übertönt wurde.

»Das ist ja entsetzlich!« sagte Avitus halblaut, in dem er sich seinem Amtsbruder zuneigte. »Er leugnet Gott!«

»Aber du siehst doch, daß er voll ist«, sagte Remigius. »Sobald er nüchtern ist, glaubt er wieder. Das hat er uns ja eigentlich auch zu verstehen gegeben.«

Plötzlich erhob sich am Heck des Schiffes Geschrei. Hilferufe ertönten, und im nächsten Augenblick kamen hinter dem Hauptmast zwei junge Männer hervor, die einen dritten stützten, der anscheinend völlig erschöpft war. Sein Haar klebte im Gesicht, es tropfte von seinen Kleidern. Seine Beine schleiften nach. Die beiden Gefährten schleppten ihn vor die Königin. Hier hob er den Kopf. Es war Theuderich.

»Mutter!« keuchte er. »Ein Unglück!«

»Was ist denn passiert?« fragte Chlotilde ungehalten, weil sie gerade mit der Erzählung einer heiteren Episode aus ihrer Kindheit begonnen hatte. »Du bist ja ganz naß! Was trinkst du so viel! Bist du ins Wasser gefallen?«

»Meine Brüder ... o Gott, meine armen Brüder!«

»Die Kinder?« schrie sie. »Was ist mit ihnen?«

»Sie ließen das Beiboot zu Wasser ... ruderten los ... es kenterte ... und sie ...«

»Und sie?«

»Ertrunken! Alle drei tot ... Ich sprang ihnen nach ... konnte sie aber nicht mehr retten.«

Die Königin heulte auf. Sie stieß ihren Armstuhl zurück und erhob sich wankend. Man eilte hinzu. Sie schlug nach denen, die ihr helfen wollten. Schreiend taumelte sie über die Schiffsplanken, rief ihre drei Söhne: »Chlodomer! Childebert! Chlothar! Meine Engel, wo seid ihr?«

Gefolgt von ihren kreischenden Damen, stürzte sie von einer Seite der Galeere zur anderen, starrte verzweifelt auf die dunklen Wellen mit den im Mondlicht glitzernden Schaumspitzen, schrie immer wieder die Namen. König Sigismund rief nach dem Kapitän. Einige Herren verlangten, die Fahrt sofort zu stoppen. Da man schon auf dem Rückweg war, legten die Ruderknechte sich kraftvoll in die Riemen. Zwei Burgunder stürzten zu der Luke, die zu ihnen unter das Deck führte.

Sie fuhren betroffen zurück. In der Luke erschien ein Kinderkopf mit zerzauster Merowingermähne.

»Was ist denn, Mutter?« rief Chlodomer.

Ein zweiter, ein dritter Kopf tauchten auf.

»Wir sind hier unten! Wir helfen rudern!« schrien Childebert und Chlothar.

Chlotilde griff sich ans Herz. Da brach Theuderich, der vor wenigen Augenblicken halbtot war, in ein tolles Gelächter aus. Auch seine beiden Kumpane lachten, vorsichtshalber nicht ganz so laut.

»Du elender Bastard!« schrie die Königin. »Du Scheusal!«

»War das nicht ein gelungener Spaß, Mutter? Ein hübscher Schreck, wie? Ich hab dazu extra ein Bad genommen!«

»Vom Teufel bist du besessen! Du wirst in der Hölle landen!«

König Chlodwig, der immer noch an der Bordwand döste, hatte den Vorfall nicht mitbekommen. Nur die letzten Worte der Königin nahm er auf.

Er hob ein wenig den Kopf und murmelte: »In der Hölle landen wir alle.«

59

Der kurze Tumult am Bug des Schiffes wurde auch in einer Kabine des hinteren Teils wahrgenommen, in die sich der kaiserliche Gesandte Leonidas mit einer Dame zurückgezogen hatte. Beunruhigt schlug er den Vorhang zurück und stieg die drei Stufen zum Deck hinauf. Der Kapitän kam ihm schon entgegen und meldete den Vorfall.

»Nichts von Bedeutung, Herr. Die Franken treiben wieder mal Unfug.«

»Muß ich eingreifen?«

»Nicht nötig, Herr.«

Der junge Gesandte kehrte in die Kabine zurück. Scylla hatte inzwischen ihre Tunika übergestreift und die Perücke noch einmal sicher befestigt. Sie trug nun ständig künstliches Haar, nachdem sie ihr eigenes infolge einer Hauterkrankung plötzlich verloren hatte.

»Nun?« fragte sie.

»Es ist nichts«, sagte er auf Griechisch. »Die Franken vergnügen sich.«

»Wie ich sie hasse«, sagte sie, sich ebenfalls ihrer Muttersprache bedienend. »Wie ich das alles satt habe. Ihre Dummheiten. Ihre Grobheiten. Sind wir hier auch vor Chlodwig sicher?«

»Vollkommen. Er war schon betrunken, als wir zum zweitenmal ablegten.«

»Er ist ekelhaft, er wird nun alt. Sein ganzer Körper ist mit häßlichen Narben und Schwären bedeckt. Ach, wie ich darunter schon gelitten habe!«

»Du kannst dich ja an meinem Körper erfreuen. Er ist noch glatt wie am Tag der Geburt.«

Leonidas öffnete seinen seidenen Mantel und glitt neben ihr auf das von Kissen und Decken überquellende Lager. Er schob ihre Tunika hoch und streichelte ihre Schenkel.

»Wir haben noch Zeit. Die brauchen jetzt keinen Gastgeber mehr.«

Sie wehrte ihn ab, sanft und bestimmt. »Erst die Belohnung, die du versprochen hast.«

»Daß du dafür noch ein Geschenk willst! Bin ich dir nicht Geschenk genug? Ich hoffte, daß du mich liebst.«

»Aber ja, ich liebe dich, mein Adonis. Aber ja, ich weiß, du bist für mich ein Geschenk.« Sie strich über sein glänzendes schwarzes Haar. Wie ein Helm lag es über dem schönen Gesicht des Gesandten, dessen einziger Makel das wie in Marmor gemeißelte Lächeln war, das gewöhnlich zwar angenehm und gewinnend, in gewissen Augenblicken aber auch schmierig und sogar abstoßend wirkte.

»Du liebst deinen Adonis und trotzdem bestehst du darauf?« fragte er, indem er ihren Hals und ihren Nacken mit Küssen bedeckte.

»Leider bin ich schon eine betagte Venus«, sagte die Dreiundvierzigjährige und rückte entschieden von ihm weg. »Ich muß an die Zukunft denken, die ich nicht mehr auf einen Liebhaber, sondern auf meinen Sohn baue. Deshalb muß ich wissen, was los war.«

Leonidas seufzte.

»Du warst doch die meiste Zeit dabei, hast übersetzt, hast sogar mitverhandelt. Du bist über alles unterrichtet.«

»Nicht über alles. Heute wurde ich ausgeschlossen. Du hast schon zugegeben, daß noch ein Geheimabkommen getroffen wurde. Und du hast versprochen, mich einzuweihen. Bedenke, wieviel davon für mich abhängen könnte!«

»Aber es ändert sich dadurch kaum etwas«, sagte er ausweichend. »Das Ziel ist und bleibt, ein gotisches Reich, das Italien und Gallien umfaßt, zu verhindern. Anastasios kann nun einmal nicht dulden, daß sich Theoderich eines Tages zum Kaiser des Westens aufwirft. Er will deshalb eine starke Francia und ein gestärktes Burgund, damit sich Ost- und Westgoten nicht vereinigen können.«

»Das weiß ich ja. Sobald Gesalich an der Macht ist, wird er mit Chlodwig, Gundobad und Sigismund Bündnisse schließen. Die Beziehungen zu Theoderich werden abgebrochen. Aber das wurde ja alles schon vor ein paar Tagen besprochen. Was war heute?«

»Nun ... es ging um Einzelheiten. Vor allem um den zeitlichen Ablauf. Unsere Flotte muß rechtzeitig vor der kalabrischen Küste kreuzen. Es müssen Landeversuche vorgetäuscht werden. Wir sind zwar augenblicklich nicht in der Lage, Italien zurückzuerobern, aber es muß so aussehen, als ob wir es vorhätten. Das zwingt Theoderich, dort zu bleiben. Gleichzeitig überschreiten die Franken und die Burgunder die Grenze der Westgoten. Da mußten Kalenderzeiten bis auf Wochengenauigkeit festgelegt werden, damit die Unternehmungen unserer Flotte und eurer Heere zusammenwirken.«

»Auch das ist mir nichts Neues!« sagte Scylla ungeduldig. »Ihr bleibt so lange im Adriatischen Meer, bis Gesalich in Toulouse zum König gewählt ist und mit Chlodwig und den Burgundern Frieden geschlossen hat. Was hätte sich daran geändert?«

»Nichts. Nur scheint nicht sicher zu sein, daß dein Sohn Gesalich wirklich gewählt wird.«

»Wer sonst?«

»Amalarich. Der Sohn Alarichs und der Thiudigotho.«

»Ein Fünfjähriger! Das ist doch lächerlich. Nicht in dieser Lage. Sie brauchen einen König, der mannbar ist und der führen kann.«

»Und gerade das traut man deinem Sohn nicht zu.«

»Woher willst du das wissen?«

»Es gibt neue Berichte unserer Spione. Gesalich hat wenig Rückhalt unter den Großen im Westgotenreich.«

»Das ist nicht wahr! Ich selbst unterhalte zu mehreren geheime Verbindungen. Er ist schon jetzt populärer als Alarich.«

»Laß dich nicht täuschen. Sein Alter ...«

»Er ist einundzwanzig!«

»Er ist gerade erst fünfzehn. Du gebarst ihn im zweiten Jahr nach der Flucht des Syagrius zu Alarich. Wir wissen das alles sehr genau«, sagte Leonidas, wobei sein Lächeln den unangenehmen Zug bekam.

»Er ist mannbar, und das ist entscheidend!« beharrte Scylla. »Und ich werde immer an seiner Seite sein und dafür sorgen, daß er tut, was von ihm erwartet wird.«

»Und was wird aus der Gotin und ihrem Sohn?«

»Auch das laßt meine Sorge sein!« sagte sie leise, aber mit harter Betonung. »Und nun will ich endlich wissen, was heute ...«

»Wir sprechen ja schon darüber. Mein Herr, der Kaiser, will Sicherheit, die ihr nicht bieten könnt –, weder dein Sohn noch du, noch eure Anhänger. Wenn das Westgotenreich in Gallien weiterbesteht, bleibt die Lage unsicher und gefährlich. Zu viele werden das Bündnis mit den Franken nicht wollen und ihre Verwandten aus Italien herbeiwünschen. Es würde zu Unruhen kommen. Man würde deinem Sohn nach dem Leben trachten. Und wir können Theoderich nicht ewig fernhalten. Wenn es weiter ein mächtiges Reich der Westgoten gibt ...«

»Aber Gesalichs Reich wird viel kleiner als das jetzige sein! Chlodwig und die Burgunder werden ja große Gebiete ...«

»Große Gebiete genügen nicht. Kurz und gut. Die Westgoten müssen aus Gallien verschwinden.«

»Verschwinden?« rief sie.

»Ihr Reich mag in Spanien weiterbestehen, große Teile der Halbinsel gehören ihnen ja schon. Aber es soll an den Pyrenäen enden. Gallien wird künftig gotenfrei sein!«

»Gotenfrei? Das habt ihr beschlossen?«

»Ja. Das haben wir heute beschlossen. Drei Viertel den Franken, ein Viertel den Burgundern – so wird Gallien künftig aufgeteilt. Keine Aussicht für beide Gotenvölker, sich jemals wieder zu vereinigen. Ich verrate dir das, damit du keine falschen Hoffnungen nährst und dich vorsiehst. Man wird leicht lästig – und überflüssig. Nimm diese Warnung als Beweis meiner Liebe.«

Diesmal schien sein Lächeln aufrichtig zu sein.

Die Griechin schwieg. Ihre Hände nestelten unstet an der kleinen Goldfibel mit Almandineinlagen an ihrer Schulter, die sie nur angesteckt hatte, um sich als künftige Herrscherin über ein Germanenvolk nicht völlig germanischen Kleidungsgewohnheiten zu verweigern. Plötzlich krampfte sich ihre Faust um die Fibel, riß sie ab und schleuderte sie in eine Ecke.

»Das ist Verrat!« sagte sie mit gepreßter Stimme. »Chlodwig hat mich hereingelegt. Remigius hat mich hereingelegt. Ihr alle habt mich hereingelegt! Bis jetzt hieß es: Gesalich ist unser Mann. Er wird in Toulouse zum König gewählt und dort auch regieren – ein verkleinertes Reich. Aber natürlich ein gallisches Reich! Damit war ich einverstanden, im Namen meines Sohnes. Doch jetzt ... jetzt will man uns vertreiben!«

»Ihr werdet euch auch in Spanien einrichten können«, sagte Leonidas matt.

»Aber ich will nicht in diesem öden Land unter wilden Gebirgsstämmen um mein Leben zittern! Ich will in Toulouse herrschen, wo ich Königin werden sollte. Hier in Gallien, wo man leben und atmen kann. Dafür kämpfe ich seit fünf Jahren. Dafür habe ich alles geopfert. Wie viele Geschenke wurden heimlich hinübergeschafft, zu denen, die dort Einfluß haben. Ich kenne sie alle von früher, die edlen Herzöge und Grafen. War das jetzt alles umsonst?«

»Vielleicht war es nicht genug. Unter den Herren, die deinen Sohn unterstützen, fehlt wohl auch ein führender Kopf. Jedenfalls ist bei ihnen keine Partei zu erkennen, die unsere Politik machen würde. Daher ist zu befürchten, daß nach einem Sieg über Alarich – dessen Tod, Gefangenschaft oder Thronverzicht eingerechnet – alles nur hilfesuchend nach Osten starren und Theoderichs Enkel zum König wählen würde.«

»Dann muß man das Balg beseitigen!« rief sie.

»Dazu dürfte sich niemand bereit finden.«

Sie lachte verächtlich auf.

»Oh, die sind alle käuflich, ich kenne sie! Aber du hast wohl recht, es war noch nicht genug. Und ich habe zu sehr darauf vertraut, daß Chlodwig und Remigius meine Geschenke den Richtigen zukommen ließen. Ich hätte mich selbst darum kümmern sollen!«

»Zu spät.«

»Zu spät?«

»Sagtest du nicht, du hättest schon alles geopfert?«

»Alles? O nein! Bei weitem nicht. Ich könnte noch, um meinen Sohn an die Macht zu bringen, ein ganzes Heer kaufen. Und ein paar Herzöge und Grafen dazu!«

»Über so gewaltige Mittel verfügst du?« fragte Leonidas und lächelte ungläubig.

»Mit dem, was ich in meinen Truhen habe«, erwiderte sie, indem sie ihn gerade und hochmütig ansah, »könnten mehrere Völker deinem Kaiser ihre Jahrestribute entrichten. Ich habe dreißigtausend Goldsolidi!«

»Dreißigtausend?«

»Aber ich gebe davon nichts mehr her. Soll ich dafür in

einer abgelegenen spanischen Bergfestung enden? Wenn ich alles nur selbst in die Hand nehmen könnte! Wenn ich dort wäre, um den Machtwechsel insgeheim vorzubereiten! Aber wie komme ich dorthin? Wie schaffe ich das Geld hin? Wenn ich die Hunde nur selbst füttern könnte ... sie würden mir schon aus der Hand fressen!«

In größter Erregung sprang sie auf, als wollte sie davonstürmen. Aber sie machte nur zwei Schritte und lehnte sich schwer atmend gegen die von oben bis unten mit Teppichen bespannte Kajütenwand.

Dabei schloß sie die Augen und sah nicht, wie sich das Lächeln ihres neuen Liebhabers veränderte. Erst war es dünn und nachdenklich, dann wurde es offener und fing an zu leuchten, und schließlich war es breit und gleisnerisch.

»Ich wüßte vielleicht eine Lösung«, sagte Leonidas nach einer Weile. »Obwohl ich damit gegen meine Befugnisse als Gesandter und sogar gegen meinen Auftrag verstoßen würde. Und erst recht gegen das Geheimabkommen. Ich würde damit mein Leben riskieren – aus Liebe zu dir.«

Scylla sah ihn an. In ihrem Blick war wenig Hoffnung.

»Und was ist es?« fragte sie gleichwohl gespannt. »Was schlägst du mir vor?«

»Wir machen die Reise gemeinsam. Ich bringe dich hin.«

»Wie? Nach Toulouse?«

»Nicht nach Toulouse. In ihre Hauptstadt – das kann ich nicht wagen. Aber vielleicht nach Narbonne. Hat dein Sohn dort Parteigänger?«

»Ja! Sogar die meisten! Die Stadt ist uns jetzt schon so gut wie sicher.«

»So laufen wir dort den Hafen an und nehmen Wasser auf. Byzanz ist eine neutrale Macht, niemand wird uns behelligen. Du gehst an Land und triffst die Männer, auf die es ankommt. Du machst ein Versteck aus, und dann schaffen wir deine Schätze heimlich von Bord.«

»O ja!« rief sie freudig. »So müßte es gehen! Ja! Ja! Narbonne ist auch viel sicherer. Dort wird es leichter sein, die Zeit nach Alarich vorzubereiten. Sobald auf dem Schlachtfeld alles entschieden ist, werden wir handeln. Gesalich wird gewählt sein, ehe seine Feinde zu Atem kommen. Und bis dahin wird auch Zeit sein, Thiudigotho und ihr Kind zu beseitigen. Diesmal entgeht sie mir nicht!«

»Du hast es schon einmal versucht?«

»Ein dummer Zufall rettete sie. Sie stieß den Becher mit Mulsum um, ein Hund starb vergiftet, ich mußte fliehen. Eine lange Geschichte, du kennst sie noch nicht.«

»Du wirst mir alles erzählen. Wir werden auf unserer Reise viel Zeit haben.«

»Auf unserer Reise, ja ... aber ... aber du willst doch schon morgen aufbrechen!« sagte sie, plötzlich wieder mutlos.

»Heute! Es wird ja bald hell.«

»Und wie sollte ich ...«

»Ich warte auf dich in Rouen. Du mußt dich natürlich beeilen. Sonst geraten wir in die Oktoberstürme an der lusitanischen Küste.«

»Dann reise ich ebenfalls noch heute ab!« entschied sie. »Ein Vorwand findet sich. Chlodwig wird ja noch in Paris bleiben. Ich werde ihm in Pinetum einen Brief hinterlassen. Er wird schäumen ... aber das hat er verdient! Drei Tage dorthin – die Truhen aufgeladen – dann über Amiens nach Rouen. Es ist ein Umweg, doch leider die einzige Straße. Wenn alles gutgeht, schaffe ich es in sechs Tagen.«

»Ich werde meine Venus erwarten.«

»Mein Adonis!«

Sie stürzte zurück auf das Bett und ihm in die Arme.

»Mein Adonis bringt sich für mich in Lebensgefahr«, flüsterte sie. »Oh, ich werde es ihm vergelten ... hundertmal, tausendmal. Ich werde mich dafür erkenntlich zeigen ...

Später, wenn ich mit meinem Sohn regiere, ist er mein Gast ... Ich tausche Botschaften mit dem Kaiser, mehrmals im Jahr ... und ich empfange immer nur meinen Lieblingsgesandten ... meinen Leonidas ... meinen Adonis ...«

Die Öllämpchen brannten nieder. Graues Morgenlicht sickerte durch den Vorhang. Draußen ertönten Kommandos. Das Schiff legte an.

Der schöne Gesandte ging lächelnd an Deck, um seine Gäste zu verabschieden. Die Königin Chlotilde, die nun wieder sehr blaß und eingefallen war, reichte ihm huldvoll die Hand und trug ihm Grüße an den Kaiser auf. König Sigismund umarmte ihn und nannte ihn seinen Freund.

König Chlodwig, den sein Sohn Theuderich und ein anderer stützen mußten, stierte ihn düster an und sagte: »Auch du wirst mal in der Hölle landen!«

60

Acht Männer, mit Seilen und Gurten versehen, brachten die beiden Truhen aus der Tiefe des Kellers herauf in den Gutshof von Pinetum. Sie hatten einmal als Freie mit Chlodwig das Land erobert und waren in zwanzig Jahren zu Knechten heruntergekommen. Aber sie waren allesamt stark und zuverlässig, Scylla vertraute ihnen bedingungslos, besonders Faroin, ihrem bevorzugten Wagenlenker. Die acht sollten die Fahrt nach Rouen begleiten, und sie wollte sie auch mit auf das Schiff nehmen.

In den zwei großen, eisenbeschlagenen Truhen verwahrte sie ihr gemünztes Vermögen. Es entsprach nicht ganz der gewaltigen Summe, die sie dem Leonidas genannt hatte, doch war es weit mehr als die Hälfte davon. Im Laufe der Jahre hatte die Griechin fast alles, was an Geschenken eingekommen war, zu Geld gemacht. Bei einem plötzlichen Aufbruch wollte sie nicht genötigt sein, das meiste zurückzulassen. Geld war am leichtesten zu transportieren, und Goldmünzen waren überall begehrt. Gleich nach ihrer Ankunft am Abend zuvor hatte sie die Frauen zusammengerufen und ihnen erklärt, daß ihnen ein Umzug bevorstünde, den sie schon vorbereiten wolle. Die frommen Wohltäterinnen waren mißtrauisch und hatten alles verlangt, was ihnen noch zustand. Sie wurden großzügig abgefunden. Scylla wollte Gezänk vermeiden, um nicht zu viel Zeit zu verlieren. Jetzt standen die Frauen, in der Morgenluft fröstelnd, auf der Freitreppe und ahnten wohl, daß dies ein Abschied war. Einige ließen die Tränen ungehemmt fließen.

Zwei Wagen mußten beladen werden. Die robuste, offene Rheda sollte die größere der beiden Truhen aufnehmen. Die etwas kleinere wurde in die *carruca dormitoria* gehoben, den elegant und bequem ausgestatteten Reisewagen, den Scylla auch schon auf der Fahrt nach Paris benutzt hatte. Vier der Franken sollten die mit je zwei Pferden bespannten Wagen lenken und sich auf der Fahrt nach Rouen abwechseln. Die vier anderen sollten den berittenen Begleitschutz bilden, bis Rouen noch verstärkt durch einen Trupp Bewaffneter von der Gutswache.

Die Männer hatten die kleinere Truhe in die Carruca verfrachtet, die auch bereits mit den Zugtieren bespannt war. Die Tür am Einstieg hatten sie dazu herausnehmen müssen. Mit der größeren Truhe gab es ebenfalls Schwierigkeiten. Die beiden Sitzbänke verminderten den Platz in der Rheda. Es mußte Werkzeug herbeigeholt werden, um eine zu entfernen.

Scylla trieb die Männer an. Sie wollte unbedingt zur Nacht in Amiens sein. Nur in rascher Fahrt und ohne größere Unterbrechung konnten die mehr als sechzig Meilen an einem Tage bewältigt werden. Die Strapazen der Herfahrt und der Mangel an Schlaf in den letzten Nächten schienen die Griechin kaum angegriffen zu haben. In ihren Reisemantel gehüllt, um den Kopf zum Schutz vor dem Fahrtwind ein wollenes, mit einem Stirnband befestigtes Tuch, schritt sie rasch und energisch hin und her und gab ihre Befehle. Sie sprühte vor Tatkraft und Aufbruchsfieber.

Die Knechte hatten die größere Truhe endlich auf die Rheda gewuchtet, als es plötzlich am Gutstor Bewegung gab. Ein Wagen rollte heran, von vier Pferden gezogen. Es war ein Carpentum – ein schnelles, elegantes, zweirädriges Gefährt. Mit ihm preschten als Eskorte etwa fünfzehn Reiter auf den Gutshof.

Der Wagen hielt. Der Ankömmling ließ sich vom Kutscher herunterhelfen. Sein Mantel verfing sich zwischen den Speichen des Wagenrads, und beinahe stürzte er hin. Er riß sich los und schlug mit seiner gesunden Hand nach dem Lenker, weil der nicht achtsam gewesen war. Dann reckte er seine kleine Gestalt und kam mit wackligen Schritten näher.

Scylla erschrak bei seinem Anblick, beherrschte sich aber und trat ihm entgegen.

»Ursio!« rief sie. »Was ist passiert? Ist dem König etwas zugestoßen?«

»Spar dir das!« erwiderte er. »Der König ist bei bester Gesundheit. Aber er wunderte sich, daß du ohne seine Erlaubnis abgereist bist. Er hat mich dir nachgesandt, um nach dem Rechten zu sehen.«

»Er schlief ja den ganzen Tag, und ich konnte nicht warten, bis er erwachte. Ich hatte einen Traum«, fuhr sie fort, dem ersten Einfall nachgebend. »Er selbst erschien mir darin und befahl, schnellstens hierher zurückzukehren. Damit ein Unheil vermieden wurde!«

»Ah! Und wo hattest du diesen Traum? Vielleicht in einer Schiffskabine? Und verwechselst du nicht vielleicht den König mit dem Gesandten Leonidas?«

»Was fällt dir ein? Das Unheil ist tatsächlich geschehen. In meiner Abwesenheit wurde eingebrochen und ein Teil meiner Juwelen gestohlen. Das da ist mir geblieben, und ich will es jetzt nach Berny schaffen, in die Schatzkammer des Königs.«

»Das trifft sich gut, nach Berny will ich auch. Dann nehme ich alles gleich mit.«

»Ich bringe es selbst hin!«

»Das wird nicht gehen.«

»Warum nicht?«

»Du kommst nicht weit.«

»Du willst mich hindern …«

»Nicht ich.«

»Wer sonst?«

»Baddo.«

»Wer, sagst du? Baddo?«

»Er ist hier.«

Scylla hatte einen Augenblick lang das Gefühl, in einem Eisloch zu versinken.

»Baddo?« stammelte sie. »Er ist hier? Und wo?«

»Sehr nahe.«

»Nahe?«

»Ja.«

»Und was will er von mir?«

»Das wirst du wohl am besten wissen.«

Ursio gab seinen Männern ein Zeichen, sich der beiden Gefährte mit den Truhen zu bemächtigen. Einige saßen ab, traten heran und stießen Scyllas Franken von den Wagen zurück.

»Nein, nein!« rief die Griechin. »Das ist unmöglich! Du lügst! Baddo ist tot, schon seit fünf Jahren. Er wurde in Genf gefaßt, und König Sigismund verurteilte ihn zum Tode. Das hatte er Chlodwig bei ihrem Treffen in Auxerre fest zugesagt!«

»Aber er hielt sich nicht daran. Baddo wurde gefaßt, weil meine Leute ihn aufspürten. Die bekamen dann aber auch heraus, daß die Burgunder ihn nicht töteten, sondern auf den Sklavenmarkt schickten. Als er verkauft war, landete er in den Steinbrüchen von Sizilien. Vor zwei Monaten konnte er von dort fliehen.«

»Aber wie sollte er mich hier finden!«

»Ein Mann, der ein Ziel hat, findet den Weg. Seit kurzem ist er in dieser Gegend, lebt in den Wäldern von Raub. Er soll sich etwas verändert haben. Damit er die Sklavenmarkierung los wurde, hat er sich gleich das ganze Ohr abgeschnitten. Dazu noch die halbe Wange, damit es wie eine Kriegsverletzung aussieht. Nun, was macht es, wenn du ihn nicht wiedererkennst. Er erkennt dich bestimmt! Spannt endlich an, damit wir fahren können!« rief Ursio seinen Leuten zu.

»Du willst mich berauben?« schrie Scylla.

»Das Gut von Verrätern gehört dem König.«

»Verräterin nennst du mich?«

»Willst du den König nicht verraten? Nehmt sie fest!« befahl Ursio.

Inzwischen hatte sich Faroin, Scyllas bevorzugter Wagenlenker, herangeschlichen. Er stand hinter Ursio, ein großer, kräftiger Bursche, seinen Hammer in der Faust. Keine Bewegung der Griechin, kein Wort entging ihm. Jetzt genügte ein Blick, und er schlug kurz mit dem Hammer zu.

Der kleine Krüppel brach zusammen und rührte sich nicht mehr. Er war sofort tot.

Im nächsten Augenblick stürzten sich Scyllas Knechte auf Ursios Leute. Mit den Hämmern, Sägen und Brecheisen, die sie zu ihrer Arbeit benötigt hatten, fielen sie über die Bewaffneten her. Zwei lagen am Boden, bevor sie ihre Schwerter aus der Scheide ziehen konnten. Nach einem dritten, der auf die Carruca geklettert war und die Zügel der Pferde ergreifen wollte, wurde ein aus der Rheda entferntes Brett geschleudert und setzte ihn außer Gefecht.

Dann aber besannen sich Ursios Männer ihrer Überlegenheit. Wütend stachen und schlugen sie auf die Knechte ein. Es trieb sie auch Angst an, denn sie waren nun mit einem Vergehen belastet, das sie teuer zu stehen kommen konnte. Ihr Gefolgsherr war unter ihren Augen ermordet worden. So wollten sie bei der Vergeltung der Missetat wenigstens Eifer zeigen.

Gleich von mehreren Schwertern und Dolchen durchbohrt, stürzte Faroin neben Ursio nieder. Zwei seiner Gefährten wankten verletzt beiseite. Die anderen wehrten sich mannhaft. Rings um die beiden Wagen, die Angreifern und

Verteidigern Schutz boten, wurde geschlagen, gestochen, gerauft, getreten, gewürgt.

Niemand achtete jetzt auf die Griechin. Sie stand in der Nähe der Wagen, am Rand des Getümmels. Blitzschnell schätzte sie ihre Lage ein. Zweifellos gab es einen Verdacht gegen sie, Ursio wollte sie mit Gewalt zurückholen. Nach dem, was gerade geschehen war, konnte sie auch nicht mehr einfach abreisen. Wenn Ursios Leute sie daran hinderten, würde sie sich auf ihre eigenen nicht mehr verlassen können. Die Zuverlässigsten waren ihr gerade erschlagen worden oder wurden in diesem Augenblick niedergemacht. Da standen die Wagen, jeder mit einer Truhe voll Geld beladen. Aber die Rheda war noch nicht bespannt.

Mit drei Schritten war sie an der Carruca. Direkt vor dem offenen Einstieg lagen die beiden Leichen. Noch fehlte die Einstiegsleiter, Scylla mußte einen der Toten als Trittbrett benutzen. Um sich so wenig wie möglich mit Blut zu besudeln, trat sie auf Ursio, schwang sich hinauf. Ihre Gewänder raffend, kletterte sie über die Truhe zur Lenkerbank. Dort fand sie den verhinderten Wagenlenker ohnmächtig, halb sitzend, halb liegend, vor. In der Hand hielt er noch die Zügel, die sie ihm entriß. Dann gab sie ihm einen Stoß von hinten, so daß er kopfüber erst auf die Deichsel, dann unter die Hufe der Pferde stürzte. Rasch nahm sie seinen Platz ein. Nicht zum erstenmal lenkte sie selber den Wagen. Bei Ausflügen war ihr das oft ein Vergnügen gewesen, und sie hatte Geschicklichkeit bewiesen. Jetzt ging es vielleicht um ihr Leben, ganz bestimmt jedoch um die Hälfte ihres Vermögens, die sie noch retten konnte.

Unter dem Lenkersitz fand sie die Gerte. Sie straffte die Zügel und schlug auf die Pferde ein, die mit einem Ruck anzogen. Der Wagen legte sich weit auf die Seite, weil zwei Räder den Mann dort unten überfuhren. Die Truhe rutschte und knallte hinten gegen den Wagenkasten. Aber das war nur ein banger Augenblick. Der Wagen gewann Fahrt. Scylla peitschte die Pferde unbarmherzig. Das Gutstor stand offen, die Wächter sprangen zur Seite. Mit rasselnden Rädern fuhr die Carruca hinaus auf den Sandweg. Staubwolken wirbelten auf.

61

Der Weg durchschnitt einen dichten Wald. Häufig wechselte die Richtung. Nach etwa drei Meilen würde dieser Weg auf den breiteren, festeren zwischen Soissons und Berny stoßen. Dann noch einmal vier Meilen, und man kam, ohne Soissons zu berühren, auf die alte Römerstraße, die von Auxerre über Troyes und Reims nach Amiens führte. Diesen Ort noch am Abend, wie vorgesehen, zu erreichen, war Scylla jetzt entschlossen.

Doch nach kaum zwei Meilen bemerkte sie hinter sich die Verfolger: Drei Reiter, zweifellos Männer von Ursios Trupp, waren noch etwa vierhundert Schritte entfernt. In voller Fahrt nahm Scylla die nächste Wegbiegung und verlor sie für kurze Zeit aus den Augen. Aber kaum waren weitere dreihundert Schritte zurückgelegt, kamen sie unter den Bäumen wieder hervor. Scylla peitschte die Pferde, der Wagen hüpfte polternd und quietschend über die Unebenheiten des Weges, die Truhe tanzte auf den Brettern. Die nächste Wegbiegung – und der Abstand verringerte sich auf kaum hundert Schritte. Links und rechts wucherte dichtes Unterholz, es gab keine Möglichkeit, seitlich auszuweichen. Scylla tastete nach ihrem Gürtel. Nicht einmal den kleinen Dolch, den sie auf Reisen immer bei sich trug, hatte sie noch mitnehmen können. Was konnte sie gegen drei Angreifer ausrichten?

Waren es wirklich drei? Plötzlich schienen es sogar vier zu sein. Oder doch nur drei? Einer fiel offensichtlich zurück. Die drei anderen behinderten sich. Es sah aus, als wollten sie sich vom Wege abdrängen. Wieder kam eine Biegung, und Bäume verstellten die Sicht. Aber im letzten Augenblick hatte Scylla noch einen der Männer vom Pferd stürzen sehen. Als sie sich dann abermals umblickte, hatte sie nur noch zwei Verfolger im Rücken. Die beiden ritten hart nebeneinander, und nun war deutlich, daß sie versuchten, sich gegenseitig vom Pferd zu stoßen. Nur einer der beiden war noch ein Mann der Eskorte des Ursio. Der andere mußte jener sein, der plötzlich dazugekommen war.

Er trug eine schwarze Augenbinde.

Im ersten Augenblick wollte sie abspringen und in den Wald fliehen. Doch gleich sah sie ein, daß es sinnlos wäre – er würde sie einholen. Gerade bog sie auf den breiten Weg nach Berny ein. Bis zum Königsgut waren es weniger als drei Meilen, dort würde sie in Sicherheit sein. Aber der knappe Vorsprung reichte nicht. Blieb noch die Hoffnung auf Reisende, die nach der Hauptstadt oder dem Gut unterwegs waren. Vergebens strengte sie ihre Augen an. Kein Reiter, kein Wagen kam ihr entgegen. Und hinter ihr war nur noch ein Verfolger, ein einziger.

Scylla entschloß sich, das Rennen aufzugeben. Wieder einmal war sie in einer Bedrängnis, aus der nur ein kühner Sprung nach vorn, ein dreistes Manöver Befreiung versprach.

Sie hielt die Pferde an. Dicke Schaumflocken hingen an ihren Lefzen. Die Carruca stand mitten auf dem Wege. Scylla saß auf der Lenkerbank und zog krampfhaft die Mundwinkel auseinander. Ein Lächeln sollte von der Angst in ihren Augen ablenken.

Ihr Verfolger nahm sich jetzt Zeit. Seit er bemerkt hatte, daß sie aufgab, ließ er sein Pferd im Schritt gehen. Scylla hörte den sich langsam nähernden Huftritt im Sand. Er kam von rechts. Im letzten Augenblick hatte sie noch einmal den Einfall, abzuspringen und nach links in den Wald zu flüchten. Doch als sie ihn ausführen wollte, fühlte sie sich wie gelähmt. Wie festgenagelt saß sie auf der Lenkerbank.

Der Reiter hielt hinter ihr am offenen Einstieg. Er blickte auf ihren Rücken. Mit festgefrorenem Lächeln drehte sie sich zu ihm um.

Es gelang ihr, den Schrei, der sich aus ihrer Kehle drängen wollte, zu unterdrücken.

Eine Fratze mit weißen Haaren starrte sie an. Ein bohrendes Auge unter der schwarzen Binde, der Mund schief und zahnlos. Das übrige Gesicht: Narben, wucherndes Fleisch, einzelne Bartbüschel. Darunter ein schmutziges Halstuch, ein Bauernkittel, im Gürtel eine Axt und ein kurzes Schwert.

Sie schwiegen und sahen sich an.

»Bist du es, Baddo?« hauchte sie endlich, als sie es nicht mehr aushielt.

»Ja«, kam es aus dem schiefen Mund. »Ich bin Baddo. Ich bin es.«

Seine Stimme war ihr in Erinnerung geblieben. Sie war noch immer ruhig und tief, wenn auch weniger kraftvoll und ein bißchen verzerrt wegen der fehlenden Zähne.

»Ich wußte schon, daß du hier bist!« sagte sie rasch, einer Eingebung folgend. »Ein weiser Mann, ein Chaldäer, den ich in Paris nach dir fragte, las es aus den Sternen. Er sagte: ›Baddo ist zurück, er sucht dich!‹ Da kam ich schnell her, damit wir uns diesmal nicht verfehlten.«

»Und warum bist du vor mir geflohen?«

»Ich erkannte dich ja nicht gleich. Ich dachte, du gehörtest zu denen, die mich Chlodwig wieder ausliefern wollten. Erst als du mir nur noch allein folgtest, wußte ich, du bist es.«

»Du hast Mut.«

»Den habe ich!« sagte sie und versuchte, ihrer Stimme Festigkeit zu geben. »Ursio bestätigte mir, daß du zurück seist. Und er sagte mir, daß du mich suchtest und dich mir zu erkennen geben würdest, sobald ich das Gut verließe. Da nahm ich alles, was ich besaß, um zu fliehen und dich zu treffen. Ursio wollte mich aufhalten, aber ein treuer Knecht erschlug ihn. Das war mein Glück. ... unser Glück! Sonst hätten wir uns hier nicht treffen können!«

Sie hatte das alles hastig hervorgestoßen. Jetzt verstummte sie und starrte ihn an, um die Wirkung zu prüfen. Dabei lächelte sie wieder.

»Ich habe Ursio kommen sehen«, sagte Baddo, dessen zerstörtes Gesicht keine Regung zeigte. »Der Schuft, dem ich fünf Jahre Steinbruch verdanke, ist also tot. Das wird Chlodwig nicht gefallen. Alle verlassen ihn. Es wird einsam um ihn.«

Plötzlich schwang er sich vom Pferd in die Carruca. Scylla fuhr heftig zurück. Er setzte sich rittlings hinter sie auf die Truhe.

»Warum erschrickst du denn so? Willst du mich nicht zur Begrüßung umarmen?«

»Verzeih, ich ... Es ist nur die erste Scheu. Du hast dich verändert. Wir haben uns lange nicht gesehen.«

»Zwanzig Jahre!«

»Zwanzig Jahre.« Sie kämpfte gegen Angst und Ekel.

»Ich habe mich tatsächlich ein bißchen verändert«, fuhr er fort. »Das Ohr mit der Sklavenkerbe ist ab. Sieh her!«

Er streckte den Kopf heftig vor und streifte die weißen Zotteln zurück. Ein von Hautfetzen halb überwachsenes Loch klaffte anstelle des linken Ohrs.

»Wie furchtbar!« sagte sie mit Überwindung. »Wie mußt du gelitten haben. Wie habe ich mit dir gelitten!«

»Das glaube ich. Fürchterlich mußt du gelitten haben. Ich hätte deine Leiden gern abgekürzt. Doch es gelang mir leider nicht. So warst du gezwungen, zwanzig Jahre in den schmutzigen Betten von Statthaltern, Grafen und Königen zu verbringen. Aber nun bin ich da, und nun hat das Elend ein Ende. Ich komme spät zu dir, Scylla. Aber ich habe dich niemals vergessen.«

»Auch ich habe dich niemals vergessen, Baddo!« rief sie, indem sie mit verzweifelter Unverfrorenheit seine Worte zu ihren Gunsten deutete. »Wie könnte ich denn die schönsten Augenblicke meines Lebens vergessen! Nie wieder wurde ich so geliebt, und nie wieder liebte ich so! Oh, glaube mir, könnte ich dieses kurze Glück noch einmal erleben – ich würde noch einmal zwanzig Jahre der Qual auf mich nehmen. Ich würde sogar dafür sterben wollen!«

In seinem Auge flammte es auf. Zum erstenmal regte sich etwas in seinem Gesicht. Er beugte sich vor und packte ihren Arm.

»Wenn es das ist, was du dir vor dem Sterben wünschst – du sollst es bekommen! Du lügst zwar, wie du immer gelogen hast. Aber das stört mich nicht, ich höre es gern.«

»Ich lüge nicht!« rief sie. »Du glaubst, ich sei schuldig an deinem Unglück. Das ist nicht wahr! Du bist im Irrtum! Du kannst nicht wissen, was damals wirklich geschah. Ich werde es dir sagen. Hör zu! Syagrius hatte von unserer Liebe durch Spitzel erfahren. Als Ogulnius tot war, ließ er auch mich verhaften. Ich bekannte mich schuldig, um dich zu retten. Aber er stellte mich vor die Wahl: Entweder sollten wir beide sterben, oder du solltest leben … für einen Preis, den ich bezahlen mußte, du kennst ihn. Ich entschied mich für dein Leben und hoffte natürlich, du würdest nach dem Scheinprozeß, in dem ich gegen dich aussagen mußte, in Freiheit gesetzt. Doch er betrog mich, ließ dich brandmarken und verschleppen. So suchte und fand ich die beiden mutigen Männer, die dich befreiten. Das war alles, was ich noch für dich tun konnte. Verzeih mir! Nun waren wir also getrennt, unser Glück war zerstört. Was folgte, war in der Tat eine endlose Kette von Leiden. Syagrius hielt mich wie eine Gefangene und zog mich hinein in seinen Untergang. Er ließ mich jedesmal streng bewachen, wenn du draußen warst und unsere Auslieferung verlangtest. Denn natürlich wollte ich fliehen und mich dir in die Arme werfen! Oh, was habe ich damals ausgestanden ... Später mußte ich ihm zu den Westgoten folgen, und er verkuppelte mich zu seinem Vorteil an Alarich. Aber ich dachte auch dort nur an dich und daran, wie ich dich rächen könnte. Ich gewann Einfluß auf den König und erwirkte Syagrius' Auslieferung. Ja, ich war es, die ihn euch zur Hinrichtung schickte! Später floh ich vom Hof der Westgoten. Ich hatte nur den einen Gedanken: mich nach der Francia durchzuschlagen – zu dir! Es gelang, aber man erkannte mich hier und hielt mich für eine Spionin der Westgoten und der Burgunder. Auf dem Gut dort hinten, in Pinetum, wurde ich gefangengesetzt. Ich versuchte, mich heimlich mit dir in Verbindung zu setzen. Doch dann zogst du mit Chlodwig gegen die Burgunder und kamst nicht zurück. Es hieß, du seiest im Kampf gefallen. So blieb mir nichts weiter, als um dich zu weinen und für dein Seelenheil zu beten. Oh, daß ich dich noch einmal wiedersehe! Daß wir nach zwanzig Jahren endlich vereint sind! Nun kann alles ein gutes Ende nehmen! Jetzt gibt es für uns noch eine Zukunft!«

Baddo hatte reglos zugehört. Sein Blick war unverwandt auf Scyllas Gesicht geheftet. Es schien, als fessele ihn das lebhafte Mienenspiel der noch immer so reizvollen Frau mehr als ihre Geschichte, als rühre ihn der Klang ihrer Worte mehr als die Worte selbst. Als sie jetzt schwieg, verzog er sogar den schiefen Mund zur Andeutung eines Lächelns.

»Und wie stellst du dir diese Zukunft vor?« fragte er langsam, mit schwerer Betonung. »Die Zukunft mit einem Verräter seines Gefolgsherrn, mit einem entflohenen Sklaven?«

Scylla atmete tief. Sie glaubte, gewonnen zu haben. Noch immer saß sie, halb von ihm abgewandt, auf dem Lenkersitz. Jetzt drehte sie sich ganz zu ihm um und rief: »Wir fliehen! Ich habe schon alles bedacht! Wir können heute noch in Amiens sein und morgen in Rouen. Wir werden dort ganz sicher ein Schiff finden, ich habe ja Geld. Wir verlassen das Land! Wir gehen irgendwohin, wo uns niemand kennt, wo wir unbeschwert glücklich sein können. Nach Afrika, nach Kreta, nach Zypern – wohin zu willst! Wir …«

Plötzlich packte er sie wieder und diesmal an beiden Armen und mit so eisernem Griff, daß sie aufschrie.

»Du hast etwas vergessen in deiner Lügengeschichte!«

»Warum glaubst du mir nicht?« keuchte sie. »Warum folterst du mich? Das verdiene ich nicht!«

»Du warst auch Chlodwigs Hure.«

»Ich war seine Nebenfrau. Gezwungenermaßen!«

»Ich vergnüge mich gern mit einer von seinen Weibern.«

»Wir haben keine Zeit! Wir müssen heute noch in Amiens sein!«

»Warum solche Eile?«

»Ursios Leute sind hinter mir her.«

»Die habe ich alle drei umgelegt.«

»Die anderen werden es bemerken und dann …«

»Ehe die kommen, sind wir schon miteinander fertig.«

»Ich liebe dich … ich gehöre nur dir … ich bin deine Frau. Doch laß uns jetzt fliehen!«

»Ich bleibe hier.« Er lachte abschätzig. »Ich tauge nicht mehr zum feinen Liebhaber einer schönen Dame, die es mit Königen trieb. Ich bin nur noch ein Gespenst. Hier in den Wäldern werde ich spuken. Ab und zu werde ich Chlodwig ein bißchen erschrecken, damit er sich nicht zu sicher fühlt. Ich werde ihn an seine Schuld erinnern, die Verbrechen an seiner Sippe. Zweiunddreißig Merowinger habe ich für ihn umgebracht. Er selbst mag leben, aber niemals soll er ganz ruhig sein. Die Burgunder versprachen, mich hinzurichten. Er hielt mich schon für tot. Nun soll er erfahren, daß ich zurück bin, daß ich in seiner Nähe bin. Deshalb muß er ein Lebenszeichen von mir erhalten. Wenn man deinen Leichnam hier findet, wird er Bescheid wissen!«

Er hielt die Griechin noch immer an den Armen gepackt und zerrte sie nun vom Lenkersitz weg. Sie schrie, sie wand sich. Sie versuchte zu beißen und zu treten. Die Pferde hielten die Schreie für einen Befehl und zogen an. Die Carruca rumpelte über den Waldweg. Baddo kümmerte sich nicht darum und warf Scylla über die Geldtruhe, die neben dem offenen Einstieg zwischen den Sitzbänken festgeklemmt war. Er bog ihre Arme weit zurück, ließ aber plötzlich los und versetzte ihr Faustschläge. Er riß ihr das Stirnband, das Tuch und die Perücke herunter und erschrak einen Augenblick, weil sie glatzköpfig war. Ein Blutrinnsal lief ihr von der Schläfe. Ihr Kopf auf der Truhe schwang hin und her, ihre Arme schlenkerten beim Geholper des Wagens. Jetzt kam kein Laut mehr aus ihrem Mund. Ihre weit geöffneten Augen starrten ins Leere.

Er ließ von ihr ab. Sie mußte schon tot sein. Die Faustschläge konnten es nicht bewirkt haben. Es war wohl beim Aufprall des Kopfes auf eine Kante der Truhe passiert. Ihm gefiel nicht, daß es so schnell gegangen war. Er hätte gern mehr davon gehabt.

»Aber den letzten Wunsch erfülle ich dir, Teufelsbraut!« murmelte er.

Dazu nahm er sich Zeit. Er hob den Mantel und ihre Tunika an und starrte lange auf ihre nackten Beine. Dann warf er das kurze Schwert und die Axt auf eine der Bänke. Er wollte den Gürtel abschnallen, geriet jedoch auf einmal ins Taumeln, weil der Wagen durch eine Erdmulde rumpelte. Mit einem Fluch drehte er sich um. Das verknotete Ende der Zügel lag unter der Lenkerbank. Er mußte sich niederbeugen, um es zu fassen.

Im nächsten Augenblick standen die Pferde. Aber da hatte er schon die Axt im Rücken. Rechts unter dem Schulterblatt war sie eingedrungen. Als er sich bücken mußte, war Scylla hochgeschnellt, hatte die Axt mit beiden Händen gepackt und zugeschlagen. Er kam noch hoch und versuchte, das Schwert zu ergreifen. Aber sie stieß ihn mit dem Fuß zurück. Aufbrüllend sackte er neben dem Einstieg zusammen. Sie packte das Schwert und holte aus, um ihm den Schädel zu zerschmettern. Aber bei dem Versuch, sich aufzurichten, brach er noch einmal zusammen und fiel rücklings aus der Carruca ins Gras. Das Schwert fuhr in das Holz der Wagenwand.

Drei tiefe Atemzüge lang zögerte sie. Sein Pferd graste ein Stück entfernt am Wegrand. Er war schwer verletzt und würde sie nicht mehr aufhalten können. Doch Ursios Leute konnten jeden Augenblick auftauchen. Wenn sie noch etwas wiedergutmachen wollten, mußten sie ihren Auftrag erfüllen.

Sie erhob sich von der Truhe und ließ sich nach vorn auf die Lenkerbank sinken. Greller Schmerz durchzuckte ihren Kopf, ihren Hals, ihre Brust. Blut rann von ihrem kahlen Schädel. Sie erwischte die verknoteten Zügel und riß daran. Die Pferde gehorchten.

Erst als gut zweihundert Schritte zurückgelegt waren, wagte sie, sich zur Seite zu beugen und einen Blick zurück zu werfen. Der graue Haufen, der Baddo sein mußte, lag noch immer mitten auf dem Wege. Das Pferd war herangekommen und beschnüffelte ihn. Von Verfolgern war nichts zu sehen.

Noch einmal hielt sie an, um sich in Ordnung zu bringen. Mit tastenden Händen stellte sie fest, daß ihre Verletzungen nicht gefährlich waren. In der Ferne entdeckte sie ein entgegenkommendes Gefährt. Sich den Schmerz verbeißend, schwang sie die Geißel. Der Wagen rollte.

Sie erreichte tatsächlich noch am Abend Amiens.

62

Im Frühjahr 507 ging das fränkische Heer bei Amboise über die Loire. Chlodwig hatte sich als einer der Ersten hinüberrudern lassen und beobachtete den Übergang vom gotischen Ufer aus. Eine Schiffsbrücke war errichtet worden, außerdem pendelten zahlreiche Boote und Flöße. Immer wieder kam es zu Unfällen. Seit Tagen regnete es, der Fluß war angeschwollen, die Strömung stark. Zehn Tage hatte der König am fränkischen Ufer auf einen Wetterumschlag gewartet, doch es gab keine Aussicht auf Besserung. So mußte er sich zu dem Wagnis entschließen.

Verdrießlich saß er stundenlang auf seinem Klappstuhl unter dem Dach einer halb verfallenen Vorratshalle für Fische. Ab und zu stand er auf und verschaffte sich Bewegung. Er trug über dem ledernen Brustpanzer einen Otterpelz und darüber zwei wollene Mäntel, fror aber immer noch. Der Regen trommelte auf seinen Helm, seine Stiefel sanken in den Uferschlamm ein.

Auf einem dieser kurzen Märsche begleitete ihn Chloderich, der Sohn des lahmen Sigibert. Es war der dritte Tag des Übergangs, und das Hilfsheer der Rheinfranken, das Chloderich befehligte, kam auf der Schiffsbrücke herüber. Zwei der mit Waffen und Gepäck beschwerten Männer gerieten auf den schwankenden Bohlen ins Straucheln, stürzten ins Wasser und versanken.

»Schlechte Schwimmer«, bemerkte Chlodwig, der den letzten verzweifelten Kampf der beiden beobachtete. »Jetzt sind mir schon über zwanzig von euern Leuten ersoffen.«

»Verzeih, es sind zwölf«, berichtigte der fuchsgesichtige junge Mann mit dem schütteren Bart respektvoll. »Die beiden schon mitgerechnet.«

»Trotzdem. Dafür habe ich euch nicht kommen lassen. Ich brauche euch anderswo.«

»Leider passiert so etwas. Als es noch gegen die Alamannen ging und wir immer wieder über den Rhein mußten ...«

»Über den Rhein bin ich schon mit zwölf Jahren in voller Rüstung geschwommen, mit Helm, Schwert und Schild!« unterbrach ihn Chlodwig. »Aber die da ... was hatten die schon am Leibe! Die meisten von euch sind alt und schlecht ausgerüstet. Und statt der sechstausend, die ich haben wollte, sind es nur viertausend – höchstens. Und wer weiß, wie vielen es noch einfällt, ins Wasser zu springen und sich vor dem Kampf zu drücken. Ich brauche Schwertfutter, kein Fischfutter!«

»Glaub mir, ich bin vor meinem Vater auf die Knie gefallen, damit er mir die viertausend genehmigte. Du kennst ihn ja, er ist starrsinnig. Zuerst wollte er sogar nur dreitausend schicken.«

»Das hätte er wagen sollen! So bedankt er sich also dafür, daß ich euch von der Alamannenplage befreit habe.«

»Wir Jüngeren wissen deine Verdienste zu schätzen!« versicherte Chloderich beflissen. »Und wir sind stolz darauf, wieder mit dir in den Krieg zu ziehen.«

»Vielleicht ist dein Vater nicht mehr ganz bei Verstand«, sagte Chlodwig. »Er scheint noch immer zu glauben, daß er mit mir auf einer Stufe steht. Eine gefährliche Täuschung! Wer weiß, wozu er sich dadurch hinreißen läßt. Er könnte versuchen, mir die Städte am Rhein wieder abzunehmen. Dazu auch die Alamannengebiete.«

»Das wird nicht geschehen, sei unbesorgt! Das ginge schon nicht, weil ich nicht mitmachen würde. Ich führe unser Heer, ich allein!«

»Wenn es so ist, dann fragt man sich doch aber, warum ein Lahmer, der sich nicht einmal mehr auf dem Pferd halten kann, noch König ist. Bei uns Franken war immer nur König, wer seinem Heer voranziehen konnte. So gehört sich das auch! Ich war hier der Erste, der über die Loire ging.«

Aufmerksam beobachtete der fuchsgesichtige Rheinfranke seinen mächtigen Stammesverwandten, der während dieser Reden keinen Blick von der Schiffsbrücke ließ.

»Er sitzt nicht mehr gut zu Pferde, das stimmt«, sagte er. »Aber sonst ist er bei bester Gesundheit. Er könnte sehr alt werden. Gerade jetzt ist er wieder zur Jagd im Buchonischen Wald.«

Der König stützte sich auf Chloderichs Schulter, weil es auf dem schmalen, schlammigen Uferweg ein paar Schritte die Böschung hinabging. Er blieb stehen und verfolgte das schwierige Anlegemanöver der Schiffer, die in einem großen Lastkahn Wurfgeschütze herüberholten.

»Wenn sie mir die nicht sicher an Land bringen«, murmelte er, »lasse ich die Kerle aufhängen. Avignon darf sich nicht wiederholen!«

Erst als der Kahn an Land gezogen und angepflockt war, nahm er das Gespräch wieder auf.

»Dein Vater ist also zur Jagd im Buchonischen Wald. Er vergnügt sich. Wie schön! Aber so ein Vergnügen kann seine Tücken haben. Wie? Schon manchen hat unversehens im dichten Wald ein verirrter Pfeil oder Speer getroffen.«

»Das kam vor«, bestätigte Chloderich vorsichtig.

»Es täte mir leid um ihn, ich würde sein Schicksal beweinen. Aber vielleicht wäre es für die Rheinfranken besser.«

Chloderich sagte dazu nichts. Der Wolf und der Fuchs tauschten nur einen Blick. Weitere Worte waren nicht nötig.

»Gehen wir zurück«, sagte der König. »Der verfluchte Wind fährt einem bis in die Knochen.«

In der alten Fischhalle erwartete ihn Remigius. Der Bischof war mit ihm am Morgen herübergekommen und hatte im Lager ein Zelt bezogen. In seiner Begleitung befanden sich zwei junge Diakone, die gerade aus Tours zurückgekehrt waren. Nachdem durch Spione ermittelt worden war, daß die Westgoten ihre Garnison in der nur zwanzig Meilen entfernten Stadt an der Loire aufgegeben hatten, waren die beiden in Chlodwigs Auftrag und unter dem Schutz einer Hundertschaft dorthin gegangen, um in der Grabkapelle des heiligen Martin Geschenke zu übergeben. Dazu sollte die Hilfe dieses Heiligen erbeten werden, der vor zweihundert Jahren Bischof von Tours war, als »Apostel Galliens« galt und, nach der Überzeugung, seiner Anhänger an Gottes Thron viel Einfluß besaß. Die Mission war erfolgreich.

»Freue dich, König!« rief Remigius. »Wir haben gute Nachricht vom heiligen Martin! Er hat sich unmißverständlich zu uns bekannt. Das Zeichen, das du erbatest – du hast es erhalten. Im Himmel ist man dir günstig gesinnt!«

»Dann verstehe ich nicht, warum das Wetter so schlecht ist.«

»Laß dich davon nicht beirren! Die Hauptsache ist doch, daß dir der Sieg verheißen ist. Höre nur, was geschah! Nonnichus, berichte dem König!«

Der Genannte, ein kleiner Dickwanst, trat vor und erzählte mit vor Ehrerbietung und Rührung zitternder Stimme: »Es war ein Wunder, Herr! Wir betraten mit deinen Geschenken die Grabkapelle des Heiligen. Wie du uns aufgetragen hattest, achteten wir genau auf das, was dort im Augenblick unseres Eintritts geschah. Wir vernahmen Gesang und spitzten die Ohren. Da stimmte der Vorsänger dieses Lied an: ›Du kannst mich rüsten mit Stärke zum Streit, du kannst unter mich werfen, die sich gegen mich erheben. Du gibst mir meine Feinde in die Flucht, daß ich meine Hasser vernichte!‹ Diese Worte kamen aus dem

Munde des Vorsängers, Herr, und wir verstanden und sanken nieder und beteten.«

»Psalm achtzehn, Vers vierzig und einundvierzig«, erläuterte Remigius. »›Du gibst mir meine Feinde in die Flucht!‹ Kann eine Verheißung deutlicher ausfallen?«

»Was ist mit dem Bischof von Tours?« fragte Chlodwig. »Ist er wieder frei?«

»Leider nicht. Auch sein Amtsbruder aus Arles wird noch festgehalten. Am schlimmsten aber erging es dem unglücklichen Galactarius.«

»Wer ist das?«

»Der Bischof von Bearn. Er war mit einem bewaffneten Trupp unterwegs, um sich uns anzuschließen. Aber die fromme Schar wurde von Alarichs Leuten angegriffen und aufgerieben, Galactarius selbst hingerichtet. Ein Überlebender flüchtete nach Tours und berichtete diese Greuel. Die Sache hat bei einigen unserer Bischöfe Kleinmut erzeugt. Es gibt auch manche, die sagen, Alarich habe sich gewandelt, sei duldsam geworden und unterdrücke den wahren Glauben nicht mehr. Aber sei zuversichtlich, sie werden dich trotzdem als Befreier begrüßen. Wie sollten sie einen Herrscher, der mit dem Segen des heiligen Martin kommt, nicht mit offenen Armen empfangen!«

»Dieser Martin scheint Jesus den Rang abzulaufen.«

»Das mußt du verstehen. Er hat hier gelebt. Er ist ihr Fürsprech im Himmel. Und nun legt er am Thron des Herrn auch für dich ein gutes Wort ein. Wir werden alles tun, damit das bekannt wird. Die Herzen aller gut katholischen Gläubigen fliegen dir damit zu.«

»Ich habe dem Heiligen ja auch meinen Tribut geleistet«, sagte Chlodwig seufzend, wobei er wieder auf seinem Klappstuhl Platz nahm und einem Diener winkte, ihm eine Decke über die Beine zu legen. »Deshalb müssen wir nun bei diesem Wetter über den Fluß. Weil uns sonst die Vorräte ausgehen.«

»Trotzdem war es richtig, daß du meinen Rat befolgt hast. Es ist von höchster Bedeutung, daß aus Verehrung für den heiligen Martin in dieser Gegend nichts weggenommen werden darf.«

»Mit Ausnahme von Wasser und Futtergras.«

»Mit Ausnahme von Wasser und Futtergras. So lautet dein Befehl, König. Leider wird er nicht von allen deinen Leuten befolgt.«

»Wie? Mein Befehl wird nicht…?«

»Es gibt Übertretungen. Hier haben wir so einen Fall. Ein Bauer, ich habe ihn mitgebracht. Ein sehr armer Mann. Ist Pächter auf einem Kirchengut. Deine Leute haben ihm das Heu aus seiner kleinen Scheune gestohlen. Nun müssen seine Tiere verhungern.«

Remigius winkte einem verhutzelten Männchen im grauen Kittel, das in einer Ecke der Halle wartete. Es kam näher, wobei es sich unablässig verbeugte.

»Willst du den Bauern selber befragen, König, damit der Frevel aufgedeckt wird?«

»Ja, ja«, sagte Chlodwig widerwillig. »Aber ich kann mich nicht um jeden Furz kümmern, der irgendwem in der Nase stinkt. Na, du … komm her! Wer hat dein Heu genommen? Wer war das?«

Das Männchen verstand die auf Lateinisch gestellte Frage nicht, aber Nonnichus, der aus der Gegend stammte, übersetzte sie ihm. Darauf sprudelte das Bäuerlein in einem keltischen Dialekt einen Wortschwall hervor, den der dicke Diakon schließlich, kurz gefaßt, so übersetzte: Fünf Franken seien bei ihm eingedrungen und hätten aus dem Schuppen hinter seiner Hütte das Heu gestohlen. Und der Anführer sei ein riesenhafter Rothaariger mit Vollbart gewesen.

»Wer kann das gewesen sein?« fragte Chlodwig einen der Hundertschaftsführer, die dabeistanden.

»Da kommen nur zwei in Frage, König. Olo von der dritten Reiterabteilung oder dieser Rotschopf aus Cambrai, aus Ragnachars früherer Gefolgschaft. Mit dem gibt es ja dauernd Ärger.«

»Hol sie her, alle beide. Das fehlte noch ... jeder macht, was er will. Schon jetzt! Und der Krieg hat noch gar nicht begonnen. Der Bauer soll sagen, wer es war. Und bezahlt ihm den Schaden!«

Damit war die Sache vorerst erledigt, und Chlodwig hätte sie wohl nicht weiter verfolgt und sogar vergessen. In der alten Fischhalle herrschte ein ständiges Kommen und Gehen, und es gab unzählige Angelegenheiten, die ihm im Laufe des Tages vorgetragen wurden. Doch die Umstände fügten es, daß der Hundertschaftsführer, den er mit der Suche nach den beiden Männern beauftragt hatte, besonders pflichtgetreu und daß der Augenblick, da der König an die Beleidigung des heiligen Martin erinnert wurde, ein höchst ungünstiger war.

63

Am Nachmittag um die neunte Stunde meldete Chloderich, der Übergang der Rheinfranken über die Loire sei abgeschlossen und sein Heer zum Abmarsch bereit. Chlodwig hatte seine Stammesverwandten, die er für nicht sehr zuverlässig hielt, der Vorhut zugeteilt. Mochten sie dem ersten Stoß der Westgoten ausgesetzt sein, ihre Verluste würde er nicht beklagen. Da die feindlichen Stellungen bei Poitiers vermutet wurden, sollten die Rheinfranken noch am selben Tag in Richtung dieser Stadt abmarschieren. Fünf Meilen voraus sollten sie ein Lager errichten.

Als Chloderich sich abmelden wollte, erinnerte ihn der König an den Befehl, Beschlagnahme und Plünderungen betreffend. Der Fuchsgesichtige gab sich skeptisch und sagte, er werde zwar das Verbot wiederholen, könne aber seine Leute kaum daran hindern, sich Mehl und Fleisch zu beschaffen. Schon auf dem Hermarsch vom Rhein habe Mangel geherrscht, und nun stehe der Kampf bevor. Chlodwig erwog kurz, ob er dies gelten lassen sollte. Sein Befehl war jedoch von Geistlichen und Mönchen eifrig im Volk bekannt gemacht worden, um die Stimmung zugunsten der Franken zu heben. Würde nun trotzdem requiriert, konnte das verbreitete Mißtrauen gegen die »Befreier« in offene Feindschaft umschlagen. Schon auf dem gescheiterten Eroberungszug vor elf Jahren hatten Bauernhaufen aus der Gegend von Tours den Franken schwer zu schaffen gemacht. Marschierte man jetzt gegen Poitiers und hatte solche Haufen im Rücken, war schnell ein Unglück geschehen. Der König fuhr also Chloderich an, er sei für seine Leute verantwortlich und strikter Gehorsam werde erwartet. Für die Verpflegung seines Heeres werde gesorgt. Vor dem Abmarsch könne er sich noch aus den Versorgungsschiffen, die gerade von Orléans kommend eintrafen, ausreichend für die nächsten Tage eindecken.

Chloderich beeilte sich nun zu versichern, alles werde nach dem Willen des Königs geschehen. Chlodwig traute ihm jedoch nicht und hielt es für besser, die Rheinfranken mit der eigenen Autorität zum Gehorsam zu verpflichten.

Er befahl, ihre Anführer zu versammeln, und bald fanden sich an die hundert von ihnen vor der Fischhalle ein. Um sich ein recht martialisches Ansehen zu geben, hängte Chlodwig das kurze Schwert, den Sax, an den Gürtel und legte auch das Wehrgehänge mit dem Langschwert an, einer goldverzierten Spatha. Da nur noch Nieselregen fiel, konnte die Versammlung im Freien stattfinden. Der König trat vor die im Halbkreis stehenden Männer und begann zu reden.

Er sagte, der Sieg sei den Franken so gut wie sicher. Man dürfe ihn aber nicht mutwillig in Gefahr bringen. Ein wichtiger Sieghelfer sei gewonnen worden, der heilige Martin von Tours. Dem habe er so kostbare Geschenke gemacht, daß ihm gar nichts anderes übriggeblieben sei, als sich auf die Seite der Franken zu schlagen. Trotzdem dürfe man ihn nicht verärgern, indem man seinen besonders Getreuen, den Leuten in dieser Gegend, Schaden zufüge. Und deshalb sei es nur erlaubt, Wasser und Futtergras zu nehmen.

Sehr schnell merkte Chlodwig, daß seine Rede nicht ankam. Was ein Heiliger der christlichen Kirche war, ahnten die meisten dieser Männer nicht einmal. Und daß sie den Bauern im Feindesland keinen Schaden zufügen sollten, wollte nicht in ihre Köpfe. Weshalb waren sie denn gekommen? Nur Gras und Wasser sollten sie nehmen? Was für ein Hohn! Sie waren Chlodwig, der nicht ihr König war, nur so viel Achtung schuldig, wie er als oberster Feldherr verdiente. Wieviel Achtung aber verdiente ein Feldherr, der seine Truppen darben ließ?

Erst wurde gemurmelt, dann geknurrt, schließlich laut protestiert und sogar gelacht. Chlodwig, der bei Reden an seine eigene Gefolgschaft keinen Widerspruch gewöhnt war, geriet aus der Fassung. Er redete weiter, aber er merkte, daß er sich wiederholte und damit die Männer immer mehr aufbrachte. Zorn stieg in ihm auf, auch gegen sich selbst. Warum mußte er dieses verfluchten Heiligen wegen einen so blödsinnigen Befehl erlassen? Jetzt hatte er eine Rebellion zu befürchten. Wie sollte er die Rheinfranken aufhalten, wenn sie ihn jetzt verließen und plündernd davonzogen? Die Proteste und das Gelächter wurden so laut, daß er sich mit seiner rauhen, heiseren Stimme nicht mehr durchsetzen konnte. Er schwieg und ließ seinen Wolfsblick umherschweifen. Die Männer blieben unbeeindruckt, auch als der Sohn ihres Königs drohend auf sie einschrie. Daß Sigibert sie nach ihrer Rückkehr bestrafen würde, weil sie sich einem sinnlosen Befehl widersetzt hatten, hielten sie für unwahrscheinlich.

Da näherten sich am Ufer des Flusses drei Männer. Zwei waren lange Kerle mit roten Haaren und Bärten. Der Dritte war der Hundertschaftsführer, der die beiden endlich gefunden hatte und nun herbrachte. Als sie die Halle erreichten, ließ er Halt machen.

Chlodwig bemerkte die Gruppe und erinnerte sich. Er winkte den Hundertschaftsführer heran und befahl ihm, den Bauern herbeizuholen, der in der Halle wartete. Das Männchen kam schüchtern heraus und wurde zu den beiden Rotbärten geführt. Der Hundertschaftsführer bellte es an. Es begriff und deutete auf den aus Cambrai.

Die Rheinfranken hatten sich mittlerweile etwas beruhigt und begannen sich für den Vorgang zu interessieren. Das verhutzelte Bäuerlein und die beiden einander ähnelnden langen Rotbärte erregten Heiterkeit. Als Chlodwig jetzt aber dem Hundertschaftsführer winkte, damit er ihm den Beschuldigten zuführte, wurde es stiller.

»Du also warst das!« sagte der König. »Du hast uns den heiligen Martin wütend gemacht. Der scheißt jetzt da oben im Himmel auf uns, statt uns zu helfen! Deshalb haben wir dieses Sauwetter! Deshalb sind uns schon vierzig Männer ersoffen und zwei Katapulte verlorengegangen! Das alles verdanken wir dir, du Schuft! Wie war der Befehl? Nur Wasser und Futtergras!«

»Warum schimpfst du auf mich, König?« schrie der Rotbart aus Cambrai. »Ich habe nichts getan! Ich habe den Heiligen nicht beleidigt! Ein bißchen Heu habe ich genommen – das stimmt. Aber ist Heu denn etwa kein Gras? Heu oder Gras ... was kann das dem Heiligen denn ausmachen? Ich habe getan, was du erlaubt hast, nur nach Befehl gehandelt, nichts weiter ...«

Während er sich schreiend und gestikulierend verteidigte, bemerkte der Rotbart nicht, wie Chlodwig langsam nach seinem Gürtel griff und den Sax herauszog. Zweimal stach der König zu, erst in den Hals, dann in die Brust des Mannes. Er ließ den Sax stecken, trat zur Seite und wandte sich ab. Der Rotbart fiel dem verblüfften Hundertschaftsführer in die Arme, der ihn aber, weil er ihn über und über mit Blut bespie, wegstieß. So machte er noch ein paar torkelnde Schritte und stürzte vornüber der Länge nach hin, in den Schlamm.

Die hundert Rheinfranken waren verstummt.

»Das war einer, der den Befehl nicht verstanden hatte«, sagte Chlodwig. »Gibt es hier noch einen?«

Er wartete nur einen Augenblick. Dann drehte er sich um, machte um den Leichnam einen Bogen und verschwand in der Halle.

Die Rheinfranken rückten ab. Während ihres Aufenthalts im Gebiet von Tours gab es keine Klagen über sie.

64

Anderthalb Jahre vergingen.

Erst im Herbst 508 endete der große Krieg zwischen Franken und Westgoten. König Chlodwig, der Sieger, zog in Tours ein, um dem heiligen Martin feierlich für seine Hilfe zu danken.

Hier erwartete ihn eine byzantinische Gesandtschaft unter Leitung des Leonidas. Sie überbrachte die Glückwünsche des Kaisers Anastasios, die Ernennung zum Ehrenkonsul und die *ornamenta palatii*: das Diadem, die Chlamys und die Purpurtunika. Das bedeutete die Anerkennung der neuen Eroberungen durch den Kaiser. Chlodwig legte alles an und zeigte sich so in einem feierlichen Umzug, bei dem er sehr freigebig Gold- und Silbermünzen unter das Volk streute.

Der Gesandte Leonidas, der vor dem Krieg die Verhandlungen mit Franken und Burgundern geführt hatte, genoß jetzt die höchste Gunst des Königs und der Königin und blieb danach noch einige Zeit im Frankenreich. Er folgte dem Hof auch in die neue Hauptstadt Paris. Von hier aus schickte er mehrere sehr aufschlußreiche Briefe an seinen Bruder Polyttas in Konstantinopel.

So schrieb er im Oktober 508 unter anderem: »Wir hatten in Tours und haben nun auch hier in Paris endlose Siegesfeiern, und König Chlodwig ist auf dem Höhepunkt seiner Macht. Täglich gibt es Dankgottesdienste, Prozessionen und Gelage mit bis zu tausend Gästen. Ich komme gar nicht mehr aus den Festgewändern heraus und bin fast immer im Weinrausch.

Ganz Aquitanien und die Auvergne gehören jetzt zum Frankenreich, alles Land nördlich der Garonne und noch große Gebiete südlich dieses Flusses. Die ehemalige westgotische Hauptstadt Toulouse fiel erst in diesem Frühjahr, doch ohne nennenswerten Widerstand, denn die Goten gaben sie auf, und die gallorömische Einwohnerschaft, fast ausnahmslos katholisch, erwartete Chlodwig als Befreier. Ihr Bischof Heraclian öffnete ihm die Tore. Der König hat dort unermeßliche Reichtümer gewonnen, denn ein großer Teil des Gotenschatzes fiel ihm in die Hände. Und auch in so reichen Städten wie Bordeaux, Angoulème, Poitiers, Périgueux ist die Gier der Franken befriedigt worden.

Natürlich führten sie den großen Raubzug als Befreiungskrieg gegen die arianischen Häretiker. Begleitet wurde er von den erstaunlichsten Wundern – oder dem, was sie dafür ausgeben. So war es angeblich eine von Gott gelenkte Hirschkuh, die ihnen beim Übergang über die vom Regen angeschwollene Vienne eine Furt zeigte. Als Chlodwig ein Lager vor Poitiers bezog, erschien über der Kirche des heiligen Hilarius ein Feuerschein als himmlisches Zeichen. In Bordeaux soll sogar die Stadtmauer eingefallen sein, weil er sie nur scharf angeblickt hatte.

Mit großem Tamtam ehren sie auch hier einen Heiligen, Martinus, einst Bischof von Tours, den sie sich zum Sieghelfer erkoren haben und mit Geschenken überhäufen (das heißt natürlich seine gewinnsüchtigen irdischen Nachlaßverwalter). Vorsängerin bei den endlosen Huldigungschören für den Heiligen ist die Königin Chlotilde, die schon angekündigt hat, sie werde einmal in der Nähe seines Grabes ihren Alterssitz einrichten. Noch ist sie aber erst vierunddreißig Jahre alt. Als ich sie vor zwei Jahren zum erstenmal sah, wirkte sie auf mich nur wie eine grämliche Betschwester. Jetzt, im frommen Siegesrummel, blüht sie auf, und man ahnt etwas von ihrer einstigen Schönheit.

Dem König ist der Krieg viel weniger gut bekommen als seiner Gemahlin. Er macht zwar alles mit und unterwirft sich den aufwendigen Zeremonien (ich konnte den Franken aus unserer byzantinischen Erfahrung dazu manchen nützlichen Rat geben), aber ich habe den Eindruck, er leidet dabei, und er bleibt auch im Purpur und mit Diadem der alte Grobian und Griesgram. In der ersten Schlacht bei Vouillé, sechs Meilen vor Poitiers, im vorigen Frühjahr, in der eigentlich schon alles entschieden wurde, geriet er – wohl mehr aus Unachtsamkeit – in ein Getümmel und bekam zwei gotische Lanzenspitzen in die Rippen. Er hatte aber einen Kettenpanzer am Leibe, und sein Pferd brachte ihn in Sicherheit. Die Wunden waren nicht sehr gefährlich, doch künftig vermied er es, sich wie in früheren Zeiten ganz nach vorn zu wagen. Angeblich hat er den Westgotenkönig Alarich persönlich auf dem Schlachtfeld gestellt und unter Schwertergeklirr in die Hölle befördert. So wird es hier jedenfalls verbreitet. Wahr daran ist nur, daß der als Kriegsherr und Kämpfer unerfahrene und ungeeignete Alarich tatsächlich in jener Schlacht gefallen ist.

Chlodwig war vor zwei Jahren schon arg verwittert mit seinen Falten, Narben und Geschwüren, aber jetzt ist er dazu noch stark gealtert. Wenn er nicht einen großen Auftritt hat, geht er gebeugt und schlurfend. Sein Haar, das er nach wie vor lang bis zum Gürtel trägt, ist dünn geworden und über der Stirn völlig ausgegangen. Er ähnelt einem alten grauen Wolf, und wen er anstiert, was er oft ganz gedankenlos tut, der erschrickt noch immer. Er ist jetzt zweiundvierzig Jahre alt, aber er hat wohl jedes Jahr doppelt gelebt – und so sieht er aus.

Trotz allen Jubels kann nicht übersehen werden, daß das Ziel des Krieges nur zum Teil, wenn auch zum größeren, erreicht wurde. Die Westgoten völlig aus Gallien zu vertreiben, ist nicht gelungen. Anfangs schien es tatsächlich, als würden ihnen auch der ganze Süden und die Mittelmeerküste verlorengehen. Chlodwigs Sohn Theuderich und die Burgunderkönige eroberten als Verbündete eine Stadt nach der anderen, auch …

Doch ehe ich fortfahre, lieber Bruder, muß ich Dir endlich von einer Person erzählen, der wir beide, wenn wir aufrichtig sein wollen, Dank schulden. Wir würden ja jetzt, unserer Rennleidenschaft wegen, längst bankrott und entehrt oder sogar tot sein (unsere Gläubiger waren nicht gerade zimperlich). Als ich die Frau, die ich meine –Scylla –, vor zwei Jahren in Rouen an Bord nahm, wollte ich ihr eigentlich gleich den Garaus machen. Zu wütend war ich, weil sie nur gerade etwas mehr als ein Drittel der Geldmenge mitgebracht hatte, von der vorher die Rede gewesen war. An der lusitanischen Küste ließ ich sie – habe ich Dir das mal erzählt? – bei einem Sturm sogar über Bord werfen. Aber das zähe Weib rettete sich schwimmend, und als wir gleich darauf in Seenot gerieten und in einer nahen Bucht vor Anker gehen mußten, war sie plötzlich wieder da. Natürlich hatte sie mich in Verdacht, und als wir dann Narbonne anliefen, wollte sie nicht ohne ihre Truhe von Bord gehen. Ich mußte sie festnehmen lassen und ihr drohen, sie als Spionin der Franken den Goten auszuliefern, bei denen sie bereits wegen des Mordanschlags auf die Königin Thiudigotho die Todesstrafe erwartete. Da gab sie sich geschlagen und ließ sich ohne die Schatzkiste an Land bringen. Zum Abschied sagte sie mir, daß sie einen Schurken wie mich, so schön und abgrundtief gemein, noch nicht kennengelernt und in mir ihren Meister gefunden habe. Ein Lob aus berufenem Munde. Sehr schmeichelhaft!

Ich hatte unsere Landsmännin freilich nicht ganz ohne Mittel gelassen und ihr für ihre wirklich ganz vorzüglichen Liebesdienste ein paar hundert Goldsolidi mitgegeben. Damit war sie anscheinend erfolgreich. In Narbonne, wo sich frühere Gegner Alarichs und versprengte Reste des Gotenheers sammelten, brachte sie eine Versammlung zur Königswahl zustande und ihren sechzehnjährigen Sprößling von Alarich – Gesalich – auf den Gotenthron. Und sofort ging ein Schreiben mit Friedensvorschlägen an Chlodwig, natürlich von ihr diktiert oder inspiriert. Er lehnte jedoch ab, weil er nun mal die Goten aus Gallien heraus haben wollte und seine einstige Geliebte gleich mit zum Teufel wünschte. Er bestärkte sogar die Burgunder, seine Verbündeten, Narbonne zu belagern. Da ging dann dem Gesalich und seiner Möchtegern-Regentin von Mutter bald alles in Scherben. Die Stadt wurde von König Gundobad eingenommen, und sie mußten Hals über Kopf verschwinden. Über die Pyrenäen flohen sie nach Barcelona. Von dort erhielt Chlodwig ein neues Friedensangebot. ›König‹ Gesalich erklärte sich nun einverstanden, sein Gotenreich auf Spanien zu beschränken, so wie wir es immer wollten. Offensichtlich war seine Mutter jetzt bereit, sich mit den wilden Bergvölkern anzufreunden (vielleicht nach der Bekanntschaft mit einem besonders wilden Häuptling). Chlodwig versprach ihnen nun Frieden.

Aber sie hatten die Rechnung ohne Theoderich gemacht. Obwohl unsere byzantinische Flotte noch immer Italien bedrohte, schickte er diesen Sommer eine Armee unter dem erfahrenen Feldherrn Ibba nach Gallien. Der griff Theuderich und die burgundischen Könige an und eroberte Narbonne zurück. Und damit ist der Süden Galliens wieder gotisch. Gesalich hat aber nichts davon, denn Theoderich tat das natürlich nicht für ihn, den er für illegitim und für einen Thronräuber hält, sondern für seinen Enkel Amalarich, den Sohn seiner Tochter. Es scheint, daß Ibba demnächst über die Pyrenäen geht, um mit Gesalich abzurechnen. Die Königin Thiudigotho und ihr kleiner Sohn sollen mit ihrem Anhang ebenfalls nach Spanien geflüchtet sein und sich dort irgendwo versteckt halten. Ob Gesalichs tüchtiges Mütterchen noch einmal zum letzten Mittel greift und den Giftbecher anrührt?

Mit dem Geld aus ihrer Truhe bin ich hier schon erfolgreich für unser neues Großunternehmen tätig: Sklaven aus dem alten Germanien jenseits des Rheins. Vor allem deshalb habe ich ja vom Kaiser eine Verlängerung meiner Aufenthaltsfrist am fränkischen Hof erwirkt. Ein Gesandter findet doch eher offene Türen als ein beliebiger Geschäftsmann. Zu mehreren Händlern habe ich bereits gute Beziehungen geknüpft. Sie könnten die Ware nach Bordeaux bringen und dort auf unsere Schiffe verladen. Du hast doch die drei Galeeren erworben? Der Gewinn wird märchenhaft sein, das verspreche ich Dir. Du weißt ja, wie sehr sich unsere hohen und höchsten Würdenträger, wenn sie nicht gerade Eunuchen sind, blonde Weiber wünschen ...«

Einem Brief des Leonidas aus dem folgenden Jahre 509 ist dies zu entnehmen: »In letzter Zeit, lieber Bruder, halte ich mich oft auf den Gütern eines Freundes auf, des Comes Bobo. Er ist ein Feinschmecker und pflegt die Geselligkeit. Manchmal begleite ich ihn auch nach Berny zum König, dessen engster Vertrauter er ist. Vielleicht wäre er sogar sein Schwager geworden. Doch starb Chlodwigs Schwester Albofleda, auf die er es abgesehen hatte, schon vor einiger Zeit auf einer Pilgerreise. Sie wollte ein Gelübde tun und nach ihrer Rückkehr Nonne werden.

Der König zieht mich oft ins Gespräch und fragt mich um Rat. In der Staatskunst, der Verwaltung und der Rechtspflege sind die Franken ja noch weit zurück. Gewöhnlich rate ich, alles beim alten zu lassen, so wie es unter den römischen Kaisern war. Daran hält sich Chlodwig auch meistens. Zum Glück hat er wenig Ehrgeiz, Neuerungen einzuführen. Das nutzen die katholischen Bischöfe aus, die jetzt fast überall in den Städten das Sagen haben. Er kommt gut mit ihnen zurecht, so wie sie mit ihm gut zurechtkommen. Dafür sorgt schon sein anderer Freund und Berater, der allgegenwärtige Bischof Remigius.

Auf dem Weg von Soissons nach Berny oder umgekehrt besuche ich mit meinem Freund Bobo manchmal das Gut Pinetum mit seinen ›frommen Frauen‹. Das ist dieses nette, verschwiegene Bordell, nur für reiche und vornehme Männer. Du erinnerst dich, wer es gegründet hat und ihm jahrelang vorstand? Unsere Wohltäterin wider Willen. Übrigens gibt es Neues von ihr. Sie ist in Karthago bei den Vandalen! Theoderichs Feldherr Ibba soll wenig Mühe gehabt haben, die schwache Streitmacht des Gesalich bei Barcelona zusammenzuhauen. Dem glücklosen König gelang es, sich mit seiner Mutter nach Afrika abzusetzen. Der syrische Kaufmann, von dem wir das wissen, erzählte, die beiden hielten in Karthago aufwendig Hof, ließen sich in Sänften und mit Gefolge durch die Straßen tragen und jedermann kenne sie dort schon. Es sollte mich nicht wundern, wenn Scyllas nächstes Angriffsziel König Thrasamund wäre. Folgt nun im Bett dieser späten Hetäre dem Patricius der Römer und den Königen der Westgoten und Franken der König der Vandalen?

Dieser Brief, mein Polyttas, kommt mit einer neuen Ladung Sklaven. Es sind Sachsen aus dem nordöstlichen Grenzgebiet. Bobo hat es durch seine guten Beziehungen zu den Comites der Grenzstädte fertiggebracht, daß ganze Hundertschaften zwecks Warenbeschaffung ausrückten. Ein wahrer Freund. Ich muß ihn natürlich am Gewinn beteiligen ...«

Ein letztes Schreiben des Gesandten Leonidas, der kurz darauf nach Konstantinopel zurückkehrte und seine Geschäfte im Frankenreich von dort aus weiterführte, verdient Interesse. Es stammt aus dem Jahre 510: »Mit Gesalich hat es ein böses Ende genommen. Kaum zu glauben, aber es war ihm gelungen, bei dem Vandalenherrscher die Geldmittel aufzutreiben, um ein neues Heer aufzustellen. Ahnst Du, wer für ihn die Verhandlungen mit König Thrasam führte? Jedenfalls wagte er sich nach Spanien zurück, verteilte Geschenke und suchte sich unter den Goten dort einen neuen Anhang. Aber ehe der Haufen zum Kampf bereit war, hatte ihn Ibba schon gefunden und aufgerieben. Dem Gesalich blieb wieder nur die Flucht, diesmal zurück nach Gallien ins alte Gotengebiet, das jetzt den Franken gehört. König Chlodwig erzählte mir selbst, daß er dem Flüchtling Waffen und Geld zukommen ließ und ihm erlaubte, noch einmal Mannschaften zu werben. Natürlich gegen das Versprechen, im Erfolgsfall doch noch alle Goten aus Gallien abzuziehen. Aber auch dieser Versuch schlug fehl. Ibba vernichtete dieses allerletzte Aufgebot, und dem Gesalich blieb abermals nur die Flucht. Die Ostgoten fingen ihn ein und brachten ihn um.

Seine Mutter hat ihn auf dem Zug ins Verderben nicht begleitet. Vielleicht ahnte sie, daß sich auf diesen Sohn ihre Zukunft nicht bauen ließ. Wahrscheinlich besann sich die alte Venuspriesterin nochmals ihrer schönen Talente. Angeblich blieb sie in Karthago zurück und soll (nun staune!) inzwischen zur engsten Umgebung der Schwester Theoderichs gehören, der Königin Amalafrida. Sie soll am Vandalenhof schon eine bedeutende Rolle spielen. Von anderer Seite habe ich aber gehört, daß sie mit einem reichen Schiffsherrn nach Alexandria gegangen sei. Wer kann wissen, was an solchen Gerüchten wahr ist.

Von hier, aus Paris, das nun Soissons als Hauptstadt des Frankenreichs abgelöst hat, gibt es keine besonderen Neuigkeiten. Das kann sich aber bald ändern. König Chlodwig ist häufig krank, er leidet an alten Verwundungen und allen möglichen Gebrechen. Man sieht geradezu, wie er verfällt. Hinter der vorgehaltenen Hand heißt es, er werde es wohl nicht mehr lange machen. Was dann kommt? Wer weiß! Theuderich ist jetzt sechsundzwanzig, der älteste von Chlotildes drei Söhnen fünfzehn, der jüngste zehn Jahre alt. Wie man hört, ist noch nichts entschieden ...«

65

»Als nun des Vatermörders Hand hinabtaucht
bis auf den Grund, um im Golde zu wühlen,
fährt die Eiserne, die Franziska, ihm scharf
in den Nacken, zu sühnen das Blut
des edlen Königs, des lahmen Sigibert, vergossen
während des Schlafs im Buchonischen Walde.
Wer den vernichtenden Hieb tat gegen den Frevler,
blieb ungewiß, doch war's ein Gerechter ...«

»Warte! Hör auf! So geht es nicht!«

Der Sänger Horatius, der schon heiser war, unterbrach seinen Vortrag. »Du bist nicht zufrieden, Herr?«

»Was soll das heißen: ›blieb ungewiß‹? Soll am Ende dabei herauskommen, daß es einer von uns war?«

König Chlodwig wollte fortfahren, doch ein Hustenanfall schüttelte ihn. Er winkte einem Diener, das rauchende Kohlebecken von ihm fortzurücken und ihm noch einen dritten Pelz über die Schultern zu legen. Einige seiner Antrustionen saßen mit müden Gesichtern an seiner Seite um den Tisch. Sie alle froren, es war Ende November. Durch die winzigen Fenster unter der Decke wirbelte Schnee herein, der auf dem Fußboden taute.

»Das fehlte mir gerade noch!« fuhr der König fort, als der Anfall vorüber war. »Ich habe damit nichts zu tun. Es war keiner von uns dabei. Verstanden? Einer von seinen eigenen Leuten war es, der Sigibert rächen wollte. Und das muß klar herauskommen. Also, ändere das!«

»Erlaubst du, daß ich mir dafür Zeit nehme, damit die neuen Verse zu deinem Beifall ...«

»Ja, ja, nimm dir Zeit! Und trage sie ein andermal vor. Verschwinde jetzt!«

Der Sänger verbeugte sich und eilte hinaus. Bevor der König es sich anders überlegte und seine Stimme von Kerzenrauch und Zugwind vollkommen ruiniert wurde, wollte er in der rettenden Kammer und in seinem Bett sein.

Chlodwig stierte auf seinen leeren Becher. Alle schwiegen. Fröstelnd krochen sie tiefer in ihre Mäntel und Pelze.

»Eigentlich war es ja auch keiner von uns«, sagte Bobo nach einer Weile. »Ich hätte es gar nicht gekonnt.«

»Du hättest dir bei deinem Ungeschick die Franziska noch in den eigenen Wanst gerammt«, versuchte ein Schnurrbärtiger zu scherzen.

Einige lachten unlustig.

»Und wer war es nun wirklich?« fragte einer, der sein breites Stirnband bis über die Ohren gezogen hatte.

»Der Kerl ist Wächter beim Troß«, sagte Bobo. »Ein Hunnenbastard. Stammt von einem, den Attila hier verloren hatte. Er tat es für fünf Solidi.«

»Ein anständiger Preis«, bemerkte ein Weißhaariger.

»Er hatte ja auch nicht viel zu tun.« Bobo griff nach dem erkalteten Rest einer Rindslende, der vor ihm in einer Schüssel lag. »Es war ganz einfach«, fuhr er kauend fort. »Dieser Gimpel von Chloderich führte uns in die Schatzkammer und zeigte uns alles, was er besaß. ›Nehmt euch nur, was euch gefällt!‹ sagte er großspurig. ›Meine Schätze sind eure Schätze. Deshalb habe ich euch ja eingeladen. Jetzt, da ich König bin, kann ich euch Saliern meine Freundschaft beweisen. Besonders eurem König Chlodwig möchte ich mich erkenntlich zeigen, weil ich ihm so viel verdanke!‹ Wir standen gerade vor einem offenen Kasten mit Goldstücken. ›Sind auch Prägungen aus der Zeit Kaiser Konstantins dabei?‹ fragte ich.

›Gewiß‹, sagte er. ›Greif nur hinein – gleich findest du eine.‹ Ich darauf: ›Leider bin ich zu dick, ich kann mich kaum bücken. Wenn du selber an meiner Stelle …‹ Na, er beugt sich über die Truhe, und während er seine Solidi umdreht und sucht, gebe ich dem Hunnen ein Zeichen. Und so geschah es. Als sie den Chloderich später fanden, behaupteten wir, daß das passiert sein mußte, nachdem wir die Schatzkammer verlassen hatten. Und das glaubten sie uns.«

»Ihr seid tüchtige Kerle«, sagte der Schnurrbärtige und gähnte.

»Dem Chloderich geschah das ganz recht«, bemerkte der König. »Vatermord ist das schlimmste Verbrechen. Man mag es nicht glauben: Während des Mittagsschlafs hat er den Alten umbringen lassen, dieser Entartete! Während der Jagd im Buchonischen Wald. Möchte wissen, wer ihn dazu angestiftet hat! Vielleicht seine Frau. Es hieß, der Alte stelle ihr nach. Vielleicht wollte sie aber auch nur schneller Königin werden. Was mich betrifft … Ich habe den lahmen Sigibert immer wie einen Bruder geliebt.«

»Das haben die Rheinfranken auch verstanden«, schmeichelte Bobo. »Ihre Begeisterung war echt, als du in Köln zu ihnen sprachst und sagtest, du würdest sie unter deinen Schutz nehmen.«

»Das will ich meinen«, sagte Chlodwig. »Sie hoben mich auch gleich auf den Schild. Man mußte sie gar nicht dazu auffordern. Sie hatten genug von diesem Zuständen. Lieber ist ihnen, daß ich es bin, der als König über sie herrscht und für Sicherheit sorgt. Wer will schon von einem Vatermörder regiert werden?«

Wieder packte ihn ein Hustenanfall. Danach versank er erneut in düsteres Schweigen. Auch die anderen husteten und schwiegen. Sie hofften, er würde sich bald zurückziehen, damit auch sie ihre Nachtlager aufsuchen konnten. Es war schon sehr spät, und keiner der Männer empfand es als Vergnügen, in der ungemütlichen, verräucherten Halle des Pariser Palastes schlaflos eine Novembernacht zu verbringen.

Überraschend gab es noch eine Abwechslung.

Chlothar, der jüngste Sohn des Königs, stürmte plötzlich herein und schrie: »Vater! Sie wollen mir Reims nicht geben! Ich will aber König in Reims sein! Überhaupt soll ich nur das kleinste Stück kriegen. Und Therri, der Schuft, will uns betrügen. Mutter ist wütend, sie zankt sich mit Therri!«

»So, sie ist wütend«, murmelte Chlodwig. »Sie zanken sich wieder.«

»Ja, und Chlodo und Bert haben sich geprügelt. Chlodo hat Bert einen Zahn ausgeschlagen. Weil beide Paris wollen und Mutter sagt, Chlodo soll Orléans bekommen. Aber da will er nicht hin!«

»Sie schlagen sich also schon die Zähne ein.«

»So blöd bin ich nicht!« krähte der Knabe. »Ich kriege auch anders, was ich will!«

»Du willst also Reims.«

»Ja! Und dazu auch Bordeaux. Aber Therri sagt, was er selbst erobert hat, das gehört ihm auch. Er sagt, von dem, was hinter der Loire liegt, kriege ich gar nichts. Aber er hat ja Bordeaux überhaupt nicht erobert! Das warst ja du, und ich war bei dir. Wir beide haben es erobert!«

»Ja, ja, wir beide haben Bordeaux erobert. Aber Childebert war, glaube ich, auch dabei.«

»Nein! Der war mit Mutter und Chlodo in Tours geblieben. Das weiß ich genau! Wenn du stirbst, dann ist Bordeaux meine Stadt. Und wenn Therri versucht, sie mir wegzunehmen, soll er sich vorsehen. Dann bringe ich ihn um!«

Mit einer heftigen Kopfbewegung warf der Elfjährige seine Merowingermähne zurück und klopfte mit der Hand auf die Franziska, die er über dem kurzen Pelz im Gürtel trug.

Der König lachte. Diese Geste, die sein Sohn ihm abgesehen hatte, gefiel ihm. Die Männer am Tisch lachten mit, wenn auch verhalten. Man konnte nicht wissen, wie Chlothar es aufnahm. Chlodwigs Jüngster hatte den Ruf eines hinterhältigen, übelnehmerischen, nachtragenden Rüpels und galt unter den vier Brüdern schon jetzt als der Bösartigste. Seine schlimmen Streiche hatten für einige Sklavenkinder tödliche Folgen gehabt. Vielleicht würde er in Kürze König sein, und man konnte seiner Gefolgschaft zugeteilt werden. Da war es besser, sich nicht schon jetzt bei ihm unbeliebt zu machen.

»Nun geh«, sagte Chlodwig, den wieder der Husten plagte, »geh und vertrage dich mit Therri. Es wird alles geregelt. Jeder bekommt, was ihm zusteht.«

»Warum sagst du ihm nicht, daß er mir Reims und Bordeaux geben soll?« schrie Chlothar.

»Mach, daß du fortkommst!« sagte der König und hob die Hand. »Oder ich hau dir aufs Maul!«

»Dazu müßtest du mich erst kriegen!« höhnte der Knabe.

»Verschwinde!«

Chlothar stieß ein helles Lachen aus, machte kehrt und stolzierte, die Hand noch immer an der Franziska, zur Tür. Dort drehte er sich noch einmal um.

»Wenn du mit Therri gemeinsame Sache machst, sieh dich vor! Dann bringe ich euch alle beide um!«

Chlodwig ergriff seinen Becher und schleuderte ihn nach dem Knaben. Der blieb aber seelenruhig stehen und sah zu, wie der Becher neben ihm gegen die Wand flog und dann scheppernd über den Fußboden rollte. Er lachte noch einmal auf und verschwand.

Am Tisch herrschte wieder Schweigen.

»Eine Drachenbrut ist das«, sagte der König schließlich nicht unzufrieden. »Beißen sich. Schnappen schon jetzt nach den besten Stücken. Wie soll man alles gerecht verteilen, so daß keiner benachteiligt wird? Ich weiß es nicht. Den Osten muß Theuderich erhalten, weil er schon Kriegserfahrung hat. Dort geht es zuerst los, glaube ich, mit den Thüringern. Chlotilde will Chlodomer, ihrem Liebling, Orléans geben. Damit er auch über Tours herrscht, wo sie hinwill, zu ihrem Heiligen. Meinetwegen. Die beiden anderen bekommen Soissons und Paris und jeder ein Stück von Aquitanien, das kann ihnen Theuderich nicht verweigern. Wenn erst einmal alles verteilt ist, werden sie sich schon vertragen. Das müssen sie auch, denn überall lauert der Feind. Draußen und drinnen! Wer kann ahnen, was Theoderich vorhat. Gundobad und Sigismund traue ich ebensowenig. Und weiß man, ob Baddo damals alle erwischt hat, die sich Nachkommen meines Urgroßvaters Merovech nannten? Irgendeiner ist vielleicht übriggeblieben, wartet nur darauf, daß ich sterbe, ist dann auf einmal da und verlangt seinen Anteil. Und vielleicht kommt noch ein zweiter und dann noch ein dritter. Und alles, was ich für meine Söhne zusammengebracht habe, ist für den Arsch!«

Die Männer tauschten verstohlene Blicke und seufzten. Sie hatten vergebens gehofft, daß ihnen der tägliche Klagegesang mal erspart blieb.

»Warum machst du dir Sorgen, König?« erwiderte Bobo wie jedesmal. »Es gibt keine Merowinger mehr außer euch. Sei ruhig. Sie sind alle hin, und Tote werden nichts fordern.«

»Glaubt ihr wirklich?«

»Das ist sicher.«

Wieder wurden Blicke getauscht. Was nun kommen würde, wußten sie auch schon.

Chlodwig schwieg eine Weile. Tief verbarg er seinen Kopf in den Pelzen, so daß fast nur noch die große Nase hervorsah. Schließlich begann er wieder zu reden, in jammervollem Tonfall, mit brüchiger Stimme.

»Sie sind alle hin. Ich habe keine Verwandten mehr. Ich bin einsam! Ein Fremder bin ich unter Fremden! Wenn mich und die Meinen ein Unglück trifft … wer wird uns beistehen? Wenn alle ringsum ihre Messer wetzen … wer wird uns verteidigen? Nur auf das eigene Blut ist Verlaß. Die eigene Sippe ist unersetzlich. Habe ich recht? Wäre wenigstens einer noch da, der sich bis heute vor mir versteckt hält, weil er mich fürchtet. Wenigstens einer! Oh, er brauchte keine Angst mehr zu haben! Ich würde ihn lieben. Unter Tränen würde ich ihn umarmen. Die Hände würde ich ihm küssen! Sagt es ihm, wenn ihr ihn kennen solltet … wenn ihr ihn trefft … Oder noch besser: Sagt mir, wo ich ihn finden kann, damit ich ihn aufsuche und an mein Herz drücke …«

Er erhielt keine Antwort. Er erhielt nie eine Antwort auf diese hartnäckig wiederholte Finte. Wer ihn ansah, bemerkte selbst bei dem schwachen Kerzenlicht, daß nicht nur die Nase aus dem Pelz hervorstach. Wach lauerten seine hellen Wolfsaugen. Aber die Hoffnung, es würde ihm jemand noch einen Verwandten nennen können, der ihm entwischt war, erfüllte sich an diesem Abend ebensowenig wie an allen anderen.

Das ärgerte ihn, und er hielt es nun nicht mehr für nötig, den Beklagenswerten zu spielen.

»Hinaus!« knurrte er, wobei er mit der flachen Hand auf die Tischplatte schlug. »Weg mit euch! Macht, daß ihr fortkommt!«

Auch sie beeilten sich zu verschwinden, bevor der Befehl widerrufen wurde. Manchmal holte er noch Würfel aus den Taschen seiner Mäntel und Pelze oder ließ ein Brettspiel bringen. Wer dann festgehalten wurde, um mit ihm zu spielen, der mußte darauf gefaßt sein, vor dem Morgengrauen nicht entlassen zu werden. Da er fast ständig von Schmerzen geplagt war, schlief er nur in den kurzen Zwischenzeiten der Linderung, gewöhnlich am Tage. Entließ er die Tischgenossen und blieb nachts allein, erhob er sich irgendwann und begab sich auf eine Wanderung durch die Gänge und leeren Hallen und treppab in die unterirdischen Gewölbe. Dann erschraken die Wachen, wenn sie plötzlich im Fackelschein den hohen, langen, gekrümmten Schatten des Königs an einer der Wände auftauchen und wieder verschwinden sahen. Und manche schworen am nächsten Morgen, sie hätten dabei kein Geräusch gehört.

66

In jener Novembernacht hielt er niemanden auf und erschreckte auch keinen durch seine gespenstische Erscheinung. Er blieb allein in der Halle sitzen und wartete auf den Morgen. Die beiden Knechte, die ihn bedienten, drückten sich an der Tür herum. Er gab ihnen ein Zeichen, daß er sie nicht mehr benötigte. Die Kohlen in den Becken verglommen, die Kerzen in den Kandelabern verloschen. Durch die schmalen Fensteröffnungen wirbelte Schnee herein, der dichter wurde. Chlodwig saß reglos in seinem Armstuhl am Tisch. Von Zeit zu Zeit stöhnte er und einige Male schrie er, wenn ihn die Schmerzen in der Brust und im Unterleib zu sehr plagten. Dann wieder lachte er plötzlich auf, als erinnerte er sich an etwas sehr Heiteres. Danach schüttelte ihn jedesmal der Husten.

Als es dämmerte, erhob er sich endlich. Langsam, Schritt für Schritt schob er sich durch die Halle. Er wankte eine Treppe hinunter und rief, daß man ihm sein Pferd bringen solle. Zwei Männer von der Wache stürzten herbei. Einer fragte, ob der König tatsächlich die Absicht habe, jetzt auszureiten, im Schneegestöber. Ein Blick scheuchte ihn davon. Kurz darauf wurde das Pferd vorgeführt, eine alte Stute, die nur noch im Schritt ging. Knechte hoben Chlodwig hinauf und begleiteten ihn zu der nördlichen der beiden Brücken. Einer führte die Stute hinüber, die beiden anderen stützten den König auf dem Weg über die tückischen, mit Schnee überzogenen, teilweise schadhaften Bretter. Am Ufer setzten sie ihn erneut auf das Pferd, und er befahl, ihn nun allein zu lassen. Verwundert sahen sie ihn davonreiten.

Inzwischen war eine berittene Hundertschaft der Palastwache aus dem Quartier geholt und dem König nachgeschickt worden. Sie überquerte die Brücke und traf auf die Knechte. Der Hundertschaftsführer erfuhr von der seltsamen Laune des Königs, ganz ohne Gefolge zu reiten. Dagegen konnte er nichts tun, doch war er für die Sicherheit des Herrschers verantwortlich. In einigem Abstand folgte er mit seinem Trupp dem einsamen Reiter.

Anfangs konnten sie den König noch deutlich erkennen. Dann aber verschwand er immer wieder im Schneegestöber. Er folgte der geraden Straße in Verlängerung der Brücke, vorbei an dem steilen Hügel, der sich links im Norden der Stadt erhob. Der Hundertschaftsführer glaubte sicher zu sein, daß er zu einem vier Meilen entfernten Jagdhaus wollte. Welches andere Ziel konnte er sich ohne Gefolge, allein und schutzlos zumuten? So war es nicht besorgniserregend, als er nach einer Weile hinter dem Schneevorhang vollkommen unsichtbar wurde. Der berittene Wachtrupp behielt sein gemächliches Tempo bei. Allmählich wurde es heller Tag. Die Sonne kam durch, das Schneetreiben hörte plötzlich auf, und die Männer hatten jetzt gute Sicht. Aber da war die Straße vor ihnen leer, und nun bemerkten sie erst, daß sie die Spur des einsamen Reiters im Schnee verloren hatten. König Chlodwig war verschwunden.

Er hatte freilich nur einen Seitenweg eingeschlagen, dies aber gerade in einem Augenblick, als das Schneegestöber am dichtesten war. Da hatte er unter den Bäumen eine Bewegung wahrgenommen, auf die er anscheinend gewartet hatte. Denn gleich lenkte er die brave alte Stute dorthin, auf jenen Seitenweg nämlich, und ritt tiefer hinein in den Wald. Zu seiner Genugtuung bemerkte er, daß die Bewegung sich fortsetzte, im Unterholz, auf gleicher Höhe zur seinen. Er sah Schnee von den berührten Zweigen rieseln und hörte das Knacken des trockenen Holzes unter eiligen Schritten. Obwohl ihm eher danach war, sich zu krümmen und über den Hals des Pferdes zu hängen, hielt er sich absichtsvoll gerade und aufrecht.

Er hatte sich nicht getäuscht. Zwischen zwei Fichtenstämmen tauchte die Faust auf und schleuderte eine Lanze nach ihm. Die Waffe flog auf ihn zu, streifte beinahe die Ohren des Pferdes und fiel auf der anderen Seite in den Schnee. Die alte Stute schüttelte nur den Kopf und wollte gemächlich weitertrotten. Aber der König zog am Zügel.

Einen Augenblick lang herrschte vollkommene Stille. Nur vereinzelt fielen noch Flocken. Chlodwig wandte den mit der Mantelkapuze bedeckten Kopf und blickte zu den beiden Fichten zurück.

»Komm heraus«, sagte er.

Nichts rührte sich.

Er wiederholte: »Komm heraus. Ich weiß doch, du bist es. Du brauchst dich nicht mehr zu verstecken.«

Ein einäugiger Schrat in beschneiten Lumpen trat langsam zwischen den Bäumen hervor.

»Näher. Komm näher!«

Der Schrat gehorchte. Schwerfällig pflügten seine Beine den Schnee. Neben dem Reiter blieb er stehen.

»Nun versuchst du schon zum fünften Mal, mich aus dem Hinterhalt umzubringen«, sagte der König. »Aber kein einziges Mal hast du getroffen.«

In seinen Worten schwang Vorwurf mit.

»Ich will ja auch gar nicht treffen«, sagte der Schrat.

»Und warum lauerst du mir dann auf und verfolgst mich und wirfst Lanzen nach mir?«

»Erschrecken will ich dich. Das genügt.«

Zeittafel

Vom Ende des Weströmischen Reiches bis zum Tod Chlodwigs

476 Das römische Heer setzt den Kaiser Romulus Augustulus ab und ernennt den Skiren Odoaker zum König. Damit endet das Weströmische Reich.

482 Nach dem Tod Childerichs wird dessen Sohn Chlodwig (geboren 466), aus dem Geschlecht der salfränkischen Merowinger, König im Frankenreich. Nach und nach beseitigt der junge Herrscher die fränkischen Kleinkönige.

484 Alarich II. übernimmt nach dem Tod seines Vaters Eurich die Herrschaft im Westgotenreich.

486 Chlodwig besiegt Syagrius, den römischen Statthalter in Gallien, bei Soissons.

488 Theoderich zieht im Auftrag des Kaisers Zenon mit einem ostgotischen Heer nach Italien, um Odoaker zu bekämpfen.

490 Chlodwig erobert auch die übrigen römischen Gebiete in Gallien und dringt bis zur Loire vor.

491 Nach dem Tod Zenons wird Anastasios I. Kaiser von Ostrom.

493 Nach über zweijähriger Belagerung Ravennas besiegt Theoderich Odoaker und ermordet ihn. Damit beginnt die Herrschaft der Ostgoten in Italien.

496 Chlodwig schlägt die Alamannen am Rhein. Er tritt zur römisch-katholischen Kirche über und läßt sich in Reims taufen.

500 Bei Dijon siegt Chlodwig über den Burgunderkönig Gundobad, der jedoch im folgenden Jahr sein Reich zurückgewinnt.

506 Chlodwig schlägt einen Aufstand der Alamannen nieder und hebt deren Unabhängigkeit endgültig auf.

507 Die Westgoten unterliegen Chlodwig in einer Schlacht bei Vouillé, in der König Alarich fällt.

508 Chlodwig nimmt die westgotische Hauptstadt Toulouse ein. Die Westgoten ziehen sich nach Spanien zurück. In Gallien behalten sie nur einen Gebietsstreifen im Süden.

511 Chlodwig stirbt in Paris. Seine Söhne Theuderich, Chlodomer, Childebert und Clothar herrschen gleichberechtigt über die vier fränkischen Teilreiche.

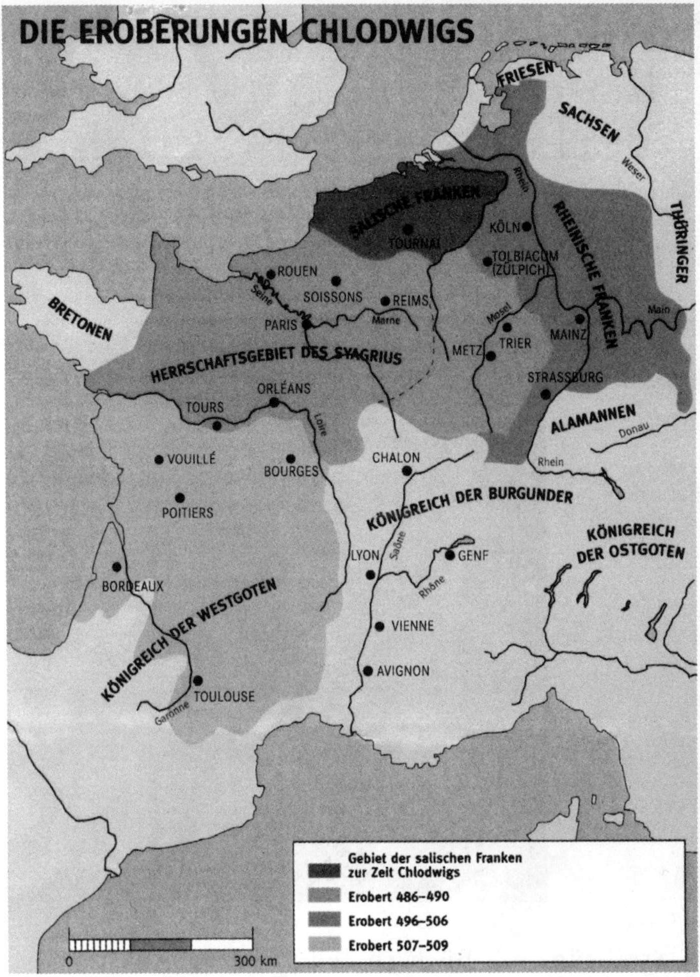
DIE EROBERUNGEN CHLODWIGS
FRIESEN
SACHSEN
Weser
Rhein
SALISCHE FRANKEN
RHEINISCHE FRANKEN
THÜRINGER
KÖLN
TOURNAI
TOLBIACUM (ZÜLPICH)
ROUEN
Seine
SOISSONS
REIMS
BRETONEN
PARIS
Marne
Mosel
TRIER
MAINZ
Main
METZ
HERRSCHAFTSGEBIET DES SYAGRIUS
STRASSBURG
ORLÉANS
TOURS
Loire
ALAMANNEN
Donau
VOUILLÉ
BOURGES
CHALON
Rhein
POITIERS
KÖNIGREICH DER BURGUNDER
KÖNIGREICH DER OSTGOTEN
LYON
Saône
GENF
Rhône
BORDEAUX
KÖNIGREICH DER WESTGOTEN
VIENNE
AVIGNON
TOULOUSE
Garonne
Gebiet der salischen Franken zur Zeit Chlodwigs
Erobert 486–490
Erobert 496–506
Erobert 507–509
0
300 km